PIERRE N

CYCLE D'OGIER D'ARGOUGES

LES FLEURS D'ACIER

AUBÉRON

© Éditions Aubéron
ISBN : 2-266-10307-5

Au seuil de cet ouvrage
je tiens à exprimer ma reconnaissance
à Samuel Camus et Pierre Sailhan,
membres éminents de la
Société des Recherches archéologiques, artistiques,
historiques et scientifiques du Pays Chauvinois,
dont les voix se sont tues,
ainsi qu'à André Dupont, historien de la Normandie.
Je conserve intacte la gratitude que j'eus
envers Maurice Quayne,
décédé en août 1991.
Ses remarques, conseils et encouragements
m'ont stimulé
et permis de résister à l'adversité,
au découragement et au doute.

Il est des successions dont la brièveté surprend ; des familles qui soudain dégénèrent et s'éteignent alors que la vigueur et le nombre de leurs composants semblaient garantir leur croissance et leur pérennité. Ces troublantes disparitions apparaissent évidemment, dans l'histoire des nations, comme la juste punition des excès perpétrés par ceux-là même qui avaient fondé de solides espoirs sur leur descendance. Ainsi Philippe IV le Bel, géniteur béni du Ciel puisqu'il avait engendré trois fils capables d'assurer son remplacement sur le trône de France. Or, contrairement à ses vœux, la couronne des Capétiens qu'il avait si fièrement portée ceignit relativement vite, après son décès, des têtes imprévues. Elles ne valaient guère mieux que celles de sa lignée. De même que le sien, les règnes de tous ses continuateurs — héritiers légitimes et autres — furent éclaboussés de sang.

Il avait souhaité que la France fût grande. A sa mort vraiment inattendue, le 29 novembre 1314, il laissait un royaume fort mais pantelant. Il avait muselé les barons téméraires et vaincu péniblement ces tisserands et ce menu peuple des Flandres que sa femme, Jeanne de Navarre, détestait. Il avait harcelé l'Anglais en Aquitaine, maîtrisé la Papauté d'Avignon, spolié les Juifs, malmené les banquiers lombards, étouffé par la torture et l'emprisonnement les scandales de sa famille, dévalué la monnaie, accru les impôts, multiplié le nombre des sicaires, apaisé les révoltes au tranchant de l'épée, et pour conclure en apothéose ce règne où l'angoisse fut vice-reine, envoyé au bûcher des demi-saints dont il n'avait cessé de convoiter les richesses : les Templiers. Mariée le 25 janvier 1308 à Édouard II d'Angleterre, sa fille Isabelle avait, le 13 novembre 1312, donné le jour à un garçon : Édouard III.

On prétend que, de son bûcher, le Grand Maître du

Temple, Jacques de Molay, maudit le despote à la beauté diabolique et l'assigna devant le tribunal de Dieu ainsi que ses complices et sa postérité. Même si le Ciel resta insensible et serein, ce potentat avait commis trop d'abus : la justice immanente imposa son verdict*.

A la mort de ce roi dit « de Fer », son fils aîné, Louis de Navarre, surnommé le Hutin en raison de son caractère querelleur, lui succéda. Au demeurant fou d'un bon tiers et incompétent des deux autres, il s'était laissé d'emblée dominer par son oncle, Charles de Valois, ambitieux pour lui-même et ses deux gars : Philippe et Charles. Couronné en 1314, mort le 5 juin 1316, le Hutin ne laissa aucun regret. Il avait donné une fille à sa première femme, Marguerite de Bourgogne, étranglée sur son ordre au Château-Gaillard où elle avait été incarcérée, bien avant qu'il ne régnât, pour avoir participé aux fêtes galantes de la tour de Nesle. Il engendra un fils avec sa seconde épouse, Clémence de Hongrie, lequel enfant mourut peu après sa naissance**.

Deuxième venu dans la géniture royale, Philippe V coiffa la couronne de France. Ce fut en sa faveur et au détriment de Jeanne, la fille du Hutin, que les états généraux exhumèrent d'un grimoire une loi des Francs saliens interdisant aux femmes l'accès à la souveraineté. Sous le règne de cet homme qu'on baptisa le Saige, *le* Borgne *et le* Long, *et qui fut d'une longanimité douteuse, on persécuta les Vaudois, les Juifs et les lépreux. Il trépassa, le 3 janvier 1322, d'une entérite*

---

* « *Un roi sans cœur* », a-t-on pu lire. Mort le 29 novembre 1314, à 46 ans, d'une « maladie indéterminée », on s'aperçut, avant ses obsèques (4 décembre), « *que son cœur était de si petite dimension qu'on pouvait le comparer à celui d'un enfant nouveau-né ou bien à celui d'un oiseau* » (cf. le Père Anselme : *Histoire généalogique de la Maison de France* (tome I, p. 90).

** Coïncidence : Édouard III naquit le 13 novembre 1312. Jean Ier, le fils du Hutin, le 13 novembre 1316. Il ne vécut que cinq jours.

tuberculeuse ayant, à la longue, déterminé la cachexie dont parlent les chroniqueurs du temps. Son frère Charles IV, dit le Bel, lui succéda pour s'éteindre six ans plus tard, le 1er février 1328, victime d'une maladie de nature inconnue.

Plus de Capétien mâle à couronner ! L'intrigant Robert d'Artois intervint : Charles IV ne laissait qu'une fille et l'espérance d'un successeur ? La régence serait assurée par Philippe, comte de Valois, dont le père, le fastueux Charles, était mort, le 16 décembre 1325, d'une lésion cérébrale. Cousin germain du défunt roi, le postulant était tout aussi ambitieux que son père. Au nom de la loi salique, lorsque Jeanne d'Évreux, veuve du monarque défunt, eut accouché d'une fille, Philippe, sacré à Reims le 29 mai 1328, accéda au trône et devint Philippe VI.

Édouard III d'Angleterre, seize ans mais d'une maturité assez impressionnante, ne se résigna pas. La couronne de France devait lui appartenir. N'était-il pas le neveu du feu roi et le petit-fils de Philippe le Bel ? Quelle grande et puissante nation constitueraient la France et l'Angleterre s'il parvenait à les réunir sous son sceptre !

Un élément, et non des moindres, s'ajoutait à ce qui devint une querelle dynastique : le sort du duché d'Aquitaine, dévolu aux Anglais — il avait constitué une partie de la dot d'Aliénor, mariée en secondes noces avec Henri II Plantagenêt — ne cessait d'être inquiétant. Édouard III en avait la suzeraineté, mais vassal du roi de France pour ce fief, il devait s'employer à le protéger des immixtions françaises et assurer son indépendance. Par ailleurs, et tout épris de liberté qu'il fût pour ce duché, Édouard III tenait les Flamands sous sa coupe, menaçant de les ruiner en interrompant leur approvisionnement en laine. On n'a pas de meilleurs alliés, parfois, que ceux dont on peut, du jour au lendemain, compromettre les affaires.

Sous le règne de Charles IV le Bel, un jeune seigneur normand, boiteux de naissance, fut armé chevalier à Saint-Sauveur-le-Vicomte. Godefroy d'Harcourt s'enorgueillissait d'appartenir à une illustre lignée. Quatre siècles — et même plus — avant sa naissance, les voiles carrées des drakkars avaient conduit ses belliqueux ancêtres jusqu'à cette immense portion de terre, pareille à une tête de chat accroupi : le Cotentin. Son sang bouillant, c'était celui de Bernard le Danois, compagnon de Rolf le Marcheur, jarl de Norvège, que les Francs nommaient Rollon. Cet aïeul vivait lorsque, par le traité de Saint-Clair-sur-Epte, et en même temps qu'il offrait sa fille Giselle à Rollon, le roi de France, Charles le Simple, avait abandonné aux « Normands » recrus d'aventures le vaste territoire où ils s'étaient installés. Deux fils de la famille Harcourt, — Errand et Robert — avaient participé, dans l'armée normande, à la conquête de l'Angleterre ; Errand demeura même au-delà de la Manche tandis que le reste de la famille, en deçà, continuait de faire souche. Ainsi, de part et d'autre de la mer, les Harcourt avaient-ils servi le même suzerain : Guillaume le Conquérant.

Godefroy d'Harcourt se sentait normand avant tout. Il songeait fréquemment à ce triste jour du 6 mars 1204 où Philippe Auguste s'était emparé du Château-Gaillard, dernier point fort de la défense anglo-normande, pour assujettir, ensuite, la bonne terre des Vikings à la France. Ducale de 911 à 1066, royale de 1066 à 1204, chevillée à la Couronne, la Normandie, ainsi, torturait le Boiteux. Même assortie de certains accommodements constituant la Charte aux Normands, cette patrie lui semblait en état d'esclavage : un rêve le hantait : celui d'une Normandie libre dans laquelle, à défaut qu'il y exerçât le pouvoir, celui-ci reviendrait à quelque grand Normand de race pure. Il n'était pas seul à craindre que les franchises accordées à ses compatriotes et garantissant leurs us et coutumes, fussent *un jour abrogées et la Normandie absorbée par la France.*

Godefroy d'Harcourt, tout comme Édouard III pour sa Guyenne, entretenait dans son esprit et son cœur un désir de liberté que nous résumons, nous, par un mot qui n'existait pas encore ; il nourrissait sans trêve des rêves d'indépendance. Comme l'écrit si bien Philippe Contamine, « il fut un symbole, un caractère, une destinée. Somme toute, c'est la question de l'autonomisme normand au bas moyen âge* » *qui est incarnée par cet homme.*

La Normandie jouxte l'Armorique où, depuis toujours, la vie avait été très agitée par les combats que se livraient Bretons, Normands et Anglais, jusqu'à l'arrivée au pouvoir d'un « bon duc », Arthur II, qui le premier, à Ploërmel, autorisa le peuple à donner son avis sur les affaires du duché, le Parlement s'étant jusqu'alors composé des représentants de la noblesse et du clergé.

Arthur II avait eu trois fils de sa première femme, Marie de Limoges : Jean de Bretagne ; Guy, père d'une fille, Jeanne de Penthièvre ; Pierre, décédé sans postérité. A la mort de Marie de Limoges, il avait épousé Yolande de Dreux ; elle lui avait donné un fils : Jean de Bretagne, comte de Montfort, et les princesses Jeanne, Béatrix, Alix, Blanche et Marie.

Arthur II mourut en 1312 après avoir assuré, par testament, 8 000 livres de rente aux enfants de sa seconde épouse et laissé son duché à son fils aîné, Jean III. Peu de jours après son accession au trône, celui-ci se rendit à Paris pour y faire, selon l'usage, hommage de ses terres à la couronne de France. Aussitôt ce devoir accompli, son premier soin fut d'adresser au Pape une supplique dans laquelle il demandait que le mariage de son père avec la duchesse Yolande

---

* Lettre à l'auteur de cet ouvrage.

fût déclaré nul et leurs enfants déchus, par conséquent, de la succession paternelle. Il appuyait cette requête sur le fait que le duc Arthur et Yolande, quoique parents au quatrième degré, n'avaient pas obtenu les dispenses nécessaires à la validité de leur union. Le Pape chargea l'évêque de Coutances et l'archidiacre de Vire d'examiner ces doléances. La duchesse, outrée, se hâta d'écrire au roi, en l'occurrence Philippe le Bel, pour solliciter son intervention. Or, il apparut que le fait allégué par Jean III était exact. A peine incestueux, mais cependant coupables, Yolande et Arthur avaient dérogé aux saintes conventions et oublié — sans doute volontairement — à quoi les obligeait leur parenté ! Le roi pria cette femme importune de chercher un accommodement avec son beau-fils. Le comte de Valois et le comte de Saint-Pol furent chargés de la négociation. Les détails de ces tractations empliraient bien dix pages : passons donc pour constater qu'un accord fut trouvé le 3 mars 1313.

Alors Jean III dont le caractère ténébreux et le fort appétit de pouvoir sont indéniables, régla la succession de Guy, né comme lui d'Arthur II et de Marie de Limoges. Il n'eut pas à s'occuper de celle de Pierre, mort en 1312 d'un coup de sabot de cheval, et put enfin s'estimer heureux d'avoir mis de l'ordre dans ses affaires.

Ce sentiment de force et de plénitude, Jean III ne l'éprouva pas longtemps. Une lettre du Hutin, le 8 septembre 1315, jour de la saint-Adrien, lui enjoignit sèchement de cesser de frapper une monnaie dont la valeur, en excédant la sienne, l'excédait lui-même « grossement ». Tout duc et tout astucieux qu'il fût, il ne pouvait librement administrer son domaine.

Le Hutin trépassa. Jean III ne se dérangea pas pour saluer l'avènement de Philippe V le Long. Le temps coula et Philippe VI de Valois occupa le trône de France. De bon ou mauvais gré — nul ne le sait vraiment —, Jean III et ses Bretons lui prêtèrent assistance *contre les Flamands,* par pure libéralité et courtoisie, *ce dont le souverain fut offensé.*

Jean III avait épousé Isabelle de Valois en 1297, Isabelle de Castille en 1310 et Jeanne de Savoie en 1329. Trois unions stériles. Vieillissant et sentant son duché convoité par Philippe VI, le problème de sa succession le tourmenta. Il détestait son frère Jean de Montfort sans aucune raison, sinon peut-être parce qu'il était fils de reine : Yolande de Dreux, avant d'épouser Arthur II, avait été mariée à Alexandre III, roi d'Écosse. Il savait Jean aussi « bretonnant » que lui-même, sinon davantage, et cependant, il désigna sa nièce, la fille de Guy, comme digne de lui succéder, ce qui provoqua l'inquiétude et la colère des Bretons, colère qui redoubla lorsqu'ils apprirent que leur duc consentait à marier cette nièce, Jeanne de Penthièvre, à un étranger, un Français, le neveu du roi de France : Charles de Blois. Avec un tel prince au pouvoir, il était prévisible que tôt ou tard c'en serait terminé de l'indépendance *bretonne.*

L'indépendance. Ce mot est le ressort de tous les événements assortis d'une seule et même alliance, surprenante mais compréhensible, qui marquèrent les débuts de la Guerre de Cent Ans. Philippe VI était d'esprit bien trop étroit et borné pour comprendre que n'étant qu'un « roi trouvé », il ne pouvait inspirer aux barons de Normandie le même respect que ses prédécesseurs. Il était trop inconscient pour augurer que, même habilement conduite, une vaste saisine du duché de Bretagne soulèverait l'indignation et la révolte. Il était trop imbu de sa personne et de son pouvoir pour pressentir que des patriotes — ce mot, dans son sens moderne, n'eut cours, lui aussi, que deux siècles plus tard — auraient recours, pour le combattre, à l'assistance d'un homme dépossédé par lui-même, roi de France, de son légitime héritage : Édouard III.

Philippe VI commit une lourde erreur en plaçant le

duché de Normandie sous la sujétion d'un crétin de belle espèce : son fils Jean. De Cherbourg à Rouen et d'Avranches à Évreux ce freluquet présomptueux inquiéta la noblesse, la bourgeoisie et le peuple. Tous redoutaient que fût remise en question, un jour ou l'autre, la Charte garantissant leurs droits et privilèges, et qui consistait en l'amalgame d'une ordonnance de Philippe le Bel (19 mai 1314), complétée par le Hutin (22 juillet 1315). Détestant toutefois les Anglais eux aussi, et pour fournir au roi des gages d'allégeance, ces conquérants innés avaient formé le dessein d'envahir l'Angleterre et d'en faire roi le duc Jean... ce qui les eût débarrassés de son encombrante personne ! Il est avéré que le conseiller du roi, Miles de Noyers, exécrait les descendants de Rollon. Pas tant qu'une garce couronnée, boiteuse et demi-folle : Jeanne, la reine de France. Pourquoi cette aversion ? Nul n'en sait rien.

Pour la Bretagne, Philippe se contenterait donc d'y régner par personne interposée : son neveu, Charles de Blois. Et ce fut ce que refusa Jean de Montfort qui, dès la mort de Jean III, se déclara son successeur légitime, descendant direct d'Arthur II, mâle comme l'exigeait la loi salique selon laquelle toutes les héritières étaient écartées du trône ; loi conformément à laquelle Philippe VI était devenu roi.

Montfort savait à quoi s'en tenir sur le mari de Jeanne de Penthière. C'était certes un mystique, mais sa dévotion orgueilleuse, ses macérations ostentatoires, son humilité perfide, l'onction de sa voix et son regard un peu trop souvent tourné vers le ciel n'empêchaient pas qu'il fût de mœurs impures. Ce faux saint personnifiait l'empiétement et le règne de la France en Bretagne... Scandale ! L'ombre des médiocres Valois sur le pays des descendants de Gomer, l'aîné des enfants de Japhet ; la langue des étrangers couvrant

celle des descendants de Noë au sortir de l'Arche* !...
La Bretagne livrée aux Français, c'était la décadence ;
c'était le cauchemar... Ah ! si tous ceux qui, niaise-
ment, avaient juré fidélité à Jeanne de Penthièvre
avaient pu renier leur serment...

Car les Bretons au cœur uniforme se trouvèrent divi-
sés en deux factions : les partisans de Jean de Montfort
et ceux... qui ne pouvaient se rétracter. Les serments
de ce temps-là revêtaient une valeur sacrée ; on ne
se dédisait guère : le parjure était quelque chose de
répugnant ; par lui, on accédait au premier degré de
la descente aux enfers !

La guerre ouverte, Bretons contre Bretons, Anglais
contre Français, ne devait s'achever que le 12 avril
1365, par le traité de Guérande et le succès du fils de
Jean de Montfort ; Jean de Montfort dont la femme,
au début de sa captivité, se battit hardiment comme il
l'eût fait lui-même. Parce que plus humaine et plus
vraie, Jeanne la Flamme devance de loin Jeanne la
Pucelle dans la galerie des guerrières. Et pourtant,
rares sont ceux auxquels son nom « dit » quelque
chose, sans doute même à Hennebont, sa bonne ville.

Certains résistants n'eurent pas la chance de leur
duc, qui parvint à fuir sa geôle. Ils moururent décapi-
tés. C'étaient Olivier de Clisson, Geoffroy de Males-
troit et son fils, Thibaut de Montmorillon, le sire
d'Avaugour, Jean de Montauban, Alain de Quédrillac,
le sire de Laval ; Guillaume, Jean et Olivier des
Brieux, Denis du Plessis, Jean Malart, Jean de Seve-
dain, Denis de Gallac ; d'autres encore, chevaliers,
écuyers, et le diacre Henri de Malestroit. Quant aux
Normands que Godefroy d'Harcourt avait pour com-

---

* Les tout premiers historiens bretons « peuplèrent » l'Armorique
peu après la création du monde ; d'autres ont fait remonter leur chrono-
logie à la sortie de l'arche. Plus sérieusement, les suivants pensèrent et
pensent que cette contrée fut peuplée par les Celtes lors des migrations
qui s'effectuèrent d'Orient en Occident. Ce qui est certain, c'est que la
langue bretonne remonte à la plus haute Antiquité.

pagnons et qui eurent moins de chance que lui, c'étaient Guillaume Bacon, le sire de la Rochetesson, Richard de Percy. Les sentences et les exécutions presque simultanées de ces hommes ne prouvent pas qu'ils s'étaient accointés, mais il paraît certain que si les liens d'une étroite connivence avaient vraiment rassemblé les autonomistes bretons et normands, le roi de France eût été moins à l'aise sur son trône.

Il faut également constater que si Édouard III secourut les rebelles, il ne put jamais mettre un maximum de forces à leur disposition. Et pour cause : l'Angleterre, moins peuplée que la France, ne possédait pas une armée aussi nombreuse, et son premier front de guerre, c'était l'Écosse. Le roi d'Angleterre entretenait les garnisons en Guyenne et en Flandre ; il ne pouvait en avoir partout. Le Périgord en 1345, la Bretagne et la Normandie de 1342 à 1346, puis le Poitou, le Périgord à nouveau et le Languedoc furent des seconds fronts anglais sporadiques. Quelque violent qu'eût été le désir d'Édouard III de posséder la France, ses moyens lui interdisaient de la conquérir. Par dépit, il la ravagea.

Quant à Philippe VI, cet uxorieux* pédantesque, victime prématurée de ses excès génésiques, son règne ne fut qu'une succession d'erreurs grossières, tant militaires que politiques. Bientôt, du sanglant fatras du royaume et des duchés appauvris, un homme allait émerger et se révéler un serviteur digne de l'incurable balourdise des Valois ; un goujat** inculte et vaniteux dont la « sainteté » de Charles de Blois devait s'accommoder à merveille : Bertrand Guesclin.

Si la Guerre de Cent Ans, à ses débuts, fut un imbroglio terrible, Ogier d'Argouges, du Périgord où il

---

* Pour ceux qui l'ignorent : se dit d'un époux qui se laisse gouverner par sa femme.
** Valet d'écurie.

vivait, pouvait tout de même être informé de ses événements essentiels, comme on l'a d'ailleurs vu dans les deux premiers tomes de ce cycle, consacrés à son adolescence et à son adoubement*.

Alors que des combats dévastent la Bretagne et que sa Normandie demeure apparemment paisible, il grandit dans le château de son oncle, Guillaume de Rechignac. Ce n'est pas un adolescent insensible et enjoué comme la plupart des bacheliers** de son âge. Et pour cause. Un souvenir affreux le hante et l'exaspère. Alors qu'il allait avoir treize ans, et pour l'éprouver, son père Godefroy, pressentant qu'une grande bataille aurait lieu dans la Manche ou la Mer du Nord, l'a emmené, consentant et ravi, sur le vaisseau amiral de la flotte française, le Christophe. Quelques jours après son embarquement, à la poupe de cette nef, effrayé, écœuré par le sang, les hurlements et les plaintes des adversaires, Ogier a pu assister à l'affrontement des vaisseaux et des guerriers d'Édouard III et de Philippe VI. C'était à l'embouchure de l'Escaut, en un lieu dit l'Écluse, le 24 juin 1340. Commandés par l'amiral Hue Kieret, le capitaine de la mer Bahuchet, le « corsaire » Barbanera et surtout le favori du roi de France, Richard de Blainville, ennemi juré des Argouges dont il convoite et la fille et la châtellenie, les marins, chevaliers et mercenaires de France ont été taillés en pièces. Les quelque trois cents navires aux fleurs de lis dont Philippe VI était si fier ont péri, incendiés ou coulés.

Il faut à ce désastre sans précédent un coupable. Richard de Blainville incrimine Godefroy d'Argouges qui, pourtant, s'est battu vaillamment. A la suite d'un procès sommaire au cours duquel aucun témoin n'a pu assurer sa défense, le hardi baron, accusé de couardise et de trahison, est dégradé devant les réchappés

* Les Lions diffamés et le Granit et le Feu aux éditions Aubéron.
** Apprentis chevaliers.

de la bataille, dans la cour du château de la Broye ou
La Broye, près d'Abbeville, en Ponthieu. Ogier,
impuissant, assiste à la cérémonie : le harnois de
guerre de son père est foulé aux pieds, son épée brisée,
son écu renversé, traîné dans la fange, et les deux lions
d'or figurant sur ses armoiries sont diffamés, c'est-à-
dire privés de leurs queues touffues. De ce fait, les
Argouges sont voués à la mésestime publique, sans
possibilité pour le baron déchu de plaider son innocence et de dénoncer le principal responsable de la
défaite de l'Écluse : Richard de Blainville, traître à la
couronne de France.

Échappant de peu au bourreau grâce à l'intervention de quelques compagnons — qui disparaîtront mystérieusement — Godefroy d'Argouges a confié son fils
à son beau-frère, Guillaume de Rechignac, et au sénéchal de celui-ci, Hugues Blanquefort, afin que, profitant de leur savoir, le jouvenceau accomplisse ses
« enfances » en Périgord. Pour le soustraire à la haine
de Blainville, les trois hommes ont décidé de le faire
passer pour mort des suites de fièvres contractées dans
le sanglant bourbier de l'Écluse. La mère d'Ogier,
Luciane, sa sœur Aude et leurs serviteurs ignorent
qu'il est vivant.

Dans l'enceinte et aux alentours de Rechignac,
Ogier acquiert l'expérience des armes et des femmes.
Lors de l'été 1345, sa cousine Tancrède, qu'il avait
entrevue à son arrivée au château, revient du couvent.
Elle a comme lui dix-huit ans ; cette fille dont il connaît les mœurs singulières l'irrite et l'attire. Peu soucieux de commettre un inceste, bien que la peur l'en
ait longtemps tourmenté, le garçon finira par voir ses
désirs exaucés.

Apprenant que son oncle — qui vient d'accorder sa
fille aînée, Claresme, à un armurier de Tolède, Pedro
del Valle — a l'intention de marier Tancrède à un
baron quadragénaire, Garin de Linars, Ogier délivre
la jouvencelle que Guillaume, prudent, avait séques-

trée. Il l'aide à fuir le château paternel en la seule compagnie d'un jeune paysan, Jean du Taillis. Ce « huron » s'est si bien comporté, lors du siège de la forteresse par les Anglais de Robert Knolles, au mois d'août 1345, qu'il y fut armé chevalier. C'est au cours de ces terrifiants assauts qu'Ogier, par sa conduite, a également gagné ses éperons d'or.

Tandis que Tancrède, la passionnée, rêve de se joindre aux héroïnes de l'indépendance bretonne, Jeanne de Montfort et Jeanne de Clisson, Ogier entretient deux désirs en son cœur : atteindre au plus tôt Gratot, le château de sa famille, pour rassurer son père sur sa vigueur et son habileté au maniement des armes, et retrouver Blainville, qu'il souhaite occire devant le roi après l'avoir dénoncé comme traître. Il ne possède aucune preuve, ni tangible ni testimoniale, de la félonie de cet homme, mais sa religiosité, forte, inébranlable, le soutient : Dieu, en temps voulu, le viendra secourir.

Fuyant Rechignac en sachant que l'aide apportée à l'évasion de Trancrède déchaînera le ressentiment de son oncle — qui sans doute va lancer des hommes d'armes à sa poursuite — Ogier chevauche vers le nord. Son chien Saladin court devant lui ; ses compagnons se taisent. Ce sont Thierry, un ancien forgeron devenu écuyer ; Bressolles, architecte et maçon, qui peut-être est hérétique ; Raymond et Norbert, des hommes d'armes ; Adelis, une ribaude décidée à fuir le Périgord, et un allié des Anglais qu'Ogier a épargné dans un combat où se décidait le sort du château de Rechignac... et qui n'a pas tardé à lui sauver la vie lors d'un banquet auquel participaient Arnaud de Cervole et ses frères. Cet homme arrogant et moqueur, c'est Enguerrand de Briatexte. Mais est-ce bien son nom ?

Ogier emporte dans son bagage une épée magnifique, don de son oncle : celle de Hermann von Salza,

Grand Maître des chevaliers teutoniques, mais il lui préfère sa fidèle Confiance.

Il sait que son itinéraire emprunte des chemins en lisière des terres du baron d'Augignac dont le fils, Renaud, le déteste. Ce damoiseau fourbe et hautain lui a enjoint de passer au large lorsqu'il partirait pour Gratot. Il n'a cure de ces menaces.

Il pleut à verse et fait nuit noire au départ, silencieux, de Rechignac. Le jouvenceau effrayé de l'Écluse est devenu non seulement un homme ; il est un chevalier. Hélas ! il ne peut encore arborer à la face externe de son écu, et sur fond d'azur, deux lions d'or affrontés aux queues épanouies...

ÉQUIPEMENT D'OGIER D'ARGOUGES
dans la seconde moitié du XIVe siècle

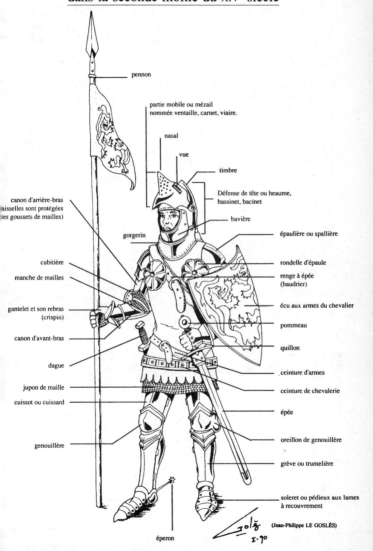

pennon

partie mobile ou mézail nommée ventaille, carnet, viaire.

nasal

vue

timbre

Défense de tête ou heaume, bassinet, bacinet

bavière

canon d'arrière-bras (aisselles sont protégées par des goussets de mailles)

gorgerin

épaulière ou spallière

cubitière

rondelle d'épaule

manche de mailles

renge à épée (baudrier)

gantelet et son rebras (crispin)

écu aux armes du chevalier

canon d'avant-bras

pommeau

dague

quillon

jupon de maille

ceinture d'armes

cuissot ou cuissard

ceinture de chevalerie

épée

oreillon de genouillère

genouillère

grève ou trumelière

soleret ou pédieux aux lames à recouvrement

(Jean-Philippe LE GOSLÊS)

éperon

CHAUVIGNY
au XIVᵉ siècle
d'après un plan de M. Pierre Sailhan

PORTE D

MAISON DES TEMPLIERS

ANCIEN PONT
(XIIᵉ au XVᵉ siècle)

LES
CHATELETS

ANCIENNE
EGLISE St LEGER
(hôtel de ville)

VILLE BASSE

LICE

EG

ROUTES

CHARLES d'ESPAGNE

DAINVILLE

ALENÇON

L'ERGA

GUESCLIN

échoppes

CONNARS de LOUCHIERS

BAUDOIN DE BELLEBRUNE

loisirs

OGIER

LA VIENNE

Robiss

latrines

Rôtisserie

chevaux

N

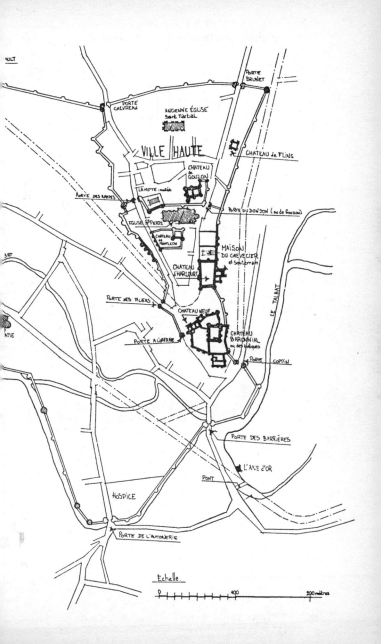

NULT

PORTE
BRUNET

PORTE
CHEVREAU

ANCIENNE ÉGLISE
Saint Martial

CHATEAU de FLINS

VILLE HAUTE

CHATEAU
de GOUZON

LA MOTTE (musée)

PORTE DES RAMES

PORTE DU DONJON (ou de Gouzon)

ÉGLISE St-PIERRE

CHATEAU
de PONTLEON

MAISON
DU CREVECIER
et Souterrain

BRT

CHATEAU
D'HARCOURT

ANE

PORTE DES RUERS

CHATEAU NEUF

CHATEAU
BARONNIAL
ou des Évêques

PORTE A L'ORFRAIE

PORTE COPDIN

LE TALBAT

PORTE DES BARRIÈRES

L'ANE D'OR

PONT

HOSPICE

PORTE DE L'AUMONERIE

Echelle

0   400   200 mètres

PREMIÈRE PARTIE

« QUI M'AIME ME SUIVE ! »

I

Le sentier montait, bosselé de rocs noirs, tavelé de flaques boueuses, entaillé d'ornières à demi dégravelées, crépitantes ou clapotantes, sous les sabots.

— La pluie s'apaise, grommela Thierry Champartel.

— Peut-être, dit Raymond, verrons-nous le soleil avant son coucher.

— Cela m'ébahirait ! s'exclama Briatexte. N'est-ce pas, l'ami ?

Ogier d'Argouges eut une moue de doute et d'amertume.

— Ce dont je suis sûr, dit-il, c'est qu'avec ce déluge, la meute que mon oncle a dû lancer à notre ressuite aura perdu nos traces... Allons, du nerf !... Voici venir la fin de vos peines.

Depuis l'aurore, il les encourageait. Il leur avait accordé quatre haltes sommaires, toujours sur des hauteurs afin de s'assurer que nul ne les suivait. Maintenant, il devait se rendre à l'évidence : l'ardeur qui l'avait animé s'était dissoute au gré des averses. Il ne subsistait rien de son désir d'insérer vélocement cinq ou six lieues entre son troupeau et le château de Rechignac. Cependant, si la fatigue engourdissait son corps, sa prudence exacerbée par la lenteur d'un cheminement pénible lui enjoignait de chevaucher jusqu'à la nuit.

Il mentit, péché véniel :

— Nous nous arrêterons bientôt, mes compères. C'est la vesprée, maintenant, qui va nous protéger.

Tous, comme lui, se sentaient détrempés, gluants de boue des pieds aux genoux, les reins chargés d'un emplâtre de plomb, pareils aux fugitifs d'une armée vaincue. Toutefois, au lieu des flétrissures de l'horreur et de l'abjection inséparables de la guerre, leurs visages ne reflétaient que l'ennui et l'incertitude. Il fut tenté de raffermir leur volonté ; il y renonça de crainte que leur résignation, depuis longtemps silencieuse, ne s'exprimât par des grognements, voire des moqueries acerbes.

Adelis toussa. Il ne se retourna pas. Norbert rit tout à coup sans raison apparente. Raymond lui enjoignit de se taire. Bressolles également. Ogier soucieux réintégra ses pensées :

« Que fait mon oncle ? Sa fureur s'est-elle apaisée ?... J'en doute !... Quels hommes a-t-il choisis pour nous pourmener et mestrier[1] en pensant retrouver sa fille parmi nous ?... Eh bien, non, vieillard : Tancrède est je ne sais où, la cervelle embrasée par ses songes absurdes ! »

Il soupira, partagé entre la déception et la rancune : la damoiselle aux allures de damoiseau avait refusé son aide. Elle était partie vers des contrées inconnues de lui et sûrement d'elle. Jean seul la compagnait. C'était un protecteur blessé, amoindri, incapable d'assurer sa défense ni en Périgord ni en Bretagne : ces contrées subissaient le joug de l'Angleterre et des meutes de routiers à la solde d'Édouard III.

« Guillaume doit me haïr d'avoir fait évader sa fille. Mais quoi ! On n'emprisonne pas une donzelle de cette espèce — ni d'aucune autre, d'ailleurs — afin de la contraindre à épouser un vieux baron borgne et laid, miséreux et pervers... J'ai, en la délivrant, agi en chevalier. »

---

1. Poursuivre et maîtriser.

Il sourit au souvenir de l'indignation puis de l'assentiment de ses compères lorsqu'il les avait informés de la fuite de sa cousine, ourdie en partie par lui, et prévenus de l'extrême fureur de son oncle et de ses vraisemblables conséquences. Bien que sa conscience fût sereine, des doutes la troublèrent un moment :

« Serait-il possible que des gars de Rechignac nous rejoignent et nous obligent à leur livrer bataille, même en l'absence de Tancrède ?... Pendant deux semaines, face au péril anglais, nous avons été unis comme des frères... Par Dieu qui nous assista au cours de cette épreuve, en aucun cas nous ne pouvons devenir ennemis ! »

Leur seul adversaire demeurait Enguerrand de Briatexte, même en apparence assagi.

« Je l'ai épargné quand je pouvais l'occire. En retour, il m'a sauvé la vie. N'empêche qu'il me tarde de le voir s'éloigner... Ce serait humiliant qu'il se batte à nos côtés contre les hommes de mon oncle... que je n'ai aucun regret d'avoir trahi ! »

Il se mentait résolument et ressentait plus que du regret : sa repentance était vivace, corrosive. Tancrède, insensible au remords, ne souffrait certainement pas d'avoir rompu toutes ses attaches avec un père qu'elle ne reconnaissait pas pour tel, une famille et une existence qu'elle prétendait abhorrer. Relevant la tête, il annonça :

— Nous arrivons à Châlus.

— Voici presque un siècle et demi qu'un roi d'Angleterre a trépassé sur cette grosse motte, là-bas. Un carreau d'arbalète et c'en fut fait de ce suzerain outrecuidant : Richard Cœur-de-Lion.

Bressolles, le maçon au visage d'ascète, désignait, par-delà une rivière aux eaux fangeuses, un donjon rond, entre quelques tours blêmes. Ils avaient un air d'abandon.

— Il est vrai, dit Ogier, que ce cœur de lion n'était,

d'après certains, qu'un cœur de chapon à l'inverse de celui de Jean sans Terre... qui tenait du léopard.

Il se retourna et ne fut point surpris par l'impassibilité de l'homme qui chevauchait à sa suite : Enguerrand de Briatexte. Regardant derechef les murailles au-dessus desquelles tournoyaient des corneilles, il continua :

— D'après ce que je sais, le roi Philippe Auguste avait dû céder des villes aux Anglais. Il allait devoir capituler quand les seigneurs d'Aquitaine entrèrent en conflit pour son compte. Ils le sauvèrent en ce lieu par la mort du Cœur-de-Lion...

— On change, comme vous le voyez, commenta Briatexte. Désormais, c'est contre le roi de France que les Aquitains sont en guerre...

Ogier abandonna cette conversation, la trouvant mal engagée. Bien qu'il l'eût désarmé par un coup dont il se merveillait encore, l'aspect de cet homme, sa franchise tranchante et lourde comme un fer de hache, l'éclat de ses yeux noirs au-dessus d'un sourire assez rare et hautain, lui en imposaient. Une fois de plus, la sagesse et la suspicion à l'égard de cet allié des Goddons lui soufflèrent de s'en éloigner sans tarder ou d'agir en sorte qu'il partît de lui-même. Comment faire ? Dans sa joie d'être armé chevalier, il avait accepté qu'il parcourût quelques lieues en sa compagnie ; il regrettait cet accès d'indulgence.

— Nous randonnons comme des malfaisants, grommela Thierry. Je sais, messire, qu'un écuyer n'a rien à dire, mais où allons-nous passer la nuit ?

Baissant la voix, il insista :

— Nous ne sommes pas qu'entre hommes...

Ogier lança un regard vers Adelis. Titus le faucon agriffé à son poing, elle semblait aussi vaillante que Facebelle, sa jument grise.

— Nous devons persévérer, Thierry !

Entre deux haies d'orties frémissantes, une chaussée fangeuse, pavée de loin en loin, piquait droit sur Châlus et franchissait un pont.

— Petite cité, dit Raymond, maussade. Certes, la nuit approche, mais on croirait les gens emmurés dans leur nid !

D'un mouvement, Ogier soulagea la guige de son écu : elle commençait à lui scier l'épaule :

— Plus que la nuit, c'est la peur qui tient les Châlusiens au logis... Voyez !

Il désignait deux corps suspendus à un arbre. Un homme vêtu ; une femme nue. Sur leur face livide et gonflée, les yeux crevés pleuraient un sang noir. Le vent hurlupait leurs cheveux et les berçait dans leur sommeil vertical.

— Les routiers de Canole ? questionna Thierry en gesticulant pour disperser des corbeaux immobiles dans les ramures.

— Plutôt ceux d'Arnaud de Cervole, ricana Briatexte.

— Nous ne connaissons pas notre bonheur, dit Ogier. Nul ne peut sortir ce que nous deviendrons[1].

Les martyrs étaient jeunes ; la femme avait dû être belle. Tous s'en détournèrent, sauf Briatexte.

— Or çà, compagnons ! s'exclama-t-il. Nous avons l'appétit du bonheur exigeant. Pour ce manant et son épouse, une soupe dans leur écuelle et un morceau de lard suffisaient, j'en suis sûr, à leur contentement !

— Le croyez-vous vraiment, *messire* ? demanda Bressolles.

— Nul ne pourra faire plus pour les culverts et les manants de France que ce que fait Philippe VI... Et ce qui rend les hommes de cette espèce aussi parfaits à la bataille, c'est que non seulement ils sont hargneux de naissance, mais qu'ils ne craignent point la mort, puisqu'elle est pour eux délivrance...

— Elle l'est aussi pour nous.

— Allons, Ogier ! ricana familièrement Briatexte. Nous souhaitons, nous, qu'elle nous emporte le plus

1. Nul ne peut prédire notre sort.

tard possible... Pense à vivre, chevalier ! Et vivre, c'est manger, boire, combattre et forniquer largement !

— Les temps changeront, intervint fermement Bressolles. Ceux qui s'efforcent et peinent verront un jour la guerre non pas comme la sanglante occasion d'une délivrance, mais comme un mal hideux dont souffraient leurs ancêtres. Leur barbe aura le temps de fleurir, comme celle des seigneurs. Leurs épouses se verront grand-mères, comme les gentes dames. Leurs maisons seront accueillantes. Entre la huche pleine, et le lit enfin pourvu de draps, la table ne sera plus cet autel sans pain ni vin dont, pour ma part, j'ai honte pour nous... Il y aura très souvent de la viande et jusque sur les os qu'on jettera aux chiens...

— Bien dit, fit Ogier avant de retomber dans son silence.

Leurs portes et contrevents fracassés, des maisons mortes débordaient de l'enceinte. Des champs de froment arsés, arriflés[1] semblaient de grands pelages bigarrés de noir, de safran ; d'autres cultures, piétinées par les semelles et les fers des chevaux, exhalaient, sous l'effet de la pluie, une vague odeur de mangeaille.

— Qu'ils soient de Knolles ou de Cervole, les malandrins qui nous précèdent méritent d'être occis !

Cette désolation serrait le cœur d'Ogier. Pour lui, le royaume de France c'étaient ces terres, ces maisonnelles piteuses, plus encore que les villes, les bourgs, les châteaux repliés orgueilleusement sur leurs privilèges. De ces glèbes immenses foulées par toutes sortes d'envahisseurs, la piétaille surgissait, résignée, quand les hérauts appelaient le ban et l'arrière-ban au combat. Manants et culverts tout en muscles, maigres, endurants, aussi mal armés que mal vêtus, que les prud'hommes méprisaient... Sans eux, — Briatexte avait raison — pas de guerre possible, les seigneurs étant insuffisants... Et comme ces pendus l'avaient

1. Incendiés, rasés.

34

rendu soucieux, comme il chevauchait en quelque sorte vers l'inconnu — la Normandie, c'était si loin encore —, le jeune chevalier arrêta Marchegai, son coursier, sur le bas-côté afin de voir passer ses compagnons.

— Ça ira, Adelis ?

Elle eut un mouvement de tête affirmatif, et Titus, au son de cette voix familière, battit des ailes, malheureux d'être aveuglé par son chaperon de cuir.

Derrière, sur son genet sans nom, Bressolles, de noir vêtu, mordillait une brindille. Il eut un bref sourire et passa.

Venaient ensuite Norbert, le charpentier devenu homme d'armes, sur un roncin pommelé : Turpin ; et Raymond, sur Marcepin, le cheval du défunt Haguenier de Trélissac. Le sergent conduisait le mulet de bât, docile et endurant.

Briatexte suivait, grimaçant :

— La nuit va nous surprendre. Il faut nous arrêter.

Il chevauchait Artus, son destrier noir. Quoiqu'il eût le bras en écharpe, il s'était bien armé : épée, poignard et dans son dos ce bouclier qu'Ogier avait bosselé lors de leur affrontement : *de sable à un lion d'argent, la queue fourchée.*

Thierry fermait la marche, laissant les rênes lâches à Veillantif, le grison borgne de feu Blanquefort, sénéchal de Rechignac. Attachée à sa selle, une longe reliait le cheval à Passavant, lequel portait de part et d'autre du garrot les pièces de l'armure enfardelées dans des peaux de cerf, et sur un flanc trois lances, et sur l'autre deux épées, des sacs de vêtements, des couvertures ainsi que le houssement de Marchegai.

Enfin, Saladin suivait. Ivre de liberté, le grand chien jaune warrouillait[1], heureux de découvrir des odeurs inconnues et de les arroser de loin en loin.

---

1. Aller deçà et delà, bouleverser, mêler en tous sens. Se disait en Normandie.

— Entrerons-nous coucher dans quelque hôtellerie ? questionna Briatexte en désignant les murs de la cité.

— Non... On nous pourchasse peut-être encore... Continuons !

Thierry retint Veillantif dont le pas s'écourta :

— Traverserons-nous, messire Ogier, les terres des Augignac ? Nous en approchons et Renaud vous a mis au défi d'y pénétrer...

— Nous les éviterons bien que Renaud ne m'effraie nullement ! Il manque par trop de vaillance, quoique je ne sache te dire de quoi elle se compose !

Briatexte eut ce rire léger par lequel il semblait toujours vouloir affirmer sa supériorité sur autrui :

— La vaillance, c'est d'être forcené. C'est de passer là où les autres renoncent... Pour cela, point de méditation, car c'est dans l'action qu'on atteint sa propre vérité.

— Et votre vérité, messire, quelle est-elle ? demanda suavement Bressolles.

Il savait que sa question irriterait cet homme mystérieux et fier.

— Ma vérité ?... Je ne vous souhaite pas de la connaître.

Il y eut un silence ; Bressolles toussa, et de sa voix chantante :

— La vaillance n'est pas seulement d'attaquer ou de se défendre en employant tout autant de forcennerie mortelle. Elle consiste à supporter sans gémir le fer rouge d'une plaie ou d'un deuil ; à accepter, lorsqu'on ne peut faire autrement, le joug, l'iniquité, la souffrance du cœur... Il en faut aussi pour avouer ses péchés, car elle n'est pas toujours ce qui échauffe le sang, mais ce qui peut rafraîchir l'âme... Voyez ce loudier[1], là, dans son champ, avec ses penailles et ses jambes emplastrées de terre ! Sa vaillance à cet

1. Paysan.

36

homme-là est une des plus honorables : elle consiste à se lever le matin afin de vivre un jour encore...

Norbert ricana ; il fut le seul. Briatexte jeta sur le paysan un regard dépourvu de commisération :

— La mort pour lui serait peut-être une bénédiction.

Ils s'engagèrent le long des murailles, vides, apparemment, de guetteurs. Flagellées par le vent aigre, des ronces poussaient le long des pierres. De leur frange vert-brun une pie s'échappa et vola par-dessus les arbres.

— Ah ! compagnons, dit Bressolles en suivant l'oiseau du regard, je ne sais ce qu'il adviendra de nous au cours de notre existence, mais, gens de guerre, n'ayez point trop le goût de la vaillance... Jetez-vous en avant pour commettre le bien. Que votre élan soit pareil à la poussée d'un arbre ou d'un clocher : vers le ciel.

— Vous parlez divinement, ricana Briatexte. Êtes-vous un maçon ou bien quelque ancien clerc ?

Bressolles s'abstint de répondre et Norbert, une nouvelle fois, s'ébaudit.

Ils avancèrent une lieue encore à l'ombre du ciel gris. Les bois devant eux s'épaissirent ; leurs feuillages mouchetés d'or et de pourpre devinrent une toison crépue, sauf à mi-hauteur d'une colline couronnée d'un château.

— Augignac, dit Ogier. Je n'y suis jamais monté.

C'était une enceinte d'un brun violacé ; cinq ou six tours, un donjon carré, le tout d'apparence rébarbative sous la sombre caresse des nuages.

— Hâtons-nous, compagnons... Il est vrai que Renaud veut ma mort et qu'il faillit me la donner à deux reprises... Envieux, falourdeur[1] et sachant qu'il me faut passer par ici, il peut avoir embûché des garçons en des lieux propices... Eh bien, nous déjouerons ses desseins... Venez : là-bas nous serons en sûreté.

1. Prétentieux.

Ils avancèrent le long de grandes roncières en direction d'un pan de forêt débordant largement sur des friches où les chevaux s'englurèrent jusqu'aux boulets. Marchegai hennit et se regimba.

— Nos bêtes sont à bout.

— Eh oui, messire Ogier. Sommes-nous loin de cette cité qu'on appelle Oradour ?

— Sans doute pas, Thierry.

Et les arbres furent là, inévitables et superbes. Sous leur voûte ruisselante, la chanson des sabots devint plus doucereuse.

Le chemin s'éleva, s'encombra de racines. Nulle parole ne fut plus échangée. Ils allaient, soucieux, attentifs, entre les fourrés feuillus, hauts et ténébreux, où pouvait se musser tout ce qui tue : l'homme et le sanglier. Parfois un oiseau criait en tombant de ce haut plafond de ramures où le ciel de moins en moins affleurait. Et soudain, les sabots crépitèrent sous un long rocher livide, dentelé d'ombres et glissant comme du verglas.

— Doucement, compagnons. Je crois que si l'on nous suit, c'est ici qu'on perdra nos traces : la nuit vient et les fers, là-dessus, ne laisseront aucune marque.

— Messire, dit Thierry, Veillantif est hodé. Nous avons dû couvrir quinze lieues !

Quinze lieues. Tancrède et Jean avaient-ils trouvé, dans le val de Verdeney, les chevaux qu'ils avaient laissés à leur intention ? Blessé comme il l'était, Jean ne supporterait jamais une aussi longue chevauchée...

— Voyez ! s'écria Bressolles.

Il désignait, dans l'échancrure d'un coteau, une clairière où s'élevait un toit de chaume. Une sorte de falaise en limitait deux côtés.

— Une jarrissade [1] et une grange !... Allons-y, dit Ogier. Viens, Thierry. Laisse Passavant à Raymond.

---

1. Clairière.

— Gardez-vous ! leur recommanda Bressolles. Elle appartient peut-être aux Augignac.

— Qu'elle soit ou non leur bien, nous n'avons pas le choix !

Ogier tira son épée du fourreau et son écuyer l'imita. Devant eux, les troncs musculeux se raréfièrent ; les feuillages s'ouvrirent sur un ciel bourrelé d'ombres stagnantes. Précédés de Saladin, ils entrèrent dans le pré herbu et, méfiants, contournèrent le bâtiment.

— Personne ! s'exclama Thierry. On ne saurait souhaiter meilleur asile. C'est solide et bien coiffé.

— Tout près, dit Ogier, il y a de quoi boire.

A l'angle des rochers, un filet d'eau fluait dans une vasque de pierre, puis coulait, s'élargissait, devenait ruisseau. On entendait au loin le chant d'une cascade. Ogier rengaina son épée ; Thierry en fit autant et mit pied à terre.

— Un bel endroit, pas vrai, messire ?

Ogier sourit en lui tendant son écu. Ensuite, quittant sa selle, il entraîna Marchegai jusqu'à l'abreuvoir. Saladin vint laper cette eau ridée par le souffle du destrier.

— Quelle paix, messire ! dit Adelis en s'approchant. Pendant ces quinze jours de siège, nous avions oublié les sources, les oiseaux et les feuilles...

Elle caressait Titus, immobile sous son chaperon : il commençait à la connaître.

— Donnez-le-moi.

Ogier défit, au poignet de la jeune femme, la longe qui la reliait au rapace. Bientôt, les serres grises, acérées, s'incrustèrent dans les mailles de son poing, tandis qu'Adelis retirait son gant et le coinçait dans sa ceinture. Elle remua, frotta son bras engourdi, puis elle but une jointée d'eau claire[1]. La pénombre et le vert foncé de sa robe mettaient en évidence la blondeur de ses cheveux rassemblés en deux tresses. La fatigue et

---

1. Une jointée : réunir ses mains en coupe.

la faim pâlissaient ses joues, donnant à son regard un éclat d'une pureté d'émeraude. Et soudain, à l'épier, Ogier éprouva envers elle comme une dilection floue, insidieuse.

— Pardonnez-moi. J'ai trop exigé de vos forces...

En caressant Titus, il s'approcha de Thierry occupé à pousser les vantaux de la grange.

— Ça me paraît bon pour une nuit, messire.

C'était une construction vaste, rectangulaire, prenant le jour par deux embrasures et dont une partie avait été aménagée en écurie pour cinq chevaux. Le silence et la familière odeur du fourrage étaient rassurants. Dans un angle, un escalier accédait au galetas.

— Va voir là-haut, Thierry, et méfie-toi tout de même.

L'écuyer monta ; bientôt il se pencha au-dessus de la rampe. Il riait :

— Messire, nos bêtes vont avoir de quoi manger. Voyez !

Tels de gros nuages échevelés, des brassées de foin tombèrent dans les râteliers.

Norbert et Raymond apparurent. Ogier les rejoignit :

— Abreuvez les chevaux et faites-les entrer. Cinq iront dans les parcloses ; les autres seront attachés autour de nous... Pour éviter que tous ces mâles ne piaffent et se querellent, nous mettrons Facebelle loin d'eux, sous ces marches...

— On y voit à peine. Ferons-nous du feu pour cuire notre lippée ?

— Non, Briatexte. Nous avons une esconse[1] ; elle suffira.

— Quel dommage que le temps nous manque !

— Pourquoi ?

— Nous sommes au milieu de la cervaison[2]. J'aurais bien mangé du cerf.

1. Lanterne.
2. Époque où le cerf est gras, bon à chasser (juin-septembre).

— Vous le chasserez sur vos terres ! Pour ce jourd'hui, c'est nous qui sommes le gibier. Ouvrez vos yeux et vos oreilles plutôt que de penser à ouvrir votre bouche !... Thierry, sors l'étoupe et bats le briquet. Donne-nous du luminaire.

Plus tard, quand les chevaux, la jument et le mulet furent à l'attache, on se sustenta de pain, saucisson et bacon — Saladin et Titus y compris — à la lueur du lumignon. Debout, l'épée au côté — il était le seul —, Ogier fit mettre un tonnelet en perce et octroya un gobelet de vin par personne. Sur la face glabre de Norbert, la grimace fut plus éloquente que sur celle de Raymond, au visage noir de barbe. Il ignora leur déception et marcha vers la perche enfoncée dans le mur et sur laquelle, la tête sous son aile, son faucon semblait dormir.

« Demain, songea-t-il, il lui faudra de la viande fraîche, tout comme à Saladin. »

Puis, s'adressant à ses compagnons :

— Nous devons sans relâchement veiller sur cette grange. J'assurerai le premier guet, et toi, Thierry, le second.

— Moi, le troisième, dit Bressolles.

— Pas vous, Girbert. Vous n'êtes pas homme d'armes.

Ogier tourna son regard vers Adelis ; le maçon comprit et se résigna.

— Norbert et Raymond, vous prendrez un par un notre suite.

— Et moi ? s'empressa Briatexte.

— Non.

Ogier ne fournit aucune explication à ce refus. Il sortit, accompagné de son écuyer.

— Demain, messire, il nous faudra bon gîte et bonne chère.

— J'y pense.

— Ce que je souhaite aussi, c'est que Briatexte nous

quitte. Comment avez-vous pu vous encombrer d'un tel homme ? Méfiez-vous-en !

— N'aie crainte... Nous n'avons, tu le sais, nul respect l'un pour l'autre, mais il y a comme une trêve sincère entre nous... Et puis, quoique fidèle aux Goddons, il est chevalier. Il ne peut agir déloyalement envers moi ni envers quiconque d'entre vous.

— Sornettes que tout cela ! Ce goguelu est un aspic... Ah ! là, là... Je me souviens de ses allées et venues sous les murs de Rechignac en compagnie de Robin Canole et de ses malandrins... Je n'oublie pas nos morts : mon frère, mes compains...

— Je n'ai rien oublié, Thierry, rassure-toi !

La lune apparut ; sa clarté laiteuse glissa des nuages à la pointe du toit, criblant le chaume, les herbes et les fourrés de gouttes opalescentes. Très haut vers le Levant brillait l'escarboucle d'un feu. Il faisait doux. A quelques toises en contrebas glouglouttait la cascade. Une chouette au vol mou passa, pour hululer une fois branchée.

— Mauvais signe, dit Thierry. Il y aura bientôt mort d'homme quelque part.

— Je ne crois pas à ces sornes. Et si je te prends un jour à clouer une de ces bestioles sur une porte ou un contrevent, je te bucherai la goule !

— Craignez rien, messire... Mais puisque vous parlez de porte, fermerons-nous celle de cette grange ? Veillerons-nous au-dehors ou au-dedans ?

— Il pleut : nous resterons à couvert. D'ailleurs, si quelque événement se préparait n'aie crainte : Saladin nous préviendrait. Rentrons, il est grand temps d'éteindre la chandelle.

Dans l'ombre, guère loin des chevaux paisibles, et tout près de Facebelle, Adelis et Bressolles étaient étendus, chacun sous sa couverture. En face, les hommes d'armes chuchotaient, la nuque appuyée sur leur selle. Briatexte les observait tout en ôtant les houseaux que Mathilde lui avait offerts. Saladin, après être allé flairer les jambes de Marchegai, s'en allait se coucher auprès d'Adelis.

— Ainsi, vous allez veiller, Argouges, alors que vous avez un écuyer tout dévoué !

Ce trait d'ironie décoché sans malice, Briatexte gravit lentement les degrés de l'escalier pour aller dormir dans le foin, tandis que Thierry, placide, s'approchait de la lanterne accrochée à une poutre et en soufflait la flamme.

Ténèbres. Le danger les imprégnait, moins redoutable que celui qui, pendant une quinzaine, avait emmaladi tous les êtres de Rechignac. Dormir eût dû être aisé désormais, or, Ogier n'y parvenait pas. Aux exaltations et frayeurs de la guerre s'étaient substituées celles de la fuite. Il se sentait les jambes faibles et le souffle oppressé. Ensuite du bonheur charnel de la victoire sur les Goddons succédait une sorte de paix impure. Il redouta qu'elle ne se rompît pour le précipiter dans de nouveaux malheurs. Jamais autant que lors de son combat contre Briatexte il ne s'était senti aussi robuste, aussi certain de dominer ses propres inquiétudes. Bonheur d'un moment que cette victoire : il n'en subsistait rien. Si court qu'il eût été depuis cet événement, le temps l'avait dépouillé de son plaisir comme il s'était, lui, dépouillé de ses mailles.

Où Tancrède se trouvait-elle maintenant ? Les hommes de Guillaume l'avaient-ils attrapée ?... Non ! Cela ne se pouvait. Elle méritait d'être libre. Nul doute qu'elle aurait tôt fait, après dix ou vingt lieues d'un randon[1] qui les aurait épuisés, de signifier à Jean son congé.

« Elle en aurait fait autant avec moi. »

Peu importait la façon dont l'ancien portier, affaibli par ses blessures, accepterait la séparation. Il s'était cru

1. Chevaucher impétueusement d'où *randonner*.

admiré, sur le point d'être aimé alors qu'il n'était qu'un protecteur accessoire. Qui, d'ailleurs, Tancrède pouvait-elle aimer hormis elle-même ? Mais était-il possible qu'elle l'empêchât *encore*, lui, Ogier, de dormir ?

Il n'osa s'avouer : « Elle me manque » sans parvenir à décider si Anne lui manquait aussi. Les déchirures qu'il sentait dans son esprit et son cœur concernaient également le grand château de son oncle si âprement défendu par lui et *les autres*. Déjà, leurs visages étaient moins nets, leurs voix, leurs rires, leurs pleurs s'étaient assourdis. Des émois, des remous provoqués par les assauts des hommes de Knolles, rien ne subsistait sauf le souvenir d'une bannière émergeant, il ne savait plus où et quand, du troupeau des assaillants : *d'or à la fasce de gueules chargée de trois fleurs de lis*[1]. Était-ce celle de l'Anglais ?

A quoi bon s'interroger. Dans quelques semaines, son esprit serait nettoyé du souvenir de ces journées effrayantes. Rien n'y subsisterait des passions mortelles et des violences qu'elles avaient provoquées ; passions qui étaient au désir d'occire ce que les flammes étaient au feu.

Les avait-il assouvies ? Oui, de tous ses muscles. Il s'était vivifié dans ces œuvres de mort. Désormais, malgré la présence de ses compagnons, il sentait autour de lui une espèce de vide.

« Me voici réduit au chômage. A quoi vais-je employer mes jours, à Gratot ? »

Décidément, le sommeil le fuyait. Nul ne remuait dans la grange. Saladin lui-même semblait avoir renoncé à s'étriller à grands coups de patte. Conservait-il en mémoire des scènes de ces jours et de ces nuits de sang ?

« Et Anne ? »

1. Sur le sceau de Robert Knolles figuraient trois trèfles au lieu des lis.

44

Était-elle sortie de la grotte où Thibaut l'avait emmenée ? Allait-elle reprendre ses activités de chambrière au château ? Non, sans doute, puisque Claresme et Tancrède s'en étaient allées. Elle avait choisi délibérément son destin. A elle d'en supporter les conséquences.

Mais saurait-il un jour ce qu'était devenu leur enfant ? S'il naissait bon, il deviendrait meilleur au cours des années. S'il naissait vil et si Thibaut et Anne ne remédiaient pas à cette pestilence de l'âme, il se pouvait...

Rejetant cette éventualité avant même d'en avoir achevé les termes, Ogier ferma les yeux. Il devait oublier. Il y avait plus de courage à rompre par la pensée avec cet amour mort qu'à feindre d'en être endolori pour toujours.

II

Enjambant Raymond endormi, étendu de tout son long sur le seuil de la grange, Ogier, torse nu, suivi de Saladin, se dirigea vers le ruisseau pour s'y laver. La paix nocturne se craquelait aux premières poussées de l'aube. Les herbes drues s'inclinaient sous les pas. L'odeur amère du sol et des feuillages détrempés semblait presque palpable.

La pente descendait vers une combe obscure envahie de colosses aux membres tourmentés. Nul sentier, nulle éclaircie sous ce lourd toit sylvestre d'où filtrait une lumière glauque, attifée de vapeurs nonchalantes. Un oiseau sifflota, d'autres lui répondirent ; çà et là, des froissements révélaient les déboulés du gibier.

— Cherche, Saladin.

Tandis que son chien lui faussait compagnie, Ogier se faufila parmi les troncs roides et les sauvageons flexibles, enjambant les fougères et les ronces humides dont l'épais bourrelet dissimulait le cours d'eau. Il glissa, se retint à une branche et remarqua un passage. Ce ne pouvait être celui d'un sanglier. Alors un cerf ? Une biche allant s'abreuver ?... Non : Saladin lui-même se serait insinué différemment dans ces buissons.

Courbé, engoncé dans sa méfiance, le nez picoté par le froid et la brume, Ogier progressa lentement. Bientôt, plus que sa vue, son ouïe le prévint qu'il allait atteindre la cascade. Quand ce fut fait, il s'inclina et s'accroupetonna, le cœur saisi d'une stupeur intense :

« Elle ! J'aurais dû m'en douter... »

Assise, nue, sur la première marche d'un escalier de roches, Adelis frappait le courant du talon, prenant, semblait-il, plaisir à brouiller son image dans le miroir liquide. Pétillante, mousseuse, l'eau devait avoir la froideur de la neige, mais elle se délectait de cet attouchement, souriait, chantonnait et projetait parfois d'éphémères grappes d'argent sur sa poitrine.

— Ah ! Dieu, soupira Ogier à court de souffle.

A la surprendre ainsi au creux de l'ombre verdoyante, il éprouvait un sentiment étrange, fait de vergogne et de ravissement. Sans jamais jusqu'ici l'avoir prémédité, il commettait le larcin suprême : il s'emparait à son insu de l'intimité de la jeune femme ; il la connaissait enfin tout entière sans qu'elle eût consenti, pourtant, à lui livrer le moindre de ses secrets.

Il était ébahi et captivé. Cette beauté, certes, il l'avait pressentie, mais en niant qu'elle pût exercer quelque attrait sur ses sens. Jamais il n'aurait pu penser que dans la solitude, Adelis s'ébattait comme une jouvencelle insoucieuse, aimante et fière de son corps.

« Et qu'elle est belle ! »

Il y avait dans l'abandon de cette nudité aux turbulences liquides, dans les rites et enjouements de ce baptême que la limpidité de l'onde rendait plus poignant encore, une sensualité tellement envoûtante qu'il se demanda si cette nymphe arrachée par lui-même aux Anglais céderait incontinent à son brusque désir d'elle, pour peu qu'il le lui exprimât. Ces bras charnus, ces seins luisants de grenaille liquide, ces jambes voluptueuses, tout l'excitait en elle sous les lueurs rosées du matin. L'eau diaprait ses tendres contours, accentuait leur juvénilité, rehaussait l'or touffu des toisons. Et tels des haillons de brocart, les cheveux ondoyaient sur le cou gracile et les épaules ; parfois, doucement, Adelis les vrillait de ses mains.

Étrange destin que celui de l'argile humaine. Cette fille avait été meurtrie, vilipendée, souillée ; elle semblait n'en conserver aucun stigmate : bruissant et clair, un ruisseau lui restituait sa candeur. Sous les frondaisons immobiles et pépiantes, plongé dans les arcanes d'une résurrection presque magique à force de simplicité, Ogier voyait sur l'écrin le plus naturel qui fût au monde, une perle longtemps ternie, que l'eau venait d'épurer de son limon pour la glorifier devant un seul regard : le sien.

Afin de la contempler d'aussi près que possible, il rampa, s'égratignant la poitrine et les bras. Il trouva la robe et la camisole pliées avec soin sur des herbes, et les pétrit, les huma pour se pénétrer de l'odeur de ce corps momentanément invisible. Il se coula, ensuite, le long d'un tronc abattu. Là, et comme des appels discrets, il entendit des clapotis et repartit plus doucement.

« Qu'elle ne sache rien, surtout ! »

Bressolles pressentait-il qu'Adelis était aussi belle ? L'aimait-il seulement d'esprit ? Avait-il le corps aussi insensible que les figures qu'il taillait dans le bois et la pierre ?

Il y eut un froissement de feuillage, un bond, un cri.

Adelis courait vers ses vêtements, pataugeant dans le flot inégal et rapide. Elle glissa et l'intrus l'empoigna :

— Holà, ma belle !

Il riait, ceinturant la fuyarde. Elle se défendait en cognant des pieds et des coudes.

— Lâchez-moi !... Par grand-pitié, lâchez-moi !

Il la serrait ; elle lui tournait toujours le dos, offrant à Ogier tapi dans son buisson tout l'avers ruisselant de son corps.

— Lâchez-moi !

D'une torsion des reins, Adelis se dégagea pour

repousser son agresseur, mais Norbert empoigna promptement ses poignets :

— Holà ! quelles façons... Sacredieu, ma putasse, tu te prends donc vraiment pour une dame ?

— Lâchez-moi, je vous en supplie !

— Par la Sainte Vierge sans doute, grande niaise ?... Ah ! m'amie, si tu veux frétiller plus encore, viens dans l'herbe sans barguigner !... T'étais moins fière — pas vrai ? — au bordeau de maître Anseaulme d'où ce pourri de Saint-Rémy t'avait tirée !

Vacillants et furieux, ils s'empêtraient dans l'eau. Adelis résistait à cette force mâle décuplée par le désir.

— Quinze jours que je t'ai guettée pendant ce siège ! Les femmes, les filles étaient toutes prises, ou peu s'en fallait... et toi tu te méfiais ! Jamais seule !... Toujours au chevet des eshanchés[1] et des mourants... Un soir, on a eu tant faim d'amour, Augignac et moi, qu'on a faute de mieux besogné la Bertine. Elle allait étendre du linge, la pitioune, mais c'est elle qui s'est étendue !

— Gros porc !

— Holà !... Tu veux une jouée pour t'apprendre le respect ? Te crois-tu devenue gentilfame ? Eh bien non, tu n'es que mômée[2] en icelle !

Le charme s'effondrait. Ruines ternes, sordides : la chair réintégrait ses anciennes souillures. Ogier en suffoquait de rage : ce rustique avait tout gâché.

— Allons, amène-toi !... Faut pas longtemps... Ils dorment tous encore, sauf Argouges : il chasse avec son chien... Toi, depuis que tu es des nôtres, je te guigne comme un trésor !... Mais ce damné maçon est toujours entre nous... Bon sang, faut voir comme il te ménage !

Haletant, la joue contre un rameau piquant, la gorge tourmentée de spasmes douloureux, Ogier différait son

1. Estropiés.
2. Déguisée.

intervention bien qu'il se sentît terriblement inclus dans cette scène. « Si cet herlos[1] ne la lâche pas, je l'occis ! » Adelis luttait toujours, mais faiblissait. La voix de Norbert devint aiguë et suppliante :

— Hâtons-nous avant qu'ils se réveillent !... Et tu fermeras ta jolie bouche... Parce que si tu parles, je dirai que c'est toi, putain, qui m'as provoqué !

Ogier n'hésita plus :

— C'est moi qui te provoque !

Il avait bondi. De l'eau jusqu'aux genoux, malade de dépit, sinon de jalousie, il chancelait dans le courant face au couple ahuri et disjoint. En même temps qu'il percevait l'humiliation d'Adelis, immobile dans le geste assez vain de la pudeur offensée, il lut au fond des yeux de Norbert une fureur dont il fut ulcéré. Refusant de céder à l'attrait de la turbulence, il dit simplement :

— Partez, Adelis.

Tache claire et fugitive, elle passa devant lui ; sans se retourner, il la devina grimpant sur la rive et courant vers ses vêtements.

— Ainsi, Norbert, la petite Bertine, c'était toi !

L'autre, les pouces crochetés à sa ceinture d'armes, hocha la tête. Une image insidieuse écœura Ogier :

— Elle était jeunette... innocente, Bertine. Et elle a failli en mourir !

— Ce serait bien meilleur, m'avait dit Augignac. Il est passé avant moi... Quant à cette fille, fallait me la laisser !... Si vous voulez savoir, c'était une des dix putains de Maître Anseaulme, le bordelier près de Saint-Front[2].

— Et alors ?

— Elle avait pas à faire des façons... même si la seule fois que je l'ai prise, il m'a fallu lui faire violence.

1. Maraud.
2. La cathédrale de Périgueux.

50

Ogier considérait cette face glabre aux yeux de rat. « L'infect ! Qu'ai-je été m'en encombrer ! » Son cœur secouait sa poitrine d'où nul cri de dégoût ne parvenait à jaillir. Des misérables. Tous des misérables. Norbert volontairement, Adelis sûrement contre son gré. « Et moi qui me rassasiais de sa nudité et qui... » Non, jamais, bien qu'ayant eu lui aussi envie d'elle, il n'eût agi comme ce rustique !

— Que ferais-tu dans mon cas ?

— Je ne peux pas me voir en protecteur de putes !

— Et en quoi te vois-tu ?

Norbert ricana ; il avait des dents carrées, rentrées vers le fond de la gorge. Il puait l'ail. « Il a mangé pendant notre sommeil. »

L'ire du rustaud éclata :

— Entre nous, si quelqu'un doit défendre cette ribaude, c'est le maçon, pas vous. De plus, des filles follieuses comme ça valent pas la peine qu'on se querelle.

— Possible... J'ai cessé d'avoir confiance en toi.

— Pour si peu !

— Sur l'instance de Raymond, je t'ai pris comme soudoyer. Maintenant, je sais que je ne puis conserver parmi nous un larron de ton espèce...

Comme Norbert s'ébaudissait une nouvelle fois, Ogier eut le sentiment d'être un béjaune.

— Il suffit !... Va seller ton cheval et pars où tu voudras... Pour t'épargner les gabois[1] et reproches de nos compagnons, je leur dirai...

Il vit le geste et pensa qu'il était sans arme.

Il saisit des deux mains le poignet de Norbert au moment où l'acier dégainé surgissait. Pour éviter le coup dirigé vers son ventre, il bascula en arrière, entraînant son agresseur dans sa chute.

— Bon Dieu !... Tu t'en tirais à bon compte !

Immergé, Norbert lâcha son poignard. Il refit surface

1. Moqueries.

et, crachant, voulut se revancher d'un coup de poing. Sans peine, Ogier esquiva son attaque.

— Va-t'en, te dis-je !

Le malandrin se détourna comme pour obéir ; en fait, il avait pris son élan.

Atteint au menton, Ogier retomba, toucha les rochers du fond et sentit un pied lui broyer la poitrine. Il l'attrapa et le tordit. Norbert hurla et s'affala.

Immédiatement, Ogier fut debout. Il suffoquait, moins d'essoufflement que de malerage. « *Le falourdeur*[1] *! L'immonde !* » Saisissant le rustre par le collet de son haubergeon, il le contraignit à se relever puis, d'une furieuse poussée, l'abattit au fond.

Norbert se redressa et s'ébroua. Hoquetant, titubant, il repartit à l'assaut. Touché, Ogier sentit son front se gonfler. D'un brusque frappement du genou, il renversa son adversaire et le maintint sous le courant, jusqu'à ce que celui-ci, de soubresaut en soubresaut, se libérât dans un éclaboussement d'écume.

— Tu ferais mieux de partir... Éloigne-toi !

— Je t'aurai, damoiseau !

Ils s'épiaient, grelottant de froid et de fureur. Pliés en avant, les jambes écartées, les mains prêtes à s'agripper, c'était à qui trouverait une prise. Norbert, un sourire pincé à la bouche, se pencha brusquement et se releva :

— Prends ça, Normand !

Il soulevait un rocher.

Atteint à la poitrine, Ogier bascula, le souffle brisé. Des serres dures, vibrantes, se crispèrent aussitôt sur sa gorge. « *L'immonde !* » Il étouffait, le gosier en feu, les narines piquantes. Il parvint à saisir la ceinture d'armes de son adversaire et l'attira vers le fond.

Il était au paroxysme de la forcennerie et ce fut à son tour d'étrangler Norbert et de chavirer pour le maintenir, la face en avant, dans un creux d'eau pro-

---

1. Prétentieux.

52

fonde. Il insista jusqu'à le sentir s'angoisser, jusqu'à ce que les bulles qui gargouillaient en surface fussent devenues moins nombreuses.

— Bois tout ton saoul !... Enivre-toi à la santé d'Adelis !

Et soudain, écœuré, il relâcha ses doigts. Tuer, toujours tuer, d'une façon ou d'une autre... Non, pas cette fois !

Les bras du vaincu ondulaient mollement. Il le saisit par un poignet et le traîna jusqu'à la berge.

— Tu respires un peu... Remets-toi !

Il gifla Norbert jusqu'à ce qu'il ouvrît les yeux et reprît haleine. Jusqu'à ce qu'il fût secoué d'un spasme et soudain recroquevillé, vomît. Ensuite, il se retint de le frapper encore. A coups de pied, cette fois.

— Sauve-toi vélocement, malebête, sinon je vais t'occire !

Il entendit un rire bien connu. Comme il se détournait, courroucé, il vit Adelis, vêtue, suivie de Saladin, courir vers la grange tandis qu'assis sur un rocher, l'air réjoui, Briatexte, une queux à la main, affûtait Gloriande, son épée.

— Toujours généreux, Argouges !

— Étiez-vous là depuis longtemps ?

Bleuie de ciel, verdie par les feuillages et les quelques écheveaux d'herbes accrochés à son lit, l'eau du ruisseau tressautait entre les roches et les pierres.

— J'arrive, compagnon... Je voulais me baigner or, c'est partie remise. Mais j'aimerais connaître la raison... ou l'enjeu de cette attayne[1] entre vous et ce rustique.

Le vaincu se leva péniblement. Portant sa main à sa bouche bouffie et empourprée par les coups, il s'éloigna, le dos courbe, en toussant et grognant.

— Cet homme est un bousard[2], rien de plus ! gémit Ogier en tâtant son menton.

1. Animosité.
2. Fiente de cerf.

Il tremblait. Le retour vers Gratot s'annonçait déplaisant. Il vit Briatexte venir à sa rencontre, taillant à grands coups des buissons qui, pourtant, ne le gênaient en rien. Il vivait, lui, dans un courroux continuel.

— Votre visage a quelque peu souffert, Argouges, et vous aratelez[1] comme un jouvencel qui se pâme. Allons, apaisez-vous : les douces mains d'Adelis vous soigneront bientôt.

Une expression amère, presque douloureuse, tordit les lèvres de Briatexte :

— Ah ! les femmes... Venez, l'ami, revenons à la grange.

Avait-il *vu* ?

« Il me prend pour un fou, songea Ogier, s'il sait que je me suis battu pour une ancienne ribaude ! »

Tout en marchant, son compagnon remit sa Gloriande au fourreau :

— Il ne vous reste plus qu'à vous changer... Ah ! là là, du côté cœur, je vous sens faillible et sans défense... Par ma foi, la bien divine et terrible espèce que les femelles !... Croyez-moi : si vous êtes reçu à la Cour, vous en côtoierez de toute sorte... Belles... Des putes et des moins putes... Et d'autres, rares, qui ne le seront pas... Que faut-il, vous direz-vous, pour séduire ces dernières ?... L'intelligence ? La sincérité des sentiments exprimés en douceur ?... Nenni, Ogier !... Observez bien les hommes autour de ces charmeuses et vous verrez que la force, la vaillance connue et reconnue, les vertus de l'esprit et du cœur ne valent rien, comparées à la beauté fade, la présomption et l'aisance à conter fleurette ! Les intelligences profondes ennuient pareillement les gentilfames et leurs damoiselles... Elles préfèrent, aux nôtres, les petits cerveaux à semblance des leurs... Elles boudent aux courtoisies qu'on déploie pour leur plaire mais acceptent à plaisir, quel-

---

1. *Arateler* : haleter.

quefois en public, les façons franches, efficaces...
Croyez-moi et faites-en votre profit : la main au cul
vaut mieux que la main sur le cœur !

Ogier fut tenté de sourire.

— Qui êtes-vous, messire, pour avoir fréquenté la
Cour ?

— Que vous importe !... Je ne suis allé que deux
fois au palais... La Boiteuse m'a fait les yeux doux...
J'en frémis encore... de répugnance, bien sûr !

Et lâchant un rire saturé de mépris et de haine, Briatexte s'éloigna en direction de son Artus, que Raymond
lui amenait.

Ogier entra dans la grange. Ses compagnons y sel-
laient les chevaux. Tout en assujettissant les feuquiè-
res[1] du mulet, Thierry interrogeait Norbert que
secouait une toux rugueuse.

— Laisse-le, Champartel, il nous quitte... Il changera de vêtements plus loin... Donne-m'en des secs.

— Pourquoi doit-il partir ? demanda Raymond en
s'approchant. Messire, il ne veut en fournir la raison.

— Que t'importe ! C'est une affaire entre nous.

Près de l'escalier, Adelis serrait la sous-ventrière de
Facebelle. Le dos de sa camisole adhérait à sa chair et
lorsqu'elle se penchait, elle révélait ses reins, et dessous, la double courbe voluptueuse, tranchée d'un rai
de clarté.

Après l'action violente, une velléité troublait Ogier.
Ses impulsions, désormais, différaient. Ce dont il avait
besoin, c'était d'une douceur aussi secrète que sincère
et de gestes enveloppants. Son cœur s'imprégnait
d'une chaleur diffuse. Plus de convulsions, de froideur
et de haine, mais des mouvements lents, empreints
d'une tendresse avide.

« Pas le temps de se sécher. De devant, on doit voir
sa poitrine... mais Bressolles lui tend un pourpoint. »

1. Sorte d'étriers de bois placés à la selle des bêtes de somme ou
sommiers.

Dehors, à pleine gorge, Briatexte chantait :

Dame, ayez point peur, je suis là
Désireux d'amour, corps et âme
Espérant qu'un beau jour viendra
Qui vous fera enfin, ô Dame
Tomber dans ces bras que voilà.

— Hâtons-nous, dit Bressolles.

Adelis avait-elle instruit le maçon de sa mésaventure ? Ogier se tourna de nouveau vers elle. Non. L'index
appuyé sur ses lèvres, rougissante, elle lui souriait.

III

Oradour apparut derrière un rideau d'arbres : une poignée de maisons et le fuseau d'un clocher. Un sentier y menait, parsemé de bouses gluantes.

— Bon sang ! s'exclama Thierry. Il me faut retenir Veillantif. On dirait qu'il veut galoper.

— Jusqu'à un abreuvoir, dit Ogier. Tous ont soif... Nous également.

Il chevauchait fréquemment à l'arrière, admirant les croupes miroitantes des animaux, leurs cuisses épaisses et musclées, le lent balancement de leurs encolures et de leurs queues dont les crins s'étaient souillés contre leurs jarrets. Il aimait à entendre, sur les cailloux et les rocs, le cliquetis du fer ajusté au sabot, les tintements des lormeries[1] et les hennissements brefs et rares auxquels Saladin ajoutait ses cris. Il y avait, entre ces animaux, une accointance exemplaire.

Raymond fut le premier sur le seuil du village.

— Encore, compagnons, un méchant mal de vivre.

Délabrement, dénuement. Sous un appentis, un homme clouait des planches ; devant un seuil, une aïeule écossait quelques poignées de lentilles.

---

1. Ancien nom des ouvrages destinés au harnachement des chevaux : selles, mors, étriers, éperons.

— Tristesse et misère, commenta Briatexte. Croyez-moi tous : on vit mieux en Aquitaine.

— Alors, messire, s'écria Thierry, si l'on y est si bien, allez-y ou revenez-y !

— Pour nous, ajouta Raymond, les Gascons sont des émasculés. Faut être ainsi pour accepter la suzeraineté d'un Goddon !... Pas vrai, messire ?

Ogier approuva, satisfait d'être pris pour arbitre. Briatexte répliqua, placide :

— Édouard III, de bon droit, règne sur la Gascogne[1]. Il devrait également régner sur la France, puisqu'il est le seul descendant direct de Philippe le Bel... Votre orgueilleux Valois n'est qu'un bâtard, et je me demande pourquoi tu lui es tout acquis, Argouges... Car enfin, d'après ce que j'ai compris, c'est avec son assentiment que Blainville a dégradé ton père !

Ogier fut insensible au tutoiement, mais la glose sur la contribution du roi aux malheurs de sa famille l'obligea, sans passion, à se justifier :

— Je n'ai guère d'estime pour notre sire Philippe. Il est cependant suzerain de ce royaume auquel j'appartiens et que, par conséquent, je défendrai contre quiconque le voudra préjudicier. En ces temps difficiles, la France me fait parfois songer à une femme malheureuse, livrée aux malandrins de toute espèce, et dont l'époux — Philippe VI — n'est point trop amoureux, bien qu'il affecte le contraire... Je me sens enclin à défendre toutes les femmes en détresse... que ça vous plaise ou non, Briatexte.

Se détournant, il vit qu'Adelis souriait. Délivrée de Norbert, son sang se réchauffait... Belle dans ce matin tiède, et fraîche comme cette eau dans laquelle il l'avait entrevue.

1. Répudiée par Louis VII, roi de France, en 1152, Aliénor d'Aquitaine avait apporté à son second mari, Henri II Plantagenêt, son duché d'Aquitaine, territoire immense, composé du Bordelais, de la Gascogne, du Poitou, du Périgord et du Limousin avec droit de suzeraineté sur l'Auvergne et le comté de Toulouse.

« Aime-t-elle Bressolles ? » se demanda-t-il, agacé de lui porter tant d'intérêt. « Non ! Elle lui sait bon gré de l'avoir traitée avec des égards. »

Ce n'était pas ainsi qu'il imaginait les ribaudes. Il les voyait hirsutes, dépoitraillées, usant d'un langage pire que celui des gens d'armes... Adelis était-elle une exception ?... Voilà qu'ils entraient dans la ville. Quelques fumées glissaient sur les toits de chaume et d'ardoise.

— Marcepin boite, annonça Raymond d'un ton contrit. Il doit perdre un fer.

— Ça m'étonnerait ! s'exclama Thierry. Je les ai tous regardés avant notre départ.

D'une ébrillade [1] qui parut déplaire à Marchegai, Ogier leur fit face :

— Silence, les gars !... Nous allons bien trouver un fèvre en ce pays.

Ils franchirent un pont enjambant un ruisseau, s'insinuèrent entre des façades sans vie. La rue pavée, sonore, les conduisit devant une église au portail béant. Ils se signèrent et la contournèrent. Au lavoir, tout proche d'une halle sous laquelle jouaient des enfants, trois femmes caquetaient. Elles levèrent en direction des étrangers un visage perplexe. Des linges troués flottaient sur une corde.

— Bon sang ! dit Ogier. Nous sommes déjà sortis.

— Certes... Mais là-bas, à la courbe du chemin, je vois ce que nous cherchons !

Thierry pointait l'index vers un portail que surmontait un énorme fer à cheval.

Une enclume sur sa souche ; le fourneau surplombé par la hotte et flanqué du soufflet massif ; des galeries de pinces, de tricoises et d'outils empoissés d'une sorte de buée noire ; un baril d'eau ténébreuse et un établi

---

1. Secousse donnée à la bride d'un cheval afin qu'il se tourne d'un côté.

couvert de fragments de ferraille constituaient l'atelier de l'homme qui venait de les accueillir. Quarante ans ; grand, gras et roux ; des yeux bleu pâle, mélancoliques. Ceint d'un devantier de cuir, coiffé d'un bonnet en peau de mouton, les pieds dans des sabots, ce fèvre inspira confiance à Thierry :

— Compère, il paraît qu'un de nos chevaux se déferre... Celui-là, près du barbu...

L'homme, en la tordant dans ses poings, essora une panouille, s'essuya et jeta la toile dans le tonneau tandis que Champartel s'approchait d'un mur écaillé de fers préparés à l'avance. Il en décrocha un et le considéra des deux côtés — pince, mamelle et branches :

— Bel ouvrage, compère !... Crois-moi : je m'y connais.

L'homme parut sensible au compliment.

— Allons voir ce cheval. On fera ce qu'on pourra.

Dans la cour, il se dirigea droit vers Marcepin dont il flatta l'encolure en lui parlant doucement ; puis, soulevant l'antérieur droit du roncin :

— Le fer tient bon... Je vois ce que c'est.

Il tira un couteau de sous son devantier ; quand il se releva, il tenait au bout des doigts une miette de granit :

— Voilà !... Le fer n'était pas en cause...

Il vérifia cependant les trois autres, et pendant qu'il y était ceux de tous les chevaux, de Facebelle et du mulet.

— Où allez-vous ? demanda-t-il après qu'il eut terminé.

— En Normandie, répondit Thierry. En Pierregord, d'où nous venons, c'est la guerre.

Les petits yeux aux cils rongés par les flammes glissèrent sur Ogier et ses compagnons pour s'arrêter sur Adelis et Titus :

— Un chevaucheur est passé avant-hier avec une petite flote [1]. Il remontait à Paris informer le roi que le

---

1. Groupe de cavaliers — quelquefois de piétons. On chevauchait ou on allait « en flote ».

duc Jean, son fils, et ses hommes d'armes font mouvement pour meshaigner les Goddons. Mais vous, messires, et vous, dame, où comptez-vous passer la nuit ?... Vous semblez fort las... Quant à vous, monseigneur, votre front saigne...

— Nous comptions, dit Ogier, poursuivre jusqu'à Rochechouart.

— C'est à trois lieues d'Oradour. Or, regardez le ciel... Certes, il y a du bleu, mais il écume au loin comme une soupe aux choux.

Ogier quêta l'avis d'Adelis et de Bressolles. Comme ils n'osaient se prononcer, il décida :

— Nous allons demeurer céans jusqu'à demain. Nous avons besoin de dormir et de manger.

Son regard revint au forgeron :

— Connais-tu une hôtellerie ?

L'homme leva les bras :

— Notre cité en est dépourvue. Mais, comme d'autres, vous pouvez profiter de ma maison, de ma grange et de mon écurie.

— Eh bien, soit !

— Pour commencer, messire...

— Ogier d'Argouges, dit Thierry. Messire est chevalier.

— ... je vais vous faire donner une miche, du fromage et de quoi boire. Mon nom à moi est Matthieu Eyze. J'ai deux chambres. Une à trois lits pour vous, messire Argouges, votre écuyer et le seigneur qui vous accompagne...

Briatexte s'inclina.

— Et un autre lit pour cette dame et son mari.

Raymond s'ébaudit ; il fut le seul et en parut consterné. Le fèvre s'aperçut enfin de l'embarras d'Adelis et de Bressolles.

— Et puis quoi ! dit-il. Arrangez-vous entre vous.

Joignant ses mains en cornet, il hurla :

— Hervé !... Perrine !

Un garçon d'une quinzaine d'années apparut au seuil

61

de la grange. Maigre, mal vêtu, le regard bleu sous d'épais sourcils blonds, il tenait un râteau qu'il jeta derrière lui, sur le foin. Une grosse femme vêtue de noir, la tête enfoncée dans une huve de coutil bien blanche, ouvrit la porte de la maison attenante à la forge.

— Femme, fais entrer cette dame et ces hommes, et fournis-leur de quoi attendre le dîner... Hervé, occupe-toi de tous ces chevaux...

Tourné vers Ogier, Matthieu Eyze acheva :

— Mille pardons, messire, mais j'ai affaire.

Et traînant ses sabots, il regagna sa forge.

Dame Perrine posa des gobelets et un gros pichet d'étain sur la longue table de cuisine :

— C'est du clairet de par chez nous que je vous offre.

Buvotant le vin sans déplaisir, bien qu'il fût lourd et râpeux, Ogier entendit le soufflet de la maréchalerie, puis les ahans du fèvre mettant vigoureusement un fer en forme.

— Je suis bien aise, dit-il, de ne plus chevaucher.

Ses compagnons l'approuvèrent. En feignant d'ignorer une chienne grise, pataude, aux mamelles gonflées, Saladin se coucha auprès d'Adelis, toujours occupée de Titus. Ogier la soulagea du faucon qu'il jucha sur la corniche d'un vaisselier. Après avoir noué la longe du rapace à l'une des colonnes du meuble, il déchaperonna l'oiseau dont l'œil humide l'examina sans bienveillance.

— Dame Perrine, donnez-lui un peu de viande crue... en vous méfiant de son bec !

Ce conseil exprimé, il allait se rendre à la forge lorsque la commère parut inquiète :

— Votre faucon pleure et jette aussi de l'eau par ses narilles.

Ogier s'approcha du rapace. Effectivement, il larmoyait.

— Il a pris froid, et je suis sûre que ses yeux, au soir, il les protège de son aile. Il semble ainsi qu'il dorme alors qu'il n'en est rien...

— C'est vrai, dit Adelis.

Son anxiété toucha Ogier.

— Il est enrhumé du cerveau, continua dame Eyze, mais j'ai vu le mal à temps... Je vais mettre dans sa viande une poudre qui le guérira.

Elle disparut. Ogier considéra ses compères :

— En vérité, nous avons bien fait de nous arrêter.

Il s'intéressait moins à Titus qu'à Marchegai et Saladin, et c'était la première fois qu'il le voyait malade. Brusquement, il s'apercevait qu'il aimait son faucon.

— Veillez bien sur lui, Adelis.

Cette recommandation eût été superflue si elle n'avait signifié qu'il lui accordait toute sa confiance.

Il allait s'asseoir auprès de la jeune femme quand Saladin se leva. En grognant, le chien poussa la porte entrebâillée, puis traversa la cour. Il s'immobilisa sur la bordure herbue du chemin et parut humer l'air en provenance de la cité.

— Que lui arrive-t-il ?... Et quel est ce bruit lointain ?

— Les sabots d'un cheval, dit Matthieu Eyze, sur le seuil de la forge. Et il va, il va !

— Quelque messager, sans doute.

Le crépitement s'amplifiait. La queue de Saladin s'agita lorsqu'un cheval blanc apparut à sa vue. L'animal exténué galopa encore quelques toises avant de prendre le pas pour aller s'immobiliser devant le chien qui tourna autour de lui en aboyant et sautant de joie.

— Roxelane ! dit Ogier en s'élançant. Holà ! venez, les gars, c'est Roxelane.

La jument hennit. Dans l'écurie, Marchegai lui répondit. Ogier entendit son destrier ruer, gratter le sol impatiemment. « Il va casser du bois ! » songea-t-il. Il vit Hervé, inquiet, courir vers le bâtiment.

— Non, garçon, n'entre pas... Cela lui passera.

Raymond, Bressolles et Thierry le rejoignirent. Briatexte, de loin, s'écria :

— Tudieu !... Cette pauvre bête est hors d'haleine.

— C'est à croire, dit Matthieu Eyze, qu'elle a couru toute la nuit ! Quelques lieues de plus et elle mourait.

Ogier n'était pas de ceux qui découvraient des signes favorables ou néfastes dans certains faits. La vue d'un chat endormi ne signifiait point pour lui « une menace de trahison » et l'apparition d'un cheval blanc « *une bonne nouvelle en chemin* ». Soudain tourné vers le forgeron, et pour se sentir rassuré, il exprima son angoisse :

— Roxelane appartient à ma cousine. Pourquoi et comment, surtout, a-t-elle pu nous rejoindre ?

— Les bêtes, dit Bressolles, savent des choses que nous avons oubliées.

Après avoir passé sa paume sur la robe frissonnante et couverte d'écume de la jument, Ogier se plaça devant elle :

— Eh bien, princesse, que t'est-il advenu ?

Roxelane encensa tout en le considérant de ses grands yeux d'ambre humide. Ses naseaux de velours frémissaient ; sa bouche s'entrouvrait sur une langue pendante, chargée de spume. Le mors l'avait blessée — il le lui enleva ainsi que les rênes et la sous-gorge. La selle penchait. La respiration de la jument s'exaspéra en une sorte d'enrouement plaintif.

— D'où viens-tu, ma belle ? demanda Thierry en lui caressant l'encolure. Ah ! là là, messire, il est arrivé malheur à Jean et à votre cousine.

— Ils ont dû nous suivre de loin, en dépit de toute prudence, dit Ogier, indécis et troublé. Où peuvent-ils être ? Mon oncle et quelques hommes les ont-ils rejoints ?

Il se sentait incapable de développer une idée. L'apparition de Roxelane l'emplissait d'une anxiété puissante et lourde. Son regard tomba sur les jambes et le poitrail boueux de cette coursière dont Tancrède avait fait sa complice ; du sang coulait de longues écorchures. Elle avait traversé de nombreux épiniers, allant toujours et toujours, accrochant sa crinière, ses flancs, ses rênes aux griffes et aux piquants. On l'avait poursuivie longtemps. Qui ? Pourquoi ?

— Le mauvais sort, messire, chuchota Thierry. La chouette...

— Ferme ta goule, Champartel. Je ne crois pas à ces sornes !

Le silence s'emplit du souffle de Roxelane.

— La pauvre... Si, à la malheure elle mourait, j'en serais toute doulousée.

Adelis passa sa main sur le chanfrein de la jument, caressa son cou, puis entreprit de la soulager de sa selle, aidée en cela par Bressolles. Dans l'écurie, Marchegai s'était apaisé.

— Pauvrette, dit dame Eyze. La voilà en sûreté.

— Je la mène à la grange, dit Thierry que la compassion des femmes agaçait.

— J'ai ce qu'il faut pour ses plaies, dit Matthieu Eyze. Vous en faites point : elle s'en remettra.

Tandis que le fèvre et l'écuyer emmenaient Roxelane, Ogier décida, pour apaiser son angoisse, d'en faire l'aveu sans détour :

— Un malheur s'est produit, j'en ai crainte. Je vous ai tout dit, lors de notre départ de Rechignac : ma cousine a fui pour se soustraire à un mariage hideux. Je l'ai aidée et adjurée de se joindre à nous, mais elle a préféré Jean...

A quel événement devait-il se préparer ? Étrange impression que celle de cette attente où chaque instant, tout en s'égrenant, amoncelait au-dessus de lui un fardeau de mélancolie et d'incertitude. Une journée suffirait, sans doute, pour guérir Roxelane de ses frayeurs et de sa fatigue. Mais qu'était devenue Tancrède ? Et Jean ? Et son cheval Broiefort ?

— Je sais, messire, dit Raymond, qu'il vous tarde de revoir vos parents. Et nous acceptons tout pour vous satisfaire... Mais si votre cousine est en péril non loin d'Oradour, il convient d'y aller voir.

— Oh ! oui, messire.

L'anxiété brillait, vivace et chaude, dans les yeux d'Adelis. Sous sa coiffure légèrement défaite, son visage lavé des ombres du passé avait la roseur de l'adolescence. Quel âge pouvait-elle avoir ? Vingt ans ? « Jamais, jusqu'à ce moment, je ne l'avais vue de si près. » Soudain gêné par les pensées enfouies dans sa mémoire, Ogier se tourna vers Hervé, attentif, une fourche à la main :

— Cours à l'écurie. Dis à Thierry de te bailler mon épée...

D'un geste, il exigea le silence.

— Oyez, vous tous, ce qui nous vient.

Des cavaliers approchaient à toute bride. Il vit Raymond, la main crispée sur la prise de son arme :

— Dégaine et tiens-toi prêt. Souhaitons que rien de déplaisant ne se produise... Adelis et dame Perrine, allez vous enfermer... Nous n'aurons nul besoin, je crois, de revenir en arrière.

Il s'avança jusqu'au bord du chemin et vit surgir quatre hommes d'armes. Ils étaient coiffés de cervelières à nasal et vêtus, par-dessus leurs mailles, d'un tabard de coutil mi-pourpre, mi-sinople. Ils arrêtèrent si rudement leurs roncins que ceux-ci, en hennissant, se cabrèrent.

— La voici ! s'écria un des courantins le bras tendu vers Roxelane.

Il sauta de sa selle. Indifférent aux grognements de Saladin, insoucieux de la présence d'Ogier et de ses compagnons, il courut vers la jument, jusqu'à ce qu'il fût arrêté par la lance qu'au sortir de l'écurie Champartel venait de pointer sur son ventre.

66

— Arrière, intima l'écuyer que suivait Matthieu Eyze, une fourche à la main. Cette jument n'est pas tienne !

— Tudieu !... Arrière aussi, ribaut, et lâche-moi ce glaive !... Ignores-tu que les chevaliers seuls s'en servent ?

— Ribaut[1], moi ?... Écuyer s'il te plaît !... Dis à tes compagnons de rester où ils sont s'ils veulent continuer de te porter la santé !

Des grogneries filtrèrent à travers les barbes des trois rustiques. Elles exprimaient des sentiments connus d'Ogier : fureur, curiosité, impatience de manier les armes. Il s'approcha du sergent que Thierry contraignait toujours à reculer. Il se sentait passif, délesté de toute malveillance : il devait en savoir davantage sur les agissements de ces hommes ; ensuite, il aviserait à ce qu'il devait faire.

— Votre lame, messire.

Il saisit Confiance, coincée sous l'aisselle de l'écuyer, dégaina et laissa le fourreau choir au sol. Bressolles promptement le ramassa.

— Aussi vrai que je m'appelle Argouges, cette jument appartient à Tancrède de Rechignac.

— Qu'est-elle devenue ?... C'est la cousine de messire.

Thierry était aussi hargneux et assoiffé de vérité que si Tancrède avait appartenu à sa famille.

Les trois hommes d'armes mirent pied à terre. Le plus jeune s'occupa des chevaux ; les autres rejoignirent leur compagnon que l'écuyer menaçait toujours.

— Arrière, les gars ! Arrière, cria-t-il, ou j'en jure Dieu, malgré ses mailles, j'outreperce votre compère. Vous allez voir, vous tous, si Champartel est un ribaut !

En le traitant ainsi, le sergent l'avait offensé. Son visage mal rasé, pâle et suant, d'ordinaire paisible,

---

1. Soldat à pied et surtout mauvais soldat, car mal armé.

exprimait un courroux extrême, et peut-être pire : un violent désir d'homicide.

« Non, pas de sang, se dit Ogier. Pour ma part, j'en suis repu. »

Cependant, cette scène, et ce qu'elle présageait, semblait convenir à Briatexte : il venait d'ébaucher un geste vers son épée.

— Laissez votre Gloriande où elle est, Enguerrand ! Je sais qui sont ces hommes et je connais ces armes.

Et, désignant les écussons flétris sur les tabards :

— *D'argent à une bande de sinople chargée de cinq croisettes d'or* : vous êtes des soudoyers [1] de Thibaut d'Augignac !

Il considérait le sergent qui, reculant sous la pression du picot de lance, craignait d'être éventré s'il s'immobilisait. C'était un quadragénaire aux cheveux ternes, cendrés, dépassant en touffes incultes de sa coiffe de guerre. De part et d'autre du nasal, ses yeux clairs, bridés, lançaient des lueurs arrogantes.

— Êtes-vous Ogier d'Argouges, messire ?

— Ne te l'ai-je pas dit une fois de trop ?

Sans plus se soucier d'être navré, le sergent cala ses poings sur ses hanches :

— Votre cousine est auprès de Renaud d'Augignac et de son père.

— Auprès ?... Tu veux dire : *au pouvoir*.

Le sergent haussa les épaules ; il n'avait cure de ces subtilités :

— Je suis fort aise de vous voir !... Nous vous suivions depuis votre passage à Châlus, mais de trop loin. La nuit vous a aidés : nous avons perdu vos traces... Je désespérais de vous retrouver ce matin quand nous avons rencontré un gars qui venait de vous quitter.

— Norbert ! dit Raymond. Où est-il ?

— En Paradis, sans doute, ricana le sergent. Il était courroucé contre vous, mais au lieu de se revancher en

1. Hommes d'armes percevant une solde.

se contenant de nous dire où vous étiez, il a voulu... négocier. Plutôt qu'une poignée d'or en sa bourse, l'un de nous lui a fourni une bonne mesure d'acier dans l'escarcelle.

Ogier n'éprouva rien ; il détestait Norbert.

— Ainsi, vous nous suiviez !... Mais ma cousine ?... Vas-tu parler, fesse-pinte ? Je ne vois pas ton nez sous ton nasal, mais je suis certain qu'il est vermeil !... Allons, parle !... Où, quand et comment l'avez-vous attrapée ?

Le sergent tenta de repousser la lance ; Champartel l'appesantit davantage.

— Ôte ça, Thierry.

A regret, l'écuyer leva l'arme ; soulagé, le sergent croisa les bras :

— Votre cousine, messire, vous suivait, elle aussi, à distance... avec un jeune gars.

— Jean ! s'écria Raymond. Où est-il ?

— Continue, l'homme, demanda Ogier. Raymond, cesse de l'interrompre.

Il lui coûtait de feindre la sérénité. Le sergent eut un bref sourire :

— Elle portait si bien l'armure de fer que nous les avons pris pour deux hommes : un chevalier, *elle*, et son écuyer. Nous les avons arrêtés à la nuit tombante pour exiger d'eux le péage, puisqu'ils traversaient nos terres.

— Ne sais-tu pas, face de cancre, que les chevaliers peuvent aller et venir sur les chemins péageux sans bourse délier ?

— Faut dire, messire, qu'on avait reçu des injonctions sévères et qu'on s'y est conformés... Faut dire aussi que la méprise était justifiée, car votre cousine a dégainé et s'est battue baudement [1]. Et ce n'est pas elle qui a faibli, mais son compagnon... C'est *après* que nous avons vu sa blessure au flanc.

---

1. Hardiment.

— Après sa mort, pas vrai, car vous l'avez meurtri !

— Salopiot ! Merdeux ! hurla Thierry, approuvé par Raymond. Laissez-moi l'ébrener [1], messire, à coups d'épée !

L'insulte glissa sur le sergent. Il poussa un soupir : il était bien trop bon de se prêter à d'inutiles explications.

— Parle ! exigea impatiemment Briatexte. Tu nous laisses sur notre faim.

— Alors, messire, j'ai désarçonné cette furie... Bien sûr, c'est en relevant son viaire [2] que je me suis aperçu de notre erreur...

Nous sommes revenus à Augignac avec elle... en la ménageant, car elle nous avait dit son nom... Comme le pont tardait à s'abaisser et que nous venions de l'aider à mettre pied à terre, elle a lâché les rênes de sa jument tout en lui criant : « *Va-t'en !* » Et la maudite bête a obéi... Ah ! la vicieuse.

Ogier sourcilla et choisit de sourire :

— Vicieuse ?... Cette jument, l'homme, je la connais. Je puis même t'assurer qu'elle est vierge... ce que tu n'es plus... Quant à l'intelligence, il suffit de voir ta goule pour constater que le Ciel ne t'a fait aucun présent de ce côté-là, au jour de ta naissance.

Le sergent grogna, et cette fois, Raymond le tint en respect. Les trois autres, sentant la dissension s'envenimer, se rapprochèrent.

— Holà ! hurla Thierry, la lance menaçante. Restez quiets !

Indécis, la main à l'épée, ils se concertèrent du regard. Deux visages hirsutes étaient insignifiants ; l'autre, jeune, exprimait une fureur péniblement réprimée. Partant du haut de la pommette senestre, une entaille le traversait jusqu'au côté dextre du menton, épargnant le nez couvert de fer, mais transformant la bouche en groin. Personne, sans doute, ne pouvait voir

1. Nettoyer de ses excréments.
2. Visière, ventaille, etc., mais aussi *visage*.

ce sillon de chair oblique hérissé de poils livides sans éprouver du mésaise.

En crachotant, le soudoyer précisa :

— Nous avons reçu mission de retrouver cette bête, messire.

— Mais pourquoi *elle* aussi ?

Le sergent hésita ; l'Entaillé reprit son souffle puis, ce qui l'enlaidit davantage, il sourit :

— Messire Renaud souhaitait procéder à son procès pour la faire, ensuite, écorcher vive.

Bressolles, si maître de lui d'ordinaire, poussa un gémissement d'horreur. Briatexte grogna un « *Tudieu !* » dans lequel passait une sorte d'admiration pour qui eût osé commettre un tel forfait — ou y assister. Certes, il advenait que l'on mît judiciairement à mort des animaux après des procès aussi abstrus qu'absurdes. En voulant condamner Roxelane, les juges d'Augignac attestaient de leur perversité.

— Pourquoi ? insista Ogier, bien qu'il connût la réponse.

— Renaud vous hait. Il vous hait tous ! Il s'est réjoui que nous ayons occis le compagnon de votre cousine. Il paraît qu'il était chevalier ?

Cette question vibrait d'une moquerie dont Ogier s'indigna :

— Jean a obtenu ses éperons pour ses grands mérites. En bon état et à lui seul, il vous aurait taillés en pièces !... Hé ! oui, tu peux rire... Quant à Renaud, c'est un couard !

— Couard ou non, c'est à voir.

La sueur poissait les joues de l'Entaillé. Sans doute avait-il été le plus acharné à pourchasser Roxelane.

« Rien n'est plus pervers, songea Ogier, que ces hurons [1] convertis au métier des armes non par devoir, mais parce que toutes les abominations y sont permises. »

1. Paysans.

Il toucha de l'index la poitrine du rustique :

— C'est toi qui as meurtri Jean... Tu te rengorges trop !

La vanité gonfla le visage effrayant. Thierry faillit céder à l'irritation, mais Ogier releva la hampe de sa lance.

— Sache-le, effronté : si tu foules à nouveau mon chemin, tu paieras pour ce meurtre. Sache aussi qu'avant de t'estoquer, je te trancherai la hure dans l'autre sens !

Le rustaud voulut dégainer ; aussitôt Raymond pointa son épée sur son cou.

— Reculez tous les quatre ! gronda Ogier. Et voyez comme vous êtes couillons : vos chevaux sont en notre pouvoir.

Bressolles, impassible, tenait leurs rênes à pleines poignes. Un moment, l'Entaillé leva sa dextre jusqu'à sa cicatrice : elle devait le cuire ou le picoter. Un frémissement gonfla ses lèvres :

— Nous devions vous amener à Augignac, messire Argouges. Or, c'est impossible. Mais nous vous avons devant nous, et cela suffit...

— Qu'attendez-vous de moi ? Que j'aille seul ou presque délivrer ma cousine ? Et si je m'en allais ? Si je l'abandonnais ?

— Messire Renaud est sûr du contraire... Il dit que si vous ne faites rien en sa faveur, il fera tout en sa défaveur.

— C'est-à-dire ?

— Messire ! ricana l'Entaillé. Vous connaissez les usages. Tout d'abord, il la... connaîtra. Ensuite, il la livrera aux soudoyers — dont nous sommes —, lesquels, si elle vit encore, l'offriront à la meute.

— Ordures !

L'Entaillé plongea sa main sous son tabard, d'où il tira un parchemin.

— Ceci, dit-il, c'était pour le cas où nous vous

aurions rencontré comme nous venons de le faire... A toi de lire, Hélie, car moi, je ne sais pas...

Le sergent se saisit de la feuille épaisse, tachée de sueur, et la déplia. D'une voix lente, incertaine, il lut la provocation que le père de Renaud avait dû dicter à son chapelain, et nommément adressée à Ogier d'Argouges :

— *Pour les grands biens, honneur et... vaillance que je sais être en votre... noble personne, et pour qu'aucun... sévice... ne puisse être fait à votre très belle et... très noble cousine...*

— Abrège ces formalités oiseuses, coquin ! s'exclama Briatexte. Viens-en au fait !

S'inclinant, le sergent lut immédiatement les chapitres des combats proposés par Renaud : *lance, hache, épée, fléau et masse d'armes.* Tout y figurait ! Le vainqueur conserverait Tancrède.

La décision d'Ogier fut prise incontinent :

— J'accepte.

Les quatre hommes sourirent, soulagés. Quelle ire et quelles punitions s'ils étaient revenus déconfits à Augignac.

— Je serai demain, au matin, sous vos murs, vêtu et houssé dessus mon armure et tout paré de mes pleines armes afin que ce présomptueux reçoive le châtiment qu'il mérite... Dites-lui que je tiens à voir ma cousine avant que nous nous affrontions, et qu'elle monte Broiefort, le cheval de mon oncle... Car lorsque Renaud sera mort, nous ne nous attarderons pas à prier pour son âme... Dites aussi à Thibaut d'Augignac que cette riote[1] ne peut avoir lieu qu'au-delà de l'enceinte... et qu'il fasse préparer un cercueil pour son gars... Car aussi vrai que je me nomme Argouges, je le saignerai avant que de l'énaser[2] ! Et si j'en ai loisir, je l'essorillerai !

1. Combat, désordre, affaire.
2. Couper le nez.

Les hommes acquiescèrent et montèrent en selle. Ils partirent sans proférer un mot. Matthieu Eyze revint auprès d'Ogier :

— Perrine et moi allons prier pour vous, messire. Je m'occuperai de cette Roxelane sitôt qu'elle sera moins chaude... Nous savons par ouï-dire qui sont les Augignac. Entre eux et les truands, aucune différence : ils tuent, emprisonnent et sans doute empoisonnent, rançonnent et violent... Prenez garde !

— Que ferez-vous de votre cousine ?

La question venait de Bressolles, que Tancrède avait toujours ébahi par ses propos et ses façons garçonnières.

— Pour son bonheur, il lui faut aller de l'avant... Elle voulait gagner la Bretagne...

— La Bretagne ! s'exclama Briatexte.

Il n'ajouta rien et rengaina son épée. Ogier poursuivit :

— Une fois libre — car je pourfendrai Renaud —, elle décidera de son destin.

Il fit quelques pas. Il avait besoin de silence et de solitude. Il flottait dans un rêve fluide et glacé comme cette pluie longtemps subie. Il s'aperçut qu'il tremblait. Avaient-ils bien fait de s'arrêter ? Si Raymond n'avait pas cru que Marcepin perdait un fer, ils auraient parcouru deux bonnes lieues encore avant de prendre du repos. Roxelane ne les aurait jamais rejoints. Il n'eût rien su de Tancrède et de Jean...

Il s'appuya sur l'épaule de Champartel :

— Voilà que ma cousine me contrarie une fois de plus... Ah ! j'ai hâte de revoir mes parents et Gratot... Seul avec toi, nous serions peut-être au-delà de Poitiers... Et il va falloir revenir en arrière à cause de cette goguelue !

Matthieu Eyze s'éloignait ; il l'interpella :

— J'ai faim... Une fois que j'aurai mangé, je me coucherai... J'essaierai de dormir jusqu'à la prochaine aube... Bressolles, vous resterez céans avec Adelis, Saladin et Titus. Les autres me compagneront.

— Messire, veillez bien sur vous, dit Adelis.

Dans l'ombre de l'auvent qui surmontait l'entrée de la forge, elle lui offrait un visage blafard. Il se souvint de sa beauté belle et pure, sur les rocs du ruisseau. Et soudain, contre sa volonté, le visage de Tancrède effaça celui d'Adelis. Elle lui avait dit : « Je crois bien que je t'aime » or, dans ses bras, elle n'avait pas eu plus d'émoi qu'une figure de pierre. Elle était cependant attrayante, mystérieuse et irrésistible. Comme la mort.

— En grièvant Renaud, vous allez venger Jean.

Sous leurs fins sourcils, les yeux d'Adelis semblaient pleins d'émoi, de tendresse, et ses lèvres tremblaient. Elle s'approcha, le front clair, la démarche lasse ; il sentit son haleine et l'odeur de son corps — légères et d'autant plus émouvantes.

Soudain, les paupières à demi baissées se soulevèrent ; dessous, les iris bleu-vert semblaient fondre. Ainsi, pour lui, elle s'apeurait aux larmes !

— Soyez quiète, m'amie, dit-il, apitoyé.

— Revenez-nous, messire !... Avec ou sans *elle*.

Bressolles était loin, occupé auprès de Thierry et Raymond. Adelis hésita, et joignant ses mains fines :

— Sans vous... sans vous...

C'était un aveu, assorti d'une prière impossible. En deux pas chancelants, elle disparut.

IV

La forêt d'Augignac les avait absorbés. Les chevaux avançaient dans un lent clapotis, sous les voûtes ruisselantes, respirant à pleins naseaux l'exhalaison presque charnelle des verdures amoncelées. La pluie encore. Elle bruissait sur le bassinet d'Ogier et poissait la crinière de Marchegai dont l'encolure scintillait. Tout près, dans son armure noire, Briatexte se laissait mener par Artus. Devant, Thierry et Raymond, le dos courbe, parolaient à mi-voix. Passavant les suivait, chargé de l'écu, d'une lance — celle du défunt Blanquefort — et des armes.

— Est-il hardi ? demanda tout à coup l'ancien compagnon de Robert Knolles.

Les feuilles des arbres ébroussés par le vent voltigeaient devant eux en cohortes et centuries dont les souffles puissants précipitaient la déroute.

— Est-il hardi ? insista Briatexte.

Les gouttes foisonnèrent ; de lourdes perles cinglèrent les lèvres et le nez d'Ogier. Il fut tenté de clore sa visière.

— La haine donne force et audace !

L'incertitude l'avait envahi alors qu'il se mettait en selle ; maintenant, elle l'étouffait. Oui, Renaud se battrait avec forcennerie.

Il leva la tête. Ce qu'il vit du ciel, à travers les ramu-

76

res, le consterna : pareils à des dragons blessés, fuyant en répandant leur sang, certains nuages pâlissaient ; d'autres les pourchassaient, monstrueux et livides.

— Une glissade sera plus redoutable encore qu'un coup d'épée !

Il crispa ses gantelets sur les rênes. Malgré son écorce de fer, il percevait la mauvaise humeur de ses compagnons ; il la comprenait, bien qu'elle lui devînt désagréable. Car enfin, ils ne risquaient qu'un rhume.

— Cet outrecuidant nous aura retardés !

— Êtes-vous impatient, Enguerrand ?... Nous ne vous retenons pas en otage... Vous pouvez galoper où bon vous semble... Et d'ailleurs, en quel lieu pensez-vous nous quitter ?

— Poitiers.

Satisfait de cette réponse acerbe, Ogier continua d'observer, en lisière du chemin, les fourrés aux pelages fauves sur lesquels des oiseaux sautillaient comme des puces.

— Il me tarde à moi de sortir d'ici.

Il redoutait la profondeur de ces océans de feuillage où tout ce qui tuait — hommes et bêtes — pouvait se tenir à l'affût. Il maudissait ces racines à fleur de terre contre lesquelles Marchegai trébuchait, ces halliers pareils à des ours pétrifiés, ces lierres dont les spires musculeuses abandonnaient les troncs pour nouer, à quelque branche effeuillée, une guirlande aux luisances de bronze. Malgré, soudain, les sifflotements d'un merle, tout ce végétal exsudait une tristesse infinie ; mais devant, une brèche s'ouvrait : il faisait clair.

— Nous y serons bientôt, dit Thierry.

Ils sortirent un par un du tunnel de verdure. Une allée de grands peupliers apparut, et le sol devint herbu. Des moutons et des chèvres broutaient là, surveillés par un homme coiffé d'une cervelière, un vouge au poing en guise de houlette. Il observa les intrus avec une indifférence feinte : aussitôt qu'ils l'eurent dépassé, la plainte de son olifant ondula dans le ciel, provoquant autour de lui des bêlements d'apparence moqueurs. Thierry et Raymond s'esclaffèrent ; Briatexte désigna le but de leur chevauchée :

— Nous y voilà !

Insolent, redoutable, Augignac levait dans la nue tumultueuse sa haute corolle gris de cendre, hourdée de loin en loin[1]. Une bannière délavée flottait au sommet du donjon où remuaient des hommes.

— Cette bastille sans fossé, sauf sous son pont-levis, a très mauvais aspect. Gardons-nous : si quelques bons arbalétriers ont reçu commandement de nous accueillir, il est bon de nous tenir... à carreau !

Cela dit, Briatexte consulta Ogier. Son sourire quelque peu moqueur le courrouça :

— Dieu me préserve de devenir couard !... Je suis prudent... J'ai tellement vu de traîtrises qu'au soleil, je me méfie de mon ombre.

Artus glissa ; Ogier flatta l'encolure de Marchegai :

— Je compte aussi sur toi, l'ami, murmura-t-il. Et ce pâtre qui ne cesse de forhuer[2] me donne des agacins par tout... le corps !

Piteuse calembourdaine. Il ne s'en réjouit point car l'inquiétude, soudain, lui plombait bras et jambes. Il regretta de s'être prématurément couvert de fer. Mais Renaud lui aurait-il accordé le temps de s'apprêter pour combattre ? Il se tourna vers Oradour, vers l'obscur crêpelage des forêts sur lequel pesait une brume funèbre. Reviendrait-il là-bas en fin de matinée ? Il se sentait triste et comme déforci, incapable de dominer une sorte de langueur à laquelle il ne pouvait fournir un nom. Le plancher des hourds, soutenu par de massives jambes de force, crépitait sous l'effet de maints piétinements : le château tout entier voulait voir le tençon.

---

1. On nommait *hourds* les galeries de bois établies en encorbellement au sommet des murailles, pour en battre directement le pied.
2. Sonner du cor, surtout pour rappeler les chiens à la fin d'une chasse : sonner le *forhu*.

— N'avançons plus, messire, conseilla Champartel.

Ogier n'en avait pas l'intention. Il pouvait à loisir évaluer sa petitesse face à cette forteresse hostile en laquelle Tancrède avait langui une nuit dans l'ignorance, peut-être, de sa venue. Vivrait-il ce soir ? Et même, vivrait-il longtemps ? Atteindrait-il l'âge de son oncle ? De son père ?

« Se battre, songea-t-il. Se battre encore ! Chamailler contre ce fredain[1] qui envie mes éperons ! »

La passion des armes sans la magnanimité qui parfois les abaissait, n'était en vérité que monstruosité. Pourtant, s'il avait volontiers épargné Briatexte, il ne fléchirait pas devant Renaud !

— Les voilà ! dit Raymond.

Le pont venait de s'abaisser ; deux armures de fer le franchissaient au trot. Quatre hommes les suivaient, vêtus en bourgeois.

— Renaud à l'avant, Tancrède à l'arrière, sur Broiefort, commenta Ogier sèchement.

Elle portait cette armure milanaise qu'il avait, lui aussi, tant convoitée. Comme l'avait-elle obtenue ?

Dans l'ouverture du bassinet noir, une moue tordit la bouche de Briatexte :

— Pas de héraut d'armes. Des destriers sans houssement... Aucun clerc pour veiller au respect des règles... Rien de ce qui se fait d'ordinaire. Des dévergondés convoitant un butin : c'est ainsi qu'il faudra vous battre !

— Certes, messire... Mais quel butin !... Et puis, *dévergondé*, n'en êtes-vous pas un ?

La malice de Thierry arracha un sourire à Ogier. Ensuite, il se porta, seul, à la rencontre du petit groupe, et sans presque regarder Renaud dont le heaume et le haubert lui parurent toutefois des plus solides, il poussa Marchegai en direction de la jouvencelle, singulièrement à l'aise dans son habit de fer.

---

1. Scélérat.

Il la salua, non sans un soupçon de mépris. Sous la ventaille relevée, le visage rose demeura immobile. « Ainsi, on la prendrait pour saint Michel vivant ! » Mais ce n'était qu'une fille mômée en guerrier.

— Comment t'ont-ils traitée ?

— Assez vilainement.

Fouillant le regard vert dont il était enveloppé, Ogier n'y trouva rien d'autre qu'une sérénité froide, revêche, et qu'il connaissait bien.

— Pourquoi n'avez-vous pas suivi la voie que vous aviez choisie, Jean et toi ?

— Il était trop mal pour que nous fassions un détour... Peu après Thiviers, nous avons failli être rejoints... Nous avons chevauché dans le lit d'un ruisseau pour égarer la meute.

— Je t'avais demandé de partir avec nous !... Jean est mort bêtement.

— Hardiment, beau cousin !... Les goujats d'Augignac se sont mis à trois contre lui...

— Et cette armure ? Pedro ne te l'a sûrement pas donnée !

— Elle me sied. Je l'ai voulue dès le premier jour où nous l'avons vue... Il l'avait offerte à Guillaume qui l'avait refusée. Je l'ai prise.

Il eût pu la traiter de folle, mais il renonça tant on les observait. D'ailleurs, par l'esprit, il démembrait cette enveloppe luisante jusqu'à revoir Tancrède telle qu'il l'avait connue, dans sa nudité limpide, sur le grand lit encourtiné de Rechignac. Il s'étonna que son désir de l'étreindre, pourtant assouvi, eût resurgi au tréfonds de lui-même avec la lancinante acuité des jours enfuis. Allons ! Il devait puiser dans ces souvenirs tièdes encore la volonté de se désensorceler.

Il désigna Renaud, la tête invisible sous son heaume terne, cylindrique, vieux d'au moins trente ans :

— Il m'est égal d'affronter ce pourceau. Mais si je perds la vie...

— Tes amis me défendront... même messire Bria-texte.

Le compagnon de Robert Knolles s'inclina, la dextre sur le cœur, tandis que celui d'Ogier s'emplissait d'un sentiment amer, pire que la jalousie. Rien, jamais, ne pourrait assagir cette fille. Elle croyait dur comme fer à son pouvoir souverain, et en dépit des circonstances, l'impression de langueur qui, malgré l'armure, se dégageait de sa personne, ressemblait étrangement à de la volupté. Broiefort fit un écart ; elle rit, s'anima :

— Beau cousin, cesse donc de faire ce visage ! Tu vivras, j'en suis assurée. Tu vas débeller[1] ce huron.

Ogier resta muet. La mort de Jean, puis une nuit de captivité, d'inquiétude ou d'angoisse lui restituaient une Tancrède inchangée. Quelle créature ! Elle semblait insensible à la peur, à la vergogne ; elle méprisait les façons retorses et les cautelles mais en usait à son avantage. Tout ce qu'elle convoitait, elle l'obtenait sans pousser le plaisir de possession à son comble, sans jamais éprouver le moindre repentir. Ainsi, cette armure : elle l'avait robée à son beau-frère ; elle la portait fièrement et le remords ne la tourmentait pas. C'était pour elle une délectation de ne s'assujettir ni aux êtres ni aux principes, et tout en la regrettant sans oser l'avouer, elle s'accommodait de sa condition de fille, sachant toujours jusqu'à quel degré de complaisance ou d'abandon elle pouvait condescendre. Présentement, et sans qu'elle s'en dissimulât, elle se réjouissait d'assister à une fête mortelle.

— Je vais, beau cousin, t'ennorter[2] à saigner ce chapon !

Tout le mystère de la mort et toute la fureur de vivre semblaient soudainement procéder de cette voix mi-souffle mi-baiser.

— Allez-vous commencer ? hurla Thibaut d'Augi-

1. Combattre victorieusement.
2. T'exhorter, t'encourager.

gnac tandis que Renaud s'agitait sur sa selle, communiquant son impatience à son roncin pommelé, harnaché de cuir neuf.

Briatexte sourit ; sa voix devint rugueuse :

— Vieillard, es-tu pressé de voir périr ton gars ?

Le baron resta coi. Sa mise était simple : du noir des pieds au chaperon afin, sans doute, de conjurer le mauvais sort. Un tic plissait ses joues plates, d'un jaune amati comme l'écorce des citrouilles, et triboulait parfois son menton en jachère. Il n'avait qu'un poignard accroché à la hanche. Son sénéchal vint prendre place à sa dextre. C'était un quinquagénaire maigre et solennel. Ce fut à lui, sciemment, qu'Ogier s'adressa :

— Avez-vous fait aviser mon oncle que sa fille était en votre pouvoir ?

— Non ! hurla Renaud sans se désheaumer.

— Êtes-vous prêt, messire ? demanda le sénéchal.

Des bas-de-chausses au chaperon, il était vêtu d'écarlate grise.

Ce riche tissu accusait sa minceur, sa grandeur, et si sa tête glabre semblait insignifiante, c'était en raison du voisinage immédiat du garçon qu'Ogier détestait : l'Entaillé. Ce félonneux avait des mains crochues et pâles — des serres d'étrangleur. Derrière lui, roides sur leur cheval, deux hommes d'armes attendaient : l'un tenait le bouclier de Renaud, l'autre sa lance dont le picot semblait enduit de poix. L'écu, en forme de cœur noir, devait avoir cinq pieds de haut et sa guige [1], plus large qu'un ceinturon, était parée d'orfroi.

« Ces armes excèdent les forces de ce malandrin. »

Sur cette pensée, Ogier considéra Tancrède. Dans l'ovale du bassinet, son regard était celui d'une chatte à l'affût. Elle passa lentement sa langue entre ses lèvres :

---

1. Cette courroie permettait de soutenir le bouclier par l'épaule, les *énarmes* étant des anses dans lesquelles on introduisait l'avant-bras, la main se cramponnant à la plus extrême.

— Ce malfaisant s'écueille[1]. Fais-en autant et tue-le !

Ogier s'aperçut qu'il transpirait. Tuer. Occire encore. Le désir qu'il en éprouvait devant elle allait être terni s'il n'exécutait point Renaud vélocement.

— Je le vais meurtrir, cousine, mais par goût de justice, nullement pour te complaire... C'est à lui que revient la mort de Blanquefort. Il avait scié son épée avant qu'il combatte le champion de Robert Knolles. Ne te l'avais-je pas dit ?

Et sans plus se soucier de Tancrède :

— Ma lance, Champartel !

Il empoigna l'arme humide sous le garde-main et la brandit devant Renaud :

— La reconnais-tu ? C'est celle de Blanquefort, que tu fis occire par une fallace[2] exécrable !

— Votre targe, messire, dit Champartel. Laissez-moi tenir un moment ce glaive[3].

En grimaçant, Thibaut d'Augignac désigna les fauves diffamés peints sur la face du blouclier :

— Deux lions dont vous ne pouvez être fier !

Il y eut des rires. Occupé à passer son bras dans la première énarme de l'écu[4], Ogier ne répliqua rien. A quoi bon s'encolérer pour un trait de cette espèce ; l'important, c'était qu'il se sentît solide sur sa selle et confiant en Marchegai ; indestructible, avec au fond de lui, tel un brandon énorme, ce grand besoin de violence homicide.

Raymond agita la hache d'armes :

— Elle vous attendra, messire, au bout de la lice, là-bas...

1. S'*écueillir* : rassembler ses forces.
2. Fourberie.
3. Le véritable nom de la lance — primitivement.
4. L'écu était fréquemment désigné sous les noms de *targe, écu-targe, talevas, taloche, adargue, cètre*, etc., selon sa forme et sa dimension. Large, cintré verticalement, arrondi en « bas de cœur » dans sa partie inférieure, celui d'Ogier était en bois ferré recouvert de peaux de bêtes contrecollées, peintes à ses armes et vernies.

Comme son cheval, impatient, encensait, Ogier rempoigna fermement la lance entre le garde-main et la grappe[1] et, relevant la tête :

— Je suis prêt, Augignac.

Ensuite, négligeant son ennemi, il interpella le baron :

— Mes armes sont, messire, ce qu'un méchant larron les a faites. Mais elles recouvreront leur intégrité... Votre fils, qui lui ne fut jamais intègre, va perdre sur-le-champ tout espoir de le devenir !

Et nullement gêné par le poids et l'encombrement de son écu, il rabattit sa visière.

« Oh ! le présomptueux... Il a brisé son bois sur mes lions ! »

Simultanément, le picot de la lance d'Ogier pénétra au bon milieu de l'écu adverse, repoussant Augignac contre son troussequin.

« Il chancelle et va tomber... Non !... Quelle male chance ! »

Lâchant le fragment de hampe coincé sous son aisselle, Renaud tourna bride et rejoignit les siens.

Ogier, d'un bref galop, fut auprès de ses compagnons, remit sa lance intacte à Champartel et saisit la hache d'armes dans la poigne de Raymond qui hurla :

— Messire, tournez-vous ! Il va vous meshaigner !

Approuvé par des clameurs et des sifflets, Renaud se ruait à l'attaque en moulinant une francisque.

« Ruin[2] et déloyal ! Je vais l'aborder du côté opposé à son arme. Il devra pour frapper se tordre et se pencher ! »

Déjà, les destriers s'aheurtaient. Le bouclier d'Ogier frémit sous un fendant d'une violence insoupçonnée.

1. Ou *agrappe* (grappin, agrafe). Bague de fer solidement fixée à la distance approximative d'un pied du bas de la lance.
2. Méchant, cruel, d'où *ruine*.

« *Bon Dieu !* » Il était désavantagé face à cette hache longue et lourde. Il aurait dû prévoir que ces perfides useraient des pires moyens pour le vaincre.

Les coups pleuvaient sans qu'il pût rudement y répondre. Son bras gauche vibrait, douloureux jusqu'aux os, mais sa main gantée de fer demeurait rivée à l'énarme de son écu. Entre deux ahans, il entrevit une épaule et frappa : le croissant d'acier poitevin glissa sur le bouclier de Renaud, prompt à l'esquive.

« Et voilà que ce malfaisant veut m'accabler ! Je ne vais pas rester à embourser[1] des coups ! »

Sur leur fond d'azur craquelé, les lions d'or équeutés sursautèrent.

Ogier contre-riposta, crut pouvoir atteindre Augignac à la hanche, mais celui-ci, éperonnant son cheval, s'effaça.

« Si ce malandrin se dérobe, pas moi ! »

Il revint à la charge l'arme haute et d'instinct, en l'abattant, pressentit le danger. « *Tu l'as mal engagée.* » Trop tard : sans surprise, saoul de rage, il entendit un craquement et sut — pas question de voir — que le manche de sa hache était rompu.

Le rire de Renaud, sous sa défense de fer percée de trois trous — les yeux et la bouche —, fut d'autant plus éclatant qu'autour des combattants la stupeur avait balayé les encouragements et les huées. « Rien à faire ! » Avancer ou reculer serait se découvrir, et malgré l'armure, se mettre en péril de mort.

— Achève cet estrif[2], cousin ! hurla Tancrède.

Les cris recommencèrent tandis qu'Ogier subissait plusieurs assauts imprécis. Pour s'abriter au mieux, il demeura aussi près que possible de Renaud acharné à vouloir briser ce bouclier, œuvre de Champartel, dont les lions d'or résistaient eux aussi à ses coups.

« Tu peux t'acharner, racaille ! Il est robuste. Je le

1. A recevoir des coups.
2. Combat, bataille.

tiens fermement !... Je savais ton aisance à manier les armes mais pas à ce point-là... Cogne ! Cogne tant que cela t'est possible !... Je ne te ressoigne[1] point, mais je fais le serment que je vais te soigner ! »

Il surveillait aussi le cheval d'Augignac : jeune et nerveux, le roncin supportait mal l'éperon parce que au dressage, sans doute, il en avait souffert.

« Il va faire un écart dont ce maudit pâtira. Il le faut ! Il le faut pour ma sauvegarde ! Pourquoi l'a-t-il préféré au Prinsault qu'il montait à Rechignac ? »

Les bêtes hennissaient en se poussant du flanc. Bien ferme sur ses étriers, incliné contre le garrot de Marchegai, Ogier se collait à son écu auquel, parfois, il appuyait le timbre de son bassinet. Les horions bourdonnaient alors dans sa tête. « Maudit sois-tu, Renaud ! » Il suait sous son globe de fer. Il fallait accepter cette sorte d'outrage dont devaient se gausser Thibaut d'Augignac, ses assesseurs et ses gens sur les murailles toutes proches.

« Je recule sans pouvoir fuir ni gauchir[2]. Il me faut reculer... amener ce lourdaud jusqu'à mes compagnons... Il est trop heureux de m'accabler pour éventer mon astuce... Nous y voilà presque... »

— Mords-le, Marchegai !

L'étalon noir attrapa le cheval d'Augignac au naseau ; furieux, celui-ci s'ébroua et se cabra, désarçonnant son cavalier dont la francisque tomba dans la boue — hors d'atteinte.

— Prépare ton épée, Renaud ! Qu'on en finisse !... Vous, les gars, aidez-moi à descendre.

Thierry et Raymond, prompts, efficaces. En face, tandis que son cheval trottait vers le pont-levis, les sergents d'Augignac remettaient Renaud debout.

« *Je vais t'occire, malfaisant !* »

Confiance dans sa dextre, son écu le couvrant de

1. *Ressoigner* : redouter.
2. *Gauchir :* esquiver.

la hanche à l'épaule, Ogier marcha au-devant de son adversaire et frémit d'étonnement :

« Qu'est-ce que c'est que cette lame ? Elle est noire, gluante... Quelle misture y avait-il dans son fourreau ? »

Les armes tintèrent, les boucliers s'entre-heurtèrent ; celui d'Augignac résonna sous des taillants furieux.

« Je vais t'engourdir les paumes ! Tes gantelets sont crottés : ta lame doit glisser !... Tu vas voir ce que c'est que d'avoir les mains vides ! »

Ogier frappait avec un plaisir féroce. Autour d'eux, parfois, le silence exhalait un cri pointu, et ce cri était commandement, exhortation, prière :

— Tue ! suppliait Tancrède.

Il dominait Renaud comme la justice, divine ou non, domine la crapule. Pendant cinq ans, ils s'étaient côtoyés, détestés sans jamais opposer leurs vigueurs et leurs armes, puisque telle était la volonté de Guillaume de Rechignac. Ils parlaient désormais le langage du sang.

L'écu d'Augignac tomba.

« *Relicta non bene parmula* [1] », eût commenté, sans doute, Arnaud Clergue qui n'avait pour targe que sa Bible.

Augignac manœuvrait son épée de ses deux mains gluantes. Ogier recula sous un moulinet, évita une flanconade et décida d'abandonner son bouclier.

Ils s'assenèrent de larges taillants que toujours l'une ou l'autre lame arrêtait. Parfois, Confiance parvenait jusqu'à la poitrine d'Augignac lors d'un coup de banderole. Le coquin la détournait avec l'impétuosité de la peur. Sous son écorce, Ogier macérait dans son jus.

« Le salaud !... Je le croyais moins aduré aux armes ! »

L'épée de Renaud, toujours. Eh bien, tant mieux :

1. *En abandonnant peu glorieusement mon bouclier.* Se dit des combattants qui reculent.

qu'il se meuve et s'épuise ! Chercher l'endroit de moindre résistance ; trouver la feinte après laquelle il faudrait crever d'un coup roide et précis ces mailles treslies si parfaitement unies. Et promptement, car la fatigue sinuait, inexorable.

« Cette chevauchée ne t'a rien valu. Achève-le ! Tout ce fer supporté depuis l'éveil du jour ! »

Il s'empêtrait dans des pensées confuses :

« Tu dois t'ennorter à occire ce gars ! Sois sourd aux prèchements[1] des siens !... Ta cuidançon[2] est injustifiée. Des deux, c'est toi le meilleur ! Tu le sais, prouve-le ! »

Sautant pour éviter un revers redoutable, il trébucha sur un tronçon de lance, ploya les genoux et talonna comme s'il se noyait. Tomber, c'était mourir.

Il étouffait ; son cœur ruait contre sa cuirasse ; ses jambes vacillaient, leurs articulations s'alourdissaient rendant sa démarche ébrieuse. Parfois sa chair semblait adhérer à l'armure.

— Ah ! s'exclama-t-il en voyant Renaud glisser, lâcher son arme et choir à la renverse.

Cris et lamentations de tous ceux d'Augignac. Jamais leur champion ne se relèverait ! La pointe de Confiance toucha le colletin de mailles, sous le heaume.

— Qu'en dis-tu, damoiseau ?... Voilà que ton épée s'échappe avant ton âme !

Maigre joie que d'égorger ainsi ce malandrin, et déception de ne rien voir de son visage.

— Tue-le ! implora Tancrède toute proche.

Ogier souleva sa visière :

— Baron !... Accourez seul relever votre fils.

Visière close.

« J'ai bu un bon coup d'air. »

Thibaut d'Augignac livide et plaisant à observer,

1. Exhortations.
2. Inquiétude.

même partiellement, dans la vue du globe de fer, s'empressait de relever son fils.

« Regarde bien, baron !... Regarde bien le peu que tu vois de ton gars... Car il vit ses derniers moments... Parce que je suis bon, je l'occirai debout ! »

Bruits des lames encore, pareils à des crépitements lents et lourds. Ils vous résonnent jusqu'au fond des oreilles, jettent dans les paumes des poignées de fourmis cependant que les doigts semblent se couvrir d'engelures. Étincelles des aciers dont les tranchants s'émoussent. Grognements sous le métal où le souffle s'amenuise et devient buée. Imaginer le père de Renaud frissonnant de crainte et de contention ; Thierry, Raymond, Briatexte immobiles et cois proche de la cueillette[1] des autres... et Tancrède muette au milieu des deux groupes, Broiefort piaffant sous elle... Jouissait-elle comme une biche convoitée par deux mâles en rut ?

Renaud mollissait. Mal, lui aussi, aux épaules et aux bras. Et parce qu'il sentait son gars faiblir, Thibaut d'Augignac hurla :

— Hardi !... Tue-le !... Faut-il pour l'outrepercer, que je te remplace ?

Un taillant atteignit le bassinet d'Ogier. Dans le bourdonnement conséquent à cette secousse, il crut qu'en un éclair son visage éclatait. Une estocade lui succéda, foudroyante : passant sous la cubitière gauche, elle toucha l'articulation du coude. Aussitôt la douleur incendia les chairs. Bientôt, elle deviendrait insupportable.

« Il m'a eu ! Je n'ai pu eschever[2] ce maudit coup ! Il faut que je me destouille[3] de cet affreux ! »

— A toi !

Il avait frappé dur. Un coup à décapiter son adver-

---

1. Groupement, réunion de personnes.
2. Esquiver.
3. *Destouiller* : débarrasser.

saire dont le heaume, pourtant, tient bon. « *Mais il chancelle... Il est plus estourbi que moi !... La mort !... La mort !...* » Il écumait de rage et d'essoufflement. Son cerveau rissolait et bruissait sous cette injonction unique, destructive :

« *La mort ! La mort !* »

En finir. Que Renaud craque et succombe.

« Que je lui tranche un membre ! Que sa chair pendouille et s'en aille en lambeaux ! Qu'il souffre et hurle !... Ce malicieux a condamné Blanquefort au sépulcre !... Il a perfidement tué Rigobert... Il est l'auteur du trépas de Raoul Sidobre : un enfant... Il a voulu ma mort, il m'a manqué... Qu'il crève !... Que je venge aussi le viol de Bertine... onze ans... Tuer... Qu'il vomisse et pisse le sang... J'ai ma tête en feu. De la sueur dans mes yeux... De l'air ! »

Des ondes de férocité irradiaient du cœur d'Ogier. Il n'était plus un chevalier mais un archange acharné à séparer d'un corps rétif une âme impure.

Il répandit le reste de ses forces en une espèce de délire ; frappa sur une épaule que sa lame entama — cri furieux de Renaud. Frappa le heaume et y fit un creux.

Il grondait et râlait car son bras maintenant se mouvait avec difficulté. Il malmenait si ardemment Augignac que la prise de Confiance, entre ses gantelets, semblait devenir molle et fondante.

L'autre suffoquait sans doute, parait désespérément, et tandis que la vigueur de l'effronté s'étiolait, lui, Argouges, malgré la douleur accrochée à son coude, sentait bouillonner dans ses muscles une vitalité presque magique : Dieu l'assistait.

Fulgurante estocade. Confiance creva les mailles et les chairs pantelantes.

« Au cœur ! En plein cœur ! »

Joie. Mieux : jouissance. Renaud hurla : effroi, fureur, douleur. Il tituba, du sang gicla et ruissela sur sa poitrine. Il s'effondra. Le rire de Tancrède accompagna sa chute.

Dégrisé par cette gaieté, Ogier demeura immobile, sa lame tachetant de vermeil le sol fangeux guilloché d'empreintes de sabots et de semelles.

Thibaut d'Augignac était auprès du vaincu. En grognant, il délaça et retira son heaume. Visage rouge, yeux exorbités et ternis, bouche entre-close sur son cri, le vaincu, même dévié [1], conservait cette expression de malignité, de perversité, qu'Ogier avait toujours détestée. Saisissant le défunt aux épaules, le baron supplia :

— Renaud !... Renaud !

Voix impérieuse, éraillée d'impuissance.

— Renaud !... Renaud !... Je t'implore de vivre !

Le vieillard secoua vainement son fils. Ogier, indifférent, releva sa visière :

— Tu juppes en vain, Thibaut d'Augignac... Dieu seul pourrait ressusciter ton gars s'il en valait la peine... Or, ce n'est pas le cas... Je l'ai châtié comme il le méritait... Thierry, délivre-moi de mon bassinet... Dénoue vélocement cette aiguillette qui le lie à mon colletin !

L'écuyer s'exécuta. Tandis qu'il emplissait un grand coup ses poumons, rafraîchissant ainsi sa gorge en feu, les yeux d'Ogier croisèrent ceux du baron. Il y lut l'affliction, la fureur et la honte. Il fut tenté d'ajouter : « Tu l'as voulu aussi, ce jugement du diable ! Eh bien, tant pis pour toi et ta postérité ! » Mais à quoi bon. Il ne devait songer qu'à sa sauvegarde. Partir.

« Mon bras », pensa-t-il.

Il souffrait. La plaie devait être profonde. Il remit son épée sanglante au fourreau.

— Pas le temps de vous soigner, messire, dit Raymond en amenant les chevaux. Voyez-les !

Ceux d'Augignac s'étaient approchés du défunt. Renaud échec et mat. Ils se pénétraient de cette évi-

1. Mort.

dence. Le sénéchal faisait la moue ; l'Entaillé tapotait la prise de son arme. Une impression d'incrédulité, mais nullement de tristesse, émanait de ces hommes à court de hurlements, engourdis dans leur stupéfaction et leur silence. Leurs chevaux, paisibles, broutaient l'herbe peu avant le pont-levis sur lequel une dizaine d'archers venaient d'apparaître. Aucun chapelain ne les accompagnait. Renaud et son père s'étaient-ils montrés si présomptueux qu'ils avaient négligé la présence d'un clerc ?

— Ne nous attardons pas, messire, dit Thierry.

Ogier négligea ce conseil. Il avait envie de tousser, de cracher, tant l'effort avait corrodé sa gorge.

Il rejoignit Tancrède. Elle souriait : la mort de Renaud l'enfiévrait d'un plaisir cru, vivace, qu'il trouva indécent.

— Quitte Broiefort.

Il balaya un début d'objection, avivant ainsi la douleur de sa blessure.

— Aide-la, Thierry.

Et, lorsqu'elle eut mis pied à terre :

— Bon sang, cousine, tu as bien mérité de voir de près cette dépouille !

Elle avait reculé comme s'il puait ou souffrait d'un mal redoutable. En fait, c'était vrai : en sa présence, parfois, il s'était senti malade. Étrange mal, fait de scrupules, d'ironie rétractée ainsi que d'une espèce de concupiscence anxieuse.

Tancrède, enfin, le suivit. Elle supportait l'armure. Sa fierté dominant sa répugnance, elle allait abaisser son regard sur le trépassé lorsque Thibaut d'Augignac se releva et l'empoigna aux épaules :

— Putain !... Tu te réjouis un peu trop !

Tancrède se dégagea et sourit dans l'embrasure de son bassinet :

— Bas les pattes, baron !... Votre courroux me plaît autant que votre deuil... Auriez-vous perdu la mémoire ?... Quand, à l'aube, vous m'avez visitée dans ma geôle, ne m'avez-vous pas dit que si mon cousin succombait face à votre malebête, vous me livreriez en pâture à vos hommes ?... Que voudriez-vous donc, maintenant ? Que je pleure ? Eh bien, non : Renaud est mort, bien mort, et je m'en ébaudis !

Briatexte s'interposa entre cette fille agressive et ce vieillard douloureux dont la dague, soudain, armait le poing.

— Par Dieu, baron ! Le sang de ton fils ne te suffit-il pas ? Voudrais-tu que j'y ajoute le tien ?

A la vue de l'épée pointée sur sa poitrine, Thibaut d'Augignac recula et trébucha sur le défunt. Ses gens grognèrent, surtout l'Entaillé, assoiffé de revanche. Ogier, méfiant, se tourna vers le pont-levis. Les archers demeuraient immobiles. Il regarda sa cubitière teintée de rouge, tandis que Briatexte ricanait :

— La même plaie que celle que tu m'as faite... En somme, c'est Renaud qui m'a vengé !

Jamais cet arrogant n'admettrait sa défaite.

Thierry et Raymond juchèrent Tancrède sur Broiefort. Ogier leur sut bon gré de l'aider, ensuite, à se remettre en selle : seul, il y fût difficilement parvenu. A chaque mouvement de Marchegai ou de lui-même, son coude le tourmentait. Pas le temps, cependant, de voir le dommage : il fallait quitter ces lieux avant que les choses ne s'y enveniment. Il se tourna une dernière fois. A pas lents Thibaut d'Augignac et son sénéchal emportaient le corps de Renaud. Les soudoyers les précédaient, à pied, en direction des murailles. Les chevaux suivaient, dociles.

— On dirait déjà son enterrement !

— Hâtons-nous, dit Briatexte. Notre plaisir doit leur paraître outrecuidant... Ce Thibaut va soudain oublier son chagrin et commander à ses bandeurs [1] qu'ils nous châtient. Voyez : deux d'entre eux ont la sagette encochée !

---

1. Archers qui tendent l'arc.

Tancrède suivait Raymond. Son épée cliquetait contre sa genouillère. Ogier eut envie de railler cet appareil guerrier en dépit duquel elle n'atteindrait jamais à la renommée de ses parangons de vaillance et de vertu : Jeanne de Clisson et Jeanne de Montfort. Elles, au moins, savaient se battre et l'avaient prouvé.

— Veux-tu toujours, cousine, aller jusqu'en Bretagne ?

— Bien sûr.

Son audace s'assortissait d'une feinte nonchalance. Quelque effort qu'il eût entrepris pour repousser des images inopportunes, il la revit divinement nue, douce et passive entre ses bras, et soudain belliqueuse, croisant l'épée avec lui dans un souterrain de Rechignac... Jusqu'où la conduirait tant d'âpreté ? Si elle persévérait dans ses errements, elle provoquerait, plutôt que leur admiration, le mépris des hommes auxquels elle ne ressemblerait jamais. Quant aux femmes, incapables — et pour cause — de comprendre un tel reniement de son sexe, elle devrait affronter leur aversion, subir leurs moqueries, rejeter ou accepter les ardeurs perverses de certaines.

Comme Raymond les distançait, Ogier baissa la voix :

— Tu es trop présomptueuse, cousine. Tu veux vraiment l'impossible !... Et qui te crois-tu donc ? Tu feins d'être dégoûtée des mâles, même de moi qui t'ai embrassée, consentante.

— Embrassée mais point embrasée. Tu sais très bien, cousin, quelles amours je préfère... Or çà, tu t'es bien battu. Est-ce Adelis qui t'a envigouré si bellement ? D'ordinaire l'amour ou sa semblance...

Il l'interrompit sèchement :

— Tu sais où je vais. Ne compte pas sur moi pour te mener en Bretagne.

Lâchant les rênes, Tancrède ôta son bassinet, qu'elle accrocha au pommeau de sa selle. Quel contraste entre ce fer qui jusqu'au cou la faisait homme et ce visage pur, délicat, virginal !

— Je n'ai point quitté tous ces fers de la nuit... Ainsi, pas moyen de me violer... Sache-le, beau cousin : je n'espère rien de ta bienveillance. Et je sais combien tu as envie de revoir Gratot...

Soudain Ogier s'imagina hourdé[1] de ses fidèles et parvenant à Coutances. Ils viendraient d'Avranches... Ils longeraient le parvis de l'église cathédrale, puis descendraient en direction de Lessay, provoquant partout le respect, car ils seraient armés de toutes pièces... Peut-être le reconnaîtrait-on... Eh bien, oui : pour qu'il en fût ainsi, la veille de ce jour-là, il repeindrait son écu chez les moines de Hambye dont le tourier, frère Peynel, tenait les Argouges en estime... Après avoir chevauché une lieue, ils prendraient un sentier sur la gauche. Alors, oubliant les fatigues de leur cheminement, ils modéreraient l'allure de leurs chevaux pour mieux jouir du spectacle que leur offrirait Gratot, dont la pure image grise se refléterait, dédoublée par la base, dans l'eau paisible des douves...

— Ne pourpense pas trop à ce que tu verras, beau cousin, ni même à ce que tu feras. Tu ne retrouveras rien de ce que tu as laissé là-bas voici cinq ans... Je sais ce qu'il en est... Tu peux me faire confiance au moins à ce sujet... Quand je suis revenue du couvent, rien n'était plus pareil à Rechignac et à l'entour.

Pour éviter un entretien désagréable, Ogier para Marchegai. Champartel, aussitôt, survint à sa hauteur :

— Défiez-vous-en, messire... comme d'une chouette !

Ogier, cette fois, ne put se courroucer.

— J'ai hâte... dit-il sans achever.

Le ciel s'éclaircissait. Ils coucheraient à Oradour, et il fallait qu'ils y parvinssent promptement, car malgré son bras replié devant lui, immobile ou presque, il souffrait. Le sang tachait sa cuissière et son gipon de

1. Escorté.

mailles. A mesure que la douleur s'affirmait, il se sentait dépérir.

— Pourvu que leurs archers ne nous poursuivent pas !

Il se savait incapable de supporter un galop, encore moins de combattre.

En les apercevant au seuil de la forêt, le pâtre, incrédule, s'immobilisa parmi ses chèvres.

— Eh oui, lui lança Champartel, Renaud est mat !... Méfie-toi, l'homme : Thibaut d'Augignac, ces temps-ci, sera d'une humeur pire que celle de ton bouc !

V

Engourdi et brûlé de souffrances éparses qui, pareilles à des sangsues, semblaient se gorger de ses forces, Ogier atteignit Oradour. Il avait vomi quatre fois et ne se méprenait plus sur la gravité de son état : la mort sournoisement serpentait dans son corps. Sans Bressolles, accouru à sa rencontre, il eût vidé les arçons.

— Ôtez-moi vivement cette armure, Girbert, supplia-t-il, tandis qu'en voyant la cubitière, le gantelet et la cuissière maculés de sang et de fiel, Adelis poussait un cri.

Soutenu par le maçon et la jeune femme, il se laissa porter jusqu'au seuil d'une chambre. Thierry et Matthieu Eyze le délivrèrent de ses fers, de son gambison et des doublets rembourrés destinés à amortir les coups.

— Eh bien, grommela l'écuyer en retirant la chemise dont la manche trouée gluait de vermillon, ce malfaisant a su vous empoindre[1] !

Frissonnant de douleur et de fièvre, Ogier se laissa choir sur le lit.

— Où est ma cousine ? demanda-t-il, les yeux clos.

— Dehors, dit Thierry, avec Briatexte. Ils ne se sont guère quittés !

---

1. *Empoindre* : frapper en piquant.

— Laissez-vous aller, messire, murmura Adelis en lavant la plaie. Qu'en pensez-vous, messires ?

— Je n'ai jamais vu une entaille de cette espèce épancher tant de sang putride ! dit Matthieu Eyze.

— Moi également, dit Bressolles. La grosse veine qu'on a en cet endroit est peut-être rompue, d'où cet épanchement... Une corde, dame Perrine...

Ogier ouvrit les yeux et vit mal les visages penchés sur lui.

— Il va nous falloir serrer là, sous l'épaule, dit Bressolles. Quand la plaie cessera de saigner, je la verrai de plus près.

— Par saint Michel, grommela Raymond, toute la nuit passée, Renaud a dû laisser tremper sa lame dans quelque pourriture dont nous ignorons le remède.

— Te voilà rassurant, ricana Briatexte, statue sombre dans l'embrasure de la porte. Mais il est vrai que la pointe de son épée était noire, ainsi que le picot de sa lance.

Saladin vint flairer les gouttes rouges sur les dalles ; Bressolles le repoussa :

— Va-t'en ! Un malade suffit !... Mouillez bien cette plaie, Adelis. Rien, maintenant, n'est meilleur que cette eau chaude. Ensuite, vous le laverez tout entier pour apaiser sa fièvre.

Ogier sourcilla, regarda le maçon, puis Briatexte. « Ils sont de la Langue d'Oc, et pourtant... » Une idée effleura son cerveau, mais il était trop las : elle s'évanouit. Il grogna quand la corde du garrot comprima le haut de son biceps.

— Faudrait quérir un mire, proposa Champartel.

— Un mire ! s'ébahit Matthieu Eyze. Le seul que nous ayons est à trois lieues d'ici.

Dame Perrine apparut :

— J'ai du suc de millefeuille [1]. Mêlé à du saindoux,

---

1. L'achillée.

il arrêtera cette saignée... qu'il faut nettoyer avec de l'eau-de-vie que j'apporte...

— La plaie est profonde, dit Bressolles. J'ai déjà vu des lésions pareilles... Cautériser laisse des marques. Le meilleur, c'est de purifier à l'eau-de-vie — j'en conviens —, puis de coudre... Deux points serrés suffiront... Ensuite, nous maintiendrons le bras ployé... Sauriez-vous, Adelis ?

La jeune femme hésita ; Ogier l'encouragea :

— Vous pouvez le faire. Vous soigniez nos navrés[1] à Rechignac. Oubliez que c'est de moi qu'il s'agit... Et voyez : dame Perrine a tout prévu.

Adelis prit l'aiguillée de fil que la commère lui tendait. Elle s'assit sur le bord du lit et tandis qu'elle examinait l'estocade suintante, Ogier lui trouva les mains fines, soignées. Elle avait séparé en deux tresses légères ses longs cheveux dont l'or déteignait sur son cou, et comme l'émotion apparaissait plus encore sur sa poitrine haletante que sur son visage pensif, le garçon évoqua le contenu de cette robe fripée, ces seins, ces cuisses claires et leur ombreux voisinage. Il s'en voulut de l'avoir épiée, découverte, et de la découvrir encore intacte — et désirable — dans ses souvenirs.

— N'ayez crainte de me faire mal, Adelis. Je ne saurais m'en courroucer.

— Videz donc tout de même ce gobelet, demanda dame Perrine.

Il obéit, soutenu par Bressolles. Bien qu'onctueux, le liquide corroda sa gorge. Mouillé presque aussitôt d'une sueur ardente, il sentit à peine l'eau-de-vie brûler les lèvres de sa blessure ; mais en perçant les chairs, l'aiguille ranima la douleur engourdie. Il gémit, entendit s'exclamer Champartel, et bascula dans un puits de ténèbres.

---

1. Blessés.

Silence ; un silence au bruissement de mer paisible. Il percevait des cliquetis de fer, du fond de cette étuve emplie de vapeurs noires où il gisait, inerte, et les sens aiguisés.

— Dites-moi où je suis, par pitié !

Chasser ces brumes tournoyantes et lugubres. « En quelle geôle suis-je tombé ? » Voir ! Se délivrer de ces fumées insupportables.

— Dites-moi...

Il cessa de gémir : il voyait maintenant. Réels et lointains, lents et bruyants, des hommes couverts de mailles riaient et se préparaient sur des appontements : chevaliers, écuyers, piétaille, mercenaires. Dans le ciel ondulaient des gonfanons et estranières [1] aux fleurs de lis. Dessous, accrochés aux accastillages de proue et de poupe, des rangs d'écus bariolés frappés pour la plupart d'animaux flamboyants — cerfs, loups, oiseaux, dragons, griffons — et parmi eux, sur fond d'azur, les lions d'or fiers et purs des Argouges. Et ce havre où les bourrasques sifflaient dans les drisses et les échelles de corde : Honfleur !

— Non ! Non !... Ça ne va pas recommencer !

Les berges verdoyantes de la Seine. Et tout au bout de cette voie liquide, une forêt de mâts fleuris de bannières. Derrière, invisible et redoutable, ivre de haine, elle aussi, l'Angleterre.

— Laissez-moi donc à terre !... Laissez-moi revenir à Gratot !

Cris vains. Il y avait un ricanement quelque part. Ce rire affreux, il le connaissait !... Fuir !... Mais comment ? Cet homme disposait du Pouvoir.

— Père !... Ce chevalier est un démon... Gardez-vous !... Gardez-vous de provoquer Blainville... Ce malfaisant veut notre mort... nos terres... ma sœur Aude et...

La mer encore. « Nous allons, messeigneurs, con-

1. Drapeaux.

quérir l'Angleterre ! » Chaleur sous les voiles gonflées, multicolores. Le *Christophe*... Comme tout devenait simple ! Le plus grand des vaisseaux conquis aux Goddons. Et dessus, lui, Ogier... Et son père Godefroy. Son oncle : Guillaume. Et Blanquefort... Et d'autres, enlisés dans l'épaisseur nébuleuse des souvenirs. Et Richard de Blainville, hautain, souverain sur le pont... La grande flotte de France ondulant sur les vagues, portée vers la Flandre et tout à coup, en face...

— Oyez ! Voilà les Anglais.
— *Il déraisonne.*
Trois cents nefs bourrées d'hommes d'armes sur un fond de ciel pur.

— La guerre ! La guerre !
— *Apaisez-vous, messire... Allons, cessez de vous agiter !*
Qui lui parlait ainsi ?

— Je ne vois rien ! Délivrez-moi de ce baril où mon père a exigé que j'entre !... Par pitié !... Je ne vois rien, vous dis-je !... A l'arme ! A l'arme !

Les Goddons voguaient droit sur les navires et les gabarres de France, immobiles, enchaînés les uns aux autres et formant *frontière* à l'embouchure de l'Escaut. Les nuées de sagettes avant les abordages ; les cris, les hurlements de douleur et de rage... Et lui, Ogier, tapi dans ce tonneau empestant la saumure tandis que son père et ses compagnons résistaient de leur mieux au bouteis [1] des Goddons... Rouge... Tout était rouge. Rouge sang. Rouge vif. Viscosités humaines sur le pont... Rouge... On y taillait, coupait, cravantait [2] du guerrier... Rouge... Son père qui lançait sa dague sur Édouard III et l'atteignait à la cuisse... Trois contre lui, Godefroy d'Argouges... Rouge...

— Ces gueux vont l'assommer !... Père ! Père !
— *Cette lame, Augignac l'avait empoisonnée. Il est*

1. A la poussée.
2. Écrasait.

bon qu'il ait cette fièvre... Le mal le quittera sans doute
avec sa sueur.

— *J'ai peur.*

— *Il ne faut pas, dame Adelis... Aussi vrai que je*
m'appelle Perrine, il s'en remettra !

— *Je le connais bien. Il est solide, foi de Champar-*
tel !... Tout cela est la faute de sa cousine... Et même
de Jean, qui devait en être amouré.

Les survivants de la bataille alignés, miséreux et
hagards, dans la cour ombreuse d'une forteresse...
C'est répugnant, la défaite.

C'est... Ah ! qu'ils cessent de parler... Trois cents...
moins peut-être. Tous navrés, certains même amputés
d'un bras... Éclopés vivants aux jambes fléchissantes...
Trois cents sur vingt-cinq mille... Et on allait accuser
Godefroy d'Argouges de cette tuerie, imputable surtout
à Richard de Blainville...

— *C'est un traître !... Lâchez-moi !... Mais lâchez-*
moi par pitié ! C'est lui... C'est lui... Je l'ai vu avec
des archers anglais !

— *Il va tomber du lit... Tenez-le bien.*

— *Il souffre de son passé... Le vrai poison, c'est*
son passé.

— *Jamais je ne l'ai vu complètement heureux,*
depuis cinq ans que je le connais... J'ai compris pour-
quoi il y a quelques jours, quand j'ai su qu'on avait
diffamé les lions de ses armes... Pour un seigneur, sa
famille... et surtout un fils tel qu'Ogier, c'est un châti-
ment pareil à une mort lente...

— *Il doit se demander en quel état il va retrouver*
ses parents, le château de sa jeunesse...

— Aidez-moi !... Aidez-moi !... Mon père n'a
jamais failli !

Godefroy d'Argouges à cheval sur un tronc d'arbre,
chancelant, blessé, subissant le suprême outrage... Et
Blainville exultant ; Blainville traînant dans le fumier,
pointe en haut, l'écu des Argouges... Blainville, après
cette souillure, équeutant les lions d'or en quelques

noirs coups de pinceau, et voulant parachever son triomphe.

— Le bourreau !... Non ! Non !

— *Il va passer une mauvaise nuit.*

— *Voulez-vous, Adelis, que je reste avec vous à son chevet ?*

— *Non, Girbert, je le veillerai... Allez dormir... Vous en avez besoin.*

Silence. Les draps-suaires vrillés autour du corps tourmenté. Vivre pour se venger ! Vivre pour...

— C'est à moi de nous revancher !

Le cœur dont le tocsin bat dans une fournaise.

— Une iniquité !... Je ne veux pas aller à Rechignac... Père, laissez-moi revenir à Gratot... Nous irons trouver le roi... Nous...

Le bras qui se tend et retombe. La nuit. Le souffle rauque ; le corps glacé, poissé ; les tempes bourdonnantes.

— *En suant, il se désempoisonne... La même blessure que la mienne, mais son épée à lui était saine.*

— *Sortez, messire Briatexte ! On dirait que vous vous réjouissez de le voir en cet état !... Est-ce parce qu'il vous a vaincu quand vous serviez Robert Knolles ?*

— *Il ne m'a pas vaincu : il m'a désarmé !*

— *Vous n'êtes pas de la Langue d'Oc ! Nous le savons tous.*

— *Qu'importe d'où je viens, m'amie... Je m'en vais vous quitter... Lui, hélas ! n'est pas prêt de revoir son Gratot... s'il survit, ce dont je commence à douter !*

— *Partez ! Je vais d'ailleurs clore cet huis au verrou.*

Ténèbres et silence. Était-il seul ? Il grelottait. Quelque chose de froid sur son front. Une main sans doute... Anne ? Non, elle s'était enfuie avec un huron... Margot ?... Non plus. Ni Aliénor ni Clotilde...

103

— *Ne bougez pas... Ne vous esmayez pas* [1] !

Voix douce. Le sang sèche dans les veines et bouillonne sous la voûte du crâne... « Père !... Mère ! Attendez-moi... » Il s'enlisait dans une nuit gluante. En riant, Renaud lui tendit la main et voulut l'entraîner.

— Non ! Tu es mort... Mort ! Mort !

La nuit. Dormir. Dormir encore et peut-être toujours.

— J'ai froid...

Il frémissait, le mal se déployait jusqu'au bout de ses doigts et de ses orteils. Était-ce l'hiver ? Glace et neige. Des flocons de souvenirs fondaient dans sa mémoire. Il avait des soubresauts, des étouffements et des râles et luttait, farouche, contre l'emprise de ce gel pétrifiant alors qu'en ses tréfonds, il flamboyait.

— Ah ! dame... Vous faites bien de me venir réchauffer.

Cette nudité, au moment de l'irrémédiable noyade, c'étaient à la fois la dilection paisible et le plaisir léger, diffus, réconfortant, de se voir aider contre la male mort. Un moment, les spasmes impétueux s'espacèrent et les longues brûlures pareilles à des coups de fouet s'attiédirent. Rémission presque voluptueuse due à cette douceur charnelle, plus perceptible encore dans les affres du trépas que dans la félicité de l'amour.

— Sauvez-moi !

Accroché à cette inconnue, son délire, presque aussitôt, se dépeupla des fantômes hostiles.

— *Vous guérirez.*

Qui était-elle ? Il la serrait comme il eût serré une épave. Il l'enlaçait comme une épouse. Un souffle approchait contre son visage la douce rondeur d'une épaule. Enveloppé de tendresse et de compassion, il s'enlisait dans une sorte de bonheur que nulle autre créature n'eût pu lui donner lorsque le mal resurgit, feu et flammes, pernicieux, insatiable, assaillant à la fois

1. Ne vous effrayez pas.

le cœur et les viscères et enfonçant dans le crâne où fumaient les pensées, des clous incandescents.

— Ôtez-moi donc ce bassinet !... Il est trop étroit et j'étouffe.

Mains fraîches, doigts agiles montant et descendant sur la nuque.

— *Ne vous courroucez pas.*

Tout proches, un sein soyeux, une hanche dure ; même dans ces tourments infernaux, rien ne différait des sensations qu'ils dispensaient d'ordinaire. Et l'instinct d'amour le poussait à se maintenir contre ce corps, à enfoncer ses lèvres dans cette peau tendre afin d'étouffer ses gémissements. Deux bras mouillés de sa sueur l'enfermaient ; parfois, il soupirait de reconnaissance.

— Qui êtes-vous ?
— *Ne cherchez pas à le savoir.*
— Où sommes-nous ?

Soulevant ses paupières, il n'aperçut qu'une tache blafarde — un profil et une quenouillée de cheveux. Où était-il ? Sous sa paume battait un cœur aussi tourmenté que le sien. Il guérirait. Le mal s'effeuillait, revenait, brasillait, dur, flexible. Brouillard dans le lit défait. Il s'accrochait à ce corps qui le tirait de l'abîme. Le froid lui poignardait le ventre, les reins, et le mal ondoyait, l'agitant de démangeaisons ardentes, embrasant ses tempes et calcinant sa gorge. Vivre... Vivre pour assouvir sa vengeance. Quelle vengeance ?... Dans ses pensées illisibles, un seul nom miroitait : *Gratot*. Il devait se lever, marcher, étouffer l'incendie au-dedans de lui-même... Vivre... Vivre grâce à cette femme... Toujours ces martèlements sur son crâne. Déclore ses paupières de gisant. Ce corps inconnu contre le sien ; l'arôme de cette aisselle mousseuse où son nez plongeait...

— *Serrez-vous contre moi.*

Captif de deux bras doux et charnus, il glissa dans des obscurités traversées d'orages térébrants, sentit des seins durs contre sa poitrine, un ventre... Il frémit. Rêvait-il ? Cette femme, pourquoi l'avait-il impliquée dans sa mésaventure ? Elle lui offrait sa force, sa volonté. Il fut tout à coup certain qu'elle eût agi pareillement si son mal avait été contagieux. La peste. La lèpre... Il n'éprouvait pas le moindre scrupule à profiter de sa générosité. Fallait-il qu'elle l'aimât ! Et lui...

— Vous êtes bonne.

Leurs souffles accordés, puis désunis. Il passait du gelé au brûlant, de la terreur à l'espoir. Sa navrure envenimée ne le lancinait plus.

— *Vous vivrez... Vous avez grand-mal... Il vous faut boire.*

Soudain, personne... Le lit vide.

— *Buvez.*

Obéir. La gorge enflammée, l'eau bienfaisante.

— J'ai froid.

Il étreignit derechef cette femme dont les frissons s'ajoutaient aux siens. Sa main glissa sur son dos, sa cuisse et remonta jusqu'à son sein tandis que pour mieux le maintenir contre elle, elle serrait une de ses jambes entre ses cuisses.

Ils n'étaient plus unis, mais mêlés, mélangés. Il grelottait de fièvre et d'un désir informe aussi meurtrissant et inexpugnable que le poison qui corrompait son sang, tandis que les ténèbres mortelles continuaient de choir sur eux comme des plumes noires sous le vent.

— Je passerai la nuit... Le mal, grâce à vous... semble... refluer dans ma tête... Sans vous... qui m'êtes plus précieuse encore que...

Il se tut car une goutte venait de glisser sur sa joue, le chatouillant comme un brin d'herbe.

— Est-ce vous, Adelis ?... Il ne faut pas pleurer... Il faut... Ses yeux se fermèrent et il perdit conscience.

Le chant d'un coq et la sensation d'être coiffé d'un chaperon glacé tirèrent Ogier de sa torpeur. Il ouvrit les paupières. Adelis apposait sur son front un linge trempé dans du vinaigre.

— Souffrez-vous toujours, messire ?

Il regarda les bandes qui enveloppaient son coude :

— Je crois pouvoir supporter une courte chevauchée... Pourvu que ce mancheron de tissu ne colle pas trop à ma peau quand vous le changerez !... Ah ! tu es là, toi...

Saladin sauta sur le lit, bâilla de plaisir puis revint se lover sur les dalles. Après une hésitation, Adelis effleura le front où la froidure demeurait :

— La fièvre est tombée.

Ogier soupira ; il émergeait d'une nuit dont il n'avait rien retenu :

— J'ai rêvé qu'une femme couchait auprès de moi... Sans elle, je crois que je serais mort... Mais je voulais vivre et elle y tenait autant que moi ! Était-ce vous ?

Il but le contenu du gobelet qu'Adelis lui tendait et grimaça en le lui restituant :

— Du lait !... J'aurais préféré une demi-pinte de grenache !... J'ai grand-soif et grand-faim... C'est bon signe... Il s'en est fallu de peu, je crois, que je succombe au venin qui coulait en moi.

— Vous êtes vigoureux, messire.

— J'ai hâte de revoir mes parents et ma sœur Aude... Et vous, Adelis, où voulez-vous aller ?... Jusqu'au Mont-Saint-Michel avec Bressolles ?... Aviez-vous de la famille en Langue d'Oc ?

Les yeux clairs, sous les paupières lasses, scintillèrent. Le profil pâle se durcit. La jeune femme se leva et marcha jusqu'au fond de la chambre où Saladin la rejoignit. Elle avait disposé ses cheveux en couronne. La robe noire qu'elle portait, serrée à la taille, devait être un prêt voire un présent de dame Perrine.

— Je n'ai plus de famille... et n'en veux point parler.

— Girbert veille sur vous. Il est loyal, bienveillant et solide.

— Entre lui et moi, messire, il n'y a rien sinon la Langue d'Oc d'où il vient, lui aussi. Nous savons qu'un jour cette parenté entre nous se rompra.

— Venez à Gratot !... Vous y serez bien conjouie [1].

Adelis s'immobilisa, ombre svelte sur le fond clair de la fenêtre :

— Et mon passé, messire !... Vous savez *qui* je suis.

— N'en parlons plus jamais... Approchez... La femme, cette nuit, c'était vous ?

Il sonda ce regard songeur dont l'émeraude noircissait. Elle le lui déroba de crainte, sans doute, qu'il y trouvât un autre sentiment que la reconnaissance. Elle bredouilla : « J'ai affaire, messire » et s'éloigna, suivie de Saladin, en laissant l'huis ouvert.

— Thierry !

L'écuyer apparut, rasé, habillé, morose.

— Aide-moi à me vêtir.

Quand ce fut fait, ils descendirent à la cuisine.

Ogier s'étonna de trouver dame Perrine en larmes devant son feu de cheminée. Attablés face à face, Matthieu Eyze et Raymond buvaient un bouillon gras, odorant. De sa perche, Titus les observait, l'œil vif.

— Mon faucon semble guéri, lui aussi... Où est Tancrède ? Dort-elle encore ?

— Messire, dit Thierry en prenant place devant Raymond, votre cousine est partie. Je ne savais comment vous l'annoncer.

— Partie avec mon Hervé ! sanglota dame Perrine.

Tandis qu'elle reniflait derrière un pan de son devantier, Ogier se tourna vers le fèvre :

— Votre fils est parti avec Tancrède !

— Hé oui, messire, dit l'homme en repoussant sa cuiller. Il ne rêvait qu'aventures... Ils s'en sont allés au plus fort de la nuit. Ils ont emmené Broiefort et la jument blanche.

1. Accueillie.

Raymond rompit une tranche de pain dont à menus morceaux il épaissit sa soupe :

— Elle m'a proposé de partir avec elle. J'ai refusé.

— Tu aurais dû me prévenir !

— Et comment ? Vous gisiez sur ce lit... Nous sommes allés dormir et nous étions trop las pour nous méfier de cet abandon. J'estime que c'est un bienfait, car Briatexte a dû suivre votre cousine... Son cheval n'est plus à l'écurie, ni la fardelle contenant son armure...

— Qu'il soit parti, lui, peu me chaut. Mais qu'elle ait consenti à cheminer auprès de ce malandrin...

Ogier s'interrompit, moins pour reprendre son souffle que pour laisser à sa déception le temps de s'accoiser.

— Elle et Enguerrand !

Pourquoi donc se montrait-il si surpris ? C'était dans la nature même de Tancrède que d'accepter pour quelques lieues — mais combien ? — une pareille compagnie.

Bressolles apparut dans l'encadrement de la porte. Aussitôt, il fournit son avis :

— Cet homme vient de Bretagne et non de la Langue d'Oc... Je pense qu'il a usurpé le nom de quelque seigneur qu'il peut bien avoir meurtri. Je le crois du parti de Jean de Montfort... Souvenez-vous, messire Ogier, de ce qu'il nous a conté lors du dernier repas que nous avons pris à Rechignac : les gens du roi de Fer auraient brûlé le châtelet de sa famille — où ? il s'est gardé de nous le dire — par déconvenue de n'y pas trouver un Templier de ses parents. Lui, Briatexte, pendant ce temps, se serait réfugié dans une grange pour échapper à l'essart [1] des siens et aux flammes. Or, il y a presque quarante ans que les chevaliers du Temple ont subi la colère de Philippe IV [2]... Briatexte —

1. Ravage, tuerie.
2. L'arrestation massive des Templiers eut lieu le 13 octobre 1307, et leur procès ne prit fin qu'en 1314.

ou l'homme qui se dissimule sous ce nom — n'en a tout au plus que trente-cinq... Il n'était pas né lors de ces événements... Il a menti... Il a toujours menti !

Ogier acquiesça. Il était absurdement inquiet et gêné. Que Tancrède eût décidé Hervé Eyze à la suivre, passe encore. Mais Briatexte !... Il y avait dans cette accointance quelque chose d'irrémédiable et de malsain.

— La folle ! soupira-t-il. On peut dire que son espérance est bien une espérance bretonne[1] ! La Montfort et la Clisson lui ont entiché[2] la cervelle !

— Cette donzelle, dit Raymond, tandis que dame Perrine étouffait un sanglot, c'est sûr qu'elle porte malheur ! Résignez-vous gaiement à sa perte, messire.

— Dieu la voit et la juge, grogna Matthieu Eyze. Comment s'y est-elle prise pour décider mon Hervé ?

Thierry repoussa son banc et posa ses mains sur les épaules du forgeron :

— Compère, pour obtenir ce qu'elles veulent, les femmes sont mieux armées que nous.

— J'ajoute, dit Raymond, qu'ils nous ont robé des vitailles, deux couvertures...

— ... et une épée que par précaution je gardais accrochée à un mur de l'écurie, conclut Matthieu Eyze.

Ogier serra les poings : Tancrède est un bec-jaune !

— La carogne !

Thierry lui sourit sans trop de commisération :

— Oubliez-la, messire ! Même avec Briatexte et en chevauchant par les traverses des champs et des forêts connus d'Hervé, ils sont en péril de mort... Les routiers d'Arnaud de Cervole auraient plaisir à s'en saisir !

— Briatexte déjouera les embûches...

— ... ou nous en tendra une non loin d'ici, intervint Bressolles. Il nous détestait et particulièrement vous, Ogier, qui l'avez humilié devant Robert Knolles...

---

1. Une espérance bretonne était une espérance vaine. On supposait que les Bretons attendaient sans trêve le roi Artus.
2. Corrompu ou commencé à corrompre.

lequel peut, lui aussi, se trouver en ce pays... C'est pourquoi, avant de gagner le Mont où nul ne m'attend, j'ai envie de vous convoier[1] à Gratot.

— Vous avez mon assentiment, Girbert ! Amoindri comme je le suis ce matin, je vous sais bon gré de votre attention.

Adelis étant absente, Ogier se demanda comment elle accueillerait cette décision. Puis une idée traversa son esprit, qu'il exprima sans ambages :

— Tancrède nous a suivis parce qu'on l'attendait à proximité d'Oradour.

— Qui donc, messire ? s'étonna Thierry. Au-delà de Thiviers, elle ne connaissait personne.

— Si : Guy de Passac dont le château, qui fut ars[2] voilà deux ans, s'élevait près de son couvent.

— Mais, objecta l'écuyer, Passac et sa femme ont été retrouvés morts dans les ruines de leur donjon.

— Détrompe-toi : Passac est en Guyenne et vassal des Goddons.

— Et votre cousine... commença Raymond, non moins ébahi que Thierry.

— Ma cousine est la proie de quelque derverie[3]. C'est pourquoi je ne m'en veux plus soucier.

En s'attablant auprès de Matthieu Eyze, Ogier considéra l'écuellée de soupe fumante que dame Perrine posait précautionneusement devant lui. Ensuite, levant la tête, il croisa le regard éploré de la commère :

— Si je les retrouve, je vous ramènerai votre gars.

Il mentait : en ce début de matinée, une puissance inexorable venait de rompre les derniers liens qui l'attachaient à son adolescence. Quoiqu'il fût entouré de loyaux compagnons, il se sentait seul, désarmé devant un destin tellement plein de malefortunes qu'une poussée de fièvre le reprit. Sa passion de justice et de vérité n'allait-elle pas s'émousser au fil du temps ?

1. Accompagner.
2. Brûlé.
3. Folie, possession par l'esprit malin.

Son regard tomba sur Adelis, dans la cour, tenant sans fléchir un seau d'eau destiné sans doute à sa toilette. Droite, belle, harmonieuse œuvre de chair... Et lui revint au cœur plutôt qu'à l'esprit la subtile tentation née dans l'ombre, non loin d'Oradour, près d'un ruisseau...

En reportant son attention sur son écuelle, il surprit le regard de Raymond, lui aussi dirigé vers Adelis. Cet aguet lourd d'intérêt le courrouça.

— Qu'ils aillent tous au diable ! s'écria soudain Matthieu Eyze dont le front plissé se détendit. Moi, une fille qui s'habille en homme, et surtout en homme d'armes, je dis que c'est une cagne !... J'aurais dû m'en méfier !

— Cagne ? Non, dit Ogier, sans crainte de déplaire au fèvre. Mais folle assurément.

Dangereuse folie : Tancrède était prête à tout pour devenir la créature qu'elle rêvait d'être : une guerrière. Les errements de sa vie ne donnaient-ils pas à penser, parfois, que son existence elle-même était une méprise du Créateur ?

— Croyez-vous la revoir un jour, messire ? s'inquiéta Champartel.

Ogier n'osa répondre qu'il en formulait justement le vœu.

— Je crois que nous la reverrons, dit-il. Oui, par Dieu, je le crois ! Et ce jour-là...

Il s'interrompit. Ce jour-là, ils seraient devenus ennemis. Rien ne les réconcilierait. Pas même le souvenir d'une décevante étreinte.

DEUXIÈME PARTIE

LES ARDEURS ET LES HAINES

I

Le mardi 13 septembre, Ogier et ses compagnons parvinrent en vue de Coutances. Après Poitiers, Saumur, Angers, Laval, Fougères et Avranches, c'était l'ultime grande cité qu'ils trouvaient devant eux.

La cathédrale était toujours inachevée. Les flèches des églises voisines dominaient encore les deux tours de la façade. Les feux du crépuscule embrasaient les murailles entre les merlons desquelles, parfois, étincelait le timbre d'un chapel de fer.

— Je me sens moins lasse, dit Adelis. C'est sans doute de voir, messire Ogier, cette cité dont vous nous avez moult parlé.

Champartel s'exclama :

— Mordieu, c'est plus beau que je l'imaginais !

Derrière les parois abruptes de l'enceinte, les maisons s'entassaient pêle-mêle ; des fumées grisaillaient parmi leurs toits d'ardoise ; tout autour de la motte rocheuse tachetée çà et là du vert d'une placette, ondulaient des vallons, des bosquets, des prairies ourlées de levées de terre, pommelées d'arbres chargés de fruits. Ogier immobilisa Marchegai pour contempler ce pays chatoyant, juteux de fraîcheur et de sève :

— Enfin, nous voilà presque rendus !... Pendant ces deux dernières semaines, nous n'avons ménagé ni nos chevaux ni nos forces... Par bonheur, depuis Oradour, aucune malencontre n'est venue contrarier notre avance.

— Dieu a veillé sur nous, affirma Bressolles dont le genet, à grands coups de tête, parut approuver le propos.

— Que la divine providence, Girbert, continue de nous avoir en sa sainte garde !

Ogier décrocha son bouclier du troussequin de sa selle et s'en arma comme pour une joute. Malgré les coups portés par Briatexte puis par Renaud d'Augignac, ses lions, dessus, demeuraient d'autant plus visibles que, d'un trait d'encre, à l'abbaye de Hambye, il en avait accusé les contours : à dix pas l'on voyait qu'ils étaient diffamés.

— Nous pourrions, compagnons, couper à travers champs, mais je tiens à passer en ville : il convient que les manants et les bourgeois coutançais soient instruits de mon retour !

Tandis que Thierry et Adelis se portaient à sa hauteur, il leur confia :

— J'ai peur depuis Hambye... peur de toutes ces retrouvailles...

Depuis son départ du moutier, quelque deux lieues avant Coutances, une crainte sourde plombait son cœur et lui serrait le gosier. Frère Peynel, le tourier, s'était étonné de se trouver en présence de cet Ogier qu'il avait connu enfant, puis jouvenceau, et dont on avait dit qu'il était mort d'une mauvaise fièvre, du côté d'Abbeville, lors de la retraite des survivants de l'Écluse.

« Il ne me croyait pas ! Il ne me reconnaissait pas ! Ai-je tellement changé ? »

Il avait cru briser la suspicion du bénédictin en lui démontrant comment son faux trépas et son séjour chez son oncle Guillaume, en le plaçant, pendant cinq ans, hors des atteintes de Blainville, lui avaient permis d'apprendre quiètement le métier des armes. La moue dubitative du vieillard l'avait déconcerté. A sa question : « *Savez-vous comment vivent les miens ?* » le moine avait eu un geste d'ignorance. *Je n'ai jamais revu Godefroy depuis ce jour où vous êtes passés ici en vous rendant, je crois, à Honfleur ou au clos des Galées*[1] *pour vous y embarquer. Et mes parents que je vois souvent*[2], *ne m'ont rien dit à ce propos... Je pense que ton père se languit à Gratot. Je compatis très fort aux peines qu'il endure, car, le connaissant bien, je me suis toujours refusé à voir en lui un félon... Je prie pour sa sauvegarde : c'est tout ce que je peux faire.* » Et les yeux soudain écarquillés : « *Il est vrai que tu lui ressembles quand il était jeunet. Va le retrouver, embrasse-le pour moi, mais prépare-toi, en chemin, à ce que ta joie soit noircie d'amertume.* »

Cet avertissement tourmentait Ogier. « Il en sait plus qu'il ne m'en a dit ! » Il aurait voulu pouvoir s'attarder quelques moments encore dans ce monastère où rien ne paraissait changer, pas même frère Peynel. Épuisé, défaillant d'émoi, il avait souhaité, en franchissant le seuil, que ses compagnons pussent rompre le pain et se désaltérer. « *Hâte-toi* », avait insisté le tourier. Et derechef, le garçon crut l'entendre : « *Je ne sais si j'ai bien fait de te prêter cette encre et ce pinceau pour aggraver la... vilenie de tes lions. Dieu me pardonnera d'avoir accédé à cette requête à laquelle j'aurais opposé un refus si j'avais douté que tu sois le fils de Godefroy... Mais je ne doute plus. Quoi qu'il advienne, médite bien sur la façon dont il va falloir te conduire. Quelque innocent que tu sois de l'infamie où s'enlise ton père, ne montre point d'arrogance : exclu de la Chevalerie, Godefroy n'est plus qu'un seigneur méprisé... Le blason des Argouges est licitement pro-*

1. L'arsenal de Rouen.
2. Deux fils Peynel vivaient alors au château de Hambye (près de Coutances, commune de Gavray) : Nicole dit le Hutin, et Guillaume. Un troisième, Jean, seigneur d'Orance (près de Vieux-Vy-sur-Couesnon, Ille-et-Vilaine) guerroyait en Bretagne. Leur ancêtre, Guillaume, avait fondé l'abbaye vers 1145.

fané... Que tu sois chevalier n'empêche pas que tu por-
tes aussi, par filiation et pour la vie, le fardeau de
cet opprobre : Dura lex sed lex[1]. *Penses-y aux pires*
moments du ressentiment et du courroux... Sache aussi,
cependant, que l'astuce, en certaines occasions, peut
se révéler plus profitable qu'un assaut franc mais sté-
rile... et quelquefois mortel. Et surtout n'oublie pas que
l'humilité prudente d'un moment peut être moins pré-
judiciable aux desseins que l'on nourrit, même depuis
cinq ans, qu'une outrecuidance absurde !... Allons,
va ! Sois assuré de mes bonnes prières... et fais en
sorte que la vérité jaillisse ! » Un accueil sans chaleur
et un congé glacé. Ils avaient repris leur chevauchée.
A l'abri d'une grange, près de Lengronne, ils s'étaient
préparés pour entrer dignement dans Coutances.

« Je suis Ogier d'Argouges et je veux qu'on le
sache ! »

Il portait son armure et ses éperons d'or ; Thierry et
Raymond s'étaient vêtus d'un haubergeon de mailles
au dos duquel tressautaient leur arbalète et leur carquois. Bressolles et Adelis arboraient des vêtements
neufs achetés par le maçon à Fougères.

— Nous sommes beaux, compagnons ! Si quel-
qu'un rit de mes lions, Confiance l'assagira pour quelque temps... et s'il est trop impertinent, pour toujours !

Ogier se tourna vers Adelis, immobile sur Facebelle,
Titus au poing :

— Encore une lieue et nous serons rendus... Nous
mangerons enfin à notre aisement et nous aurons un lit
de plumes... Allons, Saladin, cesse de te rouler dans
cette herbe... En avant !

Il rendit la bride à Marchegai.

Une voie pavée, peu fréquentée, conduisait en ville.
A la fois rayonnant et maussade, le soir transformait
un ruisseau — le Bulsard — en une longue anguille
vermeille écaillée par le vent. Il faisait bon. Sans doute,

1. La loi est dure, mais c'est la loi.

118

en Cotentin, l'été s'était-il montré plus agréable qu'en Périgord.

Après les faubourgs, ils franchirent un par un une porte. Des archers les observèrent. Un barbu s'écria dans cet accent alternativement mou et pointu qu'Ogier réentendait avec plaisir :

— Eh ! les amis... Avez-vous bien vu cet écu ?

Son bouclier pesa plus lourd que de coutume. Sa blessure, qui tardait à se cicatriser, le démangea.

— Le poids d'une honte indue ! maugréa-t-il. Quel dommage que le temps m'ait manqué pour repeindre soigneusement mes lions !... La bonne gent et les hommes d'armes les verraient mieux encore...

Il regarda derrière lui.

Les trois hommes du guet discutaient âprement l'origine de ses armes. Il sourit, mais sans joie :

— Je viens, compagnons, tout comme Marchegai son crottin, de lâcher la première controverse au passage... Vous ne l'ignorez pas : vous allez subir tout comme moi l'aversion et la moquerie.

— Peu importe ! déclara Champartel. Nous sommes suffisamment fiers de vous servir pour ne nous émouvoir de rien.

Derrière les parchemins tendus aux fenêtres, des lumières tremblotaient. Les passants longeaient les murs ; certains musaient devant les étals des échoppes. Des pêcheurs haranguaient les commères. Selon les endroits stagnaient des odeurs de rôti, de marée ou d'urine.

— Coutances enfin !

Sous l'auvent relevé de son mézail, Ogier contemplait les rues, les venelles, les enseignes ; l'église Saint-Pierre, à sa droite, et ses vitraux livrés aux flambes du couchant. Les mouettes, invisibles, criaient au-dessus de lui, mais au lieu du plaisir imaginé de loin en loin durant sa longue absence et surtout lors de ce fastidieux voyage, il succombait à l'amertume ; jamais il n'aurait dû abandonner ces lieux !

— Je me sens pareil à un *horzain* [1] comme on dit chez nous !

— Pas tant que nous ! dit Champartel. La fatigue, messire, vous fait voir les choses autrement que ce qu'elles sont.

— Crois-tu ? Rien n'a changé sauf moi : Ogier d'Argouges !

D'où lui venait cette sensation d'étouffer ?

« Frère Peynel a tout d'abord douté. Père doutera-t-il, lui aussi ?... Non ! Il saura d'entrée que je suis bien son gars !... Que fait-il en ce moment ?... Et Mère ? Et ma sœur ?... Quelle joie, bientôt !... Est-ce pour cela que je tressaille comme par grand froid ? »

L'incertitude fortifiait son impatience, et chaque pas de Marchegai le tourmentait.

La cathédrale s'était épaissie sans trop grandir [2]. Englouti dans son ombre, il soupira, émerveillé par le peuple de pierre figurant au front du monument — un peuple figé dans des gestes d'amour, de pitié, de fureur, et que çà et là un pigeon, un moineau animait.

---

1. Étranger.
2. Le premier évêque de Constantia connu fut Ereptiole, cité en 430. Vers 610, un disciple irlandais de Colomban, du nom de Potentin, aurait fondé tout à côté de Constantia, une abbaye. Sous la férule des ducs de Normandie, la troisième christianisation s'étendit d'une manière foudroyante et définitive. C'est de cette époque que date la cathédrale romane de Coutances. Des destructions eurent lieu. Une première vague dura de 836 à 866, une autre de 875 à 949. L'évêché fut transféré à Rouen jusqu'en 1025, puis à Saint-Lô et ne revint à Coutances que peu après 1050.
Il existait alors un château à Coutances. En 1293, l'évêque Robert d'Harcourt fit relever les murailles en mauvais état.
Les travaux de la cathédrale avançaient aussi. En 1057, ils étaient pratiquement terminés. Elle fut dédicacée, inaugurée en présence du duc Guillaume et des seigneurs de Normandie et de Bretagne. Un siècle et demi plus tard, l'édifice n'était plus « à la mode ». L'évêque Hugues de Morville voulait une cathédrale gothique. Les travaux commencèrent en 1208 : la cathédrale romane fut « habillée » selon les nouveaux critères. Ce n'est qu'en 1386, après maintes interruptions, que le bâtiment, enfin pourvu de ses flèches, fut achevé.

« Je devrais m'arrêter, entrer, prier... Je me soulagerais de ce mal qui me pèse. »

Non ! S'il avait été seul, il eût demandé à son cheval de fournir un dernier effort.

Sur le parvis, c'était le remuement consécutif aux vêpres : échevins en robe rouge, commerçants ambulants, dames et damoiselles aux beaux atours ; porteurs d'eau ou de lait ployant sous la palanche, manants, mendiants, hommes du guet et enfants profitaient des derniers flamboiements. Velours, quelques brocarts, beaucoup de tiretaine : les habits de toujours, les rires et les voix de toujours ; mais une curiosité nouvelle.

— Croyez-moi, messire, dit Champartel en s'approchant, on vous regarde bien. Vos lions et votre armure de fer ne passent pas inaperçus !

— Tant mieux... Au bout de cette voie descendante commence le chemin qui mène à Gratot... Cette église-là, c'est Saint-Nicolas... Quand j'étais enfant...

Ogier ne put achever car Raymond s'écriait :

— Voyez qui vient vers nous !

La rue s'élargissait, laissant passer par l'embrasure des encorbellements une lueur à reflet d'acier. Chevauchant dans cette clarté, un noble homme approchait, suivi de deux écuyers vêtus de livrées de gueules et de sinople, et dont un portait fixé à l'étrier un gonfanon long d'une aune.

— Qui est-ce, messire ?

— Je ne sais, Thierry. Évitons-les... Nous ne pouvons céans commettre une imprudence.

Imité par ses compagnons, Ogier frôla le mur d'une taverne pour permettre à ces cavaliers de les croiser sans gêne aucune. Il entrevit alors cet inconnu dont le blanc coursier harnaché de pourpre et d'azur paraissait nerveux : sous la coiffette de mailles, une tête rougeaude et maigre aux yeux noirs, à la bouche lourde, au menton garni de poils bruns. Il était vêtu de velours gris, et tout, dans son maintien et son visage, exprimait la hautaineté, peut-être la cruauté. Il feignit de ne pas remarquer cet homme en armure et sa suite qui pourtant lui cédaient obligeamment la voie, bien que son genet eût fait une incartade comme pour affronter Marchegai. Il se tourna vers le gonfanonier ; dans ce mouvement, le taureau figurant sur sa targe apparut tout entier.

— *¿Has visto los leones que este caballero lleva en su escudo ?*

— *Si, señor. No tienen cola como los del blasón de los Argouges.*

— *Quién puede ser ?*

— *No lo sé, mas he ahi una aparición que irritará nuestro huesped, pues estoy seguro de ello, ¡este hombre y su escolta acuden a Gratot*[1] !

Trois rires éclatèrent.

« Des Espagnols *ici* !... Que viennent-ils y faire ? »

Ogier se sentit examiné, évalué, rejeté : la sensation lui fut désagréable.

— Je ne connais pas ces armes, dit-il lorsque ces hommes hautains se furent éloignés. *De gueules à un taureau d'argent armé, encorné et onglé d'azur...* Peut-être est-ce quelque baron de passage.

Bressolles approcha son genet dont il flattait l'encolure :

— Vous le savez tout comme moi : ces gens viennent d'au-delà des Pyrénées... Ils sont peut-être de Navarre.

— Quels étaient les propos de cet outrecuidant ?

— Il s'est demandé qui vous êtes. Son écuyer a prévu que votre apparition allait irriter leur hôte... et il a deviné que nous nous rendions à Gratot.

— Il n'a pas eu grand mal !

1. — As-tu vu les lions que ce chevalier porte sur son bouclier ?
— Oui, messire. Ils n'ont plus de queue comme ceux du blason des Argouges.
— Qui peut-il être ?
— Je ne sais pas, mais voilà une apparition qui va irriter notre hôte, car j'en suis sûr : cet homme et son escorte se rendent à Gratot.

— Reste à savoir quel est cet hôte, intervint Champartel. Messire, c'est peut-être Richard de Blainville.

La fureur, l'émotion éperonnèrent si profondément le cœur d'Ogier qu'il y porta sa dextre. Puis, tandis que son gantelet glissait sur son plastron de fer.

— Richard Cœur d'Aspic !... J'y songeais... Se peut-il qu'il soit là et non pas à la Cour ?

Plus que dans le parloir de Hambye, devant frère Peynel ébahi, doutant tout d'abord de sa sincérité avant de refuser de croire à la félonie de Blainville, il suffoquait de rage et d'abomination. L'homme dont le souvenir infectait sa mémoire venait à nouveau de faire irruption dans ses pensées, dressant cette fois d'une façon quasi tangible devant lui sa présence hautaine et rébarbative.

— Ce fumeux a des alliés hors du royaume. Des Flamands, des Génois, des écorcheurs de tout poil... Et le voilà fort bien avec des gens d'Espagne !

— La Navarre, messire, n'est point l'Espagne.

— Pour moi, Girbert, tous ces royaumes d'au-delà des Pyrénées sont l'Espagne... ce qui ne m'a pas empêché d'avoir grande amitié pour l'homme qui m'a fait cette armure : Pedro del Valle !

Glacé, aiguillonné par un essaim de sentiments amers, Ogier ne pouvait dominer son courroux. *Blainville !* A l'énoncé de ce nom juste au seuil du pays où il allait enfin vivre — revivre —, il pouvait, tout en mesurant la rigueur de sa haine, évaluer la dérision de son impuissance. Il avait songé qu'il n'éprouverait qu'un malaise éphémère en réentendant, après avoir quitté frère Peynel, le patronyme exécré. Comme il s'était trompé ! Au moins, avant qu'il eût atteint Gratot, cette épreuve imprévue avait un avantage : elle lui révélait, plus encore qu'à Hambye, qu'il était insuffisamment endurci contre le pouvoir de cet infâme.

— Nous saurons bien, dit Thierry, si ces Navarrais sont alliés à Blainville !

— Le roi et son fils Jean, ajouta Bressolles, se sont

pris d'amitié pour Charles et Louis d'Espagne... Blainville — si c'est bien de cet hôte-là qu'il s'agit — en fait autant avec un homme de son choix.

— Cessons d'en parler !... Mieux vaut nous hâter !

Tourné vers ses compagnons, Ogier leur confia :

— J'ai vécu cinq ans loin des miens... Pendant quinze jours, j'ai chevauché impatiemment à leur rencontre, et les derniers grains de temps qui nous en séparent me semblent d'une épaisseur et d'un faix excessifs... Une peur imprévue me ronge... Eh oui, je vous l'avoue humblement. Je devrais être heureux et ne le puis encore !... Et voyez Saladin !... Voyez comme il hume le vent !... Ce n'est pas la mer toute proche qu'il flaire : il niflait ainsi à Rechignac lorsque la vermine anglaise approchait !

— Allons, messire, grommela Thierry. Réjouissez-vous sans mesure ! La joie et le plaisir sont proches eux aussi !

La nuit tombait doucement. Aux poitrails des nuées entraînées vers le large flottaient encore des lambeaux d'un pourpre vif arrachés au crépuscule. Ployant les herbes des talus, échevelant les haies, soulevant par bouffées des charpies de feuilles racornies, le vent éparpillait dans les pâtures vides et les labours parfois inachevés des compagnies de mouettes et de corbeaux criards.

« Rien, songea Ogier, les dents serrées, ne satisfait pleinement mes desseins. »

En traversant Coutances dans le meilleur apparat, il avait espéré provoquer la stupeur, la curiosité, ainsi que maints murmures et commentaires assortis çà et là de gestes d'effarement, voire de moqueries à propos de ses lions mutilés. Certes, reconnaissant les armes des Argouges, quelques manants, vilains et bourgeois avaient compris que le fils de Godefroy vivait et revenait, fier et fort, au foyer. Mais combien étaient-ils ?

Deux ou trois douzaines. A vrai dire, seuls les hommes du guet et les Navarrais — s'ils l'étaient — avaient vraiment remarqué sa présence.

« J'ai agi par posnée [1] : Dieu m'en punit. »

C'était exaspérant, ce désenchantement, ce démenti à l'espérance.

« J'aurais préféré qu'ils me huent, me salissent, me jettent des pierres, au besoin ! »

En mâchonnant son dépit et sa déception, il ouvrait grands ses yeux sur son pays natal imprégné d'un brouillard d'irréalité, de fatalité dont lui seul sans doute avait conscience. Tout paraissait semblable et rien n'était pareil. La nature, elle aussi, avait souffert : ici, sur ce terrain, s'élevait jadis un grand orme qu'on appelait le Mousley ; il n'en subsistait plus que le tronc raccourci ; le long de cette levée de frênes bons à devenir lances et manches d'armes, une grange, bâtie naguère pour subsister cent ans, tombait en ruine. Et ce sentier, à gauche, conduisant chez Gerbold !... Livré aux ronces et fougères, il paraissait impénétrable. Le bienveillant ermite était-il trépassé ?

Les sabots des chevaux crépitaient sur les pierres ; le mulet de bât renâclait. Ogier frissonna. Derrière, ses compagnons, muets, devaient l'observer. Jamais ils ne s'étaient montrés diserts, mais maintenant, ils devenaient par trop discrets. Redoutaient-ils aussi une désillusion ?

Le chemin sinua, deux chaumières apparurent. Il les reconnut en regrettant de n'avoir gardé nulle souvenance des gens qui vivaient là. Puis son cœur battit furieusement et sa voix chevrota :

— Nous y sommes presque...

A droite commençait le chemin bordé de hêtres vénérables conduisant à la demeure des Argouges. On apercevait, parmi leurs troncs massifs, le miroitement ténébreux des douves. A gauche, un sentier montait

1. Orgueil.

vers l'église, extérieure au château, et noire sur le fond gris du ciel. Entre ce bâtiment et le lac ceinturant Gratot, se dressait une ferme : trois corps de logis se jouxtant sur la même ligne.

« L'un abritait les veaux, les moutons, et dans son solier le surplus de fourrage ; l'autre contenait le pressoir, les tonneaux, et se complétait d'une maréchalerie. Enfin, dans celui du milieu vivaient Martin et Yvonnette Anquetil — les premiers serviteurs dont les noms me reviennent... »

Tourné vers ces compagnons, Ogier affirma :

— Ici, rien n'a bougé.

Puis son cœur se serra, car tout avait changé. D'ailleurs Raymond, le doigt tendu, s'écriait :

— La broussaille, messire !... Et les toits grands ouverts !

Nul besoin qu'il fît grand jour pour voir que le lierre, les ronces et les mousses avaient donné l'assaut à l'étable, à la grange et à la maisonnette après qu'elles eurent subi les violences des flammes. La ferme des Anquetil n'était plus qu'une sorte de grand cercueil englouti dans les hautes vagues d'une tempête de feuilles.

— Approche, Champartel... Je veux voir cela de près : aide-moi à descendre.

— N'entrez pas, messire ! s'inquiéta Thierry tout en s'exécutant. La nuit est là et bientôt on n'y verra goutte.

— Je connais bien ces lieux. Demeurez en selle. Je n'en ai que pour un moment.

Foulant des touffes humides pour contourner le puits dont il effleura du gantelet la margelle, Ogier marcha vers le logis des domestiques. Il en franchit le seuil et s'immobilisa : non seulement progresser d'un pas, lesté de fer comme il l'était, eût été hasardé, mais ce qu'il découvrait le figeait de stupeur. Pans de murs éventrés, branlants peut-être ; corbeaux de granit ne soutenant plus que des panaches d'herbes ; moignons de bois suspendus dans le vide à la façon des gargouilles ; portes rompues, rongées, craquelées par le feu ; toiture béante dont cinq ou six chevrons pourrissaient : la maison se réduisait à ces décombres.

— Cette couverture, dit Bressolles en s'approchant, s'est effondrée depuis longtemps.

— Cinq ans, Girbert, lorsque mon père est revenu de l'Écluse ?

— Il se peut. Les brasiers puis la pluie, le vent, la neige ont eu raison des charpentes. En tombant la toiture a broyé les planchers...

— Comment tout a-t-il pu flamber ? Avec ce puits tout proche et dix ou vingt hommes formant la chaîne...

— Certes, messire, intervint Champartel. Mais étaient-ils présents ? Et s'ils l'étaient et qu'on les ait empêchés de sauver ces maisons...

Ogier accepta cette possibilité bien qu'elle lui parût excessive. Il saurait. Il allait savoir. Les yeux picotants comme si des fumées s'en dégageaient encore, il regardait les murailles mortes dans les lézardes desquelles les serpents du lierre se contorsionnaient. Il regardait ces frênes adolescents hissant leurs candélabres le long d'une paroi éboulée. Il regardait ces arbrisseaux obscurs jaillis du cratère de la cave, insinuant leurs tentacules dans la cuisine ruinée, et ces ronces agriffées aux aspérités de la pierre, et ces tiges pareilles à des cordes, entourteillant un linteau, un chambranle, un reste de fenêtre, ou frayant leur voie au ras du sol. Certains surgeons, après avoir rampé parmi les gravois, s'étaient introduits dans le conduit de cheminée, serrés, mêlés. Devenant arbres, ils l'avaient fait éclater.

— Un embrasement volontaire, murmura Bressolles. La grange et l'étable ont péri en même temps... Cette maison, au milieu, devait être accueillante.

Au risque de tomber, Ogier recula, les yeux fixés sur l'énorme baldaquin végétal qui surplombait les ruines. Et devant ce foisonnement de rameaux et de feuilles dont les couleurs et les frissons oscillaient de l'ambre au vert le plus obscur, il se sentit rompu, lui aussi :

— Toute cette pourriture d'herbes et d'arbrisseaux...

— Ne leur en veuillez pas, messire, dit Bressolles, car plutôt que de détruire comme la pluie, le vent, les soubresauts de la terre, ils ont agi, consolidé à leur façon... Il ne faut pas demander aux plantes de vivre et penser comme nous !

— Seul Blainville a pu perpétrer ce forfait !

— Votre père a jugé inutile de remédier à ces dommages... Il va vous raconter...

— Hâtons-nous !

Sitôt parmi ses compagnons, Ogier tint Marchegai en bride. Il était anxieux, soudain, de découvrir le château à l'angle du chemin.

Les toits des communs apparurent : deux longues ailes noires de part et d'autre du bâtiment d'entrée, et derrière, les quatre tours graciles. Plus loin, les plumails des arbres... Avancer... Tout était immobile et plein d'un grand silence. Le vent soufflait à peine ; l'air semblait épaissi par l'odeur des herbes drues et de l'eau limoneuse. Ici, les légers grincements de l'armure prenaient une importance agaçante.

« Dès demain, il faudra que Thierry la fourbisse : elle a trop subi la pluie... Qu'elle ne rouille pas. »

Ogier ignorait comment vaincre son trouble. La nature si familière dans laquelle, maintenant, il se mouvait, paraissait rébarbative à mesure de son approche. Il ne pouvait comprendre ce qu'il éprouvait : cette certitude d'être épié du dehors et non du dedans de Gratot ; cette satisfaction nullement enjouée, mais grave, angoissée, de toucher enfin longuement du regard le logis de sa naissance. Et rien, pas même le joyeux : « *Nous y sommes !* » de son écuyer ne pouvait diminuer cette sensation décourageante d'être affligé bientôt par ce qu'il trouverait à l'intérieur de l'enceinte. Il aurait dû ne jeter qu'un coup d'œil à la ferme en ruine et lancer Marchegai jusqu'au pont-levis. Non. C'était cette désolation qui sans doute avait freiné son élan... Et puis, peut-être subissait-il l'ascendant de ces grands hêtres frémissants, témoins impassibles, depuis près d'un siècle[1] des faits et gestes des Argouges dont il recouvrait l'ombre et la majesté...

Sans mot dire, il parvint devant la chaussée. Longue d'une douzaine de toises[2], large de deux et bordée d'un muret, elle s'achevait à quatre enjambées du pont-levis, relevé sur les entrées.

— Allons, les amis... Voici nos derniers efforts !

Reniflant la pierre et les herbes, Saladin les précéda. Un aboiement retentit derrière les murailles, troublant un moment le silence extrême. Le chien jaune s'arrêta pour humer la senteur de feuilles et d'étang avant de reprendre prudemment son avance. De part et d'autre des parapets, l'eau dormait, fumant un peu ; un canard la rida promptement de ses palmes, puis disparut sous les joncs de la berge.

— Nul guetteur, dit Raymond, tout en haut de ces tours.

— Qui sait ?... Quand je suis parti avec mon père pour cette funeste bataille, il y avait ici dix hommes d'armes et quatre bons sergents... Ils doivent souper en ce moment... Croyez-moi : quand ce pont-là est relevé, les intrus ne peuvent entrer... Venez !

Ils avançaient trois par trois : lui, Ogier, entre Raymond et Champartel ; puis Marchegai, Veillantif et Passavant, flanc contre flanc. Loin derrière, Adelis, Bressolles et son genet précédaient Facebelle, Marcepin et le mulet de bât.

— Le sol, que j'ai connu couvert de galets, est devenu herbu... Ils doivent emprunter rarement cette giste[3], la seule, pourtant, qui relie l'île sur laquelle

1. En 1251, Guillaume d'Argouges avait épousé Jeanne de Gratot, entrant ainsi en possession de la seigneurie.
2. La toise : 1,949 m.
3. Ou *gite* : chaussée, jetée.

Gratot s'élève aux terres de notre chevance[1]. Toutes sont fertiles et Blainville les veut !

Ogier devança ses compagnons à l'extrémité de la jetée. Là, campé au bon milieu de l'entablement de granit où le pont s'appuyait pour livrer passage, il enleva son bassinet. Les portes se trouvaient à deux toises environ, de l'autre côté de ce bras d'eau bourbeuse, immobile et profonde, où son armure projetait une flaque d'ombre argentée.

— Avez-vous vu, messire ?

Thierry désignait le tablier hérissé d'une trentaine de flèches. Certaines, anciennes, avaient perdu leur empenne ou s'étaient rompues ; d'autres semblaient avoir été tirées depuis peu. Au-dessus, on avait muré la grand baie du corps de garde et de la machinerie. Une rayère[2] et deux archères cruciformes, de part et d'autre, assuraient un surcroît de défense. Ogier sentit son dos se couvrir de sueurs.

— On les a assaillis à moult reprises, dit Champartel.

A la tristesse et l'anxiété ressenties devant la ferme dévastée s'ajoutait, maintenant, cette certitude que tout dépérissait en ces lieux. Comme la lune éclairait un pan de douve, Ogier distingua, le long des murs suintants, de longs écheveaux d'herbes aquatiques d'où çà et là transpirait un chapelet de bulles noires : depuis cinq ans, les fonds n'avaient jamais été curés ; la vase en prenait possession.

— Le château a subi les assauts sans dommage, remarqua Bressolles à voix basse. Avec toute l'eau dont il est ceint, il est moult protégé.

— Mon père voulait percer une autre entrée dans la tour ouest, là-bas. Puis il y a renoncé... Il doit s'en être félicité !

1. La propriété.
2. Jour étroit pratiqué dans une muraille.

Ogier soupira, empoigné par un désenchantement qu'il savait irréparable.

Lorsque dans sa mémoire il l'avait recréé, Gratot sur son étang lui était toujours apparu comme un grand vaisseau inexpugnable, ancré pour l'éternité dans un océan d'herbes, et dont les arbres, au-dedans, composaient la mâture et les voiles. Défiant toutes les tempêtes, cette nef immobile révélait à sa façon le caractère des Argouges : une vigueur, une solidité, une constance à toute épreuve. Ce soir, l'épaisse coque de granit n'exprimait plus ces qualités. Il semblait que, ses amarres rompues, elle s'était échouée de longue date. Malgré la vaste auréole liquide à l'entour de sa carène, elle semblait accessible aux malandrins de toute espèce pourvu qu'ils fussent nombreux à l'abordage.

Confondu et comme abasourdi par le silence et la vision de ces flèches dont les ombres multipliaient l'importance, Ogier sentait son souffle et son cœur lui manquer. Gratot avait été attaqué !... Peut-être, d'un autre côté qu'en cet endroit et après avoir traversé au moyen de radeaux cette surface grumeleuse, les assaillants avaient-ils commis des destructions et crimes.

— Partout ailleurs qu'ici les murailles sont hautes, dit-il pour se rassurer.

Sous le ciel enluminé, le château n'était plus le fabuleux refuge de son enfance ; il faisait songer à un colosse exténué, mais résolu à vivre et reprenant haleine entre deux assauts.

— Messire, dit Thierry, puis-je sonner du cor ?

Ogier se ressaisit, et s'adressant au maçon :

— Mes craintes se confirment, Girbert : c'est depuis deux ans au moins que je devrais être de retour... Toutes ces sagettes !... Voyez donc celle-là, près de cette ferrure : on l'a plantée il n'y a guère longtemps : un mois peut-être... Et cette longue planche abandonnée dans l'eau. Ils ont essayé de construire un pont, mais ils ont été repoussés, non seulement à l'arc et l'arbalète, mais par l'eau bouillante coulant de ces deux gouttereaux, de part et d'autre de l'archère... Les présomptueux ! Un bélier n'aura jamais raison de notre tablier : il est aussi solide que celui de Rechignac !... Oui, Thierry, tu peux corner notre venue !

L'écuyer vida ses poumons dans son olifant. Avant même que le mugissement ait cessé, des aboiements plus plaintifs que féroces retentirent ; Saladin y répondit en jappant ; puis le silence revint, pesant, opaque, et l'anxiété d'Ogier s'aggrava :

— Bon sang !... Vont-ils répondre ? Ils sont bien là, pourtant, puisqu'ils résistent !

Une porte grinça ; il y eut des piétinements : on venait.

— Pas le moindre regard[1], du moins à ce qu'il semble, chuchota Champartel. Cela me paraît folie !

— Tais-toi donc, Thierry. Tu sauras tout en même temps que moi.

Amplifiée par la voûte de la porte piétonne, une voix résonna :

— Qui va là ?

C'était *lui*, et non pas un serviteur quelconque.

Jamais Ogier n'aurait cru possible d'éprouver, dans son cœur gonflé de joie, une douleur aussi roide et vertigineuse.

— Père, s'écria-t-il, c'est Ogier, votre gars !

En même temps qu'il s'annonçait, il pensa que sa voix avait non seulement mué, mais encore qu'au contact des Périgourdins elle avait pris un accent étrange et, tout autant que lui, méconnaissable.

— Ogier, ton fils !... Par Dieu qui nous voit de part et d'autre de ce pont hérissé de traits inquiétants, commande à ton portier de nous accorder le passage !

Nulle réponse à cette injonction. Il imagina, de l'autre côté, un homme incrédule, confondu de stupeur ou redoutant quelque stratagème.

— Que vous doutiez de mon retour, Père, ne m'éba-

1. Guetteur.

hit ni ne me contrarie. Je ne sais comment vous convaincre... Je devais revenir parmi vous à la Noël, or, il s'est passé tant de choses chez mon oncle...

Voilà qu'il s'irritait et se trouvait lamentable. Que pensaient ses amis de cette attente ? Ils auraient dû déjà pénétrer dans l'enceinte.

— Qui ou quoi peut me prouver que c'est *toi* ?

Peut-être, plus encore qu'une parenté restant effectivement à établir — mais comment en ces singulières circonstances ? — était-ce cette parité soudaine, abrupte, entre ce fils devenu adulte et lui, Godefroy d'Argouges, qui prolongeait indûment l'hésitation du maître de Gratot.

— Père !... Si vous doutez à ce point, regardez-moi. N'y a-t-il plus ce trou dans le chêne, à hauteur de votre visage, et par lequel, lorsque j'étais enfant, vous pouviez, quand les fléaux étaient levés, observer les visiteurs avant que d'enjoindre au portier d'ouvrir ?... Ce portier se nommait Joubert... Voyez, je suis désheaumé... Mon oncle Guillaume de Rechignac prétend que je vous ressemble... Vous ai-je convaincu ?

Silence. Une sorte de désespoir s'empara d'Ogier :

— Père ! Je ne suis pas seul comme vous le pouvez voir. J'ai là mon écuyer, un homme d'armes et deux bons compagnons... Hâtez-vous ! Nous sommes las. Ce jour d'hui, nous avons chevauché pendant plus de dix lieues avec une courte halte à Hambye où frère Peynel m'a conjoui[1].

Il devinait derrière lui ses compagnons attentifs, consternés sûrement par cette attente incroyable.

— Recule, dit la voix.

Ogier obéit. Il entendit qu'on gravissait les degrés d'accès à la machinerie. Bientôt, le treuil cliqueta, les fléaux de bois s'inclinèrent ; par secousses, le tablier s'écarta de la muraille.

Le cintre de la porte charretière apparut, puis celui

1. Accueilli.

de la porte piétonne. Au-delà des lueurs du flambeau brûlant à l'intérieur des entrées, Ogier distingua la cour ombreuse et à sa droite, blanchâtre, le pied biseauté de la tour en haut de laquelle, autrefois, se trouvait sa chambre. Il entrevit, accolé au mur d'enceinte, un pan du logement des serviteurs.

Il avança, et tout le confondit : non seulement l'anormale vacuité de ces lieux où le chien n'aboyait plus, mais aussi les odeurs de limon dominant celles autrefois chaudes, puissantes, des écuries et des étables. Et maintenant qu'il franchissait la douve sur la plate-forme de chêne enfin rabattue, il pouvait, sourcils froncés, tenter de reconnaître ce solitaire à la torche fumeuse ; cette ombre à face blafarde, pétrifiée d'ébahissement.

— Père !... Pourquoi reculez-vous ?

Non, Godefroy d'Argouges ne reculait pas : il chancelait. Serrant son bassinet sous son aisselle et l'épée battant son flanc, Ogier tendit son bras senestre :

— C'est bien moi, Père, n'ayez crainte !

Phrase absurde, surtout ce *n'ayez crainte* adressé à cet homme dont l'unique inquiétude avait toujours été d'offenser Dieu. Il était revenu, lui, Ogier, à la simplicité filiale, au respect absolu. Ses yeux le brûlaient et sa vue se brouillait. Il eut un fugitif et pénible sourire :

— Mon oncle et Blanquefort disaient que je vous ressemblais. Jugez-en !

Une sorte de remords le poignait ainsi qu'un mécontentement envers lui-même. Dans sa naïveté, sa présomption peut-être, il avait pensé que ce grand guerrier provisoirement au récart[1] serait merveillé de le voir reparaître. Tout d'abord parce qu'il était son fils, ensuite parce qu'il avait l'apparence d'un gars hardi, fort aduré, vaillant homme aux armes ; enfin, parce que chevalier, il portait une de ces armures si rares encore au royaume de France. Eh bien, non : le seigneur de

1. Rancart, *récart* étant le mot normand.

Gratot demeurait immobile, son attention fixée à hauteur du visage :

— Il est vrai que tu me ressembles... quand j'avais trente ans de moins. Ces cinq ans t'ont bien profité... Tu ne peux m'en dire autant !

Ogier réprouva cette amertume, bien qu'il en comprît la nature. Il venait de s'immobiliser devant son père ; il sentait sous les mailles de son gantelet une épaule pointue, osseuse, décharnée.

— Ce m'est si grand bonheur de vous revoir enfin...

Coupant net son élan, le flambeau s'éleva au-dessus de leurs têtes.

— T'attendais-tu, mon fils, à revoir un vieillard ?

Ébaubi par cette question où la dérision se mêlait à la moquerie, Ogier ne put lui opposer une réplique susceptible de le guérir du mésaise dont il souffrait. Malgré l'air engouffré sous les porches béants, la lueur frissonnante des flammes lui révélait un homme usé, tourmenté, accablé. Le dos fléchissait — et les genoux sans doute. Quant au visage !... Les cheveux blanchoyaient et s'étaient raréfiés. Dans la face hâve, débiffée, sous le front entaillé à l'Écluse, les yeux noirs brillaient de fièvre ou de peur. L'arête du nez semblait s'être aiguisée. La bouche large, cernée d'une barbe de quelques jours, frémissait. A la flétrissure publique injustement infligée à ce guerrier le 4 juillet 1340, s'ajoutait maintenant la flétrissure impitoyable de l'âge entachée, elle aussi, d'iniquité, puisque les années, pour cet homme, semblaient avoir triplé leur pouvoir corrosif. Il portait dans son regard l'infinie mélancolie des malades incurables ; la détresse de toute sa personne semblait celle d'un condamné au pilori à vie et qui, subissant chaque jour mépris, médisances, crachats et jets de pierre, eût préféré la mort à cette punition vulgaire, sans jamais oser se la donner, beaucoup moins dans l'espérance d'être un jour déclaré innocent que par crainte de manquer aux siens et de s'aliéner Dieu.

— Réponds !... T'attendais-tu à revoir un vieillard ?

Mentir. Il fallait tricher coûte que coûte :

— Nullement un vieillard, Père, mais un homme éprouvé par un opprobre injuste.

— La menterie n'est point dans ta nature. Or, tu mens mal !

Les habits de cet être en perdition — houseaux de cuir boueux, troués sur chaque empeigne, hauts-de-chausses informes, pourpoint de futaine grise ni brossés ni raccommodés — avaient de quoi confondre.

« Les servantes et ma sœur ne tirent-elles plus l'aiguille ? »

Ogier songea tout aussitôt que les retrouvailles de cet homme et de son épouse, après l'Écluse, avaient dû être effrayantes. Non seulement il n'était plus rien, mais encore il revenait sans leur fils !... Allons, sa présence, ce soir, en dissolvant un cruel subterfuge ramènerait un peu de gaieté à Gratot. Et pourtant, il prit peur : sa mère, Luciane, avait-elle autant vieilli que cet homme ? Renaîtrait-elle plus promptement que son époux au bonheur et à l'espérance ?

— Tu me regardes avidement, mon fils. Tu me vois plus proche du routier par le visage et la mise que des grands seigneurs de l'ost !

A quoi bon ergoter. Ils abominaient la duplicité l'un et l'autre.

— Je vous trouve changé, bien changé, Père. Prétendrais-je le contraire que vous me prendriez pour un hypocrite... Mais, devinant par ces sagettes, au dos de votre pont-levis, ce que vous avez dû subir, je comprends que vous soyez en cet état.

Un sourire plissa les lèvres pâles :

— Ta venue me réjouit, n'aie crainte... Je l'ai moult désirée. J'ai brisé mon ardeur — ou ce qu'il en restait — dans cette longue attente...

Ogier sentit sa gorge se nouer : « *Même sa voix est différente. Elle fléchit comme lui !* » Il avait pensé qu'ils s'étreindraient pour une longue embrassade et

136

qu'aussitôt après, tout en sanglotant, ils riraient, secoués par une joie immense et qui les guérirait des tourments de la séparation. Hélas ! Comme après la funeste épreuve de la Broye, et bien qu'elles leur fussent communes, l'adversité, la male chance et l'amertume les désunissaient plutôt que de les rapprocher. Godefroy d'Argouges paraissait engoncé dans sa honte, et il était toujours consterné, lui, le revenant, d'avoir assisté, impuissant et indigné, aux rites de sa déchéance. Il comprenait que le déshonneur et l'abjection, même immérités, avaient disjoint plutôt qu'affermi les liens de leur parenté. De plus, cinq ans d'absentement et surtout l'impossibilité de se voir vieillir l'un l'autre avaient fait d'eux des étrangers — ou presque. Ils se cherchaient. Où retrouver l'enfant, le jouvenceau chez ce prud'homme resplendissant ? Où retrouver le père, le bataillard, dans ce valétudinaire ? Et que dire ? A leurs affinités d'autrefois, Ogier se sentait incapable de substituer la moindre façon d'être. Rien n'était plus pareil, et leur malheur toujours présent se trouvait comme revigoré par cette incertitude accablante : sauraient-ils régénérer, avant que leur dignité fût reconnue et restaurée, la bonne entente de jadis ?

Frappés comme d'un sortilège, ils demeuraient toujours face à face, dans la clarté du flambeau grésillant. Leur silence ne révélait nulle réciproque défiance ; il était composé d'émoi, d'attente et de gravité. Ils devaient réapprendre à vivre ensemble ; à se voir, tout simplement, sans que la vue de l'un fût dommageable à l'autre ; à ne pas limiter leur monde à cette oppressante géhenne, mais faire en sorte...

— Tant de malheurs, mon gars... La diffame[1] c'est un venin dans le sang... Ça cuit et ronge.

— Je sais, père... J'ai grandi et forci malgré cela !...

1. Déshonneur.

Quant à vous, il vous faut reprendre espérance et vigueur !

Ogier se tut, engourdi d'attendrissement et ne sachant comment vivifier cet homme dont la voix reprenait un peu de consistance... Toute référence à leurs souvenirs communs lui ferait sans doute plus de mal que de bien.

— M'espériez-vous ?

— Certes... sans trop y croire... Le dernier message que j'ai reçu de Guillaume annonçait ton retour pour Noël... Si bien que je n'ai envoyé aucun coulon[1] pour lui dire...

Godefroy d'Argouges eut un geste las, signifiant que tout ceci pouvait attendre, et reprit tout à coup clairement, fermement :

— J'ai cru longtemps que Dieu m'avait abandonné, or, Il vient d'exaucer mon souhait le plus ardent : te voilà !... Je suis bien aise de te savoir en ces murs et d'y accueillir tes compagnons !

Ogier se retourna et les vit devant les entrées, presque au coude à coude. Derrière, les chevaux sabotaient, sauf Facebelle et le mulet, immobiles, chacun le long d'un parapet.

— Approchez, les amis, et pardonnez-moi de vous avoir oubliés !

— On comprend fort bien, dit Raymond.

Ogier le présenta, puis Bressolles, sans s'étonner de leur extrême gravité : ils n'ignoraient rien des malheurs de son père, ils avaient pensé assister à des retrouvailles joyeuses ; il en allait différemment. Leur déception semblait égaler la sienne.

Godefroy d'Argouges s'inclina devant Adelis. Bien que Titus, toujours enchaperonné, n'en pût voir les flammes, elle éloigna le faucon du flambeau tandis qu'Ogier, prompt lui aussi, prévenait une question gênante :

1. Pigeon.

138

— Elle était chambrière de mes cousines... qui ne sont plus à Rechignac... Je vous raconterai...

Ensuite, le vieillard s'arrêta devant Thierry. L'ancien fèvre sourit sans contrainte :

— Content de vous connaître, messire baron !

Depuis longtemps, Godefroy d'Argouges n'avait pas été titré ainsi. Une larme roula sur sa joue maigre, laissant le grand Champartel pantois. Mais l'écuyer se ressaisit promptement :

— Nos bêtes ont faim et soif... et je crains qu'une feuquière [1] n'ait écorché notre mulet. Il ne faut plus tarder, messire Ogier.

— Tu as raison. Allons, Marchegai, avance !... Approchez, compagnons !

Ils entrèrent, suivis des chevaux, puis s'immobilisèrent une fois dans la cour. Ogier se retourna :

— Où est passé mon père ?

— Là-haut, dit Bressolles en désignant l'escalier d'accès à la machinerie. Il se hâte comme un jeune...

Les chaînes du pont frémirent, se tendirent, et dans un cliquetis et des grincements, le tablier remonta. Bientôt, Godefroy d'Argouges réapparut. Ogier s'étonna :

— N'avez-vous plus Joubert pour portier ?

— Je vois que les noms te reviennent en mémoire. Non, je n'ai plus Joubert. Il est mort d'une sagette dans le flanc... On nous a assaillis moult fois.

— Nous sortons d'un siège. Pendant quinze jours, les Goddons ont cerné Rechignac. Je vous raconterai... Mais ces assauts ?... Est-ce Blainville ?

La torche oscilla. Le visage flétri se contracta :

— Qui veux-tu que ce soit d'autre ?... Ah ! certes, je ne l'ai jamais vu. C'est la nuit qu'ils approchent... De ce côté-ci, j'ai fait tout murer. Sur les autres, j'ai quelques guetteurs... Les truands que ce démon a dû amener de Paris sont une douzaine. Ils ne m'effraient

---

1. Sorte d'étrier de bois placé à la selle des bêtes de somme.

nullement mais ils ont vidé Gratot par la peur, la menace et la mort.

Conduisant Marchegai au seuil de l'écurie, Ogier demeura silencieux ; il comprenait : « *Quitte donc ce seigneur dévoyé !* » Quand la sommation demeurait sans effet, on châtiait le serviteur entêté : il fallait que Gratot fût privé de sa mesnie[1] — le seigneur, son épouse et leur fille y compris. La vacuité désolante des lieux signifiait que Blainville avait en partie accompli ses vouloirs.

« Personne n'est venu à notre rencontre ! Personne n'a cherché à savoir qui nous sommes !... Et Mère ? Et ma sœur ? *Pourquoi ne les appelle-t-il pas ? Pourquoi ne va-t-il pas les chercher ?* »

— Ce malandrin, Ogier, veut notre ruine. Il est ces jours-ci dans son fief et je suis sûr, voyant l'écu que porte ton cheval, que l'un de ses espies ne tardera guère à le mettre au fait de ton retour.

— Tant mieux ! Puisqu'il me croyait mort depuis cinq ans, sa branle[2] m'emplit de satisfaction.

— Il va devenir plus infernal encore.

— Si sa truanderie nous assaille, elle s'en repentira. Jamais Gratot, même un seul jour, n'appartiendra à Blainville !

Ogier se détourna pour voir enfin, par-dessus le garrot de Marchegai, entre les tours si souvent érigées dans ses songeries, la façade du bâtiment central, où il était né. C'était une construction d'une sobriété presque revêche avec au premier étage, sous leur fronton à corniche triangulaire, les quatre lucarnes aux arcs surbaissés des chambres seigneuriales. Au-dessous de cet attique, les fenêtres de la grand-salle reflétaient un peu de la clarté lunaire, si pauvre, tout à coup, qu'elle rendait les marches du perron indécises. En retrait, la porte du logis était entrebâillée : un liséré jaune séparait le

1. La maisonnée.
2. Surprise, commotion.

140

battant du cantalabre de pierre. Et parce qu'elle était en quelque sorte sienne, Ogier arrêta son regard sur la tour de la Fée, une construction à fût octogonal, supportant une chambre cubique chapeautée d'un toit à bâtière soutenu par un double fronton. Il aperçut le chanceau [1] ouvragé bornant cette couverture et se souvint de tous les matins clairs où il s'était penché là pour contempler le grand fief verdoyant des Argouges et assister aux joyeux va-et-vient de la cour.

— Avez-vous, messire Godefroy, demanda Bressolles, quelques places en votre écurie ?

— Toutes celles que vous voudrez... Eh oui, mon fils, ne prends pas cet air ébaubi ! *Il* a fait rober nos chevaux un jour où nous les avions mis à paître dans le champ de l'église... Mais comment affirmer que c'était lui et ses écorcheurs ? En aurais-je la preuve absolue que ma plainte resterait vaine : un homme comme moi ne peut en rien réclamer justice !

— Et la ferme, Père ?

— Elle a brûlé le lendemain de mon retour de la Broye, à croire que j'avais été suivi de près... Ils étaient une dizaine. Les Anquetil et leur fils ont péri... Sous l'auvent de ce puits qu'ils nous ont empêché d'approcher, il y avait une sagette. Sur le parchemin qu'elle clouait au pouliot [2], on pouvait lire qu'ainsi périraient les serviteurs du félon... Cette admonestation, Blainville a dû la dicter à l'un des deux presbytériens qui célébrèrent mon trépas juste avant que mes amis et Guillaume n'interviennent. Il les a pris, depuis, à son service : Huguequin d'Etreham et Adhémar de Brémoy.

— Les suppôts de Satan !... Dussé-je, Père, offenser Dieu, ceux-là aussi subiront ma vengeance !

Les sueurs de la fatigue et de la fureur inondaient

1. Balustrade ou barrière.
2. Treuil.

Ogier. Le poids de son armure lui devenait insupportable.

— Qu'ils soient maudits ! reprit Godefroy d'Argouges. Ce soir-là, dans les lueurs des flammes, j'ai reconnu Ramonnet... Et Eudes, le damoisel qui chaque nuit, dans ma geôle de la Broye, venait me malmener pour m'interdire le sommeil... Eudes de Blérancourt, souviens-t'en !... Nous avons voulu secourir Anquetil, sa femme et son gars dont les cris nous perçaient les oreilles. Moult volées de sagettes nous en empêchèrent. Lecrosnier, Dadure et Joubert en sont morts. D'autres ont été petitement atteints. Ils m'ont quitté le lendemain, sous les huées de nos serviteurs fidèles.

Ogier compatissait. Et s'impatientait. Il était grand-temps qu'il vît sa mère et sa sœur. Pourquoi, d'ailleurs, ne se montraient-elles pas ? Certes, elles ne pouvaient savoir qu'il s'agissait de lui puisque, même pour elles, il était trépassé. Et les hommes d'armes ? Ce n'était pas à Godefroy d'Argouges de faire ainsi office de portier et de l'aider à desseller Marchegai. Veillaient-ils tous, invisibles, dans les tours ? Pourquoi l'un d'eux ne descendait-il pas ? Les visiteurs, ici, devaient être rares...

— ... et il me reste, Ogier, deux vaches maigres et un taureau... Le reste du bétail que tu connus si nombreux ?... Au printemps dernier, ils ont égorgé mes moutons... avec Landry et Baudequin qui les gardaient en armes.

— Est-ce possible ? s'étonna Bressolles.

Godefroy d'Argouges sourit au maçon, bien que cette indulgence légère ne semblât destinée qu'à lui-même :

— Je dois subir. Il n'existe aucune autre issue... J'étais un chevalier de grande renommée ; depuis cinq ans, je ne vaux guère mieux, pour la bonne gent de Coutances et d'ailleurs, que les linfars [1] qui m'assail-

1. Hommes particulièrement méchants (de l'allemand *leicht fertig*).

142

lent. Ma vie ayant été menacée chaque fois que j'ai franchi ce pont-levis, je demeure emmuré céans... Vous voyez : j'ai même appris la couardise !

Dans cet homme maigre, morne, dont Saladin flairait les houseaux crottés et les chausses, Ogier sentit palpiter quelque chose d'indéfinissable. Non pas de la haine mais, mêlée à la désespérance, une volonté féroce de se revancher licitement. Il savait cependant qu'il n'en possédait ni la possibilité ni la force.

— Messire, dit Thierry, ne voyant aucun soudoyer autour de nous, dois-je penser que vous n'en avez plus ?

L'écuyer venait de desseller Veillantif ; il souriait pour communiquer sa confiance à cette épave humaine appuyée sur la cuisse immobile de Marchegai.

— Je vis parmi un petit nombre de fidèles prêts à tenir l'arc ou l'épée s'il le faut... Il y a des hommes, des femmes, des jouvencelles... mais plus d'enfants. Le reste de ma mesnie s'en est allé je ne sais où !

— Ma sœur... ma mère... dit Ogier.

Il n'en pouvait plus d'attendre. Rien de ce qu'il avait souhaité ne se passait. Qu'importait que sa mère eût vieilli ! Il fallait qu'il la vît !... Il fallait qu'il vît Aude ! Quel soulagement et quelle joie au moins pour elles de le savoir vivant et apte à les défendre !

— Croyez-moi tous, messires, et vous, dame Adelis : il faut m'aimer beaucoup pour demeurer chez moi.

— Mais, Père... Tous ces gens, ces voisins qui vous connaissaient bien... Tous ces bourgeois, ces échevins et ces manants que vous avez conviés à votre table ?... Tous ces seigneurs qui sont venus céans courir des lances... Et pour ma mère, toutes ces gentes dames qui...

Encore un sourire prompt et amer et une voix qui se mouillait :

— Rien... Plus rien... Menaces de Blainville ou non : nous sommes seuls, abandonnés.

— Bon sang, Père ! Aucun homme en cinq ans n'est venu vous assurer de son attachement ? Aucun des seigneurs que vous avez tant côtoyés et conjouis n'est venu vous dire : « *Je suis sûr de ton innocence* » ? Pas même le chevalier au Vert Lion ?

— Robert Bertrand de Bricquebec et tous les barons que tu connus me croient responsable de la déconfiture de l'Écluse. Aucun d'eux n'a voulu comprendre que si j'étais resté en vie, c'était parce que ma trahison n'avait pas été attestée. Et si nombreux sont ceux, parmi eux, qui secrètement trouvent des excuses à Godefroy d'Harcourt et l'approuvent même d'être passé à l'Angleterre, il en va différemment pour moi. Soupçonné de trahison, je n'ai pas fui comme Harcourt ; j'ai eu le front de revenir en ma demeure. Voilà pourquoi je suis un seigneur scandaleux !... J'ai craint de voir mon fief forfaire pour cause de félonie, mais *ils* n'ont point osé prononcer sa confiscation. Certes, ces anciens compagnons ne s'allieront jamais à Blainville dont ils connaissent les persécutions à mon égard ; il n'empêche qu'ils me honnissent. Sache-le, mon gars : l'ingratitude des uns, l'indifférence des autres et surtout ce mépris détestable et tenace en lequel ils tiennent un homme qui, pour eux, a failli, m'étouffent lentement.

Quittant son gantelet, Ogier frotta son front moite :

— Une fois rétabli dans votre dignité, Père, je ferai en sorte qu'on vous respecte et que les plus dédaigneux s'humilient devant vous !

Il se tourna vers Raymond et Champartel :

— Hâtez-vous d'en finir avec nos montures...

Et comme Adelis remuait :

— Non, m'amie, ne les aidez pas. Bientôt je vous soulagerai de Titus.

Il vit les chevaux entrer dans l'écurie, suivis du mulet et de Facebelle. Raymond sortit du bâtiment ; il y avait trouvé un flambeau qu'il vint allumer à celui de Godefroy d'Argouges, tandis qu'Ogier, pendant ce temps, regardait les murailles autour de lui.

Gratot... et cette mort droite ou sournoise ; ces

assauts de truands... Gratot ou l'Érèbe, ce vestibule de l'enfer ? Il sentait son sang se tarir et s'aigrir.

— Les ingrats ! Pas un seul ne sera donc venu vous encourager ou vous dire, tout bonnement : « *Godefroy, j'ai foi en vous !* » Pas un !

Sous la lune enfarinée, le visage du vieillard n'exprimait toujours rien d'autre que l'impuissance et la résignation.

— Père, cessez de vous tribouler[1]. Vous avez avec vous, ce soir, des hommes de grand vasselage[2] : Raymond, Thierry et Bressolles, qui nous a promis quelque temps sa présence. Sachez-le aussi : Adelis n'est l'épouse d'aucun d'eux, mais je peux vous assurer qu'elle sait se battre... Elle aidera ma mère et ma sœur, que j'ai grande envie de voir sans plus tarder !

Voyant un tressaillement dans le visage livide, il ajouta :

— Quand mon oncle m'a avoué, voici moins d'un mois, que vous m'aviez fait passer pour mort *même pour elles* afin de ne compromettre en rien mes enfances, je vous en ai voulu !

Troublé soudain par la contraction de ce visage plus méconnaissable que jamais et sur lequel le chagrin semblait souffler en tempête, Ogier cria sur un ton de révolte et d'effroi :

— Père, dites-moi tout ! Je pressens un malheur pire que tous ceux dont vous m'avez parlé !

D'un geste las, Godefroy d'Argouges désigna, au milieu de la cour, un tertre qui, dans la nuit, semblait un ramas d'herbes et de fourrage :

— Ta pauvre mère est là.

Gémissant, les yeux secs et les tempes battantes, Ogier se retint au vieillard qui chancela. Il ne pouvait dire un mot. Cette révélation lui écorchait le cœur. Pourquoi ? Pourquoi *elle* ? Il s'emplissait de cette certi-

---

1. Tourmenter.
2. Bravoure.

tude odieuse : *morte* ! Assommé, indigné, il ne pouvait que se répéter : *morte*. Fiévreux, les yeux secs, les paupières soudain lourdes, poivrées, douloureuses, il entendait le souffle précipité de son père entre les grésillements du flambeau.

— Elle n'en pouvait mais... Elle avait le caractère ferme en apparence... rien qu'en apparence ! Elle a vu nos bonnes gens périr ou s'en aller... Chaque nuit, elle avait peur... Elle priait sans arrêt pour ton âme et un jour, afin de l'apaiser, je lui ai dit que tu vivais, que tu nous reviendrais... Elle n'a pas voulu me croire et c'est à partir de là que sa raison s'en est allée grain à grain.

Comme la peau se gonfle sous la violence d'un coup, Ogier, le cœur dilaté par ce heurt, ne pouvait que serrer les poings sous l'effet d'une colère dont il savait bien qu'elle était vaine.

« Dieu l'a voulu sans doute. *Et Aude* ? »

Son père, d'une voix plate, continuait :

— Elle errait des jours entiers sans parler... Elle bougeait cependant les lèvres et se réfugiait dans ta chambre... Et puis un soir, elle a fait comme *l'autre*...

Ogier comprit et joignit ses mains.

« Pardonnez-lui, Seigneur, d'avoir devancé Votre Volonté... Elle n'avait pourtant rien d'une fée, elle[1] ! Elle était bonne et douce... Elle n'avait pas voulu que je parte à la guerre... »

---

1. La légende de Mélusine, cette femme qui se transformait parfois en sirène, ou cette sirène qui, magiquement devenait femme, était fort répandue au Moyen Âge, et ce personnage figurait dans maints ouvrages dont un, d'ailleurs, est titré de son nom. On prétend que les Argouges jouissaient de la protection d'une pareille fée. L'un des tout premiers fondateurs de la famille l'avait surprise au pied d'une cascade, et épousée à une condition exigée par elle : jamais, en sa présence, il ne prononcerait le mot *mort*. Après sept ans de bonheur, alors qu'un tournoi allait avoir lieu à Gratot, le chevalier, impatient des préparatifs interminables de sa dame, lui aurait crié sur le seuil de leur chambre :

— Dame, este lente en vos besoignes ; seriez bonne à aller quérir la mort.

Poussant alors un cri désespéré, la « fée » se serait jetée par la fenêtre.

146

Il avait bien ri de son angoisse. Et son père également. Maintenant, ils étaient seuls, écoutant malgré eux les bruits de l'écurie. Thierry chantait ; Raymond s'ébaudissait. Le visage ridé se défripa :

— Je l'ai vue tomber de la fenêtre. J'étais là, sur le seuil de l'étable... Viens !

Une poignée de glaïeuls rehaussait la sépulture.

— Il y a un an de cela... Ta sœur fleurit ta mère avec ce qu'on lui donne... Rassure-toi : Aude va bien... Tu vas la voir. Ne sois pas ébahi que Luciane soit enterrée là plutôt que dans l'église. *L'autre*, ce démon, peut tout profaner. Il nous subroge sa truandaille... Ici, parmi nous, cette sainte martyre est en sécurité.

Le silence un moment revenu parut comme imprégné de la malignité de tous les malandrins à la solde de Blainville. Ogier les imagina, réunis dans le manoir qu'il connaissait bien, pourpensant leurs prochains homicides et mêlant leurs gros rires de fesse-pinte et leurs obscénités. Il se sentait fourbu, dépouillé du moindre courage et voué à d'autres douloureuses déceptions. Derechef, il posa une main sur l'épaule de son père, et familièrement :

— N'aie crainte : Mère sera vengée ainsi que tous les autres !

Une larme, à nouveau, brilla sur la joue du vieillard dont la mâchoire soudain serrée trahissait une détresse et une impuissance irrémédiables.

— J'irai trouver le roi, Père. Je lui rapporterai ce que j'ai vu à l'Écluse... Je prouverai que Blainville est le pire Judas du royaume !

De sa dextre longue et maigre, Godefroy d'Argouges frotta ses yeux :

— Tu n'as aucune preuve pour subvenir notre destinée.

— J'en trouverai ! Dieu exaucera ma volonté !

C'était de la présomption, mais il devait fournir à cet homme détroussé des vertus qu'il lui avait connues l'image d'un guerrier hanté de certitudes, invincible comme lui naguère aux assauts du désespoir. En dépit de son deuil inattendu et de la lassitude d'une chevauchée pénible, il se sentait empli de turbulences. Comment, toutefois, n'eût-il pas pris conscience qu'entre son père et lui une opposition s'élevait malgré le renouveau d'une étroite affection ?

— Prends garde, Ogier. Tu devrais savoir ou supposer les méfaits dont Blainville est capable.

— Pendant cinq ans, Père, j'ai imaginé tout ce qu'il pouvait encore tramer contre nous. Je me crois prémuni contre sa malivolance et en mesure de contrester [1] à ses cruautés.

Ce soir, il acceptait quiètement de courir tous les risques pour que justice leur fût rendue. Bien mieux : cette expectation se changeait en un sentiment de plaisir. Il sentit que son père s'appuyait davantage sur son bras et s'en réjouit. Peut-être la volonté ou le désir de vivre un avenir serein affermirait-il leur intimité recouvrée. Des fatigues différentes, mais éprouvées au même instant, les maintenaient l'un contre l'autre devant ce tertre si peu digne de celle qui reposait dessous.

— Tu arrives bien tard, mon fils. Quelle joie si elle te voyait comme je te vois.

Ogier s'aperçut que son père l'examinait. Voulait-il se conforter ? S'assurer qu'il portait dans ses veines le sang des Argouges, cette sève ancienne, vivace, qui jadis avait nourri ses moelles avant d'épanouir sa fleur en ce chevalier dans lequel il se reconnaissait à peine ?

— Je vous vengerai, Père. Je nous vengerai !

— Je loue ta volonté, mais crains ta véhémence.

Pour ce soir, ils s'étaient tout dit.

Ogier s'inclina sur la tombe vulgaire : « *Mère, je vous vengerai !* » Il se tourna vers les écuries. Adelis en sortait. Derrière elle, Thierry tenait une torche ; Raymond portait la besace contenant la nourriture et

1. Résister, s'opposer.

Bressolles un tonnelet de vin acheté à Quettreville et destiné à fêter les retrouvailles.

— Le fourrage est bon, dit Thierry. Il ne manque plus que quelques seaux d'eau. Je vais m'en occuper avec Raymond.

Puis voyant l'éminence de terre et dessus, les glaïeuls dont les fleurs se mouraient :

— Qui c'est ?

— Ma mère, dit Ogier.

Et il fondit en larmes.

II

Le bras dextre ceignant la taille de son père, Ogier marchait vers le logis seigneurial.

— Pendant quelques semaines, mon fils, vos chevaux ne connaîtront pas la disette : le fourrage emplira leurs râteliers... Les uns armés veillant sur la sécurité des autres, nous avons engrangé lors de la fenaison.

— Le sort, pour une fois, ne vous fut point contraire.

— Certes, mais quelques semaines plus tôt, *ils* avaient arsé nos ablais[1]... Nous avons dû fuir devant eux... Gerbold, qui nous aidait à emplir le chariot, les a voués à l'exécration éternelle.

— Vit-il toujours ?

— Certes !... Il est très vieux mais droit et solide. A mon retour de la Broye et pour m'éviter toute espèce d'embûche, il m'a dissuadé de lui rendre visite. Il vient de temps en temps céans, dire la messe. Ramonnet l'a souvent menacé. Un jour, ses malandrins lui ont jeté des pierres... Il ne subit plus que leurs lobes[2] sachant bien que jamais ils n'oseront porter une arme contre lui : cet ermite est un saint, ils le savent, et si pervers qu'ils soient, ils craignent le divin courroux.

1. *Arser* : brûler. Les *ablais* sont des blés non rentrés.
2. Moqueries.

— Vous vous méprenez, Père ! Cette pendaille ne redoute que la fureur du démon dont l'essentiel suppôt me semble être Blainville. Et puisque nous parlons de Dieu et du diable : que devient votre chapelain ? Isambert n'aimait guère Gerbold qu'il soupçonnait de se consacrer au grand œuvre.

Godefroy d'Argouges s'arrêta le temps d'être rejoint par les compagnons de son fils :

— Isambert a béni les restes d'Anquetil, de sa femme et de leur petit le lendemain de l'embrasement de la ferme. Ensuite, comme je trempais dans un seau d'eau mes mains brûlées par les ruines d'où nous venions de dégager ces malheureux, j'ai demandé au clerc de prendre le parchemin que j'avais serré dans ma ceinture. « *Mon père*, lui ai-je dit, *vous en donnerez lecture à vos ouailles puisque son auteur leur enjoint de partir sans tarder sous peine de mort*. » J'ai vu notre tonsuré marcher en sens contraire de Gratot. Je lui ai crié : « *Mon père, où allez-vous ainsi ?* » Alors, il a guerpi en soulevant sa bure comme une fille que l'on course !... C'était un couard ! Comment le regretterais-je ? Dieu, cependant, ne nous a point abandonnés puisque Gerbold nous est demeuré fidèle.

— Demain, après-demain, je le visiterai. Ensuite, j'irai chevaucher sous les murs de Blainville... S'il paraît, je lui confirmerai mon retour... Et je le défierai à la moindre moleste[1].

Godefroy d'Argouges eut un douloureux sourire :

— Même si tu lui jetais ton gantelet au visage, il refuserait, sans déchoir, de croiser le fer avec toi. Tu n'es rien puisque tu es mon sang. Et quelque notoires que soient, dans le pays d'où tu viens, tes qualités de chevalier, tu ne pourras les affirmer aux tournois et joutes du Cotentin : ils te seront interdits par tous les hérauts d'armes que Blainville a subjugués sans menace et sans difficulté. Il te reste la guerre. Là, tes

1. Injure.

lions diffamés seront ignorés, ou s'ils ne le sont, tu ne subiras point d'outrage puisque tu combattras dans l'ost, pour le roi ; toutefois, ce n'est pas un exploit qu'il te faudrait accomplir pour que soient reconnus tes mérites, mais dix ou vingt... Peut-être davantage !

— Messire ! intervint Thierry, ne vous enfiévrez pas. Cessez de paroler de ces choses mauvaises.

— Ce qui compte ce soir, dit Raymond, c'est que nous soyons présents.

— Combien êtes-vous pour défendre cette enceinte ? demanda Bressolles.

— Seize en tout.

Les degrés du perron brillaient d'humidité.

— Que de fois, Père, lorsque j'étais enfant, j'ai loué sur ces marches au soleil !

Ogier s'interrompit. C'était sûrement là, au pied de ce contrefort, que sa mère s'était écrasée. A quoi bon imaginer cette horrible fin ! Il se détacha de son père. Thierry demanda :

— Avez-vous chaque nuit, messire baron, des vegilles [1] en suffisance ?

— Deux au nord, sur la muraille ; un autre dans la tour que voici, qu'*ils* appellent la Tour du Chevalier depuis que j'y ai mis mon lit.

— Vous avez quitté votre chambre !

— Depuis que ta mère...

Sans plus d'explication, Godefroy d'Argouges continua :

— Celui qui guette en haut, ce soir, c'est Asselin... Eh oui, le sergent qui ramena nos chevaux de Honfleur, après notre embarquement. Il a cinquante-cinq ans. S'il n'a pas corné votre approche, c'est que la truandaille aurait agi différemment de vous... En cinq ans, nous avons subi quinze assauts, tous pareils en leurs commençailles. La nuit, bien sûr. J'ai de bons archers, mais au matin nous n'avons jamais retrouvé un seul corps :

---

1. Gardes, guetteurs.

ils emportent leurs morts... Comme si nous ignorions d'où ils viennent et qui les a commandés !... Blainville a essayé de soulever nos voisins contre nous. Non seulement le seigneur de Pirou, mais les hurons de Gouville, Montsurvent, Agon, Heugueville... Il a échoué.

— Quinze assauts en cinq ans... murmura Bressolles.

— Cela peut vous sembler mince, messire. Toutefois, dès le premier, les femmes ont été effrayées.

— Celles de Rechignac étaient plus courageuses !

Ogier ne se soucia pas que cette glose pût être désagréable. Il essayait de se ressaisir, d'étouffer sa déconvenue, de se forger, pour l'avenir immédiat, une confiance et des forces nouvelles.

— Il n'y a point d'offense, Père, à dire cela.

— Certes, mon fils. Sache aussi que si tu ne vois aucun enfant, c'est que les jeunes familles s'en sont allées. Ces malandrins veulent moins notre trépas que l'abandon de notre chevance [1]. Quand ta mère est morte, Aude et nos serviteurs furent tellement affligés que, pour atténuer leur douleur, je leur ai dit que tu vivais et que tu nous revancherais un jour... Je le leur ai juré sur la Croix... Le temps passait. Certains ont dû douter de ma sincérité... Le premier à deviner que tu nous revenais, c'est Asselin... Il vous a épiés tout en s'abstenant de souffler dans sa trompe... Et si nul autre que moi ne s'est levé pour aller jusqu'au pont, c'est que nous sommes las, bien las... et que depuis longtemps, chaque soir, je t'attends.

Ils parvenaient devant la porte cloutée du logis lorsqu'elle s'entrouvrit, poussée par une épagneule noire, aussi haute que Saladin, et qui grondait, montrant les crocs.

— Couché, Péronne !

La chienne, méfiante, tourna autour d'Adelis et de

_____

1. Les biens, la propriété.

Thierry, flairant leurs pieds, tandis que Saladin, immobile et haletant, la surveillait sans agressivité.

— Ce grand chien jaune est tien ?

— Oui, Père... Une fille de Rechignac me l'a donné voici cinq ans...

Le visage d'Anne flotta dans la mémoire d'Ogier. Où était-elle, à présent, le ventre plein de l'enfant qu'il lui avait fait ? Vivait-elle toujours dans cette grotte où Thibaut, le bûcheron, l'avait entraînée pour la protéger des Goddons ? S'il avait pu l'emmener en Normandie, aurait-elle supporté aussi bien qu'Adelis cette éprouvante chevauchée ?... Reverrait-il Anne ? Si elle enfantait un gars — « *un gars qui soit à ma semblance* » — celui-ci, devenu jouvenceau, pourrait-il s'accommoder d'une vie étroite et misérable ?

Tandis que ces pensées se dissolvaient dans le plaisir d'avoir atteint son but, plaisir incomplet, austère et couleur de deuil, Ogier vit largement ouverte la porte de la grand-salle. Immobile, indécis sur le seuil, il retrouva d'un coup les murs gris d'autrefois, le haut plafond rayé de poutres vigoureuses et les dalles rouges, ternies. Il respira cette odeur tiède, complexe, de bois brûlé, de soupe, de suif, de fraîcheur moite. Aux angles du fond, de part et d'autre des fenêtres ouvertes sur la nuit verdâtre, il y avait toujours, pareils à des tentures, ces grands pans d'ombre veloutée sous lesquels luisaient les couvercles des coffres ; et juste devant lui, entre les épées en sautoir partiellement couvertes d'un écu portant les lions intégraux des Argouges, la tapisserie de Rouen, *Raimondin et Mélusine*.

Sur le plateau de la table, au centre, quelques chandelles clignotaient, éclaboussant de leurs lueurs une douzaine de personnes dont les mouvements et les voix venaient de s'interrompre. A l'extrémité, devant l'âtre, il y avait toujours la haute chaire seigneuriale au dossier carré surmonté de deux fleurs de lys, aux accoudoirs larges, ornés d'une tête de lion. En face, dans un siège identique, une jeune fille s'était penchée, suffoquée, partagée entre le doute et la curiosité, livrée aux regards d'Ogier avec tant d'involontaire complaisance que, de stupeur et de merveillement, il ne put dire un mot ni faire un pas.

« C'est elle », se dit-il, embrassant du regard, sous l'épaisse couronne de cheveux roux, la figure blême dont les flammes, émergeant comme des bourgeons d'or des branches d'un candélabre, agravaient l'air dolent. Il vit le cou fragile et les épaules lasses et ressentit, réfléchies soudain dans son corps, les ondes de chagrin qui les avaient ployés. Le noir de la robe avivait l'expression mélancolique de cette créature, à vrai dire inconnue, dont la ténacité native transparaissait dans l'éclat des yeux et le pli léger des lèvres. Elle n'avait pour toute parure qu'un collier d'argent qu'elle tordait d'une main tremblante.

— Aude, je suis ton frère et je reviens ce soir.

En cheminant, et tout en s'efforçant de composer les traits de cette sœur d'autant plus chère à son cœur qu'elle s'était, pour l'image et la voix, évanouie en sa mémoire, il avait prévu qu'une fois passé l'étonnement de le savoir en vie, Aude bondirait à sa rencontre, et qu'il se hâterait au-devant d'elle. Pour cette scène encore, il s'était abusé. Elle savait depuis un an qu'il vivait, et transie d'ébahissement ou d'incrédulité, elle restait assise. Sa bouche déclose frémissait sans qu'aucune parole, aucun rire en sortît. Sa vue, son cœur, ses convictions, ses songeries venaient de recevoir un coup. Oh ! certes, il comprenait qu'elle défaillît presque : elle avait façonné le jouvenceau d'autrefois selon ses goûts et quelques souvenirs tenaces — encore qu'altérés par les ans. Brusquement, il démolissait tout : dans la lugubre enceinte de Gratot, il effaçait ce soir les tourments, les usages. Plutôt qu'un fils, qu'un frère, il n'était présentement qu'un *horzain* auquel une écorce de fer conférait un air de forcennerie paisible, mais prête à s'épancher. Et, bien qu'Aude fût d'un an son aînée, bien que naguère elle l'eût parfois traité de haut, l'adulte qu'il était devenu l'effarouchait. Elle doutait toujours de sa réalité. Elle l'avait trop attendu !

— C'est bien *lui*, n'aie crainte ! dit en riant leur père. Quelquefois, l'ébahissement est pareil à une buffe[1].

Tout autant que cet homme enfin visiblement heureux, Ogier sentit la nécessité de rompre l'enchantement où non seulement s'abîmait cette sœur bien-aimée, mais aussi — il s'en apercevait soudain — tous ces familiers effarés qui, jetant des regards les uns sur leur damoiselle, les autres sur leur seigneur ; les autres, enfin, sur ces visiteurs tardifs, muets et décontenancés, pensaient sans doute à Luciane d'Argouges, morte d'avoir douté de ce retour. Mais comment abréger leur silence ? Comment faire pour qu'Aude sortît de sa stupéfaction ? Tout ce qu'il avait imaginé d'elle, de sa joie, de sa ferveur procédait en fait de ses propres dispositions à lui. Il l'avait pétrie de ses rêves, de ses souvenirs. Elle était autre. Et le temps lui aussi était autre en ces lieux : il coulait avec une lenteur singulière.

— T'aurais-je, ma sœur, croisée ce soir dans Coutances, que je me serais retourné sur toi !

Sa voix changée, sa voix de mâle devait également la confondre.

— J'ai presque envie de te dire *vous*... et salue tes compagnons et compagnes !

Un murmure s'éleva enfin parmi les convives : échappant à leur léthargie, tous se levèrent dans un raclement de bancs et de sabots, firent face et s'inclinèrent.

— Oh ! non, pas de cérémonie. Vous êtes demeurés fidèles à mon père : nous sommes donc égaux dans la diffame... Je n'ai de plus que vous que le poids de ces fers, mais croyez bien que s'ils pèsent à mes membres, mon cœur, lui, n'a jamais été si léger !

1. Soufflet.

156

Ogier souriait, bras ouverts, comme pour les étreindre tous. Il devait les rassurer, les égayer. Leur sobre détresse enflammait la sienne. Il se tourna vers son père et, baissant la voix :

— Si Mère était présente, ce soir, il en aurait été différemment. Nous nous serions ébaudis et nous aurions pleuré en nous étreignant... J'aimerais que du Ciel elle nous voie ensemble !

Il respirait mal, et pourtant, cette odeur retrouvée de nourriture, de feu moite et d'humidité, quelle félicité !

— Ils sont tous là sauf, bien sûr, les guetteurs : Asselin, Courteille et Desfeux, les plus jeunes... Tu les as connus pas bien grands : Courteille a quatorze ans et Desfeux quinze, mais notre géhenne en a fait des hommes.

Les mâchoires de Godefroy d'Argouges furent prises d'un tremblement tandis qu'il s'adressait à ses fidèles :

— Je vous avais bien dit qu'*il* reviendrait !... Or, non seulement le voici parmi nous, mais de vaillants compagnons l'ont suivi... Allons, entrez, amis !... Nous vous honorerons selon nos moyens...

Tandis que son père se chargeait des présentations, Ogier rejoignit Aude enfin debout.

— Pardonnez-moi, mon frère... En vous voyant étincelant comme saint Michel, le souffle et les jambes m'ont soudain manqué... C'est vrai que le bonheur assomme ! Me serais-je levée pour courir jusqu'à vous que j'aurais chu, je crois, avant de vous atteindre.

Elle vacillait, blafarde et incrédule encore. Le noir seyait à ses contours harmonieux ourlés de lueurs d'or des épaules aux hanches. Et si ses yeux reflétaient toujours la tristesse, elle souriait, une perle au bord des cils.

— Je n'ose à peine y croire... Vous voilà enfin !

Voix exténuée qui semblait exhalée des profondeurs de l'âme.

— *Te voilà*, veux-tu dire ! Suis-je si rude qu'il te faille me dire *vous* ?

Elle était dans ses bras, frissonnante. Il n'eût guère tremblé plus fort en étreignant une étrangère. Il ne sentait pas les petites mains blanches appuyées sur sa cuirasse mais il respirait la senteur des cheveux de cuivre roux dont quelques brins titillaient ses narines. Ils étaient seuls dans le bruit, le mouvement, les rires assourdis des autres ; seuls, enveloppés de deuil et de fatalité.

— Tu lui ressembles si j'ai bonne mémoire.

— Tais-toi, par pitié !... Elle avait tant changé...

Ogier contempla ce front pur où s'effrangeait un peu de la tresse soyeuse, ce nez et ce menton parfaits, cette bouche délicieuse. Quel damoiseau eût pu s'éprendre de sa sœur dès lors qu'elle était, elle aussi, frappée de déchéance ? Ses traits étaient restés les mêmes que naguère. Le temps et les tourments les avaient affermis, ajoutant à leur beauté une douceur délicieuse.

— Ah ! ma sœur, la fraîcheur de tes joues... J'en reprends !

Sous ses lèvres, elles lui avaient semblé pareilles aux pétales d'une églantine, mais une fleur exsangue, trop longtemps privée de rosée, de clarté, de soleil. Aude pleura soudain à gros sanglots, le front contre l'épaulière de fer, comme une suppliciée peut-être qu'on délivre, et il ne sut quels mots et quels gestes employer pour la guérir de sa tristesse. Il fallait qu'elle fût heureuse. Il devait, puisque leur père en était incapable, lui rendre dès maintenant l'existence agréable — autant que faire se pouvait.

— Allons, cesse tes pleurs ! Une nouvelle vie commence pour toi...

Elle releva son visage, et tandis qu'une vague de confiance y repoussait le désespoir, elle rit — un rire délicat, presque celui de leur enfance quand, après l'avoir irrité, elle éprouvait un repentir et l'exprimait, au détriment des mots, par cette gaieté moelleuse, toute vibrante d'affection.

— Depuis que je connais la vérité sur toi, j'ai prié chaque jour pour que tu nous reviennes... Mais je désespérais et ne t'attendais plus... Seul Père avait confiance... « *Quand il viendra,* disait-il, *c'est moi seul qui lui ouvrirai.* » Et c'est ce qui vient de se produire.

Incapable d'en dire davantage, elle saisit Ogier par son gantelet :

— Viens, nos gens sont heureux... Il faut que tu leur parles...

Ils s'approchèrent de la table et le garçon craignit de ne pouvoir mettre un nom sur ces visages flétris par les ans, les privations et les chagrins. Dissemblables certes, ils l'étaient, et pourtant les épreuves leur avaient donné une expression commune : ces griffures au coin des yeux, ces rides incurvées joignant les ailes du nez aux commissures des lèvres et, chez les femmes, cette lippe d'amertume. Tout en eux révélait la fatigue, nullement la faiblesse ; le corps souffrait, l'esprit restait sain. Ils subissaient farouchement les malheurs des Argouges, pareils dans la persévérance et la fidélité à ceux de Rechignac qui avaient soutenu leur seigneur dans l'adversité, les uns par devoir de servage, les autres par dévouement à leur famille et à leur parcelle, d'autres encore par obligeance foncière. Il avait appris en leur compagnie que la vaillance était loin d'être l'apanage des seuls prud'hommes.

— Toi tu es Jourden !

— Oui, messire.

— Tu n'as guère changé... Or çà, tu es Barbet... Et voilà Gosselin...

— Beau sire, par Dieu le Rédempteur, votre mémoire est bonne.

— Elle me revient d'un coup !

Ces voix, cet accent, cette ferveur sans obséquiosité !... Et Aude le tirait...

— Moi, je suis Aguiton.

— Avec cette barbe, je ne te reconnaissais pas !

Une tape sur l'épaule, une bourrade légère. Il fallait revigorer ces serviteurs exemplaires !

— Moi, je suis Lesaunier... Le petit gars des écuries...

— Nous avons joué parfois quand nous étions jeunets ! Que fais-tu, maintenant ?

— Homme d'armes à l'occasion... Tout ce dont votre père me charge.

Ils ne savaient que dire mais ce qu'il observait, lui, le revenant, c'était que des pleurs embuaient leurs yeux. Ils étaient là, les aimables, les bourrus, les capiteux [1] de sa jeunesse prime : Jourden, blanchi ; Barbet, rougeaud et fiévreux sans que le vin, sans doute, en fût cause ; Gosselin et Lesaunier, les palefreniers privés de chevaux, tonsurés prématurément. Et les femmes ! Pour éviter de les offenser, il devait aussi les reconnaître.

— Bertine ?

— Oui, messire.

Il y avait toujours à fleur de peau, chez cette plantureuse brune, ce bonheur de vivre, naïf, absurde en l'occurrence, mais qui parfois, par contagion, pouvait rassurer les commères désespérées. « Dire qu'elle m'a dépucelé ! » Elle avait vieilli et semblait moins avenante, encore que son regard pétillât soudain d'une bienveillance orgueilleuse :

— Il est bon que vous nous reveniez.

Ce soir, au lieu d'un jouvenceau impatient et niais, elle voyait un homme. Elle l'évaluait de haut en bas. Avant qu'il ne partît pour Honfleur, elle avait épousé... qui déjà ?

— Comment va ton époux ?

— Hamel est mort, messire. Pas d'une sagette ou d'un carreau : le cœur lui a soudainement manqué... l'an passé.

---

1. Obstinés.

« Il était vieux, je m'en souviens... Peut-être l'as-tu trop épuisé ! »

Il eût voulu exprimer quelque apitoiement, mais Aude l'entraînait :

— Voici Bertrande, la lavandière... Madeleine Gosselin... Isaure Barbet... Jeannette Aguiton... Elles étaient toutes là quand tu es parti.

— Dames, je vous salue... et donne cent baisers !

L'oppression d'Ogier s'allégeait. Aude souriait et pleurait à la fois. Désormais, elle devait commander à ces meschines[1]. Elle s'arrêta devant une blonde — la plus bouleversée de toutes. Une peau de lait, de longs cheveux de lin soigneusement tressés, des formes pleines, apparentes sous la robe de futaine grise. Une sorte de simplicité, d'innocence...

— Guillemette !

— Oui, messire.

Pour cacher son émoi, elle s'inclinait sur son écuelle ; il n'apercevait plus que son nez retroussé, et dans le pli du coude un sein renflé. Elle eut un frisson, comme si ce regard de mâle la brûlait de la nuque aux reins, et sans trop se tourner lança comme un reproche :

— Voilà des mois que nous vous espérons.

— Je sais... Vous avez souffert... Pensez-vous que ma vie, d'où je viens, ait débordé de joies, d'insouciances, alors que je vous savais là et m'exerçais à manier les armes afin de pouvoir vous défendre et venger les miens d'une immonde injustice ?

Dans la pâleur tiède et dorée de cette table où nul n'osait se remettre à manger, Guillemette leva brusquement ses prunelles, et si bref qu'eût été ce regard, Ogier y retrouva l'admiration d'antan. Il caressa l'épaule de la chambrière. Fût-ce la soudaineté du geste ? La dureté du gantelet ? Elle sursauta et se courba davantage, telle une fautive prise sur le fait. Il crut

---

1. Servantes, domestiques.

nécessaire de la réconforter afin de rassurer du même coup ses compagnes :

— Ayez confiance !

A regret, il retira sa main ; le dos de la jouvencelle resta fléchi.

— Dieu a veillé sur mon retour. Bientôt, par les chemins et les prés, vous pourrez piéter jusqu'à la mer... jusqu'à Agon, Heugueville ou Pirou sans dommage... Et vous chanterez comme autrefois !

Il exagérait. *Bientôt*, quand serait-ce ? Tous ces gens s'étaient ascétisés. Il ne leur apportait, pour réconfort, que sa présence et celle de ses compagnons. Il leur offrait un bref répit dans une inquiétude inusable. Cinq ans... Cinq ans de médiocrités, de modicités, de tourments, humiliations, meurtrissures. Certes, ces avanies les avaient marqués, mais plutôt que de les apetisser, frémissants d'anxiété, dans leurs nippes de laine, de tiretaine ou de cariset, ils avaient conservé, l'espérance les y aidant, tenace, incorruptible, cette constance plus estimable encore que des hardiesses sans lendemain.

Bertine, debout, l'observait, ses yeux noirs emplis d'étincelles, ses lèvres ouvertes en un sourire un peu moqueur ; par contraste, celui de Guillemette avait une expression de joie, de reconnaissance presque enfantine. Pour en finir avec un trouble désormais sans objet — il devait leur paraître aussi hardi que possible —, Ogier se tourna vers sa sœur et fut heureux de voir que, d'un clignement de paupières, elle approuvait ses propos tout en sachant combien ils s'entachaient d'incertitude.

— Cessez de vous tribouler. Dès maintenant...

Furieux d'avoir usé d'un ton de compassion trop sincère, il renonça à évoquer Blainville afin de ne pas gâter le plaisir de ces malheureux. Sa venue apportait l'illusion d'un mieux être à leur pénitence : ils semblaient s'engourdir dans une quiétude aussi fragile que le brouillard du dehors. Guillemette haletait et frissonnait toujours. Vierge ?... Combien de jeunes gars y avait-il ici ? Ces deux guetteurs, Courteille et Desfeux, que leur ventre devait démanger... Imprenable, Guillemette ?

Par un instinctif besoin d'opposition, Ogier jeta un nouveau coup d'œil sur Bertine. Comme autrefois, elle semblait prête à tout.

Alors, il s'avisa de ses compagnons indécis, immobiles. Caressant Titus qui, déchaperonné, jetait son petit regard vif sur l'assistance, Adelis, sourcils froncés, avait un air d'angoisse et de fatigue.

— Aude... Comme je l'ai dit à Père, Adelis était chambrière de mes cousines... dont nous parlerons plus tard. Traite-la comme une parente.

Certes, il attirait l'attention sur l'ancienne ribaude — surtout celle des femmes —, mais il éprouvait un besoin aigu d'être aimable, rassurant envers elle. Jamais peut-être autant que maintenant, il ne l'avait sentie aussi cruellement seule.

— Donnez-moi Titus.

Le rapace changea de poing et s'accommoda, pour perchoir, des doigts de fer du gantelet. Ogier le porta jusqu'à la chaire de son père. Une fois agriffé au dossier, le faucon s'ébroua et piocha du bec sa vervelle [1] et sa longe.

— Quelle belle bête ! s'exclama Godefroy d'Argouges.

— Eh oui, c'est un présent de Bressolles.

— Ici, nous avons rarement de tels oiseaux, et c'est tant mieux, en ce qui me concerne, car ce serait souffrir, même pour un faucon, de manquer de grand air... Il est vrai que nous autres...

— Allons, Père ! intervint Aude d'une voix changée, autoritaire. Cessez de vous apitoyer sur vous-même ! Revenez donc vous asseoir, et mangeons !

La violence de ses émotions amortie, Ogier, aidé par

1. Bague fixée à la patte de l'oiseau et portant le nom du propriétaire.

Thierry, enleva son armure sous les regards intéressés de son père et des hommes. Cessant de flairer les dalles et les encoignures, Saladin vint s'asseoir près des pièces de fer, épié par Péronne allongée devant l'âtre.

Bertine avait ouvert les tiroirs du dressoir ; elle en sortit des écuelles, des cuillers et des hanaps ; ensuite, elle interpella Barbet et Gosselin :

— Allez donc quérir deux banquettes !

Ils obéirent, et sitôt les sièges insérés dans les autres, on se poussa tout autour du plateau : il fallait que les « nouveaux » fussent à l'aise.

Godefroy d'Argouges réintégra son siège. Au-dessus de lui, Titus battit des ailes, puis s'apaisa.

— Que deviennent Guillaume et ses filles ?

— Ils vont bien, répondit Ogier, différant ainsi la vérité sur sa discorde avec son oncle.

— Et Hugues Blanquefort, sans lequel les Goddons m'auraient occis, à l'Écluse ?

— Il est mat.

— Mat !... Le pauvre... Et comment ?

— Pour que les Anglais et les Gascons dessiègent Rechignac, Robert Knolles, leur maudit conduiseur, a exigé un combat de champions : trois contre trois... Hugues a voulu en être, pour son malheur : un gars de chez nous, Renaud d'Augignac, avait scié son épée... Blanquefort — qu'il dorme en paix — était un ancien huron au cœur noble !

Ogier sentit sa gorge se nouer. Il souffrait chaque fois qu'il évoquait cet homme admirable. Percevant cette affliction, Bressolles se pencha :

— Lors de ce siège, messire baron, votre fils a fait merveille.

— Il a bien mérité ses éperons, messire, affirma Thierry. C'est un preux.

— En vérité, conclut Raymond, il nous a sauvé la vie. Il est de la lignée des plus grands chevaliers... et de vous-même, évidemment, messire !

164

— Allons, allons, ménagez vos encens !... Le plus dur de ma vie reste à faire...

Ogier sourit à Adelis, assise, elle aussi, près de la chaire seigneuriale, et adressa un clin d'œil d'encouragement à Raymond, entre Guillemette et Bertine : comme lui, il devait trouver à la soupe qu'il lampait un âcre goût de cresson et de rave. Négligeant par trop Bertrande, à sa droite, bien qu'elle fût assez jeune et jolie, Thierry contait à Aude, attentive, l'arrivée des Goddons autour de Rechignac. Il luttait, lui aussi, contre la lassitude. Ses paupières cillaient de sommeil, ses lèvres parfois tremblaient d'indécision — à moins qu'il ne fût troublé par l'intérêt que lui témoignait sa voisine.

— Ah ! fit-il, voici que je confonds l'assaut du vendredi et celui du dimanche !

— Eh bien, messire, vous saurez dès demain m'énarrer [1] ces batailles. J'y compte.

Aude souriait. Aude recouvrait le goût de vivre ! Ogier, réjoui, se tourna vers son père :

— Puisqu'on vous épie et menace, comment obtenez-vous votre nourriture ? Hormis quelques fleurs et six arbres, rien n'a jamais poussé en cette enceinte... Et puisque vous n'êtes ni clercs ni nonnes, comment faites-vous pour manger de la viande ?

Godefroy d'Argouges fronça les sourcils tandis qu'une excitation singulière, presque convulsive, animait ses doigts maigres :

— Pendant quatre ans, mes champs de froment, tout autour, ont brûlé juste avant la fauchaison... Les faire garder par mes hommes ? C'était les condamner... Nous avons donc appris à nous passer de pain. Mais Gerbold, avant-hier, nous en a porté trois miches comme il le fait de temps en temps. C'est la raison de celle que tu vois là.

— Où trouve-t-il ce pain ?

1. Conter avec force détails.

— A Coutances. En disant que c'est pour lui.

— Par la male mort ou la faim, ils veulent vous voir disparaître !

— Ils y parviendraient s'ils demeuraient présents. Heureusement, souvent ils s'éloignent... Mais, tiens : pour nous montrer qu'ils ne nous avaient pas oubliés, jeudi dernier, à la tombée du jour, ils ont passé notre ouche [1] aux fers de leurs chevaux. Jusqu'ici, jamais ils ne s'y étaient aventurés, car bien que de l'autre côté de la douve, elle est à portée de nos carreaux et sagettes, et nous la surveillons sans relâche... Nous avons atteint deux de ces malfaisants, parmi lesquels j'ai reconnu Eudes et Ramonnet... Tu vois, nous contrestons [2]... Gerbold nous pourvoit petitement en miel, poisson, farine qu'il faut aller quérir de nuit, à l'ermitage... Nous passons par le souterrain, dont par bonheur ces malfaisants ignorent l'existence et, bien sûr, le débouché.

— Ainsi, dit Jourden, nous pouvons aller tendre des collets en forêt et revenir sans trop d'inquiétude.

— Et nous rendre, toujours la nuit, chez Lecaudey, mon beau-frère, à Saint-Malo-de-la-Lande, ajouta Lesaunier. Le Grégoire est subtil. Il nous procure de la viande : bœuf et mouton.

— Il n'y a pas de quoi festoyer, précisa Bertine, mais ça fait du bien par où ça passe !

Frottant ce ventre qu'elle avait, de maintes façons, affamé, elle ajouta :

— Faut dire que sans ce Grégoire, qui se met en péril...

— Au prix que nous payons sa viande, il peut s'y mettre !

Et, tournée vers Ogier, Aude révéla :

— Nous acquittons cinq ou six fois plus d'écus que ne valent les pitances de ce cupide... Heureusement que

1. Jardin potager.
2. *Contrester* : résister, s'opposer.

nous avons des volailles, car depuis un an, il ne resterait rien du trésor de famille... et ce qui subsiste au fond du coffre me fait pitié... Tu vois, mon gentil frère, il était temps que tu reviennes.

Ogier sourit. « Aude », songea-t-il, attendri et satisfait, « jamais ailleurs qu'ici je ne l'aurais reconnue. Elle a tellement changé ! » Après la beauté, il lui découvrait un orgueil farouche, comme aiguisé par l'adversité, les chagrins, la grisaille, et il se demanda si le fait qu'aucun époux ne partageât sa vie — surtout sa couche — n'avait pas aigri son caractère, autrefois naturellement enclin à la douceur. Il fut distrait de cette réflexion, car Isaure et Madeleine apportaient deux grands plats d'œufs durs posés sur une fromentée [1] ; il les laissa le servir et repoussa son pain au milieu de la table après en avoir donné un morceau à Saladin :

— Sangdieu ! J'irai bouter le feu au moulin de cet infâme.

Partagé entre l'espérance et la maussaderie, Godefroy d'Argouges hocha la tête :

— A chaque absence de Blainville, nous faisons en sorte d'avoir pour quelque temps raves, lentilles... fèves... panais... Mais il nous est advenu de jeûner... Bertrande sait accommoder de vingt façons les hérissons, les marcassins et les anguilles des douves. Le taureau remplit la vache, et cette année, nous avons renoncé à sacrifier la génisse qu'elle nous a donnée... Ah ! certes, ces bestiaux manquent d'espace, mais ils en souffrent moins que nous... moins que les femmes, surtout, qui sont recluses...

— ... autant que des nonnes, lesquelles, prétend-on savent se conforter !

Ogier sourit, de nouveau : si Aude avait mûri — corps et âme — il retrouvait Bertine inchangée :

---

1. Sorte de bouillie de lait composée de froment, et rendue crémeuse par une adjonction de jaunes d'œufs.

matoise et déliée, prompte aux audaces, et le langage aussi effronté que les sens.

— Cessons pour ce soir de nous plaindre de nos malheurs, dit Bertrande. Les hommes, céans, ont toujours fait en sorte que nous ayons...

— ... notre contentement ! acheva Bertine, épanouie.

Et ce rire épicé dont elle n'était point chiche déclencha aussitôt la bonne humeur de Jourden et de Lesaunier.

— Allons, dit Ogier, puisque la gaieté vous reste, pourquoi m'apitoierais-je sur votre sort ?

Isaure, que l'hilarité de Bertine irritait, lui confia qu'elle avait senti sa mauvaise étoile pâlir en le voyant apparaître, ce soir, « plus brillant qu'un soleil à cause de l'armure » ; Bertine pouffa :

— Bon sang, m'amie, tu parles comme un trouvère ! Il te fait de l'effet, notre Ogier ! Holà, Barbet !... Va te falloir veiller sur ton épouse !

Ogier se tourna vers son père et fut étonné qu'il sourît à cette saillie.

— Tu vois, mon fils, nous avons subi maints préjudices, mais il nous advient de nous ébaudir un petit.

Le front du vieillard se bourrela ; il demeura rêveur un moment : certains souvenirs des luttes quotidiennes, des nombreux carêmes irréligieux, des doutes et désespoirs jamais extirpés tout entiers des esprits, devaient brûler sa mémoire.

— A quoi bon nous plaindre, messire Ogier, dit Gosselin, consterné par cette défaillance. Les murailles sont bonnes et les douves profondes. Nous savons votre père innocent : nous demeurons unis autour de lui... Parfois, je suis près de croire que Blainville nous oublie... Puis, *ils* reviennent, comme l'autre jeudi...

— Et les manants, les hurons, les pêcheurs des hameaux voisins ?... Ont-ils à souffrir de ces maufaiteurs ?

— Non, dit Jourden. Ils n'ont nullement à s'en

plaindre : Blainville tient à sa réputation !... Qui peut vraiment savoir ce que nous endurons ?... Nous sommes esseulés comme en maladrerie !

— Les accompagnez-vous, Père, quand ils vont chercher la pitance ?

— Au début, bien sûr, j'étais toujours auprès d'eux. Ils me trouvent trop vieux...

Ogier baissa le nez sur son écuelle pour éviter de croiser un regard désolé.

— Nous aurons gain de cause, dit énergiquement Lesaunier. Il ne peut en être autrement.

— Tous ceux qui sont ici, mon fils, auront leur place en Paradis !

« Sauf ma mère », songea Ogier. Et il en voulut presque à la défunte de n'avoir pas *tenu* un an de plus.

— Vos gens vous aiment bien, père, pour supporter vaillamment cet opprobre !

D'un mouvement du cou et des épaules, Bertrande dégagea, de sa crinière blonde, sa tête ronde, pâle comme un gros fruit nocturne :

— On se souvient du bon temps, quand on nous enviait, à l'entour, de servir le baron et la baronne... Dieu ait son âme !

— Et puis, où irions-nous ? dit Bertine, agressive, le poitrail en avant. Comme moi, ils sont tous venus céans bien jeunets. Sauf Lesaunier auquel il reste un beau-frère, nous n'avons plus personne en dehors de Gratot... Notre famille — plaise au Ciel de ne pas paraître outrecuidante — notre famille, c'est nous tous y compris les Argouges.

Ogier lui sut bon gré d'avoir conservé sa faconde. Toutefois, pour réprouver une œillade engageante que seule Adelis semblait avoir interceptée, il considéra les visages ombreux, de part et d'autre de la table, humectés çà et là par l'or clair des chandelles. Tous, et surtout ceux des femmes, exprimaient au-delà d'un épuisement avéré, une charnelle, une furieuse ardeur de vivre.

— Tenez bon ! Croyez-en la divine providence...

Dieu nous inflige des épreuves qui souvent, tant elles paraissent au-dessus de nos forces et de notre volonté, sont bien près de nous ôter toute confiance en Lui... Un jour viendra où nous triompherons de l'adversité !

Ogier s'estima beaucoup trop solennel. Et dérisoire. Il se sentait toujours quelque peu étranger en ces lieux sur lesquels la nuit paraissait se crisper, froide et dure. Il percevait aussi, tout autour de cette poignée de fidèles souffrant plus encore de leur réclusion que de la faim, l'insidieuse et patiente corrosion du malheur. L'idée du renoncement et de la dispersion les effleurait sûrement certains jours comme des souffles de vent frais lorsqu'on étouffe ; or, ils demeuraient à Gratot, sachant bien qu'une fois ses racines rompues, l'arbre crève. Quant à mourir, ne valait-il pas mieux que ce fût sur place, dignement ? Ils échangeaient avec Thierry, Raymond, Bressolles, des propos graves, jusqu'à ce que surgît çà et là quelque silence abrupt, imprévisible. Alors, chacun se repliait sur soi-même, évaluant ses chances de bonheur et celles de ses commensaux, y compris ces Argouges réduits, eux aussi, aux dernières espérances.

Isaure s'en était allée aux cuisines. Elle en revint portant fièrement un grand plat d'étain :

— Deux connils[1] !... Vous êtes les bienvenus ce jour d'hui.

— On les a pris avant-hier, dit Gosselin, à l'orée du bois de la Vendelée.

Aude fut servie la première : une cuisse qu'elle se mit à mâcher lentement, guettant du coin de l'œil Péronne qui, le museau tendu, s'approchait.

« Va-t-elle partager, ne serait-ce qu'un peu ? »

Ogier ne pouvait quitter sa sœur du regard. Quelles pensées agitaient ce front pur, ces paupières cillantes ? Il devrait la rassurer, la réhabituer à sourire... Ah ! si,

1. Lapins.

170

enfin, Péronne recevait satisfaction : point d'os, évidemment, mais une bouchée de viande et de pain.

Ogier fut tenté d'appeler la chienne, mais c'eût été déplaire à Saladin.

— Père, dit-il, nous avons des vitailles et du vin. Nous les prendrons demain... Je n'en crois pas mes yeux quand je vois votre table naguère si abondante en mets et boissons !... Blainville, toujours et toujours... Il ne s'est jamais passé un jour, en cinq ans, sans que je ne pense à le châtier... Blanquefort, surtout lui, m'a préparé à cette vengeance aussi durement que possible. Blainville ne m'effraie nullement !

Il s'abstint de poursuivre. Abattre cet abject, il s'en savait capable, mais que de conditions ! Il fallait, au préalable, l'immobiliser devant le roi, en un lieu d'où toute retraite et tout secours seraient impossibles, et le dénoncer comme étant un allié d'Édouard d'Angleterre. Or, de quelles preuves tangibles disposait-il ? D'aucune. Il avoua :

— Il sera malaisé de confondre ce renié [1]. Ceux qui vous ont soutenu et pourraient témoigner qu'il nous fit perdre la bataille de l'Écluse sont morts en des circonstances singulières. Lancelot de Longval a eu la nuque brisée dans une forêt où il chevauchait seul ; Raoul de Longpré a été trouvé pendu à une poutre de son écurie ; Gauthier d'Évrecy, lui, fut empoisonné ; Ernauton de Penne a été atteint d'une sagette au cœur sur le chemin de Malestroit au début de la guerre de Bretagne. Le saviez-vous ?

— Oui et non. La mort de tels preux dont trois étaient Normands ne pouvait demeurer méconnue, même de moi qui suis parfois informé par Gerbold. Mais j'ignorais comment ils avaient péri.

Ogier soupira : il se sentait comme écartelé entre le passé, le présent et l'avenir. Ici, tout différait de Rechignac : l'animation, les voix, la grand-salle téné-

1. Renégat.

breuse... et cette nourriture morne, elle aussi : ce pain plâtreux auquel il ne touchait plus, cette eau vaguement salée ; ce connil mal rôti dont Bertine avait fait glisser le râble dans son écuelle, et qu'au risque de mécontenter ses voisins, il partageait maintenant avec Saladin et Péronne.

Il fut heureux de voir Aude s'entretenir encore avec Thierry. Bien que de naissance rustique, l'écuyer avait quelque beauté, des qualités de dévouement et de vaillance. Aude — sensation nouvelle — se sentait admirée, et cette puissance d'homme qu'elle savait désormais à son service, sinon à sa dévotion, lui procurait soudain plaisance et réconfort. Thierry parlait bas : les Goddons, les combats, le sinueux chemin jusqu'à la Normandie. Son élocution lente, sobre, chantante, avait un charme discret auquel Aude se montrait sensible. Raymond, lui, conversait davantage avec Bertine qu'avec Guillemette, Bertrande ou Isaure. En lui aussi, le désir naissait d'être admiré. Digne, et lançant parfois un regard sur Titus, Adelis observait, prêtait l'oreille, mangeait sa part de viande avec finesse, cependant que Bressolles, toujours aussi peu enclin à se nourrir de chair reprenait de la fromentée.

— Tu verras, demain, que rien n'a changé.

Ogier dévisagea vivement son père et se jugea en droit de protester :

— Il me semble que tout a changé, ne serait-ce qu'à cause de cette tombe, devant notre perron. Et nous avons le devoir, pour *elle*, d'agir sans trop tarder... Non, Père, n'élevez pas la main pour objecter que la revanche est présentement impossible : je le sais. Avant que de nous en prendre à notre pire ennemi, il serait bon de porter l'acier dans sa truandaille !... Ainsi faudrait-il nous emparer de Ramonnet, le questionner sur ses crimes, obtenir qu'il avoue que Blainville les lui a commandés... Le présenter au roi...

— Sur le chemin de Paris, Blainville te tendrait dix ou vingt embûches !

— J'ai deux hommes d'armes vigilants, les vôtres le sont aussi : nous saurions surveiller cet aspic nuit et jour... Et nous ne sommes point dépourvus de hardiesse et de fallace [1] pour engager cette petite guerre... et la gagner !

— Je crains que tu n'ailles au-devant de déceptions innombrables.

Ogier grogna, découragé. A l'issue de la cérémonie où ce guerrier avait injustement perdu son honneur, il se souvenait d'avoir consolé une sorte de mourant frémissant de souffrance et d'indignation. Qu'il eût retrouvé, au lieu du chevalier humilié, un vieillard — ou presque — à l'aspect de manant, soit : il pouvait l'admettre ; mais que ce réprouvé fût différent d'esprit, non, cent fois non !

Godefroy d'Argouges leva une main pour un lent geste d'impuissance :

— Il faut attendre... C'est au roi de me réhabiliter. Or, il paraît qu'il est d'humeur épouvantable... Édouard III lui fait peur. La Boiteuse, sa femme ? Elle ne songe qu'à se venger mortellement de ceux qui lui déplaisent... Leur fils chéri, ce duc Jean de Normandie qu'il nous ont imposé ? Eh bien, il est de plus en plus à leur semblance : vain, cruel, dissolu... Blainville règne sur ces esprits aussi puissamment qu'il y a cinq ans. Par sa volonté, à n'en pas douter, ils ont la mort de bons Bretons sur la conscience... Ils ont fait périr des Normands innocents du complot dont ils les ont accusés. Nous en reparlerons, car il importe que tu saches tout, mais ce soir, je me sens hodé [2] : la joie, je l'ignorais, peut être épuisante... Holà ! Bertine et Isaure : allez donc au cellier ; ramenez-en quelques chopines que vous emplirez au grand fût... Je sais, tout comme vous, qu'il est quasiment vide, mais nous aurons de quoi nous porter la santé.

1. Fourberie.
2. Très fatigué.

173

Les femmes disparurent. Décidé à en finir pour avoir l'esprit moins tourmenté, Ogier demanda :

— Père, avant que vous n'alliez au lit... Que savez-vous encore de Blainville ?

— Je n'en sais que ce que Gerbold m'en dit... Il paraît que le frère du roi, Alençon, ne l'aime guère... Ce que je sais aussi, c'est qu'il a suivi le duc Jean à Carcassonne et prétend, au retour, avoir combattu les Goddons.

— J'aimerais savoir où, car le duc n'est jamais venu en Pierregord quand les Anglais l'exilaient[1].

— De plus, et pour achever, il a ramené un Navar-rais et ses hommes : Radigo... ou plutôt Ruy Diego de Lerga.

— Nous l'avons, dit Thierry, rencontré dans Coutances.

— Il paraît, continua Godefroy d'Argouges, qu'il est des familiers de Charles et Louis d'Espagne... Ces deux-là aussi sont des seigneurs fort étranges... Les damoiseaux bien atournés les passionnent plus que les filles.

Bertine et Isaure revinrent, portant chacune quatre chopines de terre cuite qu'elles posèrent sur la table.

— Tendez vos hanaps, dit Bertine, et buvons à notre santé en oubliant les méfaits des Espagnols, qu'ils s'appellent Louis, Charles ou Radigo !

Elle servit Ogier en premier.

Il huma la boisson pétillante, se grisa de l'odeur de ces pommes transmuées en or frais et juteux. Et il but.

Le cidre rêche sentait un peu trop la futaille ; mais qu'importait : il chatouillait agréablement les narines.

Raymond toussota en reposant son hanap ; Thierry dit : « C'est bon », et Aude l'approuva en grimaçant.

Adelis avait bu sans broncher. Elle avait un regard rêveur — s'ennuyait-elle ? — Bressolles flattait Péronne assagie. Çà et là, des rires s'élevaient. Ces

1. *Exiler, exiller, essiller* : ravager.

gens accoutumés à l'eau reprenaient tout à coup, l'ambre liquide aidant, des couleurs, de la voix et une alacrité dont ils se délectaient aussi. Il y avait un début de désordre, des éclats de voix, des confidences : « *Ah ! on va bien voir, maintenant...* » « *Il est solide et c'est un chevalier !* » « *Vous avez vu son vêtement de fer ?* » « *Avec ça sur la peau on doit être invincible !* » « *Ses compagnons sont aussi vigoureux qu'avenants...* » Ogier ne pouvait tout entendre. Accablé de fatigue, il était assourdi par le bruit, les exclamations, les tintements — car l'on buvait à une vie meilleure et au châtiment de Blainville et de ses malandrins. Toutefois, la proximité de cette tombe, au bas du perron, si simple qu'elle eût pu être celle d'un chien, donnait du moins pour lui, à cette jubilation, une turbulence profane. Ah ! certes, il comprenait ce regain de gaieté où se dissolvaient les doutes, les angoisses et les amertumes. Ses amis et lui apportaient à Gratot une énergie et une assurance nouvelles, mais cette liesse, plutôt que de l'alléger, endurcissait son chagrin.

« Mère, pardonnez-leur s'ils vous oublient. Ils ont souffert avec vous... comme vous... Pour moi, c'est comme si vous étiez morte ce jour d'hui. »

Les joyeusetés gagnaient en audace ; les hommes se montraient gaillards ; les femmes roucoulaient, caquetaient. Le mot *amour* jaillissait, moins comme un sentiment que comme un acte. Adelis ne riait pas ; ni Bressolles. En revanche, Bertine s'en donnait à cœur joie. Jeannette s'émoustillait. Isaure semblait moins prude et Jourden plus hardi : ne venait-il pas de flatter l'épaule de Bertrande, puis de la tapoter, d'une paume descendante, jusque sans doute au potron ?

Aux copeaux des voix emmêlées s'ajoutaient parfois la crécelle et les battements d'ailes de Titus, tellement agacé qu'Adelis se leva et le rechaperonna, ce que le rapace accepta de bonne grâce. Et tandis qu'elle se rasseyait, Jourden interpella cette « étrangère » sans pour autant négliger sa voisine :

— Est-ce un faucon pudique... ou bien l'êtes-vous trop ?

Adelis toisa l'inconscient sans daigner lui répondre. Ogier et Bressolles échangèrent un regard. « Ils sont heureux, signifiait celui du maçon. Quelques outrances les soulagent de leurs peines. » Alors, le garçon se tourna vers son père.

Godefroy d'Argouges qui, dans le passé, condamnait toute licence, tolérait cette ébriété. A l'opposé, penchée sur l'accoudoir de sa chaire, Aude écoutait Thierry. Le rose fleurissait désormais sur ses joues. L'écuyer lui parlait comme à une malade dont le sourire, à lui seul, est présage de guérison. Toute proche, Bertine écoutait Aguiton toujours losengier[1] avec les dames, et portait sa main en coupe à son sein lourd. Madeleine Gosselin buvait le breuvage pétillant que son mari venait de verser dans son gobelet. « Ils vont s'enivrer, ma parole !... Ils sont capables de faire un enfant ! » Et tout en subissant cette joie sans pouvoir s'y intégrer, Ogier songea aux gens de Rechignac. A Mathilde la rudoyeuse ; à Margot Champartel, aussi effrontée que Bertine... Quels élus jouiraient cette nuitée des faveurs de l'une et de l'autre ?... Puis, Tancrède occupa son esprit. Par quels chemins cette ambitieuse chevauchait-elle ? Après qu'elle l'eut abominé, Briatexte l'avait-il subjuguée ?

« Laisse donc tous ces fantômes ! »

Difficile. Il demeura plongé dans une sorte d'hébétude ou de rêve éveillé, plein de tumulte, d'exclamations et de rires, dont Barbet le tira tout à coup :

— Ah ! messire... Nous vous sommes reconnaissants. Vous nous rendez heureux vos compagnons et vous ! Si ces malfaisants venaient cette nuit, eh bien, on les vaincrait sans dommage.

— C'est vrai, dit Gosselin en tortillant sa moustache. On est bien aise, on se sent forts... C'est la pre-

---

1. Flatteur.

mière fois depuis deux ou trois ans... Dommage que du dehors nos trois compères ne puissent profiter de notre joie.

Soudain, il fit silence et Jourden abandonna Bertrande : tous savaient pourquoi le fils du seigneur était de retour : la réhabilitation ou la mort.

— Il nous faut veiller, Père. Blainville doit être furieux. Sa meute est peut-être en chemin... J'irai sur la muraille nord avec Thierry. Raymond, lui...

— Non, trancha fermement Bressolles. Pendant ces deux longues semaines, je n'ai guère eu l'occasion de vous venir en aide. J'ai dormi plus que mon content.

La liesse prenait fin. A nouveau le péril affleurait les esprits. Blainville encore et toujours. Tout s'enténébrait : logis, repas, visages. En le voyant pesamment s'extraire de son siège sans effaroucher Titus, Ogier sut que son père succombait une fois de plus à la mélancolie. Pendant quelques fragments de cette nuit particulière, le cidre aidant — et pourtant qu'il était mauvais ! — ce seigneur éprouvé avait paru oublier... Il regardait ses lions sur le mur. L'azur et l'or s'en ternissaient, semblables à ses espérances.

— J'accepte, Girbert : vous veillerez ! Il est vrai que Raymond, Thierry et moi avons besoin d'un long repos. Demain, avec eux, j'irai chevaucher du côté de Blainville...

Godefroy d'Argouges sursauta :

— Ne te hâte pas ! Demain, repose-toi.

Puis cet homme nullement couard, mais prudent, se ressaisit : un sourire apparut sur ses lèvres :

— Après-demain, si vous me prêtez un cheval, je vous accompagnerai.

— Tu prendras Passavant... Où allons-nous dormir ?

Bertine ouvrit la bouche. D'un geste et d'un froncement des sourcils, le baron la dissuada de s'exprimer.

— Tu peux reprendre ta chambre, mon fils. Elle est demeurée telle que le jour où nous sommes partis pour Honfleur.

Ogier refusa cette proposition.

— Ma mère y a trop langui. (« Et c'est de là qu'elle s'est jetée », songea-t-il.) Notre bonne compagne Adelis y dormira désormais.

Guillemette, Jeannette et Isaure s'entre-regardèrent, suffoquées ou indignées de ce grand privilège. Il n'eut cure de cette réprobation. Pas plus que lui-même, elle ne touchait Adelis.

— Vous continuerez, m'amie, de veiller sur Titus... et sur Saladin si je dois m'absenter sans lui.

— Avec plaisir, messire, dit Adelis.

Il fut conscient que tous, même sa sœur, prenaient cette femme pour sa concubine et décida — ne fût-ce que pour complaire à Bressolles — de les maintenir dans l'erreur.

— Messire, dit Jourden, il y a quatre lits au corps de garde.

— Voilà ce qu'il nous faut !

Il entrevit la lippe désolée de Bertine, tandis que Thierry avouait :

— Quel que soit le lieu où je coucherai, je suis assuré d'y faire de beaux rêves.

Il contemplait Aude ; elle le dévisageait et leurs regards, leurs sourires, leur façon de se pencher l'un vers l'autre révélaient une amitié naissante. Peut-être davantage.

« La fille d'un baron éprise d'un ancien fèvre ! »

Ogier se reprocha d'éprouver une espèce de dépit mêlé de crainte sourde au spectacle d'une affection qui pouvait dégénérer. Il se rassura aussi promptement qu'il s'était inquiété :

« Champartel est trop clairvoyant pour ne point ignorer quel obstacle le sépare de cette pucelle bien née. »

Mais Aude ? Pouvait-elle s'éprendre si vélocement

d'un inconnu dont la médiocrité[1] ne pouvait lui échapper ? Il se rassura imparfaitement :

« Elle sait qu'elle a de l'estoc[2]. Elle connaît son rang et les usages. »

Il se fourvoyait avec une audace grossière : les Argouges étaient tombés plus bas encore qu'en dérogeance[3]. Ils étaient devenus moins que des hurons — ces hurons que Thierry avait eus pour famille.

1. Dans sa signification d'origine (1314), la *médiocrité* caractérisait une position, une situation moyenne. Ce mot, dans l'esprit d'Ogier, n'avait aucune intention offensante ou discriminatoire.

2. Ou *estoch* : la race.

3. Un noble tombait en *dérogeance* et perdait les privilèges attachés à son rang lorsqu'il était contraint d'exercer un travail manuel pour subvenir à ses besoins. La *déchéance*, elle, était infamante et définitive.

III

Quand Ogier s'éveilla, le soleil décochait ses traits dans les archères de la pièce ombreuse où il avait dormi pour la première fois depuis sa naissance : le logis des soudoyers.

Les trois lits voisins du sien étaient vides, les draps et couvertures pliés contre leur chevet. On avait déposé sur une table basse un seau d'eau, une bassine, une touaille[1] et un rasoir ainsi qu'un grand miroir d'acier poli qu'il reconnut, le cœur pincé : c'était celui de sa mère.

Il s'offrit une longue ablution puis descendit dans la cour.

Thierry, Raymond, Bressolles, Gosselin et Lesaunier étrillaient les chevaux ; Adelis démêlait la crinière de Facebelle et Bertine pansait le mulet. Assis sur un banc, entre Saladin et Péronne, Godefroy d'Argouges les observait. Il se leva :

— Tu vois là, mon fils, des actes dont nous avions cessé la pratique depuis longtemps.

Ogier sourit, bien qu'il eût retrouvé, sans la moindre altération, ce regard morne que seul le soleil animait. Aggravées par sa lumière, les rides du visage grisâtre apparaissaient plus profondes ; quant aux vêtements, si

1. Serviette ou torchon.

Godefroy d'Argouges en avait changé, son pourpoint noir, propre, avait des manches effrangées et ses chausses jadis bleues avaient pris une teinte livide.

— La bonne vie, Père, ne tardera point à renaître.

En s'apprêtant sans hâte, Ogier s'était dit qu'il serait enfin en présence d'un homme rasséréné, confiant en son destin et surtout en son fils. La réalité lui infligeait un triste démenti. A l'abri de son eau dormante et de ses murailles, épuisant son trésor et usant d'aventureux stratagèmes pour subsister ainsi que les siens, son père semblait s'être amolli et découragé à jamais. Le vieillard fit un effort pour sourire :

— Que vas-tu faire, Ogier ?

— Parcourir notre demeure.

— Aimerais-tu, mon gars, que je vienne avec toi ?

— Non... sans vouloir vous offenser.

— Veux-tu que je demande à Aude qu'elle...

— Non, Père. Il me faut être seul.

Il avait revu le Gratot nocturne ; il voulait découvrir au grand jour ces pierres tant de fois érigées de mémoire. Sachant bien quelle épreuve cette visite constituerait, il refusait qu'un tiers découvrît son émoi.

Traversant la cour assez loin de la modeste sépulture de sa mère, il s'étonna d'y voir pourrir et rouiller deux charrues, un râteau, des serfouettes aux manches rompus. Puis il vit la porte du cellier disjointe et le mur d'une grange envahi de lierre, le chambranle d'une fenêtre brisé, une barrique éventrée, des mousses, des orties. Il alla selon ses impulsions, entrant ici et sortant là en tapotant parfois ses vêtements pour en dissiper la poussière. Sauf les logis des serviteurs qui s'éloignaient à son approche — même les femmes —, il était décidé à tout visiter. Bientôt, en quittant la laiterie puis la paneterie dont on avait enlevé les plafonds et les poutres, il se sentit gagné par une maussaderie sans fond et souffrit, de loin en loin, d'éternuements désagréables.

« Serait-il insensible au sort de son château ?... Non,

puisque avec ses fidèles, il continue à le défendre... Il n'empêche pourtant qu'ici tout empunaise la mort ! »

Sans en paraître affectés, les reclus de Gratot respiraient cet air d'une moiteur putride qui, davantage que les exhalaisons d'une décrépitude avancée, semblait le relent de cinq ans de résignations, de contraintes, de renoncements douloureux et surtout de peurs lancinantes et justifiées dont les murs d'enceinte, consolidés soigneusement aux endroits les plus accessibles, portaient témoignage. Le cœur lourd, passant de la déconvenue à la peine et parfois à une indignation d'autant plus vive qu'il en reconnaissait l'inanité, Ogier parcourut les bâtiments à la recherche de son enfance prime sans pouvoir y glaner un seul bon souvenir. Même certaines épées, certaines broignes, certains écus de la petite armerie où il aimait à s'attarder jadis avaient subi, faute d'être fourbis et graissés, les atteintes de la rouille : Godefroy d'Argouges s'en souciait moins encore que de sa demeure.

« Partout la laideur et la déception ! »

A trop éponger la sueur glacée des pierres, les tapisseries s'étaient éraillées et flétries. Les scrofules des plâtres se réduisaient en poudre qu'aucun balai ne chassait. Les planchers fléchissaient sous le poids des semelles. Les portes ne se pouvaient clore tant l'insidieuse humidité en avait gauchi chambranles et vantaux. Les autres boiseries se boursouflaient, s'écaillaient, et nul ne se serait risqué à ouvrir une fenêtre par souci de ne pouvoir la refermer. Comme les vents coulis qui serpentaient partout, l'eau fluait, sournoise, corruptrice... sans oublier les sévices des crachins et averses et ceux, plus rigoureux, de leur éternelle alliée : la tempête... Un seul moyen pour dissiper de tels méfaits : les feux de cheminée. Mais où trouver les fagots et les bûches ?... Quelques années encore, peut-être quelques mois, et les murs délabrés, les contreforts moussus grignotés de vermine, les poutres spongieuses et les parquets disjoints molliraient jusqu'au jour où la défaillance des uns entraînerait la rupture des autres ; et rien ne survivrait sauf peut-être les tours, puisque la pierre y était reine.

Pourquoi ce père si fier et entreprenant avait-il subi aussi passivement l'adversité ? Comment cette fermeté d'esprit naguère si constante avait-elle pu s'accommoder d'un tel délabrement ? Ogier ne pouvait accepter que cet homme altier, si hardi à la bataille, vécût retranché hors de tout ce qui avait composé son bonheur et sa force. Du réveil au coucher, et plus encore la nuit, il limitait sa vie à des méditations aussi grises, sans doute, que l'eau figée de ses douves. Comment lui rendre courage, vigueur, espérance ?

Il visita les soliers[1]. Son étonnement s'y transforma en colère : on voyait le ciel dans les brèches des toits, et des miettes d'ardoises jonchaient les planchers. A l'odeur vibrante des foins d'antan avait succédé le remugle des fientes d'oiseaux et de rats, des plâtras et pourritures. S'il n'y avait pris garde en traversant certains endroits obscurs, il eût donné de la tête dans d'épaisses toiles d'araignée. Parvenu au-dessus du corps de garde, il s'arrêta : rompant sous les chevrons leurs grappes immobiles, des ratepennades[2] se mirent à voleter dans un clapotement éperdu.

« Comment peut-on accepter une telle négligence ? »

Tombé de l'état de baron à celui de huron — pis, même — Godefroy d'Argouges semblait incapable du moindre sursaut de courage.

« Ai-je le droit de le juger ? Oui... De le blâmer ? Non. »

Il avait cru jusqu'à ce jour que la vaillance était une vertu multiple et définitive ; il commençait à en douter : la passivité de son père contredisait ses conceptions pourtant farouches du guerrier victime d'un sort

1. En Normandie : greniers.
2. Chauves-souris.

contraire mais animé d'un désir de revanche et de justice qui, en le soutenant, le réhabilitait aux yeux de tous. Il semblait qu'en ayant dû renoncer à toute espèce de dignité, Godefroy d'Argouges eût chassé de son esprit les souvenirs attachés à sa renommée de chevalier. Et quel chevalier : le seul, en Cotentin, capable de s'élancer lance basse à la joute !

« Tout ce que je vois, *tout ce qu'il me laisse...* »

Eh bien, oui, cela lui paraissait indigne, mésavenant ; et même si, furtif et apaisant, il avait retrouvé çà et là le cher fantôme de sa mère, Gratot n'était plus ni celui de son enfance ni celui que son imagination n'avait cessé de recréer et d'embellir.

Inattendus et brefs, les rires des hommes et des femmes écorchaient le silence ; le vent cinglait à tour d'haleine la demeure appauvrie comme pour la punir de s'être laissé corrompre par le malheur et la désespérance. Aucun apaisement, aucune joie, des amours fades ; des jours de plomb et quelquefois des nuits de sang. Il fallait délivrer Gratot de ses angoisses.

Mais comment ?

Jour décevant dont il avait certes trop attendu. Ogier s'y ennuya, remâchant sa déception et s'encolérant contre son impuissance à se montrer amène et bienveillant malgré l'amitié des hommes et les sourires des femmes. Il dîna sans plaisir, sans savourer les aliments ; et pourtant, c'étaient les cuissots de chevreuil qu'il avait apportés. Quant au vin, *son* vin, s'il fut sans effet sur lui-même, il observa qu'il égayait les autres convives, sauf Bressolles et Adelis soucieux pour des raisons sans doute différentes des siennes.

Le repas terminé, il marcha dans l'enceinte ; ses compagnons lui parlaient, il les entendait à peine, répondant en phrases brèves à leurs propos et pensant constamment : « Que faut-il faire ? Comment nous sortir de là ? » Ses paroles et celles des autres frappaient sa tête. Il s'aperçut qu'il souffrait à la base du crâne : un mal sec, lourd, presque intolérable, et ce fut ainsi, les idées douloureuses et confuses, qu'il suivit Aude jusqu'à la tombe de leur mère. La jouvencelle substitua quelques branches d'églantier aux glaïeuls décolorés, puis comme ils achevaient leur prière, il demanda :

— D'où vient ce feuillage ?

— Thierry me l'a donné. Il est sorti à l'aube avec Gosselin.

— Il peut être heureux que j'aie dormi ; je l'en aurais empêché, même si c'était pour toi et pour *elle*.

— Le maçon les accompagnait.

— Ah ! bon.

Abandonnant Aude consternée, Ogier décida de se coucher. Rejoignant son père en conversation avec Bressolles, il dit en lui donnant l'accolade :

— Demain, vous monterez Passavant. Nous partirons à l'aube... Êtes-vous toujours décidé à venir voir ce qui se passe aux abords du manoir de Blainville ?

Godefroy d'Argouges hocha la tête : il viendrait.

Sans doute songèrent-ils mêmement à leurs chevauchées brèves ou prolongées d'autrefois. Au même instant, le mot *cheval* leur vint aux lèvres.

— Un bon cheval Passavant ?

— Un bon cheval, Père.

Des scrupules les blessaient encore. Ils n'osaient recouvrer leur aisance perdue. L'un se rappelait ses conseils, ses semonces ; l'autre s'en souvenait aussi. L'un se sentait moins redouté, voire déprécié ; l'autre s'obligeait à sourire avec une indulgence dont il n'eût point juré qu'elle était sincère.

— Et Clopinel ? Maugis ? Broieguerre ? demanda tout à coup Ogier.

— Ces bons chevaux sont morts. Vieillesse, oisiveté... Je n'avais plus le cœur de seller l'un ou l'autre pour qu'ils se meuvent entre les murs. Asselin, Lesaunier, Jourden et Aguiton s'en sont occupés.

— Vous eussiez dû continuer de les monter. Lors du siège de Rechignac, j'ai chevauché Marchegai dans la cour.

La réponse à ce reproche insidieux vint aussitôt, et la voix qui la fournit n'était pas si dolente qu'Ogier s'y attendait — au contraire :

— A quoi bon chevaucher si l'on n'est chevalier.

La mort née de l'ennui avait frappé ces trois roncins aux membres puissants et au caractère aussi souple que leurs foulées. Il fallait trouver une astuce pour clore ce lugubre inventaire.

— Que pense le seigneur de Marigny ? Est-il marri de votre infortune ?

— Il me sait innocent des maux dont on m'accuse. Il me l'a dit. Pour ne point se compromettre, il demeure sur ses terres et m'a enjoint de n'y point revenir.

— J'avais pour intention de lui rendre visite. J'y renonce... Il y a des méchancetés que l'on peut donner comme avérées. D'autres plus hypocrites et qui sans doute font plus de mal à celui qui les subit que les vilenies assenées droitement. Vous êtes le féal d'un seigneur sans pitié.

Ogier savait qu'il pouvait s'entretenir avec son père sans lui accorder, désormais, des égards exagérés. Dès son entrée dans Gratot, le voyant tel qu'il était devenu, il s'était arrogé le privilège de se montrer son égal.

— Il vous faudra sortir de votre inaction. Vous battre au besoin. Je suis allé à l'armerie. J'y ai déposé une épée. Venez la voir.

Après qu'Ogier eut déposé à plat, sur les paumes de son père, l'arme dont Guillaume de Rechignac s'était départi sans regret apparent, Godefroy d'Argouges, le souffle brisé, ne prononça qu'un mot : « Dieu ! » pour exprimer son ébahissement.

Il soupesa l'épée tout en l'examinant du pommeau à la pointe et inversement, les yeux mi-clos, le nez si proche de la lame que l'acier s'embuait.

— D'où tiens-tu cette merveille ?

— C'est le dernier présent de mon oncle Guillaume.

— Elle est digne d'une messe.

Ogier acquiesça.

Déposées sur les autels, parfois à perpétuité, certaines épées participaient au saint sacrifice. Elles étaient bénies par le prêtre, sanctifiées quelquefois au même titre que des reliques ou des êtres humains trépassés. Les plus belles figuraient parmi les trésors des abbayes et des églises, dans des chapelles qu'elles enluminaient de leur présence. Certaines honoraient les gisants des seigneurs qui les avaient maniées. Elles avaient évidemment des noms. Lors des cérémonies d'investiture ou de couronnement, ainsi que des obsèques en grand bobant[1], elles étaient portées, présentées selon un rituel observé avec soin.

— Père, c'était l'épée d'Hermann de Salza, un grand maître de l'Ordène teutonique[2]. Je ne sais d'où Guillaume la tenait et n'ai point osé le lui demander. Il m'en a fait don de bon cœur.

C'était une œuvre d'émaillerie où les nielles figuraient des ornements étranges. Des animaux couvraient le pommeau rond, la prise, la garde dont les quillons recourbés s'élargissaient en fer de hache, d'argent plaqué d'or.

— Quelle belle allumelle[3] !

La lame large, à deux tranchants, avait la pureté d'une eau de source et la dureté du granit.

— Elle est... Je ne trouve point les mots, regretta Godefroy d'Argouges.

— Ne cherchez pas, dit Ogier dont la gorge se serrait. Elle est digne d'un prince et vôtre maintenant.

— Oh !... Jamais je n'oserai...

---

1. En grande pompe.
2. 1210-1239. Après un long parcours, cette épée fit partie de la collection Basilewsky, vers 1880. Peut-être est-elle encore exposée au Musée de l'Ermitage, à Saint-Pétersbourg.
3. « Quelle belle lame ! »

— Vous aurez tout loisir de la contempler. Vous étiez alosé[1].

Elle vous permettra, j'en suis sûr, de reconquérir votre ardeur et votre vasselage[2].

Quelle que fût l'immense valeur de cette épée, ce don apparemment spontané ne constituait pas un sacrifice : Ogier avait décidé de ce geste avant que le sommeil le prît. Il fallait redonner à Godefroy d'Argouges la passion des batailles et, par la magie d'une arme extraordinaire, le persuader de recouvrer son courage d'antan :

— Soignez cette merveille... et mettez-vous à nettoyer, fourbir et aiguiser toutes les lames enrugnies[3] qui nous entourent : ces hauberts et ces haubergeons ; ces vouges et ces guisarmes, ces épieux, glaives, épées de passot, sans oublier ces heaumes, cervelières et coiffettes de mailles dont certains protégèrent la tête de votre père !

Ogier désignait les armes d'un index tremblant de male rage.

— Confortez-vous !... Mes hommes vous aideront volontiers... Il importe que vous touchiez, vous aussi, ces fers et ces aciers afin de vous pénétrer de leur dureté, de leur rigueur... et de la renommée de ceux qui les portèrent, parmi lesquels vous figurez !

Il n'osait, cette fois, dévisager son père. Il concevait son repentir et son émoi. Il refusa l'arme superbe que le guerrier irréprochable voulait lui restituer.

— Holà ! dit-il sans que leurs regards se fussent croisés. Je vous ai remis ce présent pour que vous en fassiez un excellent usage, non point pour vous le reprendre ou que vous lui réserviez le sort d'une sainte relique. Je veux vous voir un jour en tête d'une armu-

---

1. Loué, célèbre.
2. Bravoure.
3. Rouillées.

re[1]. Et par Dieu et messire saint Michel qui nous voient, vous serez ceint de cette épée... Quant à moi, je serai votre gonfanonier !

Des larmes apparurent sous les paupières lasses. Godefroy d'Argouges ne savait que penser. Un orage intime, lourd de volitions et de sentiments inattendus, le secouait. Étouffant non sans mal un découragement qui, au cours des années, d'affliction en affliction et d'épreuve en épreuve, avait préjudicié son esprit et affaibli son corps, il reconquérait sa vigueur, sa prud'homie ou, plutôt, il essayait d'en réunir les bribes. Il ne pouvait se dérober à la volonté de son fils. Ses joues creuses prenaient de la consistance. De son visage émanait soudain l'éclat inespéré d'un orgueil presque juvénile. Ses yeux, qui reflétaient la brillance mordorée de l'arme, scintillaient non plus par excès de pleurs mais par un regain de confiance et de sérénité. Son corps s'arquait enfin vers l'arrière comme un jonc beau et solide.

— Soit, dit-il, mon garçon. Je ferai de mon mieux.

— J'y compte bien. Je vous laisse contempler cette arme. Je fais vœu que, plutôt que de la trancher, cette épée resserre notre affection.

Ogier allait prendre congé. Godefroy d'Argouges le retint par l'épaule :

— Te souviens-tu d'Almire ?

— Ô combien... Je l'ai moult contemplée ici même... Vous l'avez perdue à l'Écluse.

— Puis-je, selon toi, donner un nom à celle-ci ?

Ogier acquiesça : il y avait pensé, mais ce n'était pas à lui de baptiser cette merveille.

— J'ai une idée.

— Dites-la, Père.

— J'ai envie de l'appeler Luciane.

---

1. On appela primitivement *armure* une compagnie de quelques hommes — au moins six. Ensuite, notamment au XIVe siècle, l'*armure* prit le nom de *lance* et s'agrandit quelque peu.

Au seul nom de la disparue, et au risque de se blesser, ils tombèrent dans les bras l'un de l'autre.

Ogier se dégagea et sortit promptement. Sitôt dans la cour, il pleura tout son soûl sans cesser de marcher.

— Puis-je vous aider ? s'inquiéta Bressolles qu'il avait failli heurter.

Fallait-il éviter de relever la tête ? Les larmes, les larmes encore. Était-il décent, pour un chevalier, d'être aussi sensible qu'une jouvencelle ?

— Cela ira, Girbert... Cela ira...

Plus loin, Adelis songeuse, occupée à caresser alternativement Saladin et Péronne, murmura simplement ces mots :

— Vous êtes bon.

Il sut qu'elle seule pourrait le consoler si sa volonté défaillait encore.

— Quelle brouée[1] ! Aussi épaisse que celle d'une étuve... en moins chaud.

— Eh oui, Thierry, mais du plus loin qu'il m'en souvienne, cette brume est signe de beau temps. N'est-ce pas, Père ?

— Hum ! fit Godefroy d'Argouges. As-tu oublié, mon fils ? « *Rougi du sé met la mare à sé et rougi du matin met la mare à plein*[2]. » Il pleuvra sans doute... D'ailleurs, pour être certains de voir venir la pluie, il nous suffira de regarder si la mer est blanche et Jersey blanc.

La bouche du baron trembla sous sa moustache :

— Quel plaisir de chevaucher !... Ce Passavant est bon, obéissant et solide.

— Il a la bouche tellement fine, dit Raymond, qu'il

1. Brouillard.
2. *Ciel rouge le soir met la mare à sec* (c'est-à-dire : beau temps) et *ciel rouge au matin met la mare à plein* (mauvais temps). Mer bleue et Jersey blanc : beau temps venant. Mer blanche et Jersey blanc : pluie sous peu.

sied d'avoir la main légère. Ne lui donnez pas de saccade s'il croupionne.

— Longues jambes...

— Oui, messire, mais point trop d'air sous le ventre.

— Il ressemble à Maugis. On dirait un Normand.

— En vérité, Père. Un peu long comme corsage, ce qui le rend mou dans son rein. Mais il a du courage et de la dignité.

— On ne peut pas tout avoir, dit Thierry. Pour moi, ce cheval-là est un bon carrocier.

Ogier et l'écuyer échangèrent un clin d'œil.

— Il est tien, Père, à compter de ce matin. Il a porté mes armes et mes harnois de guerre, mais nous savions qu'il méritait mieux. Soigne-le bien.

Ogier avait endossé son haubert, ceint Confiance et accroché une dague à sa ceinture. Thierry et Raymond s'étaient également adoubés pour la guerre, et la bruine criblant leur visage semblait une grenaille d'acier destinée à sa protection.

Godefroy d'Argouges s'était contenté d'une épaisse cuirie d'autrefois, invisible sous son manteau de laine noire. S'il avait renoncé à ceindre une épée, il portait à sa hanche, dans un fourreau de hêtre vernissé par les ans, une dague massive, d'un seul tranchant. De temps en temps, il flattait l'encolure de Passavant, déplorant sans doute de ne pouvoir galoper vers les proches forêts écorchées par l'automne ou sur les velours bleus et verts des bas-champs, jusqu'à Gouville, Anneville ou Lessay. Heureux, cependant, il chevauchait lentement parmi les vapeurs mouvantes, tandis qu'un gros soleil rouge montait derrière les crêtes noires du Bois-roger.

— Une lieue, dit Ogier, sans rencontrer quiconque.

A leur gauche, l'église de Saint-Malo-de-la-Lande égrena les sonneries de prime. Les vols criards des mouettes semblèrent des huées prêtes à couvrir les tintements. Des conciles de corbeaux s'éparpillaient lorsque Péronne et Saladin couraient à leur rencontre, tout en restant muets en bons chiens de petite vénerie.

— Comment est, messire baron, le châtelet de Blainville ? demanda Thierry en retenant Veillantif.

— Une demeure sans douve. On y entre de plain-pied. Les murs sur l'extérieur sont presque tous orbes[1]. Ni donjon ni gros ouvrages d'angle, mais une tour maigre entre deux bâtiments à l'équerre, dans laquelle tourne un escalier... Ce serait plutôt ce qu'on nomme un manoir, et c'est pourquoi *il* veut s'approprier Gratot. La dernière fois où j'y suis allé remonte à six ans... A vrai dire, ce mécréant n'a jamais été mon ami, mais je le croyais un voisin loyal.

Puis, comme si ce détail concernait particulièrement l'écuyer :

— Voici cinq ans, il m'avait demandé la main d'Aude.

— Messire baron, je n'ai jamais vu ce Blainville, mais rien que pour ça, je le vomis !

Ils s'engagèrent dans un chemin herbeux, entre deux bourrelets de ronces. Les oiseaux y piaulaient. Devant, c'étaient des boqueteaux, des champs ; plus loin la mer dont Ogier aperçut la lueur grise entre les oreilles de Marchegai. Ils allaient prudemment au pas dansant des roncins excités par l'odeur de la marée montante. Les chiens débusquaient des geais, des pies et soudain une hermine que sur un cri de Champartel ils renoncèrent à poursuivre. Le vent siffleur glaçait les yeux, les narines, et couvrait le corps d'intermittents picotis.

— Êtes-vous bien, Père ?

Le *tu*, le *vous* : Ogier hésitait toujours cependant qu'imprévu, l'ennui réoccupait son cerveau et son cœur. Si quelque danger survenait, comment Godefroy d'Argouges s'emploierait-il à le repousser ? Devait-il, dès maintenant, lui enjoindre d'être plus attentif qu'il ne l'était présentement ? Ils n'avaient guère parolé

1. Sans ouverture — ni porte ni fenêtre.

depuis que le pont de Gratot avait vibré sous les fers des chevaux.

« L'essentiel est que nous soyons ensemble », se dit-il tandis qu'en lisière de ses pensées affleuraient des scènes de son enfance prime, suggérées par un détail retrouvé de ce terroir où il avait erré, insouciant, soit à pied, soit à cheval auprès de son père : arbres, murets, pentes douces des dunes, rien n'avait changé. Et les événements revivaient en sa mémoire avec tant d'acuité qu'ils semblaient dater de la veille. Chasses, courses, bains dans la mer tiède. Un écuyer, souvent, leur tenait compagnie : Yves de Montmartin, mort d'avoir voulu nager un matin de tempête... Bien que Gerbold leur eût prédit du malheur, et quoique respectueux de sa personne, ils avaient échangé un clin d'œil avant de s'ébaudir une fois hors de sa présence. Or, une lame de fond avait submergé l'écuyer. La mer l'avait gardé dans ses fosses profondes.

Ces souvenances blessaient son cœur tout autant que la présence tangible mais indéterminée de son père, qu'il ne pouvait que comparer à l'ancienne, indélébile, en dépit du temps et des saisons corruptrices. Si Godefroy d'Argouges, bon gré mal gré, avait fini par accepter sa déchéance, lui, son fils, l'avait toujours refusée. Jamais, cinq ou six ans plus tôt, et même à quelques jours du désastre de l'Écluse, ils n'eussent pu imaginer le châtiment qui les frapperait certes différemment et la désunion née de ses conséquences. Ils avaient vécu heureux l'un et l'autre ; ils n'avaient jamais pris conscience de l'intervalle d'âge qui les séparait. Et quoiqu'il fût demeuré le même, cet écart de vingt-sept ans semblait s'être accru, aggravé d'un grand bond ; l'importance qu'il prenait désormais annonçait — déjà — l'irrémédiable divergence : l'un au Ciel, l'autre sur terre, afin d'y accomplir son purgatoire.

« Que vais-je donc penser là ! »

Fronçant les sourcils et regardant autour de lui, Ogier chercha une diversion. Impossible : les fantômes du passé surgissaient en sa mémoire, tels ces alouettes et ces étourneaux jaillis des herbes échevelées par le vent.

— Ah ! mon fils, nous avons bien souvent chevauché par ici... Ce matin, je revis... J'ai dix ans de moins !

Pour la première fois depuis son retour de l'Écluse, cet homme triomphait d'une affliction dévorante. Il renouait avec le plus commun des plaisirs enfuis : se laisser porter par un cheval. Il humait à grands traits d'odeur du large et des pentes givrées de rosée tout en contemplant la brande mamelonnée, coupée de ruisseaux, panachée d'arbustes, au-delà de laquelle, scintillante, rampait la mer ; et golfe verdoyant, le bois de Gonneville au fond duquel s'ouvrait un chemin vers Coutances.

— C'est bien, Père... C'est bien.

Ogier regretta qu'Aude n'eût pu jouir d'une pareille accalmie. Le sommeil seul pouvait lui offrir l'évasion. « La pauvre !... Puisqu'elle reste en deçà des murailles, quel gars, avant Thierry, lui procurait ces fleurs destinées à Mère ?... Courteille ou Desfeux ? » Il les avait vus : cœur d'or, assurément, mais visages ingrats. « Thierry est d'une autre espèce ! » Il dut se rendre à l'évidence : plus encore que leur père, Aude éveillait en lui la mélancolie du bonheur.

— En revenant, mon fils, nous ferons un détour. Nous irons abreuver nos chevaux dans la Siame.

Elle prenait sa source à proximité de Gratot pour couler d'est en ouest et parvenir à la limite d'Agon. Elle avait une eau claire que les bêtes appréciaient. L'on pouvait s'y tremper, l'été, avec délices.

— Oui, père, nous irons... Nous irons même à basse iau [1] si tu en as envie.

Ogier, par fragments, réintégrait sa jeunesse. Dans les dunes poussaient le milgrai aux feuilles longues, enroulées, piquantes ; la glinette aimée des moutons ;

1. A la pêche.

les ajoncs et le bouais-Jean épineux aux fleurs d'or ; le panicaut griffu et, dans les creux ouverts aux marées, la salicorne, que Luciane d'Argouges préparait elle-même et qu'elle servait, confite dans du vinaigre, en assaisonnement...

— N'avançons plus, dit Godefroy d'Argouges, recouvrant tout à coup le ton du commandement.

Surpris dans sa méditation, Ogier s'aperçut qu'ils étaient parvenus sur une éminence, en lisière d'une des cornes du bois. A leur gauche, la lande ondulait, festonnée de larges rubans de sable gris ; en contrebas, livide, trapu comme un moutier avec sa tour en façon de clocher, le manoir de Blainville apparaissait dans les entrelacs des ramures. Blondes, épaisses, trois fumées mêlées au-dessus des ardoises révélaient de grands feux craquants, des rôtissoires bien garnies ; la bonne chère et le bien-être.

— Père, comment avez-vous passé tous ces hivers ?

— Fort mal. Nous n'avons jamais pu bûcheronner à l'aise, redoutant toujours d'être assaillis puisque, de temps en temps, des sagettes sifflaient sur nos têtes... Et il a fait si froid à la Noël dernière que nous avons brûlé certaines poutres et quelques planchers.

Ogier en savait suffisamment, désormais, sur l'existence à Gratot. D'ailleurs, le brouillard s'étant complètement dissipé, le présent exigeait son attention ; il percevait dans l'air une menace diffuse ; les chiens eux-mêmes y semblaient sensibles : flairant le vent plutôt que le sol, ils gémissaient et haletaient bruyamment. Là-bas, dans le champ du moulin aux membres immobiles, des moutons et des vaches paissaient ; et des oiseaux planaient très haut comme pour mieux chauffer leurs ailes au soleil.

— Eh bien, qu'en pensez-vous ?... Tout cela paraît respirer l'innocence !

— Voire, grogna Raymond.

— Cinq ans, dit Godefroy d'Argouges. Cinq ans que je n'ai pu venir jusqu'ici, à une lieue de chez moi !

Confronté enfin à la demeure de son bourreau, le vieillard avait empoigné la prise de son arme. D'un mouvement du menton, il enjoignit la prudence au sergent et à l'écuyer tandis qu'Ogier maîtrisait Marchegai piaffant d'impatience :

— Holà, mon tout beau, fais comme moi : sois quiet.

Pendant la nuit, ne pouvant une fois de plus fermer l'œil, il n'avait imaginé qu'actions et battements de lames ; il n'en éprouvait plus qu'un désir attiédi. Défier Blainville ? Quelque chose d'indécis le dissuadait de galoper vers ce grand portail ouvert et de jupper en agitant son poing : « *Holà ! vous tous... Holà !... Goujats ! Merdailles ! Je vous confirme mon retour. Quiconque me cherchera me trouvera et s'en repentira !* » Thierry grogna :

— Faudrait-il peut-être nous en retourner ?

— Tu as raison, Champartel, dit Raymond. Il se peut que ces malandrins soient sortis cette nuit. Ils peuvent nous tomber dessus par-derrière. Comme le vent est contre nous, les chiens ne pourront nous prévenir.

— Partons-nous, mon fils ?

Sans répondre, Ogier continua d'observer le manoir. D'où lui venait pareille hésitation ? Pourquoi tremblait-il tant ? L'anxiété ? L'émotion ou bien, tout simplement, cette fraîcheur pénétrante à l'entour de sa personne et dont il s'était déshabitué ?

— Si tu tiens à demeurer, nous resterons.

Le garçon vit dans le regard de son père une lueur si nouvelle et si claire qu'il lui sourit :

— Vous ne vous accommodez plus, semble-t-il, de cette idée que ces démons ont la force et l'avantage ?

Il exagérait : même éloigné de deux cents toises, le manoir de Blainville continuait d'exercer sur eux une fascination singulière.

— Sache-le bien, mon fils : je n'ai jamais craint ces linfars pour moi-même. Malgré l'espoir de recouvrer mon bonheur et ma place, la mort m'eût été souvent délivrance.

Un frisson agita Godefroy d'Argouges ; il se dressa sur sa selle, les sourcils froncés sous son chaperon informe, la bouche pincée, le menton ferme. Ogier reconnut le chevalier de sa jeunesse, le grand seigneur affranchi de toute crainte, ennemi des courtoisies et menées cauteleuses ! Ce fut court : les genoux ployèrent, l'échine se tassa et le front s'inclina.

— Voyez donc ! s'écria Champartel.

Deux cavaliers venaient de franchir le portail. Ils allaient impétueusement, tels des messagers porteurs de nouvelles urgentes.

— Bon sang ! dit Godefroy d'Argouges. Que préparent-ils là-bas ? Et contre qui ? Il ne faudrait pas qu'en notre absence tous ces convoiteux décident d'assaillir Gratot !

Ogier feignit l'indifférence :

— Allons, Père !... Ces gars ne sont que deux... Nous sommes en plein jour. Les truands dont vous m'avez entretenu n'agissent que de nuit...

Il observa les chevaucheurs. Ils avaient passé le seuil du manoir courbés sur l'encolure de leur roncin comme s'ils craignaient qu'on leur décochât quelque trait. Maintenant, ils se relevaient. Le premier portait un pourpoint bleu et des chausses grises : le second n'était vêtu que de gris.

— Ils n'ont aucune épée, semble-t-il, dit Raymond.

Des hurlements retentirent entre les murs. Par l'échancrure de l'entrée, Ogier aperçut un remuement d'hommes et de chevaux.

— Il se passe au logis de ce malfaisant un événement d'importance !

Un son de trompe bref, exigeant, retentit. Godefroy d'Argouges força Passavant à reculer sous les arbres et engagea Thierry, lc plus proche de lui, à l'imiter.

— Hé là, messire Ogier !... Voyez comme ils sortent !

Lancée au grand galop, une troupe de cavaliers apparaissait. Leurs cris se mêlaient aux piaillements des mouettes. Retenant Marcepin que des mouches agaçaient, Raymond s'exclama :

— Ces deux hommes étaient captifs de Blainville. Ils se sauvent !

— Ils doivent valoir leur pesant d'or, dit Godefroy d'Argouges, pour qu'il lance dix gars à leur ressuite.

— Tous accourent vers nous, s'inquiéta Thierry.

— Sans se douter de notre présence, dit Raymond, à court de souffle.

Ogier observait la poursuite. Autant qu'il pouvait en juger d'aussi loin, excepté le meneur dont la livrée noire désignait peut-être un capitaine, aucun des pour-chasseurs ne ressemblait à un homme d'armes. Ils étaient coiffés de chaperons et d'aumusses, vêtus de drap terne et ceints d'une épée. Ils éperonnaient si fort leur cheval que certains hennissaient de souffrance. Obliquant sur leur gauche, les fuyards approchaient du bois, sachant que le salut dépendait de leur vélocité à s'engager sous la feuillée.

— Reculons encore, dit Thierry. Avec nos chiens qui savent se tenir quiets, nous serons en sûreté... Mais quels que soient ces fugitifs, il me semble que nous leur devons notre aide... quoi qu'il advienne !

Il dégaina son épée. Ogier trouva cette détermination estimable et ce geste prématuré. Néanmoins, il tira Confiance hors du fourreau :

— Ces fuyards sont à deux contre dix, Champartel. De plus, ils étaient en captivité chez Blainville. Tu as raison : nous ne pouvons que nous ranger de leur côté.

Il étouffait d'une impatience meurtrière : ainsi, dès son retour, à défaut du maître, il pourrait affronter quelques-uns de ses satellites.

— Ils seront bientôt là !

Une sorte de brouillard obscurcissait ses yeux. Son sang martelait ses tempes. Il se retenait de crier : « *Par ici, les fuyards ! Par ici !* » C'eût été perdre l'avantage de l'embûche. Toutefois, un scrupule le prit :

— Êtes-vous d'accord, Père, pour assaillir ces coquins ?

Godefroy d'Argouges acquiesça de la tête, puis, l'index tendu en direction du manoir :

— Le voilà !

Enveloppé d'un manteau noir, un homme venait d'apparaître entre les piliers du portail. Poings aux hanches, il assistait à la poursuite.

— Pour qu'il surveille ainsi ses mercenaires, mon fils, c'est que ces deux otages doivent valoir une bonne rançon ou qu'ils peuvent, à son grand dam, dénoncer quelque entreprise néfaste et d'importance !

— Rançonnables, *eux* ?... S'ils ont fui, Père, c'est sûrement pour échapper à la mort... Cachons-nous !

Ils s'enfoncèrent à reculons dans un fourré de hautes fougères, dos et tête baissés pour éviter de s'accrocher aux branches. Les chiens s'assirent à l'ombre. Thierry émit son opinion :

— Nul ne peut nous trouver en passant au galop. Que proposez-vous ?

Du bout des doigts, tout en épiant les fugitifs, Ogier lacéra une toile d'araignée tendue entre deux rameaux :

— Un vieux et un jeune.

Ils achevaient la traversée de la lande. Ils paraissaient savoir qu'il existait au fond du goulet formé par les deux bras de forêt, un sentier où ils pouvaient espérer distancer leurs poursuiveurs. Ceux-ci demeuraient groupés, criant toujours et d'autant plus fort qu'ils comblaient leur retard. Sur le seuil du manoir, Blainville — si c'était lui — venait de disparaître.

— Que proposes-tu, Ogier ?

— C'est simple, Père... Nous laissons galoper devant nous ces deux hommes puis, en nous préparant, nous accordons aussi le chemin aux dix autres, mais aussitôt le dixième passé, nous leur tombons sur le dos.

— Ce pré me paraît propice à une escarmouche.

— Oui, Père. D'où nous sommes, Blainville et ses guetteurs ne verront rien, et le vent emportera les cris vers la terre... Aucun malandrin n'accourra à la rescousse de ceux qui vont passer. Comme vous êtes mal armé, vous attendrez que nous ayons estoqué l'un ou l'autre de ces malfaisants pour sortir du couvert et ramasser son épée.

— Ils arrivent ! dit Raymond.

— Nos chiens.

— Laisse-les agir, Thierry.

— Bon Dieu, grogna Godefroy d'Argouges tandis que les fugitifs passaient à bride abattue, le premier de la meute, le gars en noir sur le destrier blanc, c'est Eudes !... C'est Blérancourt !

— Tant mieux, Père ! La Providence est de notre côté ; la stupeur fera le reste.

Blérancourt passa, penché sur son coursier. Ogier entrevit le plumail vermeil piqué dans son chaperon coiffé en crête, les mailles sous la livrée, l'épée nue contre le mollet. Puis un larron survint, et enfin, groupés, les huit autres.

— Nous serons à quatre contre dix, compagnons, puisque les fuyards n'ont pas d'arme. Si tu le peux, Thierry, essaie d'aider ces deux hommes ! Car je présume, s'ils sont honnêtes, qu'au lieu de continuer à fuir, ils viendront se joindre à nous... Allons-y !

Ogier talonna Marchegai.

Il surgit du fourré dans un arrachement de feuilles, de brindilles et galopa l'épée haute dans l'aboiement des chiens comme au débucher d'une harde. Emporté par une joie haineuse, il rejoignit la bande avant qu'un seul malandrin eût fait volte-face. Il se fraya la voie par le milieu tant était grande la confusion que son apparition provoquait, et d'un taillant asséné d'une main, fracassa l'épaule du premier gars sur la défensive. Comme ce cavalier en hurlant basculait, il abattit des deux mains cette fois, Confiance sur son cou. Le corps à demi décapité ploya sur le côté ; le cheval apeuré par l'irruption et l'odeur du sang, rua et perdit son fardeau.

Ogier, satisfait, poussa Marchegai dans la brèche. Il travailla un nouveau larron de la pointe et du tranchant. Se retournant sur un cri de Thierry, il esquiva un coup destiné à son dos, puis relança son adversaire : trente ans, un museau chafouin, graisseux, sous une calotte rouge.

« Et si c'était un Navarrais ?... On dit qu'ils se coiffent ainsi. »

A l'arrière, des tintements et des cris révélaient qu'on se battait âprement. Un moment, il craignit que son père ne fût en mauvaise posture. Non ! Non ! Il devait être armé, désormais. Il avait trop manié l'épée pour succomber, fût-ce contre deux adversaires.

Il entendit un râle et un ricanement : Thierry venait d'occire son homme.

« A moi d'abattre le mien ! »

C'était sûrement un Navarrais. Son épée longue aux quillons contrariés sentait son inspiration sarrasine. Le coquin la serrait d'une main épaisse, et pour porter une estocade, il se pencha. L'éclair de sa lame passa si près de l'œil de son cheval que celui-ci, effrayé, se cabra, le désarçonnant. Il tomba rudement, se releva sans sa coiffe, mais l'arme toujours au poing.

— Laisse-le-moi, fils... et méfie-toi de notre écorcheur !

Ogier pivota.

Il était temps ! Eudes de Blérancourt survenait, son destrier lancé contre Marchegai qui, de lui-même, évita le heurt.

Confiance tinta et repoussa l'épée adverse, tenue d'une dextre ferme, experte.

« Ce varleton[1] à visage de pucelle est bien de la force d'un homme ! » Riposte. « Et il revient ! »

Nouvel assaut, assorti d'un bref ricanement :

— Vous allez périr, les Argouges ! En vous interpo-

_____
1. Petit valet.

sant, vous nous rendez service !... Pas besoin de forcer vos murs !... Une fois morts, et avant midi, nous entrerons à Gratot !

Ogier riposta si violemment que Blérancourt, sous le taillant destiné à sa tête, en perdit son chaperon.

— Va te faire aimer, bardache [1], et sache que je suis moult heureux : tu vas enfin t'acquitter des tourments que tu infligeas à mon père dans sa geôle de la Broye !

Le suppôt de Blainville était vêtu de noir : gants noirs dont les rebras de velours lui montaient aux coudes ; hoqueton de camocas [2] sous les pans duquel luisaient des mailles serrées ; cuissots et jambières de fer peints en noir. Les ergots des éperons montraient des extrémités vermeilles : Blérancourt n'avait pas ménagé son coursier. Ses cheveux blonds, longs, bouclés, gênaient sa vue.

— Tout en noir ! Je conçois, ribaud, que tu portes ton deuil.

Les lames s'entrechoquèrent. Derrière Eudes, Ogier aperçut Thierry frappant en force dans la mêlée ; puis il découvrit les fugitifs. Ils étaient à pied. Pourvus de triques noueuses prélevées sur quelque fagotier, ils participaient à l'échauffourrée. Quels qu'ils fussent, pour agir ainsi, c'étaient des preux.

Une voix domina les clameurs :

— Champerret ! Canteleux ! Aidez Andoche et Puyferrand !... Et si vous craignez de ne pouvoir vous emparer de ces deux sires vivants, trespercez-les !

L'homme aussitôt gémit.

— Embroché ! ricana Raymond. A qui d'autre à présent ?

Confiance retenant l'épée d'Eudes dans l'angle d'un de ses quillons, Ogier vit trois sicaires — un cavalier et deux piétons — attaquer le fuyard le plus jeune. Son bâton vola en éclats, son hoqueton s'ouvrit et se

1. Giton, mignon.
2. Étoffe de poil de chameau ou de chèvre sauvage.

202

vermillonna : l'épaule droite. Portant sa main à sa blessure, il hurla :

— Courage, messire Jean... et foi en nos sauveurs !

Il tomba et se releva. Le cavalier revint l'assaillir, ce que voyant, Ogier poussa Marchegai en avant, tordant le bras de Blérancourt si sauvagement que le blondin lâcha son arme.

— Je vais t'occire à mon retour !

Il galopa jusqu'aux fugitifs.

Trop occupé à achever son homme, le cavalier, penché à l'extrême, reçut en plein dos une taillade qui l'ouvrit jusqu'aux reins. Il chut près de sa victime, tandis que son cheval galopait sous les arbres. L'un des assaillants hésita, puis se précipita vers la mêlée. Son compagnon s'en prit au second fuyard dont l'épieu dérisoire craqua et se rompit. Le malandrin porta un fendant, puis un autre, et l'inconnu vêtu de gris s'effondra.

— Vous êtes mat, messire Jean !... Reverrez point... la Bretagne !

Et le truand riait. Il gargouilla soudain, la bouche élargie par le tranchant de Confiance. Il tomba. Ogier l'offrit aux sabots de Marchegai.

Il se sentait devenir un démon. Pour combattre à son aise, il sauta hors de selle et fit front. Eudes fut devant lui, à pied, sa lame toujours nette, scintillante. Visage exsangue aux traits parfaits, mais l'œil était d'un loup.

— Quand Blainville te pleurera, comment ce sera vermine ? Comme un bon serviteur ou une concubine ?

Blérancourt se regimba : Confiance sursauta si violemment par deux fois qu'Ogier sentit son sang quitter ses doigts. « Pour une femelle, il frappe comme un bûcheron ! » Il recula, éprouvant une jouissance âcre, puissante, à feindre d'être dominé. Il devait, en excitant ce chapon, l'inciter aux imprudences. Et comme ils cessaient d'échanger des coups, leurs épées levées, les croisettes à hauteur du visage, il s'enquit :

— Es-tu Normande ou Bretonne ? A qui dois-je annoncer le trépas qui t'attend ?

Nouveau heurt, de la même violence que les autres. A s'employer si ardemment, Eudes devenait blafard. Qu'il frappe. Encore ! « *Vas-y !* » A senestre, Ogier aperçut son père, fort occupé, mais sûr de soi. Puis Thierry, toujours sur Veillantif et moulinant l'acier contre deux piétons. Il gauchit[1] une fois de plus, rit des vains efforts de son antagoniste, vit avec soulagement que Raymond l'emportait sur un nouvel adversaire, et si parfaitement que celui-ci guerpissait.

— A toi, Saladin !

Le chien bondit dans le dos du rustique et le saisit à la nuque. Le cri désespéré, davantage que l'odeur du sang qui jaillissait sous les crocs, parut exciter Péronne : elle se joignit à son congénère, mordant et lacérant, elle aussi.

— Manant ! hoqueta Eudes. Nous te croyions mort. D'où viens-tu ?... Pourquoi, bâtard, as-tu ressuscité ? Avant midi, Gratot nous appartiendra... Plus d'Argouges ! Vos serviteurs taillés en pièces... Nous coucherons ta sœur sur l'herbe et l'enconnerons à qui mieux mieux !

Sans s'émouvoir, Ogier déjoua une taillade puis une autre. Tout autour, les aciers tintaient, cliquetaient. Et ce bruit, sans qu'il sût pourquoi — peut-être simplement parce qu'il l'entendait mieux — parut mettre soudain entre son père et lui une distance pleine de ténèbres. Il s'apeura :

— Père ?

Bavant de haine inépuisée, Blérancourt s'emporta :

— Ton vieux ne tiendra pas devant notre Berthier !... Mais dis-moi : est-il vrai que sa putain d'épouse est morte ?... Holà, réponds : je parle de ta mère !

Tout comme Saladin, Ogier eût aimé pouvoir happer ce hutin à la gorge. Il ne céda ni à la fureur ni à son goût, pourtant exacerbé, de réplique verbale. Continuant de maintenir sa garde défensive, il vit, derrière

1. Esquiva.

son adversaire, Thierry porter un coup à l'un des malandrins. Les cris, les aboiements s'apaisèrent, suivis de rires parmi lesquels il reconnut celui de son père : l'affaire tournait au profit de Gratot et le lourdaud contre lequel Godefroy d'Argouges croisait l'épée devait être un couard, puisqu'il criait en reculant :

— Pitié ! Pitié !

— Point de merci, Père ! Il faut tous les occire... N'oubliez pas vos morts et vos années de géhenne !

— Nous occire tous ?... Présomptueux !

Blérancourt savait pourtant que le dénouement approchait, au désavantage des siens. Ogier pressentit qu'il se préparait à un coup d'allonge. Une fois cette estocade décochée, il essaya d'enfermer le larron par une riposte rapide, en se courbant, la jambe gauche complètement tirée en arrière.

Blérancourt recula, heurta de l'éperon le corps d'un compère, vacilla, mais se couvrit à temps pour éviter d'être éventré.

— Non ! dit-il.

Il paraissait grincer des dents. Sur ses traits délicats, ravagés de détestation, apparaissaient enfin l'épouvante et l'horreur.

— Non ! Non ! répéta-t-il.

Ogier trouva un parfait équilibre et, le corps en avant, détacha un fendant sur la tête du malandrin, le contraignant à lever sa lame pour se couvrir. C'était l'instant ; il le saisit avec cet à-propos dont son oncle et Blanquefort lui avaient enseigné la pratique : Confiance impétueusement abaissée, il donna de tout son poids au milieu du ventre.

Eudes entrouvrit la bouche et n'émit qu'une plainte. Il lâcha son épée ; ses bras battirent, lourds et mous comme les ailes d'un corbeau touchant terre. Il chut sur le flanc. De ses lèvres coula un filet de salive.

— Femmelette !... Va te faire foutre par le diable !

Le vaincu s'agita, ses paupières s'abaissèrent

comme s'il refusait de voir ce qui l'attendait. Un râle, un sursaut : il était mort. Le repoussant du pied, Ogier se détourna :

— Par saint Michel, Père, ces estours[1] ont dû vous être un régal !

Godefroy d'Argouges chancelait et suffoquait, brisé, exténué, une écorchure à l'épaule droite.

« Heureusement qu'il est tombé sur le plus mauvais des dix ! » se dit Ogier tandis que le vieillard jetait au pied d'un arbre une épée de valeur.

— Vous avez commencé à rendre la justice, messire baron, dit Thierry en ramassant l'arme dédaignée.

Raymond se taisait mais riait, clignant de l'œil au soleil vif. Ils étaient essoufflés, suants, la face rouge. Tournant autour d'eux, Saladin et Péronne haletaient eux aussi.

— Hâtons-nous de partir, dit Ogier. Va-t'en voir, Thierry, si tous ces malandrins sont morts. Raymond, occupe-toi des fuyards.

Ils s'éloignèrent, courbés de corps en corps. Thierry revint le premier en courant :

— Les écorcheurs sont tous occis.

— L'un des captifs est mort, cria Raymond de loin. L'autre vit... Le vieux... Venez.

Enjambant les corps, Ogier marcha vers cet inconnu qu'il avait insuffisamment préservé. L'homme gisait sur le flanc et remuait ses mains devant son visage pour le protéger des mouches et des frelons. Tout proche, un cheval broutait.

— Quel qu'il soit, compagnons, nous lui devons l'aide et les soins.

Ils se penchèrent sur le blessé. Ogier vit sourciller son père.

L'homme pouvait avoir cinquante ans. Châtains et drus, coupés à l'écuelle, ses cheveux formaient sur sa tête une calotte laineuse, poisseuse de sueur. Sa barbe

---

1. Combats.

courte, sa moustache et ses sourcils tiraient sur le roux. Le front plissé par la souffrance était haut, le nez long et droit, la bouche large, épaisse, et les dents grosses ; le menton s'avançait en devant de sabot. C'était un être rude, sans nuances, dont la peau mate et tannée révélait une vie de mouvements, d'espace, d'aventures. Bien qu'il eût été atteint à l'épaule et à la hanche senestres, il conservait un air de vigueur. L'éclat du regard et le pli des lèvres — profond, dédaigneux — attestaient un caractère autoritaire ou tout au moins ombrageux.

Ogier vit son père fléchir le genou et saisir si brusquement la dextre du blessé que celui-ci exhala une plainte.

— Messire Montfort, certains vous ont dit mort, d'autres vivant... et vivant en Angleterre... Et je vous vois en Normandie !

— Montfort ?... Jean de Montfort ? s'étonna Ogier.

Quittant le visage rude, son regard descendit jusqu'aux déchirures du sarrau de futaine, rouges de sang.

— C'est lui, dit Godefroy d'Argouges. Oh ! bien sûr, il ne me reconnaît pas : j'ai tant vieilli !

Et s'inclinant davantage :

— Messire, je vous ai challengé aux joutes de Rennes et de Ploërmel, à celles de Fougères et d'Hennebont. Nous étions, Dieu me pardonne, tout aussi félonneux l'un que l'autre ! Surtout à Rennes...

Tout en fronçant les sourcils dans un effort de mémoire, le blessé eut un sourire pour cet homme aux traits secs, rayés de rides et qui, volontairement ou non, l'honorait d'une génuflexion.

— Rennes...

— Oui, messire ! J'y suis allé trois fois et vous ai bouté hors... Ces temps étaient meilleurs pour vous et moi !

Le blessé regarda les visages penchés sur le sien tandis qu'Ogier lui trouvait, sous la fermeté des traits, un air de fragilité poignant. Il était remué, saisi par cette découverte : « Montfort ! » Cet homme avait voulu régner sur la Bretagne ; par ses prétentions, il avait provoqué une guerre : elle durait toujours, à ce que l'on disait. Il ne fut pas surpris que son père insistât :

— Vous ne me reconnaissez point. Or, moi, monseigneur Jean de Montfort, j'ai bonne souvenance de vous.

Les paupières aux cils mouillés clignèrent cependant qu'Ogier se sentait épié, menacé par des forces invisibles. Il n'était à Gratot que depuis deux jours et se trouvait inclus dans un événement d'importance : un des alliés privilégiés d'Édouard III gisait à ses pieds. *Montfort !* Rien ne lui avait paru plus aisé, naguère, que d'accoler à ce nom-là le mot *traître*. La même symétrie, prompte et absolue, que pour Godefroy d'Harcourt. Figures semblables ? Sans doute, bien qu'au contraire des raisons profondes du Normand, il ne sut que l'essentiel de celles du Breton. Leurs félonies parallèles et les actes sanglants qu'elles avaient provoqués les excluaient pour lui de la Chevalerie et mettaient en évidence la quasi-sainteté de son père.

— Messire, à Pierreguis[1] d'où je viens, certains barons vous disaient captif du roi Philippe depuis le siège de Nantes, voici quatre ans, mais d'autres prétendaient que vous vous étiez enfui de votre geôle et viviez à Windesore... et d'autres vous disaient trépassé... Vous voilà pourchassé sous nos yeux, puis estoqué par la truandaille de Richard de Blainville !

Le blessé grogna. Il était vêtu comme un manant : un sarrau gris, des hauts-de-chausses gris, troués ; des houseaux poussiéreux. D'où venait-il ? Pourquoi s'était-il trouvé dans ce manoir en bord de mer ? Hôte ou otage, depuis quand y vivait-il ?

— Vous avez vu comment l'amitié se dénoue ?

Montfort eut un sourire. L'étonnement de ces quatre

1. Périgueux.

208

hommes dont l'action le confondait le remplissait de
satisfaction.

— Blainville ! Vous semblez édifiés sur lui autant
que moi !

— Hélas ! dit Ogier dont l'inquiétude persistait.
Nous savons quelle bannière il a choisi de servir.

Godefroy d'Argouges se releva :

— Le fait que ce démon ait lancé une herpaille[1] à
votre poursuite suffisait pour que nous vous aidions.

— Aurions-nous su alors quel homme vous étiez
que nous aurions agi de même. Entre un traître tel que
lui et vous...

— Car vous savez qu'il est un traître !

— Oui. Mais que pouvons-nous contre lui ? Rien.

Tandis qu'il s'exprimait, Ogier se sentit happé par
le passé. Il vivait depuis huit mois chez son oncle lorsqu'un chevaucheur leur avait appris que Jean III de
Bretagne étant mort à Caen sans héritier[2], deux candi-

---

1. Troupe de coquins.
2. 30 avril 1341. De Caen, le corps de Jean III fut transporté aux
Carmes de Ploërmel.

Cette guerre de Bretagne allait durer 24 ans. L'identité des prénoms
de certains protagonistes ajoute un désordre supplémentaire à une situation déjà confuse. Il suffit donc que l'on sache ceci :

Arthur II, duc de Bretagne de 1305 à 1317, avait épousé, en 1275,
Marie de Limoges, héritière du comte Guy, vicomte de Limoges. De
ce mariage étaient nés :

— Jean III, duc de Bretagne de 1317 à 1341, lequel avait successivement épousé : en 1297, Isabelle de Valois ; en 1310, Isabelle de
Castille ; en 1329, Jeanne de Savoie, sans parvenir à s'assurer une
postérité.

— Guy de Bretagne, comte de Penthièvre (décédé en 1334). Il avait
épousé Jeanne, fille de Henri IV d'Avaugour (ou Avaujour) et de
Goello, duquel mariage était née Jeanne, duchesse de Bretagne, com-
tesse de Penthièvre, dame d'Avaugour. Elle était devenue l'épouse de
Charles de Châtillon-Blois (né en 1319), fils puîné de Guy, comte de
Blois, et de Marguerite, sœur de Philippe VI, roi de France.

— Pierre, mort en 1312.

Du second mariage (1292) d'Arthur II et de Yolande de Dreux, comtesse de Montfort-l'Amaury, fille de Robert IV, comte de Dreux, et
veuve d'Alexandre III, roi d'Écosse, était né Jean, comte de Montfort.
Il avait épousé (1329) Jeanne de Flandre, fille de Louis Ier, comte de
Nevers et de Rethel.

dats prétendaient à sa succession : la boiteuse Jeanne de Penthièvre, épouse de Charles de Blois et fille de Guy, frère puîné du défunt, et le comte de Montfort, son demi-frère. La loi salique interdisant aux femmes de régner n'existant pas en Bretagne, Jeanne avait pu prétendre à l'héritage tandis que pour la même raison Montfort, lui, s'appuyait sur le droit français. Plutôt que de soutenir cette succession mâle, Philippe VI, oncle de Charles de Blois, s'était montré partisan de l'accession de Jeanne, incitant aussitôt Édouard III — qui revendiquait la couronne de France au nom de la succession féminine — à soutenir Jean de Montfort.

— L'ami, vous qui étiez à Rennes, il ne faut pas moisir là !... Dites-moi votre nom.

— Godefroy d'Argouges.

Ogier se réjouit qu'il n'y eut, dans cette ferme réponse, aucune formule révérencieuse. Et si son père s'agenouillait encore, c'était pour prendre le pouls du blessé.

— Argouges !... C'est donc vous ! Le seul chevalier qui, par deux fois contre moi, s'est élancé lance basse !... Vous avez vieilli, je l'avoue. Des malheurs ?

— A cause de Blainville.

— Je ne sais plus où vous m'avez désheaumé...

— Fougères.

— ... comme plus tard vous avez désheaumé Guesclin, ce goret... Ah ! ma doué, la Bretagne était alors indivisible.

Montfort reprit son souffle puis, avec un bref sourire :

— Je rends grâce à votre vaillance : vous vous êtes battus à plus de deux contre un !... Bon sang, si nous avions eu notre épée...

Le blessé toussa et gémit tandis qu'une éruption de boutons translucides, une sueur de douleur, inondait son visage :

— Emmenez-moi. S'il ne voit pas revenir Blérancourt et ses gars, Blainville enverra le reste de sa racaille à ma recherche. Et là, vous serez à sa merci : il lui reste quinze soudoyers et quinze Navarrais commandés par Diego de Lerga dont il prétend que l'aisance à manier l'épée est effrayante...

Le regard d'Ogier tomba sur les mains appuyées contre les plaies : longues, épaisses et nues, elles étaient plus proches de celles d'un huron que de celles d'un prince. Tout autour, le sarrau se maculait de rouge. « Après celui de tant de Bretons, le voilà versant enfin son propre sang pour sa cause ! » Il aida son père à se relever, puis se pencha :

— Messire... commença-t-il.

Et il se tut, sa pitié pour le blessé réduisant à rien la détestation qu'il devait au traître. S'il comprenait que cet homme eût voulu s'approprier le duché de Bretagne en arguant de son bon droit, il jugeait inadmissible que, voyant lui échapper ce fief immense, il fût devenu, pour le conquérir, le féal préféré d'Édouard III.

— Laissons tout ainsi et partons, dit Godefroy d'Argouges. Nous ferons un détour par les bois afin qu'on perde nos traces... Ah ! je vois d'ici la hure de Blainville quand quelque vergogneux [1] de sa compagnie lui annoncera la mort de Blérancourt et des neuf autres...

Il rit, cette fois franchement. D'imaginer la surprise et l'ire de son ennemi l'emplissait d'une joie terrible. Peut-être, maintenant, se sentait-il capable d'attaquer au lieu de se défendre.

— Hâtons-nous, Père. S'il sait à qui devoir cette déconfiture, les représailles qu'il exercera contre nous seront cruelles... au moins dans leurs intentions !... Nous devons nous y préparer... Thierry, Raymond, amenez les chevaux... Les nôtres.

— Plus les deux gris, mon fils... et le noir : ils sont miens. Et ils ont souffert : voyez leurs flancs !

— Soit, dit Ogier en rengainant Confiance. Mais de

1. Serviteur honteux.

cette façon, ce démon, son Ramonnet et leur troppelet[1]
de sicaires sauront de qui leur vient cette embûche...
Ils vont s'interroger à votre sujet, messire Montfort.
Les uns penseront que vous avez fui sans vous soucier
de votre compagnon — votre écuyer, sans doute ? — ;
les autres que vous êtes atteint et soigné à Gratot...
Nous allons, Champartel et moi, vous hisser sur mon
cheval. Je monterai derrière vous et vous soutiendrai.

Montfort cessa de préserver ses plaies. Son regard,
après les avoir considérées, signifia : « Vais-je succomber ? » Godefroy d'Argouges écarta les déchirures
du sarrau tandis qu'Ogier observait ce visage immobile
sous lequel le mouvement de la pomme d'Adam révélait la souffrance.

— Vous êtes bien atteint, mais nullement en danger.

— Mon compagnon est mort ?

— Hélas ! dit Thierry en amenant Marchegai. Il a
été estoqué à cinq reprises.

— Sans toi, mon gars, j'aurais subi le même sort.

« Qui était ce garçon ? » se demanda Ogier, insensible à cette louange mitigée. « Montfort va-t-il nous
révéler son nom ? »

Le Breton voulut se lever. Il retomba en gémissant,
et de colère contre sa faiblesse arracha quelques
poignées d'herbe. Godefroy d'Argouges lui tapota
l'épaule :

— Voulez-vous voir votre écuyer ?

— Non ! Non ! Placez la dépouille d'Yvon dans un
fourré, loin de la truandaille, afin qu'il pourrisse en
paix... Il ne méritait pas ce sort-là...

— Juchons-le sur un cheval, Père. Mais hâtons-
nous... Nous le mettrons en terre à Gratot... Ainsi,
Blainville les croira enfuis.

— Ah ! toi, tu es bon, s'exclama Montfort.

Et, teignant son nez de vermillon, le prétendant au

1. Petite troupe.

duché de Bretagne écrasa, d'une paume violente, quelques larmes désagréables.

— Bon, moi ? Non, messire. J'essaie de faire pour le mieux. Et qui sait ? Peut-être vais-je vous traiter en otage.

En vérité, Ogier exagérait, mais il fut surpris d'entendre le blessé gémir :

— En otage... Tu serais donc le troisième.

— Pourquoi dites-vous cela, messire ?

Un frisson parcourut Montfort. Une grimace dure scella ses lèvres. Puis, la voix coupante et froide :

— Édouard, Blainville et toi !

— Édouard ? Mais il est votre allié !

Le monde tourmenté, mystérieux et sanglant où vivait ce prince frustré d'un duché, parut s'entrouvrir pour Ogier. Il se pencha sur ce visage de douleur, pâle et pierreux :

— Dites-m'en plus !

Montfort se contracta, une plainte ouvrit sa bouche et le sang lui revint au visage :

— Ma pauvre Jeanne ! Si elle me voyait... Pourvu qu'elle...

— Elle est *là-bas*, n'est-ce pas ? Elle n'en peut revenir ? Édouard la garde en otage [1] avec votre fils ?

Ogier se penchait davantage. Montfort lui adressa un regard embué, mais froid. Il regrettait sa défaillance :

— Que t'importe ! Cesse de me parler de l'Angleterre !... Emmène-moi... Emmenez-moi !

Il se laissa jucher sur Marchegai sans se plaindre. Il savait qu'il ne s'appartenait plus. Ogier le rassura :

— N'ayez crainte, messire. Nous ferons pour vous ce que peut-être vous n'auriez point fait pour nous.

Puis à Champartel et Raymond :

1. Pendant la première moitié de 1344, Charles de Blois avait obtenu des succès si considérables en Bretagne (notamment la prise de Quimper, le 1er mai), que Jeanne de Montfort avait quitté son duché pour demander elle-même du secours à Édouard III. Par lettres du 10 juillet 1344, il l'avait assignée à résidence au château de Tykil.

— Ramassez toutes les épées. Détroussez les coquins vêtus de haubergeons. N'ayez aucun scrupule. Vu le prix de tous ces fourniments, vous et plus tard mes soudoyers serez vêtus et armés à bon marché... Mais respectez les corps !

Et comme Marchegai avançait :

— Surtout, rejoignez-nous en hâte.

Il entendit alors le rire de son père :

— Tu parles comme un capitaine.

Était-ce un compliment ? Un reproche ? Une approbation entachée d'envie ou une obervation sans malice ? Sa mélancolie soudain revenue, Ogier se le demanda sans trouver la moindre réponse.

IV

Ogier poussa la porte de la chambre. Adelis se leva du siège qu'elle occupait, près de la fenêtre, puis demeura immobile — si toutefois elle pouvait l'être, car un tremblement l'agitait.

— Va-t-il mieux ?

Elle hocha la tête. Sur le devant du lit aux courtines serrées, Saladin veillait, la paupière mi-close et le museau entre les pattes.

— Bertine et Isaure m'ont aidée à soigner ses plaies. Celle de l'épaule est peu profonde ; celle qu'il porte au flanc nous inquiète. Il vient de boire un remède et il dort... Ce soir, il devrait aller mieux... ou plus mal.

Midi. Le soleil jetait, dans cette pièce où Luciane et Godefroy d'Argouges avaient dormi vingt ans, un faisceau de lueurs blondes. Il y avait, sous les solives poussiéreuses, la même couche, le même coffre qu'autrefois, et ce banc ouvragé qu'Adelis avait quitté, la défunte s'y asseyait pour filer, coudre ou contempler, au-delà des murs, son verdoyant domaine. Parmi ces meubles et ce rouet dont la roue grinça sous sa paume, Ogier se sentit lourd de tristesse. Cette chambre, il y avait joué. A certaines aurores, il était monté sur ce lit pour s'insinuer entre ses parents avant Aude, mais elle l'y précédait quelquefois... Rien n'avait changé de ce qui composait une paisible retraite. Le silence semblait respectueux des aîtres, moelleux comme l'eau de la douve, au-dessous ; favorable aux assoupissements, à la méditation et sûrement à l'amour — bien que par une décence à propos de laquelle il ne s'interrogeait jamais, il se fût toujours refusé à imaginer son père et sa mère enlacés.

— Ce soir, dit-il. Attendre, toujours attendre. Pas vrai ?

Il lui sembla qu'Adelis hésitait à répondre.

— Si j'en crois Jeannette, dit-elle, il vivra. Quand il s'éveillera, il aura repris des forces.

Écartant les courtines dont la vieillesse avait azuré le bleu sombre, Ogier vit sur l'oreiller le visage serein du blessé puis, sous la couverture, le relief du corps immobile. A son esprit, et dans sa sévérité la plus crue, l'évidence se présenta : « Il s'est bien battu à coups de lique [1]. D'autres auraient déguerpi ! » Pourquoi s'apitoyait-il ? Et surtout pourquoi se merveillait-il ? Ce gisant était un allié d'Edouard d'Angleterre !

— Que faisait-il, messire, au manoir de Blainville ?

— Je ne sais, Adelis... Je n'imaginais pas Jean de Montfort ainsi.

La noblesse de ses traits, sa simplicité, sa volonté d'atteindre Gratot sans gémir alors que chaque pas de Marchegai avivait ses souffrances ; la reconnaissance rude mais profonde qu'il avait manifestée en franchissant le seuil du château formaient une sorte de contradiction à cette vérifié formelle : « C'est un ennemi. » Quels rêves, quels desseins, quelles amours et quelles exigences avaient animé jusqu'à ce jour ce visage fixe et blafard ?

Sans qu'il l'eût voulu, un écheveau de scènes odieuses se dévida dans la tête d'Ogier. Des batailles, du sang — éclaboussant, ruisselant et gouttant —, des mailles et des cuirasses ouvertes sur des palpitations

1. Bâton.

216

vermeilles ; des hennissements et bronchades de chevaux, ces innocents dont le sort ne souciait personne — ou si peu —, des hurlements, des râles singultueux et des ondulations de bannières...

« Cet homme a provoqué une guerre. La pire, la fratricide : Bretons contre Bretons... *Toutes les guerres sont fratricides...* Qui m'a dit cela ou quelque chose d'approchant ?... Robert Knolles... Il se peut que Montfort le connaisse. »

Cette bouche exsangue avait hurlé à la mort. Appétit du pouvoir ou de simple justice ?... Innocent ? Non. Alors, Charles de Blois, son rival, l'était-il ? Comment le savoir ? Un seul fait importait pour le moment : Jean de Montfort blessé reposait à Gratot.

Ogier respirait à grands traits. Sa stupéfaction de tenir un aussi grand seigneur à sa merci l'emportait sur son plaisir d'avoir pu entamer sa vengeance. Grâce aux deux Bretons, il avait mis Blérancourt et ses neuf larrons échec et mat. Blainville ne pouvait plus ignorer ces trépas. S'il les avait imputés aux gens de Gratot, sa revanche prendrait-elle effet dans la nuit ? « Il va falloir tripler les guetteurs ! » Et Montfort ? Qu'allaient-ils en faire ? « *Si nous le livrions, peut-être que le roi...* » Ce lambeau de pensée lui parut répugnant. Il chuchota, tout en s'approchant d'Adelis :

— Au cas où il succomberait, ce à quoi je ne tiens pas, nous l'enterrerions près de son écuyer, dans le sol de la tour ouest, en attendant des temps meilleurs pour le mettre au cimetière... S'il vit...

Adelis semblait l'écouter à peine. Elle tournait lentement la manivelle du rouet tout en considérant le blessé sans compassion ni haine.

— La Bretagne n'est pas mon affaire, m'amie. Les quelques parents que nous y avons ne sont jamais venus vers nous, et pourtant, mon père est en partie Breton par sa grand-mère : Yvonne de Tinténiac.

— Votre père souhaite qu'il guérisse.

— Moi également. Je l'aiderai s'il le faut. Nul d'entre nous ne peut sortir[1] ce qu'il deviendra ensuite.

Tourné derechef vers le lit, Ogier regarda cette tête d'évanoui, trouvant le front bombé plus spacieux et les rides, autour des paupières mal closes, plus profondes qu'il ne l'avait cru. Un tremblement, parfois, animait les lèvres pâles d'où sourdait un souffle inégal.

— Tous ici savent qu'il est Montfort ?

— Oui, messire. Et nul ne paraît chagrin que vous l'ayez ramené.

Sous la frange des cheveux blonds, les yeux d'Adelis brillaient, diaprés de vert. Il devait parler, parler encore, dissoudre entre elle et lui un mésaise naissant :

— Son destin doit s'accomplir dans son pays, nullement dans le nôtre.

— Je le pense aussi, messire. Il a souvent appelé une Jeanne, crié qu'on la lui rende... Il semble qu'on la tienne captive... Il vient de s'apaiser.

Droite dans sa robe de tiretaine rouge, un présent ou un prêt d'une des femmes de Gratot, Adelis incarnait l'indulgence et l'attente. Se souvenant soudain de sa nudité, Ogier revit la gorge fière, les flancs incurvés grêlés d'eau chatoyante, les cuisses longues, joliées d'ombres et de clartés.

— Avez-vous bien dormi dans mon ancienne chambre ?

— Oui.

Le regard, la bouche, le front : pureté. Le sourire : bonté, sagesse. Celle qu'il avait découverte haillonneuse, occupée à tourner une broche dans la cheminée de Saint-Rémy n'existait plus. Comme il s'en approchait encore, Adelis recula, craintive ou mécontente.

— Vous semblez toujours très mal heureuse... Vous n'avez aucune raison d'être ainsi...

Dérangeant le rouet, il la prit aux épaules. Elle rougit, tressaillit — un sursaut de répulsion, peut-être. Elle

---

1. *Sortir* : prédire le sort.

devait haïr le plaisir à force de l'avoir concédé. Elle devait mépriser les hommes et jusqu'au moindre de leurs mouvements. Ses lèvres frémissaient ; il n'osa les lui prendre. Leurs ventres se touchèrent ; Adelis s'esquiva. Sous leurs longs cils courbes, il vit ses yeux se fixer dans les siens et s'assombrir sous l'effet d'un orage intérieur. Elle croyait que ce qui le poussait vers elle, c'était l'envie aiguë, impérieuse, de n'importe quel mâle en rut. Elle se méprenait. Aussi surprenant qu'il fût, son désir était fait d'amitié, de tendresse. Il voulait qu'elle fût heureuse, et par lui. Vanité ? Nullement... Bertine traversa ses pensées. Elle, au moins, éclatait de bonne volonté !

— Ni à Gratot ni ailleurs, messire, dit Adelis en se dégageant.

Il fut près de se reprocher son audace : elle n'avait fait qu'aggraver une méfiance qu'il trouvait à la fois juste et imméritée.

— Pardonnez-moi... Je ne suis pas, je crois, comme les autres.

Elle ne l'écoutait plus. Avec une vivacité, une grâce touchantes, elle s'était approchée du coffre. Elle l'ouvrit et en tira, suspendue à un lacet de cuir, une bague lourde à chaton rond :

— Il l'avait au cou, par prudence sans doute... Il porte aussi un autre affiquet pas plus grand qu'un denier. D'un côté on voit trois léopards et de l'autre des fleurs de lis. Je le lui ai laissé...

Ogier saisit l'anneau : un cygne, une molette, une croix ; il tenait le petit sceau du prétendant au duché de Bretagne et put lire sur l'intaille, la devise des Montfort : *Potius Mori Quam Iquinari*[1].

---

1. Les armes des Montfort de Bretagne étaient : *Au cygne d'argent écartelé de gueules à une molette d'argent à la croix dentelée d'argent brochant sur l'écartelé.* La couleur du fond de l'écu est incertaine. Le dictionnaire héraldique de Charles Grandmaison (1852) mentionne : *d'argent à une croix ancrée de gueules, guivrée d'or.* Leur devise signifiait : *Plutôt la mort que la souillure.*

— Voilà que cet objet me fournit une idée.

Relevant son regard, le garçon vit la gorge pleine, charnue, dans l'évasement du col brodé à points menus. Toucher ces seins blottis dans une ombre rosée, connaître leur rondeur, leur douceur... Pour ce jour, ce geste eût contenté son besoin de félicité ; il n'osa s'y risquer. Adelis rougissait encore, luttant sans doute contre son propre trouble.

— Jamais ! chuchota-t-elle.

Il allait lui demander pourquoi lorsque le blessé haleta et se débattit. Ses traits livides s'altérèrent :

— Jeanne !... Jeanne !

Dans son délire, il appelait sa femme ; et ce turbulent, d'une voix sanglotante, ajouta quelques mots en breton, insistants, colériques. Ogier s'en détourna, fit jouer l'anneau d'or sur son médius puis le déposa sur la paume d'Adelis :

— Veillez sur cette parure, m'amie... Vous verrez qu'elle me servira.

Elle replaça la bague au fond du coffre, vivement, consciente de ce que ce mouvement accentuait d'autres renflements que sa poitrine, puis elle écarta en grand les courtines et considéra le blessé livré aux affres du sommeil.

— On prétend, Adelis, que son épouse est en Angleterre. Elle y a trouvé refuge avec leur fils.

— Il s'enfièvre, messire... C'est peut-être bon.

— Moi aussi, je m'enfièvre, Adelis... à cause de vous...

Ogier s'était enhardi ; elle haussa les épaules — dédaigneusement. La clarté vive du dehors accentuait sa blondeur. Son profil, son cou gracile trouvaient sur le velours plissé de la tenture un fond digne de leur perfection. Elle murmura sans se détourner du gisant :

— Girbert Bressolles vient de le voir. Selon lui, non seulement il vivra, mais il se revigorera en quelques jours... s'il mange bien.

« Pourquoi, fut-il tenté de lui demander, mettez-vous

toujours le maçon entre nous ? » Bressolles ! Un pur. Un *parfait* ! Elle savait ce qu'elle faisait en évoquant cet incorruptible dont, sans être l'idole, elle était la protégée.

— Il faut que Montfort vive, Adelis. Je suis sûr qu'il revient d'Angleterre. Mais pourquoi, puisque son épouse est en sûreté dans la Grande Ile, n'y est-il pas demeuré ? Pourquoi est-il revenu sur notre sol où, pour lui, la menace est partout ?

On poussa doucement la porte ; c'était Aude. Ils ne l'avaient pas entendue approcher.

— Tiens, tu viens aussi !

— C'est Père qui m'envoie.

— Notre homme semble mieux, si c'est ce qu'il veut savoir.

Ogier soupira, soulagé qu'elle ne les eût pas surpris, Adelis et lui, dans une attitude équivoque. Elle considéra Montfort sans détestation ni bienveillance :

— Qu'allons-nous faire de lui ?

— Une idée mûrit en moi, ma sœur. Et si tu veux qu'elle aboutisse et nous sauve, par conséquent, va prier pour cet homme.

Il lui en voulait de s'être immiscée dans son entretien avec Adelis. Il ne se sentait enclin ni à l'indulgence ni aux explications, et pour se soustraire au mécontentement d'Aude et au déplaisir — plus justifié sans doute — d'Adelis, il quitta la chambre et descendit dans la cour.

Par l'ombre qui sur l'herbe jouxtait la sienne, il sut que sa sœur l'avait suivi et voulait lui parler. *De quoi* ou plutôt de *qui* ? sinon d'Adelis. Il ne se détourna pas. « Que va-t-elle penser ? » Au fond, Aude avait agi précautionneusement davantage par habitude que par curiosité malsaine. Se sentant épiée depuis cinq ans, ses gestes étaient ceux d'une fille devant laquelle, à chaque instant, le malheur pouvait jaillir. C'était sa mauvaise conscience *à lui* qui le mettait en rage. Mais était-ce *mal* qu'Adelis l'intéressât à ce point ?

« A-t-elle envie de moi ? »

Même au cas où leurs désirs eussent été semblables, cette similitude n'eût rien résolu. Le passé d'Adelis les séparait, un passé dont il ignorait presque tout et préférait absoudre afin de la maintenir au niveau qu'il lui avait donné.

Aude s'éloigna sans mot dire. Peut-être avait-elle voulu l'entretenir de Thierry.

— Alors, Ogier, comment va ? demanda de loin Bressolles.

Le maçon tenait un seau dans chaque main.

— Que portez-vous là-dedans ? Du plâtre ou de la farine sale ?

— Du salpêtre... J'ai passé ma matinée à gratter les murs des caves et des étables. Votre père a du soufre... et je sais préparer le charbon de bois.

Ogier comprit et approuva de la tête. Bressolles devait être inquiet pour avoir songé à tirer parti de cette poudre noire dont ils avaient vu les effets destructeurs sur le beffroi de Robert Knolles, la dernière nuit de siège, à Rechignac.

— Faites pour le mieux, Girbert.

— Sait-on jamais...

Contournant la tombe de sa mère, Ogier grogna :

— Peu me chaut qu'Aude aime ou méprise Adelis.

C'était faux. Une pensée lui tira un sourire :

— Après tout, si Thierry fleurette avec elle, ça l'occupera !

Il dormit une grande partie de la journée. Le soir, alors qu'il abreuvait les chevaux en compagnie des hommes, Bertine parut sur le seuil de l'écurie :

— Messire Ogier, votre père vous demande... Il est auprès du Breton.

— J'y vais... Raymond, Thierry, Jourden, continuez sans moi.

Il vit que la servante était prête à le suivre, et qu'elle y renonçait à regret.

« Toi, ma belle, sitôt que j'en aurai le temps... »

Il se hâta.

Jean de Montfort avait repris conscience. Sur le banc, à son chevet, un bouillon fumait dans le hanap qu'Isaure venait d'apporter.

— Ah ! messire duc, dit-elle, vous allez guérir.

Le Breton grommela : « Vous croyez ? » Il avait perdu sa pâleur. Le linge de son épaule était brun de sang sec. Ogier souleva les couvertures et vit la bande ceinturant le torse teintée de rouge : la navrure suintait toujours. Peut-être eût-il fallu coudre les lèvres de la plaie. « Il va devoir rester près de nous un bon mois... si ce n'est davantage ! » Il effleura des doigts le front du blessé en s'attendant à le trouver brûlant. Sa tiédeur le rassura. Levant les yeux vers son père, il voulut obtenir son avis quand Isaure l'en empêcha :

— Soulevez-le, messires, que je glisse un chevet[1] dans son dos.

Ils soutinrent Montfort et perçurent un soupir de douleur tandis qu'Isaure lui présentait le hanap :

— Buvez, monseigneur ! C'est un brouet de poule avec des herbes.

En dépit des périls, soucis et privations, elle était enjouée, grassouillette. Sa coiffe, d'une blancheur de craie, gonflait de partout tant elle y avait, sans façons, enfourné sa chevelure. Un gorgerin de dentelle défendait sa poitrine abondante, que le Barbet devait apprécier. Quand Montfort eut apaisé sa soif, elle le soutint pour qu'il pût se glisser doucement dans les draps, puis s'assurant que le récipient d'étain avait été vidé entièrement :

— Vous guérirez, vous guérirez !

1. Oreiller, traversin.

Elle sortit, leste et rieuse. Ogier ferma la porte et regarda Montfort :

— Je ne doute pas, seigneur duc, de ce que vient de dire Isaure.

— Je te dois la vie, mon gars, et rends grâce à ta vaillance. Par Dieu, je vais bien mieux.

Les sourcils se froncèrent sous l'effet d'un élancement, mais la bouche frangée de poils poisseux sourit :

— Eh oui, je vais mieux...

Les rides avaient perdu leur aspect de griffures ; les pulsations du cœur se lisaient sur les mains animées d'un léger tremblement. Les poignets et les avant-bras solides, bourrelés de veines gonflées de sève bleue, exprimaient l'énergie, la force. Quant au visage, il reflétait, outre la fermeté, une sérénité majestueuse.

— Messire duc, vous me voyez heureux de vous trouver ainsi.

Réprimant un accès de compassion inexplicable, Ogier faillit avouer à cet homme pensif et sans doute angoissé qu'il ne discernait rien en lui du félon imaginé dans ses méditations sur le conflit de Bretagne. A l'exécration succédait la pitié, voire même — et c'était le comble —, une espèce de gratitude : Montfort lui avait permis de porter le premier coup à Blainville.

— Souffrez-vous, messire ?

Une lueur anima les prunelles ternies. Les lèvres pleines, larges, se contractèrent :

— Par sainte Anne, ces plaies me cuisent !

— C'est bon signe, dit Godefroy d'Argouges. Quand on ne sent plus rien, c'est que la mort est proche.

— La mort !

Les paupières se fermèrent, puis le regard à nouveau découvert dévisagea le père et le fils.

— Depuis si longtemps qu'elle colle à mes chausses, il faudra bien que la mort me surquérisse[1] à

1. *Surquérir* : attaquer.

l'heure où je me méfierai le moins... Mais si le Charlot[1] me voyait présentement, il s'ébaudirait... et sa femme encore plus !

Montfort eut un bref sourire ; sa voix, tandis qu'il s'adressait à Godefroy d'Argouges, devint froide, acérée :

— Pourquoi me regardes-tu ainsi ? Serais-je, pour toi aussi, indigne... dévoyé ? Sache-le : pour mes compagnons, je suis droit, méritant et loyal... Les vrais Bretons sont avec moi !

— Messire, nous avons, père et moi, jugé de loin les discordes de Bretagne. Ne vous courroucez pas, cela ne vous vaut rien. Nous ne sommes ni vos juges, ni vos amis, ni vos alliés, mais vous pouvez nous considérer fiablement[2].

L'attention de Montfort se porta sur Ogier ; le défi s'y mêlait à de la bienveillance :

— Toi que je sens prêt à me condamner, qu'aurais-tu fait à ma place ?... J'ai toujours souhaité un long règne à Jean III, même avant d'apprendre que le roi de France voulait que Jeanne de Penthièvre, à mon détriment, hérite de mon frère.

— Votre demi-frère, reprocha doucement Ogier. Jean III n'était que votre demi-frère.

Montfort ne s'interrompit pas pour autant :

— Cela remonte à bien avant son mariage avec Charles de Blois. Même en ayant jugé de loin les affaires de Bretagne, ignorez-vous que les états de *mon* duché s'étaient courroucés autant que moi à l'idée de voir un proche parent de Philippe VI régner sur leur pays, puisqu'un jour, il pouvait prendre fantaisie à ce roi trouvé de franciser les Bretons ?

— Nous avons, nous aussi, une crainte pareille, soupira Godefroy d'Argouges. Cesser d'être Normands pour devenir Français. Vous le savez, Montfort : une

1. Charles de Blois dont les partisans devinrent les « Charlots ».
2. Avec confiance.

Charte ou plutôt deux garantissent nos droits. Miles de Noyers et Philippe VI ont essayé d'en amoindrir les effets... Nos libertés, nos franchises, nos usages ont souffert de ces assauts... C'est d'ailleurs la vraie raison pour laquelle Godefroy d'Harcourt rechercha l'alliance anglaise [1]... Il veut que la Normandie reste aux Normands.

Montfort approuva d'un clignement d'œil.

— J'ai pensé que le mariage de Jeanne et de Charles de Blois confirmerait mes droits à la succession de mon frère. En effet, manants, bourgeois, barons, tous, comme les états de Bretagne, récusaient Charles de Blois. Quand certains seigneurs se furent cependant ralliés à cette idée de mariage, Jean III, satisfait, leur annonça que ses affaires en ordre, il se retirerait dans le duché d'Orléans que Philippe VI lui octroierait en dédommagement de cette couronne bretonne abandonnée à son neveu.

— Je ne savais rien de cela, dit Ogier.

— Eh bien, sache qu'à l'annonce de cet échange insensé, tous les Bretons s'indignèrent. « *Quoi*, dirent-ils, *vous consentiriez, monseigneur, à nous livrer vous-même à la France ? Vous sacrifieriez sans remords, pour ce duché d'Orléans, l'intégrité de la Bretagne ?* » Les esprits s'échauffaient : des prud'hommes aux hurons, aucun Breton sensé ne voulait tomber sous la sujétion du roi de France. On supplia Jean III de renoncer, mais il demeura ferme et fit étalage, devant ses vassaux, des malheurs d'une guerre civile.

Montfort reprit haleine ; Ogier s'étonna qu'il parût revigoré.

1. Un mot s'impose ici, qui n'existait pas alors : *l'indépendance*. Bretons et Normands en étaient friands — à juste raison, d'ailleurs, dans le contexte d'alors. Quant à Miles de Noyers, seigneur de Vandœuvre (?-1350), maréchal de France (1303-1315), il détestait les Normands tout autant que la reine Jeanne la Boiteuse... peut-être à son instigation. Il avait été successivement conseiller de Philippe V, Charles IV et Philippe VI. Son rôle fut important sous ces trois règnes. Depuis 1336, il était Grand bouteiller de France.

— Monseigneur, dit-il, prenez votre temps. Cette histoire me semble longue. Tout y est querelle. Ce que je sais, c'est que Jean III n'a jamais gardé longtemps ses épouses.

— Tu as raison ! On dit même qu'il m'a envié quand j'ai pris Jeanne de Flandre pour femme alors qu'il épousait, lui, Jeanne de Savoie [1].

— Sans faire scandale, dit Godefroy d'Argouges, votre mariage a ébahi les nobles, les bourgeois et le commun.

— Et pour cause ! Jeanne m'apportait cinq mille livres de rente.

Un sourire trembla sur les lèvres pâles de Montfort : ce souvenir lui était doux.

— Peu après, reprit-il, Guy, frère de Jean III, mourut et fut enseveli aux Cordeliers de Guingamp auprès de Jeanne d'Avaugour, sa femme, la mère de Jeanne de Penthièvre... Et Jean III reporta toute sa tendresse d'homme privé d'enfants sur sa nièce... Il n'eut plus qu'une idée : lui trouver un mari... Il y avait Charles de Navarre, mais il avait cinq ans et elle quinze... Il y eut aussi le comte de Cornouailles, frère du roi d'Angleterre...

— Philippe refusa, dit Godefroy d'Argouges.

— Bien sûr : il lui fallait Charles de Blois.

— Et les épousailles eurent lieu, dit Ogier. Père y était.

— C'est à Rennes que j'ai désheaumé Guesclin.

— Oui, le mariage eut lieu, grogna Jean de Montfort. Peu après, Philippe s'en alla guerroyer en Flandre... Puis ce fut l'Écluse et une nouvelle campagne de

1. Jean III avait épousé successivement Isabelle de Valois (1297), Isabelle de Castille (1310) et Jeanne de Savoie (1329). Quant à Jeanne de Flandre, elle était fille du comte Louis de Nevers et de la comtesse Jeanne de Rethel. Sa dot, pour l'époque, était énorme. Maints puissants seigneurs l'avaient demandée en mariage. Elle leur préféra Jean de Montfort.

Flandre commençait quand Jeanne de Valois [1], vous le savez sans doute, adjura les deux rois de se rencontrer à Arras pour décider d'une trêve. Celle-ci conclue pour un an, Philippe congédia ses hommes d'armes et Jean III quitta Tournai, où il avait accompagné le roi, pour revenir en son duché... En chemin, il se sentit malade...

— Il dut s'arrêter à Caen, dit Godefroy d'Argouges. Était-il si éprouvé ?

— Oh ! oui... Après son trépas, j'ai pensé qu'on l'avait peut-être enherbé [2]... *Qui ?* me direz-vous. Mais Philippe, afin que son neveu règne au plus tôt sur la Bretagne.

— C'est bien possible, dit Godefroy d'Argouges. Qu'avez-vous fait, monseigneur, lorsqu'on vous apprit que votre frère était malade ?

— Devançant tous les prud'hommes bretons, je fus admis à son chevet et lui exprimai mon regret de le trouver en cet état. Je lui dis qu'il avait toujours été juste et bon, excepté pour sa famille, et que s'il avait eu quelque sujet de mécontentement contre la reine, ma mère [3], moi et mes sœurs en étions innocents... et qu'il ne nous avait jamais accordé l'amitié d'un frère. Il me répondit qu'il se pouvait que j'eusse raison, qu'il en demandait pardon à Dieu et à moi-même, et que s'il revenait en santé, il réparerait ses torts.

Le blessé cessa de parler ; son visage brillait de sueur. Ogier s'inquiéta :

— Messire, reposez-vous... Nous reviendrons vous voir dans la soirée. N'est-ce pas, Père ?

— Tu as raison... Je sais ce qu'il en coûte de revenir

1. Sœur de Philippe VI, elle s'était mariée, en 1305, avec Guillaume Ier de Hainaut. Belle-mère d'Édouard III, qui avait épousé Philippa, sa fille, elle s'était retirée à l'abbaye de Fontenelle après la mort de son mari, le 7 juin 1337.
2. Empoisonné avec des herbes.
3. Yolande de Dreux, qui avait épousé le roi d'Écosse avant de devenir duchesse de Bretagne, avait conservé le titre de reine.

sur le passé, surtout quand il est plein de choses douloureuses... Il vaut mieux que nous partions... Votre
front est brûlant... Nous reviendrons...

— Soit... Je vous dirai... tout.

Le blessé insista tellement sur ce *tout* qu'Ogier en
fut ébaubi. Que voulait-il leur confier ? Un secret ?

Il quitta son père dans la cour, et ne sachant à quoi
employer son temps, il siffla Saladin et décida de se
coucher.

« Un traître », se dit-il en gravissant l'escalier
menant au logis des hommes d'armes. « Un traître ? »

Jusqu'ici, rien, dans les faits et gestes de Jean de
Montfort, ne l'autorisait à le mépriser. Il avait écouté
un homme aigri, mais serein, et surtout un prince
aimant son duché. Il avait hâte de savoir la suite.

Quand, à la nuit tombante, il revint au chevet du
blessé, celui-ci semblait éveillé depuis longtemps. Sa
fièvre était tombée. Les lueurs d'un candélabre posé à
son chevet animaient son visage paisible. Assis dans la
ruelle, Godefroy d'Argouges attendait, lui aussi, la fin
de cette confession dans laquelle le Breton semblait
vouloir livrer toute son âme, définitivement.

— Je vois, dit-il, que mes malheurs ne vous sont
pas indifférents. Votre Isaure m'a fait boire encore une
écuellée de son bouillon et je me sens prêt à parler...
Où en étions-nous ?

— A Caen, dit Ogier, lorsque Jean III vous a dit
que s'il revenait en santé, il réparerait ses torts.

Jean de Montfort ferma les yeux ; ses mains se crispèrent sur le drap comme pour retenir quelque chose.
Peut-être les remembrances qui foisonnaient dans sa
tête le démangeaient-elles jusqu'au bout des doigts.

— Oui... J'y suis... Que vous dire, sinon qu'après
que je l'eus adjuré de se conduire en frère, Jean III me
confia qu'il avait cru écarter le danger d'une guerre
civile en mariant Jeanne et Charles de Blois ; mais ce
Français lui devenait suspect, et ni la noblesse ni le
peuple de Bretagne n'oublieraient jamais ses origines.

Je l'approuvai : les Bretons étaient trop fiers, trop jaloux de toutes leurs franchises pour se soumettre à une femme et surtout à un forain[1] dont elle avait fait son époux. J'ajoutai : « *Blois trouvera en moi un rival acharné, monseigneur, car vous avez trop bonne opinion de mon sang, qui est vôtre, pour croire que je puisse renoncer à mes droits sur le duché sans avoir essayé de les faire valoir !* » J'ajoutai encore que j'étais moi aussi fils d'Arthur II, que Jeanne n'était que sa nièce... et que l'héritage de Bretagne m'appartenait en droit. J'affirmai que le roi de France, si j'étais duc, n'oserait rien entreprendre contre un duché qui compterait autant de guerriers que de sujets, et que tous les barons et le peuple formaient des vœux pour moi... A quoi Jean III répondit : « *Je le sais... Mais j'ai leur serment... Or donc, je suis tranquille.* » Je lui dis que j'aurais une armée contre Blois et que s'il le fallait, j'appellerais le roi d'Angleterre à mon aide. Alors, fermant les yeux, le malade s'écria : « *Seigneur, ayez pitié de la Bretagne !* » A quoi je répliquai : « *Commencez, mon frère, à en avoir pitié vous-même !... Car vous pouvez, de quelques mots sur un parchemin, conjurer tous les malheurs... Le temps presse... Si vous ne faites rien, tout le sang versé souillera votre nom pour toujours.* » Voilà...

Un soupir de malerage ou de lassitude parut soulager Montfort.

— Que fit Jean III ? demanda Ogier. Nous n'en savons rien et je crains que les Bretons ne soient comme nous !

— Mon frère, reprit Montfort, me demanda de m'éloigner. Il me fit mander à son chevet le lendemain de cet entretien et m'avoua la faute qu'il avait commise en s'assotant de Jeanne... Il ajouta qu'il avait fait le nécessaire pour que le duché me revienne, et Charles de Louviers, que je rencontrai peu après, m'assura que

1. Étranger.

Jean III m'avait institué son héritier légitime... Hélas ! ce testament ne fut pas retrouvé [1]... Quelqu'un — mais qui ? — l'avait robé. On ne retrouva qu'un codicille où il n'était fait mention d'aucune des dispositions de cet acte... Néanmoins, sous le coup de la décision de mon frère, je repartis pour la Bretagne et dès la mort de Jean qui, avant de fermer les yeux, avait répété ses volontés dernières, je me rendis à Nantes avec ma femme et notre fils, et m'y fis couronner.

— Devant peu d'amis, remarqua Godefroy d'Argouges. Un seul chevalier, Hervé de Léon... Il vous a trahi par la suite !

Montfort n'eut cure de cette remarque :

— Puis j'allai à Limoges... où mon frère avait déposé ses trésors.

— Vous n'y aviez aucun droit, dit Ogier, n'étant pas fils de Marie de Limoges !

— Guy était mort ; Pierre était mort.

— Ce trésor revenait à Jeanne de Penthièvre.

— J'avais reçu de Jean l'ordre d'en disposer.

Était-ce vrai ou faux ? Godefroy d'Argouges tendit un gobelet d'eau fraîche au blessé. Il but avidement, puis reprit :

— A mon retour, contrairement à mes souhaits, j'appris que les états étaient partagés, mais j'eus pour moi sept prélats et grands seigneurs : ceux du Léon, de Pont-l'Abbé, de Kerlouan, et si certains hésitèrent à me rendre hommage, c'est qu'ils étaient liés par serment à Jeanne de Penthièvre... Les bourgeois, les hurons m'appartenaient de cœur.

---

1. Il semble que ce testament ait existé, la bonne foi de Charles de Louviers ne pouvant être mise en doute. Avant de rendre le dernier soupir, Jean III réaffirma que son duché devait appartenir à son demi-frère, mais « *ce qui paraît constant* », souligne dom Morice dans son *Histoire de Bretagne*, c'est que les deux aspirants au duché n'étaient point à Caen lorsque le duc y mourut, et ils n'ont pu, par conséquent, recueillir ses dernières paroles. » Jean III fut enterré le 30 avril 1341 aux Carmes de Ploërmel.

— Vous aviez espéré un succès plus complet !

Montfort lança sur Ogier un regard irrité :

— C'est vrai. Et puisqu'il le fallait, je levai une armée avec le trésor de mon frère et m'en allai conquérir Châteauceaux, Brest, Rennes, Hennebont, la Roche-Périou, Auray, Goy-la-Forêt, près de Landerneau, puis Carhaix où l'évêque Alain le Gal me reconnut pour duc de Bretagne !

— Et pendant ce temps, dit Ogier, Philippe VI fourbissait des armes contre vous !

— La Bretagne, disait-il à ses proches — dont Blainville — était un trop riche joyau pour qu'il me la laissât. C'est pourquoi, par prudence, je passai en Angleterre afin de savoir si je pourrais compter sur l'appui d'Édouard III.

— C'était une trahison !

— Une nécessité... Touchant terre à Cherstey, j'ai chevauché jusqu'à Windesore et là, en présence de Robert d'Artois...

— Un traître !

Montfort pinça les lèvres, puis sèchement :

— Tu veux dire, Ogier, une autre victime de Philippe VI. Il est devenu ce que tu lui reproches parce qu'il était épris de justice et que le roi de France est inique et mauvais... Regarde ton père, qui vient de me conter son histoire, et ose dire que je mens !

Ogier se garda d'insister ; Montfort continua, écrasant la sueur dont son front se couvrait :

— Ma visite réjouit Édouard. Il me dit que sa guerre contre son cousin allait s'en trouver embellie... Je retournai à Nantes où ma femme et mon fils m'attendaient... Tiens, Ogier, reverse-moi de cette eau dans ce gobelet... J'ai soif...

Montfort recommençait à s'épuiser, mais il eût été vain de lui enjoindre de s'apaiser : il revivait sa vie.

— Philippe VI me somma de comparaître devant lui. Je partis peu de jours après avoir reçu dignement ses envoyés. J'avais autour de moi quatre cents seigneurs et écuyers, plus encore de serviteurs... Nous descendîmes dans les hôtels de la rue de la Harpe, et le lendemain de notre arrivée, montant mon grand coursier, je me rendis au Louvre où Philippe m'attendait entouré des pairs du royaume et des barons. Il y avait même Charles de Blois !... Je fis la révérence au roi qui me dit qu'il se merveillait de ce que j'avais osé entreprendre en Bretagne. Puis, cessant de sourire sous son grand nez mou, il me dit qu'il était offensé que j'eusse demandé l'aide du roi d'Angleterre, son ennemi juré, et lui eusse fait hommage des terres de Bretagne... J'ai protesté qu'il n'en était rien et que je n'avais fait que me précautionner contre l'adversité... Quant aux places dont je m'étais emparé, je les considérais comme miennes car, sauf avis contraire, je ne connaissais de plus proche héritier de mon frère que moi-même.

— Et qu'a dit le roi ? demanda Ogier.

— Que les pairs de France décideraient dans les quinze jours et qu'il m'enjoignait de ne point sortir de Paris avant que le jugement fût rendu.

— Alors ?

— Je suis rentré à mon hôtel pour dîner. J'allais me mettre à table quand un homme, Blainville, demanda à me parler... Il m'avertit que le roi avait formé le dessein de me faire arrêter sans délai, et que les dispositions des pairs étaient favorables à mon adversaire... Ma sûreté exigeait que, malgré la promesse faite au roi, je sortisse de Paris au plus tôt.

— Blainville ! s'exclama Godefroy d'Argouges. Cela dut bien vous ébahir !

— D'autant plus que je savais quelle place il occupait auprès de Philippe et de la Boiteuse... Je lui demandai pourquoi il se rangeait à mes côtés. Il me répondit que tout ce qui pouvait desservir les Valois lui plaisait, et qu'un jour, il m'en dirait davantage. En fait, s'il est vrai qu'il exècre Philippe et son frère Alençon, il ne m'a jamais dit pourquoi... Je conviens que ce jour, il me sauva... Reconnaissant, je lui remis un anneau de grand prix qu'il porte toujours à son doigt et fis part de la prochaine trahison du roi à mes compagnons... Tous, malgré mes scrupules à respecter la parole donnée, m'adjurèrent de fuir : à la ruse, il fallait répondre par la ruse... Je remis à mon trésorier de quoi aider mes gens, endossai des habits de pauvre et partis avec quatre des miens vêtus en hurons... Il était temps, car nous croisâmes des compagnies d'archers en haut de la rue de la Harpe... Nous arrivâmes en Bretagne sans avoir souffert du courroux de Philippe... Les autres y revinrent peu à peu.

Le comte ferma les yeux. A l'aide d'une serviette que lui tendait son père, Ogier essuya ce visage emperlé dont la pâleur accusait l'énergie.

— Selon ce que je sais, dit Godefroy d'Argouges, l'arrêt rendu contre vous à Conflans ne faisait pas état du courroux du roi de France... ni de ce qu'il aurait pu appeler forfaitures, mais des raisons alléguées de part et d'autre et de la décision qui venait d'être prise à votre détriment.

— Oui... J'avais pourtant spécifié que Jeanne de Penthièvre était plus éloignée que moi d'un degré du feu duc et que la Bretagne, érigée en duché-pairie par Philippe le Bel, se trouvait soumise à la coutume générale du royaume, selon laquelle les duchés, comtés et baronnies ne pouvaient échoir aux filles tant qu'il y avait des mâles. En outre, et en vertu de la même coutume, la mort saisissant le vif le plus prochain, je devais être réputé successeur de mon frère, d'autant plus qu'il m'avait déclaré son héritier. C'est par ces raisons et par plusieurs autorités tirées du droit divin, naturel, moral, civil... et canonique que je demandais à être reçu du roi à foi et hommage pour le duché de Bretagne.

— Et Charles de Blois ? demanda Ogier.

— Il appuya son droit sur la coutume de Bretagne selon laquelle les filles succédaient aux duchés, pairies, comtés et baronnies... avec maints exemples pris dans les comtés d'Artois, de Champagne et de Toulouse !

— Qu'avez-vous répondu ? demanda Ogier.

— J'ai répondu que la Bretagne était mouvante de la couronne de France et ressortissait en la cour du Parlement de Paris, et que les membres de la couronne devaient suivre à cet égard la coutume la plus reçue en France... Mais je perdais mon temps ! Par arrêt donné à Conflans, le 7 septembre 1341, les pairs admirent la requête de Charles de Blois... Et le duc Jean de Normandie se frotta les mains : il allait me combattre avec les ducs d'Alençon, de Bourgogne, de Lorraine et d'Athènes, le roi de Navarre, le comte de Vendôme et les deux Espagne : Charles et Louis !

Jean de Montfort ferma les yeux et murmura comme s'il voyait, sous ses paupières, les scènes d'un immense malheur.

— Bretagne et Normandie, fit Godefroy d'Argouges. Je crains que notre destin ne soit de perdre nos privilèges et d'être dévorés par la France.

Ogier regarda ces deux hommes éprouvés, l'un dans sa chair, l'autre dans sa bachelerie[1] et son honneur : un même amour du terroir natal les accointait. Il était le témoin d'une sorte de réconciliation qu'aucune discorde n'avait précédée.

— Alors, dit-il, ce fut la guerre.

— Oui... Nous étions peu. Charles avait pour lui quatre mille lances[2] réunies à Angers sous le commandement du duc Jean au début du mois d'août de cette même année, ce qui prouve que le roi Philippe était mon ennemi et que, duc de Bretagne ou non, il voulait nous anéantir, les miens et moi !

Voyant Montfort pâlir, Ogier s'inquiéta :

— Voulez-vous vous reposer, messire ?... Voulez-vous boire ?

---

1. Chevalerie, dignité, vaillance.
2. Environ 80 000 hommes.

— Rien, mon gars... Je n'en ai d'ailleurs plus pour longtemps !... Ils vinrent devant Nantes. Du haut des murailles, je vis le Charlot, Jean de Normandie, Blainville... Je vis aussi capturer l'ambassade que je leur avais envoyée : trente chevaliers qui furent incontinent décapités, certains par Charles : les plus jeunes, m'a-t-on dit, ceux auxquels, en vain, il avait fait les yeux doux...

— Il est vrai, approuva Godefroy d'Argouges, que Charles a ces mœurs-là.

— ... leurs têtes furent jetées par-dessus nos courtines par les perrières dont nous étions entourés. Menace fut faite, par Charles, que tous les manants, femmes et enfants compris, subiraient le même sort en cas de résistance... Hervé de Léon voulut capituler. Nous nous sommes injuriés, battus. C'est là qu'il a choisi de me trahir... Jaquelin de Kergoet, mon plus fidèle compagnon, me dissuada lui-même de continuer la lutte pour éviter une boucherie... Mais le sang coula dru et les morts s'entassèrent... Alors, j'ai demandé de traiter avec le duc de Normandie. Il me remit un sauf-conduit pour me rendre à la Cour afin de convaincre le roi son père de mon juste et bon droit... Et sitôt en chemin, je me suis senti prisonnier... Blainville m'assura qu'il me viendrait en aide... Quand nous fûmes à Paris, Philippe me donna l'accolade... et me fit jeter dans un cachot du Louvre où je subis quatre ans l'ombre et la faim bien que le Parlement, le 1er septembre 1343, eût ordonné mon élargissement ; cela, je le sus par Blainville à la fin d'avril dernier, lorsqu'il m'eut procuré des vêtements convenables, après que Ramonnet m'eut sorti de ma geôle... Contre promesse d'or et d'argent, ce coquin m'aida à fuir en Angleterre où pour mon duché, le 20 mai, je fis vraiment hommage à Édouard.

Godefroy d'Argouges avait écouté Montfort sans chercher à l'interrompre mais avec un visage que chaque nouveau détail assombrissait. Hochant la tête, il murmura :

— Je comprends.

Les lèvres du blessé se serrèrent et ses paupières se fermèrent sur des images ressuscitées. Ainsi, livide, figé dans ses souffrances et ses afflictions, ses souvenirs et ses ressentiments, il semblait mort.

— Sachez-le, Normands, dit-il, les yeux toujours clos et les mains tout à coup agrippées l'une à l'autre, Charles de Blois est cruel avec conscience et application. Il a la sainteté démoniaque. Filles, garçons, tout lui est bon pour le plaisir charnel... Il trousse et détrousse. On le dit accablé de repentir pour avoir compromis un jeune écuyer de haute naissance ; en fait, il ne l'a forcé que grâce à quatre malandrins qui le tenaient immobile pendant que...

Ogier poussa un cri d'indignation ; Montfort continua, impassible :

— Il n'a point le sens de l'honneur, ni celui du remords. On prétend qu'il porte le cilice, tolère sur lui la vermine et met des cailloux dans ses heuses afin que chaque pas lui soit pénible. On dit qu'il couche sur la paille, près du lit de son épouse, et qu'il s'efforce d'être généreux et fidèle aux pèlerinages... Il voudrait être sanctifié !... Or, ce dévot, à Quimper, en mai de l'an dernier, fit trancher le cou à mille quatre cents gars[1]... Ils avaient commis la faute de lui résister !... A Carhaix et Lannion, il se livra au meurtre et au pillage...

— Messire, dit Ogier, je vous sais bon gré de votre droiture. Mais ces remembrances vous épuisent... Oubliez !... Ce que je voudrais savoir, c'est pourquoi vous étiez au manoir de Blainville... et vous en êtes évadé.

Le blessé frissonna ; une vive rougeur apparut sur ses joues. La colère indignée des premiers instants s'y trouvait remplacée, soudain, par une anxiété qui le détournait de ses souffrances :

1. Le 8 mai 1344 d'après la *Chronica Britannica*.

— Donnant donnant : aidez-moi à atteindre Hennebont et je vous dirai tout.

Ogier et son père échangèrent un regard.

— Soit, dit Godefroy d'Argouges : notre soutien vous est acquis, mais je ne sais comment nous agirons... La menace est partout à l'entour de Gratot... Hennebont n'est pas si proche... et vous êtes en mauvais état.

— Je vais de mieux en mieux. Ce soir, nous partirons.

S'il comprit ce désir de chevaucher quand même, Ogier jugea intolérable le ton d'injonction sur lequel il venait d'être formulé :

— Vous êtes incapable, messire, de demeurer une demi-lieue en selle !

— Aussitôt que je veux, je peux.

— A peine seriez-vous sorti d'ici, même en bonne compagnie, qu'une embûche vous serait tendue je ne sais où... Il faut donc...

— Quoi, mon fils ? demanda Godefroy d'Argouges.

Ogier désigna la fenêtre embuée de nuit :

— Il faut aller à Saint-Malo-de-la-Lande emprunter ou acheter un cheval et un chariot à Lecaudey... Il faut également fournir trois ou quatre compagnons à monseigneur Jean de Montfort. Qu'ils soient vêtus comme des manants... Le comte pourrait reprendre vigueur tout en roulant allongé sur un épais lit de paille.

— L'idée me paraît digne d'un Breton !

Ogier fut insensible au compliment. Son père eut un geste évasif :

— Je crois que Lecaudey se laissera convaincre après avoir soupesé une bourse bien pleine. J'approuve ton dessein, mon gars, mais tu dégarnis mes défenses au moment même où la menace est très forte... Et cette aide pécuniaire va réduire mon épargne déjà fort écornée !

— Ah bah ! grogna le blessé, agacé. Ce que j'ai à

vous révéler en échange de quelques poignées de monnaie vaut une charretée d'or !

Son visage s'était durci. Il demeura figé, attentif, les paupières mi-closes, la bouche pincée dans une expression d'amertume où ses lèvres disparaissaient, avant de s'adresser à Godefroy d'Argouges :

— De toute façon, tes défenses seront bientôt menacées par d'autres maufaiteurs que les suppôts de Blainville.

— Messire, dit Ogier, parlez-nous nettement.

Il supprimait une fois de plus le *monseigneur* encombrant. Cet homme commençait à l'exaspérer. Montfort grimaça, enfouit une main sous le drap et, frottant doucement son flanc blessé :

— Philippe et son royaume vont subir une épreuve dont jamais ils ne se remettront... Les havres d'Angleterre : Yamoude, Dartemoude, Pleuvemoude, Wésincé, Hamptone [1] sont pleins de nefs, de barges, de galères et d'uxers [2] destinés au plus grand des assauts qu'on verra de mémoire d'homme... Les compagnies manœuvrent et les archers s'exercent. Ils seront cinquante mille, peut-être plus, lancés à la conquête de la France...

— Ils vont donc débarquer !

Surmontant mal sa surprise, Ogier faillit secouer ce mauvais prophète donc la tête dodelinait :

— En quel endroit, messire ?

— Je ne sais. Godefroy d'Harcourt...

— Un traître !

— Modère-toi, mon fils...

1. Yarmouth, Dartmouth, Plymouth, Winchelsea, Southampton.
2. Anciens bâtiments à rames et à voile utilisés principalement pour le transport des chevaux. La proue était munie, au-dessus de la ligne de flottaison, d'un sabord de charge, sorte de porte conçue pour le message des animaux et l'étanchéité de leur écurie. On les nommait aussi, à cause de cette porte : *huissiers, ussiers, ussers, usserius.*

— ... tient à ce que ce soit en Cotentin, son terroir[1], continua Montfort, impassible. Édouard, lui, veut cingler vers son duché d'Aquitaine afin de porter un nouveau coup au royaume...

— Où ? demanda Ogier.

— Certains, comme le fils aîné du roi, Édouard de Woodstock, sont partisans de deux actions conjointes : la Normandie et le Pierregord...

Montfort déglutit, assoiffé sans doute. « Un traître ! Un faiseur de malheurs ! » songea Ogier tandis que le blessé poursuivait :

— Rien n'est décidé. Quant à moi, avant de quitter l'Angleterre, je me suis aperçu qu'Édouard m'avait retiré sa confiance... Il ne serait pas étonnant qu'il ait chargé Blainville de m'occire afin d'administrer seul ou par l'entremise d'un de ses hommes liges cette Bretagne d'où il pourrait, quand ses armées y seraient en grand nombre, envahir à tout jamais la Normandie et enfin conquérir Paris !

Ces révélations fournies à mi-voix — comme si hors des murs on les pouvait entendre — plongèrent Ogier dans la fureur et la perplexité. Il respirait mal, tout à coup. Cinquante mille hommes !... Il fallait avertir Philippe VI et l'exhorter à prendre des mesures pour contenir cette immense marée.

— Quand ? demanda simplement Godefroy d'Argouges.

— A la fin du prochain printemps.

— Quel jour ? insista Ogier. Allons ! répondez donc, messire...

Montfort regarda les Normands avec un air d'âpre défi :

1. Il avait été condamné par contumace, le 15 juillet 1344, au bannissement et à la confiscation de ses biens. Passé à l'Angleterre après s'être réfugié chez son cousin, le duc de Brabant — dont il tenait en fief la seigneurie d'Aerschot —, il avait fait hommage à Édouard III, qui par lettres patentes, le 13 juin 1345, le reconnaissait son « noble homme » et l'assurait de sa protection.

— Laissez-moi commencer par le commencement !... Et si vous l'ignorez, sachez que depuis cinq ans, le dimanche et le lundi de Pâques, des joutes et un tournoi rassemblent à Chauvigny, près de Poitiers, moult chevaliers, seigneurs et écuyers du royaume... et d'ailleurs... Sachez que l'an passé, Philippe VI en était. Cette année, son fils Jean a couru trois lances. Il se peut qu'il revienne l'an prochain, bien qu'il ait mordu la poussière et s'en soit retourné courroucé sous sa tente !

— Tout ceci ne nous enseigne rien, coupa Godefroy d'Argouges, sinon que le duc de Normandie est mou, hautain et... instable !

Montfort sourit, prenant en dérision cette impatience :

— Tu le sais aussi bien que moi, compère : rien n'est plus confus qu'un rassemblement d'hommes venus de toutes parts pour s'affronter à armes courtoises devant leurs pairs et un bon millier de manants et bourgeois parmi lesquels n'importe quels Judas peuvent aisément se glisser...

Godefroy d'Argouges opina de la tête. Montfort reprit alors sans précipitation :

— Quant aux jouteurs et tournoyeurs, si certains sont trop célèbres pour passer inaperçus, d'autres échappent peu ou prou à la curiosité...

— A celle du public, je veux bien, mais nullement à celle des juges.

D'un haussement d'épaule après lequel il grimaça, Montfort repoussa l'objection :

— Les juges, Argouges, se fient aux pièces, rebattements et figures des écus et bannières davantage qu'aux têtes de ceux qui les portent ! Quel que soit leur savoir, comment pourraient-ils connaître tous les participants de ces liesses s'ils sont une centaine... et ils seront plus du double à Chauvigny !... Et dois-je te dire à toi, compère, que certains tournoyeurs, pour des raisons dont nous n'avons que faire, s'évertuent à n'être pas reconnus ?... Outre ceux qui arborent des armoiries d'emprunt et s'enferment sous leurs mailles et leur heaume aussi souvent que possible, le pays compte quelques chevaliers aventureux auxquels, par coutume, on ne demande rien si ce n'est de manier habilement la lance et l'épée pour réjouir les dames et damoiselles... L'espèce d'ombre en laquelle ils se confinent et la crainte qu'ils inspirent assurent à ceux-là le respect dans les lices... Hors d'icelles, nul n'est trop enclin à savoir d'où ils viennent, où ils vont et quel est leur visage... La foule étant ce qu'elle est, à la déférence succède l'indifférence : il y a tant de champions à voir sinon à admirer !... Pas vrai ?

Godefroy d'Argouges acquiesça. Ogier ne dit mot, attendant la suite. Montfort reprit son souffle et poursuivit :

— C'est pourquoi sous les tentes, dans les hôtelleries et les tavernes, parmi la presse et le bruit... ou loin de l'agitation, dans quelque châtelet de bonne renommée, tout peut se préparer.

Brusquement le blessé se roidit ; ses yeux profondément enchâssés dans leurs orbites devinrent fixes, haineux, sans qu'Ogier pût deviner en quelle direction s'exerçait cette haine.

— Puisque tous les traîtres — comme tu le dis, mon gars — ne peuvent aller en Angleterre, il a été convenu d'une unique rencontre à Chauvigny. Chacun s'y rendra à sa convenance et sous l'accoutrement de son choix afin de décider de la manière dont sera porté le plus rude des coups à Philippe... Toutes les idées seront comparées ; la meilleure sera retenue et ce sera la séparation avant l'assaut. Cela ne vaut-il pas une charretée d'or ?

Ogier resta coi. Fallait-il que ce Breton eût été déçu pour révéler ainsi les desseins d'Édouard et de ses alliés ! A moins que, sentant la mort toute proche, il ne voulût apaiser sa conscience et, par ces révélations, entrer sereinement dans la paix du Seigneur. Peu importaient d'ailleurs les raisons de cette longue confidence, l'essentiel était de *savoir*.

— Messire comte, cela me paraît... irréel... Y a-t-il tant de perfides gens dans le royaume ?

— Chaque fois que Philippe a fait trancher une tête, il s'est fait dix ennemis. Chaque fois que le Charlot en a fait autant, il en est né, chez nous, bien davantage... Tous ces malheureux attendent la vengeance... Et c'est Édouard qui la leur fournira !

— Combien de conjurés se rejoindront à Chauvigny ?

— Je ne sais... Il suffit qu'ils soient une douzaine. Ils choisiront le jour le plus favorable et l'endroit le plus propice où débarquer. Ils décideront des cités à maîtriser vélocement... C'est à Richard de Blainville — parce qu'il ne peut quitter le royaume — que revient l'idée de Chauvigny, approuvée vivement par Godefroy d'Harcourt, qui peut-être la lui a soufflée.

Ogier vit son père, accoudé à la fenêtre, sursauter :

— Le diable emporte Harcourt ! Je le croyais apaisé !... Comme il est en Angleterre et que Blainville demeure en ce royaume, à une lieue parfois d'où nous sommes, comment ont-ils pu ourdir si finement ce complot ?

À tant de passion, d'exigence, Montfort opposa un visage froid :

— La mer n'est pas un obstacle. Les havres sont nombreux sur vos côtes. On y peut toucher terre, la nuit, sans crainte, et repartir aisément pour la Grande Ile la nuit suivante ou celle d'après.

Ogier ne disait mot. Ce qu'il apprenait lui paraissait redoutable et fragile. « Il me suffit d'aller à Chauvigny et d'exercer sur les seigneurs et les manants présents une surveillance attentive... » Et ensuite ? Même s'il découvrait les membres du complot, pourrait-il les dénoncer ? Si le roi ou le duc Jean se trouvait là, Blainville (qui forcément serait présent), Ramonnet ou Lerga ce maudit Navarrais, tiendraient les curieux à distance. Et même s'il pouvait approcher le souverain ou son fils, l'un ou l'autre accorderait-il quelque crédit à ses révélations ? Non : parce qu'il était un Argouges !

Son père s'approcha, comprit sa confusion et lui tapota l'épaule. Penché au-dessus du blessé dont les forces, à présent, déclinaient, il voulut s'instruire encore sur cet événement dont il ne doutait point :

— Qui est donc l'appelant[1] de ce si grand tournoi ?

— André de Chauvigny, seigneur de Châteauroux, vicomte de Brosse, époux...

Montfort s'interrompit volontairement.

— ... époux d'Alix d'Harcourt.

— Harcourt !

— Eh oui, Ogier, elle est la sœur du traître... comme tu dis.

— J'aurais dû y penser, dit Godefroy d'Argouges... Je l'ai connue... Oui, quand vous avez dit *Chauvigny*, monseigneur, j'aurais dû y penser... C'est Jean IV, le frère de Godefroy... et le sien, évidemment, qui lui a offert un château à Chauvigny, à l'occasion de son mariage[2]...

Ogier se laissa choir sur le banc, près du rouet, dont après une hésitation, il tourna la roue cliquetante :

— Je commence à comprendre, Père. Chauvigny me semble bien, outre ce que vous dites, le meilleur des endroits pour réunir les conjurés de Bretagne, Normandie, Aquitaine : cette cité me paraît à égale distance de Vannes, Hennebont, Alençon et Bordeaux. Tout sera décidé chez cette Alix d'Harcourt... Pas vrai, messire ?

Le blessé ferma les yeux. Approbation ou lassitude ?

---

1. En quelque sorte, l'organisateur.
2. La seigneurie en cause, dépendante de la vicomté de Châtellerault, était passée, en 1275, à une branche de la famille normande d'Harcourt, à la suite d'un mariage. Elle resta dans cette famille jusqu'en 1447. En 1345, le château chauvinois d'Harcourt était aux mains de dame Alix ; il lui avait effectivement été donné par son frère, Jean IV d'Harcourt, à l'occasion de son mariage, en 1333.

— J'irai à Chauvigny, décida Ogier.

Il ferait en sorte de surprendre et de contrarier les desseins de ce ramassis de félons. Après avoir désourdi leur complot, il dirait au roi : « *Les Argouges sont purs, sire... En voici la preuve !* » Il n'aurait aucun mal à reconnaître Godefroy d'Harcourt : naguère, il avait fréquenté Gratot et, de plus, il boitait bas. Comprenant que Montfort n'en dirait pas davantage, il se leva :

— Les truands de Blainville vous voulaient mort ou vif. Pourquoi ?

Le blessé demeura les yeux clos :

— L'or, Ogier. Ce démon m'a réclamé le prix de ma délivrance. Il m'a également demandé de me faire accompagner par son Lerga et ses hommes jusqu'à Hennebont, où il sait qu'est mon trésor... Je lui ai reproché de se montrer trop glouton. Il a résolu de nous garder, mon compagnon et moi, jusqu'à ce que je scelle un parchemin lui reconnaissant une dette de mille deniers d'or !... J'ai refusé...

Montfort reprit haleine ; sa voix se flétrit et devint sibilante :

— Dans la nuit, voulant ouvrir la porte de notre chambre, je l'ai trouvée verrouillée du dehors... Le temps de déchirer et de tresser nos draps, c'était l'aube quand nous sommes passés par la fenêtre... L'écurie était proche... Vous connaissez la suite...

Sans la moindre commisération, Ogier observa :

— Messire, vous venez de lâcher vos alliés.

Des yeux clos, près du nez, deux gouttes se formèrent. La pomme d'Adam remua sous la barbe en friche révélant chez cet homme à demi vaincu une douleur qui n'avait rien de physique.

— Je n'ai plus d'alliés. Pour tout vous dire, à vous deux, Édouard fait passer mon épouse pour folle... Comme mon fils Jean n'a que six ans, c'est un bon moyen, si je meurs, de leur enlever tout pouvoir en Bretagne et laisser les mains libres à l'un des hommes les plus en faveur *là-bas* : le lieutenant général Northampton [1].

— Puisqu'il en est ainsi, dit Godefroy d'Argouges, pourquoi êtes-vous revenu ? Mieux valait demeurer au-delà de la mer et veiller sur votre femme et votre fils !

— Et laisser la Bretagne à Édouard ?... Jamais !... Sitôt à Hennebont, je lèverai une armée bien bretonne. J'étais déjà revenu chez moi à la mi-juin dernière. Jamais je n'aurais dû en repartir, même pour revoir Jeanne et ma géniture !

Ogier croisa les bras et s'adossa à la muraille :

— Messire, dit-il en considérant le visage figé du blessé, nous avons un ennemi commun : Blainville. Le roi, vous le savez, ne jure que par lui... Il nous faut un acte de vous grâce auquel nous puissions dénoncer sa félonie... Un parchemin où vous apposerez votre seing et votre sceau... Une pièce formelle, que nul ne pourra accuser de fausseté, surtout pas notre suzerain !... A ce prix seulement vous obtiendrez notre aide.

Le Breton ouvrit les yeux et haussa les sourcils : le ton froid et décidé de ce damoiseau impertinent et miséricordieux, auquel il devait la vie, le surprenait et l'irritait. Son front se mouilla — rage ou souffrance — ; il l'essuya d'un revers de main :

— Soit.

— Procédons maintenant, messire... J'y tiens !

Godefroy d'Argouges ouvrit la porte de la chambre et Saladin entra.

— Il y a de l'encre et des parchemins à côté. Je vais te les chercher, mon fils, avec de quoi sceller ce document.

Ogier laissa Jean de Montfort à ses pensées. Lentement, après avoir caressé son chien, il alla s'accouder à la fenêtre. Les nuages couraient vers le Ponant ; le

---

1. Édouard III était devenu le tuteur du fils de Montfort et de Jeanne de Flandre. Plus tard, cet enfant devait régner sur la Bretagne et devenir l'époux d'une des filles d'Édouard III : Mary, morte en 1362.

vent ridait l'eau de la douve où la lune trempait des quenouillées d'argent. Au-delà s'étendaient des lieues de terres fertiles. « Se peut-il qu'un jour les Goddons les foulent et les grièvent ? » Non, s'il parvenait à nuire aux conjurés de Chauvigny.

Poussant la porte du pied, Godefroy d'Argouges réapparut.

— Voilà, dit-il.

Posant sur le lit l'écritoire, il en tira un parchemin de petite taille. Ogier l'aida à asseoir le blessé contre son oreiller.

— Allez-y, messire, dit-il en trempant une plume de canard dans l'encrier.

— Toi alors ! soupira Montfort.

Il y avait de l'estime dans sa résignation et son sourire. Il regarda les flammes proches de son visage, gouttes d'or presque immobiles et plus aiguës que des poignards, puis redevint soucieux tout en écrivant et lisant :

— *Nous Jean, duc de Bretagne, comte de Montfort. Vous, Philippe VI, roi de France, salut. Sachez que nous vivons malgré moult périls encourus...*

Le Breton releva un instant son visage. De nouveau, il était grave, livide : après un répit, ses souffrances, l'amertume aidant, recommençaient.

— Il ne faut pas, dit-il, que Philippe sache où j'ai dressé ce document... Bon : *Savoir faisons à vous et confessons que vos malheurs passés, présents et à venir sont dus en partie à votre homme lige, Richard de Blainville, lequel est, plus qu'à vous, à Édouard III d'Angleterre... depuis 1338, à ce qu'il nous a dit, et cela par le fait de dons qu'il perçoit chez un Lombard de notre connaissance établi en Normandie... Blainville est capable de tout. C'est assavoir faire occire ses amis afin de vous prouver qu'il vous est dévoué ; faire perdre aux Lys de France une bataille comme celle de l'Écluse...*

Montfort se tourna vers Godefroy d'Argouges :

— Je ne mets rien de plus, car il soupçonnerait quelque accointance et il faut que ce parchemin soit comme une confession tombée en votre possession... *et moult choses mauvaises qu'il vous reste à découvrir, car il ne nous appartient pas de vous les révéler, sauf celle-ci, qui nous semble d'importance : c'est grâce à lui que nous avons fui cette geôle où vous nous aviez si perfidement fait jeter... Et fier de cette révélation, nous y mettons notre sceau, le quinzième jour de septembre, l'an de grâce mil trois cent quarante-cinq, après avoir échappé à une embûche tendue par le susdit Blainville après que nous avons refusé d'acquitter à haut prix la liberté qu'il nous avait fournie.*

Le paraphe fit grincer la plume ; Montfort repoussa l'écritoire :

— Cela vous suffit-il ?

— Cela me paraît bon, dit Godefroy d'Argouges.

Ogier ouvrit le coffre et en tira la bague et son cordonnet :

— Nous vous l'avions ôtée pour soigner votre épaule.

Godefroy d'Argouges avait ouvert le plumier pour en extraire un bâtonnet de cire. Bientôt, tel un sang épais, des gouttes rouges tombèrent sur le parchemin que Montfort scella en grognant. Ogier s'en saisit avant son père : c'était à lui de tirer profit de ce document.

— Demain vous partirez si vos forces sont bonnes.

— Pas demain : cette nuit.

Ogier trouva que c'était folie, mais à la place de cet homme éprouvé, son exigence eût été la même. Le Breton demanda qui l'accompagnerait.

— Il faut, dit Godefroy d'Argouges, des gars libres d'épouse.

— Courteille et Desfeux.

— Ils sont bien jeunes, Ogier.

— Donc, ils sont endurants... Père, à peine arrivé, je ne puis quitter Gratot pour les hourder[1]. Thierry res-

---

1. Accompagner, escorter.

tera près de moi, mais Raymond, s'il est tenté, pourrait se joindre à vos soudoyers.

— Et Bressolles ? Cet homme-là me plaît...

— Il n'est pas bataillard.

— Alors, Jourden... et Asselin s'il veut en être : il est vieux, sans famille...

— Pas un de plus, Père. Une fois à Rennes, ces deux-là tourneront bride et nous reviendront.

Et à l'intention du blessé :

— Demain à l'aube, vous serez loin !

Un sourire trembla sur le visage éprouvé :

— Vous faites de votre mieux, j'ai fait de même. Puisse Dieu nous aider selon nos mérites !

— Présentement, dit Godefroy d'Argouges, il nous faut compter davantage sur nous que sur Lui... Sortir de ces murs est aisé, s'en éloigner l'est moins : *ils* peuvent, surtout ce soir, être partout...

— Père, pour réduire les périls, il nous faut agencer notre affaire en trois parçons [1]. Vous, messire Montfort, et moi passerons par le souterrain. Du cimetière où il aboutit, nous gagnerons les champs voisins et nous abriterons derrière quelque levée du Hommet. Pendant ce temps, Thierry, Raymond, Courteille, Desfeux, Jourden, Lesaunier et Asselin, les uns à cheval, les autres à pied, sortiront par le pont-levis. Sitôt à l'extrémité de la jetée, chacun d'eux prendra une voie différente afin, s'il s'en trouve, d'abuser les espies, mais tous se réuniront au plus tôt derrière l'église de Saint-Malo... Lesaunier, Asselin et Jourden s'en iront trouver Lecaudey pour obtenir une carriole — contre une escarcelle pleine — et pendant qu'ils attelleront, les autres viendront chercher messire Montfort, et l'un d'eux le prendra en croupe pour l'emmener à Saint-Malo...

— Ensuite ?

— Tout me paraît simple, Père. Il faut gagner la

1. Parties.

mer. Le sable de la bande[1] étouffera le bruit des sabots et la mer noiera les traces. Guidant l'un après l'autre le limonier, nos gars iront par Heugueville, éviteront Coutances et gagneront Avranches par Gavray et la Haye-Pesnel... Ensuite, messire Jean de Montfort doit connaître les plus sûrs chemins jusqu'à Rennes, d'où Jourden et Asselin repartiront vers nous.

Godefroy d'Argouges hocha la tête :

— Tout cela me paraît fiable... Souhaitons qu'aucun grain de sable du rivage ou de la terre ne vienne contrarier ces desseins. Pas vrai, messire ?

Le père et le fils se tournèrent vers Jean de Montfort. Mais il ne pouvait leur répondre : il dormait, les yeux mi-clos, les mains jointes.

Nuit noire ; la lune y trempait son hostie. Quelques coassements et les hululements d'une effraie à la chasse animèrent le silence touffu où le vent lança une rafale. La haie derrière laquelle Ogier, son père, Montfort et Saladin s'abritaient, vibra de toutes ses feuilles et branchettes.

— Rien, dit Godefroy d'Argouges. Les suppôts de Blainville, monseigneur, ont dû renoncer à vous retrouver.

— Il se peut... Méfiez-vous tout de même à l'entour de Gratot.

— Nous connaîtrons un jour la raison de cette bonace... Après tout, malgré les chevaux que nous leur avons repris, rien ne prouve que c'est nous qui avons occis Blérancourt et ses herlos[2].

Ogier considéra la forme grise allongée dans les herbes, proche de Saladin, attentif.

« C'est étrange, il ne nous a guère entretenus de son épouse dont la vaillance a fait l'admiration de ses pires

1. Rivage.
2. Marauds.

ennemis... Il s'est montré plus discret encore sur son écuyer... Quel homme ! »

— Êtes-vous bien, messire.

— Oui, dit Montfort, et je rends grâce à votre Adelis. Elle m'a tant serré l'épaule et le flanc dans des linges que je m'y sens aussi à l'aise qu'une chair à saucisse dans son boyau !... J'ajoute que je souffre à peine.

Montfort semblait insoucieux des périls possibles, et tout en l'observant, Ogier tâta sous son pourpoint le parchemin plié dans un sac de peau de daim, et suspendu à son cou. Jamais il ne s'en séparerait, sauf le jour où il le tendrait au roi en disant : « *Sire, voici la preuve écrite de la félonie de Blainville. Celui-ci ne peut la réfuter !... Prenez-en connaissance ou bien qu'on vous la lise.* » Brusquement, Saladin se leva, huma le vent et grogna.

— On vient, dit Godefroy d'Argouges.

Un clapotement mou, régulier, se faisait entendre.

— Ce sont eux, Père...

Quatre formes émergèrent des ténèbres : Thierry précédant Raymond, Courteille et Desfeux.

— Tout se passe bien, dit l'écuyer. Mais il faut se hâter, le jour bientôt poindra...

Sa voix tremblait, révélant la crainte et l'impatience. Il se méfiait de la tranquillité des champs et des boqueteaux. La prise de son épée luisait ainsi qu'une frange de son haubergeon de mailles, à l'encolure de son tabard : un vieux vêtement emprunté à Gosselin qui, pour fuir Madeleine, sa femme, eût bien voulu participer à l'aventure.

— Hâtons-nous, dit Raymond. Tout va tellement bien que j'en ai peur !

Ogier caressa les tièdes naseaux de Marcepin :

— Ménage-le... Il y a au moins soixante lieues.

— Ne vous inquiétez pas : je veillerai sur lui autant que sur le Breton. Il y a dans le chariot de l'eau, du vin et de la charpie...

— M'en veux-tu de t'avoir confié cette tâche ?

L'homme d'armes abaissa son regard puis, calmement, tout en grattant sa barbe :

— Messire, c'est un bon témoignage de confiance... Veillez bien sur tous, là-bas, et surtout sur Adelis.

Ogier offrit sa dextre et la sentit serrée dans une poigne vigoureuse :

— N'aie crainte. Garde-toi bien... et reviens-nous sans trop tarder.

— Partons promptement, dit Jean de Montfort.

Il était debout, soutenu par Courteille.

— Je vais le prendre en croupe, dit Thierry en s'adressant à Godefroy d'Argouges. Je ramènerai Lesaunier de la même façon...

S'éloignant de Courteille, coiffé d'un chaperon dont il avait supprimé les cornettes, Montfort vint s'immobiliser devant Ogier :

— Pense de moi ce que tu voudras. Un jour, du fond de ton cœur, tu conviendras que ma cause était bonne, mais sans doute ne serais-je plus de ce monde pour savourer la victoire de la vraie Bretagne sur celle des Blois et Penthièvre... Je ne sais aussi quand et comment tu dénonceras et affronteras Blainville, mais lorsque le moment en sera venu, souviens-toi de moi : je suis sûr que ton bras forcira !

Le comte se tourna vers Godefroy d'Argouges :

— Aide-moi, l'ami, à monter sur ce cheval.

Devançant son père, Ogier réunit ses mains en étrier. Montfort se jucha d'un ahan sur Veillantif et prit Thierry à bras-le-corps.

— A Dieu, Godefroy... Aie confiance... Que le seigneur exauce tes vœux... Je suis sûr que tes lions retrouveront leur queue... Aie foi pour cela en ton fils. Son cœur est moins sec qu'il le laisse paraître !

— Sec ou pas, messire, dites-nous autre chose.

— Et que veux-tu savoir, Ogier ?

Le visage était d'ombre et les yeux scintillaient.

— Je veux savoir, messire, le nom de votre compagnon dont le corps repose à l'abri de nos murs.

Ogier s'attendait à un : « Que t'importe ! » Montfort eut un geste las :

— C'est vrai, je ne vous ai rien dit... Sachez qu'il s'appelait Yvon de Kergoet. C'est un de ceux que Charles a... outragés.

Il y eut un silence après lequel la voix du Breton devint acerbe :

— Ce damoiseau ne pouvait oublier cette violence et ne songeait, lui aussi, qu'à la vengeance... et son frère Jaquelin aussi... Yvon avait douze ans au début de la guerre.

Le silence à nouveau. Un merle le rompit d'un sifflement auquel un autre, lointain, répondit. Montfort ajouta :

— Jaquelin a veillé sur ma femme et mon fils, et ensuite sur Jeanne de Clisson.

— Qu'est-il devenu ? Est-il en Angleterre ?

Un soupir parvint aux oreilles d'Ogier :

— Je ne sais... Il m'a quitté après la trêve de Malestroit [1] qu'il me reprocha d'avoir acceptée... Il guerroie avec les Anglais. Northampton m'a dit qu'il s'était accointé à l'un de ses routiers et qu'il avait changé de nom pour être moins reconnaissable.

— Et quel nom porte-t-il, messire, présentement ?

— Je ne sais... Sans doute celui de quelque seigneur qu'il aura occis loyalement.

Imprévisiblement, le Breton se courrouça :

— Tu sais tout... Ne vous retarde pas davantage !

— Je n'en avais nullement l'intention.

Et sans un mot ni un regard de plus pour cet homme diminué dont il comprenait l'impatience et la hargne, Ogier siffla son chien et rejoignit son père.

— Pourvu, mon fils, qu'il atteigne Hennebont !

---

1. Signée le 19 janvier 1343, cette trêve suspendit les grands affrontements mais n'arrêta pas les combats d'embuscade, au contraire.

— Il l'atteindra. Son hardement[1] et sa fierté le sou-
tiendront mieux que des remèdes... Allons, Saladin, en
avant ! J'ai hâte, moi, d'être à Gratot !

Le château paraissait endormi sous la lune ; toutefois, en haut de la tour ouest, une lueur révélait une
présence.

— Ce doit être Barbet, dit Ogier.

— Il s'est coiffé de fer... C'est le plus couard d'entre nous.

— Reprenons-nous le souterrain ?

— A quoi bon, mon fils. Vois : la giste[2] est vide.

Sans la moindre hésitation, ils s'engagèrent sur la
jetée. S'ils avaient dû recevoir une flèche, elle les eût
déjà percés. Saladin trottait résolument. Au-delà des
parapets, les eaux grises exhalaient leurs fumées coutu-
mières.

— On nous a vus, mon fils.

Le pont, en effet, s'abaissait ; ils entrèrent. De tout
le poids de leur feuillage, les grands arbres répandaient
dans la cour une fraîcheur à laquelle les douves ajoutaient leur odeur plus oppressante la nuit que le jour.

— Tout va bien ? demanda Gosselin du haut de
l'escalier de la machinerie.

— ... m'étonnerait qu'ils viennent, dit Godefroy
d'Argouges en flattant l'échine de Péronne, accourue
à sa rencontre. Vas-tu te coucher, mon fils ?

— Pas avant que Thierry et Lesaunier ne soient
rentrés.

— Je ne crains rien pour eux, sauf aux abords de la
douve... Demain, si tu veux, nous irons voir Gerbold.

— Avec joie ! Tenez, emportez mon épée avec la
vôtre.

Tandis que son père s'éloignait, Ogier accéda, sou-

1. Hardiesse.
2. Chaussée, levée, jetée.

254

cieux, à la courtine crénelée qui reliait le logis seigneurial aux communs. Adossé à un merlon, il scruta, par-delà l'écheveau des ramures, le brouillard sous lequel s'étendait le pré réservé naguère aux joutes, et où croissaient des orties et des ronces. Longtemps, il se délecta du silence, craignant parfois que de lointains cliquetis d'armes assortis de hurlements n'en vinssent rompre la paisible harmonie.

Une étoile raya les profondeurs du ciel.

— L'as-tu vue, Ogier ? Il faudrait faire un vœu... Crois-tu à ces choses ?

Il avait reconnu le clapotis des socques.

— Tu ne dors pas, ma sœur ?

Aude... Aude qu'il avait rabrouée — doucement. La nuit tempérait la clarté de son teint, le reflet doré d'une chevelure qu'elle avait dû brosser longtemps car, ondoyante et légère, elle ruisselait sur ses épaules. Serré par une ceinture aussi large qu'une étrivière, un long manteau de lin l'enveloppait, du même noir que le granit auquel elle s'adossait :

— J'ai peur pour Champartel et Lesaunier... Je m'attendais à un assaut... J'ai peine à croire que Blainville n'ait pas deviné que ses hommes étaient morts par vos mains... Sainte Mère (elle se signa furtivement), il faut un jour que nos malheurs finissent.

« Digne, noble et sans la moindre hautaineté. On dirait Seneheut, Clarisse ou Rosamonde [1].

Ainsi, le temps passant, Aude était devenue pareille aux preudefames des livres ; cependant son teint clair et le frémissement douloureux de ses traits suscitèrent chez Ogier une impression funeste : « La pauvre !... Combien de fois, la nuit, apeurée, a-t-elle hanté ces murs ! » L'ombre, la réclusion, les périls, les angoisses et surtout un deuil inconsolable avaient presque étiolé cette fleur de dix-neuf ans.

1. Héroïnes des chansons de geste : *Auberi, Renaud de Montauban et Élie de Saint-Gilles*.

Il essaya de sourire :

— N'aie crainte : ils vont revenir. Champartel sait batailler.

— Je m'en doute... A quoi pensais-tu lorsque je t'ai rejoint ?

— Aux beaux jours de jadis... Aux béhourds et quintaines...

Leurs mémoires évidemment accordées ressuscitèrent toutes les masses grises et les dentelles sombres, devant eux. On pavoisait les pierres, on accrochait des pennons, des guerlandes aux branches : à chaque Fête-Dieu, après la messe, les joutes rassemblaient à Gratot tout ce que le Cotentin contenait d'hommes et de femmes bien nés, à commencer par Godefroy d'Harcourt et son puissant voisin, Robert Bertrand de Bricquebec, le chevalier au Vert Lion. Ils se méjugeaient tout en se faisant bon visage. Il y avait des barques sur les douves, pour les dames et les damoiselles ; les enfants jouaient dans les prés... Des tonnelets de vin, de cidre, des chopines d'hydromel, d'hypocras et des mets abondants coloraient les étals champêtres.

— J'occirai Blainville et tu n'auras plus peur.

Ce malfaisant avait participé à ces pardons d'armes. Courtois, losengier[1], volontiers rieur, il n'avait révélé sa vraie nature que ce jour de mai 1340 où il avait en vain demandé la main d'Aude. Sa détestation des Argouges partait de là... Et Aude ? Avait-elle aimé depuis cette année maudite ? Se pouvait-il qu'elle fût éprise de Champartel ?

— Va te coucher. Sache que Thierry a bonne bachelerie[2]. Il ne lui adviendra rien de mauvais. Je t'en fais serment, ma sœur.

Il n'osa la baiser aux joues : il devait lui fournir l'image d'un chevalier solide, peu enclin aux vuiseuses[3]. Aude s'éloigna sans mot dire, et pourtant, outre

1. Flatteur.
2. Vaillance.
3. Futilités.

son angoisse à propos de Champartel, il se pouvait qu'elle l'eût rejoint pour une raison précise... Mais laquelle ? Le présent, le devenir ou le passé, ce passé qu'il avait raconté à son père, devant elle, en excluant de son récit déjà sommaire sa discorde avec son oncle, bien qu'il n'eût jamais démérité, puisque Tancrède en était responsable.

« Où est-elle, désormais ? »

Elle pouvait avoir exercé sur Hervé tout son pouvoir de séduction. Elle pouvait l'avoir accepté dans sa couche. Jamais elle ne céderait à Briatexte... En était-il si sûr ? Non. Elle se permettait tout par grand plaisir de connaissance et pour se conforter sur l'étendue et la vigueur de son audace.

— Elle ne verra jamais Jeanne de Montfort, à moins qu'elle n'aille en Angleterre... J'ai sauvé son époux, mais le lui dirais-je qu'elle refuserait de me croire.

Cessant de grommeler, Ogier soupira. Il pensait trop. En fait, il s'ennuyait. Passé le juste et poignant émoi des retrouvailles, il ne savourait guère, au milieu des siens, parents et serviteurs, le plaisir auquel il avait aspiré. Entre ses espérances et les réalités, rien ne coïncidait.

« Blainville avait cru nous anéantir... Il nous a écartelés ! »

Plutôt qu'une fissure dont les bords auraient dû se ressouder dès son retour, l'exil avait creusé entre eux et lui une brèche définitive. Aude s'en était-elle aperçue ? Craignait-elle quelque nouvelle rupture qui, tout en l'éloignant, éloignerait Thierry ?... Eh bien, elle avait raison d'être soucieuse, puisque leurs existences divergeraient à nouveau. Depuis ce soir, il vivait moins l'immédiat que l'avenir. Et cet avenir avait un nom : Chauvigny.

Ogier s'apprêtait à se rendre aux écuries quand, surgissant de l'ombre, un fantôme avança dans sa direction.

— Guillemette !... Vous êtes bien la seule que j'aurais pu croire endormie.

Son pelisson gris la rendait blafarde. Promptement, elle parvint en haut des marches et croisa les bras, mettant ainsi, par l'encolure de sa camisole, sa poitrine en évidence.

— Je ne puis reposer, messire, tant j'ai peur... Et personne ne veille sur cette courtine !

Elle aussi. Toutes tremblaient sur leur paillasse. Elles avaient commenté le passage de Jean de Montfort ; elles étaient effrayées dans l'attente de représailles.

— Je veille, m'amie. Ne t'en es-tu pas aperçue ?

Accoté au merlon, attentif et souriant, Ogier considéra cette fille aux cheveux poudrés de clair de lune, dont la chemise devait être grossière et moult rapiécée comme toutes celles des femmes de Gratot, y compris celles d'Aude. Elle l'examinait d'une façon qu'il ne put définir, à moins qu'il n'employât des contraires : vaillante et craintive, humble et hautaine.

— Cinq ans, c'était long.

Il en convint, bien qu'elle eût dû dire : « *C'est long* », car enfin, il ne lui était rien. Au cours de leur jeunesse — ses parents étaient morts en ces murs —, elle l'avait fui jusqu'au soir où, dans l'escalier de la Tour de la Fée, il l'avait embrassée. C'était quelques jours avant son départ pour la tuerie de l'Écluse. S'en souvenait-elle ? Elle s'était débattue en chuchotant : « *Non ! Non !* » Elle aurait dû crier, le frapper de ses poings. Il avait renoncé peut-être un peu trop tôt... Vierge encore, à présent ? Courteille et Desfeux n'étaient-ils pas tentés ? Ils atteignaient un âge aux appétits salaces. Jourden, Barbet, d'autres encore devaient trouver du charme à ces tétons qu'il avait connus plus secrets... Et Aude ? Pour elle, c'était différent : sa haute naissance lui tenait lieu, peut-être pour toujours, de ceinture de chasteté... Mais Guillemette !... Soit, à Gratot, elle se trouvait en geôle ; cependant, de même que son esprit dégagé des privations et contraintes, ses sens pouvaient obtenir leur suffisance *ad libitum*. Et même le superflu.

— J'ai besoin d'être rassurée... Blainville doit nous préparer un châtiment...

Sa voix n'était qu'un souffle. *Rassurée !* Ogier sourit. Bien qu'elles n'eussent aucune ressemblance, il évoqua Clotilde, la huronne[1] de Rechignac, elle aussi exigeante et soumise, et plus exaspérante qu'une guêpe, à mesure que le temps passait. Qu'était-elle devenue ?... Comme il était loin, soudain, de Gratot !... Toutes ces lieues de chevauchée... La blessure de Renaud suintait et l'élançait encore : le combat matinal, épuisant, avait ranimé la douleur engourdie... S'apaiser... S'accommoder de Guillemette... Elle avait une singulière façon de le regarder. Comme si elle l'eût soupçonné. Mais de quoi ?

— Qu'est-elle donc pour vous, cette dame Adelis ?

Aude n'avait osé le questionner ; sa chambrière s'en chargeait !

Du bout des doigts, Ogier frôla la petite bouche boudeuse, fraîche et lisse comme une de ces fleurs d'eau qu'Aude, précisément, déposait sur la tombe, *là-bas*.

— Elle ne m'est rien. Elle s'est battue à nos côtés contre les Goddons. C'est notre parenté... Je ne l'ai jamais touchée ainsi...

Il saisit Guillemette aux hanches et la maintint serrée contre lui, le temps de deviner sa nudité à travers les étoffes rugueuses.

Il la lâcha ; elle eut une hésitation furtive, puis elle se pressa contre ce corps de mâle de la poitrine aux genoux, si violemment qu'il chancela sans qu'elle en eût conscience ; et comme un nuage enveloppait la lune, il ne vit plus qu'un sourire tremblant et les perles noires d'un regard éperdu :

— Messire... ne me prenez surtout pas pour...

1. Paysanne.

— Si tu dis vrai, tu te prépares à des remords !

Relevant pelisson et chemise, Ogier toucha les seins, les flancs, les cuisses granuleuses, sans chercher d'autre contact. La bouche se tendit, le ventre s'avança.

— Sais-tu, m'amie, que tu sembles une arbalète ?... Dépourvue de son trait, bien sûr, mais n'aie crainte, j'y pourvoirai.

— Oh ! messire.

Elle protestait, mais elle était contente. Elle s'enfonçait en frémissant dans le bonheur et l'envie, mordue de froid, léchée de vent. Il huma, fleur et chair, l'odeur de sa chevelure :

— Dis-moi... Pourquoi tant de hâte ?... Pourquoi viens-tu *déjà* ?... Je suis là pour longtemps.

— Pour être la première que vous prendrez céans.

— Quoi ?

Ainsi, pour peu qu'il voulût s'y intéresser, d'autres que Bertine se révéleraient disponibles ? « Ces femmes ! » Elles avaient caqueté sur son apparence et celle de ses compagnons ; elles avaient soupçonné, comparé leurs mérites : ils venaient du dehors, fi de ceux du dedans !

— Les choses entre ces murs semblent avoir changé.

— Depuis la mort de votre mère, on se laisse aller... Vous ne pouvez comprendre...

Précisément, il le pouvait. Mais à quoi bon le lui dire ?

Las de trousser la chemise, il élargit le col du vêtement. Un sein tiède en sortit, sous lequel le cœur s'affolait ; et sentant affleurer dans le creux de sa paume un téton dur, pareil au museau d'une bestiole, il chuchota :

— Depuis que cette faille, en dessous, te démange, n'as-tu pas pu trouver un gars pour te combler ?

— Je vous ai attendu.

Elle courbait le front, quiète et prometteuse. « Un séducteur, moi ? » Non. Adelis n'était pas tentée. Tancrède lui avait cédé par curiosité, impudicité ou reconnaissance. Il craignit que — malice ou orgueil —, dès la prochaine aurore, Guillemette ne révélât tout sur ces enlacements, et même y ajoutât quelques enluminures.

— On est bien... dit-elle.

— Certes... fit Ogier sans émoi particulier.

Les ténèbres s'épaississaient. L'odeur des sèves dominait celle des eaux dont il voyait les écailles frémir derrière l'épaule de la jouvencelle. Autour d'eux, les logis élevaient leurs volumes flous, robustes ; la Tour de la Fée, renflée à son extrémité, dressait un priape géant vers la lune.

— Où couches-tu ?

— Au-dessus de l'ancienne chambre de vos parents. Celle où vous aviez mis le Breton... Et je suis ébahie...

— De quoi ?... Que veux-tu dire ?

Il la serrait ; elle gémit un peu : plaisir et attente. Ses jambes étaient ouvertes contre sa cuisse ; elle s'y frottait. Il se dégagea ; il avait tout son temps.

— Parle... Que s'est-il passé dans cette chambre avant ou après le trépas de ma mère ?

Bouche tendue, Guillemette eut envie d'un baiser, il le lui donna comme la becquée : vivement. Ils étaient nez à nez. Ventre à ventre. Elle dit :

— Une fois, ça fait... trois ans, *ils* ont cédé cette chambre à un homme. Je ne sais où ils ont dormi... Il est arrivé vers la minuit. Ils l'ont gardé deux jours et il est reparti avant l'aube du troisième... Notre portier, c'était Corlet. Vous l'avez connu : quand il voulait, il avait un verrou sur la bouche. J'ai jamais pu savoir qui était venu. Corlet m'a dit : « Cherche pas, sinon, tu t'en repentiras. » Voilà...

— N'y avait-il que lui à veiller ce soir-là ?

— Il était avec votre père. C'est pourquoi il a ouvert si aisément... Le pont n'a fait aucun bruit. On aurait dit qu'ils attendaient.

Tandis qu'Ogier, distrait, lui effleurait le ventre, Guillemette soupira d'une voix lasse, oppressée :

— Continuez... Non, pas là... Pas encore.

Elle bredouillait, onctueuse, brûlante et gorgée de ferveur. Il dit, après un furtif baiser au creux de son épaule :

— Je saurai qui est venu. Mon père parlera.

— Ne lui dites rien... Pour moi... Pour lui... Le grand dam qu'il supporte lui suffit bien... Je les ai épiés... Je dors peu. Avec notre bonne dame, je crois qu'on était les seules à savoir, quand Corlet a trépassé...

— De quoi ?

— Une sagette, messire... Elles fendent l'air quand on s'y attend pas... Votre mère n'a jamais su que j'étais à l'affût... Ce que je sais aussi, c'est que Gerbold était venu le matin... peut-être pour aviser notre seigneur de cette visite.

Ogier effleura d'un doigt l'espace d'un duvet, le tortilla comme il l'eût fait d'une barbe. Guillemette eut un soupir.

— Est-ce tout ce que tu peux m'apprendre sur cet homme ?

— Quand il a traversé la cour pour se rendre aux écuries... s'enfoncer dans le souterrain...

— Comme moi maintenant ?

— Oh, messire ! ... votre père seul l'accompagnait. Il faisait clair de lune... J'ai vu qu'il portait un bissac et aussi qu'il avait une claudication... Aïe ! vous me faites mal...

D'un baiser, Ogier réduisit la chambrière au silence.

— Il clochait... Qu'il aille au diable !

Même s'il s'agissait d'Harcourt, oui, même si c'était *lui*, Ogier n'avait présentement que faire de cette histoire ancienne. Pour ce jour, il était rassasié d'aventures ; et puisque tel un entremets, la Providence mettait Guillemette à sa discrétion, il devait en profiter. Son doigt cessa ses glissements :

— Allons dans ta chambre.

Elle hésita. L'eût-il ployée maintenant sur les dalles

branlantes qu'elle se fût soumise à cette exigence, moins parce qu'elle avait coutume d'obéir que parce qu'elle était « prête ». Mais traverser la cour et risquer d'être vue...

— Partons.

Il fut confondu tant le geste était prompt et même autoritaire : la jouvencelle qui le tirait par la main n'était plus celle des moments précédents. Visage grave, certes, mais des yeux réjouis : elle le « tenait », du moins le croyait-elle.

« Quelle nuit ! Pendant ce temps, que font Thierry et Lesaunier ?... Si le grand Champartel me voyait, il s'ébaudirait, c'est sûr ! »

Était-ce parce qu'il avait soudain le cœur trop sec ? Pour la première fois, l'acte d'amour, même inaccompli, lui semblait un agrément où, après son médius, il n'engagerait que son corps. Pas même : seulement une part. Tant pis pour Guillemette... ou tant mieux, s'il la menait à la félicité... et s'il récidivait avec la même chance.

L'ombre du bâtiment seigneurial les engloutit. L'herbe épaisse, fraîche, avala leurs pas. Ils se hâtaient si singulièrement que deux formes imprévisibles jaillirent devant eux : Péronne et Saladin, la queue battante.

— Ah ! souffla la chambrière.

Et, menaçante :

— Couché ! Couché !

Pour un peu, elle eût ajouté : « Sales bêtes ! » Décidément, elle devenait méconnaissable.

Ogier sourit : « Une femelle en rut est plus éhontée qu'un mâle ! » Celle-ci, craignant qu'il ne s'échappât, venait de crocheter ses doigts entre les siens, et ses ongles parfois pénétraient dans sa paume. Ainsi, ils s'engagèrent dans la petite tour flanquant le bâtiment.

— On n'y voit goutte.

— Je ne vous lâche pas... Méfiez-vous des marches.

Il songea, trouvant vraiment l'aventure plaisante : « Tu as le feu au cul, ça devrait m'éclairer. » Il rit, et comme il trébuchait sur le premier degré de la spirale de pierre, il perçut un soupir excédé.

« Si elles ont tant d'appétit, c'est que les hommes ici... »

Non, qu'allait-il penser ! Ceux de Gratot n'étaient ni mous ni malhabiles. Ils se connaissaient trop toutes et tous.

Il heurta le mur d'une épaule. Naguère, il passait aisément par ici. Jamais, alors, il n'aurait imaginé qu'une nuit... Et avec Guillemette !

Un palier. Un autre... Les degrés s'achevèrent... Avancer... Une porte grinça, bruit infime, pareil à un cri de souris. Faible chuchotement. Ce devait être « *Entrez.* » Prudence ou défaillance ? Guillemette, déjà, refermait l'huis. Noir complet, sauf à l'emplacement de la fenêtre où la nuit semblait un pan de linge mis à sécher.

Le garçon s'aperçut que son dos et ses flancs se glaçaient.

— Tu as changé, m'amie... Rends-moi ma main.

Elle obéit. Elle haletait comme s'ils venaient de courir une lieue. Du genou, il heurta quelque chose de dur, se baissa et tâta. Le lit. Il s'y laissa choir puis ôta ses houseaux.

— Changé... murmura la chambrière. J'ai attendu, c'est tout... Votre sœur me disait : « Mon frère ne te prendra jamais », moi, j'étais sûre du contraire depuis qu'un soir...

Les ténèbres affermissaient son audace.

Ogier se grisait de cette odeur de fille, tiède, prenante comme celle du fourrage l'été.

— J'avais grande envie de toi, ce soir-là... Mais tu t'es défendue. Quant à ma sœur...

— Elle aurait fait une parfaite nonne ! Maintenant, je crois qu'elle se sent un corps... parce que votre écuyer lui plaît.

— Elle te l'a dit ?

Guillemette répondit par un éclat de rire. Il voulut

la saisir, elle s'esquiva. Il vit son ombre se pencher devant la fenêtre et entendit les froissements des vêtements ôtés. Tant de mystère et de crudité le laissaient pantois. Il eût voulu contempler cette chair éclose, ne fût-ce qu'à la lueur d'une chandelle : c'eût été le début de la délectation.

— Vous devez me trouver bien hardie !... On m'a dit qu'en certains châteaux, quand un chevalier arrive, la dame et ses pucelles s'empressent de lui donner un bain... et ensuite les filles demeurent seules avec lui pour le tâtonner[1] jusqu'à ce que la lassitude s'en soit allée de ses membres... Et que la nuit, la plus consentante le rejoint sur sa couche... Est-ce vrai ?

— C'est ce qu'on dit ; cela ne m'est jamais advenu !

— Nous n'avons pas ces usages en Normandie.

— Souhaites-tu qu'ils s'y instaurent ?

— Je ne sais... Et puis je ne suis pas la fille d'un prud'homme... Certains visiteurs peuvent être laids à faire peur !

Elle approchait, haletante, furtive et décidée. Ogier imagina les pieds nus, les chevilles fines, et partant des genoux polis comme les galets du bord de mer, les cuisses convergeant vers cette flamme noire devant laquelle, peut-être, elle mettait sa main.

Qu'avait-il devant lui, à présent ? Avançant doucement son visage, son nez, puis ses lèvres touchèrent le médaillon du nombril.

— Voilà, messire...

Elle se tenait immobile, telle sans doute une de ces nudités de marbre dont Arnaud Clergue, à Rechignac, lui avait dit qu'Athènes et Rome en avaient érigé des centaines. On pouvait en voir dans les galeries de l'ancien Saint-Siège, temple de perversion abandonné de Dieu longtemps avant les Papes[2].

---

1. Masser. C'était effectivement la coutume, surtout aux XIIe et XIIIe siècles.
2. De 1309 à 1377, les Papes résidèrent en Avignon.

— Messire...

Guillemette chevrotait ; il ne la quittait pas, penché, la touchant du bout de sa langue et la devinant ahurie par ces prémices auxquelles elle eût préféré un ferme enlacement.

— Messire, chuchota-t-elle, que faites-vous ?

— Ne sens-tu pas ? Je goûte avant de consommer.

La saisissant aux fesses, il l'approcha subitement de son visage, prenant plaisir à frotter sa joue sur ce ventre tendre qui, alternativement, s'incurvait et bombait.

Il sinua vers les seins tout en la pétrissant plus hardiment. Allait-elle se regimber ? Non : son souffle, au-dessus de lui, semblait celui du sommeil, et sa complaisance était comme l'émanation d'une fatigue infinie. Elle posa ses mains sur ses épaules et vacilla lorsqu'il plaça une jambe entre les siennes.

— Et si je m'allongeais, messire ?

A quoi bon lui répondre. Elle parut ronronner tandis qu'il la parcourait des lèvres, incrustant ses doigts dans ses creux et ses fermetés rondes, appuyant ses poussées, retenant ses reculs, et sentant l'ardeur bien connue monter en lui, durcissante, sans que, pourtant, le plaisir atteignît son esprit et lui mît le cœur en liesse.

— Messire... Messire...

— Tu es fort appétissante, m'amie... Pourquoi as-tu donc attendu ?... Tu as perdu cinq ans !... Enfin, tu vas savoir de quoi tu t'es privée.

Sa bouche descendit, chatouillée soudain par la broussaille sèche, trouva le sillon, remonta. Il grelottait, aspirant à mieux sans trop languir. Et quand les mains de la chambrière abandonnèrent ses épaules, il crut qu'elle allait s'ouvrir d'elle-même au plaisir.

— Non !

Elle l'avait repoussé si violemment qu'il chut à la renverse, stupéfait et furieux :

— Tu ne sais pas ce que tu veux !

Sans doute pensait-elle qu'il existait des témérités sataniques. Et tout à coup, imprévisible, elle rit :

— Messire... ne suis *là* ni dragée... ni téton !

— Si j'insiste, tu vas crier au sacrilèche !

Elle eut un *Ouh !* indigné, achevé en gémissement. Dans ses profondeurs s'élevaient des brûlures et des moiteurs capiteuses. Indocile aux injonctions de l'esprit, sa chair exigeait l'aventure, et son cœur battait si violemment qu'elle vibrait comme un tronc sous la cognée.

— Allons, approche-toi.

Elle s'assit avec un *Ouf !* un râle étrange où le soulagement et la peur s'emmêlaient. Il la renversa, indifférent aux craquements du châlit et aux bruissements de la paillasse. Guillemette exhala un soupir. Se laissa mordiller un sein. Il remonta vers sa bouche, sentant, au passage, battre la grosse veine du cou. L'impatience le prenait, mais pour que la fête fût meilleure, il devait attendre encore.

Leurs yeux se rencontrèrent, grains de nacre palpitante dans cette obscurité où la nudité de la jouvencelle formait une tache bise aux contours indécis. Il redescendit vers l'aisselle, goûta sa mousse poivrée ; le bras se rabattit : elle n'aimait pas. Il s'en prit au sein, le téta et elle rit. Était-ce du bonheur d'être suçotée ou parce qu'à deux mains, il empoignait ses fesses dures, serrées, verrouillées comme une porte à battants ?

— J'ai peur... J'ai peur de vous.

— Laisse-moi faire.

Il la parcourut de caresses tranquilles, inappuyées. En gestes, il était brise et au-dedans tempête. Il devait faire en sorte que ce corps se livrât sans être forcé. Yeux fermés, cils battants, lèvres charnues, buveuses, chaudes. Et ce fruit crépu enfin ouvert comme de lui-même, après qu'il eut mûri sous ses attouchements.

Il en tortilla les frisures, le parcourut en long, glissant du val au monticule avant de s'enfoncer dans ce puits d'où il fut lentement rejeté, puis admis.

Il avait son nez dans la chevelure éparse de Guillemette. Odorante. Adorante. Et soudain, adhérante, après un sursaut de surprise ou de douleur.

Il l'occupait tout entière ; serrée, abandonnée. Une de plus. Clergue l'avait mis en garde contre les plaisirs des sens. Eh bien, tant pis. « *Hosanna !... Pénis angelicus*... Après tout, en quoi suis-je fautif, devant Dieu et devant les hommes... et les femmes ? Je capture Guillemette et je la délivre... Elle obtient ce qu'elle a voulu... Vagissante... Va, gisante !... » Elle le cernait. Tendue vers le plaisir, elle levait les jambes, les croisait au-dessus des reins mouvants. Comme si elle *savait*. Elle avait dû surprendre, peut-être plusieurs fois, les ébats de quelques couples adultères. Oui, elle *savait*. Docile, cependant. Musclée. Annelée. Le souffle haletant, et dévoreuse. Il la pilonnait doucement, le visage enfoui dans ses cheveux tandis qu'elle fondait, vaincue et triomphante, donnant parfois un vigoureux ahan pour avoir sa part de besogne, incrustant ses petites dents à la base de ce cou d'homme, duveteux et tendre, puis se remettant au plaisir avec un soupir d'aise.

Il sentit qu'elle allait aboutir, et avant qu'il eût pu suspendre leur fête, afin de la recommencer pour la rendre meilleure, elle exhala de brefs gémissements en enfilade, contractée, frétillante comme un têtard tiré des douves. Il atteignit alors ce domaine où tout se précipite, se distend et se liquéfie ; jaillit, éclabousse. Par crainte de susciter un rire, il se retint d'émettre un soupir puis s'affola tandis que le plaisir déferlait de son corps.

« Pourvu que je ne lui fasse pas d'enfant ! »

Trop tard.

Guillemette disjoignit ses jambes ; il la quitta et se mit sur le flanc. Christ femelle ondoyée de plaisir et de lassitude voluptueuse, elle resta les bras en croix, cuisses serrées comme pour retenir dans son ventre un peu de ce plaisir qui déjà s'éteignait.

— Es-tu heureuse ?

— Je le serais bien plus si on le refaisait !

Il ne put lui répondre : « Eh bien, remettons ça » car elle venait de se dresser sur un coude.

— Chut !

Nul besoin qu'elle lui demandât le silence. La porte avait grincé. Ils entendaient un souffle. Ogier se félicita d'avoir gardé ses chausses et son pourpoint. « Fille ou gars ? » Il y avait dans la chambre une présence nouvelle.

Il vit un fantôme se découper sur l'écran soudain rose de la fenêtre et s'étonna : « Est-ce déjà le jour ?... Il fait bien clair tout d'un coup ! » Puis : « *C'est une fille !* » Elle soulevait un vêtement par le haut puis se délivrait des autres par le bas. Il sentit les ongles de Guillemette griffer sa cuisse avant que d'entendre son cri de stupeur outragée :

— Ah ! non... Hors d'ici !

— Y a bien une petite place pour moi, ricana une voix.

Bertine.

Ogier se sentit enjambé. Les deux filles, au-dessus de lui, échangèrent des gourmades tout en se chuchotant des injures :

— Putain !

— Gaupe !

— Follieuse !

— Pas plus que toi !

Ogier sentait leurs genoux écraser son ventre, ses cuisses, sa poitrine. Une main s'égara sous sa ceinture, l'empoigna, et Bertine rit, de son rire hoquetant et gras.

— La paix ! exigea-t-il, sinon je crie... Il y en aura...

Il n'acheva pas : les chaînes du pont-levis égrenaient leur cliquetis grave auquel se mêlaient les hennissements d'un cheval — Veillantif — et les appels de Thierry :

— *Messire Ogier ! Messire Ogier !*

Il repoussa un corps étendu en travers du sien et, d'un coup de talon, précipita l'autre hors du lit.

— Bon sang, laissez-moi !... Il y a du malheur dans l'air... Mes houseaux !

Il les trouva et tandis qu'il les mettait en repoussant parfois les filles à coups de coude, la voix de Lesaunier retentit :

— *Messire Godefroy ! Messire Godefroy !*

Le tablier remontait. Insensible aux rires de Bertine et aux sanglots de Guillemette, Ogier, mains en avant, chercha la porte et l'ouvrit. Avant de la refermer, il s'aperçut que la nuit, maintenant, se teintait de rouge.

— Il y a le feu quelque part !

Des cris, des voix éclataient dans la cour.

En rageant qu'il y fît si sombre, il descendit l'escalier de la tourelle. Sur le seuil, il faillit se heurter à son père, toujours vêtu, le poignard à la ceinture. Il brandissait une torche.

— Que faisais-tu là-haut ?

Ogier n'eut pas à répondre : grimaçant d'émoi et de colère, Lesaunier les rejoignait.

— Tout s'est-il bien passé pour Montfort ?

— Oui, messire... Mais il y a sûrement le feu chez Gerbold !

— Gerbold... répéta Godefroy d'Argouges, incrédule.

— A ce qu'il paraît, dit Thierry en s'approchant.

La sueur lui engluait front et joues ; il les frotta des ses paumes :

— Un pareil coup ne peut venir que de Blainville.

— Plutôt, Champartel, de ses satellites !

— Voilà bien, mon fils, des agissements de saligots ! Plutôt que d'essayer de nous atteindre, ils s'en sont pris à un vieillard sans défense !

— Je selle votre cheval, messire ?... Hé, messire ! Vous tombez des nues, on dirait !

Malgré la gravité de l'instant, Ogier sourit :

— Comme tu dis !... Oui, selle Marchegai et porte-moi Confiance !

En courant, l'écuyer s'éloigna ; Ogier fit demi-tour.

A la lueur du flambeau, le regard de son père semblait celui d'un malade — ou d'un infirme. Que Gerbold, le seul ami qu'il eût conservé hors des murs, fût en péril, le confondait et l'indignait. Il fallait galoper jusqu'à l'ermitage et tenter de le secourir... et voilà qu'il atermoyait ! Il avait trop subi l'adversité pour décider, commander, agir, et surtout répliquer aux coups.

— Demeurez, Père. Nous irons seuls, Thierry et moi... et reviendrons. Mais vous êtes si peu, désormais, qu'il va falloir, cette nuit, faire veiller les femmes...

Elles étaient là : Jeannette et Isaure, échevelées, en chemise, innocemment impudiques ; Madeleine et Bertrande, vêtues de houppelandes informes ; Aude, couverte d'un manteau de peaux de renards dont les poils luisaient comme l'herbe au matin. Et les hommes, l'arc au poing, deux carquois sur l'épaule, gagnaient leur place de bataille, silencieux et résignés. Seules Guillemette et Bertine manquaient. « Si ça se trouve, ces deux goulues, excitées comme elles l'étaient, n'échangent plus des coups, mais se consolent ! » Allons, il exagérait. Il marcha vers les écuries.

— Seuls, vous risquez gros ! dit Lesaunier.

Ogier se recueillit un instant. Quelle suite d'événements !... Non, pas une suite, mais un torrent. Le Destin ne lui accordait aucun répit. Blainville se fût-il dressé soudain devant lui qu'il n'en eût guère été troublé.

— Pourvu qu'ils épargnent Gerbold !

— J'en doute, Père... Voilà Thierry et Marchegai.

Aude se précipita au-devant de l'écuyer :

— Surtout gardez-vous bien, messire ! Ils sont cruels !

Elle lui donnait du *messire*.

— Pas tant que les Goddons, damoiselle Aude. Et puis, dites-vous qu'avec votre frère, je ne crains rien.

Ogier s'aperçut qu'il était trempé. « Ces deux filles, là-haut !... Si seulement cette nuit avait été comme les autres, j'en serais sorti las et repu, tandis que ce qui se prépare... » Il n'acheva pas sa pensée : Bressolles apparaissait, portant Confiance :

— Tenez, Ogier. Qu'elle vous protège et que Dieu vous garde.

Par coutume, le garçon leva les yeux au ciel. Une chemise blanche semblait fleurir les chanceaux de la Tour de la Fée :

Adelis.

— Dieu vous préserve tous ! Baissez le pont, Père... Thierry, en selle !

Ils avaient galopé pendant une demi-lieue. Maintenant, à cent toises de l'ermitage, ils allaient au pas, entre des haies et des levées touffues, l'épée nue reposant à plat sur l'épaule. Devant, deux gros arbres à demi émondés semblaient serrer entre leurs branches courbes, une ogive de ciel flamboyant.

Précédant Thierry, Ogier scrutait les fondaisons basses et les fourrés : quelques malandrins embûchés pouvaient apparaître, le vouge, la guisarme ou le fauchard au poing. Il avait aisément retrouvé ce chemin. Naguère, il rendait de fréquentes visites à Gerbold. Il lui devait de savoir écrire et de parler latin mieux que certains clercs.

— Comment est-il, messire ?

— Il était grand et clair comme un chêne en hiver.

Ogier se morigéna aussitôt : pourquoi *était* ? Le vieillard vivait. Il fallait qu'il vécût pour qu'il le vît enfin, lui, son élève, en sa maturité ! Il ajouta :

— Un Diogène... si tu sais, Thierry, qui fut cet homme. Gerbold élevait des coulons. Le toit de son châtelet en était couvert.

Il se tut, évoquant la tour pointue flanquée d'une échauguette semblable à une verrue sur ce grand cou de pierre. La jouxtant, il y avait un bâtiment voûté d'ogives qu'un plancher séparait en deux étages : la cuisine et la chambre. Quant à la cave, nul n'y avait accès, et c'était pourquoi l'on prétendait que Gerbold s'y livrait au grand œuvre. Non, rien n'avait changé en ces lieux, sauf ce ciel sanglant et la suffocante odeur du brasier.

— Pied à terre, Thierry. Tenons fermement nos chevaux !

Ils avancèrent. L'ermitage apparut, craquant, fumeux, grondant. Ogier eut la vision d'un dragon mortellement atteint, crachant par sa haute gueule un fiel écarlate et répandant un sang bouillonnant par ses plaies — les embrasures des fenêtres. Tavelé de squames flamboyantes, le portail entrouvert laissait apercevoir des viscères cramoisis, mugissants, crépitants. Des tisons volaient au-delà du parvis et chuintaient en touchant l'herbe.

— Les malfaisants ! Que Dieu châtre ces linfars !

Méfiant, irrésolu, Ogier sentait son esprit s'enténébrer comme les murs calcinés. Il étouffait et toussait, la gorge embrasée par les volutes corrosives. Les yeux empoussiérés, picotants, il essaya de discerner ce qui se passait à l'entour. Déçu, il n'entrevit qu'un fatras incandescent, un brouillard pourpre et gris et, au-delà, les plumails noirs des arbres saupoudrés d'un rouge qui ne devait rien à l'automne.

— Si Gerbold, Thierry, est demeuré là-dedans...

Eh bien, oui, il se trouvait réduit en cendres. Mais peut-être avait-il pressenti le péril. Peut-être avait-il fui et s'était-il caché. Peut-être assistait-il, impuissant et désespéré, à cette dévastation en forme d'apothéose et les prenait-il, Champartel et lui, Argouges, pour des truands...

— Tiens les chevaux.

L'écuyer réunit dans ses mains les deux rênes, puis fléchissant les genoux :

— Voyez donc, messire.

Ogier se pencha. L'herbe était piétinée. Des fers y avaient creusé une quadruple chaîne d'empreintes :

elles s'en allaient en droite ligne vers l'entrée de l'ermitage.

— Ils étaient au moins deux. C'est tout ce qu'on peut dire... Leur forfait accompli, ils sont partis sans doute à l'opposé du chemin que nous avons pris.

— Oui, Thierry... Reste ici, je vais faire un tour.

— Soyez prudent et hâtez-vous : Veillantif commence à s'effrayer !

Le cheval hennit et rua. L'incendie lui faisait l'œil rouge et furieux. Ogier fut tenté de caresser son chanfrein mais y renonça, crainte d'être mordu. Marchegai reçut la flatterie.

Herbes rouges, brandons, tout avait la couleur, l'odeur, la frainte [1] de l'enfer.

« Si Blainville a occis Gerbold, qu'il soit damné ! »

Tenant son épée à deux mains, le garçon s'écarta d'une muraille grésillante et suant des vapeurs vermeilles.

— Tiens, qu'est-ce donc que ces formes ?

Il s'en approcha et grogna : c'étaient deux chèvres. Égorgées. Plus loin, c'était un chien. Égorgé.

— Mon Dieu, que lui ont-ils fait à *lui* ?

Fouillant la nuit d'un regard larmoyant, il contourna le brasier d'aussi près que possible. Oppressé, angoissé, il rejoignit Thierry :

— Rien... Ils s'en sont pris au chien et aux bestiaux...

Il toussait et respirait péniblement. Comme Marchegai se cabrait, il rengaina Confiance et mena son destrier par la bride.

— Nous ne pouvons rien, messire... Pensez-vous qu'ils ont occis ce saint homme ?

— Ils en avaient envie depuis longtemps. Dans leur fureur d'avoir laissé partir Montfort, ils s'en sont pris à Gerbold... Mais qu'en ont-ils fait ?... Allons, viens ! Partons et méfions-nous...

1. Le vacarme.

Thierry hésita. La lueur tremblée des flammes voilait de vermillon la pâleur de son visage d'où la fureur et l'indignation refluaient.

— Viens ! insista Ogier. Par le sang du Christ, je les vengerai, lui et ses bêtes !

Le remords et le découragement le gagnaient. Pourquoi s'était-il abstenu d'accomplir un détour par l'ermitage avant d'atteindre Gratot ? Il avait bien visité frère Peynel à Hambye... Il revoyait Gerbold tel qu'il l'avait quitté : barbe grise, sourcils de neige, chair rougeaude, sourire triste ; la bure ceinte de chanvre et les pieds nus...

— Ses vieilles jambes l'ont empêché de fuir.

Il toussa, la gorge irritée.

— Viens. Hâtons-nous car Gratot est peut-être assailli !

Or, son inquiétude était vaine : le château, paisible, semblait les attendre. Sitôt le pont-levis remonté, Aude courut au-devant de Thierry ; des ombres chuchoteuses la suivirent : les femmes. Ogier entrevit Guillemette et Bertine, éloignées l'une de l'autre, l'air innocent.

— C'était bien chez Gerbold... Où est mon père ?

— Je descends, annonça une voix dans l'obscurité de la machinerie. Je manœuvrais le treuil... C'était Blainville ?

— Qui voulez-vous, Père, que ce soit d'autre ?... Auriez-vous dix hommes de plus que je serais allé ruiner ses murailles.

— Bressolles m'a parlé de cette poudre noire à laquelle aucune paroi ne résiste. Si nous en faisions usage contre la demeure de ce démon, il saurait d'où vient le coup... Nous devrions subir sa fureur.

— Et qui vous dit, Père, que nous ne la subirons pas ?

Ogier mit pied à terre. Le visage inutilement contrit du vieillard le gêna au point que, tournant les talons, il se rendit à l'écurie. Champartel l'y suivit — sans Aude.

Ils débridèrent et dessellèrent les chevaux puis gravirent l'escalier menant au corps de garde. Ogier se laissa choir sur son lit, imité par l'écuyer recru, lui aussi, de fatigue et de découragement.

— Demain, nous reviendrons là-bas. Nous fouillerons les ruines. Je veux savoir si Gerbold est dedans !

Ogier ferma les yeux et tomba mollement sur de brûlants rivages. Non loin de lui nageaient Guillemette et Bertine. Il voulut les atteindre, décidé à se revancher d'il ne savait trop quoi, mais en riant, elles le distancèrent. Il les supplia de se laisser rejoindre... Dans quoi barbotaient-elles ? L'Isle ? L'Auvézère ? La mer ?... Les douves ?... Qu'importait ! Hurlant qu'elles l'attendissent, il se précipita dans cette onde grise où les deux corps glissaient et clapotaient. Un ciel noir-rouge-or, et fumeux comme au crépuscule... « *Attendez !* » Il brassait sous le poids des nuées incendiaires ; il suffoquait ; les deux effrontées n'alentissaient leurs mouvements que pour s'ébaudir de lui, croupes, cuisses, seins roses dans le lit onduleux des vagues où elles se vitulaient ; il voyait scintiller leurs cheveux-algues et leurs yeux pareils à des écailles... Que faisait-il ? D'où sortaient-elles ?... La guerre ?... Où ?... Et cet arc qui flottait... A saisir... archonner... Toucher la chambrière en premier ; sentir le trait s'enfoncer, fondre en elle... Thierry soupirait quelque part... Dans des roseaux... Avec Aude, nue... Nue !... L'écuyer sa lance rose en avant... « *Non, Champartel, je t'interdis cette quintaine !* » Pépiements d'oiseaux. Rires. Liesse : un grand champ, clos de bois blanc... Chauvigny... Longues bannières de pourpre et de sinople ; langues de tissu léchant des nuages d'orage... Un pavillon de soie blanc et noir et les mouchetures de Bretagne... et devant Montfort tout heureux de repartir au combat... « *Que fais-tu là, Ogier ?... Oublie tout ce que je t'ai dit ! Oublie-moi !* » Au loin, des gémissements... Une fille blonde... Elle s'était détachée d'un tronc d'arbre et marchait sereinement, flexible... Le vent troussait sa robe jusqu'au nombril... « *Ohé !* » L'atteindre, l'embrasser, l'embraser... Elle paraissait tellement... Il fallait qu'il la rejoigne... Adelis !... Elle riait, hautaine, et soudain s'enfuyait... Et au profit de qui le dédaignait-elle ?... Non ! Non ! Pas Blainville !

— Messire ! Messire !

Qui l'importunait ? « *Lâchez-moi !... Ah ! ça, lâchez-moi !* » Qui l'empêchait d'avancer ?

— Laissez-moi !... Oh ! Bressolles.

La gravité du visage aux yeux clairs, penché sur lui, suffit à tirer Ogier du rêve où il s'enfonçait.

— Messire, il fait grand jour. Votre père vous mande.

Il s'habilla et suivit le maçon. Après les illusions nocturnes, il entrait à nouveau dans des réalités tangibles. N'obtiendrait-il aucun répit ?

Il fut à peine surpris de voir le pont-levis entrouvert. Il y avait là son père, Bertine, Aude et Thierry ; Guillemette, Barbet et Lesaunier. Un peu à l'écart, et comme étrangère à l'émotion de ces gens : Adelis.

— Que se passe-t-il ?

— Vois, dit Godefroy d'Argouges, le doigt tendu dans la brèche, entre la muraille et le tablier.

Un corps flottait au milieu de la douve, nu et sanglant. Par dérision ou pour l'empêcher de couler, on l'avait étendu sur deux planches croisées.

— Pour avoir subi pareil traitement, ce doit être Gerbold.

— Œuvre de Ramonnet ou de Lerga... En tout cas, il est mort.

— Un Navarrais, Ramonnet ou un autre, peu me chaut, Thierry !... J'y vais.

Sans se soucier des femmes, Ogier se dévêtit. Il dénoua le cordon du sachet de cuir suspendu à son cou et protégeant le document de Montfort :

— Tenez, Père. Prenez-en soin !

Puis, le pont s'étant abaissé, il plongea.

277

Il brassa puissamment l'eau putride, sentant parfois quelque touffe d'herbe aux lanières visqueuses chatouiller ses chevilles et ses orteils. Devant lui, par secousses, des enfilades précipitées de bulles grises montaient du fond limoneux et s'irisaient avant d'éclater. Un canard passa presque à portée de main, prit peur, battit des palmes, des ailes, et s'envola.

— Bon Dieu, cette bestiole a fait des vagues !

Ogier leva son visage aussi haut que possible afin d'éviter à sa bouche un attouchement écœurant. L'étang gluant au milieu duquel s'érigeait Gratot, dégageait une odeur si déplaisante qu'il se souvint du bourbier de l'Écluse. Comme en ce nauséabond rivage de Flandre où tant de guerriers avaient péri, le malheureux ermite devait son trépas à Blainville. Car nul autre que ce malandrin ne l'eût fait apprêter ainsi pour le jeter dans la douve.

— Ce ne peut être que Gerbold... Oh ! les démons.

Le trépas du vieillard avait été cruel : on lui avait tranché le nez, les lèvres, les oreilles ; on l'avait éborgné, émasculé avant ou après l'avoir crucifié. Des mouches et des moucherons bourdonnaient autour des plaies. Le bois, sous l'occiput, était brun de sang caillé. Au-dessus, un clou traversait un parchemin.

« Seigneur ! Seigneur ! Mais pourquoi les avez-vous laissé faire ? »

Il avait vu, à Rechignac, les dernières convulsions d'un supplicié : Haguenier de Trélissac. Il s'était cru capable d'assister sans broncher aux morts les plus horribles. Quel présomptueux ! Devant cette tête aux orbites rouges dont la bouche meurtrie crachait un gros caillot ; devant cette paume trouée où deux mouches s'engluaient, devant ce ventre mutilé il percevait avec plus de violence encore qu'à l'Écluse et ailleurs, la puissance abominable de Blainville.

— Les ignobles ! Ils se sont égayés à lui brûler la barbe avant de le tourmenter... Comme ils ont dû s'ébaudir !

Il crut entendre un râle. « *Non ! Il est mort !* » Ce gémissement, il venait de l'émettre ; c'était l'expression de son propre tumulte. Il vomit une gorgée de fiel.

Nageant d'un bras, poussant le martyr de l'autre, il atteignit le pont-levis.

— C'est Gerbold, Père. Ils l'ont géhenné.

Tandis que Thierry lui tendait la main, Bressolles et Barbet attrapèrent la traverse du crucifix et le hissèrent sur le pont. Le martyr les épouvanta. Moins cependant que les femmes : en criant, elles se dispersèrent, sauf Adelis qui se signa puis s'en alla lentement.

Bressolles désencloua le corps et Thierry s'écria :

— Messire, vous avez vu ce qu'ils ont mis au-dessus de sa tête ?

— Oui... Donne... Ne déchire pas... Va chercher de quoi me sécher.

Ogier saisit le parchemin. L'humidité en avait à peine dilué l'encre. Il lut à haute voix :

— *Ogier d'Argouges, il fallait exemplier*[1] *le sort qui désormais t'est réservé. Tu reviens ; ce vieux qui t'était cher s'en va. Et pour que du ciel il ne puisse te voir, j'ai accompli le nécessaire... Et pour que sa voix ne t'atteigne pas, il a perdu sa langue et sa bouche... et pour qu'il ne puisse ouïr tes prières, je l'ai fait essoriller...*

Sans les lire complètement, le garçon jeta les menaces dans la douve. Il tremblait. L'ombre du porche l'écrasait et l'eau, devant lui, prenait un éclat lugubre.

« Jamais je ne tomberai dans leurs griffes ! »

Quelque effort qu'il fît pour recouvrer sa sérénité, il ne pouvait y parvenir. Il tremblait sans que sa nudité en fût cause. Il dit, ému par la détresse de son père :

— Cet infect truand s'est gardé de sceller son message !

— Eh oui, mon fils.

1. Donner en exemple.

De quelles réflexions s'alimentait l'angoisse du vieil homme ?

Ses lèvres tremblaient sous la friche des poils blêmes ; des larmes roulaient le long de son nez. Non, vraiment, il n'était plus combatif. Plein de haine racornie, mais vide — ou peu s'en fallait — d'énergie.

« Il me faut le contraindre à se battre ! »

Et brusquement, Ogier s'accusa d'être injuste ; il revit ce guerrier sur le pont du *Christophe*, se frayant aidé d'Almire, son épée, un sentier sanglant dans un buisson d'acier goddon. Des débris de sensations passées lui revinrent en mémoire : admiration, ferveur, crainte et courroux quand un Anglais l'avait assommé par traîtrise. A sa déception succéda la pitié :

— Père, je vous adjure de vous fortifier. Ne pensez qu'à Gerbold !

— J'y pense... Il nous faut l'enterrer... Sans chapelain.

— Dieu le voit, dit Bressolles. Cet homme fut un saint.

Il joignit les mains puis posa la paume de sa dextre sur le front de la tête hideuse, à la lisière des cheveux blancs, tandis que Barbet demandait :

— Où qu'on va l'ensépulturer ?

Il était blafard ; ses yeux brillaient de fureur et de larmes.

— Près de ma mère. Il a subi le baptême du sang. Elle sera confortée par un tel voisinage.

— Quand même, dit Thierry, de retour, je ne comprends pas ! Blainville a toléré pendant cinq ans les allées et venues de cet innocent. Et voilà soudain qu'il se venge sur lui d'une déconvenue !

L'écuyer détournait son regard du martyr, moins par horreur que parce que, dans la cour, Aude allait au puits.

— Je reviens au pays ; je lui ai tué des hommes. S'il se questionne peut-être encore sur Montfort et Yvon, il sait que Blérancourt a péri par ma main... Et il a peur !

— Tu dis vrai, mon fils : il a peur... Peur pour ses desseins que tu peux contrarier ici ou ailleurs... Il doit enrager de ne pas connaître ton visage !

Ogier se ceignit enfin de la serviette que Champartel lui tendait et remonta dans la chambre.

Il lui fallut se laver deux fois pour délivrer sa peau de l'odeur et de la viscosité de l'étang. Quand il redescendit, Barbet et Gosselin achevaient de creuser la fosse.

Comme, depuis longtemps, les draps s'en étaient allés en lambeaux, on ensevelit Gerbold nu. Ensuite, après qu'Aguiton eut nivelé la terre, chacun se recueillit. Les femmes sanglotèrent tandis que les hommes, sourcils froncés, baissaient les yeux sur ce tertre humide où des fourmis s'aventuraient. Bressolles avait joint ses mains par l'extrémité des doigts ; ses lèvres remuaient à peine.

« Qui est-il ? » se demanda Ogier, une fois de plus. « Tout ce que j'en sais, c'est qu'il vient de Carcassonne. »

Girbert était-il un clerc frappé d'anathème ou bien, comme l'avait un jour fulminé Arnaud Clergue, le dernier patarin de la Langue d'Oc ?

Ce jour-là fut morose. A la nuit, Ogier et Thierry s'en allèrent chasser aux abords du manoir de Blainville. Rien ne s'y passait d'inquiétant. Ils en revinrent la gibecière vide, mais rassurés.

Le lendemain, peu après l'aube, quatre cavaliers galopèrent jusqu'à la chaussée de Gratot, décochèrent sur le tablier du pont et les embrasures des communs tout un carquois de carreaux et sagettes, puis s'enfuirent en hurlant des injures.

Barbet, de garde en haut de la tour ouest, sonna l'alarme à contretemps : il s'était endormi. L'émoi s'en trouva fortement aggravé. Naguère, le guetteur eût été flagellé ; Godefroy d'Argouges se contenta d'un blâme.

— Les temps changent ! maugréa Gosselin sans qu'Ogier pût discerner si cet hargneux en voulait davantage à son père, pour son indulgence extrême, qu'au fautif pour son peu de repentir.

A l'effroi succédant au meurtre de Gerbold, l'escarmouche ajouta la stupeur. En partie dissoute à l'apparition du fils du baron et de ses compagnons, l'angoisse réintégra l'enceinte, d'autant plus oppressante qu'il y manquait cinq hommes ; ceux dont Jean de Montfort profitait.

Les jours passèrent, pluvieux et froids, vides, à l'entour du château, de présences menaçantes. Plutôt que de l'apaiser, la trêve des mercenaires aggrava l'anxiété d'Ogier. Que signifiait ce répit ?

Deux semaines après le meurtre de l'ermite, un soir, tandis qu'il étrillait Veillantif, Thierry lança par-dessus le garrot de son cheval :

— Messire, il vous faut trouver un châtiment !

Ogier cessa de démêler la crinière de Marchegai :

— Venger Gerbold, hein ?... A qui nous en prendre ?... Et de quelle façon ? Ces coquins nous savent impuissants... Laissons-les à leurs atournements[1] si toutefois ils en font. Bornons-nous à nous tenir prêts... sans jamais oublier qu'ils sont les plus forts.

— Ah ! là là, si nous pouvions aller sous leurs murs, vous et moi !... Nous leur proposerions deux bons combats. Vous prendriez Blainville et moi Lerga !

Nullement enclin à louer cette ardeur belliqueuse, Ogier s'assombrit :

— Blainville refuserait ce défi. Il en a le droit sans pour cela déchoir. Qu'y gagnerions-nous donc ? Lerga te taillerait peut-être en pièces. Quant à moi, Blainville ferait en sorte de m'appréhender au corps avant que je puisse donner un coup d'épée... De plus, il connaîtrait

---

1. Préparatifs.

mon visage. Or, je veux qu'il le voie plein de toute ma haine tandis que je l'accuserai de forfaiture devant le roi ou son fils Jean !... C'est le seul avantage que j'aie sur lui pour le moment.

Thierry se baissa, saisit à terre une kattah[1] découverte sans doute au tréfonds de l'écurie, et se mit à brosser Veillantif :

— Bel avantage, messire. Je ne saurais en disconvenir. Mais les actions se passent rarement comme on les avait pourpensées. Moi, je ne sais qu'une chose : nos compères et nos commères ont peur.

— Je leur parlerai au souper.

Une fois attablé, Ogier considéra, autour de lui, ces visages maussades, ces yeux mornes, ces bouches affamées de gaieté davantage que de nourriture. Le courroux l'emporta sur la compassion :

— Cessez donc de vous ronger les sangs !... A commencer par toi, Aude. Dites-vous que si ces maudits reviennent, nous les repousserons. Nous sommes tous hardis. Tâchez d'en avoir conscience !

Soudain sevré de tristesse et d'amertume, incapable d'en dire davantage, il quitta la table et grimpa au sommet de la tour ouest. Bressolles y veillait.

— Ils s'accouardissent en bas... Je ne sais que faire.

— Il n'y a rien à faire, Ogier. Nous pourrions vivre un peu plus à notre aise si le roi rappelait Blainville à la Cour.

Accoté à un merlon, regardant son fief inculte dont la nuit bleuissait les contours, Ogier n'éprouva d'autre sensation que celle d'une nullité lamentable.

— Tout ici empuaise Blainville ! Tout est pollu par lui.

— Invisible et présent comme le Malin... Vous n'avez nul recours contre ses maléfices... Il vous faut attendre...

---

1. Brosse rude pour le pansage des chevaux. L'usage en venait des Arabes.

— Attendre !... Parfois, Girbert, quand je touche ce parchemin suspendu à mon cou, l'envie me prend de galoper jusqu'au palais royal avec Thierry. Je me dis que puisque Blainville en est absent, j'atteindrai le roi sans trop de peine. Mais, outre que ce serait présentement folie de dégarnir nos défenses, je doute d'obtenir cette audience. Blainville peut avoir laissé là-bas quelques créatures à sa solde. Et même sans cela, parce que je suis le fils d'un seigneur dégradé, je risque d'être éconduit... ou enfermé avant même d'entrevoir les marches du trône... Enfin, pour me protéger de Blainville, mon père a fait courir le bruit de ma mort. Je peux être accusé d'avoir usurpé mon nom sans pouvoir, malgré Thierry, fournir la preuve que je suis vraiment Ogier d'Argouges !

— Vous avez attendu cinq ans. Vous devriez pouvoir maîtriser cette impatience.

Si pertinente qu'elle fût, Ogier ne put se satisfaire d'une réplique pareille. Plongeant ses yeux dans ceux du maçon, il se livra :

— En quittant Rechignac, j'étais décidé à retrouver ce malandrin où qu'il soit, pour l'épier afin de l'estoquer un jour dans un lieu propice. Je ne lui aurais dit mon nom qu'au bon moment... Or, il est là, tout proche, et les choses sont ainsi faites qu'il sait maintenant que je suis bon bataillard... Hélas ! à l'inverse de la mienne, sa haine est libre, active, efficace !

Bressolles ayant approuvé son propos, sans mot dire, Ogier baissa la voix :

— Quant à ma joie tant espérée de revivre en famille, eh bien, je vous le dis tout net : je m'ennuie... et je cherche pourquoi. Mon père me...

Il hésita sachant qu'il allait proférer des paroles messéantes.

— Eh bien, oui, il me déçoit. Ce n'est pas tant à cause de sa vieillesse... acceptée, puisque j'en connais les raisons mieux que quiconque ; c'est pour sa faiblesse d'âme... Vous avez vu combien la mort de Gerbold l'a frappé ?... Et Barbet !... Il aurait dû sévir, l'admonester : il s'est satisfait d'un reproche minime. Cette bénignité peut favoriser d'autres manquements et négligences... Et voilà ce dont je suis marri : à force d'avoir provoqué la compassion, cet homme a cessé d'inspirer le respect.

Entre les sourcils du maçon, un bourrelet apparut.

— On le respecte, Ogier, mais on ne le craint plus... bien qu'il n'ait jamais été un despote !

Le garçon soutint le regard de Bressolles. Il le courrouçait, mais dût-il tarir son infinie clémence, il se confierait sans mollir :

— C'est non seulement sa renommée que mon père a perdue dans la cour du châtelet de la Broye, c'est cette flamme que nous portons en nous et qui chauffe notre sang. Et c'est plus fort que moi, Girbert : même après l'avoir vu jugé, déshonoré, avili ; même en ayant dès lors redouté ce qu'il adviendrait à cet homme brisé ; même en sachant désormais tout ce qu'il a enduré pour survivre en compagnie des siens, je lui en veux de n'être plus semblable au chevalier de jadis. Je lui en veux *malgré moi*, en dépit de la vénération que je lui porte, et qui s'est agrandie du fait même de l'état où je l'ai retrouvé ! Il ne dit même plus le *benedicite* !

— La chère est si maigre et son appétit si étroit... Ne serait-ce pas à vous de le dire ?

— Je n'oserais toucher à ce qui lui revient.

Ogier s'interrompit. Des images incrustées au fond de sa mémoire, il conserverait toute sa vie celle d'un chevalier vilipendé, en chemise maculée de boue et de sang, chancelant d'humiliation et de fatigue devant ses pairs confondus de tristesse et d'impuissance. Exigence royale subordonnée aux volontés d'un truand !... Maintenant, ce réprouvé se remettait mal du dernier accès de cruauté de son pire ennemi. Il aurait dû s'en indigner, or, il pensait moins au meurtrier qu'à sa victime.

— Sa haine ne lui sert ni d'épée ni d'armure !

Bressolles sursauta :

— C'est ce qu'il vous paraît dans votre égarement. L'action lui est interdite, mais il attend, il espère ; il conserve sa foi en des jours de bonheur. Il croit en vous alors que vous doutez de lui !... Et puis...

— Vous allez me dire, sans doute, que c'est la volonté divine et qu'il est sûr, au moins, d'aller en Paradis !

Bressolles grimaça de contrariété :

— Qui sait s'il croit encore à cette Volonté ! Godefroy est contristé par la mort de Gerbold ? Il y a de quoi ! Il restait sa seule attache avec la vie de naguère après avoir été son seul lien avec vous, puisque c'étaient ses coulons qui lui portaient de vos nouvelles. D'ailleurs, cette mort épouvantable vous afflige pareillement, mais votre jeunesse et votre orgueil ont raison de votre douleur.

Ogier leva les mains pour protester. Orgueilleux, *lui* ?

— J'observe Godefroy, continua Bressolles, impassible. Je l'observe autant que vous sans doute, et je peux vous dire que votre retour a réchauffé son sang. Vous le croyez faible et même couard ? Eh bien, s'il devient ainsi, c'est parce que vous êtes présent non plus en tant que jouvenceau, mais en tant qu'homme. Il se sent épié, jaugé par vous avec un soupçon de pitié, de bienveillance charitable, mais rarement absous, car c'est le fait des jeunes de prendre les aînés pour des incapables ou des impotents !... Mais soyez juste au nom de votre amour filial ! Dites-vous que Godefroy, cinq ans durant, a fait front *sans vous* et sans moyens à cet ennemi dont vous connaissez enfin la cruauté incroyable ! Dites-vous qu'avec sa vergogne, ses terreurs — non pour lui mais pour votre mère, votre sœur et leurs serviteurs —, ses doutes, ses désespoirs de se sentir devenir *malgré lui* ce que vous lui reprochez d'être maintenant, il a préservé, de votre héritage, ces pierres où vous vous sentez à l'abri à défaut de vous y sentir en famille !

Ogier voulut protester, Bressolles, sèchement, l'en empêcha :

— Essayez de traiter Godefroy non plus en père mais en guerrier dont le savoir et l'expérience vous sont précieux. C'est le bon moyen de restaurer sa dignité, donc de chauffer ce sang que vous trouvez froidi !

Ogier écrasa sur sa joue une goutte importune. Bressolles, qui ne s'émouvait jamais, posa une main ferme — une main d'homme dur comme pierre sur son épaule.

— Pardonnez-moi. Il fallait que je vous parle ainsi. Je comprends votre déconvenue : vous avez admiré un preux, vous voudriez le retrouver tel que dans votre jeunesse prime...

— Non, Girbert !... Ce n'est pas cela... Bien sûr, lorsque je l'ai revu comme il est, mon cœur s'est trouvé... estoqué... écorché... Je ne sais comment vous dire... J'étais desbareté [1]. Je veux tout faire pour qu'il vive longtemps hors de sa diffame [2] et dans la dignité... Justement ! Mais il y a dans les sentiments que ce vieillissement m'inspire, quelque chose contre quoi je ne peux me préserver, peut-être parce que je suis jeune et bien portant... C'est un émoi désagréable... Quand mes regards touchent ses mains maigres, un peu tremblantes ; quand je vois son visage flétri et ses yeux constamment tristes, et devine que sa confiance en lui et son espérance en des jours meilleurs sont aussi élimées que les habits de huron dont il se couvre...

— Il n'attend de vous ni pitié ni admiration ni adoration, mais compréhension.

— Je sais. Je crains parfois d'être enclin à le méju-

---

1. Affligé, découragé.
2. Déshonneur.

ger, à le dédaigner pour cette résignation indigne du grand seigneur qu'il était.

— Oh !

La stupéfaction sinon l'improbation du maçon n'ébahit point Ogier. Il s'y attendait. Cependant, en présence de l'espèce de saint qu'était pour lui Bressolles, il se sentait comme toujours condamné à la droiture, sans compassion pour lui-même et sans prudence particulière :

— J'essaie d'être sincère et deviens félonneux. Je vous horrifie, Girbert !

Le maçon secoua tristement la tête :

— C'est votre *dédaigner* qui me heurte. Car, Ogier, vous ne pouvez être capable de mépris qu'envers vos adversaires : Blainville, les Goddons et les traîtres... Et encore ! Montfort est parvenu à vous émouvoir... Ce que vous prenez pour du dédain n'est que de la déconvenue. Vous en voulez à Godefroy de ne pas ressembler à l'homme dont vous aviez conservé l'image... Une image affermie, embellie tout au long de vos années d'exil. Et c'est cela, l'ulcère de votre cœur !

Ce fut au tour d'Ogier de soupirer. Ce cœur ulcéré, lourd de déception, de compassion, de regrets et de tendresse malade, son esprit peut-être trop excessif et sévère l'avait, durant ces jours maussades, retenu de s'épancher. Pourquoi se sentait-il si souvent enclin à comparer le chevalier d'autrefois avec le vieux reclus de maintenant ? Pourquoi, surtout, cédait-il au désir lancinant et pervers de confronter ce vaincu mélancolique, aux gestes lents, comme indécis, et aux paroles quelquefois hésitantes, à un Blainville au meilleur de sa force ? *Un Blainville qu'il n'avait pas encore vu* et dont les ans avaient certainement poncé les traits gravés dans sa mémoire.

— Je sais, Girbert, que le courage de mon père est loin d'être affadi. Il a même pris sa part dans l'action contre les truands de Blérancourt. Mais après, il chancelait et tremblait tant que j'ai craint qu'il ne tombe dans l'herbe et y trépasse d'émoi et d'abattement. Alors, à mon plaisir de le retrouver hardi s'est mêlée cette inquiétude dont je vous ai fait part... Elle ne cesse d'empoisonner mes pensées...

— L'homme de fer s'est enrugni[1]. Cette corrosion vous atteindra un jour.

— Je sais. Et quand je pense au déclin de ma vie, si je ne puis périr d'un coup de lame, j'ai peur... Mon père a l'excuse d'une adversité diabolique. Il se peut que je n'aie rien et meure comme le plus piteux des bourgeois !

Ogier rit tristement. Bressolles balança l'olifant qu'il portait en sautoir, et pencha le front. Sans doute s'excluait-il un moment de cette humanité violente et venimeuse sur laquelle les grains de sang d'un Christ généreux et paisible n'avaient fait lever que des moissons de mort. Les Goddons, Blainville maintenant et plus tard, à nouveau les Goddons s'il fallait en croire Jean de Montfort... Au lieu de l'amour du prochain, la dérision et la haine.

— Allons, Girbert, je vous laisse. Bientôt, j'irai veiller à l'opposé. Même bref, le sommeil va m'apaiser... si je le trouve !

Il dormait toujours dans le logis contigu à la machinerie du pont-levis, entre le maçon et Thierry, disposition gênante pour Bertine décidée à tout, sauf à le rejoindre en ce lieu. Quand elle servait aux repas, l'audacieuse frôlait son coude ou ses reins avec une insistance d'autant plus appuyée qu'elle voulait courroucer Guillemette aux aguets. Les pupilles de la jouvencelle avaient alors le pathétique éclat de deux cierges au fond d'un chœur.

Il avait craint qu'elle ne se montrât par trop satisfaite de l'avoir pris aisément dans ses rets ; il n'en était rien, et cette discrétion lui convenait. Au plus noir des nuits, dans l'ombre de la grange, derrière un parapet de pier-

1. Rouillé.

res, de tonneaux, d'auges rompues et de ridelles ver-
moulues, elle l'attendait. Nulle litière. Elle gémissait
parfois quand une pierre pénétrait sa chair, mais il le
savait, ces douleurs-là aiguillonnaient ses pâmoisons,
et la quittait-il un moment qu'elle savait l'empoigner
et le remettre en place. Que Bertine fût avisée de ces
étreintes, c'était l'évidence. Bien que de loin ou de
près elle ne manquât aucune occasion de manifester sa
présence, il l'ignorait, découvrant même une délectation à cette indifférence. En souhaitant de plus en plus
ardemment forniquer, l'effrénée devait magnifier la
griserie de sa prochaine défaite... Oui, Bertine atten-
drait. Son contentement n'en serait que meilleur !

— Guillemette, dis-moi : que penses-tu de Bertine ?
— Ah ! ne m'en parlez pas. Je ne lui pardonnerai
jamais d'avoir voulu la même nuit... elle et moi... Elle
a gâté tout mon plaisir.
Aux instants du relâchement, la chambrière mau-
gréait parfois contre l'absurdité d'une candeur ardemment préservée.
— Si j'avais su ! soupira-t-elle ce soir-là.
— A qui aurais-tu cédé... en m'attendant ? Courteille ou Desfeux ?
— Aux deux.
— A la fois ?
Elle roucoula et ne se tut que lorsqu'il l'eut rivée au
sol.
Adelis aussi épiait Bertine. Nullement à la façon
anxieuse de Guillemette, mais comme elle eût examiné
une araignée filant malaisément sa toile. Dans sa solitude attentive et sereine, l'ancienne ribaude prenait à
son insu un relief troublant. Ogier s'étonnait qu'elle lui
rendît ses sourires avec plus de retenue qu'autrefois.
Même relâché pour quelque événement sans doute
infime, l'attachement d'Adelis lui demeurait agréable.
Elle s'employait à tout, cousait, reprisait, aidait à la

préparation de la maigre pitance, nettoyait la basse-cour, hachait, faute de grain, l'herbe destinée aux volailles, soignait Titus, pansait Facebelle et parfois le genet de Bressolles, puis les promenait dans l'enceinte, ébahissant les commères depuis longtemps enclines à l'oisiveté. Lui seul, Ogier, pouvait comprendre un tel désir d'action : outre qu'ainsi les jours paraissaient moins saumâtres, Adelis, en œuvrant sans relâche, protégeait son esprit de maints souvenirs importuns. Fille de la terre, il l'avait parfois surprise à regarder avec une infinie tristesse les champs devenus des ronceraies et des placitres[1]. Elle écourtait les veillées où, devant l'âtre vide, les hommes dispensés du guet aiguisaient leurs armes, empennaient des flèches ou jouaient aux tables[2] tandis que n'ayant ni à filer la laine ni à tresser l'osier, les femmes patrocinaient, joignant à l'infinité du temps l'infini de leurs bavardages.

Ogier observait et plaignait ces commères.

« Rien n'est pire, pour elles, que cette misère et cet engourdissement. »

Bertrande s'esclaffait d'un rien : elle était libre. Il y avait dans les œillades et les sourires de cette grande femme charnue un air de gourmandise et même de gloutonnerie. Sa plénitude laiteuse, ses hanches fortes, sa poitrine grosse — que sans savoir pourquoi il imaginait brûlante — excitaient sa curiosité. Dans sa simplicité rude, elle devait être épuisante.

« Va te faire, songeait-il, besogner par les autres. »

Madeleine Gosselin le regardait toujours obliquement. Rien de laiteux en elle, mais la pâleur de la réclusion. Elle ne quittait jamais son air éploré. Il en comprit un soir la raison en la voyant porter ses mains à son ventre. « Plate de partout, la voilà par ici qui devient rondelette. » Elle surprit son regard, répondit à son sourire puis, la bouche pincée, considéra son époux

1. Vastes terrains vagues.
2. Ce jeu correspondait au trictrac ou au jacquet.

lequel tournait le dos à Lesaunier courbé comme un coupable sur l'épieu qu'il aiguisait.

« Si cela se trouve, un troisième est le père... Et que m'importe !... Elle va peiner, la *pitioune*, à élever ici un enfant ! »

Blonde, délicate, frémissante de peur et non, apparemment, d'ardeurs contenues, Isaure Barbet pleurnichait fréquemment sur son sort. Elle semblait proche de son homme, l'entourant de mots, de gestes doucereux. Mais fallait-il se fier à cette ferveur voyante ? Un matin, après qu'Ogier eut veillé toute la nuit, elle passa devant le puits où, demi-nu, il s'offrait une longue ablution.

— Hé là, ne fuis pas, Isaure !... Viens donc me frotter et me sécher le dos.

A pas légers, drapée dans une houppelande noire, elle s'approcha.

C'était cette partie du jour où tout grisonne, où l'on distingue à peine à trois ou quatre pas tant la brume est encore épaisse. Or, ce qu'il voyait, lui, c'étaient les yeux de cette femme : tristes, à peine brillants. Et les lèvres sèches, frémissantes et maussades.

— Ton mari a veillé, lui aussi... Je viens de le voir passer. N'est-il pas revenu chez toi ?

Isaure soupira, fourragea dans ses cheveux dépeignés :

— A peine couché, le voilà qui ronfle.

— Alors que tu aurais voulu...

Se pouvait-il qu'Isaure... Il saisit son poignet ; elle ne résista pas. Il l'entraîna dans la grange. Ombres et brouillard s'y mêlaient. Un scrupule le prit :

— Hé !... As-tu oublié que tu es mariée ?

Il vit Isaure se coucher, se retrousser d'elle-même et sentit bientôt ses bras se nouer à son cou. Elle tendit sa bouche affamée en lui abandonnant ses yeux, son corps, sans qu'il pût deviner si cette concession à l'une ou l'autre de leurs ardeurs, décidée en un moment de colère, ne contrarierait pas son plaisir. Elle pleura son sacrifice consommé, mais elle l'en remercia comme s'il venait de lui rendre service. Du seuil où il l'avait accompagnée, il la vit disparaître dans la brume.

Il retourna au puits en ajustant ses chausses. Jeannette Aguiton venait de remplir un broc.

— Le bonjour, messire Ogier. Il va faire beau, on dirait.

Avait-elle vu ? S'était-elle doutée ? Si oui, parlerait-elle à Barbet ? Aux autres commères ? Elle riait, peu pressée de partir.

« En veut-elle, elle aussi ? »

Trente ans et pleine de mollesse. Elle se souciait peu d'être vêtue de lambeaux : ses chairs s'y trouvaient à l'aise. A table, elle mangeait voracement, couvant sa maigre écuellée du regard, louchant parfois sur celles de ses voisins, puis digérant dans quelque rêverie morose d'où un hoquet la tirait, quand ce n'était une bourrade de son époux. Elle l'observait lui, le baronnet — comme elle disait — avec une sorte de défi tantôt ferme, tantôt chancelant. Un soir, il l'avait vue dans les bras de Gosselin, lequel tout en la baisant aux lèvres furetait sous ses penailles. Qu'eût dit la frêle Madeleine si elle les avait découverts ?

Sans plus regarder la commère, Ogier s'aspergea le visage. Jeannette s'éloigna car Aude apparaissait, vêtue de ses peaux de renards, livide, décoiffée.

— J'ai mal dormi... J'ai pensé à Blainville.

— Tant qu'il vivra, il en sera ainsi.

Elle sourit. Quand le soleil enflammait ses cheveux, avivant sous leur frange, le bleu de ses yeux et le carmin de ses lèvres, il voyait tant d'admiration dans le regard de Champartel qu'il éprouvait envers son écuyer un mécontentement d'une invariable acuité : « Elle a de l'estoc[1] ; elle n'est pas pour toi ! » Mais pour qui d'autre ?

Ce singulier dépit confinant à la jalousie, bien que

1. De la race.

son cœur n'y fût pas engagé — du moins voulait-il s'en convaincre — l'irritait d'autant plus qu'il estimait Thierry comme un loyal et valeureux frère d'armes. Moins attachée que lui, sans doute, à leur lignage, ou certaine que leur déchéance était irréparable — quelque résolu qu'elle le sût à les en affranchir —, Aude s'était donné un protecteur. En des conditions pareilles, toute autre fille noble, esseulée, n'eût-elle pas agi de la même façon ?

Renvoyant au fond du puits le seau dont Jeannette s'était servie, Ogier le remonta par tractions lentes, appliquées, sur la corde, tandis que le pouliot grinçait, pour une fois, désagréablement. Saisissant l'anse, il demanda :

— Que penses-tu de Champartel ?

— Qu'il est bon et vaillant.

— Mais il n'est qu'écuyer, de condition bien basse et...

Je sais. Il était fèvre. Je ne m'en soucie point.

Ogier posa le seau sur la margelle et dévisagea sa sœur. Des ombres embuaient ses yeux, son front s'était plissé. Frileusement, elle ramena devant sa gorge le col touffu de son vêtement :

— Ne te courrouce pas ! Que ce penchant pour un huron te semble malséant, je le conçois... Mais tu serais outrecuidant de me juger. Tout d'abord parce que tu es un homme. Ensuite parce que tu ne dédaignes pas le commun s'il peut te satisfaire.

Sans doute faisait-elle allusion à Guillemette.

— Et enfin, mon frère, parce que nous avons vécu différemment ces cinq maudites années !

Aude se redressa, nullement par hautaineté : elle se dégageait d'un joug exténuant :

— Tu ne peux savoir quel plaisir c'est de voir apparaître dans sa vie un être différent de ceux qu'on y côtoie sans trêve. Et dont on sent qu'il a bon cœur, belle âme et force courage. Nul garçon noble, autour de Gratot, ne m'a prise en pitié quand les malheurs ont fondu sur nous. Et pourtant, il en était venu aux joutes, souviens-t'en !... J'ai été seule... Pour soutien ? La mélancolie de notre mère, et Guillemette, langagière comme pas une [1]... Non, non, tu ne peux comprendre... Il faut avoir vécu en ces murs.

— Tu l'aimes ?

Ogier renonçait à tergiverser. Dans un silence épais, ils partagèrent seuls, cette fois, le fardeau de l'infamie. Aude leva son petit menton :

— Je pourrais m'écrier : « Que t'importe ! » Or, Thierry est ton compagnon. Je ne te cache pas que si j'étais demeurée la fille que tu as connue, je l'aurais découragé. Mais j'ai cessé d'être cette pucelle. Je suis désormais plus sensible au cœur qu'à la naissance... Et c'est pourquoi ton écuyer me plaît.

— Il te plaît... Soit... Cela ne signifie pas que tu l'aimes.

— Cela prouve, au contraire, que je ne l'aime pas comme une écervelée, mais avec bon sens... Je sais pourquoi j'en suis amourée. Parce qu'il peut me rendre heureuse... en tout.

— Il t'a...

Incapable d'achever, Ogier se sentit rougir :

— Pardonne-moi. J'abuse et je le sais...

Un sourire furtif et tremblé incurva les lèvres d'Aude tandis que, poings aux hanches, elle dodinait de la tête :

— Est-ce à cause de sa naissance rustique ? Est-ce parce que je lui inspire un respect plus fort que son appétition ? Il ne m'accole pas au sens où tu l'entends.

— Mais tu lui céderais pour peu...

— Qu'il m'y incite ?... Permets-moi là-dessus, mon frère, de tirer les courtines !

Ogier s'aperçut qu'au lieu d'être intimidée, Aude prenait sur lui un certain ascendant. Elle le dominait comme Tancrède l'avait parfois dominé. Ou à peu

1. *Langagier* : pérorer.

près... Ah ! pourquoi avait-il provoqué cette explication ? Parce qu'il tenait au maintien de leur race ? Était-il à blâmer si cette malheureuse lui faisait l'effet d'une richesse en péril ? Elle était une Argouges !

« Je deviens fou, se reprocha-t-il. J'entretiens en moi des sentiments de prud'homme alors que je suis plus bas qu'un huron ! »

Aude rit ; un rire léger imprégné d'assurance :

— Que t'importe tout cela. Tu n'es pas Père !... Il approuve mon choix, sache-le.

« Parce qu'il est faible », se dit Ogier. Non ! il aurait dû penser : « Parce qu'il est bon. »

Le visage de sa sœur avait changé. Plus de moquerie, d'insolence. Une sorte de componction ou de tendresse l'animait.

— Après tout, si tu voulais épouser cette Adelis que je préfère à Guillemette, je n'y verrais nulle objection... quoiqu'elle ait quatre ou cinq ans de plus que toi... Et je crois bien que Père serait aussi volontiers consentant, pour toi et elle, qu'il l'est pour moi et Thierry.

Voilà où ils en étaient arrivés ! Adelis !... Dire qu'il l'évitait, justement, par crainte des médisances... ce dont peut-être elle lui tenait rigueur.

— Ma sœur, tu ne sais plus ce que tu dis !

Et pourtant, Aude se révélait, ce matin, plus subtile qu'il ne l'avait imaginée.

— Je tiens Adelis en estime. N'imagine pas que je la tiens ou l'ai tenue dans mes bras.

Ce tête-à-tête devenait absurde. S'il s'insurgeait qu'Aude, en s'engouant pour Thierry, eût choisi la dérogeance, celle-ci pour lui complaire et avoir son assentiment, lui lançait Adelis au visage !... Mais fallait-il qu'elle eût changé, Adelis, pour qu'Aude se fût leurrée sur son compte !

Il se retint de rire et d'ajouter : « Ribauder quelque temps, oui, j'en meurs d'envie ; mais l'épouser ! » Il se tut : il ne pouvait même plaisamment rejeter Adelis dans cette fange d'où elle s'était dépêtrée grâce à lui.

— Pense, ma sœur, à tous ceux qui nous ont devancés... Eh oui, à nos aves [1]... Tu peux t'enroturer, puisque tu as l'agrément de notre père. Je n'en ferai jamais autant... Et après tout, si tu es heureuse, tant mieux !... Thierry, s'il se bat bien, deviendra chevalier : il montera. Toi, tu te seras abaissée. Vous serez ainsi à égalité, de sorte que le mal ne sera pas bien grand.

Aude ricana. Il crut entendre le rire de Tancrède.

— Le *mal* ! L'état où nous sommes depuis cinq ans m'a souvent fait penser à ce rang auquel tu parais plus accroché que notre père. Un soir, tu m'as parlé des joutes de jadis... J'ai vu céans les grands hommes et les gentilfames du Cotentin et d'ailleurs... Et bien qu'étant jeunette, je me suis dit — avec raison, crois-moi — que certains d'entre eux et certaines d'entre elles, pour le cœur, n'égalaient pas les derniers de nos palefreniers et de nos meschines [2]. Alors, mon frère, épargne-moi tes homélies... Ton orgueil ne fait qu'affirmer mes intentions.

L'orgueil encore ! Ogier faillit se courroucer mais des éclats de voix provenant de la grand-salle révélèrent, soudain, une dispute entre quelques servantes.

— Mais cessez donc, bêtasses que vous êtes ! criait Madeleine Gosselin.

Guillemette enrageait :

— Il est à moi !... A moi !

— Il est à celles qu'il choisit ! répliqua Isaure. Oh ! la la, en voilà une possesseuse !

— Il n'est pas ton époux, ricana Bertine. La voilà qui se croit bien née !

Il y eut des coups, des griffures, des arrachements de cheveux à en juger par des « *Ah !* » et des « *Oh !* » de rage et de douleur.

— Les folles ! dit Aude. Je m'en vais les admonester !

1. Ancêtres.
2. Femmes, servantes.

Ses yeux détournés du logis revinrent sur Ogier. Il se sentit déprisé. Comme les éclats redoublaient, accompagnés des sanglots de Guillemette, Aude s'en fut, croisant Adelis, Titus déchaperonné sur son poing. Soulagé, Ogier s'avança vers elle :

— Oyez, m'amie !... Quand la paix s'établit non sans mal hors des murs, les femmes au-dedans se livrent une bataille.

Elle le dévisagea. Intensément. Entre ses longues tresses blondes, sa figure devint insondable. Ses lèvres s'amincirent pour une moue d'indifférence ou de dédain. Mais à l'égard de qui ? Les querelleuses enfin repues de coups donnés et reçus ou bien lui, Ogier, sujet de leur discorde ?

— Elles se battaient pour vous.

— Je l'ai compris. En vérité, c'est me faire trop d'honneur.

Adelis caressa l'aile du faucon et sans vergogne détailla ce torse de garçon sur lequel, emperlant les poils blonds, des gouttes subsistaient.

— Vous vous ébaudissez ? Moi je les plains toutes... Couvrez-vous donc : vous avez la chair de poule.

Elle avait pour l'examiner de la tête au nombril un air connaisseur si volontairement indécent qu'il se regimba :

— Elles se sont offertes... J'ai de l'appétit... Eh ! ne faites donc pas cette tête-là... Vous n'êtes plus...

— ... une putain, messire ?

Il voulut protester mais les traits d'Adelis se détendirent. Un sourire déplaisant, qu'il ne lui connaissait pas, releva un coin de sa bouche :

— Grand appétit, messire !

Le visage devint grave, glacé comme les dernières vapeurs matinales :

— Mais au lieu de penser à saillir toutes ces filles dont votre venue a gâté l'entente, ne devriez-vous pas vous dire qu'il vous faudra bientôt croiser le fer à Chauvigny ou ailleurs, et vous exerciser dans cette intention ? C'est l'épée ou le glaive et non le braque-mart qu'il vous faudra brandir ! Car si vous périssez devant Blainville ou un autre, faute d'avoir suffisamment de souffle et de poigne, c'en sera bien fini de la fornication !

La crudité de ces propos, le ton uni, enjoué d'Adelis, excédèrent le fautif. Ne sachant comment se rebiffer, il envoya le seau dans le puits dont les parois résonnèrent. Du talon, la jeune femme retint à temps le bout de corde. Titus battit des ailes violemment.

— Vous alors ! grommela Ogier en remontant le récipient.

Cet emportement l'humiliait. Il avait cédé. Fallait-il qu'il eût les nerfs malades ! Tout en caressant la houppe du faucon assagi, Adelis le considérait, lui, Argouges, du même œil que le rapace : une attention vivace et pénétrante. Et si son sourire semblait exprimer la moquerie, son front plissé révélait une tristesse dont il fut soucieux. Elle dit, la voix tremblante :

— Ce n'est pas d'un coq dont vos armes se parent, mais de deux lions. Soyez-en un, ne serait-ce que pour rassurer votre père.

Elle avait perdu cette réserve en laquelle elle se confinait presque constamment depuis qu'il l'avait délivrée de Norbert. Pourquoi cette rancœur ? Il fut certain d'en avoir découvert la raison :

— Est-ce la jalousie, m'amie, qui vous tourmente ?

Adelis battit des paupières et secoua la tête. Elle avait cessé de rire.

— Craignez vos vuiseuses [1] messire, si vous voulez conserver votre vigueur.

— Il n'y a guère de solas [2] à Gratot. La chère y est bien fade... La chair — l'autre — est à l'avenant !

— Bonne à consommer tout de même !

— Eh dame... puisque vous vous refusez !

1. Futilités, distractions, choses oiseuses et vicieuses.
2. Plaisirs.

Il riait ; ils étaient tout proches. Il tenta de sonder les yeux de cette indocile et n'y découvrit qu'une sérénité sans faille ; cependant une rougeur troublait ses joues. Et ce fut agressivement qu'elle lui enjoignit, tout en approchant Titus de son visage pour dissiper sa confusion derrière les ailes frémissantes du rapace :

— Cessez de penser à ces choses.

— Bon Dieu, Adelis ! Avez-vous fait vœu d'abstinence ? Est-ce Girbert qui vous a circonvenue avec sa chasteté plus épaisse que... que ces murailles ?

D'un regard qui sans doute était exaspérant, Ogier enveloppait, sous la robe grise, ce corps souple entrevu dans les herbes et frappé, désormais, par les premiers faisceaux du soleil rouge de même qu'à la chute d'eau. Jamais peut-être comme en cette aube embellie d'incarnat et de vapeurs légères, sous la feuillée, Adelis n'avait été aussi essentiellement réelle, aussi épurée des avilissements passés, aussi troublante. Et maintenant, le désir d'une étreinte le reprenait. Et ce désir, il était si près d'elle qu'il le vit réfléchi dans ses yeux, désir bleu, désir vert sous les longs cils blonds pour une fois immobiles ; désir qui n'était ni brut — comme pour Guillemette —, ni tendre comme autrefois pour Anne, ni quelque peu pervers comme pour Tancrède. Adelis captait ce qu'il y avait de voluptueux en son être tout en l'effarouchant un peu. A défaut d'être son épouse. « *Holà, Aude, qu'allais-tu chercher !* » — elle eût pu être son miroir et sans doute aussi son repos.

— Jamais, dit-elle.

Le mot lui parut immense, froid et insupportable. Il n'eut pas à demander : « *Pourquoi ?* » Adelis s'éloignait levant en l'air Titus comme une flamme grise.

La querelle des femmes s'achevait. Mettant son pourpoint et bouclant sa ceinture, Ogier soupira :

— L'impertinente.

Il était furieux d'avoir été vaincu sans pouvoir assurer sa défense.

« Une donneuse de conseils !... Et ça joue les pucelles !... Si je m'attendais... Qu'ai-je fait au Ciel pour être ainsi rebuté ?... Bressolles... Aude... Et voilà qu'Adelis à son tour me sermonne ! »

Il vit passer Guillemette. Elle courait, le visage rouge. Isaure s'avança sur le seuil du logis pour descendre le perron. Un bras l'empoigna et la rejeta dans l'ombre. Il y eut des éclats de voix de moins en moins violents et, avec une averse soudaine, douce et légère, — inopinée —, le silence parut tomber des nuages.

Le lendemain, à son réveil, Ogier se sentit les épaules douloureuses et les reins lourds. Adelis avait raison : au lieu de préserver ses forces dans l'inaction, il les avait engourdies. S'approchant d'une archère, il lança un regard à la jetée. Était-ce à cause de son humeur ou parce qu'il en avait tiré Gerbold ? La douve, ou plutôt son eau grise, immobile, lui répugna.

Traversant la pièce, il alla se pencher à la fenêtre. La tristesse de la cour aggrava son mésaise. Il bâilla, s'étira sous l'œil surpris de Saladin et de Péronne encore engourdis de sommeil.

Vivre ! Sortir de ces murs selon son bon plaisir, sans crainte d'être percé d'un trait. Agir ! Non pas lors d'un fragment de jour ou de nuit, en se gardant de toutes parts, mais dans la plénitude des muscles et de l'esprit... Échapper aux relents de la male chance, dont il ne savait plus s'ils suintaient du ciel, du sol ou des murailles. Ce bonheur impliquait le trépas de Blainville.

Il avait l'automne et l'hiver devant lui. Il était temps qu'il se remît au maniement d'armes et que Marchegai eût sa part d'ouvrage. Dans cette cour, il lui donnerait l'illusion de l'espace... Et Thierry ! Il fallait lui aussi qu'il fût apte au combat... Pour le moment, il sommeillait, les lèvres entre-closes...

Ogier secoua l'écuyer si énergiquement qu'il éveilla Bressolles :

— Allons, gars, debout !... A partir de ce matin tout va changer. De l'aube à midi, nous nous exerciserons quel que soit le temps. Nous préparerons aussi nos chevaux... Il nous faut estriver[1] l'un contre l'autre pour vaincre à Chauvigny. Nous y cueillerons la Fleur de la Chevalerie !

— Je veux bien, mais...

— Si je ne suis content ni de toi ni de moi, ni des chevaux, nous recommencerons dans la journée... Un jour, la lance et l'épée ; le lendemain la masse et la hache...

Champartel étouffa un bâillement et mit un pied hors du lit :

— A ces préparatifs, on brisera nos lances.

— Il y a du frêne bien droit dans les haies. Nous irons en tailler autant qu'il en faudra.

Vêtus de vieux haubers capitonnés au-dedans de coton, de filasse et de peaux de bêtes, ils s'affrontèrent, ébranlant et bleuissant leur corps sous les coups, se grisant de voir chanceler *l'autre*, grognant, saignant parfois sans gémir ni demander merci tandis qu'au grand plaisir d'Ogier, Godefroy d'Argouges, revigoré par ces pratiques, accompagnait les heurts de ses conseils :

— Ploie-toi davantage, Thierry !... Ogier, tu te découvres trop... Ne vous plaignez jamais d'être las et retenez que dans un tournoi, contrairement aux joutes, le hasard est au service des lourdauds de préférence aux meilleurs : on n'y dispose d'aucune place pour les feintes et les astuces ; il faut cogner ! Qu'on soit vingt contre vingt ou cinquante contre cinquante, vers la fin on demeure à deux ou trois contre cinq ou six, prêts à s'occire. C'est la guerre en raccourci... Dans la joute, tout est clair. De part et d'autre de la barrière, on est

1. Lutter. *Estrif* : bataille.

opposé seul à seul, lance contre lance, cheval contre cheval... N'oubliez pas que là aussi, comme à la bataille, la vaillance est qualité de corps, mais aussi fermeté d'âme... Roideur des membres est tare de manant... Soyez aussi assurés de votre forcennerie que de votre agilité... Et pour ce qui est du tournoi, ne vous départissez jamais de cette idée — surtout toi, Thierry, si les juges t'autorisent à y prendre part — il n'est point lâche de reculer si c'est dans l'intention de mieux attaquer !

Et tandis que les femmes préparaient deux houssements pour Marchegai et Veillantif réaccoutumés à fournir des courses :

— Ajuste ta lance, Thierry, vingt ans avant de rencontrer l'adversaire. Prends garde de ne trop la serrer lors du boutis, car si elle se rompait dans la poignée, elle te blesserait la paume à travers tes mailles... Si elle cède ailleurs, fais ton arrêt de bonne grâce en levant le reste du tronçon et, l'acte accompli, jette ce bois hors de la lice... Si la hampe se rompt dans la poignée, fais ton arrêt, hausse la main et agite-la pour montrer aux regardants que tu n'es nullement marri de ce qui t'advient... Et n'oublie jamais qu'un coup bien fourni, sur la visière de ton heaume, peut suffire à t'ôter la vie !

Puis, tourné vers son fils, tandis que les destriers soufflaient, eux aussi :

— Tu sembles tout savoir. Que pourrais-je t'apprendre ?

Il y avait du désespoir dans cette voix soudain dolente.

Le vieillard s'était pris d'affection pour Champartel. Il faisait mieux que tolérer sa présence auprès d'Aude : il la souhaitait. Pourtant, trouvant la débonnaireté de l'écuyer dangereuse pour sa sauvegarde, il s'évertuait à le rendre hargneux :

— Il te faut jouir de frapper rudement ! Plus tu te montreras félonneux, plus tu seras sûr de vivre... N'ai-je pas raison, Ogier ?

Leurs lances frustes, prélevées dans les haies du voisinage, portaient çà et là quelque bout de rameau et parfois même une ou deux feuilles en guise de pennon. Gorgées de sève, glissantes et flexibles, elles se rompaient mal.

— Au galop, les gars !... Thierry, essaie d'atteindre Ogier droit et si fort qu'il vide les arçons... et que s'il reste chevillé à Marchegai, tu les renverses ensemble.

— Je ne le puis, messire.

— Fais comme si tu pouvais... Pense que si tu ne parviens ni à bouter ton homme ni à rompre ta lance, tu auras le bras retourné, faussé ; le poigné brisé... Tiens ton écu plus haut... et toi aussi, mon fils... Allez-y, une dernière fois...

Et ils recommençaient, serrant les dents puis riant de bon cœur lorsque, sur le perron, Aude et quelques autres femmes poussaient des cris d'effroi, surtout quand les chevaux s'approchaient trop des tombes.

— Ah ! soupira Godefroy d'Argouges, un soir au souper, si seulement j'avais l'âme et le corps moins malades, je prendrais la lance afin de vous montrer comment on procède... Mais à pied, je ferai un essai demain... avec toi, Thierry !

L'écuyer approuva ; Ogier sourit au vieillard. Leurs rapports, bien meilleurs, le laissaient toutefois sur une impression d'insuffisance. Que leur manquait-il encore ?

Le lendemain — c'était le mercredi 5 octobre —, Ogier fut satisfait de voir le vieux Godefroy coiffé d'un heaume, couvert d'un haubert et chaussé de mailles, saisir une épée au râtelier d'armes, soupeser les écus et choisir le plus petit d'entre eux.

— Allons-y, que je montre à ce jeunet comment s'y prenaient les anciens !

Sur le perron, il agita son arme :

— J'aimerais, mon fils, avoir Blainville à la pointe de cet acier. Oh ! je sais ce que tu peux me dire : « Ce serait déraisonnable. » Mais j'aimerais.

C'était un jour brumasseux et froid. Devant les écuries, aidées par Thierry, Bertine, Adelis, Isaure, Bertrande essayaient les sambucs des chevaux. Elles n'avaient ménagé ni la paille ni la bourre ni les planchettes renforçant les capitons joints avec des cordelettes prélevées sur de vieux câbles retressés et suiffés. Afin que l'ensemble de ces défenses fût impénétrable, le baron avait sacrifié quelques cottes de mailles : le cou, le poitrail et les flancs de Marchegai et Veillantif en seraient couverts sous les étoffes ajustées.

— Ah ! Père, dit Ogier, si nous pouvions...

Le vieillard s'immobilisa sur les marches :

— Que veux-tu dire ?... Que vas-tu me proposer ?

— Vous proposer ? Rien... J'aimerais que vous puissiez venir à Chauvigny. Vous avez l'œil prompt et bonne mémoire. Vous sauriez mettre un nom sur chaque visage — ou peu s'en faudrait — adoncques, parmi les prud'hommes et l'assistance, vous reconnaîtriez les traîtres mieux que moi !

Godefroy d'Argouges secoua la tête. Un long soupir sortit du heaume. A travers les minces ouvertures, Ogier fut dévisagé bien en face, profondément. L'éclat et le défi qu'il avait vus naguère dans les yeux de cet homme y brillaient à nouveau :

— J'y ai pensé mais, mon gars, outre que ma présence là-bas, ne pourrait passer inaperçue — même si j'ai vieilli, même si je laissais pousser ma barbe comme un Templier —, il me faut veiller sur Gratot... Quant à toi, y as-tu songé ? Tu ne peux aller à Chauvigny que comme un manant ou un chevalier aventureux... Il te faut un écu sans rien dessus et de couleur...

— Noire.

— Hé oui.

Après s'être recueilli un instant, le vieillard appuya sa main osseuse sur l'épaule de son fils.

— Une sorte d'orgueil, parfois, bouillonne en toi...

« *Lui aussi !* » songea le garçon.

— ... tout autant que l'idée de vengeance... Méfie-

305

t'en... Je voudrais que ta vie soit au moins aussi longue que la mienne, mais dans le bonheur en toute chose... Et cette guerre contre les Goddons, je la crains pour toi.

— Père !... Une vie se mesure à son poids, nullement à sa longueur. Je me soucie peu de l'étendue de la mienne !

Ogier mentait à peine. Il ajouta, cependant :

— Mais j'espère qu'elle sera bien pleine... Dieu l'emplira à sa convenance.

— Dieu !... Je crois que si l'on attend tout de Lui, on n'obtient jamais rien. Et ceux qui Le servent au mieux sont parfois les victimes des plus affreux païens qui soient... Tu l'as vu avec Gerbold... Qui prendras-tu pour te rendre à Chauvigny ?

— Thierry et Raymond s'il revient de Bretagne... et mon chien.

— Crois-tu que ce long chemin en vaudra la peine ? Ce complot peut être ajourné. Montfort nous en a dit fort peu... Comment savoir où ces traîtres se réuniront ?

« Pourquoi dit-il cela ? Souhaite-t-il me retenir ?... A-t-il peur ? Pour lui ou pour moi ?... Le voilà qui baisse la tête... »

— Comment vous nourrirez-vous ?... Je ne puis rien te donner...

— Je sais, Père. J'ai encore une escarcelle pleine... S'il le faut, en chemin, je publierai mes chapitres [1]. A les offrir à tous venants, je pourrai gagner quelques

1. Un chevalier partant en voyage et souhaitant « égayer » sa route, publiait ses *chapitres*, c'est-à-dire les règles du jeu qu'il affectionnait. Certains portaient au bras, au cou, à la jambe, un emblème : une *emprise*. Pour affronter ces défis vivants, il suffisait de toucher cette emprise, qu'il ne faut pas confondre avec la « manche honorable » du chevalier à la joute et au tournoi, et dont les couleurs étaient celles d'une dame de l'assistance. Le terme *emprise* désigna également les chapitres du combat, puis le combat lui-même. L'emprise, enfin, devint l'*entreprise* du chevalier.

harnois, quelques chevaux et les vendre pour subsister. Dès maintenant, Aude pourrait me broder une emprise noire... avec un poing dessus en signe de vengeance... Il ne m'en faut pas plus !

Ogier riait, ne prenant guère ses paroles au sérieux. Godefroy d'Argouges pinça les lèvres :

— Je t'avais retrouvé et tu vas repartir... Ce coup-ci, je vais me sentir bien seul !

— Père, nous vivons en ces murs comme des lions en cage. Souvenez-vous de ce que Gerbold disait de vous naguère : *ex ungue leonem*[1]... Souvenez-vous-en toujours !

Ogier se courrouçait, et pourtant, la certitude d'aller à Chauvigny pour y entamer sa vengeance lui donnait du baume au cœur.

— Je vous vengerai ! Après avoir estoqué Blainville, je retrouverai Roland de Sourdeval, qui vous a malmené. Et les deux juges : Amaury de Lôme et Michel de Fontenay... Je les occirai !... Et si je connaissais les noms des presbytériens qui ont dit sur votre corps vivant la prière des morts...

Suivie de Thierry, Aude s'approcha :

— Mon frère, Gerbold nous avait dit leurs noms. Il me semble que tu les connaissais : Huguequin d'Étreham et Adhémar de Brémoy... Ils sont au manoir de Blainville...

— Et bénissent les méfaits de ces mécréants !... Mais, mon fils, prétendrais-tu châtier des clercs ?

La question contenait du défi, de l'irrévérence à l'égard des deux moines et un soupçon de moquerie auquel Ogier fut insensible.

« Pauvre père !... A-t-il peur parce qu'ils sont à Dieu ? »

Il se tourna vers Aude, épaule contre épaule avec Thierry. Son ire en fut aggravée :

— Je les punirai, cux aussi ! Si vous avez des trou-

1. *Le lion à la griffe* (on reconnaît le lion à la griffe).

bles de mémoire, je n'ai rien oublié, Père : ni vos souf-frances ni votre vergogne et la mienne... ni vos larmes et celles que j'ai versées ! Je suis enraciné au mal com-mis par Blainville et ses suppôts. Ces racines-là, je ne les trancherai qu'avec leurs vies !

Ensuite — enfin ! — il existerait vraiment.

Soulagé, mais vibrant de ce subit accès de haine, il rejoignit les femmes et les chevaux. Marchegai hennit à son approche. De fierté, sans doute, et d'impatience : les apprêts auxquels il se soumettait signifiaient qu'une chevauchée se préparait. Ogier caressa son chanfrein tiède et velouté, puis tâta, sur l'encolure, le rude tissu renforcé de mailles. Ces gestes l'apaisèrent. Bertine lui sourit, débordante de chair et d'amabilité :

— Il reste de la soie dans un coffre. Tant d'aunes que Veillantif aura un houssement semblable. Hélas ! c'est de la grise.

— Elle convient fort bien. Soignez-nous ces hous-sements, les commères... Il me plaît que nos chevaux soient superbes... Qu'en pensez-vous, Adelis ?

— Messire, gardez-vous d'attirer les regards.

Il en était si proche qu'il voyait, sur son front, le point rose d'une piqûre de moustique, et sous les entre-lacs des cheveux détressés, le duvet des oreilles. Il entendit des cliquetis d'acier.

« Ils se battent... Père, puissiez-vous reprendre goût à ces solas, même si vous savez que Thierry vous ménage ! »

Le jeune et le vieux semblaient égaux en force et en astuce — égalité précaire. D'ailleurs l'affrontement ne faisait que commencer. N'osant trop les regarder, Ogier fit le tour de son cheval, lui donnant çà et là des claques affectueuses, dépassant ainsi Isaure rougis-sante, puis Bertrande, le regard avenant. Il se retrouva près d'Adelis.

— Messire, avez-vous vu ? Sous l'assaut de votre père, Thierry bat en retraite !

Le bouclier et l'épée prompts à la parade, l'écuyer

reculait tandis que Godefroy d'Argouges progressait à larges taillants, heureux, stimulé de prendre l'avantage.

— Oh ! s'exclama Isaure.

Lâchant imprévisiblement son écu, Thierry plaçait un moulinet au ventre, des deux mains, à l'instant où son adversaire se fendait pour l'atteindre à l'épaule. L'arme du vieillard vola et chut par son estoc sur la tombe de son épouse. Ogier courut la déplanter.

— Ah ! merdaille.

Godefroy d'Argouges chancelait, las, dégrisé. Son bouclier tomba. Il enleva son heaume, le laissa choir et le poussa du pied. Ogier n'osa soutenir son regard tant la vergogne y suppléait la colère. Et pourtant, cette riote [1], il l'avait souhaitée en n'ignorant rien des inconvénients qu'elle comportait. Si cette défaite honorable décevait ses espérances, à qui la faute ?

— Père... Ou bien vous auriez dû vous abstenir ou bien vous empoignez derechef cette lame et vous la remaniez contre Champartel ! Votre main a cédé, mais votre souffle est bon.

Un « Non » sortit comme un soupir des lèvres gercées.

— Vous renoncez, vous qui...

Le garçon s'interrompit, incapable d'un apitoiement à la mesure de cette détresse importune, puis, bien que tout propos lui parût dérisoire :

— Pourquoi, alors, avoir espéré l'impossible ? Thierry sait se battre et il a dix-neuf ans... Vous en avez quarante-cinq... Donc, vous abandonnez ?

Un mol hochement de tête lui tira un grognement.

— Laissez-moi, en ce cas, rengainer votre lame...

Coupable d'orgueil, lui aussi, le vétéran se retrouvait nu, dépouillé de son savoir et condamné à une mortification sévère, moins éprouvante que ce qu'elle aurait pu être : « A part Champartel et moi, son fils, il n'y

1. Combat.

eut pour témoins que des femmes. » Or, peut-être leur présence aggravait-elle cette déconvenue.

— Il m'a eu ! J'ai vu venir le coup sans trouver le remède, moi qui parfois ai dominé jusqu'à quatre hommes !

— Messire, dit Thierry (sans qu'Ogier pût deviner s'il s'adressait à lui ou à son père) ça a été plus fort que moi. Je me repens de cette forcennerie.

— Ne te repens de rien ! enjoignit Godefroy d'Argouges. Le repentir m'appartient. J'ai péché par orgueil et m'en trouve puni !

Conscientes de gêner, les commères s'éloignaient. Adelis demeura, tenant Marchegai par la bride. Et Aude, pâle, angoissée : cette victoire de son soupirant, le vieillard pouvait la ressentir comme un affront et s'en venger en ruinant leurs desseins.

Ogier revint à ce visage bourrelé de rides, durci par une détresse plus cuisante qu'une blessure. « Manquait plus que ça ! » Le vieux vaincu vacilla.

— Non, ne me soutiens pas.

C'était le ton recouvré ; celui du commandement, claquant comme une bannière éployée. Mais c'était un vaincu qui s'exprimait ainsi.

— Misère de moi ! Ma main, mon bras m'ont trahi... Et je le dominais !

Des sanglots roulèrent dans cette gorge maigre, couenneuse, qu'Ogier dégagea des mailles poissées de sueur :

— Vous auriez dû savoir, Père, que tant qu'on heurte les lames, on est à la merci de *l'autre* et de soi-même : l'esprit est vigoureux ? Le corps défaille. Ou inversement. Tant qu'il n'est pas rompu, taillé, griévé, *l'autre* peut vous occire ! Et puis, c'était un jeu...

Une pudeur douloureuse le retint d'ajouter : « Thierry reculait par finesse et respect... pour ne pas vous indisposer à son égard. Et comme il advient en ces sortes d'affaires, le geste a devancé les bonnes intentions. » A quoi bon essayer d'étancher cette plaie ! Elle saignait trop et saignerait longtemps.

Sondant les yeux du vieillard et y voyant briller des larmes, il s'emporta :

— Sang-Dieu, Père, retenez-vous !... C'était un je parti[1], vous dis-je ! Vous n'y aviez engagé ni votre honneur ni votre vaillance, mais votre vieux savoir et ce bras dont je ne m'étonne point qu'il ait faibli après cinq ans de disette et d'oisiveté dans le métier des armes... Si votre vie avait dépendu de cet affrontement, alors, j'en suis sûr : c'est un vent mortel que Thierry aurait senti sur sa tête !

Mentir lui était désagréable. Mais que faire d'autre ? Et puis, dans l'inventaire des péchés véniels, il en avait commis de pires.

— Allons, mon fils, ne me prends pas en plus pour un niais. Le vent de mort, c'est moi qui le sens sur ma tête !

Ils s'avisèrent alors de l'écuyer, rouge et suant, mécontent de lui et craignant, comme Aude, que son emportement ne fût préjudiciable à ses amours. Pressentant cette anxiété, Godefroy d'Argouges le saisit aux épaules :

— Sache bien, Champartel, que je ne te garde pas rancune. Tu as agi comme il fallait. Et, par Dieu, tu sais te battre !... C'est à moi que j'en veux. A ce cœur racorni. A ce bras vermoulu... A ces doigts impuissants à poigner une lame !

Aude n'osait s'approcher. Adelis la rassurait à voix basse tandis que Marchegai grattait le sol et encensait.

— Père, Thierry vient de vous prouver qu'il sait retenir et appliquer vos conseils.

— L'expérience n'est rien lorsque le muscle défaille. Je m'étais bien battu, l'autre jour, face aux truands...

« Parce que vous défendiez votre vie, songea Ogier.

---

1. Jeu bien partagé.

Vous étiez pareil au sanglier qu'on assaille : la peur plus que l'orgueil soutenait votre ardeur. »

— Je suis puni de ma présomption !... Thierry, prends donc ce heaume : tu le mérites. Et toi, mon fils, cesse d'avoir cet air affligé. Si tu m'as en pitié, sache que tu aggraves ma déconvenue.

Ogier se confina dans un silence lourd. Ce qu'il éprouvait, c'était de la sollicitude. Pressentant au réveil les inconvénients de cette aventure, il avait été tenté d'inciter le vieillard à y renoncer. Mais c'eût été anéantir la joie qu'il avait surprise dans son regard tandis qu'il s'adoubait pour rejoindre Thierry. Il inspira un bon coup l'air humide de cette journée commençante.

— Et moi, Godefroy d'Argouges, moi qui vous apprenais à porter et déjouer les coups ! *Ex ungue leonem*, hein, mon fils ?... Le lion à la griffe !... Un lion diffamé, voilà ce que tu vois !... Je suis dorénavant indigne de mes armes !

Et chancelant, le dos voûté, Godefroy d'Argouges marcha vers la grange vide, sans doute pour s'y lamenter à son aise.

V

Octobre roux, ensoleillé, se poursuivit. A deux reprises, avant l'aube, Ogier et Champartel s'approchèrent du châtelet de Blainville et trouvèrent singulière l'absence d'animation dans son enceinte et son pourtour. Par Lecaudey, Lesaunier apprit que le baron, rappelé à la Cour, s'était rendu à Paris en grand bobant [1]. Il était hourdé [2] de la plupart de ses satellites et de ses deux clercs.

Ogier consulta Bressolles : il avait composé suffisamment de poudre noire pour ouvrir une brèche dans les murs du manoir tout en boutant le feu partout. Le maçon le dissuada d'employer ce moyen de vengeance :

— Ce n'est pas à des pierres qu'il faut vous en prendre, mais à des hommes.

Ogier faillit céder à cette fureur qui, depuis son retour à Gratot, grondait en lui sans trêve.

— C'est vous, Girbert, qui me fournissez ce conseil !

— Je ne vous fournis rien... Si vous embrasez cette demeure, ceux auxquels Blainville en a confié la garde seront aussitôt sous les murs de Gratot. Et nous som-

1. Pompe et vanité.
2. Escorté.

313

mes toujours bien peu pour les repousser. Croyez-moi :
continuez à vous préparer en vue de ce tournoi, et priez
pour que les juges vous y agréent.

— J'en serai !... Il le faut... Et puisque vous m'y
incitez : voulez-vous me compagner à Chauvigny ?

Le maçon hocha la tête en ébauchant un sourire :

— Je dois aller au Mont Saint-Michel... quand Raymond reviendra, je partirai.

— N'êtes-vous pas heureux parmi nous ?

Ogier se sentait oppressé. Des sentiments gris et
froids affluaient en son cœur. Ce fut une émotion
brève, violente, un chagrin pareil à celui qu'il eût
éprouvé s'il avait vu le maçon s'évaporer soudain, sans
espoir de le retrouver jamais.

— Heureux ?... Oui, Ogier. Mais je ne suis qu'un
pèlerin... J'ai envie d'échapper aux fureurs des hommes... Envie d'apprendre aussi comment on construit
les nefs de pierre et les grandes ogives... Comment la
force et la dureté des matières en équilibre aboutissent
à ces beautés solides et souveraines.

— Vous savez cela !

— On ne sait jamais tout. J'ai besoin d'édifier aussi
mes connaissances...

— Allons, Girbert ! Votre humilité, je la comprends
ailleurs, excepté en ce domaine.

— Et surtout, continua Bressolles, soucieux, j'as-
pire à me recueillir. Et quoi de mieux, pour moi, que
cet îlot où Dieu, sans arrêt, est assailli par Neptune ?

— Y resterez-vous ?

— J'en repartirai quand j'aurai vu, appris... Un jour,
je reviendrai à Foix ou à proximité. Je retrouverai
Sicart de Lordat s'il est toujours en ce monde.

Le visage de Bressolles, aux traits marqués, robustes, prit une finesse, une bénignité dont Ogier fut bouleversé.

— Allons, mon ami, pourquoi cette tristesse ? Peut-
être un jour passerez-vous par Foix, Lavelanet, Mont-
ségur... Quand la mort s'annoncera, je partirai pour ce

pays... Si je l'atteins, j'y resterai en attendant la Délivrance... Je n'ai plus aucun lien, vous le savez, à Arques et à Carcassonne... Alors, pourquoi y reviendrais-je ?

— Vous avez trente ans et vous me parlez de mourir !

De nouveau, Bressolles eut ce sourire las et léger, intraduisible, qui déconcertait ses familiers sauf peut-être Adelis.

— La mort... Je n'en ai nulle inquiétude. Ce qui me contriste, c'est notre amie...

« Voilà, se dit Ogier, que nous pensons à elle ouniement[1]. Pourquoi ? »

Existait-il une réponse ?

— Veillerez-vous sur elle comme...

— Comme sur une sœur, Girbert. Vous avez ma promesse.

Ogier mentait si effrontément qu'il rougit. Bressolles eut un geste mou — comme une bénédiction — et s'éloigna de son pas mesuré, jetant au passage un regard sur les tombes. Comme Péronne et Saladin l'entouraient, il se mit à leur parler, à leur sourire, tout en les flattant d'une main vive — une main qui jamais, peut-être, n'avait attouché une femme.

Le jeudi 13, au commencement de l'après-midi, Gosselin souffla dans son olifant puis dévala l'escalier de la Tour de la Fée en hurlant :

— Ohé ! Ohé ! Abaissez le pont... Voilà deux des nôtres... C'étaient Asselin et Jourden.

— Eh, dites, vous avez pris votre temps ! s'exclama Lesaunier lorsqu'ils eurent mis pied à terre.

— Si tu savais ! dit Asselin.

Puis, tourné vers Godefroy d'Argouges et son fils :

— Nous avons chevauché de nuit... Nous nous som-

1. Tout à la fois.

mes perdus. Il y avait des Goddons un peu partout...
soudoyers et routiers...

Ils étaient accablés et fourbus.

— Et Montfort ? dit Ogier. Comment est-il ?

— Quand nous l'avons quitté, il allait mieux.

— Les Bretons sont malheureux, dit Jourden. Les
Goddons sont à l'aise... Ce qu'ils laissent après leur
passage, les Charlots s'en emparent.

— C'est la misère, et nous doutons que Charles de
Blois et sa femme y remédient.

— Quant à Montfort, croyez-moi, il vous conserve
en son cœur.

— Fort bien, dit Godefroy d'Argouges. Nous allons
nous occuper de vos chevaux... Allez vous laver, puis
venez nous rejoindre à table... Vous tombez à point :
cette nuit, Aguiton et Gosselin ont rapporté un chevreuil.

Le 23, jour de la Saint-Séverin, Raymond, Courteille
et Desfeux se présentèrent devant le pont-levis. Le soir
tombait et Barbet, dont c'était le tour de guet, ne les
avait pas reconnus.

— Alors quoi ? hurla Raymond. On n'ouvre pas aux
amis ?

Ogier grimpa jusqu'à la machinerie et mit le treuil
en mouvement.

Raymond ! Il se réjouissait de ce retour, « comme si
ce grand barbu était mon parent », songea-t-il en aidant
le sergent épuisé à mettre pied à terre.

— Eh bien, compères, vous semblez hodés [1], dit
Godefroy d'Argouges, inquiet et avide d'être instruit
des événements de Bretagne.

Leur mine était piteuse, leurs habits fangeux et leurs
montures, elles aussi, n'en pouvaient mais. Une nuit,
raconta Raymond, alors qu'ils venaient de dépasser
Fougères, ils avaient dû soutenir l'assaut de quatre larrons. Ils en avaient occis trois.

---

1. Fatigués, exténués.

— Leur chef à tête de crapaud a pris la fuite.

— C'étaient des Bretons, dit Courteille, mais on n'a pas pu savoir de quel bord. J'en ai estoqué un !

Il s'exprimait si fièrement qu'Ogier se dit qu'il ferait un bon homme d'armes. Et tandis que Raymond abandonnait son Marcepin à Bressolles, qui s'empressait de le desseller, Desfeux déclara sans ambages :

— Montfort est mort.

— Mort ? s'écria Godefroy d'Argouges.

— Par Dieu, oui, messire. Il aurait mieux fait de demeurer céans : il vivrait peut-être encore.

Furieux qu'un bec-jaune l'eût devancé pour annoncer ce trépas, Raymond rabroua Desfeux, le poussant même contre la muraille de l'étable sans qu'il se récriât contre ce traitement.

— Une mort pas franche.

L'espace d'un soupir, Ogier revit les traits effleurés[1] de Montfort, ses expressions allant de l'espérance à la fureur, l'éclat de son regard dévoré de fièvre et d'ambition.

— Il avait bien supporté le voyage, continuait Raymond. Parfois, il riait, surtout quand on s'est enfoncés en Bretagne. Il en connaissait toutes les ruettes[2] et les chemins creux. Hein, les gars ?

Courteille et Desfeux acquiescèrent. Plus que leur compagnon, toujours hirsute, ils avaient le visage tanné sous leur duvet juvénile. Des gouttes de sueur emperlaient leurs sourcils, au ras de la barbute. Ce n'était pourtant pas qu'il fît chaud : le plaisir du retour les échauffait. La longue chevauchée, les menaces latentes et une escarmouche en avaient fait des guerriers. Ils allaient, sans doute, se montrer plus hardis envers les femmes.

— Les plaies de Montfort se sont-elles enveni-

---

1. Qui avaient perdu leur fraîcheur (dans l'acception médiévale).
2. Petites routes.

mées ? Est-il mort avant d'atteindre sa bonne ville ?...
Parlez !

La hâte de savoir possédait Ogier. Portant ses mains
à son cou, il fut heureux d'y sentir le précieux parchemin.

— A notre avis, dit Raymond, ses plaies sont hors
de cause, car il allait mieux quand les gens d'Hennebont nous accueillirent. Autant vous dire qu'ils l'attendaient depuis des semaines. C'est du moins ce qu'on a
pensé tous trois. Nous sommes arrivés le jeudi 22[1], et
nous avons été conjouis comme... des rois mages. Le
comte m'a fait présent du haubert et du chapel de fer
que Marcepin porte à sa selle. Courteille et Desfeux
ont eu des haubergeons et des barbutes... En plus, chacun de nous a reçu une épée de bon acier poitevin...
Puis Montfort nous a proposé d'entrer à son service...

Raymond eut un geste sec, comme si sa fierté, l'es-
sence même de sa nature, sa probité et sa loyauté
s'étaient cabrées à l'énoncé de cette offre.

— On a refusé... Tout alla pourtant bien... Les gens
d'Hennebont...

— Ah ! eux, coupa Courteille, ils n'étaient guère à
l'aise. Un mal les tourmentait. Ils l'appelaient le feu
de Saint-Antoine... Ceux qui s'en trouvaient atteints
devaient courir dix ou vingt fois par jour aux latrines[2]
et certains étaient si mal quand ça les prenait dans la
rue que, ma foi, ils cherchaient vélocement des recoins
pour soulever leur robe ou abaisser leurs braies !

— Oui, approuva Desfeux, en riant. Hennebont
empunaisait la merde !

Malgré ses joues envahies d'une friche blonde, il
avait conservé un regard enfantin. Tourné vers Raymond, il l'incita à poursuivre :

— Le dimanche, un régal[3] réunit les gens de Mont-

1. Septembre 1345.
2. Il y avait alors en Bretagne une épidémie de dysenterie.
3. Grand repas.

fort... Bien sûr, il ne pouvait y avoir ni son épouse ni son fils, puisqu'ils sont en Angleterre. Mais on a compté trois évêques, trente écuyers et chevaliers bretons et anglais dont je n'ai pu retenir les noms, et moult agréables donzelles. Et puis, messire Ogier, il y avait Guy de Passac... Lui, je crois que vous le connaissez de renommée !

— Passac, répéta Ogier d'une voix altérée.

— Eh oui... Il était là avec sa femme, Blanche... Sa beauté dépasse tout...

— C'est ce qu'on m'a dit.

Soudain, Tancrède réoccupa la mémoire du jeune homme. Elle admirait ce couple. Elle admirait Blanche dont elle était...

— En vérité, dit Courteille, l'épouse de Passac est belle comme... comme...

Ne trouvant aucune comparaison satisfaisante, il dit tout bonnement :

— Faut la voir !

Ce qu'Ogier avait toujours supposé sur la disparition de ce couple se confirmait : les Passac n'avaient pas péri dans l'incendie de leur bastille, sise non loin du couvent de Lubersac où Tancrède avait vécu son adolescence : ils s'étaient ralliés aux Anglais. Tandis que son père et Jourden dessellaient les deux autres roncins, il demanda, baissant la voix :

— Dis, Raymond, as-tu vu ma cousine ?

— Ni elle, ni Briatexte, ni Hervé.

Une sorte d'excitation s'empara de l'homme d'armes :

— Passac et sa dame s'en iront aux prochaines Pâques à Chauvigny, si j'ai bien compris... Un grand pardon d'armes y aura lieu.

— Je le savais par Montfort... Il est bon que tu me le confirmes...

— Reviens au fait, Raymond, pria Courteille. Dans notre hâte à tout vous dire, faut pas oublier que Montfort est mort le lundi, au lendemain du banquet[1]... Je crois pas que les coliques soient cause de son trépas... Nous les avons eues tous les trois, et si pendant deux jours elles nous ont amoindris, nous vivons !

— Alors ? demanda Godefroy d'Argouges.

— On croit — et on n'est pas les seuls, hein, Raymond ? — qu'il a été empoisonné.

Ogier dévisagea son père. Ce qu'il trouva dans ses traits et son regard fut une infinie pitié.

— Par qui ? Et pourquoi ? Qu'avez-vous su quand il a trépassé ? Les gens étaient-ils accablés ?

Courteille caressa la joue de son cheval :

— Des pleurs partout, messire... Le mardi, après la mise en bière, j'ai rencontré sur mon chemin une des chambrières de Blanche de Passac. Elle m'a dit que ce pouvait être l'atteinte d'un compagnon d'Hervé de Léon pour venger sa mort[2].

— Cet homme fut ni plus ni moins un traître à la cause des Montfort. Il devait lui rester peu d'amis de son vivant et aucun dès son trépas.

— C'est vrai, messire, approuva Raymond. Ce pourrait être aussi, dit-on là-bas, Jaquelin de Kergoet, le frère de cet Yvon que nous avons enterré ici... On disait ce Jaquelin très épris de Jeanne, l'épouse du

1. Montfort mourut le 26 septembre 1345.
2. Conseiller du comte de Montfort, Hervé de Léon l'avait blâmé de vouloir résister aux Français lors du siège de Nantes : la lutte était trop inégale et les morts s'entassaient. On raconte qu'avec l'approbation de ce chevalier, et peut-être à son incitation, les bourgeois apeurés ouvrirent eux-mêmes une porte de la ville aux assiégeants et participèrent à l'assaut de la demeure de Montfort. Quoi qu'il en soit, la ville était soumise le 21 novembre 1341. Hervé de Léon se joignit à Charles de Blois et eut accès à son conseil. Fait prisonnier dans une embuscade, par Gauthier de Masny, au mois de mai 1342, il fut enfermé à la Tour de Londres le 7 juillet. Édouard III voulut le faire décapiter ; le comte de Derby l'en dissuada. Après lui avoir promis la liberté contre une rançon de 10 000 vieux écus, ils le chargèrent d'aller défier Philippe VI et d'inviter les chevaliers français à un tournoi. Après s'être acquitté de sa mission, Hervé de Léon mourut mystérieusement dès son retour en Angleterre.

comte. Il s'est opposé, paraît-il, à ce qu'elle et son fils partent pour l'Angleterre.

— Je ne sais qu'en penser. Ce Kergoet se trouvait-il à Hennebont ?

— Non. Il guerroie avec les Goddons.

Godefroy d'Argouges se tourna vers son fils :

— S'il y eut poison, c'est peut-être quelqu'un du parti de Blois qui l'aura versé. Il se peut que le Charlot n'ignore rien du complot de Chauvigny... Et Philippe VI doit en être instruit.

— Il se peut, Père. Mais même si le roi est averti qu'une machination se prépare, Blainville est près de lui pour s'ébaudir de ces affirmations et les réduire à des gailles [1]... avant que de faire occire, par Ramonnet ou un autre, le dénonciateur.

Raymond eut une moue dubitative. Aude et Champartel, attentifs, s'approchèrent. D'où venaient-ils ? De quel coin d'ombre ?

— Vous saurez tout, messire, à Chauvigny.

— Il te faudra, Thierry, ouvrir tes yeux et tes oreilles !

Ogier surprit le regard anxieux dont sa sœur enveloppait l'écuyer. Elle allait disposer de quelques semaines de solitude pour approfondir le sentiment qu'elle lui portait.

— Soyez quiète, Aude... Je suis sûr que nous en reviendrons.

— Qui sait ! dit Raymond. Quand on foule un guêpier, il est rare qu'on échappe aux piqûres... Et certaines sont mortelles.

— Nous veillerons à tout... J'irai là-bas sous un nom emprunté.

— Même ainsi, que ferez-vous si vous rencontrez l'Archiprêtre, Panazol et même Knolles ? Il se peut,

1. Plaisanteries.

vous le savez, que des Goddons soient conviés à la fête[1]... Ils vous reconnaîtront !

— J'ai le temps de penser à ces choses.

— Alors, songez-y bien, messire, insista Raymond. Prudence n'est pas couardise, au contraire... Vous en aurez besoin !

Et joyeux, les bras tendus pour une étreinte légère :

— Adelis !... M'amie, je suis bien aise de vous revoir.

Le lendemain, à l'aube, Ogier se tourna du côté de Bressolles. Son lit était fait ; sa besace manquait au crochet de la porte.

« Tiens », se dit-il, confusément soucieux.

Il s'habilla et se hâta vers l'écurie. Girbert n'y soignait pas son genet, lequel, en l'attendant, sabotait sa litière. Où était le maçon ? Remplaçait-il un guetteur défaillant ?

Guillemette franchit le seuil. En souriant, elle agita sa main pour écarter une mouche importune, donnant ainsi à son geste une expression moqueuse et négative :

— Vous savez que je dors à peine, messire... même si je ne passe plus la nuit avec vous... Votre compagnon a traversé la cour peu avant l'aube. Il est parti je ne sais comment. Il ne pouvait emmener son cheval, car le pont aurait résonné sous les sabots, et vous auriez essayé de le retenir...

Elle ne souriait plus ; il y avait une supplication au fond de son regard. Ogier y fut insensible. S'approchant, il mit la main dans un décolleté téméraire et, tâtonnant un sein replet, palpitant :

— Je te rends grâce de m'avoir prévenu. Quand tu l'as vu, tu aurais dû venir m'éveiller.

---

1. Il était fréquent d'inviter les ennemis aux joutes et tournois. Des sauf-conduits leur garantissaient une liberté complète. Ensuite, la fête d'armes achevée, ils pouvaient repartir sans inquiétude, chargés du butin qu'ils y avaient gagné.

— Pour risquer d'être violée ! Vous êtes nombreux, là-haut, maintenant !

— A nous tous, nous t'aurions contentée pour long-temps.

Sans lui offrir le geste tendre qu'elle attendait et, mécontent de cette repartie, Ogier abandonna la chambrière.

Adelis venait de descendre aux cuisines. Il la saisit aux épaules.

— Girbert n'a laissé que son cheval. Ni adieu ni regret... Rien ! Est-ce vous qui avez baissé le pont-levis ?

Elle évita son regard, se dégagea et gagna la cour.

Il s'abstint de la suivre. Il fallait qu'elle fût seule pour laisser couler sa tristesse.

Et lui, Ogier ? Il n'était déjà plus pareil : c'était une brisure de sa jeunesse, une parcelle, surtout, de sa sérénité qui s'en étaient allées avec Bressolles. A qui se confierait-il, désormais ?

En apparaissant prêt pour leurs exercices, Thierry changea le cours de ses pensées :

— Holà, messire !... C'est-y, ce matin, à l'épée ou à la hache ?

Ce fut ensuite un jour comme les autres.

Le soir, Ogier venait d'étriller Marchegai lorsque Bertine passa dans la cour et obéit à son signe.

— Que voulez-vous, messire ?

— Ça.

La prenant à pleins bras, il eut aussitôt la bouche dure et tremblante de la commère contre la sienne.

— Venez, dit-elle d'un souffle.

Des frissons la parcouraient, et tout en le poussant vers un endroit sans doute arrêté de longue date, elle se serrait contre lui, moins, semblait-il, pour profiter de sa tiédeur que pour qu'il s'imprégnât du désir dont elle était agitée.

— Depuis le temps que vous me faites languir !

Son corps potelé vibrait d'une ardeur aussi violente

que lors des prémices de leur brève étreinte, cinq ans plus tôt. Ah ! comme il avait rêvé de la renouveler... Mais elle l'avait ignoré. Maintenant, il allait se revancher. Ce serait une fois, pas davantage.

Après avoir dépassé les chevaux, ils atteignirent le seuil d'une parclose. Il y avait entre les bat-flanc, une jonchée de paille. Bertine la gonfla en quelques coups de fourche et se laissa choir dessus, la robe retroussée et les bras à demi tendus :

— Viens !... Viens ! Tu te souviens quand tu m'as forniquée à la chandelle ?

Leurs fronts, leurs joues se frôlèrent. Ogier respira l'odeur de ce corps exalté, senteur grave par-delà celle du fourrage et des bêtes. Bouche rieuse dans l'ombre aux luisances de cuivre, poudrée par l'essaim picotant des poussières.

— Faut te hâter, on pourrait nous surprendre.

Elle le tutoyait comme autrefois. Elle avait de beaux bras, d'un grain ferme, des épaules douces ; elle protesta :

— Ne me dénude pas... Cette nuit si tu veux... Je ne suis pas *l'autre*, moi : quand tu seras entré... dans ma chambre, je pousserai le verrou !

Elle rit, le courrouçant et ne le voyant pas. Guillemette... La suavité dans la soumission ; l'avidité dans la tendresse. Transie pendant cinq ans à l'ombre des murailles et comme retranchée derrière un pucelage âprement défendu, elle n'avait eu qu'un seul recours pour apaiser une soif de volupté plus oppressante, dans l'ignorance et la chasteté, que celle de la plupart de ses compagnons et compagnes : penser à lui, Ogier ; circonscrire d'enluminures un acte et des plaisances qu'elle enjolivait moins à mesure qu'elle s'en repaissait. Mais à quoi bon évoquer Guillemette ! Il empoignait Bertine, fermée, elle, aux songeries délectables, mais ouverte aux agréments roides et consistants. Et tellement brasillante qu'elle flambait déjà sans qu'il l'eût pourtant tisonnée bien fort, puis se consumait dans un grognement mou et profond — à son image — tandis qu'il achevait son galop.

— On recommencera, dis ? fit-elle quand, après un soupir morose, il se laissa glisser sur le flanc.

Elle clignait de l'œil, frottant de ses mains potelées ce ventre pâle où le contentement tiédissait. Plutôt que d'acquiescer, il la prévint :

— Garde-toi de mécontenter Guillemette. Tu me voulais, tu m'as eu. Si mon père ou ma sœur... ou quelqu'un d'autre *sait*, tu t'en repentiras !

Elle pouffa ; son regard pétilla de malice :

— Me repentir de quoi ? Et de quelle façon ? Et qui donc est ce *quelqu'un d'autre* ? Adelis ?... Qui que ce soit, d'ailleurs, je saurai me défendre... Tiens : je peux crier d'ici que tu t'es remué à peine mieux que ton père !

— Il t'a...

Le garçon suffoquait : *Lui* et elle ! S'il s'était agi d'une autre servante — Isaure, Jeannette, voire Guillemette —, il en eût été moins affecté. Mais Bertine !... Elle ne différait guère d'une ribaude... « Père et *elle* ! » Il y avait dans cet accouplement quelque chose de déplaisant, de... *dégradant*. « Moi, je m'en moque : la mort m'épie et sans amour, je prends du plaisir où il s'offre... Mais *lui* enfourchant cette cagne !... » Lui qu'il considérait comme une espèce de saint, tant pour son humilité et sa bénignité présentes...

— Est-ce avant ou après le trépas de ma mère ?

Bertine, agenouillée, leva une main. Il la laissa toucher la mince cicatrice qui déparait sa joue.

— Longtemps après... Ça t'indigne et te surprend ?... Hou là là, je crois que j'aurais dû me taire... Grand seigneur ou non, ton père est un homme... Ce sont ses lions, pas lui, que l'on a équeutés !

Ogier rajusta ses braies. Écœuré de lui-même, il ne savait que dire. En s'offrant incidemment cette médiocre jouissance, il avait revigoré la lubricité de Bertine dont le rire se feutra d'une pitié soudaine :

— Il aurait bien fait ça du vivant de ta mère, va, s'il ne l'avait tant respectée. Faut dire qu'on savait toutes, céans...

— Quoi donc ?

— Qu'elle était pas portée sur les solas dont moi et toi on est amourés... Froide comme un glaçon, qu'elle était, même s'il lui avait fait deux enfants... Un soir, six mois après son veuvage, et comme je l'avais vu plus doulousé que jamais, je suis allée m'étendre sur sa couche... Oh ! là là... C'est qu'il a pas voulu et m'en a boutée durement puis lubriquement[1]... Que veux-tu : ça aussi c'est comme la malefaim. Et il a été sûrement plus repu en son lit qu'à sa table !

La chair, encore la chair. D'un recoin de cette écurie dont le silence était parfois troublé par un sabotement ou quelque bruit de dents rongeant une mangeoire, Ogier découvrait que l'ancien preux invulnérable aux tentations malignes avait succombé à l'une des plus communes — car il ne doutait pas des propos de Bertine. Dans son inconvenance à lui révéler ce qui n'était qu'une faiblesse naturelle — pas même un péché véniel —, il y avait certes de l'orgueil et de l'effronterie, mais aussi une commisération telle qu'il ne pouvait réprouver cette audace.

— Sacrée Bertine !

Païenne mais nécessaire comme le remède à la plaie, la charité à la misère et l'église ou la chapelle à la messe.

— Tu continues à le visiter ?

Cette fois, la commère s'indigna :

— Qu'est-ce que ça peut te faire ! A moins que tu ne veuilles tenir la chandelle.

S'il pouvait s'accommoder d'un tel état de fait, Ogier ne put tolérer tant d'impudicité moqueuse.

— Va te faire foutre... Et ne compte plus sur moi !

---

1. Doucement, légèrement.

Bertine se releva, grommela une injure et s'en fut de son pas capricant.

Au souper, Ogier mangea sans faim, n'osant trop regarder son père. Il dormit mal. Un froid moite le réveilla peu avant l'aube. Il aperçut Péronne et Saladin couchés sur le lit de Bressolles et regretta, un pincement au cœur, l'absence du maçon.

Il secoua Thierry, Raymond, Courteille et Desfeux, leur disant qu'ils avaient de l'ouvrage. Il s'exprimait à mi-voix, sans impatience. Et quand, dans la cour, il rencontra son père, il s'aperçut que sa compassion à son égard s'était dissoute :

— Belle journée... Voyez comme le ciel est pur !

Et il lui tapa sur l'épaule. Fraternellement.

Ce fut novembre.

Blainville et ses suppôts tardant à réintégrer le manoir de la lande, les reclus de Gratot s'enhardirent. On mena paître les bestiaux hors des murs sous la surveillance de quatre hommes armés comme à la guerre : un après-midi le taureau, un autre les deux vaches et plus souvent les chevaux qu'on réaccoutuma aux grands galops sans trop les éloigner de l'enceinte. Deux fois par semaine, au cours de ce mois de grisaille et de vent, Ogier, Thierry, Adelis et Aude — celle-ci peu rassurée — emmenèrent Titus à la chasse. Devenu gras et dédaigneux, le faucon laissa maintes proies s'enfuir.

— Gratot l'emmaladit, relevait Ogier sans trop d'amertume.

— Ce n'est pas Gratot, mais la réclusion, disait tout uniment Adelis.

Vint décembre. Lecaudey, malade, ne pouvant pour un temps continuer son aide, Gosselin et Barbet sacrifièrent une vache.

La Noël fut bonne, Courteille et Desfeux ayant tué un sanglier dans la forêt de la Vendelée.

327

Le gel vint, la neige apparut. Il fallut bûcheronner. Les haies dépouillées offraient de médiocres abris mais permettaient de prévenir les embûches. On affronta quiètement cette adversité nouvelle. Devant un feu maigre, plus suant que flambant, on pria matin et soir pour le retour des beaux jours — même pas des jours heureux. Dans l'étable, Péronne mit bas deux chiots jaunes sur lesquels Saladin veilla farouchement. Les voyant peu après leur naissance, Gosselin grogna :

— Faudrait les noyer.

— Fais-le, dit Aude, et par Dieu quand ton enfant naîtra, il s'en ira pourrir avec eux dans la douve.

— Mais, damoiselle, je ne dis pas ça par mauvaiseté ! C'est que ça va faire deux bouches de plus à nourrir !

Sa femme, Madeleine, fit une fausse couche. Sans les soins d'Adelis et de Bertine, elle serait tombée de fièvre en chaud mal.

Sitôt le petit mis en terre — près de Gerbold —, Isaure dit que, par des temps pareils, il était fou de faire des enfants. Ogier espaça ses rencontres avec Guillemette et se surprit souvent à surveiller son ventre. Il demeurait bien plat. Elle s'étonna puis se plaignit qu'il s'esquivât, désormais, avant l'issue de leurs étreintes et décida de boire des soupes d'herbes — bourrache et bétoine mêlées — en prétendant qu'ainsi, elle resterait bréhaigne.

— Avale ce que tu voudras. Tu te rendras malade, et pour moi, rien ne changera.

Il épiait aussi le ventre de sa sœur. Puisque leur père traitait ouvertement Thierry en futur gendre, l'écuyer ne dissimulait plus ses amours, et le château ne manquait pas de reclusoirs propices aux embrassements.

« Peut-être, la nuit, quand je suis avec Guillemette, rejoint-il Aude dans sa chambre... Eh bien, tant mieux pour eux ! »

Le froid perdit son âpreté. La pluie, chaque jour, démangea les visages d'Ogier et de ses compagnons en lutte dans la cour boueuse. La senteur des douves débordantes s'atténua. Puis le soleil resta tout un jour dans le ciel. Le lendemain, au milieu de la matinée, un papillon franchit les murailles et s'en alla voleter au-dessus des tombes. Ogier qui s'exerçait contre Raymond tourna vers l'insecte la pointe de son épée :

— Voyez, les gars : le printemps n'est pas loin !

Ce fut mars, bourgeonnant aux arbres et fleurissant aux friches. Et une chaleur telle qu'on se serait cru en été. Aidé par Courteille et Desfeux, Thierry ferra les chevaux de neuf. Quand ils furent prêts, Ogier dit à son père :

— Nous sommes le 20. Nous partirons demain. Raymond et Thierry sont avertis. Nous chevaucherons sans hâte. Comme sommier[1], je prendrai le genet de Bressolles. Ne vous faites aucun souci : je crois avoir pensé à tout... Par prudence, je serai désormais ce qu'en chemin il me conviendra d'être... Ogier, certes, mais d'Heugueville, Gouville ou Montsurvent... et quelques autres noms qui me viendront en tête.

— Tu ne le peux.

— Père, ma fraude sera bien mince eu égard aux méfaits commis en ce royaume. Nul ainsi ne pourra m'inquiéter.

Godefroy d'Argouges secoua la tête. Cette dénégation muette irrita le garçon, mais par courtoisie, il décida de se taire.

— Non, mon fils, tu ne peux prétendre être un Normand. Si Blainville est là-bas, il découvrira l'imposture : il connaît aussi bien que moi notre terroir et la plupart des seigneurs qu'on y trouve... Il te faut un nom d'autre part.

C'était sagesse. Le déplaisir d'Ogier s'atténua. Il demanda :

— Tinténiac ? C'est aussi notre famille...

— Certes, mais nous ignorons pour qui sont ces

1. Cheval de somme.

Bretons : Blois ou Montfort... Et de plus, ils sont connus.

— Alors qui ?

— Prends un nom du Pierregord ou de la Langue d'Oc. Tu as d'ailleurs un peu l'accent de ces gens-là.

— De la Langue d'Oc, père !... Je n'en connais aucun hormis Briatexte et Bressolles.

Le garçon sentait battre une fois de plus dans ses veines une irritation dont il ne comprenait pas l'ardeur. Blâmable en soi, elle l'aidait cependant à vivre et à parfaire ses desseins. Il aperçut Adelis occupée à puiser de l'eau :

— M'amie, vous avez ouï ce que nous venons de dire, j'en suis certain. Donnez-moi un nom de votre pays !

Il s'attendait à un rire, une hésitation ; il n'en fut rien :

— Ogier d'Ansignan, en Fenouillet[1]... Cela vous convient-il ?

— Fenouillet me plaît bien.

— A l'écu noir auquel vous pensez, j'ajouterais un canton d'or à dextre.

— Je le ferai puisque cela semble vous plaire !

— Te voilà bien gai, tout à coup.

— Il se peut, Père. J'ai grand-hâte de faire œuvre utile. Il ne me suffit pas qu'on vous sache innocent : je veux qu'on vous congratule et admire... Et moi avec !

Toute sa chair autant que son esprit exigeait cette action par laquelle il mettrait Richard de Blainville échec et mat.

— Veillez bien sur ma sœur, Titus et nos gens. Et surtout demeurez vigilant.

Tête basse et dos rond, le vieillard se dirigea vers les écuries afin de savoir, dit-il, où Raymond et Thierry

---

1. Ou Fenouillèdes. Une famille, les Fenouillet, dont le château subsiste à l'état de ruine, donna son nom à cette ancienne province détachée du Razès, en Languedoc, entre les Corbières et les Pyrénées.

en étaient de leurs préparatifs. Laissant son seau près du puits, Adelis fit quelques pas. Nette et onduleuse, elle avait dans la marche une douceur glissante, un balancement paisible, d'une nonchalance qui semblait épicer sa beauté renaissante. Elle s'immobilisa. Bien qu'il fît chaud, sa robe était lacée jusqu'au cou, ses manches rabattues et sa ceinture lâche, par pudicité sans doute : ainsi disparaissaient les creux des flancs et les renflements du reste de son corps. Toujours la même avec, dans le secret du regard, cette petite flamme noire, triste et tiède.

— Pardonnez-moi, messire, mais il faut que je me décide.

— Parlez, m'amie, puisque vous en avez envie. Au contraire de vous, je ne puis rien vous refuser.

Ogier se reprocha ce brocard tout aussi indigne de lui que d'elle. Adelis l'excusa d'un geste aussi léger que le vol d'un papillon, lors du premier matin d'or et d'azur qui les avait sans doute enchantés l'un et l'autre.

— Dites-moi, m'amie. Point d'ambages entre nous.

Le front soudain plissé d'Adelis révélait plus encore que son regard à l'affût sous les longs cils sombres, une volonté sans apprêt, nette mais chancelante. Ainsi, elle incarnait l'anxiété, l'espérance et quelque chose d'autre qu'il ne pouvait définir. Sans surprise, il éprouva la même envie de possession que celle qui l'avait étreint, quelques mois plus tôt, dans la chambre où Montfort reposait. Face au désir d'une tout autre espèce reflété par le visage d'Adelis, la réalité se fit plus aigre, pour s'adoucir tout à coup :

— J'aimerais vous convoier [1] à Chauvigny.

Il aurait dû se récrier, lui rappeler les inconvénients et les fatigues d'une chevauchée longue et incertaine, insister sur les périls auxquels elle s'exposerait non seulement autour des lices mais dans cette cité dont ils ignoraient tout. Or, il n'était ni ébahi ni mécontent.

1. Accompagner, d'où convoi.

Au contraire. Jamais, à Gratot, Adelis ne s'était sentie complètement à l'aise. Acceptée, mais avec défiance, observée d'autant plus intensément qu'elle ne révélait jamais ses goûts, ses préférences, et se confinait dans une décence qui la différenciait des autres femmes ; indifférente aux hommages souvent frustes ou malaisés des hommes ; réfractaire aux médisances ou suppositions malséantes, sa sérénité n'empêchait pas qu'elle sentît sur sa personne les démangeaisons d'une curiosité permanente. Certes, elle s'était résignée à languir et vaguer, souvent seule, dans les murs, sachant bien quels dangers se tramaient au-dehors. Cependant, elle s'ennuyait. La Langue d'Oc lui manquait. Après l'avoir avoué, elle ajouta :

— Je crois qu'*ils* savent ou se doutent... sauf peut-être votre sœur.

— Qu'ils savent *quoi*, Adelis ?

Ogier regretta aussitôt sa bévue.

— Pardonnez-moi... Votre existence, pour moi, commence à Rechignac et je ne veux me souvenir que de votre dévouement lors des assauts de Robert Knolles. Nous sommes trois à savoir. Moi, Thierry... et Raymond qui vous aime moult. Croyez-vous que ces deux-là auraient pu parler par dépit s'ils avaient essayé d'obtenir votre... consentement ?

Elle pâlit. Mais quoi : elle avait entamé cet entretien.

— Ont-ils essayé ?

— Jamais... Ils ont affaire ailleurs... comme vous !

Adelis, maintenant, souriait sans malveillance. Cette gaieté les soulagea d'un poids malsain.

— J'ai pensé parfois à vous emmener, Adelis, car il est bien rare que ceux qui se rendent à des liesses comme celles de Chauvigny ne soient accompagnés de leur épouse, leur sœur, leur cousine ou quelque gentilfame. Les joutes et les tournois sont faits pour l'honneur des dames... Vous l'avez vu : Thierry a ferré Facebelle. J'hésitais, je ne sais pourquoi.

Ils revenaient lentement vers le puits.

— Il y a Titus, dit Adelis.

— Aude le soignera... Elle sait maintenant comment faire... Il se peut même que Thierry lui ait appris moult autres choses... Ah ! oui, m'amie, vous pouvez venir à Chauvigny !... Et nous y partirons par ce très beau temps !

Il rit, offrant son visage au chaud soleil de midi. Chaque fois qu'il imaginait cette ville inconnue, ce tournoi, cette joute, un accès d'allégresse lançait des frémissements dans ses muscles.

— Vous serez ma sœur, Adelis, plutôt que mon épouse : ainsi, vous dépendrez moins de moi. Il se peut que nous allions là-bas pour rien ; il se peut que la Providence me serve. Mais venez : allons trouver Aude. Nous ouvrirons avec elle les coffres de ma mère. Il faut que vous soyez accointée bellement.

Comme elle demeurait près du puits, Ogier s'impatienta :

— Qu'avez-vous ? Pourquoi restez-vous ainsi ?... Voulez-vous que je porte cette eau ?... Elle était pour Facebelle ?

La jeune femme abaissa son regard vers le seau dont elle effleura l'anse de la pointe de sa sandale. La cheville apparut sous l'ourlet de la robe. Aussitôt le garçon revit le mollet fuselé, la cuisse longue et drue et tout ce corps entr'aperçu sous les ondées d'un ruisseau.

Le moment présent s'imprégnait d'un goût de cendre et d'inachevé. Ce matin-là, parce qu'un autre avait vu cette fille nue, parce qu'un autre avait essayé de la prendre, il avait affronté l'audacieux comme si Adelis lui était promise. Or, rien ne laissait prévoir qu'elle abandonnerait à son égard, ne fût-ce qu'une fois, ce maintien distant dans lequel elle semblait se complaire. Comment s'appelait-il déjà, ce trouble-fête ? Norbert... Pensait-elle parfois à ce forcené ? Pourquoi fronçait-elle les sourcils ?

— Quelles sont vos pensées maintenant, Adelis ?

Elle sourit du bout des lèvres :

— Je me disais que la mer est toute proche... que je la sens vivre, surtout la nuit... et que nous allons partir sans que je l'aie vue... Je ne sais comment cela peut être... Grand, bien sûr... Mais comment ?

— Toutes les idées que vous pourriez vous en faire ne seraient que faussetés... Imaginez un champ immense... Un champ dont les hautes herbes très serrées se parent de fleurs mouvantes, mousseuses... Un champ que le vent laboure sans trêve, profondément... Par ce temps, sous ce soleil, elle doit être resplendissante.

Ces mots qui lui échappaient, Ogier les trouvait dérisoires : tout ce qu'il pouvait dire sur cette immensité lui paraissait petit, sans éclat ni relief. Il y avait presque six ans qu'il n'avait, de près, revu la mer.

— Vous en parlez, Adelis, et je m'aperçois qu'elle me manque.

Ce fut pourquoi, tout en sachant son offre déraisonnable, il proposa :

— Si cela vous tente bien fort, je vous y emmènerai... Attendez-moi dans l'étable à la nuit... C'est à plus d'une lieue et nous ne pourrons y aller qu'à pied... Le voulez-vous ?

Il sourit : les joues teintées de rose, elle avait accepté dans un souffle. Elle bougea légèrement la tête, reprit son seau et s'en alla.

Ils avaient traversé des champs, marché dans des chemins ombreux givrés de lune. Ils avaient couru parfois, effrayés par un bruit suspect, pour s'abriter, attentifs, le long d'une levée de terre emmitouflée de ronces et de fougères. Ils avaient avancé sans jamais se parler, heureux de se sentir libres, en accord avec la chaude paix nocturne. Leurs émois n'étaient dus qu'aux rares envols d'invisibles oiseaux et aux débuchés tout aussi invisibles d'un lapin, d'une fouine ou d'une belette ;

puis le silence à nouveau les cernait, frémissant du soupir chuchoté des feuillages.

Un fossé se présenta, large et brillant en son fond. Ogier d'un bond l'enjamba, saisit une basse branche et se retourna :

— Donnez-moi la main et sautez.

Adelis s'approcha du bord autant qu'elle put, releva son jupon aux genoux, éclair charnel à peine entrevu puisqu'il la recevait déjà contre sa poitrine. Elle se dégagea fermement d'une prise pourtant légère :

— Continuons, messire... Ne perdons pas de temps.

— Encore du *messire* !... Et croyez-vous qu'ainsi nous perdions notre temps ?

Elle ne répondit pas ; comme il avait conservé sa main dans la sienne, elle se libéra d'un mouvement sec.

Devant eux, les arbres s'espacèrent et leur taille diminua ; le ciel illuminé en blanchissait les feuilles. Au sol, on eût dit qu'il venait de neiger.

— Voici la lande, Adelis. Bruyères et genêts... Sentez : nous commençons à marcher sur du sable.

Deux chevêches au vol moelleux flottèrent dans le ciel en lançant leur plainte feutrée.

— Oyez... Thierry aurait trouvé dans ces cris quelque annonce de malheur... Pas moi... La mer est toute proche, à présent.

Au-delà des basses collines, les flots chuchotaient doucement.

— Par là... Suivez-moi, m'amie, sur ce sentier pour ne pas vous égratigner.

Il ne pouvait s'égarer en ces lieux. Il y avait si souvent erré avec son père qu'il en connaissait les arbres, les sentes à peine tracées dans le piquant pelage, blanchâtre cette nuit, et d'un beau vert tendre en plein jour. Et plus il s'approchait du rivage caché, plus l'air devenait mouillé, comme s'il s'était mêlé aux flots avant de s'épancher vers les terres.

— Venez, Adelis... Il fait bon, ne trouvez-vous pas ?... C'est étrange...

— Quoi, messire ?

— Ce printemps chaud... trop chaud... Est-ce bon signe ? L'été ne se vengera-t-il pas à coups d'orages et d'effoudres[1] ?... Qu'en pensez-vous ?

Il parlait pour dissiper ses émois et ses craintes. Seuls à une lieue de Gratot ! Il n'avait qu'une dague à sa ceinture.

— Dites-moi n'importe quoi, mais parlez !

Adelis demeura silencieuse, enveloppée, pénétrée comme lui par les tiédeurs ondoyantes.

Les champs clairs où leurs fantômes se mêlaient s'entrecoupèrent de mares et de ruisseaux morts, prêts à ressusciter au prochain flux. Certains pouvaient se franchir d'une enjambée, d'autres en passant sur des planches. L'une d'elles manquant, Ogier, les pieds dans la vase, saisit Adelis aux hanches et, le temps du passage, la reçut contre son corps. Une fois de plus, alors qu'il appuyait sa joue contre sa poitrine, elle se dégagea. Il sourit. Il eût aimé que leur cheminement fût constamment entrecoupé d'obstacles ; il le lui dit et elle en parut courroucée sans qu'aucun mot pourtant ne franchît ses lèvres.

Ils repartirent. Dans les fourrés clairsemés et les ruisselets plus étroits, leur approche provoquait des bonds, des *plocs*, des fuites.

Le sol s'arrondit, se bossua et s'éleva. Les pieds s'y enfonçaient sans trouver un appui. La robe d'Adelis frémissait aux grands soupirs du vent qui plaquait, ridait sa camisole sur sa gorge, hurlupait ses cheveux et lançait contre son visage clair des grains agaçants et durs.

— Toute cette chaleur amènera un orage... Peut-être pas ce soir mais demain... Il est en train de fourbir ses

1. Tempêtes.

éclistres... Cette pente est rude, Adelis. On y patauge sans guère avancer... Donnez-moi votre main.

— Non.

— Soit... Nous arrivons.

Bien que la nuit, visitée de nuages longs et bouffis, fût devenue bleutée puis résolument noire, devant eux s'élevèrent soudain des lueurs d'aube.

— C'est là... Vous allez la voir.

Quelques pas encore et ils furent au sommet de la dune.

La mer apparut, immensément nacrée, incroyablement douce à leurs yeux larmoyants, léchant, léchant toujours dans un gémissement mousseux le sable du rivage.

— Nous y sommes.

Adelis s'était arrêtée, les paumes appuyées sur ses seins, frissonnante de surprise et d'émoi, noire et vivante oriflamme dans ses amples vêtements. Avec une extase d'enfant, elle regardait cette eau mouvementée dont les crêtes se fracassaient sur le rivage nu, brodant et rebrodant les mêmes festons d'hermine, lentement, mollement, passant de la violence lourde à la caresse, du grondement au friselis comme on passe de l'ardeur à la langueur et du frisson au spasme. La nuit semblait de perle et de velours obscur.

— Voilà, dit Ogier, guère enclin à parler. Vous l'aurez vue enfin. C'est maintenant qu'elle est la plus belle.

Ils étaient face à face comme des adversaires, et pourtant rien ne les opposait : ils partageaient le même enchantement.

— C'est beau.

— Oui, c'est beau.

Choses vaines que ces mots enchâssés dans un silence au goût de sel et d'incertain pendant lequel Ogier pensait : « Si tu voulais... » et où Adelis baissait la tête comme une pucelle prise en faute. Mais en faute de quoi ?

— Venez... Descendons la voir de près...

Il lui offrit sa main et s'étonna qu'elle l'eût acceptée. Cependant, avant de se laisser entraîner, elle regarda ces mamelons de sable, autour d'eux, si blancs sur le fond sombre du ciel, qu'elle dit en riant :

— On croirait voir de gros tas de farine.

Une goutte de lumière — une larme peut-être due au vent ou à son émoi — illumina ses yeux ; sa voix prit un accent inconnu, grave et pointu, presque enfantin quand elle avoua :

— J'ai envie de courir droit devant.

Elle se libéra et descendit la dune. Elle courait. Il la suivit à grands pas, attiré par le mouvement de ses hanches et la rondeur de son corps lorsqu'elle se baissa pour retirer ses sandales. Sa course devint pure et dansée ; il savait qu'il ne l'avuait plus d'un regard neutre ou amusé, mais avec l'attention soutenue d'un chasseur.

Elle s'arrêta, saisit une poignée de sable et s'étonna :

— Oh ! qu'est-ce qui vient de sauter après avoir chatouillé ma paume ?

— Une puce... Plus grosse que celles que nous connaissons sur terre !... Regardez à vos pieds : elles sautent, elles dansent... comme vous !

— Il est doux, dit-elle en reprenant du sable.

C'était vrai qu'elle n'en connaissait pas la douceur ; qu'elle n'avait jamais connu *la* douceur. Elle désigna l'eau vivante et pâle :

— Je veux la toucher... la voir mieux... J'aimerais m'y plonger.

C'était parfois ce qu'il pensait à la vue d'une femme. *C'était ce qu'il éprouvait maintenant.*

L'incomparable et vivante senteur des flots enveloppait Adelis.

Le vent continuait de plisser sa jupe et comme elle la relevait pour piétiner l'écume blanche, il envia ce vent qui, intime et hardi, s'insinuait en elle.

L'eau fluait, écumait et disparaissait, sucée, absorbée par le sable avec un grésillement tendre. Ogier regardait ces chevilles que léchaient les vaguelettes, et ces jarrets laiteux, imaginant les jambelets de fraîcheur qui vacillaient autour. Bientôt, Adelis releva sa robe au-dessus des genoux et avança résolument vers le large.

— Holà !... Prenez garde : il y a des creux... On perd pied par ici... De plus, elle doit être froide !

Il reçut un rire pour réponse :

— Que non !... Elle est tiède à souhait... Vous devriez venir.

Il hésita. A quoi bon, pour *rien*, se mouiller les pieds et les bas-de-chausses. La mer, il la connaissait, et ce n'était pas l'envie de la pénétrer qui, pour le moment, le tenaillait. Il était sensible à la joie d'Adelis ; à sa découverte d'un rivage si paisible qu'elle semblait vouloir y demeurer afin de se perdre dans ses plis neigeux et ses luxuriances noires. Tout cette nuit, pour elle, était neuf, exaltant. Les frémissements liquides, les soupirs presque humains du sable qui s'abreuvait, les souffles inégaux d'un vent dru, composaient sur ce coin de sol doré une musique ténébreuse, inconnue d'elle. Avec une sorte d'incertitude heureuse, le goût d'un plaisir neuf et l'allégresse d'échapper aux servitudes terrestres, elle avançait.

« Après tout, se dit-il, pourquoi pas ? »

Il quitta ses vieilles heuses trouées et ses bas-de-chausses. Il trouva également l'eau tiède en avançant à la rencontre de la jeune femme.

— N'est-ce pas qu'elle est douce ?

A propos de la mer, c'était une bien étrange remarque. Il constata, non sans plaisir, qu'Adelis avait abrogé le *messire*.

Elle le regardait s'approcher sans souci qu'il vît ses cuisses. Elle souriait toujours ; lui, non. Son cœur battait et son regard s'attardait sur les belles jambes découvertes plus volontiers que sur ce visage indécis, gourmand d'espace. Lui, Argouges, c'était un appétit d'elle qui lui venait et revenait, lancinant comme la mer. Une gourmandise chaude et pure.

— Comme on est bien !

— Oui, Adelis.

Il la considérait avec une insistance accrue dont elle semblait insoucieuse. Il avait besoin de se persuader qu'elle était bien là, rieuse, dénudée d'un bon tiers, et qu'il ne l'inquiétait point. Il s'emplissait l'esprit de cette certitude incroyable : « Nous deux seuls ici, loin de Gratot... Loin de tout... » Et les constellations devenant soudain ses complices, il pouvait jouir de l'expression ravie de cette bouche claire ; il pouvait remarquer combien ce cou laiteux avait de délicatesse, et combien cette gorge...

— Adelis...

— Ah ! non, bas les pattes.

Elle regardait ces mains importunes, ne pouvant évidemment comprendre quel désir les avait poussées, possessives et sensibles, sur ses épaules. Il y porta les yeux à son tour, et tandis qu'Adelis s'éloignait à petits clapotis, il éprouva de nouveau dans tout son être une pesanteur d'échec.

Elle se retourna, volte brusque, si brusque qu'elle faillit choir dans les vagues.

— Pardonnez-moi. Vous me donnez une grande joie et je vous traite comme...

Sa voix se pénétrait d'une douceur nouvelle. Elle sembla lutter contre elle-même et brusquement, lâchant sa robe, elle se mit à sangloter en revenant vers le rivage.

— Adelis !... Adelis !... Ne partez pas !

Qu'elle le voulût ou non, il la prit dans ses bras. Et c'était délicieux de l'envelopper ainsi, secouée de sanglots et comme repentante. C'était agréable de sentir ses hanches contre ses paumes et de les imprégner de cette tiédeur de femme ; c'était doux d'avoir ses narines chatouillées par des cheveux indociles ; d'avoir contre le sien son cou mouillé de larmes.

— C'est trop pour moi, voilà... Mais je ne puis consentir à ce qui vous tourmente... Pour moi, d'où qu'elle vienne, la bonté n'est que fausseté... Votre désir de moi est pareil aux autres, quoique vous vous en défendiez...

Voilà ce dont il était capable une nuit pareille : arracher des larmes à cette compagne, *à cette amie*, au bon milieu de son plaisir de vivre !... Des hommes l'avaient possédée. Combien ? Peu importait. Ce qui prédominait dans cette déception qu'il avait bien cherchée, c'était que tous ces mâles avaient laissé en Adelis tant de mépris et de haine qu'il s'en trouvait éclaboussé.

— C'est vrai, dit-il, repentant, pour *cela*, je ne vaux peut-être pas mieux que les autres. Et je ne sais qu'ajouter, sinon que vous me troublez... Oui, vous me triboulez ! Et si je veux être d'une sincérité que vous ne pourrez mettre en doute, cela remonte à l'invasion de Saint-Rémy... Quand je vous ai vue toute seule, prête à devenir la proie des truands de Knolles, j'ai eu pour vous, que vous me croyiez ou non, un sentiment qui dépassait la compassion... un désir de vous protéger pour vous réhabiliter... C'était — comment dire ? — c'était plus fort que moi...

Fermant les yeux, Ogier laissa ses oreilles s'emplir du bruit de l'eau mouvante. Adelis se dégagea de son étreinte pour s'éloigner vers les dunes ; il l'eut vite rejointe et la reprenant contre lui sans qu'elle ne se défendît plus :

— Pardonnez-moi.

Remontant vers le sien le visage de la jeune femme dont il serrait le petit menton ferme, il lut dans ses yeux une tristesse, une langueur confondantes.

— Vous êtes belle... si belle...

Sa voix lui parut s'être étranglée. Il haletait à l'idée d'avoir rompu un charme et pourtant tout, autour d'eux, restait irréel : cette sensualité qui montait des attouchements des flots sur le rivage ; ces lents, doucereux coups de langue des vagues bouillonnantes autour des quelques rochers dressés çà et là ; ces échanges voluptueux jusque sous leurs pieds mêmes où, dans de lents frissons d'écume, l'eau et le sol s'épousaient.

— Laissez-moi, messire.

Il obéit. Adelis s'éloigna ; il la vit reprendre ses sandales.

— Ne partez pas ainsi ! protesta-t-il sur le ton de la supplication. Je me repens... et ne vous toucherai plus !

Contrairement à ce qu'il craignait, il la vit jeter ses sandales vers un buisson et soudain, avec la plus tranquille innocence, enlever sa robe, son jupon, sa camisole, et nue, après l'avoir contourné de loin, courir vers la mer pour s'y jeter, s'y allonger, s'en couvrir.

Jamais il n'aurait pu prévoir qu'elle agirait ainsi, ni qu'elle serait si belle, si tentante sous les feux blafards de la lune. L'onde bruissante la couvrait de sa soie flexueuse, s'éclaircissait aux rondeurs de son corps, accrochait ses perles sur sa chair, ses cheveux, ses toisons tout en lui creusant un lit à ses formes. Elle se vêtait de diaprures et de dentelles fondantes, roulait obliquement avec un petit rire moins dû à la fraîcheur saisissante des flots qu'au plaisir de se livrer sans crainte. Elle passait ses mains vives sur ses épaules, ses seins, ses flancs ; parfois, levant une jambe, elle en frappait une vaguelette puis se roulait, se vitulait, incrustant dans sa chair de longs pans de grains de sable.

Et elle riait fort maintenant, éclaboussée de clartés tressautantes, fermant les yeux sans doute, ouvrant son corps, grisée, offerte à toutes ces mains liquides, soulevant des varechs du bout de ses orteils, insoucieuse d'être observée par un mâle qu'elle croyait avoir dompté.

Ogier tremblait, picoté de chair de poule, et pourtant, plutôt que de les éteindre, toute la fraîcheur de cette nuit singulière avivait les brûlures de son désir. Adelis s'enfonçait dans l'eau ? Il s'enfonçait dans sa passion jusqu'au ventre. La rejoindre !... Il ne l'avait laissée que trop longtemps seule... L'étreindre là, dans ces vastes draperies fluides, fripées de vent, ourlées d'hermine, aussi moelleuses que les plus subtils duvets... Pourtant, il ne se sentait pas le droit d'interrompre ces jeux, ces solas, cette jouissance de sirène ou mieux : ce baptême païen. Il voyait les seins dardés, petits et durs, l'écusson tendre et fugace emperlé, caché, emperlé encore pour une fête où il voulait obtenir de bon gré sa part ; il voyait remuer comme des algues d'or, les longs cheveux enluminés.

Et soudain tout cessa. Adelis demeura immobile dans un naufrage d'une volupté nouvelle, rassasiée d'eau et de mouvements.

C'en était trop : se dénudant promptement, Ogier jeta ses habits sur ceux de la jeune femme et courut la rejoindre.

— Ne vous voyant plus remuer, j'ai cru...

— Que j'étais morte ?

Il s'était attendu à quelque geste de pudeur surprise ; il n'en fut rien ou presque. Adelis s'assit, replia les jambes et, penchée en avant les maintint serrées entre ses bras, les mains verrouillées devant ses genoux. Ainsi, il la voyait à peine. Elle souriait, et c'était lui qui se sentait nu ! C'était lui dont le sang flambait et dont le corps n'était que tremblements et roideurs. Il s'accroupit. Elle demanda :

— Si je mourais, vous qui m'aimez un peu, me pleureriez-vous ?

— Oui... Par ma foi, oui, dit-il, enroué de confusion. Mais vous vivrez longtemps, m'amie... Vous goûtez à peine aux charmes de la vie. Aussi vrai que j'ai nom Ogier, des jours délicieux vous attendent.

A leurs pieds, l'eau lançait ses lambeaux sur le sable. Toutes les idées qu'il s'était faites sur cette fille se révélaient fausses.

— Ainsi ce charme-là...

Il voulut l'appuyer chastement contre lui ; elle s'écarta doucement mais leurs épaules ne cessèrent de se joindre ; et comme Adelis le dévisageait, il vit ses traits se durcir :

— Vous êtes fou... Que voulez-vous que ça me fasse *à moi*, votre tentation, votre envie !... J'en ai tellement subi qu'elle me paraît, elle aussi... répugnante. Je ne saurais me guérir, même pour vous, de cette exécration.

— C'est une tentation pure, Adelis !

— Comme s'il pouvait y en avoir !

— Mais oui... Le corps et le cœur... et même l'âme !

Elle rit et se détourna. Elle regardait la mer ; elle admirait cette eau dans laquelle, un moment, elle avait recouvré des délices d'enfance.

— Je vous répugne ?

A question hésitante, réponse claire :

— Presque, puisque vous êtes un homme... Cessez de faire l'enfant et le mal heureux... Je me suis juré de ne plus céder depuis le jour où vous m'avez tirée de cette boue... Si vous vouliez me prendre, il fallait l'exiger le soir de l'invasion de Saint-Rémy... Je l'aurais compris... et accepté... Je n'étais pas la même que maintenant, et la liberté, cela se paye... Et puis, pourquoi *moi* ? Pour vous... soulager, vous n'êtes pas en peine !... Toutes, là-bas...

Elle eut un mouvement du menton vers Gratot.

— Toutes sont comme des chiennes en chaleur... Ça ne vous suffit pas ?

Sa voix tremblait. Colère ? Donc jalousie.

— J'ai peur... Vous me faites peur... Oui : peur.

Cet aveu lui coûtait, mais elle était loyale.

— Vous êtes si peu pareil aux autres !... Mais je ne crois pas, je ne veux pas croire que vous ayez pour moi un désir différent... Je n'ai su d'eux que la laideur de leurs étreintes. Fille de joie ? Non, messire : fille à chagrins, fille à petits martyres... J'en vomirais encore !

Elle cracha, essuya sa bouche d'un revers de main et se replia derechef sur elle-même :

— Tous dans le même panier !... Nobles et vilains... Jeunes et vieux ! Et puis vous voilà, vous, Ogier le Preux, Ogier le Sage, Ogier le Bon !... Vous voilà avec cette sorte de faiblesse et d'amitié à mon égard... Vous voilà avec votre Chevalerie si belle et agaçante et, sous votre armure de bons sentiments, cette concupiscence commune à la plupart des hommes, et de jour en jour plus voyante !... Sachez-le : autant que la laideur et les bas appétits, la bonté des mâles m'effraie... Pire : je la hais !... C'est avec de la bonté qu'ils nous... possèdent ou nous asservissent... Oui, de la bonté !... La bonté !... Le plus infâme des artifices... Je la redoute autant que la méchanceté !

Ogier se taisait. Il subissait cette vague de fureur en regardant les autres, fluides, à ses pieds. Il voulut se lever. Sans souci soudain de sa nudité, Adelis le retint par le poignet :

— Je ne peux pas vous dire que je vous déteste, ni que je vous...

— ... aime ? murmura-t-il.

Elle se courrouça :

— Et même si c'était, vous l'avouerais-je ?... Vous savez qui je suis ! Une pute... Une crapaude... Je peux vous dire : *vous êtes bon* et même, oui même : *vous êtes un amour*, mais je ne peux pas, je ne veux pas sentir votre corps sur le mien...

Vivement, elle se pencha et se détourna vers la mer.

Ogier avait pu voir des larmes sur ses joues.

— Adelis... dit-il. Adelis.

— Votre bonté ! enragea-t-elle. Votre bonté !

— Pardonnez-moi.

Sa voix tremblait de repentir et de dépit.

— Pardonnez-moi aussi.

Adelis renifla, baissa la tête ; un rayon de lune joua sur sa nuque. Ogier, perplexe, donna des coups de talon dans le sable. Il comprenait que les humiliations — et le mot lui sembla bien faible — eussent forgé à cette fille une cuirasse de dégoût qui la préservait à jamais des passions et pâmoisons. L'amour pour elle était un sentiment terrible. Elle en avait trop pratiqué les simulacres pour ne pas l'exécrer. Il ne saurait jamais ce que ce front penché dissimulait, mais Adelis lui semblait d'autant plus forte, soudain, qu'elle avait connu les pires faiblesses ; d'une sobriété d'autant plus solide qu'elle avait connu l'intempérance ; d'une hautaineté d'autant plus élevée qu'elle avait connu tous les abaissements.

— Venez, dit-il. Il est temps de partir.

Puis en riant :

— Cessons, m'amie, d'être Adam et Ève avant la fuite du Paradis.

Elle se leva, indifférente à sa nudité. Pas lui ! Sous sa peau couvaient des braises. Ces seins... ce ventre tacheté de sombre... Comment, si nette, pouvait-elle croire à son impureté ? Tout cela appartenait à une autre vie, à une autre Adelis. Elle n'avait pas un regard pour son corps, à lui. Tant mieux ! Il avançait lourd et gonflé, frissonnant, les doigts d'Adelis crochetés aux siens ; et soudain, il s'immobilisa :

— On vient !... Oyez, Adelis... On vient... des chevaux...

Ils coururent jusqu'à leurs vêtements et se jetèrent sur le sable, hanche à hanche, le souffle bref, la tête légèrement soulevée afin de mieux entendre le clapotement feutré des sabots sur les dunes. Le garçon toucha de ses lèvres une pommette et des cheveux glacés :

— Ils sont six ou sept.

Un cavalier sifflait ; un autre chanta dans une langue qu'Ogier reconnut — l'espagnol :

Don Alfonso hacia Toledo quería volverse ya, Pero el Cid aquella noche no quiere el Tajo pasar[1]...

— La truandaille de Blainville !... Ne bougez surtout pas, Adelis !

1. Don Alfonso voulait déjà retourner vers Tolède, mais le Cid, cette nuit-là, ne veut pas passer le Tage...

346

Quelques herbes frémissaient devant leurs visages. Le vent léchant leur peau, il semblait que les frissons de l'un se transmettaient à l'autre. Comme elle se soulevait pour essayer de voir, Ogier appuya sa main entre les épaules d'Adelis, le coude touchant ses reins, l'avant-bras imprégné de cette fraîcheur de nymphe, imaginant ses seins, son ventre épousant à s'en faire mal le sable sur lequel elle s'était échouée.

Elle ne bougeait pas, les cheveux collés à l'épaule, la joue posée sur le dessus de sa main, « les yeux dans les miens ». Il y voyait de l'angoisse. Il voyait aussi, sur ce visage clair, le froncement des sourcils, la bouche entre-close ; la goutte d'eau nacrée suspendue à l'oreille. Il avait oublié ce que cette fille lui avait reproché. Son cœur s'exaltait toujours mais il ne savait si c'était à cause des intrus ou du désir qui le ressaisissait d'embrasser Adelis. N'importe, il éprouvait de plus en plus malaisément, des épaules aux genoux, le grenu du sable.

Il ne cherchait plus à voir les Navarrais. Insoucieux du regard qui l'observait, il guignait ce dos laiteux, lunaire, tentateur. Il ne savait ce qu'Adelis pensait de son geste, ni pourquoi, soudain, elle le tolérait. Elle tremblait davantage sans qu'il pût deviner si c'était de froid, de peur ou du contact d'une main sur son corps. Il s'était attendu qu'elle se dégageât, et ce n'était pas une mince surprise qu'elle fût ou parût consentante.

— Bougez pas... Ils approchent... Ils passeront non loin de nous... au-dessus.

Sa main s'était faite de plomb ; son épaule commençait à s'engourdir. Il entendit un homme rire... *rire comme s'il les découvrait*... Attendre... Quand ils seraient passés, il saisirait Adelis à bras-le-corps ; ils rouleraient, glisseraient ensemble jusqu'à cette eau toute proche pour ajouter à leurs délices, les joies d'il ne savait quel rite lustral.

« Que ces maudits se hâtent de passer ! »

Il ne cessait d'épier à travers les herbes frissonnantes, sollicité par ce corps vibrant, ruisselant de clartés, et ces fantômes à cheval, apparus enfin, quelques toises au-dessus d'eux, lents, processionnaires. Ils étaient six, coiffés, vêtus de mailles ; ils riaient maintenant ; ils venaient de Blainville et se dirigeaient vers la pointe d'Agon.

— Ne bougez surtout plus !

Adelis, cependant se redressa, prit appui sur ses coudes et, afin de mieux observer les importuns, se tourna sur le flanc, offrant au garçon tout l'avers de son corps.

— Ils passent.

La main d'Ogier glissa jusqu'au creux de l'épaule sans qu'Adelis se rebellât. Elle continuait de regarder les hommes. Un pli mauvais serrait ses lèvres ; elle frissonna quand un cheval hennit.

— Ils sont passés sans nous voir.

Le sourire était celui du contentement ; Ogier y posa sa bouche. Ce fut un frôlement suave, exquisément.

Il s'était mis sur le flanc ; il avait approché sa poitrine de cette poitrine pâle, enchapelurée de sable et enrichie de deux grains d'ombre. Il s'était poussé en avant pour atteindre ce ventre devant lequel, soudain, la petite main blanche se posait.

— Avez-vous toujours peur, Adelis ?

— D'eux ou de vous ?

Il la baisa doucement, ardemment, jusqu'à sentir entre ses lèvres tièdes la fraîcheur des dents. Elle se dégagea, mais sans courroux et sans hâte. Dans un mouvement involontaire, parce qu'un gravillon lui écorchait la hanche, il la toucha de telle sorte, par le milieu du corps, qu'elle comprit que son désir grandissait, et comme elle ne bougeait pas, il s'approcha de ce court pelage que la main cessa de défendre.

Devait-il pousser encore, imperceptiblement, pour disjoindre les jambes serrées ? Il différa, s'angoissa tant il craignait que l'instant si chèrement souhaité ne se ruinât par sa faute... Tant d'hommes avaient dû se jeter sur elle avec une voracité de chiens !

Il s'interdisait de parler. Il sentait les formes tièdes, dolentes, abandonnées contre lui. Entente paisible, merveilleuse, bien que cet accord restât précaire — en tout cas insuffisant. Adelis ferma les yeux. Signe de contentement ? De résignation ?

De nouveau il baisa ses lèvres pleines, avides, soudain figées, effacées d'un sursaut. Elle gardait closes ses paupières et il craignit qu'ainsi, ne le voyant plus, elle se crût au pouvoir d'un de ces mâles qu'elle exécrait tant.

Il avait conservé sa main sur son épaule ; il effleura le cou, la poitrine ; saisit la hanche dure et l'approcha de lui. Il lui semblait qu'il allait éclater tant il était tendu et palpitant. Une odeur montait de lui et d'elle. Ils avaient chaud, couverts de leur seule peau et des haillons de sable et de coquilles. Ils étaient proches, unis ou presque par une peur dont les derniers lambeaux s'échevelaient avec, là-bas, les voix d'hommes, amenuisées.

Les doigts descendirent vers la cuisse avec une maladresse enfantine ; et cette maladresse, il le pressentit, était douce à Adelis. Elle n'avait connu ni les ménagements ni le respect mais les impudeurs mortifiantes. Cette tendresse neuve la troublait. Frileuse encore, elle s'y accoutumait comme elle s'était accoutumée à cette mer dont le murmure était également caresse. Et lui, bien que leur solitude s'y prêtât, ne se sentait enclin à aucun de ces jeux qu'il aimait à pratiquer avec d'autres... Creux de hanche, cuisse mouillée, enfarinée de sable... Joue douce et froide ; cils battants sur la nacre noire des prunelles ; bouche à laquelle il scella la sienne.

Il ne sut ce qu'il y buvait. Du désir ? De la joie ? Du plaisir ?

Il sentit Adelis échapper aux vieux songes ; il avait souhaité une reddition, il obtenait un consentement.

Il l'attira contre lui et comme, leurs lèvres se quittant, ils reprenaient haleine, il sentit qu'elle bougeait les jambes.

Allait-il gagner ? Sa gorge lui faisait mal. Son cœur battait. « Elle ne consent pas : *elle veut* ! » Car elle se renversait avec un soupir dont il ne sut pourtant s'il était de résistance lassée ou d'offrande.

Il baisait ardemment cette bouche vaincue ; il caressait cette joue, cette oreille — coquillage, aussi, de chair froide —, ces cheveux humides poudrés de grains d'orfroi ; il sentait contre lui ces seins fermes, et tandis qu'à lents coups de reins tendres elle répondait aux siens, il tremblait de crainte de troubler cette faim de miracle vers lequel il l'emportait. S'il la décevait, il serait désormais pour elle pire que les autres !

Elle avait clos ses paupières pour vivre mieux, vivre seule ; elle se laissait griser, bercer. Humide et salée, la bouche qu'il picorait n'avait plus cette lourdeur, cet affaissement de tristesse mais, parfois, un soupçon de sourire. Il était d'autant plus palpitant, d'autant plus passionné qu'il pressentait que cette nuit serait la seule qu'ils partageraient. A mesure que s'épousaient leurs sens et qu'Adelis se vivifiait, à mesure que leur union devenait joie, fièvre, emportement ; à mesure que leurs cœurs s'appelaient, se répondaient, s'étoilaient de feux, de douceurs, de vertiges, une vérité le frappait, incroyable : il éprouvait pour elle un sentiment profond auprès duquel la tendresse, toute bienfaisante qu'elle fût, n'était rien. Il l'aimait. Oui, présentement, il l'aimait !

Quand les bras d'Adelis le ceinturèrent, il comprit qu'elle naissait à l'espoir, au vertige ; que son corps ne pouvait plus refuser pareil accord, pareille magnificence. Il se gardait de l'écraser comme les autres ; il n'exigeait rien comme les autres. Il la berçait et la fêtait. Il n'était que dilection et réconfort. Ils se complétaient pour devenir une même joie, une même passion, une même vibration qui s'acheva pour Adelis en une longue plainte étonnée.

Longtemps, ils demeurèrent muets, immobiles. Confuse, les yeux brillants, la bouche indécise, Adelis regardait le ciel. Une perle roulait de son œil à sa joue.

Ogier la contemplait appuyé sur un coude. Il eût voulu accomplir d'autres gestes, s'épuiser dans des fièvres et naufrages, mais elle refusa pour demeurer sur cette fin, cette faiblesse et cet état de grâce. Il devina qu'elle s'était réconciliée avec son corps, avec son âme, et que sa répulsion et son mépris des hommes finiraient peu à peu par s'éteindre. Elle avait cessé d'être damnée, et s'il lui advenait, plus tard, d'évoquer le monde d'où il l'avait aidée à s'évader par deux fois — naguère par la pitié, cette nuitée par la tendresse —, elle trouverait en son corps même, en la fierté peut-être d'être ce qu'elle était désormais, la force d'en repousser les ombres.

Ogier ne bougeait toujours pas, solidement serré contre ce corps doux dont le souffle s'alentissait. Et comme un mamelon touchait sa poitrine, d'une paume creuse, il épousa le sein tout entier.

— Comme votre cœur bat !

Il ne pouvait que vouvoyer Adelis. Au reste, il n'avait plus rien à lui dire.

— Je suis bien... Non... Ne bougez pas.

Sa voix prenait une pureté, une expression doucereuse. Elle assimilait l'ébahissement de sa résurrection en même temps qu'un sentiment neuf, inconnu, l'envahissait : la douceur.

— Il faut partir, m'amie, sinon le jour se lèvera et nous pourrions être à la merci de ces hommes... De plus, c'est ce matin que nous nous en allons.

Elle l'étreignit si fort qu'il en suffoqua.

— Pardonnez-moi, dit-il, si je n'ai pas pu résister... Vous êtes si belle... si...

Elle se dénoua de lui, se tourna sur le ventre, et il vit, désolé, son dos courbe secoué de gros sanglots.

— Ne pleurez pas !... J'aurais voulu... Oh ! oui, j'aurais voulu...

Il balbutiait, ne sachant plus ce qu'il eût voulu.

— Nous mettre nus ainsi, c'était tenter le diable...

Elle se retourna brusquement, impudique et chaste à la fois, sous la protection de ses mains si petites qu'elles en restaient indiscrètes. Il l'étreignit encore et but ses larmes. Elle se dégagea de nouveau mais à peine :

— Vous vous abusez, Ogier... Je ne suis pas chagrine... Je suis heureuse... Entre nous, cela devait commencer et finir ainsi.

Finir... Serait-ce définitif ? Pour cette nuit si belle, il n'y voulait penser. Leurs sourires se touchèrent.

— Tu ne souffriras plus.

Il l'avait tutoyée pour la première fois. Et la dernière.

L'horizon se teintait de sang vif. Une demi-lieue, et ils parviendraient à Gratot. Comme à l'aller, ils avaient marché en silence, mais en se donnant la main.

— Comment en étiez-vous arrivée là, Adelis ?

Cette question posée, Ogier prévint sa compagne :

— Ne me confiez rien si cela vous coûte... mais dites-moi au moins pourquoi vous m'avez proposé ce nom de Fenouillet.

En évitant de se tourner vers elle, sachant qu'ainsi, il lui donnerait plus d'audace, il regardait, devant eux, déchiquetées sur le ciel béant, dépourvu d'étoiles, les grandes ombres des arbres ; il sentait, entre ses orteils, tandis qu'il foulait le sol herbu et mou, l'agaçant picotement du sable. Comme Adelis se taisait, hésitant ou répugnant à répondre, il ajouta :

— ... et pourquoi, quand j'ai eu l'intention d'avoir un écu complètement noir, en signe de désespérance, vous m'avez demandé d'y ajouter un canton d'or... Ces armes existent-elles ?... Ont-elles existé ?

Cette fois, Adelis sourit :

— Je ne vous vois pas bien en chevalier aventureux. Il vous faut des armes qui existent ou ont existé pour que les juges de Chauvigny vous fassent bon accueil.

— Mais encore, m'amie, ce nom de Fenouillet qui me plaît plus qu'Ansignan ?

Après avoir pris leur élan, ils sautèrent par-dessus un tronc abattu. Quelques pas après, Adelis rejeta les soucis qui la rendaient pensive :

— Le Fenouillet est un petit pays de la Langue d'Oc, près de Carcassonne... Les armes que vous porterez doivent figurer dans des livres armoriaux, bien que les Ansignan aient tous été occis... Mais tout d'abord, quel âge me donnez-vous ?

— Oh ! je ne peux deviner cela... Disons vingt...

Adelis rit ; un rire qu'il ne lui connaissait pas : elle se moquait de lui avec tendresse, mais sa main se crispait dans la sienne — douloureusement.

— J'en ai six de plus... si je compte bien...

La surprise laissa Ogier sans voix. Adelis, devant elle, écarta une branche :

— Je ne sais rien de ma naissance. Ce qu'une femme, ma tante Alida m'en a dit, c'est que j'avais six mois à la fin de l'été 1320, quand les pastoureaux sont arrivés au Fenouillet [1]. Ils étaient des milliers... Il paraît

---

1. Ces truands, que les *Grandes Chroniques* appellent les *truffeurs* furent 40 000, peut-être davantage. Ils se prévalaient de la religion du Christ pour accomplir leurs forfaits. Leurs chefs étaient deux clercs normands. L'un avait été chassé de son église, l'autre était un moine apostat de Saint-Benoît. Ils se distinguèrent, surtout, par un antisémitisme sanglant, aidés, très souvent, par les prêtres et la population des villes. Ainsi, à Saintes, un clerc, Guillaume Royssel, leur désigna la tour dans laquelle les Juifs s'étaient rassemblés à leur approche ; ils y mirent le feu et ceux qui tentèrent d'échapper aux flammes furent taillés en pièces. Ces bandits allèrent jusqu'à menacer Paris.

A Castelsarrasin, dix mille truffeurs firent un grand feu : cent vingt-cinq hommes, femmes et enfants y périrent. A Toulouse : cent quinze. A Verdun-sur-Garonne, cinq ou six cents. Le premier continuateur de Guillaume de Mangis affirme qu'un des Juifs de la tour cernée par les pastoureaux tua tous ses coreligionnaires et demanda ensuite le baptême. On ne saurait ajouter foi à l'authenticité de ce récit. Toujours est-il que ces crimes monstrueux, commis avec l'assentiment de l'Église et, dit-on, à l'instigation du roi de France Philippe V le Long, durèrent jusqu'au jour où le sénéchal de Carcassonne, Aimerie de Cros, marcha contre les truands à la tête d'une compagnie. Ils reculèrent jusqu'à Aigues et pataugèrent dans les marais où ils furent capturés par petits groupes et pendus. Certains furent enrôlés de force dans l'armée que

qu'il suffisait de les voir de loin, marchant derrière les hautes croix de leurs clercs, pour être saisi d'une frayeur terrifiante... Rien ne leur résistait : ils étaient trop nombreux... Ils ont assailli le château d'Auriac dont ma mère était une des chambrières... Ma tante, elle, était lavandière... Le baron, Béranger d'Auriac, leur a tout d'abord résisté avec trente hommes d'armes, mais un de ces malandrins découvrit le débouché du souterrain ; alors, de nuit, ce fut la ruée... Béranger, sa femme Edmonde, leurs fils, Ogier et Bohémond, et leur fille Esclarmonde ont été occis... La valetaille, sauf ma mère, fut épargnée à condition de se joindre aux pastoureaux...

— Pourquoi votre mère a-t-elle été occise ?

— Elle avait voulu secourir Esclarmonde... La petite avait quatre ans... Elle fut violée par quelques-uns de ces porcs avant d'être tranchée en deux par une épée.

Ogier écoutait sans surprise, bien qu'à ses yeux accoutumés à de sanglantes scènes se peignissent à larges traits les excès de ces enragés.

— Je sais, m'amie, quelles énormités ont commises ces démons... Mais je croyais qu'ils ne s'en prenaient qu'aux Juifs, ce qui d'ailleurs est aussi abominable que...

Adelis trébucha ; il la retint contre lui, voulut la baiser sur les lèvres, mais elle le repoussa doucement.

— Les Auriac auraient peut-être eu la vie sauve si les clercs qui conduisaient ces démons n'avaient vu, sur le linteau de cheminée, un candélabre à sept branches... C'était un présent fait au père de Béranger, en récompense d'une bonne action. Or, vous le savez : les pastoureaux haïssaient les Juifs. Ils en avaient meurtri des milliers par le fer et le feu... Tous les Auriac ont été occis...

Philippe envoyait combattre les Gibelins... qu'on leur fit prendre pour des Sarrasins afin d'exacerber leur zèle. Tous furent exterminés.

Adelis s'interrompit ; sa main, dans celle d'Ogier, devint plus molle.

— Comment avez-vous su cela ?... Vous étiez si petite...

— Par ma tante Alida... Elle m'a prise dans ses bras comme étant sa fille et s'est jointe aux pastoureaux. Ils sont passés par Ansignan, sont allés je ne sais où pour piéter vers Narbonne et Béziers. Alida s'est échappée quand ils traversaient le val de Galamus... Fuyant dans la montagne, elle trouva non loin de Puylaurens une maison de hurons. Il y avait là un homme et une femme. L'homme s'était rompu la jambe ; il ne pouvait plus assurer la vie de son épouse... Ils nous ont accueillies... J'ai vécu là dix ans, entre eux et Alida. Clovis parlait parfois des Ansignan que ses grands-parents avaient connus, mais je ne sais plus ce qu'il en disait. Alida parlait des Auriac... Clovis mourut, puis Simone, sa femme. Alida n'a pris que leur escarcelle ; elle contenait de quoi vivre cinq ou six jours... Elle voulait aller à Carcassonne... Nous y sommes arrivées... Et c'est là que ma vie a changé.

Ogier prit sa compagne par l'épaule, et ce fut pour lui un plaisir doux-amer qu'elle ne cherchât point à se libérer. Ils passèrent sous un arceau de branches basses ; en se relevant, Adelis reprit avec une hâte un peu rude :

— La pauvre Alida n'avait plus un écu ; la taverne où elle s'était arrêtée pour demander un hanap d'eau était pleine... et elle parvint à être acceptée comme vacelle [1]... Je l'ai vue monter parfois dans sa chambre avec un homme... J'ai vécu là-dedans jusqu'à l'âge de treize ans... sans souillure...

Ogier baisa Adelis sur la tempe :

— Je vous crois... N'élevez pas la voix ; on pourrait nous surprendre...

— ... mais un soir, un baron de passage a vidé son

1. Servante d'auberge, de basse-cour.

escarcelle sur la table... Le tenancier, sa femme... et Alida, qui était tombée bien bas, ont fait en sorte que je cède... Le lendemain, je m'enfuis...

Ogier approcha Adelis contre lui. Fermement. En méditant sur l'iniquité de certains destins, il regardait son terroir étalé devant lui, gris encore d'un reste de nuit. Il avait sur les filles follieuses des idées usées ; et voilà qu'il découvrait dans la jeunesse d'Adelis de quoi méditer sur l'injustice de Dieu Lui-même.

— Je n'avais rien sur le corps que ma camisole et mon gipon... J'ai erré, j'ai mangé je ne sais plus comment... Un matin, à Montauban, un homme m'a trouvée endormie sur son seuil... C'était un apothicaire... Il était vieux... Il était bon... du moins certains jours.

— Cette bonté, sourit Ogier, qui vous répugne !

Adelis ne dit mot mais s'éloigna de lui sans toutefois lâcher sa main.

— Parce que je lui devais ma sauvegarde, je n'ai pas eu de répulsion quand il m'a prise... Et puis, je m'étais résignée... Il me tenait prisonnière en sa maison et je n'avais droit qu'au cortil [1] où il me lâchait la nuit... nue... pour me courir après et me... salir. C'était sa joie, c'était sa chasse...

— Il n'avait aucun serviteur ?

— Un couple, vivant à l'écart de la demeure et n'ayant pas accès au jardin... Quand le vieillard est mort, j'ai pris un sac d'écus dans son coffre et me suis enfuie... Je suis allée droit devant moi... A Moissac, peu avant la nuit, je fus assaillie par quatre hommes. L'un d'eux s'appelait Croquart... De la bourse ou de la vie, j'ai choisi, bien sûr, la bourse.

— De toute façon, m'amie, c'était sans issue : après avoir pris votre vie, ils auraient pris votre bourse...

— Un chevalier les a dispersés... Si j'avais été moins sotte, je me serais ébahie que quatre gars très forts ne lui résistent pas... Il m'a proposé de le suivre.

1. Jardin.

Il avait une belle demeure, non loin de là... Il était jeune et beau... et bon... J'ai mené auprès de lui, quelques mois, une vie de princesse. Robes, affiquets... Je ne m'en défiais nullement... Il s'absentait parfois, revenait avec des parures nouvelles : « *Cela vous plaît-il, Adelis ?* » Et moi, folle, je battais des mains... Et puis, un jour, Bertrand de Lauzerte est venu dans la chambre. Il avait un regard de loup... Il montrait les crocs... Il a déroulé un parchemin après avoir annoncé qu'il s'était ruiné pour moi. « *Voyez, m'amie, tout ce que vous me devez...* » Toutes ses largesses y étaient comptées, de même que les repas que j'avais pris... Il me demandait le remboursement immédiat de ce qu'il appelait une créance.

Adelis leva vers Ogier des yeux clairs, humides. Il crut qu'elle allait s'abattre en sanglotant contre lui ; il n'en fut rien.

— Je devais aller à Périgueux, chez maître Anseaulme...

— Un tenancier de bordeau.

— Oui... Et l'on m'y emmena comme une prisonnière... Et c'est ainsi qu'un jour, pour me soustraire à cette captivité, j'ai accepté de suivre Saint-Rémy pour une semaine... en me disant que je lui échapperais. C'est ainsi que je me trouvais dans sa forteresse putride lorsque vous y êtes venu, peu avant que les Anglais n'en donnent l'assaut...

— C'est ainsi, dit Ogier, que nous avons fait connaissance.

La petite main pressa la sienne.

— Vous voilà libre, à présent.

Adelis parut frappée par ces mots. Sa voix, sous la fureur, devint méconnaissable :

— Libre de quoi ? Sans un écu vaillant et sans personne au monde ! Libre de retomber dans...

Il l'interrompit doucement, effrayé à l'idée de lui déplaire et de la perdre :

— Vous me suivrez toujours, Adelis. Non pas comme une concubine, mais comme une amie chère.

— Cela n'aura qu'un temps... Je ne veux pas recommencer ce que nous avons fait !

— Je ne vous demande rien... Je vous aime bien... Aude aussi... Avez-vous vu comme elle a consenti à vous donner les robes de notre mère ?

Gratot s'éleva devant eux. Ils marchèrent vers la tombe vide par laquelle on accédait au souterrain.

— Il est temps que nous arrivions : il nous faudra en hâte nous préparer à partir. Regrettez-vous cette nuit, Adelis ?

Ogier sentit sa main serrée très fort. C'était une façon de répondre.

Ils s'apprêtaient à traverser la cour quand un homme bondit, un vouge en avant :

— Qui va là ?

Ogier détourna vigoureusement l'arme :

— C'est moi, Raymond... et Adelis.

Aussitôt, le sergent réintégra l'ombre d'un contrefort, mais Ogier avait eu le temps de se sentir enveloppé d'un regard étrange : courroucé.

« Serait-il jaloux ? Non : il ne peut l'être... Pas lui ! »

Il s'approcha de son vassal lige :

— Va donc réveiller Thierry. Préparez-vous... Nous partons dès que possible. Il nous faut être loin quand l'aube crèvera.

— Thierry est prêt. Je le suis aussi... et les chevaux également, messire. Nous n'attendions plus que vous deux.

Ogier se tourna vers Adelis et entrevit ses cheveux pailletés de sable. De ses doigts désunis, il l'en débarrassa.

— Allez vous apprêter, m'amie. J'y vais aussi... Hâtons-nous !

Il allait contourner le puits lorsqu'il s'immobilisa :

— Raymond, dis à Thierry de t'aider à sortir les

chevaux... Sais-tu s'il a sellé Facebelle avec la sambue [1] de ma mère ?

— Il l'a fait, messire. Il a pris comme sommier le genet de Bressolles.

— Il a bien fait. Où est-il donc ?

— Thierry ? Avec votre sœur.

— En quel endroit ?

— Ah ! ça, je n'en sais rien.

Ogier vit briller le sourire d'Adelis. Il y répondit. Après tout, elle avait raison : mieux valait accueillir gaiement cette réponse incertaine !

---

1. Selle uniquement réservée aux femmes.

TROISIÈME PARTIE

LE CHAMP CLOS DE CHAUVIGNY

I

Le chemin miroitait sous un quartier de lune. Quelqu'un toussa, ce devait être Champartel. De part et d'autre des errants, la forêt exhalait des relents de feuilles pourries et de terre amollie, engluantée par l'eau des incessantes averses.

Ogier se retourna, entrevit des visages ; il eut du déplaisir à les imaginer maussades :

— Du nerf !... Nous sommes sur la bonne voie. Il ne doit nous rester qu'une lieue à couvrir. Un bon feu, une soupe chaude et une bonne nuit nous attendent !

— En êtes-vous certain, messire ? Nous ne savons rien de ce Chauvigny. Si ça se trouve, les hôtelleries sont pleines... De plus, je crains que nous nous soyons égarés. A Poitiers, nous n'avons pas dû passer par la bonne baille [1]... Ce n'est ni votre faute ni la nôtre mais plutôt celle de cette nuit tôt venue et de cette pluie soudaine...

Raymond joignit ses plaintes à celle de Thierry :

— Et ce genet que Bressolles nous a laissé !... Je le traîne comme un martyr, maintenant !... Il semble souffrir autant de l'abandon du maçon que du poids des vêtements, harnois et lances... Il me fait regretter Passavant !

1. Porte.

— Nous avons dû couvrir dix lieues.

Estimant inutile d'en dire plus, Ogier retint Marchegai, se laissant ainsi rejoindre par Adelis inclinée sur l'encolure de Facebelle et couverte d'un manteau dont la coule la coiffait jusqu'aux sourcils. Une perle bougeait sur son nez ; elle l'effaça de l'avant-bras :

— Avec cette pluie, vos nouvelles armes seront bien baptisées !

Le garçon tapota le bouclier accroché au pommeau de sa selle tandis qu'Adelis continuait :

— *De sable avec un canton d'or à dextre* [1]. Ogier d'Ansignan, seigneur du Fenouillet, n'oubliez pas, messire.

— Je n'aurai garde d'oublier, m'amie. Je n'oublie... rien... Sauf devant les hérauts et les juges, pour lesquels je serai un Ansignan, je m'appellerai Fenouillet... Ce nom me plaît.

Raymond jura et dit avec prudence :

— Messire, droit devant, j'ai cru voir une flamme.

— Tu rêves ! ricana Champartel. Devant et tout autour, c'est aussi noir qu'un conduit de cheminée... Saladin nous aurait avertis.

Raymond s'abstint de répliquer. Relevant que depuis qu'il allait pouvoir épouser Aude, Thierry, parfois, agissait en prud'homme, Ogier intervint :

— Nous sommes en pleine montée. Cette motte peut nous cacher un feu.

Ils avancèrent lentement dans la cage infinie des troncs. Négligeant les odeurs tristes et glaçantes, Sala-

---

1. L'écu étant divisé en trois bandes horizontales et trois bandes verticales, de mêmes dimensions — soit neuf surfaces identiques dont une, en bas, au centre, pourvue d'une pointe — le canton est le carré délimité par la première ligne horizontale en partant du haut et la première verticale en partant soit de la droite (dextre), soit de la gauche (senestre). Le sable, en héraldique, est la couleur noire.

Adelis commet une erreur. Si l'on peut dire : « *au canton senestre* », on ne dit pas « *au canton dextre* » parce que l'angle droit est la place la plus ordinaire du canton. Il fallait dire : « *de sable au canton d'or* ».

din trotta près de Marchegai sans souci des éclaboussures.

— Si ce temps continue, les jouteurs tomberont sans dommage : vaut mieux choir dans la boue que sur un sol sec. Pas vrai, messire ?

— Oui, Raymond. Encore qu'en ce qui me concerne, je veuille rester le potron sur ma selle !

Forêt cardée de vent, crépitante, accablante ; clapotis, étincelles des branches égouttées par un coude, une épaule. Il y avait au-dessus d'eux, outre ce plafond liquide coloré d'un soupçon de lune, une sorte de tristesse ou de méchanceté. Davantage encore que l'eau profuse, l'incertitude courbait les fronts. Trouveraient-ils enfin le gîte et le couvert ?

— Prenons garde, dit Thierry. Il y a eu un bruit devant nous.

— Tu vois bien que j'avais raison !... C'est de là-bas que ça vient.

Là-bas, les ténèbres blêmissaient. Était-ce le commencement d'une clairière ? D'une plaine ? Ogier devint plus attentif. Dans l'espèce d'équivoque où ils erraient depuis Poitiers, il lui sembla que les insondables frondaisons distillaient soudain du malheur.

« Nous sommes captifs de cette forêt... Allons-nous enfin nous en délivrer ? »

Une lueur dansa, droit devant. Il cilla et retint Marchegai :

— Une torche... Méfions-nous.

La clarté remua, tressauta. Un chemin passait-il à proximité ? Cette flamme guidait-elle une procession ? De quelle espèce ?... Non : elle s'immobilisait.

— Nous avons jusqu'ici chevauché sans dommage. Au point que je me disais...

— Tais-toi, Champartel... Taisez-vous... Ils sont à cent pas...

— Et il y a deux lumières, dit Raymond dans un souffle. L'une remue, l'autre... Ah ! si elle se met à remuer aussi !

— Pied à terre.

Quand ses compagnons l'eurent imité, Ogier dégaina Confiance.

— Ce ne sont pas des chevaliers qui cantonnent, chuchota Thierry. Il n'y a ni voix ni rires ni senteur de viande embrochée... Mais on dirait qu'on creuse le sol.

— Adelis, tenez les chevaux... Qu'ils soient quiets !

Quand les brides furent réunies dans les mains de la jeune femme, Champartel se plaça à la dextre d'Ogier, Raymond à sa senestre ; Saladin se coula devant eux.

— Voyez, dit l'homme d'armes.

Entre les fûts gluants et serrés, une flamme clignotait ; une autre tressautait, allant parfois à sa rencontre. La perplexité d'Ogier s'aggrava :

— Avançons... Pas un bruit... Va, Saladin.

Ils s'engagèrent dans une sente abrupte et duméteuse, furieux d'être griffés jusqu'aux hanches. Le chien flairait l'odeur des flammes vigoureuses et n'osait trop avancer. L'instable et troublante clarté accroissait la pesanteur de ce plafond bas, écaillé de feuilles neuves et d'où l'eau tombait par quelques lézardes... Dix toises... Cinq... Trois...

Ogier écarta une branche, un rameau, puis se figea.

Il y avait là quatre hommes vêtus de cuiries noires. L'un d'eux, trapu, nerveux, les mains jointes dans le dos, allait à petits pas, s'arrêtait, tapait le sol du pied, puis repartait. Deux autres tenaient chacun un flambeau tandis que le quatrième, à coups de bêche rapides, creusait la terre. Ogier ne vit que son buste émergeant de l'excavation.

— Messire, chuchota Thierry, incertain sur la conduite à prendre, vont-ils enfouir un coffre ou en déterrer un ? Ils n'ont pas emporté ce louchet [1] pour planter des fleurs.

Ils entendaient les ahans du fossoyeur, le bruit sec du tranchant de l'outil heurtant une racine ou un cail-

1. Bêche au fer long et étroit pour creuser des tranchées.

lou. Raymond se pencha, la main sur l'échine de Saladin.

— Ils ont une épée, sauf l'homme qui creuse, mais c'est comme s'il maniait une arme.

Il y eut un sanglot ou un cri étouffé. Le flamboiement d'une des torches nettoya un pan d'ombre, et ce qu'Ogier vit le secoua de la tête aux pieds :

— Agar [1], les gars !

Brune, jeune et blafarde, vêtue d'une robe verte par-dessus laquelle tombait un manteau sombre, une femme était liée à un arbre.

— Ils préparent sa tombe, messire.

— Des routiers ? demanda Thierry.

— Ils ne sont que quatre... Plutôt des truands de passage...

— On la délivre ?

— Nous allons essayer, Raymond. Mais avions-nous besoin de ça ?

Une rafale cingla la feuillée. Ogier reçut une volée de gouttes en plein visage. Il entendit des froissements : ses compagnons se préparaient.

— Je croyais que la truandaille était surtout parisienne et qu'elle bougeait à peine...

— Elle bouge, au contraire, messire. Rien ne remue plus que la pendaille.

Écartant les pans de son manteau, Adelis montra sa main armée du poignard qu'elle avait choisi au râtelier d'armes de Gratot. Elle continua :

— Les Malingreux vont en pèlerinage à Saint-Méen, en Bretagne. Les Hubins vont à Saint-Hubert... Ces quatre-là sont coiffés de chaperons plats : ce ne sont ni des matois ni des mercelots, de ces gens qu'on dit de *petite flambe*... Je ne sais à qui vous avez affaire... Peut-être des routiers, tout simplement.

— Nos chevaux ? s'inquiéta Ogier.

1. « Voyez un peu ! »

— Attachés aux arbres... séparément... N'ayez crainte.

Statue transie, soudée à sa colonne, la captive se trouvait à moins de dix toises, et cessant de fouir la terre afin de reprendre haleine, le fossoyeur — qu'Ogier voyait de dos — l'observait.

— Merdaille ! hurla soudain l'un des hommes — le trapu dont les mains s'agitèrent. Avoue que tu étais avec la Clisson et dis-moi où vous vous rendiez. Cela suffit pour que nous t'épargnions !

Un coup de vent égoutta les feuilles. Ogier se frotta le front ; ses paupières battirent :

— Jeanne de Clisson, les amis... Tout comme la Montfort, elle a depuis longtemps quitté la Bretagne.

— Avoue ! insista l'homme. Les trois marauds qui vous accompagnaient sont morts et leur fureur à vous défendre a rendu la fuite de cette putain trop aisée !... Par saint Yves, plutôt que de la vouloir vivante, j'aurais dû l'occire sur place... Mais Quintrec et Couzic la poursuivent... Ils la rattraperont !

— Je ne sais rien de cette femme, protesta la captive dont la voix claire, hautaine, plut à Ogier. J'ai passé tout hier et ce jour d'hui chez la dame de Gouzon, à Chauvigny... Je revenais à Morthemer chez mon oncle, le chevalier Guy II Sénéchal...

— Je n'en crois rien ! Parle-nous de la Clisson. Et si tu mens encore, je t'enconne incontinent sans même te détacher !

L'homme dut avoir un geste indécent : la captive cria, provoquant un ébaudissement auquel trois autres s'ajoutèrent.

— Holà, ma jolie !... Je n'ai mis que le doigt. Tu vois ce qui t'attend ?

La voix si pure devint chevrotante :

— Une demi-lieue avant Saint-Martin, ma litière et mes gens ont rejoint cette femme. Un homme, un chevalier, la portait en croupe. Il m'a dit qu'ils venaient de Chauvigny et qu'on n'y trouvait aucun herbergage [1], ce que je savais. Le tavernier de l'*Ane d'Or* leur avait recommandé le *Poisson couronné*, à Saint-Martin... Ils s'y rendaient.

Des ricanements soulignèrent ces propos. Sans paraître s'en émouvoir, la captive continua :

— Je leur ai demandé de m'accompagner à Morthemer. J'étais sûre que mon oncle les accueillerait. *Elle* est montée dans ma litière... Quant à l'homme, il est parti en lui disant : « *A Pâques où vous savez.* » Voilà, c'est tout.

— Et ça ne t'a pas paru suspect ?

— Non. A vingt lieues à la ronde, on sait qu'il y aura dimanche, dans la lice de Chauvigny, les plus belles joutes du royaume.

— Plus belles, c'est faux ! On voit que tu ne connais point celles de Rennes, Dinan et Pontorson !... Mais continue.

— Nous avons traversé Saint-Martin...

— Où je sortais du *Poisson couronné* !... J'ai reconnu la Clisson à ton côté... Mes compagnons aussi... On n'est pas Bretons pour rien !

L'homme dut avoir un nouveau geste obscène.

— Goujat ! hurla la jeune femme.

Ogier entendit, presque simultanément, le bruit d'une jouée et des rires.

— Allons, la belle... Que tu parles ou non, peu me chaut. Compte tenu des trois sergents dont nous avons privé ton oncle, et puisqu'il est de haut lignage, tu comprends aisément qu'il me faut en finir avec toi !... Je jouterai dimanche et tournoierai lundi. Comme je serai le meilleur, tu me nuirais en énarrant cette embûche... et l'on me rirait au nez si j'affirmais que la Clisson t'accompagnait, qu'elle m'a reconnu et glissé des mains !

Ogier abaissa l'épée de Champartel :

1. Logement, auberge.

— Méfie-toi qu'elle ne luise : un rien pourrait nous trahir... Quant à ce malandrin, je ne doute pas de ses dires. Pour que la Clisson ait quitté l'Angleterre, c'est qu'un complot se prépare.

Ce qu'il savait de Jeanne de Belleville se réduisait à fort peu. Après que Philippe VI eut fait décapiter son époux, Olivier de Clisson, en l'accusant d'avoir trahi la France [1], elle avait levé une armée. Combattant les Charlots et les compagnies du royaume, elle s'était montrée, envers les vaincus, d'une férocité sans faiblesse. Contrainte de se réfugier à la Cour d'Édouard III avec ses fils [2], au lieu de s'y tenir quiète comme apparemment l'épouse de Montfort, elle avait obtenu du souverain anglais quelques nefs afin de guerroyer sur mer. Elle avait ainsi envoyé par le fond maints navires aux fleurs de lis.

— Thierry, chuchota Ogier, nous ne pouvons laisser commettre un meurtre : toi et moi ferons un détour pour arriver derrière l'arbre auquel cette femme est liée : ainsi, elle sera protégée... Raymond, ce sera dur, mais tu attaqueras de front. Vous, Adelis, faites pour le mieux. Je vous ai déjà vue vous servir d'une lame ; s'il le faut, recommencez. Posez votre main sur le cou de Saladin. Il ne bougera pas. Mais quand nous escarmoucherons, lâchez-le... Allons-y, compagnons.

Courbés, profitant de l'abri des troncs et des fourrés, ils progressèrent et bondirent si parfaitement dans la clarté des flambeaux que la stupeur anéantit chez les larrons toute volonté de résistance.

---

1. Le 2 août 1343.
2. Veuve de Geoffroi de Châteaubriant, elle avait épousé Olivier III de Clisson en 1328 et lui avait donné cinq enfants : Olivier IV, qui plus tard deviendrait connétable de France ; Maurice et Guillaume dont on ne sait rien sinon que l'un d'eux mourut noyé lorsque sa mère quitta la Bretagne pour l'Angleterre ; Isabelle qui allait épouser Jean de Rieux, et Jeanne qui deviendrait la femme de Jean d'Harpedane, d'origine anglaise. Jeanne de Clisson allait se remarier avec Gauthier Bentley, capitaine général de Bretagne pour le roi d'Angleterre.

— Bouge pas ! dit Thierry, la pointe de son arme sur la bedaine du bavard... Et vous autres, si vous tenez à votre compagnon, débouclez vos ceintures !

Les épées tombèrent une à une.

— Non, fossoyeur ! cria Adelis en apparaissant. Jette ta pelle, sinon ce chien va te montrer comme il croque.

Raymond et Ogier menaçaient les porteurs de flambeau. Ils étaient jeunes, la barbe rase, les joues marquées de cicatrices.

— Doucement, les gars. Conservez vos brûloirs à hauteur de vos têtes. Toi, le hutin, amène-toi !

Insoucieux de l'épée de Thierry entre ses omoplates, le chef de bande, bras croisés, obéit. Ses épaules étaient larges, ses jambes arquées, sa face plate et ronde ; ses oreilles épaisses et comme cassées débordaient de son chaperon informe. Au-dessus d'un menton fuyant, sa bouche de gargouille émit une plainte :

— Qui que vous soyez, laissez-nous cette fille. Partez ou vous vous en repentirez : on est Bretons, ça veut tout dire... et Bretons de Charles de Blois !

Ogier se tourna vers le fossoyeur :

— Hors du trou !... Saladin, veille sur lui...

Le chien grogna et s'accroupit devant la fosse d'où sans aide l'homme avait du mal à s'extraire. Il en émergea gluant du poitrail aux chevilles :

— Vous feriez mieux d'abandonner... Il vient de vous le dire : on est Bretons, alliés de Charles de Blois... Cette fille est du parti de Montfort.

— Dos à dos deux par deux... Adelis, *ma sœur*, va délivrer cette malheureuse et apporte-moi ses liens : ils serviront encore.

Quelques coups de poignard suffirent. Les cordes tombèrent. La captive embrassa Adelis :

— Ah ! dame, je vous rends grâce... ainsi qu'à vous tous, messires.

Dans le silence où ils s'enfonçaient, Ogier entendit

ces mots avec un plaisir qu'il trouva presque aussitôt exagéré. Un hennissement retentit.

— Méfions-nous, dit Thierry. Leurs chevaux sont à l'opposé des nôtres. Il se peut que des gars les gardent.

Le fossoyeur fit un léger mouvement.

— Jette ce couteau !

L'arme chut, l'écuyer la repoussa du pied. Animée par les lueurs des flambeaux que les deux malandrins remuaient à peine, cette scène semblait presque irréelle. Était-ce la conséquence de sa fatigue ou de son émotion ? Ogier devait lutter pour ne pas se sentir comme envoûté par ces grands arbres sous lesquels les quatre compères semblaient avoir renoncé à parler. Contre ce sentiment de péril et de petitesse, l'insolence lui parut un parfait antidote.

— A ce que j'ai compris, toi, le Breton de petite estrasse [1], tu vas jouter à Chauvigny ?

— Toi aussi ?

— Il se peut... Sache que nous n'avons pas l'intention de vous occire.

— Mon estrasse supplante la tienne, manant ! Sache que ton bon cœur me laisse indifférent ! Si tu veux que j'oublie le tour que tu me joues, laisse-moi cette fille ! C'est une complice de Jeanne de Clisson, la plus félonneuse alliée de Jean de Montfort... après sa femme !

— Elle s'en défend, et je crois que si nous n'étions intervenus, vous vous en seriez fort égayés, toi le premier, avant de la jeter dans ce trou !

Poignant à deux mains Confiance, Ogier n'osait bouger, pressentant que ce huron attendait une défaillance.

— Aide-nous à débucher la Clisson : Philippe VI nous en récompensera !

— Même pour retrouver cette ennemie du royaume — à condition que ce soit bien elle —, je ne m'allierai jamais à des marmousets de votre espèce !

1. Extraction.

372

Ogier dispensait sans plaisir quelques coups de caveçon. Cette fois, le Breton tressaillit sous l'offense :

— Sais-tu, niais, à qui tu parles ?

Ogier allait répondre : « A un porc » quand une sagette siffla et passa à deux doigts de son épaule ; il tressaillit, cherchant d'instinct l'archer embusqué. Aussitôt, un des malandrins jeta sa torche dans sa direction ; l'autre lança la sienne sur Champartel qui, ébloui, sursauta. Déjouant l'arme de l'écuyer, le chef de bande se rua sur sa captive afin de se protéger de son corps. Avant qu'il l'eût atteinte, Ogier lui porta une estocade aussi prompte que violente. La pointe de Confiance pénétra dans le cuir du pourpoint et heurta du métal.

— Ah ! maudit... Tu portes un jaseron de mailles.

Deux sagettes effleurèrent, l'une sa joue, l'autre son chaperon.

— Couzic, à l'aide !

Le fossoyeur s'était emparé de sa bêche. Il l'abattit sur Raymond, habile à la parade. Et comme le combat entre eux s'engageait, Thierry renversa un larron, et se porta, l'épée haute, au secours du sergent.

— Dieu nous trahit ! grogna-t-il en trébuchant sur le tas de terre, à proximité de la fosse.

Saladin bondit sur le fossoyeur dont il happa l'avant-bras dans sa gueule. La prise du chien sur le cuir étant faible, l'homme parvint à se dégager pour disparaître en hurlant :

— Tous aux chevaux !

Sauf au ras du sol où grésillaient les torches, les ténèbres enveloppaient les adversaires.

— Éclaire-nous, Thierry ! enragea Ogier.

L'écuyer releva un flambeau. A sa lueur, Raymond lança son poignard sur une ombre. Il y eut un cri. Touché. En jappant, Saladin s'élança ; Ogier le siffla. Le chien renonça, la queue basse.

— On les suit ? demanda Champartel.

— Nous risquerions trop... D'ailleurs, les voilà qui partent au galop !

— Ils sont six ou sept, dit Raymond. Nous aurions dû d'abord éloigner leurs chevaux.

— Nous avons bien agi, au contraire : ces bêtes étaient gardées... Ah ! maugrebleu, Thierry, tu aurais dû occire ce Charlot !

— Messire, mon épée touchait du fer.

— Rengaine-la ainsi que tes lamentations !

— Il vaut mieux que tout finisse ainsi, dit Adelis. Point de morts ni chez eux ni chez nous, adonques point de haine.

Ogier l'approuva et se radoucit : cet échec n'était dû qu'à la fatigue. Lui-même, ses jambes le portaient à peine. D'ailleurs, à quoi bon se plaindre puisque pour l'essentiel ils avaient réussi : la captive était sauve.

— J'aurais voulu en savoir plus sur ces Bretons... Mais nous les reverrons.

Il se tourna :

— Dommage, damoiselle, que nous n'ayons pu les livrer à votre oncle !

Des frissons agitaient l'inconnue. Elle claquait des dents. Bien que sa robe de lin brochée d'or à l'encolure et à l'extrémité des manches révélât sa haute naissance, elle avait un air misérable. Comme elle vacillait, Adelis la soutint :

— Apaisez-vous... Vous êtes en sûreté, désormais.

— Quelle nuit ! soupira Ogier. Si j'ai bien compris, damoiselle, nous sommes loin du chemin de Chauvigny ?

— Oui, messire. Vous avez dû vous égarer après Poitiers. Il vous fallait passer par Saint-Julien-de-l'Ars. Vous en êtes à deux lieues en dessous.

Saisissant la torche dans le poing de Raymond, Ogier vit les pieds de la jouvencelle enfoncés dans une mare d'eau crémeuse.

— Éloignons-nous... Pensez-vous que nous puissions retrouver votre litière ?

— Non... Mon oncle enverra quérir les corps des deux sergents et du palefrenier. Quant aux mulets et à la basterne [1], ils auront disparu, sans doute... Le Poitou n'est guère plus sûr que la Bretagne.

De longues tresses brunes effilochées. Un nez petit, retroussé, au bout duquel perlait une goutte. Des yeux clairs formés en amande. Un menton ferme. « Il est des êtres que la frayeur défigure... enlaidit... Pas elle ! » Et tout au fond d'Ogier, un sentiment naissait.

Thierry et Raymond ramassèrent et dégainèrent les épées abandonnées. Les prises en étaient lourdes, les quillons courbés ; quant au poignard, sa lame large, triangulaire, indiquant elle aussi une origine étrangère :

— Ce couteau a l'amure [2] d'un rasoir. Nous n'avons pas de fourreau vide.

— Si, dit Thierry. Il suffit de raccourcir celui d'une épée.

Ce fut fait en hâte par Raymond qui, avec l'assentiment d'Ogier, coinça l'arme dans sa ceinture.

— Les épées sont anglaises, dit-il. Tout cela sent l'armement de rapine.

— Avec de tels malandrins, Charles de Blois est bien soutenu ! dit la jouvencelle.

A la clarté du flambeau, son visage s'embua de rose. Fiancée ? Mariée ? Si elle avait été l'épouse de quelque seigneur du voisinage, elle eût menacé le Charlot d'une vengeance immédiate. Or, elle n'avait parlé que de son oncle.

Ogier perçut, dans le froncement des sourcils épilés, une poussée de mécontentement.

— Si je les accuse de l'occision de trois serviteurs de Morthemer, aux gens d'armes et même aux princes, barons, hérauts et juges présents à Chauvigny, ils prétendront qu'ils nous ont agressés parce que nous aidions Jeanne de Clisson.

— Mais puisque vous leur avez dit que vous ignoriez que c'était elle ! dit Ogier. Puisqu'ils ne peuvent,

---

1. Litière portée à dos de mulets.
2. Tranchant.

eux, apporter la moindre preuve à ce qu'ils prétendent...

Il omit volontairement d'ajouter qu'il croyait, lui, les dires de ces Bretons, et que s'il flétrissait leur férocité, il comprenait leur courroux : les Charlots devaient haïr cette guerrière autant qu'ils haïssaient Jeanne de Montfort. Sourde, apparemment, à sa réplique, l'inconnue poursuivit :

— Il vaut mieux, si je les vois et reconnais, que je feigne de ne jamais les avoir rencontrés... Et puis qui sait ? J'aurai peut-être un bon moyen de les réduire au silence.

Ogier s'abstint de dire un mot, bien qu'une telle disposition d'esprit le surprît. Car enfin, cette fille avait failli trépasser !... A quel *moyen* faisait-elle allusion ? Il fallait qu'il fût de taille pour pouvoir dompter ces rustiques.

— Comment, demanda Champartel, vous a semblé cette Clisson ?

Ogier s'attendit à une dénégation du genre : « Comment saurais-je si c'était elle ? » Or, la jouvencelle recouvra cette sérénité un peu âpre où se révélait, sans doute, sa véritable nature :

— Elle est belle et brune ; elle portait une robe noire. Elle regardait les champs, les arbres, les buissons non pas dans la crainte d'une embûche mais avec douceur et joie... comme elle eût retrouvé des êtres bien-aimés.

Voix suave, pleine de commisération. Mécontent, Ogier s'approcha de la fosse. D'un coup de pied, il y précipita la bêche :

— On dit que cette femme a visage d'ange et cœur de diablesse. Si vous la revoyez, défiez-vous d'elle. Quant à nous, nous vous sommes acquis. Je me nomme Ogier... de Fenouillet. Voici ma sœur Adelis ; mon écuyer, Thierry, et mon sergent Raymond.

— Je m'appelle Isabelle et suis la nièce du baron de Morthemer.

Différant l'instant de les sonder, Ogier ne fit qu'effleurer du regard ces yeux sûrement gris, vernis aux flammes de la torche, pour entrevoir ce cou, cette poitrine haletante, ces hanches dures. A la grâce de ce corps parfait, impudiquement révélé par la robe mouillée, s'ajoutait une hardiesse surprenante : dominant sa frayeur d'être occise après avoir subi leurs sévices, cette donzelle avait su résister aux Bretons. Les chemins devenant dangereux dès la tombée du jour, il fut tenté de lui demander pourquoi elle revenait si tardivement à Morthemer ; il dut y renoncer en voyant Champartel et Raymond amener les chevaux.

Il enfourcha Marchegai, et Thierry aida la jeune fille à se jucher en croupe.

— Allons chez mon oncle. Vous y serez les très bienvenus.

Ogier entrevit deux belles jambes contre la cuisse de l'étalon.

« Adelis est plus vergogneuse que cette Isabelle ! Bonne à prendre, sans doute, mais pas à la façon des Bretons ! »

Des mains se joignirent sur sa poitrine ; des ongles s'incrustèrent dans le tissu de son pourpoint, si fortement qu'il comprit que sous sa quiétude affectée, la jouvencelle restait anxieuse. Il jeta son flambeau :

— Saladin nous devance. Il flaire les périls.

Derrière, une épée tinta ; Raymond jura et Adelis tenta de l'apaiser.

Ils avancèrent, l'échine courbée, aspergés de brume froide et fouaillés quelquefois par les lanières d'eau qu'un coup de vent durcissait. De temps en temps, un cheval s'engluait, trouvait une prise et s'arrachait à la glèbe. Dans le ciel en charpie, la lune paraissait flotter.

— Est-ce loin, Morthemer ?

Ogier devina un sein rondelet dans son dos. Fille ? Femme ? Comblée ou dépourvue d'amour ?... *L'amour !* Pourquoi pensait-il à ses douceurs en cette nuit de violence ? Tout ce que la nature pouvait sécréter de mauvais — le vent, la pluie, le froid — l'accablait. Cependant, il était chanceux : les jolis bras d'Isabelle le ceinturaient. A quoi bon altérer ce singulier plaisir pour exhorter ses compagnons au courage : il connaissait leur volonté, leurs ressources. Et voilà qu'*elle* s'appuyait résolument contre lui !

Ils cheminèrent longtemps, prudemment, en silence, embarrassés du poids de l'eau qui, sans trêve, rare ou drue, les agaçait de ses onctions.

Puis la forêt se clairsema ; le chemin s'encastra entre deux collines.

— Je n'oublierai jamais que vous m'avez sauvée, messire... Et voyez : nous voilà rendus chez mon oncle : Guy Sénéchal.

Droit devant, au sommet d'une motte, un donjon se dressait, puissant et noir. Il y avait quelque chose d'irréel et de redoutable à la fois dans le jaillissement de ce colosse ténébreux.

— ... et si vous entrez en lice, j'aimerais que vous y portiez mes couleurs...

Ogier sentit son sang chauffer ses joues :

— Ce serait un grand honneur pour moi, damoiselle... Nous en reparlerons... Pardonnez-moi si je n'ose encore me prononcer...

Serrant les rênes, il encouragea Marchegai sur la pente d'accès, rocailleuse et glissante, où Saladin les précédait. Se détournant un peu, il aperçut les luisances d'une rivière, et regardant de nouveau en avant, il vit un clocher, des murailles. Aucun fossé mais une voûte à deux portails, sous une bretèche massive.

— Annonce-nous, Thierry.

Le cor de Champartel émit une plainte brève.

— Qui va là ? hurla une voix.

— Ouvre, Lucas ! cria Isabelle.

Un silence imprégné d'incrédulité ; puis :

— Voilà, damoiselle... Mais nous ne vous attendions que demain !

Révélant des allées et venues précipitées, des

378

rumeurs filtrèrent à travers les vantaux. Cloué sur sa selle, Ogier attendit : on débarrait.

Enfin les deux huis vernis de pluie s'ouvrirent et un homme apparut. Il était vieux, enveloppé dans un paletoc dont les pans touchaient le sol.

— Que s'est-il passé que vous nous reveniez ainsi et par ce temps ?

Ogier sentit se dénouer l'étreinte d'Isabelle. Le portier indiscret et bourru attrapa la jouvencelle aux hanches et la déposa sur le sol tandis que Saladin s'engageait sous l'arche éclairée par un pharillon. Sitôt qu'il l'eut franchie, le chien, méfiant, s'arrêta puis s'ébroua.

— Entrons, les amis !

Dans la cour, Ogier dénombra dix hommes. L'un d'eux, couvert d'un manteau de peaux d'ours, demanda :

— Où sont les soudoyers et la litière ?

— Yvon, Gobin et Bastien sont mats. On nous a assaillis. La basterne est près d'eux, entre Morthemer et Saint-Martin. Il faudra qu'on aille les chercher.

Aussitôt, les compagnons de ce gars de vingt ans s'indignèrent sans qu'Isabelle parût sensible à leurs imprécations. L'un d'eux demanda :

— Qui vous a tendu cette embûche ?

— Si seulement je le savais...

Contrarié par cette réponse, Ogier échangea un regard avec Thierry. Elle *savait*. Pourquoi se taisait-elle ? Mécontent, le garçon aux peaux d'ours fit un pas :

— Vous ne deviez revenir que demain.

— J'avais hâte de retrouver mon oncle et ma tante... Laisse-moi en paix, Raoul !

— Serez-vous reine ?

— Que t'importe !

« Reine de quoi ? songea Ogier. Des joutes et du tournoi, évidemment. »

Dans cette nuit de mouvements, de cris, d'aventures,

la familiarité de ces deux êtres, l'un — Isabelle — dominant l'autre, ébranlait son esprit avec la sécheresse d'un coup violent, douloureux. L'insolence mesurée du sergent le mettait mal à l'aise ; car c'était un homme d'armes : les mailles de son haubergeon, inutile en l'occurrence, luisaient dans l'échancrure des pelages noirs. Il avait toujours les bras croisés, les mains enfouies dans ses manches.

— Qui sont ces gens ?

— Je leur dois d'être en vie. Mais c'est à mon oncle de m'interroger.

Réponse agacée, dédaigneuse, qui replaçait le fâcheux à son rang.

Thierry mit pied à terre ; Ogier l'imita. Aussitôt, Isabelle fut près de lui et l'entraîna vers le donjon :

— Si notre rencontre, messire, est la volonté du Tout-Puissant, je ne sais pourquoi il nous a réunis.

La réponse jaillit tandis que le cœur d'Ogier battait plus fort :

— Pour que mon épée soit à votre service, dit-il sans trop de présomption.

Il aperçut un petit attroupement devant ce qui pouvait être des écuries. Il y avait là dix roncins ou plus et autant d'hommes en armes — leurs barbutes, plastrons et dossières brasillaient aux flammes des torches.

— Tiens, dit Isabelle, qui sont ces gens ?

Des palefreniers accouraient. Raymond et Thierry leur confièrent les chevaux tandis qu'Adelis leur recommandait :

— Prenez grand soin de nos bêtes... Séchez-les bien.

Isabelle fronça les sourcils, regarda les étrangers puis le donjon :

— Voyez, mon oncle ne dort pas : des chandelles brûlent en son tinel[1]. Des chevaucheurs, sans doute, sont venus annoncer ces visiteurs tardifs...

1. Salle de réception.

Ogier reprit sa marche, et comme Raoul venait se placer à sa droite, il eut l'impression d'être surveillé par un garçon qui l'avait abominé d'emblée. Son regard tomba sur l'épée du goguelu et il frémit en voyant l'énorme senestre posée à plat sur sa poignée. Ce n'était pas une main ordinaire, mais une sorte de monstre épais, poilu, prolongé par six doigts au lieu de cinq.

II

Un tronc éblouissant craquait dans la cheminée aux jambages flanqués de deux hauts candélabres. Toutes les flammes pourtant vives n'éclairaient qu'un espace restreint de la vaste pièce dont le plafond en berceau semblait aussi obscur que le ciel du dehors. Dans cette pénombre roussâtre, on pouvait distinguer une armoire, des chaises, deux tapisseries dissimulant un clotet[1]. Une odeur de bois cuit et de poils humides — trois lévriers sommeillaient devant l'âtre — emplit les narines d'Ogier.

— Isabelle ! s'étonna Guy Sénéchal[2].

1. Espace situé dans un angle, préservé par des tapisseries ou des paravents, et réservé aux dévotions.
2. Guy II Sénéchal, chevalier, fils d'Aubert Sénéchal et de Sybille de Gourville, avait succédé à son père comme baron de Morthemer (ou Mortemer), de Dienné, Normandoux, etc. Il épousa en premières noces dame Géralde Dary, dont il n'eut pas d'enfants (elle fut enterrée à l'église de Morthemer), puis Radegonde Bochet dont il eut un fils, Jean, et une fille Catherine. Il testa le 10 juin 1359.
Après le 20 septembre 1356, la seigneurie de Morthemer fut soumise à l'autorité d'Adam Chel d'Agonise, capitaine anglais, gouverneur du château de Gençay. Guy II dut être contraint de prendre le parti des Anglais, comme le prouvent ses exécuteurs testamentaires : Émery de La Rochefoucault, Guichard d'Angle et Simon du Theil. D'ailleurs sa veuve, Radegonde Bochet, qui avait la tutelle de ses enfants, se remaria après 1359 avec Adam Chel d'Agonise et devint ainsi dame de Gençay

— Oui, mon oncle... J'ai voulu revenir... J'en avais assez...

— T'es-tu bien acquittée ? Le baron et son épouse t'ont-ils bien reçue ?

— Fort bien... André de Chauvigny, ses hérauts et ses juges regretteront votre absence... moins, cependant, que Radegonde, que j'ai croisée chez les Gouzon !

Le ton, aimable, était devenu piquant. Le baron de Morthemer sourit et demanda :

— Et toi ? Seras-tu reine ?

— J'en doute, mon oncle. Monseigneur Fort d'Aux fait son possible, mais il semble de plus en plus que dame Alix ne m'aime pas... Il me faudrait un grand protecteur, et il faut aussi que je vous dise...

Tandis qu'Isabelle, en quelques mots, narrait ses mésaventures, Ogier considéra ce baron chez lequel le hasard l'envoyait. Il devait avoir quarante ans. Son visage hâve, ridé, reflétait quelque chose de pis encore que les tourments d'une sournoise maladie : une mélancolie dévorante. Ses longues mains crispées sur les accoudoirs de sa cathèdre semblaient faire corps avec le bois. Une houppelande de velours, fourrée de mouton, le couvrait incomplètement, laissant paraître, à sa ceinture, un poignard à manche de corne. Ainsi, figé dans une méditation dont seule sa nièce pouvait imaginer la teneur, fournissait-il aux visiteurs l'image d'un homme fier, prêt à céder au découragement.

— Quels gens m'amènes-tu ? dit-il, impassible.

— Messire, mes compagnons et moi...

Une œillade d'Isabelle enjoignit aux visiteurs la pru-

---

et de Morthemer. Après la reddition d'Adam Chel d'Agonise à Bertrand Guesclin, le 17 février 1375, Radegonde ayant refusé de reconnaître le roi de France, Charles V confisqua Gençay et Morthemer et en fit don au duc de Berry, le 7 avril 1376. Ce n'est que vers 1391 que Sybille de Saint-Martin, cousine de Catherine Sénéchal, apporta Morthemer à son mari, Guillaume Taveau, les Taveau demeurant barons de Morthemer jusqu'à la Révolution.

dence : Raoul, qui s'était absenté, revenait, une torche fumante au poing. Dominant son courroux, Ogier subit l'examen du rustique dont le sourire moqueur et condescendant le courrouça autant qu'une injure. Sur cette face grasse et blafarde, à l'insu même de ce ribaud, apparaissaient des sentiments reconnaissables : l'aversion, la jalousie et la pire des rapacités : celle des sens ; car Raoul venait de jeter sur la jouvencelle un regard plus vif qu'un geste éhonté : elle en avait frissonné. Imaginant les grosses mains la touchant n'importe où, Ogier frémit à son tour.

— Va donc voir où en sont nos hôtes ! enjoignit le baron à son homme de confiance.

Sans un mot, Raoul s'éloigna. Serré dans son poing énorme, le flambeau paraissait grésiller de souffrance. Bientôt, le malaise dégagé par cette présence lourde et maupiteuse s'évanouit. Soulagé, Ogier reprit :

— Votre nièce, messire, vous fera le récit de l'embûche où elle a failli trépasser... Elle nous a invités à venir en vos murs : nous y sommes. Nous nous rendions à Chauvigny pour le tournoi...

— Accordez-leur l'hospitalité, mon oncle ! Ils m'ont sauvé la vie.

— Certes ! Certes !... Heureux hommes qui peuvent tenir en selle et qui n'eurent point affaire aux Anglais, lesquels, pour le moment, nous laissent en paix.

Les reflets du foyer avivèrent brièvement, auprès de ce baron austère, une des tapisseries du clotet. Elle représentait la poursuite d'une unicorne dans une futaie défeuillée ; et cette forêt de tissu — du cariset[1] sans doute —, paraissait tellement vraie qu'on eût pu craindre qu'elle ne s'embrasât si quelque flammèche en touchait une branche. Penchées contre le mur, Ogier aperçut deux béquilles.

— Je suis votre obligé, messire, dès ce soir.

_____
1. Grosse serge flamande.

— Bien, l'ami. Je préfère vous conjouir, vous et vos gens, que...

Un courant d'air excita la frénésie du feu dont le grand buisson d'or couvrait le tronc vermeil, rendant plus insolite encore la fixité de ce seigneur à figure de pierre.

— ... que quelques grands seigneurs qu'il me faut héberger par aisement[1], mais sans plaisir, bien que j'aie combattu à leurs côtés... Ils partiront demain pour Chauvigny où les prud'hommes et l'évêque leur feront bon accueil. Ils sont, ma nièce, arrivés comme l'an passé — à la nuit — et m'ont quitté peu de temps avant que tu n'arrives. Peut-être les as-tu entrevus dans la cour.

« Qui sont ces gens ? » se demanda Ogier tandis qu'Isabelle questionnait :

— D'où viennent-ils ?

— D'Agen, je crois... Mais ils ont parlé d'Aiguillon, dont le siège est commencé. Ils ne savent encore si Jean de Normandie, qui commande là-bas, pourra venir à Chauvigny.

— Il faudrait qu'il se hâte ! Nous sommes mercredi, la joute a lieu dimanche et le tournoi lundi... Aiguillon est à quelque soixante lieues d'où nous sommes.

— Eh bien, chuchota Thierry, elle a le sens des distances !

En chemin, dans une auberge, un chevaucheur leur avait appris que le duc Jean avait quitté Toulouse pour aller conquérir Angoulême. Il avait dû changer d'avis.

— Est-ce tout ce que vous savez, mon oncle ?

Ogier s'étonna d'une pareille insistance : la guerre était affaire d'hommes. Qu'importait aux femmes qu'un siège fût entrepris et qu'il durât ou non, si elles vivaient hors de la cité convoitée !

1. Convenance.

— C'est tout ce que je sais. Aiguillon est défendu par un fier capitaine : Gauthier de Masny[1].

— Et nos hôtes, mon oncle ? Dormiront-ils en ce donjon ?

— Non : ils préfèrent coucher dans le logis, près des écuries, de façon à surveiller leurs hommes. Ils n'ont pas oublié — ni moi ! — que l'an dernier, ils m'ont violé deux servantes... Ils ont mangé avec moi... sans courtoisie... Ils se sont à peine étonnés de me trouver en cet état... Tiens, les voilà... Sans doute viennent-ils me souhaiter la bonne nuit... et voir les gens que tu m'amènes...

Isabelle passa une main tremblante dans ses cheveux tout en regardant le seuil de la grand-salle. Soudan, consciente que sa robe gorgée d'eau la dénudait presque, elle se saisit de la pelisse de son oncle et s'en couvrit.

Deux hommes s'avançaient. Faces glabres, cheveux mi-longs, bouche large, front bas ; prunelles pâles. Sa méfiance éveillée, Ogier se dit que l'influence de personnages de cette espèce, quelque pernicieuse qu'il la pressentît, ne pouvait s'exercer sur un chevalier tel que Guy de Morthemer, même immobilisé par il ne savait quoi sur son siège au dossier immense, ouvragé en quintefeuilles. Ils saluèrent Isabelle avec tant de sécheresse qu'il crut avoir affaire à des inquisiteurs, à moins

---

1. Au commencement de février 1346, Jean de Normandie se trouvait à Châtillon-sur-Indre et début avril à Agen, d'où il partit le 5 pour aller assiéger Aiguillon, à la tête d'une des plus fortes armées qu'on eût vues, tandis que quelques compagnies réunies à Toulouse s'étaient dirigées sur Angoulême, qui se rendit aisément. Il n'en fut pas de même d'Aiguillon où, le 10 avril, sur les berges du Lot, le duc fit dresser ses tentes. La ville allait « tenir » jusqu'au 20 août.

Quant à Gauthier (ou Gautier) de Masny (et non Mauny comme on le voit écrit si souvent) il avait été page de la reine Philippa d'Angleterre en 1332. Il était originaire du Hainaut et appartenait à la famille de Masny, près de Douai. Il avait épousé Marguerite, fille du comte de Norfolk, cousine d'Édouard III. Il mourut à Londres le 15 janvier 1372, à l'âge de 67 ans.

qu'il n'eût devant lui un couple de sodomites ; et si leurs manteaux noirs, humides, leur donnaient une religieuse apparence, leurs épées, gainées de cuir safrané, témoignaient qu'ils étaient gens de guerre.

Ogier, qui s'était senti effleuré d'un coup d'œil distrait, vit avec plaisir Raymond s'insinuer entre Thierry et lui.

« En l'état où nous sommes, ils nous prennent pour des hurons ! »

Cependant, ils s'inclinèrent tandis que Guy de Morthemer se livrait aux présentations d'une voix lasse, maussade :

— Le comte Charles d'Alençon, frère de notre bien-aimé suzerain [1] et messire Charles de la Cerda, qu'on appelle aussi Charles d'Espagne.

« Le grand ami, et plus encore [2] du duc de Normandie ! »

— Ogier d'Ansignan... en Fenouillet, messires.

— Ah ! Ah !... Fenouillet : un nom de notre belle Langue d'Oc. Et vous êtes ici, comme nous, pour fournir des courses aux joutes de Chauvigny ?

— Oui, monseigneur, si les juges m'y agréent.

---

1. Charles de Valois, comte d'Alençon (1294-1346) était le second fils de Charles de Valois et de Marguerite d'Anjou-Sicile.
2. Une « tendre amitié » liait Jean de Normandie à Charles d'Espagne, personnage abject, cauteleux et arrogant dont, une fois roi, Jean allait faire son favori avec tout ce que cela comporte d'honneurs et de privilèges. Charles d'Espagne, alias la Cerda, comptait pour ancêtre le roi de Castille Alfonse le Vaillant, surnommé Lumière d'Espagne pour avoir repris Tolède aux Maures, le 25 mai 1085. Son père, Alfonse de la Cerda, héritier légitime de la couronne de Castille et de Léon, avait été dépossédé par son frère, Sanche IV. Philippe le Bel l'avait accueilli et marié à Mahaut de Clermont, dame de Lunel. Lieutenant général de Charles IV le Bel en Languedoc, baron de Lunel par son mariage, il mourut en 1327. De ce mariage était né Louis d'Espagne, amiral de France en 1341, puis maréchal de Bretagne, et créé en 1351 prince des Iles Fortunées (les Canaries) par le Pape Clément VI. D'un second mariage était né Charles, qui devint comte d'Angoulême et connétable de France de 1350 à 1354. Ces deux hommes furent de véritables brigands.

387

— Ils vous y admettront !... J'ose espérer que si mardi vous êtes encore entier, vous prendrez le chemin d'Aiguillon où les Goddons vont donner des soucis à mon neveu !

Ogier approuva prudemment. Le comte, brun, la cinquantaine, avait une tête de plus que son compagnon, lequel dévisageait Thierry aimablement, « et pour tout dire, d'un œil énamouré ! ». Un instant inattentif, Ogier revint à l'entretien du comte et de Guy de Morthemer.

— ... nous les vaincrons ! Je vous en préviens... Pendant que nos gens bâtissent un pont sur le Lot, Jean a envoyé quérir des engins à Toulouse.

Ogier dévisagea cet homme dont son père lui avait dit qu'il était sot, borné, hautain tout autant que le roi son frère. Dans cette figure de carême, le nez maigre et droit mettait une tache d'ombre au-dessus des lèvres. Deux courtes mèches brunes coupaient le front en diagonale. L'Espagnol, toujours occupé de Thierry, avait une cicatrice au menton. Les lobes de ses oreilles étaient percés. Sur son pourpoint de velours azuré brillait un collier d'or composé de fleurs de lis. D'un geste mou, maniéré, il désigna Raymond et Adelis :

— Qui sont-ils ?

— Ma sœur et un de mes soudoyers, messire.

Ogier craignit qu'on ne lui demandât d'où ils venaient, mais Alençon toussota, son œil prit l'éclat de celui d'un vautour et, serrées sur sa ceinture, ses mains gantées de chevreau noir frémirent tandis qu'il dévisageait Adelis :

— Jeunesse !... Nous nous reverrons à Chauvigny, n'est-ce pas ?... Vous n'êtes pas Poitevine, et c'est dommage car votre beauté, couronnée, pourrait régner sur la lice !

Adelis sourit et s'inclina dans une révérence brève dont Ogier fut satisfait. Se détournant, il vit Isabelle frémir. « Jalouse ! » Il dit, pour lui complaire :

— Monseigneur, c'est cette damoiselle, à ce que j'ai

compris, qui voudrait être élue reine !... Elle revient de Chauvigny.

Le comte sourit et s'absorba incontinent dans la contemplation d'Isabelle.

— Êtes-vous nombreuses, m'amie, à prétendre à cette royauté ?

— Cinq, monseigneur.

— Et qui décide ?... Alix d'Harcourt et quelques autres dames, comme chaque année ?

— Oui, monseigneur.

— Nous verrons ce que nous pouvons faire en votre faveur, m'amie.

Saladin s'était approché. Négligeant les lévriers immobiles, il grogna, signifiant ainsi qu'il détestait ces deux hommes. Et déjà le comte retombait dans son arrogance tandis que Charles d'Espagne souriait à Thierry, lequel, pour l'apaiser, caressait le chien jaune.

— Hé toi, l'écuyer, fourniras-tu des courses ?

— Sans doute, dit Champartel de mauvais gré.

Subitement, après un bref bonsoir, les deux hommes tournèrent les talons et s'éloignèrent d'un pas pesant pour s'immobiliser sur le seuil de la salle. Et comme un homme apparaissait, Alençon, levant un bras, s'écria :

— Blainville !... Nous vous avons cherché... Où étiez-vous passé ?

C'était *lui*, dans le plus inattendu des lieux et des moments.

« Ah ! Dieu, pourquoi maintenant ? » songea Ogier, glacé d'une sueur soudaine.

Sentant converger sur son visage les regards de ses compagnons, il redouta que leur stupéfaction trop manifeste — du moins pour lui —, ne devînt suspecte au Normand. Il se rassura presque aussitôt : si Blainville s'était montré sensible au silence produit par son apparition, il l'avait interprété comme le témoignage d'une déférence à laquelle il était accoutumé. Maintenant, de sa voix graillonneuse, inchangée, aux inflexions hautaines, il expliquait en tapotant la prise de son épée :

— Comte, mon Melkart boitait depuis une demi-lieue... Je suis allé aux écuries... Ce n'était qu'un clou à remettre... Ramonnet s'en est chargé.

Ramonnet... Ce nom aussi, surtout prononcé par Blainville, ressuscitait le noir passé.

Ogier serra les poings : « *Domine-toi. Ne commets aucune erreur !* » Ce ruissellement dans son dos ! Ce cœur affolé ! Paraître serein. Et même courtois... Tiens, Isabelle s'éloignait, contournait le baron crapuleux au passage... Et tandis qu'Espagne et Alençon quittaient aussi la pièce, Blainville, d'un pas vif, rejoignait Guy de Morthemer et s'informait :

— Qui sont ces jeunes gens ?

Ogier dut subir le regard et surtout l'haleine vineuse de cet ennemi face auquel, devançant l'impotent dans sa cathèdre, il déclina en s'efforçant à la mesure :

— Ogier de Fenouillet, sa sœur et deux compagnons. Nous nous sommes égarés en allant de Poitiers à Chauvigny. On nous conjouit à Morthemer et j'en rends grâces au Ciel.

« Égarés ou poussés par la volonté divine pour te trouver enfin, malebouche ! » songea-t-il tandis qu'il voyait d'aussi près que possible ce visage vieilli, mais ferme, peu ridé, au bas duquel sinuait un sourire.

— Un ciel très larmoyant ! Et bien sûr, vous irez jouter et tournoyer... avec l'espérance de vaincre ?

— Pour cela comme pour le reste, je m'en remets au Ciel.

— Le Ciel ! Tu parles comme un clerc... un clerc outrecuidant ! J'espère te tenir au bout de ma lance... et te bouter hors de ton destrier !

Pour remédier à sa colère, Ogier toucha, à travers son pourpoint, le sachet contenant les accusations de Montfort. Quelque bref qu'eût été ce contact, sa sérénité lui revint :

— Eh bien, messire, dit-il, pour le cas où nous nous

trouverions face à face, serrez bien les genoux, car je vous ébranlerai sans respect de votre rang ni de votre âge !

Thierry eut un sursaut de surprise et de peur. Ogier n'eut cure de son regard qui lui enjoignait la prudence. D'ailleurs, Blainville, égayé, s'esclaffait :

— Eh bien, toi, l'ami, on voit que tu viens de loin. Ton hardement me plaît ; j'en apprécie la forme... Tu ne dois pas savoir qui je suis, ma parole !

C'était affligeant, douloureux, de ne pouvoir s'abandonner à la haine. Ogier craignit qu'elle ne transparût sur son visage, dans ses yeux, surtout, francs et froids. Mais Blainville riait sans malice, avec un air de familiarité. Il avait conservé son teint de brique cuite, ses moustaches tombantes, son œil de couleuvre humecté de sang. Un coup l'avait atteint à la pommette gauche : une étoile blanchâtre la marquait comme un poinçon. Et parce qu'il était désormais brèche-dent, son hilarité devenait affreuse, à mesure qu'elle s'accentuait. Sentant son cœur battre plus fort, Ogier comprit qu'il subissait l'ascendant de la seule qualité profonde de ce maudit : la force. Allons, il n'allait pas passer pour un bec-jaune !

— La pure présomption, dit-il, sans tenir compte d'un geste de Thierry l'invitant à la reculade. Car il va de soi qu'il en existe plusieurs !

— Que veux-tu dire ?

Ogier tapota son épée :

— Il y a des hardiesses à faire le bien, d'autres à faire le mal... Dieu voit et juge... gracie ou condamne...

— Jeune et frétillant, hein !... Tu me fais penser aux preux de la Table ronde !

Était-ce un compliment ou une offense ? Ogier crut bon de répliquer d'une voix neutre :

— Messire, ces récits sont estimés. Que leur reprochez-vous ?

Blainville abattit son poing sur le linteau de cheminée, si violemment que les chiens sursautèrent. L'un d'eux, une femelle, émit un jappement.

— Ces récits ont répandu le goût d'une chevalerie pour damoiselles !... Oh, tu peux sourire, Morthemer : je sais qu'au fond, tu penses comme moi.

Ogier ne savait que dire. Il avait lu *Ogier le Danois, Renaud de Montauban, Girard de Roussillon*. Il y avait même, à l'armurerie de Rechignac, un recueil de gaillardises : *Baudoin de Serbouc*. C'était, il en convint, autre chose que les languissantes aventures de Lancelot, Perceval et Gauvain constamment empêtrés dans leurs sentiments troubles, et agissant toujours à l'encontre du bon sens.

— Les histoires de la Table ronde...

Blainville porta une main à son sexe :

— Émasculantes, Fenouillet !... A travers des pays pleins d'oiseaux et de fleurs, le jeune chevalier va randonner à la recherche d'humiliations insupportables à un gars plein de vigueur et de sang... Oh ! certes, il y a des défis, des assauts... que les meilleurs emportent... Mais il y a des bastilles sur lesquelles planent je ne sais quels impossibles enchantements, et dedans, de belles dames richement atournées. Elles ne se font trousser qu'après maints refus et épreuves dont le but est d'abêtir l'homme et de le mettre en un état de servitude indigne d'un mâle !

— Il se peut, en effet, approuva Guy de Morthemer, soudain morne. Qu'y faire ? Si les gentilfames, dimanche et lundi, vont régner autour des lices de Chauvigny, c'est bien parce que nous l'avons voulu... et nos aïeux avant nous !

Ogier fut heureux que le baron se fût mêlé à l'entretien. Il l'empêchait ainsi de fournir la réplique à Blainville.

— La Table ronde ? Ah ! là, là... Tout juste bonne pour mon Melkart, qui ne sait écrire ! Il y a là-dedans des sorcelleries, des enchanteurs et enchanteresses...

Que veux-tu, Fenouillet, je préfère *Aliscans* à *Perceval le Gallois*.

Et heurtant ses poings l'un contre l'autre, Blainville conclut :

— Ce sont les femmes et les efféminés qui ont répandu ces récits bons pour des chambrières !... La Table ronde ?... Pouah !... Tout n'y est que méchants récits où la fausse hardiesse supplante le vrai courage...

— Mais où est le vrai courage, messire ?

Ogier se réjouissait de contester Blainville. Cependant, il avait beau s'évertuer à décocher ses traits sur son adversaire, c'était lui-même qui se sentait blessé par les moqueries de celui-ci.

— La Table ronde, Fenouillet, ce sont les manières doucereuses et les largesses indues préjudiciant aux belles austérités de la vraie Chevalerie...

« Il te va bien de parler ainsi ! »

— C'est la fable et les fées avant Dieu et les hommes.

« Sainte Marie, oyez ce malandrin ! »

Bien que le souffle de Blainville atteignît parfois sa figure, Ogier se sentait à une insurmontable distance de son ennemi. Incapable de la moindre action contre lui, il n'avait d'autre possibilité que de le dévisager pour se gaver l'esprit de ses traits et les imaginer durcis par la mort.

— Comment peux-tu trouver le roi Arthur digne d'estime ? Il est cocu et satisfait !... Et Lancelot ? Il ne fait que besogner par l'esprit Guenièvre... Ah ! non, jeune homme. Au cas où tu voudrais me complaire, ne soutiens pas ces âneries !

— Messire, dit Ogier simplement, je n'ai ni le goût ni le désir de les louer ou de les défendre. Pas plus que je n'ai envie de vous complaire en approuvant quoi que ce soit venant de vous.

Adelis, moins effacée qu'elle ne le croyait, considérait intensément ce baron dont elle savait tant de choses détestables. Blainville fronça les sourcils :

— J'ai idée, Fenouillet, que tu me parles du bout des lèvres !... Et, c'est étrange, tu me rappelles un homme... Mais *qui* ?

Ogier frémit. « *Je ne ressemble pas à mon père !... Non ! Non ! Je ne lui ressemble pas !* » Blainville examinait son front, son nez, sa bouche. S'il devinait, serait-ce déjà la fin de l'entreprise ? L'avortement de la vengeance ?

— T'es-tu déjà battu ?

— Un tantinet, messire.

Le tronc craqua dans l'âtre ; Guy de Morthemer éternua, et Blainville ricana : « Dieu vous bénisse ! » Ogier cessa de soutenir ce regard aminci par les paupières mi-closes, et qui semblait plonger au-delà du sien pour sonder sa cervelle.

Et Blainville rit derechef. Il appartenait à ce genre d'hommes constamment contents de soi, et pour lesquels les sentiments purs ne sont qu'affiquets, marmouseries et entraves. Le Bien étant pour lui pâle et doucereux, le Mal possédait des couleurs et un goût dont il se délectait. Il n'avait d'autre satisfaction que celle de se savoir fort, et de jubilation que dans la certitude de cette invincible puissance. Il croyait en son impunité puisque personne, à la Cour et ailleurs, n'aurait osé soupçonner sa félonie. Et sans doute, encore qu'Isabelle eût allumé sa curiosité ou ses sens, préférait-il se repaître la vue d'un trésor que d'une jolie fille. Tout ce qui n'était pas *lui*, son pouvoir, ses profits, ses exactions, manquait du plus simple intérêt. Dans l'ombre de cette vaste salle aux contours flous, la malfaisance de cet homme au teint vermeil éclatait par contraste, bien que les ténèbres correspondissent à sa nature. Sa seule présence devant l'âtre où tout à coup il chauffait ses mains longues et crochues donnait à l'odeur des braises une senteur d'enfer tandis qu'en cette obscurité ondée parfois de rouge à la montée des flammes, le visage d'Adelis prenait un relief émouvant. Le sourire qu'il lui offrit demeurant sans effet, Blainville sembla n'en concevoir aucun dépit, mais se tournant vers son contradicteur, il lui fit compliment :

— Ta sœur est belle.

Ogier entrevit, dans l'ouverture de la garnache de velours gris, le haubergeon neuf, safré [1] aux armes de son ennemi : *de sable à un griffon d'argent couronné d'or, membré et armé de même*, puis les hauts-de-chausses de soie grise et les heuses de daim fauve dépourvues d'éperons.

Voir ce falourdeur exsangue à ses pieds, privé de la somptuosité de son personnage ! Dépouillé de tout, et surtout de cette hautaineté qui formait comme un écran à sa perfidie. Voir cet homme mort !

— Tu connais désormais mes armes... Tous les écus seront en montre au cloître de l'église Saint-Léger... Viendras-tu toucher le mien ?

Ogier regarda de nouveau Adelis, puis Raymond et Thierry, attentifs.

— Oui, messire.

Et soudain, tandis que Blainville riait, il eut peur. Non seulement de ce démon, mais d'Alençon et de Charles d'Espagne. Sous les apparences élaborées de la sérénité, quels sentiments habitaient ces hommes ? « *Ce n'est pas à eux que tu dois te confier. Attends.* » Il s'aperçut que le Normand prenait congé de Guy de Morthemer et ne put contenir un soupir d'aise.

— A nous revoir, damoiseau !

Et tandis que flottaient les pans de son manteau, le marmouset [2] du roi s'éloigna dans le cliquetis de ses talons ferrés.

L'air devint d'autant plus respirable qu'Isabelle réapparaissait, enveloppée d'une pelisse de lin cramoisi. Elle précédait trois jouvencelles. Comme Thierry s'y intéressait, Raymond lui lança :

---

1. Le safre était une broderie faite à même les mailles du vêtement.
2. Favori. Le même mot — *marmouset* — désignait un fou.

— Va falloir te parfumer, l'ami... Oh ! pas pour elles, mais pour messire Charles d'Espagne !

L'écuyer grommela et se laissa choir sur un banc, vidé, semblait-il, de toute énergie, tandis qu'Isabelle entraînait Adelis, enjoignant au passage à l'une des meschines[1] :

— Suis-nous, Perrette... Tu lui prépareras un bain.

Guy de Morthemer interrompit sa nièce :

— Ils doivent avoir faim... Voulez-vous souper ?

— Oh ! oui, fit Champartel.

Cette exclamation à la mesure de son appétit divertit les servantes. Alors, tourné vers le baron immobile et manifestement soulagé du départ de ses arrogants visiteurs, Ogier déclara :

— Nous sommes vos obligés, messire... Dites-nous en quoi... Isabelle l'interrompit :

— Vous trouverez, messire, des vêtements dans la loge que j'ai fait apprêter pour vous... Vos compagnons coucheront dans la chambre voisine... Votre sœur dormira avec moi[2]... Jaquette, Rosemonde, conduisez nos amis pendant que j'accompagne damoiselle Adelis...

Rosemonde était une grosse fille brune, sans âge. Elle jeta sur Raymond un regard éloquent. Jaquette — seize ans —, petite et rousse, avait un visage maigre et pâlot, des façons rondes, avenantes. Elle s'écria comme à plaisir :

— Messire Fenouillet, j'ai préparé pour vous des sarments à brûler... Venez.

Suivi par Saladin, Ogier se laissa conduire. Au sortir de la grand-salle, marchant moins précipitamment, la chambrière s'inquiéta :

— Il n'est pas méchant, votre chien ?

— Pas plus que moi.

Elle rit, mais il vit qu'elle restait soucieuse et se demanda pourquoi.

---

1. Servantes.
2. C'était la coutume, doublée d'une marque de considération.

En scrutant moins les murs que le râble oscillant de la chambrière, il gravit les degrés d'un escalier tournant. A la lueur du flambeau de chacun des paliers, il aperçut d'étroites portes armées de ferrures. Jaquette en ouvrit une.

— Nous y voilà, messire. On ne peut aller plus haut... Dois-je attendre pour vous reconduire auprès de notre baron ?

— Je saurai bien m'y retrouver seul... Allons, Saladin : entre.

Insensible à la déconvenue qu'il provoquait, Ogier ferma la porte au nez de la jouvencelle.

— Dormir !... Bientôt dormir !

Il se trouvait dans une chambre exiguë, plafonnée de bois et de pierre, et dont rien n'ornait les murs. La fenêtre en ogive aussi petite et plongeante qu'une archère, donnait sur une pente au pied de laquelle blêmissait un cours d'eau. Trouant la nuit comme une fleur sanglante, la torche d'un guetteur illumina un mur couvert de lierre, semblable au pelage d'un mouton noir.

Le feu crépitait dans la cheminée où, sur un trépied, fumait une chaudronnée d'eau. De part et d'autre de son manteau — une bille de chêne — flambaient deux cierges. Tout près, avec sa porte moulurée en octogones, une armoire saillait d'un renforcement. On en avait ôté la clé. Une table ronde supportant une bassine, un broc et des serviettes, un lit couvert de peaux de renards et un banc sur lequel Jaquette avait placé des braies, une chemise, des chausses et un pourpoint de velours rouge, constituaient l'ameublement et les avantages de cette loge.

Saladin se lova devant l'âtre. Ogier se dévêtit et s'offrit une longue ablution. Une fois sec, il se sentit mieux.

On frappa, et comme Saladin restait couché, le garçon enfila ses braies et ouvrit. Ce devait être Thierry.

— Damoiselle !

Isabelle rougit de le voir si peu vêtu ; cette brève émotion dissoute, elle recouvra sa carnation laiteuse :

— Êtes-vous à votre aise ?

— On ne saurait être mieux. Dites à votre tante...

— Elle repose. Vous la verrez... plus tard.

La fatigue alourdissait les paupières de la jouvencelle. Son front portait toujours les griffes de la peur. Elle semblait si dépourvue de confiance et de protection qu'il la saisit aux épaules et frôla ses lèvres d'un baiser. Elle le repoussa doucement.

— Vos craintes continuent, m'amie... Qui vous en veut ? Parlez !... Les Bretons, c'était à cause de la Clisson. Y a-t-il quelqu'un d'autre ?... Et votre oncle ? Il paraît inquiet ; puis encore : aux abois...

Elle mit le verrou, précaution qu'il jugea inutile, et s'assit ensuite au pied du lit. Ses cheveux dénoués cachant son visage, elle caressa l'échine de Saladin :

— Mon oncle est tombé de cheval jeudi... La veille au soir, il avait reçu Johan Talebast, le capitaine-souverain de l'évêque de Poitiers...

— Qui est cet évêque ?

— Fort d'Aux, messire... C'est un prélat insatiable. On dirait qu'il veut avoir pour lui tout Chauvigny... et les châteaux et châtelets d'alentour...

— Tout Chauvigny ? Qu'entendez-vous par là, Isabelle ?

Sans effort, elle rendit à Ogier son sourire :

— Sans doute le savez-vous, messire, puisque vous en serez : l'appelant du tournoi est André de Chauvigny, seigneur de Châteauroux, vicomte de Brosse, époux d'Alix d'Harcourt...

— Je sais.

— Ce que vous ignorez, sans doute, c'est qu'à Chauvigny, dans la même enceinte, il y a cinq bastilles.

— Cinq !

— Elles se côtoient, pour ainsi dire. Il y a la belle demeure d'André de Chauvigny, que monseigneur Fort d'Aux laisse en paix présentement... Il y a le château de cet évêque, commandé, en son absence, par Johan Talebast... Il y a aussi le château qu'on dit de Montléon, bien que depuis cinquante ans, Guy II de Montléon[1] l'ait vendu à l'évêque de Poitiers, Gauthier de Bruges...

— Ces mitrés semblent avoir grand appétit !

— Il y a Gouzon, où j'ai passé deux jours à préparer les atours de la châtelaine. Et si je n'y suis pas restée, c'est qu'une querelle pourrait détruire ce ménage... Le seigneur, Guy III, vient en effet de céder sa demeure à Fort d'Aux... Son épouse ne peut admettre pareille couardise, car il a faibli sous la menace... Elle sait pourtant qu'en s'entêtant dans son refus, il n'aurait pu survivre au tournoi de lundi, auquel il doit se présenter afin d'éviter de passer pour un angoisseux... N'est pas muisteur[2] qui veut, n'est-ce pas ?

Et brusquement levée :

— Qu'avez-vous donc là, dans ce sachet pendu à votre cou ?

— Un peu de ma terre natale.

Allait-elle toucher ? Questionner ? Non : elle émit un petit rire hoquetant. Un jour, au Puy-Saint-Front[3], il avait entendu une folle rire ainsi. Allons, qu'allait-il penser ? Isabelle était raisonnable et sage. Il soupira. « Quel pays ! L'évêque est vorace et tous les hommes s'appellent Guy ! » La jouvencelle continuait d'une voix plate, inattendue :

— Il y a enfin le château et le fief de Flins. Ils appartiennent aux Pignonneau... et Talebast leur a rendu visite...

---

1. C'est à tort que certains auteurs écrivent *Mauléon*. Le nom latin est *Mons leonis* et non *Malus leo*. Quant à Gouzon, appartenant à Blanche de Beaumont, il avait été apporté en mariage à son époux Guy II de Gouzon. Les Gouzon étaient originaires de Gouzon, en Bourbonnais (actuellement département de la Creuse).
2. Homme pourvu d'un tempérament froid.
3. Le Périgueux médiéval.

— Pour leur dire ce qu'il est venu annoncer à votre oncle : « Vendez »... Est-ce vrai ?

Isabelle eut un rire attristé :

— Sans doute. On ne peut résister à monseigneur Fort d'Aux. Il veut Morthemer avec la même force que les prélats qui l'ont précédé ont voulu Angle-sur-l'Anglin, à huit lieues d'ici... On dit que ceux qu'on met en geôle au fond de cette forteresse n'en sortent jamais plus.

Nouveau rire, incroyablement gai. Ogier, déconcerté, demanda :

— Êtes-vous fiancée ?

— Vous aurais-je prié de porter mes couleurs ?

Belle, désirable ; il était surprenant qu'elle fût sans prétendant.

Ébahi par cette étrangeté, le garçon enfila ses chausses et remit ses houseaux. Il les avait couchés devant l'âtre ; si l'extérieur demeurait terreux, l'intérieur semblait sec.

— Les Harcourt, dit-il, sont apparentés à Godefroy d'Harcourt, ce Normand qu'on a surnommé le Boiteux... le traître... Vous semblent-ils loyaux ? La Clisson vous en a peut-être entretenue...

Ces propos insidieux gênèrent la jouvencelle : sur son front haut qu'une mèche obombrait, quelques plis apparurent ; le regard si étincelant s'abaissa :

— Comment saurais-je que c'était la Clisson ? Ces Bretons l'affirmaient ; ils ont pu s'abuser d'une ressemblance...

La bouche rose et ferme se pinça :

— Quant aux Harcourt, ils sont avenants, respectés... Et puis, pourquoi dites-vous *Harcourt* ? C'est Alix qui l'était avant son mariage, pas son époux qui est un Chauvigny !

Isabelle réchauffa ses mains aux flammes. Sous son lourd pelisson, sa poitrine bombait. Elle eut un nouveau sourire, cette fois intraduisible :

— Chaque année, mon oncle courait des lances et tournoyait.

— On dirait un vieux loup solitaire.

— Il a une épouse, Géralde, mais aucun héritier.

En transparence de ce propos, le garçon entrevit un drame. Isabelle ajouta promptement :

— Mes couleurs sont l'azur et l'or.

— Les miennes d'or et de sable.

Et précisant cela, Ogier trouva son entreprise au-dessus de ses forces. Certes, il avait revu Blainville, mais obtiendrait-il bientôt suffisamment d'éléments pour le confondre après avoir désourdi le complot ? Et si par malheur quelqu'un le reconnaissait, ne risquait-il pas de perdre la vie ? De par les coutumes de la dégradation et bien qu'ayant été armé chevalier à la guerre, il était *ignoble et roturier*, indigne de porter les armes, même courtoises. On pouvait le battre de verges comme un vilain né d'un homme infâme ; on pouvait le juger et peut-être le pendre. Il refusa de penser à ces inconvénients, et pourtant cette conjecture lui paraissait tout à coup redoutable.

Isabelle se mit à marcher ; il aperçut le rose d'une cheville. « Et si j'essaie un peu plus qu'un baiser ? » Les ondes rayonnant de ce corps l'enveloppaient comme un baume. « Belle et triomphante. » Elle lui devait d'être en vie.

— A part Alençon, Charles d'Espagne et Blainville, savez-vous quels grands seigneurs sont attendus ?

— Non, messire. Il y a parmi les hôtes de l'évêque deux chevaliers de l'Ordène teutonique. Ils sont là depuis un mois et sans doute sont-ils venus pour autre chose... L'un a nom Prenzlau, l'autre Cottbus...

— Et Blainville ?... Vous le connaissez... Parlez-m'en.

D'un doigt, la jouvencelle caressa ses cheveux humides.

— Oh ! lui... Il est de ces hommes auxquels les filles vertueuses souhaiteraient couper les mains... et le reste... Voilà quatre ans qu'il vient à Chauvigny.

Le regard d'Isabelle se durcit ; Ogier crut y voir de la haine avant de se sentir observé avec un calme souverain comme si, une ultime fois, la jouvencelle évaluait son courage ainsi que sa vigueur de mâle et de guerrier.

Il fit un pas ; elle recula d'autant. Il y eut un silence équivoque empli de leurs souffles et des crépitations du feu. Saladin dressa l'oreille et se leva. Ogier, inquiet, se dirigea vers la porte et appuya son oreille contre l'ais clouté de fer.

On approchait : des pas feutrés trahis par le cuir des semelles. Saladin grognonna. D'un geste, Ogier obtint son silence, de même que celui d'Isabelle, qu'il rassura en lui montrant le verrou. Et durant quelques instants, dans le couloir épuré de tout bruit, il sentit une présence attentive et hostile.

Il vit la lame du loquet se soulever pendant qu'il devinait, dans son dos, sa visiteuse immobile et perplexe. Il devait confondre ce fâcheux... déloger le verrou et ouvrir.

La targette, sans bruit, quitta sa gâche. Ogier tira la porte violemment.

Il entendit un juron étouffé. Sans qu'il pût l'éviter, un poing s'abattit sur sa figure. Tandis qu'il se retenait au chambranle, son chien fila. Il put l'apercevoir bondissant sur une ombre.

— Ici !

L'animal obéit, prompt et insatisfait ; il serrait dans sa gueule un lambeau de tissu rouge. Ogier, chancelant, le tendit à Isabelle.

— C'est un morceau de jaque, messire. Un gars de Morthemer.

Disant cela, elle ne pouvait ignorer que sa gorge apparaissait dans le col de son vêtement. Et le plus étrange de cette mésaventure, songea Ogier en touchant sa bouche endolorie, ce n'était point la révélation de l'impudique sérénité de la jouvencelle ni le dégoût avec lequel elle jetait le haillon sur les braises — sans lui demander s'il le voulait pour confondre son agresseur —, c'était qu'en n'ayant commis rien de répréhensible en quelque sujet que ce fût, il s'était fait un ennemi.

— Avez-vous vu cet homme ?

— Non, Isabelle. Par précaution, il avait éteint la torche de l'escalier.

Elle effleura d'un doigt ces lèvres qu'Ogier sentait se durcir et gonfler :

— Souffrez-vous ?

Elle le fit asseoir sur le lit et demeura debout, par prudence.

— Un poing pareil à un boulet de bombarde !... Savez-vous, m'amie, à qui je pense ?... Raoul... Je lui déplais... J'ai des dents solides, heureusement !... Mettez-moi un peu de fraîcheur là-dessus.

Il lui tendit sa bouche ; elle la tapota d'un coin de serviette humide. Il eut son souffle contre son front et vit mieux encore, par la brèche du pelisson, les fruits charnus et rapprochés.

— C'est sûrement Raoul... Raoul de Leignes. Petite noblesse : plus de fief et, en conséquence, une avidité à la mesure de ses mains. Il voudrait m'épouser... Je ne suis, après tout, qu'Isabelle Dary...

Ogier se dit qu'il avait dû entendre un nom pareil. Ou presque. En quel lieu ? C'était très loin. En évoquant *les mains*, Isabelle avait frissonné.

— S'il n'était le fils d'un des défunts compagnons de mon oncle, jamais il ne serait entré à Morthemer.

Et les sourcils froncés, les yeux réprobateurs :

— Cessez donc de regarder mon col !

— Ce n'est pas votre col mais tout ce qu'il révèle.

Ogier sourit et crut que sa bouche éclatait. La douleur atteignit ses joues, son menton : « Le malandrin ! » La fugacité d'un tel assaut le désemparait : il avait cru surprendre, il était confondu.

Il se leva ; Isabelle recula aussitôt :

— Qu'obtiendrais-je si je portais vos couleurs... victorieusement ?

Il n'affirmait pas qu'il les porterait. Et lui qui n'avait jamais senti sur sa peau la brûlure d'un regard, voilà qu'elle le considérait comme un objet ! Sans doute le prenait-elle pour un présomptueux.

Elle referma son col, ce qu'elle eût pu faire depuis longtemps. Avait-elle voulu lui fournir assez complaisamment la preuve charnelle qu'elle était disponible ?

— Blainville fut un des meilleurs l'an passé. Aux joutes, il a bouté mon oncle sans effort. Au tournoi, ils étaient trente contre trente. Les tenants d'Alix d'Harcourt et de son époux ont triomphé... Vous, nul ne vous connaît : on vous prendra parmi les petits.

A nouveau le dédain. Ou la moquerie. Ogier soupira. Il avait le temps pour se décider à porter l'emprise de cette donzelle à son coude senestre, d'autant que dans l'assistance il découvrirait peut-être une aimable jouvencelle.

Tandis qu'il pensait à ces choses, Isabelle, les bras croisés, le considérait sans gêne apparente, le mettant au défi d'avoir la moindre audace, bien qu'il vît à nouveau ses seins presque tout entiers. Oserait-il ? Il avait à sa portée cette gorge insolente... Que risquait-il ? Une gourmade[1]. Que serait-ce après un heurt à lui démancher la tête ?

Elle sourit ; des paillettes d'or criblèrent ses prunelles :

— A quoi songez-vous, messire ?

— Je me dis : elle est de bel estoc[2] et de taille divine.

— Si vous êtes doué pour les calembourdaines, le serez-vous votre lance à la main ?

Ils jouaient sur les mots sans même se sourire. Ogier

1. Gifle.
2. Race.

404

tendit les bras. Isabelle le laissa la retenir contre lui, le temps qu'il vît encore, dans la corolle de son habit, cette brève éclaircie de chair tendre et gonflée. Dessous, il imagina les contours, les vallonnements ombreux et tièdes.

— Bas les mains, messire... Je ne me donnerai qu'à mon époux... A moins que...

Ogier s'éloigna pour passer son pourpoint, saisir sa ceinture d'armes et s'en ceindre :

— A moins que, damoiselle ?

Elle avait une main sur la poignée de porte ; elle ne se retourna pas :

— A moins que vous ne fassiez mes quatre volontés.

— Quelles sont-elles ?

— Occire Blainville.

Il tressaillit et se retint d'avouer qu'il en avait l'intention.

— Pourquoi, m'amie ?

Vaine question. Il s'en était douté. Elle poursuivit, sèchement :

— Occire Raoul.

— S'il me cherche, et c'est ce qu'il me semble, il me trouvera.

— Épargnez la Clisson si vous la retrouvez.

Elle avouait ainsi que c'était elle avec laquelle elle avait partagé sa litière.

— Je n'ai jamais eu l'intention de l'occire... Je ne suis ni pour l'un ni pour l'autre, en Bretagne... Ensuite, votre quatrième volonté ?

Isabelle ne s'était toujours pas retournée.

— Je vous la ferai connaître en son temps.

C'était déconcertant. Saladin mit fin à l'embarras d'Ogier en lui grattant le genou. Il avait faim et soif. La jouvencelle ouvrit :

— Voilà vos compagnons.

Vêtus de sec, eux aussi, Thierry et Raymond passaient —, ce dernier portant une torche. Tout en les rejoignant, suivi d'Isabelle et du chien, Ogier leur narra sa mésaventure.

— Qui croyez-vous que c'est ? demanda Champartel avant de s'engager dans l'escalier.

— M'est avis, chuchota Raymond, que nous aurions dû poursuivre notre chemin. Je me sens mal, céans, et veillerai au grain.

Lui sachant bon gré de cette méfiance, Ogier remarqua l'absence d'Adelis.

— Votre sœur est lasse, messire. Elle demande une soupe. Je vais la lui faire porter.

Ogier accrocha le regard d'Isabelle. Il n'exprimait plus rien — pas même un soupçon de bienveillance.

« Elle s'appelle comment, déjà ? » Il avait oublié son nom mais il le lui demanderait. Quant à porter ses couleurs, il n'en avait plus envie, sans d'ailleurs savoir pourquoi... Et ses quatre volontés !... Quelle était la quatrième ?... Il fallait que cette fille fût folle, en vérité, pour lui proposer d'occire Blainville et Leignes !

Voyant une cuisse fuselée tendre le pan de la pelisse, il se reprocha d'avoir manqué d'audace : elle lui avait parlé sans ambages ; il eût dû agir de même. Il aurait pu trousser ce vêtement...

Isabelle s'immobilisa sur le premier degré de l'escalier :

— A quoi pensez-vous, messire Fenouillet ?

Elle avait retenu son nom, elle !

— A moult choses agréables... Peut-être à celles auxquelles vous pensez aussi.

Enlever, même rudement, ces étoffes intimes eût peut-être été moins malaisé que de lui arracher ses secrets.

III

La table était dressée près de la cheminée. En son milieu, deux candélabres éclairaient une vaisselle d'argent. Il y avait profusion de pâtés, volailles et miches rebondies autour de quatre gros pichets de vin.

— Allons, point de façons : asseyez-vous et mangez. Nous ne serons plus dérangés.

Le baron de Morthemer s'agitait entre les accoudoirs de son siège ; sa voix exprimait l'énergie, la vivacité. Ogier songea que, contrairement aux apparences, rien d'irrémédiable et de désespérant ne menaçait la santé de cet homme.

Isabelle renvoya les servantes. Elle régnait en l'absence de sa tante et semblait heureuse qu'il en fût ainsi. Étrange chose : lorsqu'il l'avait vue attachée à son arbre et subissant la haine des Bretons, Ogier s'était senti prêt à l'admirer. Vierge insoumise, incroyablement hardie, elle avait de quoi lui plaire. Et maintenant ? Il la trouvait semblable à tant d'autres. Pareille de visage, de corps, mais nullement d'esprit.

— Outre que j'ai mangé, dit Guy de Morthemer, pardonnez-moi de demeurer près du feu : il me guérit. Je me remets mal d'une chute dont mon cheval n'est en rien fautif. Il a rué parce qu'il y avait un bout de clou sous ma selle... Qui l'a planté ? Je ne sais... On m'en veut et on ne tenait pas à ma présence aux joutes... Mais pourquoi ?... Ah ! là, là. J'aurais pu me rompre le cou... Le mire que j'ai mandé, Benoît Sirvin, de Chauvigny, m'a dit que je serai guéri dans deux semaines... Je ne verrai pas mes amis !... Je connais tous ceux qui viennent, là-bas...

Le baron fit un geste, sans doute en direction de Chauvigny.

— Cette chute a ranimé une vieille blessure. Au plus fort du siège d'Hennebont, voici quatre ans, un carreau m'a touché un os, entre les reins... Par saint Michel, quelle affreuse guerre, en Bretagne !... Vous n'y combattiez pas, Fenouillet ?

— Non, messire.

Tout en mâchant une tranche de pain enduite d'un pâté de lièvre, Ogier ne cessait d'observer cet homme amoindri et fier, dans la lueur cuivrée des flammes.

— Jean de Montfort est mort, à ce que l'on raconte. Ce qu'il y a de vrai, c'est que son trépas n'a servi à rien... et que sa femme s'est révélée aussi bataillarde que lui, surtout à Hennebont !

Le baron porta une main à son dos.

— Quand ce nom-là me vient aux lèvres ou à l'esprit, il me semble recevoir encore ce maudit trait... Ah ! la gaupe... Savez-vous comment cela s'est passé ?

— Non, messire...

— Nous cernions la cité en laquelle elle s'était enclose avec son fils et de vaillants compagnons...

Du coin de l'œil, Ogier observa Isabelle : elle avait cessé de manger ; ses prunelles étincelaient : cette évocation l'irritait.

— Nous savions qu'il y avait là Guillaume de Cadoudal [1], Yvain de Trésiguidy, d'autres encore dont les noms ne me reviennent pas pour le moment, et Jaquelin de Kergoet, qu'on disait fort épris de Jeanne, encore que certains de nous affirmassent que c'était la

---

1. Il était conseiller du défunt duc de Bretagne, Jean III, et se serait prénommé Olivier (d'après Kervyn de Lettenhove).

Clisson qu'il aimait... Qu'importe ! Si nous les saisissions, la guerre était gagnée...

Isabelle vida son hanap ; Ogier la trouva tout à coup bien nerveuse.

— Un espion nous avait dit qu'Amaury de Clisson [1] était parti chercher du secours en Angleterre... Nous, nous venions d'Auray, sous le commandement de Louis d'Espagne. Sitôt qu'elle nous aperçut, Jeanne fit sonner à herle [2]... Il y eut bataille... et bataille, et un soir, cette femelle se couvrit de fer comme un homme. Elle prit trois cents chevaliers et soudoyers avec elle et sortit des murailles... C'était voici quatre ans au mois de mai... Ah ! messires, ces Bretons de malheur mirent le feu aux pavillons et logis des gens de France et des Charlots... Désarroi et mort... Et comme Jeanne et ses suppôts ne pouvaient plus rentrer dans la cité, les voilà galopant vers Auray !... Nous les avons pourchassés, estoquant, taillant les attardés et les blessés... Et il y en avait !... C'est alors que des archers embusqués nous bersèrent [3] et qu'un de leurs traits m'étendit roide...

— Mon oncle, murmura Isabelle, pâle et agacée, abstenez-vous de parler de cela !

Ogier trouva cette prière importune, en tout cas dépourvue de commisération.

— Jeanne de Montfort, Jeanne de Clisson, Jeanne de Penthièvre ! remarqua Thierry. Que de Jeannes !... Les temps doivent changer puisque les femmes préfèrent l'épée à la quenouille !

Ogier se rappela les appétits guerriers de Tancrède. En quels lieux se trouvait-elle ?

— ... et c'est alors que ceux d'Hennebont ont vu paraître les voiles anglaises dans l'estuaire du Blavet...

---

1. C'était le fils puîné d'Olivier de Clisson et d'Isabeau de Craon. Tuteur et gardien du jeune Jean de Montfort, il s'était rallié aux Anglais le 22 février 1342. Réconcilié avec Charles de Blois, il devait mourir en 1347 au combat de la Roche-Derrien.

2. Le tocsin.

3. *Berser* : lancer des traits — flèches et carreaux.

Il y avait au moins dix mille archers sur ces nefs qu'Amaury de Clisson et Gauthier de Masny amenaient ! Nous nous sommes repliés deux jours après, moi dans cette litière même où ma nièce vient d'être assaillie...

Mécontentant davantage Isabelle, le baron évoqua le traître Robert d'Artois, tué à Vannes, peu après la prouesse de Jeanne de Montfort, puis le duc de Normandie arrivant en retard sur les champs de bataille. Il vitupéra la trêve de Malestroit[1] obtenue par les légats du Pape.

— Elle n'a rien achevé : les Bretons s'entre-tuent toujours !

Et repu de mots et de souvenirs, Guy de Morthemer s'absorba dans l'examen de Saladin, à l'écart de ses lévriers :

— J'avais une chienne de cette espèce. Elle a disparu et je me suis senti bien seul.

C'était faire peu de cas de son épouse. Et de sa nièce. Celle-ci souriait en regardant Ogier, lequel se sentit projeté une fois de plus hors de l'univers ténébreux et liquide où leurs vies s'étaient croisées. Puis les réalités de nouveau l'assaillirent :

— Votre nièce, messire, m'a parlé de Blainville...

Le baron hocha la tête :

— Blainville !

La voix soudain baissée ne fut plus qu'un murmure :

— Sachez qu'envers les ambitieux de son espèce, je suis plus précautionneux qu'un renard... Je me demande ce qu'il est venu chercher, cette année, à Chauvigny... Les honneurs ? Il les a... L'argent ? Il le possède... L'an dernier, il voulait Isabelle en mariage...

---

1. Henri de Malestroit était conseiller et maître des requêtes de Philippe VI. La trêve fut signée dans son fief, au prieuré de Sainte-Marie-Madeleine, le 19 janvier 1343, en présence des légats du Saint-Siège, les cardinaux Pierre des Près, archevêque d'Aix, évêque de Palestrina (Preneste) et Annibal Ceccano, archevêque de Naples, évêque de Frascati.

De surprise, Ogier faillit lâcher son couteau.

— Bien sûr, elle et moi avons refusé !

« La première de ses quatre volontés, c'est que je tue ce démon... Rien que pour une demande dont elle se serait offensée ?... Allons donc ! Pourquoi baisse-t-elle la tête ?... Le regard perdu dans les flammes, à quel royaume songe-t-elle, dont il semble qu'elle ait été exilée ?... Allons, bon, il s'en est fallu de peu que je révèle : « *Blainville a aussi demandé ma sœur en mariage.* » Isabelle en aurait parlé à Adelis alors qu'il s'agit d'Aude... Il me faut demeurer attentif et circonspect. Me garder de la moindre inadvertance. »

Ils mangèrent en silence. Thierry bâillait. Repoussant son écuelle, Isabelle alla baiser le front de son oncle, et prit congé. Au passage, elle effleura Ogier de son coude :

— La bonne nuit, messires.

Soutenu par deux serviteurs aux allures de guerriers, Guy II se retira, oubliant ses béquilles. Champartel se pencha :

— Il a le corps dolent mais l'esprit vif !

Ogier agréa d'un clin d'œil le jugement de l'écuyer. Raymond, attristé, considérait les restes d'un pâté de chevreuil tandis qu'allongé sur les dalles boueuses, Saladin léchait un os dont il avait dévoré le tour. Ogier lui offrit une portion d'agneau puis son tranchoir[1] épaissi de pâté de lièvre, et enfin son hanap empli d'eau.

— Allons, compagnons, il nous faut aller dormir. Demain nous irons à Chauvigny. Nous y verrons ce qu'il faut voir et présenterons, Thierry, nos armes à qui de droit...

Et touchant de l'index ses lèvres douloureuses :

— Raoul de Leignes !... Pourquoi m'as-tu donné cet avertissement ?

1. Grosse tranche de pain sur laquelle, à défaut d'écuelle, on mangeait.

La fenêtre semblait un écu renversé frappé en son milieu d'une lune d'or sur fond de sable. Bien que le vent fût apaisé, la nuit restait lugubre, ensevelie dans un épais silence. Tous les occupants du donjon reposaient, « sauf moi », songea Ogier — car Saladin dormait en ronflant comme un homme.

De retour dans la chambre, le chien avait flairé la base de l'armoire. A la réflexion, c'était un meuble singulier, sans pieds ni corniche, encastré dans un renfoncement sur mesure.

« Si la porte en a été close, c'est que la confiance à mon égard est limitée ! J'aurais tort de m'en offusquer : cette couche est bonne et c'est ce qui importe. »

Ogier soupira. La tiédeur des draps rêches et la mollesse de la paillasse lui procuraient une délectation vive, presque une volupté. L'image d'Isabelle hanta ses pensées tandis que dans la cheminée, le feu sommeillait sur un lit de braises fumantes.

Dormir. Dès demain, se sentir bataillard...

Le cri mou d'une chouette ondula... Quels singuliers agencements que ceux de la destinée ! Il avait chevauché droit sur un but déterminé depuis des mois ; il atteignait des lieux inattendus puis, comblant imprévisiblement ses espérances, Blainville revenait dans sa vie. Et comme repoussoir à sa laideur hautaine, il y avait Isabelle... Et cette ombre, au-dessus d'elle : Raoul de Leignes...

— Un ord[1] ! Une bête à tête d'homme !

Il ne pourrait oublier de sitôt ce regard lourd posé sur la poitrine de la jouvencelle : au ras des sourcils, deux billes grasses d'un gris de plomb. Les roncins ayant ces yeux-là s'irritaient à la moindre contrariété ; la plupart se contentaient de mordre mais d'autres se cabraient et ruaient avec la volonté d'occire... Devant

1. Homme sale, hideux, dangereux.

ce rustique, eût-il dû feindre l'indifférence à l'égard d'Isabelle ? Et plus tard, en présence du baron de Morthemer, eût-il dû contraindre son plaisir de l'avoir délivrée ?... Elle voulait devenir la reine des liesses chauvinoises. Désir de fille bien légitime... Pourquoi avait-elle tenté de freiner la mauvaise humeur de son oncle lorsqu'il avait évoqué la guerre de Bretagne ? Son visage, à ce moment-là, exprimait une force incroyablement nette. Et le regard qu'elle lui avait dédié tandis que le sire de Morthemer révélait que Blainville l'avait demandée en mariage brillait d'une fureur déraisonnable.

Elle et Adelis dans le même lit... Quelques jours plus tôt, il eût conçu de cet appariement une succession de délices auxquelles il aurait pris part. Cette nuit, son imagination restait quiète. En cheminant vers ce château, ceinturé par les bras d'Isabelle, il s'était dit qu'il pourrait l'étreindre autrement qu'elle ne l'étreignait. Parce que son cœur était vide. Parce qu'il ignorait tout des flamboyantes passions, bien dignes de la Table ronde, où les âmes et les corps réciproquement éblouis s'exaltaient autant d'être en présence que de se trouver désunis. Aimer, c'était sûrement jouir d'arborer à sa cubitière les couleurs d'une dame ou d'une pucelle. Et parce qu'il en était ainsi, il devait récuser l'emprise[1] d'Isabelle. C'eût été courir un trop grand danger d'être amené à se dédire après avoir accepté de porter ses couleurs. En ce domaine-là plus qu'en dix autres, un chevalier ne pouvait faillir à sa parole.

Mais pourquoi ne dormait-il pas ?

Il dut le reconnaître, non sans surprise : la haine ne lui suffisait plus. Ce dont il avait besoin, ce soir, ce n'était point d'une diversion charnelle ; il souffrait doucement d'avoir perdu quelques éléments simples,

---

1. Voile ou plus précisément *volet* aux couleurs de la femme distinguée entre toutes, que le jouteur ou le tournoyeur arborait à son bras gauche.

mais ô combien nécessaires à son esprit et à son cœur : la sensation du bonheur, l'assurance réconfortante de se savoir aimé, admiré, pour puiser dans cette certitude la volonté d'accomplir victorieusement ses desseins !

Il vit Saladin bondir dans la lueur expirante de l'âtre et flairer la base de l'armoire. Il ne grognait ni ne jappait ; sa queue se balançait en signe d'intérêt.

— Bon sang, que ces dalles sont froides !

Marchant sur les talons, Ogier rejoignit son chien et colla sa joue contre un des tympans de chêne. Rien. Nul bruit n'altérait le silence, hormis le souffle précipité de l'animal ; et pourtant, dans les profondeurs du bâtiment, quelque chose devait bouger puisque Saladin demeurait attentif.

L'oreille brûlante à force d'appuyer sur le bois, le garçon allait renoncer à son guet lorsqu'il discerna un glissement lointain aisément reconnaissable. On montait un escalier quelque part. A quoi bon s'inquiéter, bien que ce bruit inspirât l'idée d'une mauvaiseté en germe. Le chien grogna, une caresse l'apaisa.

Il y avait désormais, dans cette nuit d'apparence figée, hermétique, non seulement ce froissement lent et discontinu, mais une présence furtive. Saladin la sentait s'approcher. Il n'aboierait pas ; il s'était mis à l'arrêt comme à l'épiement d'un gibier.

Le foyer s'éteignit, les ténèbres s'épaissirent. Ogier s'interrogea : devait-il empoigner son épée ? Il la toucha, dégainée, sur le manteau de cheminée, puis sa main retomba : ces pas légers pouvaient être ceux d'Isabelle. Mais il n'en doutait plus : ce faux meuble, comme celui de la chambre de Mathilde, à Rechignac, abritait un lieu secret. Quel homme ou quelle femme venait de s'insinuer à l'intérieur ?

— Qui va là ? dit-il après avoir toqué à la porte.

Des gouttes mouillèrent son dos tandis qu'il entendait un craquement de pêne.

L'huis s'entrouvrit sur une obscurité compacte,

imprégnée de l'odeur d'une torche étouffée, fumeuse encore.

— Est-ce vous, Isabelle ?

Une senteur s'effilocha. Que faire ? Il referma le passage d'où fluait un air glacé.

— Parlez donc ! Dites-moi si vous êtes Isabelle.

Il ne voyait rien — à peine une pâleur au niveau du visage — : la visiteuse portait des vêtements sombres, ou plutôt — il l'effleura — une houppelande de soie complétée d'une coule.

Les grognements de Saladin cessèrent ; Ogier sentit son pelage humide glisser sur son mollet : le chien se retirait dans un coin tandis que la forme, elle aussi, remuait. Brièvement, la lune révéla une chevelure longue et cendrée. Ce ne pouvait être Isabelle. Ni même Jaquette.

Ogier frémissait d'attente et de curiosité :

— Dame ou damoiselle ?

Nul mot, mais une espèce de soupir lassé.

— Je me garderai d'insister.

Un froissement : elle s'était assise à la tête du lit. Il s'en approcha. Quelque chose bougea tout près de ses genoux : des mains très blanches pour qu'elles pussent être visibles. Plus haut, deux lueurs souvent atténuées : les yeux, entre les cils battants. « Me voit-elle ? » Sans doute ; il était nu, frémissant, et pourtant la froidure dont il s'était senti couvert des talons aux épaules l'incommodait moins que sa perplexité. Bien qu'il y trouvât une singulière saveur, cette intrusion était tout de même d'une étrangeté des plus rares.

— Ne rien voir ni savoir, dame, dit-il à mi-voix. Ne voulez-vous parler ? Êtes-vous menacée ? Dois-je vous venir en aide ?

Cette exhalaison, c'était celle des coulures ambrées aux entailles des pins. Il s'en souviendrait.

S'asseyant auprès de l'inconnue, il en frôla la hanche de son bras. Si ç'avait été Jaquette, il l'eût déjà empoignée. Mais *elle* ?... Était-elle laide ?

Elle se leva ; elle connaissait cette chambre : elle s'y déplaçait habilement, de façon que la faible clarté ne révélât rien d'elle. Il la distinguait mieux, cependant, confusément grise, lente et comme hésitante.

Un froissement soyeux. De haut en bas, du clair s'épanouit dans l'ombre : la mince et haute fleur d'une nudité. Le cœur battant, les yeux écarquillés, Ogier distingua les fuseaux déliés des cuisses, la pente incurvée d'une hanche, et déjà le fantôme le rejoignait.

— Prenez-moi et que cela vous suffise.

Bien que voilée, murmurante, cette voix reflétait la puissance et l'austérité.

— Bon sang, dame !... J'aime bien savoir qui je...

— A quoi bon voir et savoir !

Il la distinguait mieux : grande, harmonieuse et flexible. Des seins fiers. Il fit un mouvement et sa paume toucha l'un d'eux. Il n'osa plus parler, bouleversé par ce poids de chair ronde, étourdi par cette concupiscence sous laquelle il percevait une tristesse infinie. Il se dressa :

— Il vous a fallu une hardiesse folle !

De sorte que cette démarche apparaissait comme la conséquence d'une exigence de l'esprit plutôt qu'une nécessité des sens.

— Ne m'interroge pas, et fais ce que tu dois...

Abrégeant cette injonction chuchotée à l'oreille :

— Tiens, que portes-tu à ce collier de cuir ?

— Laissez cela.

Il entrevit une lueur. Souriait-elle ? A qui avait-il affaire ? En quel pétrin allait-il se fourrer ? Cette bouche à présent sur la sienne, immobile et comme morte, exhalait une haleine régulière, bien différente de celle d'une femme en désir de pâmoison.

— Hâte-toi... Contente-toi, tu me contenteras.

Elle s'allongea ; il fit de même et sentit sous sa main battre ce cœur de veuve — ou d'esseulée. La flatter avant que de la satisfaire ? Sur le côté de son cou long et mince, la grosse veine palpitait. Dessous, les renflements de la poitrine et du ventre... un grain de peau serré... la maturité languissante... trente ans, sans doute...

— Tu perds ton temps et le mien m'est compté.

C'était possible. Afin de mieux imaginer cette orgueilleuse, il toucha le visage invisible. Un front haut et plat, des sourcils ras mais des cils longs ; des paupières légères ; un nez mince et retroussé, un petit grain sur la pommette...

— Aïe !

Elle l'avait mordu.

— Ce n'est rien de cela que j'espère... Que t'importe mon... mon portrait !

Quelque trouble qu'il eût éprouvé au contact de cette féminité non seulement disponible mais avide, en dépit de ses façons sévères, de tels propos désenchantaient Ogier. Sa main cependant monta, lente, le long du buste, contourna l'épaule, redescendit, à la fois légère, neutre et comme engourdie ; plus bas encore, jusqu'à l'orée d'une intimité moussue d'où elle fut subitement écartée. Aussitôt, l'envie qu'il avait crue dissoute ressuscita, mais dure, élémentaire du fait même de cette éviction soulignée d'un : « Non » hargneux.

Il se regimba :

— Je ne vous connais pas... Peu me chaut maintenant qui vous êtes ! Mais laissez-moi faire ou partez !

Soupir rageur ou gémissement ? Quelles raisons avaient poussé cette insensée jusqu'à lui ? Autre chose que le désir véhément et morose de forniquer en grand-hâte.

La rebaudir [1] encore et encore ? Il ne s'y sentait plus enclin. Cette étreinte n'avait aucun sens. Surtout après avoir évoqué, faute de trouver le sommeil, ces grandes amours qui peut-être n'existaient que dans ses songes.

— Eh là ! protesta-t-il.

Elle venait de l'empoigner ; elle lui enjoignit :

1. En vénerie : caresser les chiens pour les exciter.

— Plutôt que de me doreloter, aime-moi !

Exigence maussade. Il s'y soumit pourtant, étreignant sans émoi ce corps frissonnant de froid, d'impatience, et non de délices en germe. Dame et sûrement noble — son parler dénonçait sa naissance —, elle semblait souffrir du partage dû à sa condition. Peut-être avait-elle les mêmes appétits que ses chambrières ; outre qu'elle les dissimulait par décence ou religiosité, sa dissemblance avec elles consistait à les maîtriser... jusqu'à ce qu'elle commît volontairement un écart, tel celui de cette nuit.

Elle ne l'étreignait pas. Paisible, résignée, insondable, attentive, elle se sacrifiait. Des cheveux odorants picotaient les joues, les narines d'Ogier ; il sentait sur sa peau les glands de deux seins durs, soulevés, abaissés par un souffle d'ensommeillée. Tant d'indifférence le courrouça :

— Dame, j'y mets du mien... Pas vous !

Jouant des reins, il s'évertua à la soustraire à sa passivité, ébranlant cette léthargie de grands ahans coupés d'immobilités vaines. La crainte d'une faillite échauffant ses entrailles, il devint nerveux et farouche.

— Si tu...
— Si je *quoi*, dame ?

Éclair de chair, un bras le ceintura ; puis l'autre. Membres chauds et nerveux, de plus en plus serrés.

« Allons, elle s'éveille ! »

Il s'en voulait de cette surveillance : elle gâtait un plaisir déjà bien compromis. Il y avait en lui, maintenant, le grand besoin de subjuguer cette inconnue avant que de se satisfaire. Mais y parviendrait-il ?... Il y avait en elle ces torsions et turbulences préludant aux délits [1] extrêmes. Et comme, éblouie en ses tréfonds par l'apparition de félicités éteintes, elle gémissait et s'élançait à leur conquête, il la laissa s'époumoner, l'oreille envahie de ce halètement rauque, qui s'avivait.

1. Plaisirs, délices.

418

Ils formaient un seul corps, soupirant et moite, entraîné furieusement dans un abîme où leurs ardeurs s'affrontaient, plutôt que de s'allier. Des ongles s'enfonçaient dans les reins d'Ogier ; une bouche mordait ses lèvres, ranimant leur douleur endormie ; et bien que l'inconnue atteignît à la béatitude, il lisait dans son œil, près du sien, une sorte de peur sinon de désespoir.

— Fais-moi un gars de ton espèce.

Ils s'enlisèrent dans le même spasme effréné, achevé par la femme en plainte fugitive — comme si elle réprouvait son plaisir — ; après quoi tout en eux fut indolence.

Le temps s'écoula, qu'Ogier ne sut évaluer. La dame-du-donjon le serrait contre elle, nullement par amour, tendresse ou reconnaissance mais afin que leur accouplement plus ardent qu'elle ne s'y était attendue, devînt fécond.

— Dame... Vous voulez un enfant... On ne veut ou ne peut vous le faire ?

Nulle réponse. Était-elle mariée ? Bien sûr. Arguant de sa stérilité, son époux menaçait-il de la répudier ?... Qu'avait donc dit ou voulu dire Isabelle concernant Morthemer et son oncle ? Croyant comprendre, Ogier se sentit plein de compassion :

— Dame, il vous faut partir... Peut-on vous savoir là ?

Elle le repoussa doucement et demeura étendue, immobile, les jambes croisées, fermée sur cette semence dont son bonheur, son honneur et son avenir dépendaient. Craignant d'être rabroué, Ogier n'osa toucher ce corps d'évanouie ; et pourtant, il en avait envie. Étayé sur un coude et penché sur le visage blafard, toujours aussi peu distinct, il demanda :

— Qui êtes-vous ?

— A quoi bon !... Moi, je sais qui tu es... J'étais dans le clotet quand tu es arrivé... L'œil de l'unicorne sur la tapisserie, est vide... Je t'ai vu par ce trou... et je t'ai voulu.

Quelque chose perla sur sa joue. Effaçant cette larme du doigt, Ogier fut tenté de sourire en demandant : « Agissez-vous ainsi avec tous les passants ? » Il y renonça : c'eût été d'une cruauté immonde. Elle chuchota :

— Ne me prends pas pour une ribaude... Comprends-moi : il me faut un enfant... un mâle, si Dieu le permet... Tu es beau, bien fait : cela m'a décidée. Je ne suis pas bréhaigne ainsi qu'*il* le prétend, car j'ai déjà été prise... Mais le petit est mort. Tu ne peux pas savoir...

— Savoir quoi ?

Petit bruit de gorge : l'émoi, le désespoir étouffaient l'inconnue. Ogier devina qu'elle joignait ses mains sur son ventre. Touchant un sein rafraîchi d'une sueur furtive, il dit aussi tendrement que possible :

— Dame, ne tremblez plus. Je peux vous le dire : j'ai fait un enfant à une fille que j'aimais... Les Goddons nous ont en quelque sorte séparés...

Il se tut, désenchanté. *Anne !* Quelle étrangeté d'y penser maintenant.

La femme remua. Le chagrin ou l'espérance gonfla ce cœur qu'Ogier sentait palpiter sous sa paume.

— Tu as peut-être eu tort...

C'était le début d'une mise en défiance interrompu par un soupir.

— Parlez !... Dites-moi en quoi j'ai eu tort... Quelle faute ai-je donc commise ?

Il l'avait saisie aux épaules : il fallait qu'elle s'exprimât sans détour. Soudain, la voix devenant acerbe, il reconnut le ton de la jalousie :

— Tu croyais recevoir Isabelle.

— Au début, oui.

— Prends garde à Raoul de Leignes. Il l'aime... Et méfie-toi de tout ce qui t'entoure.

— Isa...

— D'elle autant que d'un autre... et même davantage.

420

Le cri d'une chouette, et le silence fouetté de pluie emplirent la chambre.

— Elle n'est pas pour toi... Elle m'a dit que tu porterais ses couleurs...

— Je ne lui ai rien promis !... Au reste, je ne veux point les porter.

— Qui des deux ment, alors ?

L'inconnue se leva, passa devant la fenêtre. Ogier aperçut ses cuisses claires, ombreuses au-dedans. Il sortit du lit tandis qu'avec une vivacité touchante elle se couvrait. Craignait-elle d'être tâtonnée ? Redoutait-elle tout à coup que quelque part en cette enceinte endormie, son époux s'inquiétât de sa disparition ? *Enceinte !* Il avait de ces trouvailles... Quand elle le serait — il le lui souhaitait — elle se conquerrait moins aisément.

— Votre torche est éteinte.

— Je connais l'escalier. Je suis la seule... Cette chambre, on y dort rarement. C'était celle... Mais non : je t'en ai trop dit... N'essaie pas de chercher qui je suis, mais si tu me reconnais, au cas où nous nous trouverions en présence, fais en sorte qu'on ne soupçonne rien... Sache aussi que tu m'as donné du plaisir.

Elle étreignit doucement Ogier, puis le baisa sur la bouche :

— Tu resteras sans doute quelques jours... Je reviendrai... Je veux être prise, tu comprends ?

Était-il le premier auquel elle venait s'offrir ? Non, sans doute. Et son époux — le baron — n'avait-il aucun soupçon ? Allons donc, il devait connaître cet escalier. Et Isabelle ? Était-ce à dessein qu'elle lui avait assigné cette chambre ? Et Jaquette ? Elle s'était inquiétée pour Saladin...

— Dame, soyez prudente.

Il l'avait saisie par les hanches ; il la trouvait admirable, à présent, tant pour son audace et son abandon passés que pour sa dignité si promptement reconquise.

— Tu m'as donné plus que je n'espérais.

— Je ne puis, dame, en dire autant.

— Lâche-moi, souffla-t-elle, presque dédaigneuse.

Elle était redevenue baronne, noblesse de corps et hauteur d'esprit dont elle ne se départirait plus avant quelque prochaine aventure. Ses yeux eux-mêmes s'étaient ternis.

La porte se referma. La serrure obéit à la clé intérieure. Quelque part, Saladin remua et d'un bond sauta sur le lit dont il flaira les fourrures.

Ogier bâilla. Demain, ils partiraient pour Chauvigny. Demain ? Non : bientôt. Avant de choisir l'endroit où dresser leur tente, ils iraient voir la lice et parcourraient la ville...

Sous l'arceau de la fenêtre, la lune brillait toujours. Aux lueurs des brasiers de la prochaine aurore, son or mat se transmutait en argent.

IV

— Hé, compères, voilà Chauvigny ! s'écria Champartel.

Il nasillait, victime de la pluie et du froid de la veille.

— Bah !... soupira Raymond, mal remis, lui, de ses fatigues. C'est une motte à peine plus large que Morthemer.

— Elle lui ressemble, approuva Ogier. Mais voyez comme la rivière et le rocher la préservent... Et toutes ces bastilles dont elle est hérissée !

Ivres d'orgueil, les cinq châteaux se découpaient, gris et lourds, au faîte de la colline. Ils semblaient s'y concurrencer, appuyés les uns sur les autres afin d'atteindre, avec l'extrémité pointue de leur donjon, le sommet du grand ciel nuageux. En dessous, des maisons et des arbres s'enchevêtraient pour s'assagir tout près des murailles d'enceinte. Au-delà de ces défenses pâles et rectilignes, la terre ondulait, tapissée d'herbe drue, parsemée de bosquets, bourrelée de vignes.

— Moi, reprit Raymond en flattant l'encolure de Marcepin, il suffit qu'il y ait une auberge où le vin est bon pour que Chauvigny me contente... Pas vous, Adelis ?

Étonnant Isabelle et son oncle, la jeune femme avait tenu à les accompagner. Habituée à la sambue de Facebelle, elle s'était vêtue d'une étroite robe de drap et de velours dont le rouge et le safran se confondaient sur ses genoux. Parfois, sous les cannelures des plis, Ogier entrevoyait ses chevilles. Et comme, mêlant des rubans vermeils à ses tresses, Adelis s'était coiffée en templières[1], il lui trouvait l'air digne et même solennel.

Il se félicitait que, la nuit précédente, Isabelle eût pris soin de les séparer, peut-être pour permettre à la dame de Morthemer de le rejoindre. Et sans doute Adelis s'était-elle réjouie de cet éloignement.

« Elle et Isabelle dans la même couche ! »

Certes, c'était souventefois la coutume. Soudain, plutôt qu'il en sourît, il la trouva malsaine.

— Pour qui nous prendra-t-on ? demanda Thierry.

— Pour ce que nous sommes : un hobereau, son épouse ou sa sœur et ses compagnons.

Ils s'étaient habillés de leur mieux, mais sans recherche d'apparat : chaperons et pourpoints noirs, chausses grises et heuses propres. Ogier avait chaussé ses éperons d'or afin de compenser, par leur éclat et leur signification, la simplicité de sa mise. Ils allaient lentement sur le sol herbu, parmi les chênes et les haies d'aubépine fleurie, quand Raymond, qui chevauchait en tête, s'arrêta :

— Oyez, dit-il. Voilà un homme heureux !... J'ignore ce qu'il chante mais ce soleil semble l'égayer...

> *... Kouls hag an dinellou devet*
> *Kouls hag ar C'hallaoued rostet*
> *Ha tri mil anhe luduet*
> *Ha nemet kant ne oa chomet*[2]

1. On nommait *templettes* ou *templières* les tresses roulées, dissimulant les oreilles.

2. Sitôt après la prouesse de Jeanne de Montfort au siège d'Hennebont, les bardes avaient chanté ses exploits :

> ...Que les tentes furent brûlées
> Que les Français furent grillés
> Et trente mille d'entre eux transformés en cendres
> Et cent seulement en réchappèrent

Ce qui est exagéré mais valut à Jeanne de Montfort le surnom de Jeanne la Flamme.

— C'est du breton, dit Ogier.

— Méfions-nous, grogna Raymond. Moi, ces hurons-là, je commence à en avoir assez !

Adelis désigna le fourré derrière lequel s'abritait le chanteur :

— Reconnaissez cet homme ! Il se disait, comme Bressolles et moi, de la Langue d'Oc, mais nous savions qu'il mentait.

— Briatexte !... C'est par Dieu vrai... Je ne croyais rien de ses dires... Même Girbert le méprisait... Où est-il, notre ami, à présent ?

Le maçon leur manquait. Avec lui s'en était allé quelque chose d'indéfini et de précieux. Aux moments de colère, il savait apaiser ; il tempérait la haine, prêchait la bonté, l'espérance. Il n'eût certes guère apprécié de revoir Briatexte... Que de cheminements depuis la séparation d'Oradour !

— Que fait-il donc ici, messire ?

Plutôt que de répondre à Champartel, Ogier décida sans ambages :

— Doucement... Cernons-le, mais demeurons en selle. Il se peut qu'il ne soit pas seul dans cette jarris-sade[1].

Adossé à un arbre, une dague lui tenant lieu d'aigui-soir, Briatexte affûtait Gloriande, son épée. Sur un bis-sac, près de lui, un reste de cuissot et un croûton de pain attiraient les mouches. Artus, le cheval noir, pais-sait près d'une haie.

— Argouges !

Déjà, l'homme était debout, le poignard et l'épée agressifs, le regard scintillant de méfiance plus encore que d'ébahissement. Puis il rit en voyant apparaître Thierry, Adelis et Raymond.

1. Clairière.

— Où est donc le maçon ?... Par Dieu ou par le diable, savez-vous qu'il m'advient d'y penser ?

A cette joie bruyante, insincère, Ogier opposa une tranquillité presque outrageante :

— Bressolles est loin... Nous nous rendons à Chauvigny...

— J'y suis depuis deux jours, mes bons !... A l'*Ane d'Or*... On y mange et boit bien, les servantes sont belles... tout au moins pour mon goût...

« Alors, pourquoi manges-tu comme un huron dans ses champs ? » pensa Ogier.

Il aperçut, non loin d'Artus, la fardelle de peau de cerf contenant les pièces d'une armure qu'il ne connaissait que trop. Par précaution, Enguerrand ne devait jamais s'en séparer. Mais se prénommait-il Enguerrand ? Rien n'était moins certain. Une barbe d'un mois couvrait son visage.

— Quels desseins vous ont poussés jusqu'en Poitou ?... Quand je pensais à toi, Ogier, je te voyais à Gratot benoîtement installé, adonques peu enclin à manier l'épée... Or, te voilà !

« Il dit n'importe quoi... Il a l'œil toujours aussi plein de détestation... Comme il est Breton et a servi l'Anglais, il est du parti de Montfort. »

— Ce qui m'amène, Enguerrand, ce sont les joutes et le tournoi. Tu peux rengainer tes armes.

— Tes raisons, compagnon, sont les miennes. Et je remets, tu vois, mes lames dans leurs feurres [1]...

Ogier rompit ces fausses courtoisies :

— Vous nous avez quittés de bien malséante façon avec ma cousine et le jeune Hervé... Où sont-ils ?... Les avez-vous occis et portez-vous leur deuil... sur vos joues ?

Les sourcils de Briatexte se froncèrent : quand elle s'exerçait à son détriment, il détestait la moquerie. Il passa ses mains luisantes de graisse sur son pourpoint

1. Fourreau.

déchiré tandis que le regard d'Ogier tombait sur ses houseaux crottés, dépourvus d'éperons. Ce n'était guère dans ses mœurs de se vêtir en manant. Mieux valait, toutefois, s'abstenir du moindre commentaire.

— J'ai, l'ami, perdu ta cousine et ce jeune trou-du-cul dont elle faisait son écuyer après avoir chevauché en leur compagnie jusqu'à Rochechouart. Là, au seuil de la cité, tandis que je cherchais un fèvre pour Artus, ils sont partis... Je ne sais où ils sont... Es-tu satisfait ?

Ogier décida de maintenir le voussoiement. Ainsi, repoussait-il dans l'esprit du Breton tout dessein — astucieux ou non — de compérage.

— Je vous sais bon gré de votre honnêteté. Mais permettez-moi de m'ébahir. Chauvigny appartient au royaume de France... Vous le combattez, si j'ai bonne mémoire !

Du pied, Briatexte dispersa les reliefs de son repas ; Saladin bondit sur le cuissot.

— Ton chien a toujours autant d'appétit !

Remarque dilatoire. D'un pas lent, sa besace sur l'épaule, l'ancien compagnon de Robert Knolles s'approcha d'Artus et suspendit les deux sacs de part et d'autre de l'arçon de sa selle. Ensuite, il posa sur la croupe matelassée du cheval la fardelle contenant son armure. Tandis qu'il l'attachait soigneusement au trousseqin, Artus, soudainement alourdi, exprima son mécontentement par quelques coups de reins et gambades.

— Vous devriez avoir un sommier. Un bon mulet ou un genet comme le nôtre qui se repose ce jour d'hui. Artus ne mérite point cette... dégradation.

— J'y songerai.

— Et lui graisser les pieds. Il en a besoin[1] !

D'une main, Briatexte éluda ces propos :

— J'imagine, Argouges, les pensées qui serpentent sous ton chaperon de bourgeois. Tu pourrais me dénon-

---

1. On graissait les sabots pour entretenir l'élasticité de la corne.

cer aux juges, leur dire que je suis un félon, prétendre que le nom que je porte est usurpé... Je m'en abstiendrais à ta place. Tout d'abord, il se peut que sous ce pourpoint de huron, je porte un sauf-conduit émanant d'un haut personnage... Ensuite, tu ignores si j'ai changé de cause en huit mois [1]... Enfin, si tu me dénonçais, je pourrais publier ton nom, parler de ton père et te dénier le droit de courir fût-ce une lance ! Car tu as dû emprunter un nom, toi aussi... Pas vrai ?... Pense au châtiment que tu recevrais pour avoir abusé les hérauts, les juges et tous les chevaliers présents !

Une fois de plus, Ogier se sentit dominé par cet homme.

« Tu n'as pas changé de camp, Enguerrand. Tu es là, au contraire, pour faire avancer ta cause. Il va falloir que je te surveille ! »

Il sourit bien qu'il sentît sur lui, plus encore que d'ordinaire, le poids d'un opprobre qui le reléguait dans une médiocrité dont Briatexte, lui, s'accommodait sans vergogne.

— Hélas oui, je suis tenu au secret ! C'est pourquoi j'ai pris le nom d'Ogier de Fenouillet. Souvenez-vousen... Souvenez-vous aussi qu'Adelis est ma sœur. Quant à vous dénoncer, eh bien, je ne vois pas pourquoi je le ferais si, de votre côté, vous demeurez loyal... D'ailleurs, en cas de trahison, quelqu'un me viendrait en aide... Je crois que Dieu m'assisterait.

— Un tel soutien me paraît des plus faibles !

— Dieu est présent ! Si vous ne l'aviez senti vous abandonner, auriez-vous blasphémé quand nous nous affrontions et que je prenais l'avantage ?

Briatexte ricana ; il était inchangé, bien que son œil parût moins vif :

— On en veut toujours à Dieu, notre créateur, quand on sent ses forces en déclin !

---

1. Les changements de camp furent fréquents à cette époque, surtout au cours de la longue guerre de succession bretonne.

Et brusquement soucieux :

— Eh bien, c'est vrai, Ogier : j'expose ma vie en Poitou. Quelques ennemis peuvent me reconnaître... Que veux-tu : j'aime aussi les heurts des aciers pacifiques. Les tournois sont rares par ces temps maudits... Quand j'ai su qu'il y en aurait un à Chauvigny, j'ai quitté l'Aquitaine...

— L'Aquitaine ?... Vous me parliez de Rochechouart !

Briatexte eut une lippe d'amertume — peut-être simulée :

— Le jour même où ta Tancrède m'a lâché, j'ai rejoint des compagnons. Avec eux, je suis revenu à Bergerac où Bernard d'Eyzie et le seigneur de Vayres, Bernard d'Albret, m'ont conseillé de rejoindre Derby, ce que j'ai fait... Le comte était heureux : les cités de Masdurant, la Monzie, Paunat, la Rue étaient tombées...

— Petites cités, petites victoires !

— Nous avons suivi le cours de la Dronne. Nous pouvions envahir Bourdeilles ; nous sommes allés à Pierregord[1] que Derby a renoncé à prendre... Là, cependant, votre comte de l'Isle a sacrifié deux cents chevaliers et écuyers dans un estequis[2]... Il y a capturé Kenfort, qu'il a dû rendre une semaine après !... Alors, nous avons galopé à Auberoche. Et Auberoche se rendit. Derby est parti pour Bordeaux, laissant la ville à Francke de Halle, Jean de Lindehalle, Alain de Finefroide et *moi*... Les gens de France nous ont bientôt cernés... Et sais-tu qui j'ai vu, auprès du comte de l'Isle et des barons de Pierregord ?

— J'aurais du mal à le savoir et vous laisse me l'annoncer.

Briatexte prit une vaste inspiration, et cracha plutôt qu'il ne dit :

1. Ou Pierreguis : Périgueux.
2. Combat d'estocs.

— Ton oncle.

Cette réponse suffoqua Ogier. Les yeux de son interlocuteur eurent un éclat métallique.

— Guillaume de Rechignac !... Ça t'ébahit, pas vrai ?... Il nous a enjoints de nous rendre en nous promettant mille maux si nous résistions. Je lui ai répondu : « *Va te faire lanlaire !* » Et il m'a reconnu... Quoique suffisant de lui-même, il m'a paru affligé. Autour de lui, les chevaliers se faisaient fort de nous vaincre : nous étions mille et les Franklins[1] dix fois plus. Ils avaient quatre perrières avec lesquelles ils ont démantelé les tours, mais les murs ont tenu, de sorte que le siège a duré... Nous avons décidé d'envoyer un message à Derby. Nous avons cousu le parchemin dans le haubergeon d'un gars connaissant la langue d'oil et la langue d'oc. Mais il a été reconnu par ton parent !... Ah ! il était fier, le Guillaume, en venant nous montrer sa prise !

— Ensuite ? demanda Ogier.

Il plaignait tout à coup son oncle. La perte de Claresme chevauchant vers Tolède et celle de Tancrède allant à l'aventure l'avaient meurtri au point que pour oublier ces abandons, il avait rendossé le harnois de guerre !

— Ensuite ? Rechignac a fait lier cet homme. Il l'a fait placer sur la cuiller de la plus grosse perrière et nous l'a lui-même renvoyé dans la cour.

— Il a fait ça, *lui* ?

Briatexte se réjouit de cette stupéfaction. Sautant en selle, il ajouta :

— Chez les Franklins, il y avait un traître : un gars du nom d'Apunzac. Il les a quittés après le coup de la perrière, de sorte que Derby est tombé sur nos assiégeants désarmés... C'était la nuit de la Saint-Séverin. Ils se gavaient et se saoulaient la goule. Nous avons

1. C'était ainsi que les Bretons de Montfort et les Anglais appelaient leurs adversaires. Auberoche tomba le 23 octobre 1345.

fait une sortie... Pris en tenaille, comme on dit, cheva-liers, écuyers, soudoyers ont été à la fête... Autant te dire que les morts furent nombreux. Louis de Poitiers, occis, son frère Aimery prisonnier...

— Et mon oncle ? coupa Ogier. Quel fut son sort ?

Sans Guillaume, qu'allait devenir Rechignac ? Le seul personnage important du château, c'était Mathil-de ! Cette inquiétude mit Briatexte en joie :

— Il a été retenu en otage. Je suis allé le voir sur sa paillasse. Il avait reçu un taillant à l'épaule. Il m'a craché dessus : tant pis pour lui. S'il n'a pas pu ou voulu s'acquitter de quelques sacs d'écus, je ne sais ce qu'ils en auront fait !

Ogier serra les dents. Ces événements avaient dû avoir lieu en octobre. On était en avril : sept mois. Qu'était devenu Guillaume ? De toute manière, il ne pouvait rien pour lui : leurs destins seraient toujours incompatibles. Et pourtant, l'envie le démangeait sou-dain de revenir à Rechignac.

« Plus tard, décida-t-il. Ce que je fais ici est impor-tant. »

Le regard de Briatexte l'exaspéra :

— Saleté de guerre !

Artus hennit : son cavalier lui faisait goûter le mors.

— Allons, viens... Fenouillet !... Chauvigny nous attend... On dirait que nos retrouvailles te contrarient.

Ogier chevaucha auprès du Breton, méfiant lui aussi, quoiqu'il feignît la gaieté. Dans les champs, l'eau des mares en dissolvant la terre avait pris la couleur du sang.

— Où logez-vous ? Où avez-vous establé vos che-vaux ?

— Chez le baron de Morthemer.

— Ah ! bien.

Quelle que fût sa maîtrise de soi, Briatexte paraissait étonné, contrarié, et même inquiet.

— Le connaissez-vous, Enguerrand ?

— Non... Mais j'ai déjà ouï ce nom-là.

Comment savoir s'il disait vrai ? Thierry amena Veillantif à la hauteur du Breton :

— Le baron nous a bien conjouis. Faut vous dire que sa nièce, Isabelle...

D'un regard, Ogier lui enjoignit le silence. A quoi bon raconter à ce Breton leur affaire avec les Charlots ?

— Il a une nièce !... A voir, compère, le coup d'œil que tu as lancé à ton écuyer, ne t'en serais-tu pas amouré ?

— Nenni !... Vous êtes inchangé, Enguerrand : toujours prompt à moquer quiconque a du cœur, par vergogne d'en être dépourvu !

Et riant, bien que furieux de s'être emporté, Ogier songea : « Moi, amoureux ? » Cela ne se pouvait. A quoi bon s'en expliquer, surtout à Briatexte ? Avant qu'il quittât Morthemer, Isabelle lui avait offert un volet[1] de soie d'or et d'azur en l'invitant à le nouer à sa manche ; il avait doucement refusé : « Pas encore, m'amie. Je ne vous ai rien promis ni juré... Rien ne sert de hâter les choses. » Saisi d'un regret dont l'absurdité le travaillait encore, il l'avait baisée au front. Maintenant, il craignait qu'elle eût pris ce gage de sollicitude pour un consentement tacite mais infrangible.

Ils chevauchèrent en silence tandis que Chauvigny grandissait devant eux. Saladin les précédait, humant le vent, les herbes, levant la patte, courant, marchant : infatigable. Ce terroir semblait lui plaire. Et pourtant, les forêts y étouffaient les champs.

Ils étaient passés à proximité de l'endroit où les Bretons avaient entraîné Isabelle et, près de Saint-Martin, ils avaient vu la litière et les corps de ses trois serviteurs occis. Plus de chevaux entre les limons...

— Il paraît, dit Thierry, qu'Olivier de Clisson est venu tournoyer à Chauvigny, il y a trois ans... donc quelques mois avant sa mort. Et qu'il a si copieuse-

1. Voile.

432

ment meshaigné Blainville que celui-ci, saignant de partout, avait juré de se venger.

— D'où tiens-tu cela, Champartel ?

— D'un palefrenier du sire de Morthemer.

— Et où veux-tu en venir ? demanda Briatexte.

— Ben, je me dis qu'il n'est pas outrancier de penser que Blainville l'a fait attirer à Paris dans ce piège où il est entré tête haute pour en sortir raccourci !

L'intérêt que Briatexte avait pris à ces propos courrouça Ogier :

— Clisson, à ce qu'on dit, était un traître... Un homme de votre espèce, Enguerrand. Oh ! rassurez-vous une fois encore : je ne vous nuirai pas... Quant à Blainville, que vous devez connaître, puisqu'il est dans vos alliances, j'ai grand-peur que vous ne lui révéliez qui je suis.

— Allons, allons, compère !... Et si je haïssais cet homme autant que toi ?

Vérité ou mensonge ? Le silence devint si serré autour des compagnons qu'ils entendirent l'envol d'un oiseau et le suivirent du regard, sauf Briatexte : il souriait en regardant droit devant lui.

Soudain, les mots tombèrent dru comme grêle aux oreilles d'Ogier :

— Clisson m'a sauvé la vie. Sache donc que je l'admirais... Mais comment oses-tu en parler ? Tu n'as jamais mis les pieds en Bretagne !... Clisson était un preux. Avec Hervé de Léon, tout au début de cette affreuse guerre, il avait repris Vannes aux Anglais, Vannes où Robert d'Artois, un vrai traître selon tes idées, fut percé d'un carreau mortel... Tombé au pouvoir d'Édouard, Clisson fut échangé contre Stafford. Le roi d'Angleterre lui-même exigea cet échange... Si Clisson avait été avec lui, dis-toi bien qu'il l'aurait gardé !

— Qui sait ? dit Thierry. Un traître reconnu n'est plus utile en rien... C'est une bouche et une escarcelle inutiles. A quoi bon s'en encombrer !

433

La pertinence de cette observation satisfit Ogier : elle le tirait d'embarras.

— En tout cas, dit-il, traître ou non, sitôt restitué à Philippe, celui-ci l'a envoyé sur ses terres. Il s'y est mis ou remis à comploter.

— Qu'en sais-tu ? Comment pourrais-tu savoir ?... Il y a trois ans, au moment de cette affaire, tu étais chez ton oncle Guillaume, à Rechignac !

— J'étais loin, c'est vrai. Mais ce que j'ai appris, c'est que William de Montagu, comte de Salisbury, captif des gens de France, l'a dénoncé en tombant au pouvoir de Philippe... A Vannes, précisément !... Vengeance de cocu : Édouard avait violé son épouse[1] !

Briatexte eut un geste onduleux :

— Elle est belle... C'est en son honneur qu'Édouard a créé l'Ordre du Bleu Gertier[2]... Quelle qu'ait pu être la fureur de Salisbury en apprenant son infortune, je me refuse à croire qu'il aurait dénoncé des alliés de l'Angleterre pour nuire à son suzerain... Même s'il le haïssait !

L'ancien compagnon de Robert Knolles fit un très visible effort pour s'apaiser :

— Philippe a convoqué Clisson pour un tournoi, et celui-ci, malgré les pleurs de Jeanne qui, méfiante, le priait de rester près d'elle, s'en est allé à Paris avec ses

---

1. Philippe VI, dit-on, possédait un document accablant saisi sur l'un des écuyers du comte de Salisbury. Sur cet acte d'allégeance figuraient non seulement le petit sceau de Clisson mais aussi ceux de Godefroy d'Harcourt et de ses alliés normands.
Pour le viol de la comtesse, Jean le Bel écrit :*... et puis l'enforcha à telle doulour et à tel martire qu'onques femme ne fut ainsy villainement traittié(e) ; et la laissa comme gisant toute pasmée, sanant par nez et par bouche et aultre part, de quoy ce fut grand meschief et grande pitié...*
Il est juste de dire que la comtesse s'était montrée coquette sans prévoir pareille mésaventure.
2. Jarretière.

compagnons habituels [1]... Penses-tu que s'il avait été le félon que tu crois, il se serait rendu à cette invitation ?

La question déconcerta Ogier. Briatexte continua :

— Il est parti confiant et gai... Et ses compagnons aussi... Ils ont chanté tout au long du chemin... Ils auraient dû se garder davantage de la duplicité de Philippe !

— Pour parler ainsi, vous étiez avec eux !

La remarque subtile émanait de Raymond. Estimant superflu d'y répondre, Briatexte continua :

— Clisson a devancé ses amis sur l'échafaud. Le 2 août, on le traîna sur la claie jusqu'aux Halles. Il fut décollé... On accrocha son corps par les pieds au gibet de Montfaucon et, selon le désir du roi, un chevaucheur emporta sa tête à Nantes... On m'a dit que cet homme était un sergent de Blainville.

— Ramonnet ?

— Il se peut.

— J'en suis sûr ! En procédant ainsi, Blainville se montrait une fois de plus dévoué au roi... Et peut-être est-ce à son instigation que tous ces Bretons furent décapités. Ainsi, aucun d'eux — s'ils étaient coupables — ne pouvait plus le dénoncer.

Ogier se gardait de trop en dire. Il lui semblait inutile de révéler à Briatexte qu'il avait sauvé Jean de Montfort, à Gratot.

— A Nantes, le duc Jean fit accrocher la tête de Clisson au-dessus de la porte Sauve-Tout...

Là, Briatexte se tut, visiblement affligé.

— Continuez ! Par Dieu, Enguerrand, quoi que vous puissiez nous dire, vos actes parmi les tenants

1. D'après Froissart, les accompagnateurs de Clisson se nommaient Geoffroy de Malestroit l'aîné (le père), Geoffroy de Malestroit le jeune (son fils), le sire d'Avaugour, Thibaut de Montmorillon, le sire de Laval, Jean de Montauban, Alain de Quédrillac, Guillaume des Brieux, Jean et Olivier, ses frères, Denis du Plessis, Jean Malart, Jean de Sevedain, Denis de Gallac. Jean le Bel donne le prénom de Raoulet à Olivier des Brieux. Ils furent décapités à Paris le 29 novembre 1343.

des Montfort nous indignent moins que votre présence auprès de Robert Knolles !

Une grimace tordit les lèvres de cet adversaire tout aussi exaspérant pour sa vanité mordante que pour son ténébreux passé.

— J'ai vu Jeanne de Belleville, l'épouse de Clisson, et ses fils regarder cette boule d'os et de chair presque méconnaissable... Tous trois ont juré de se venger...

— Alors, reprit Ogier, Jeanne a engagé une herpaille de malandrins. Ces Bretons à sa dévotion et à la solde des Anglais ont exterminé les garnisons des châteaux favorables à la cause de Charles de Blois... Ensuite, armant des navires pour la course avec l'assentiment et les écus d'Édouard, Jeanne a guerroyé contre les nefs de France... Elle ne sait plus qu'occire et que piller !

Briatexte tortilla les crins d'Artus. A nouveau, il paraissait triste et amer :

— Si Olivier était le félon que tu crois, jamais Jeanne n'aurait commis de telles actions après sa mort. Elle aurait accepté le trépas de son époux comme la conséquence même de sa trahison découverte : dans ce jeu-là, il y a toujours des perdants... Alors, crois-moi, Ogier : elle aurait pleuré, accusé la malechance, puis se serait enclose en son château... Mais elle nous a rejoints. Et par dépit et souffrance d'amour brisé, elle s'est montrée haineuse et sans pitié. Elle sait porter le haubergeon de fer aussi bien que ta cousine son armure... Et si tu la connaissais, tu l'admirerais autant que tu admires *ta* Tancrède... et autant que celle-ci l'admire, sans l'avoir vue !

Ogier retint une imprécation. Moqueuse, Adelis remarqua :

— Vous l'admirez aussi, messire Briatexte... puisque nous ignorons votre vrai nom !

— Je m'ébahis de tout ce que fait Jeanne. On l'a surnommée la Lionne... Or, il y a, cousues en elle, la peau du renard et celle du lion. Il a fallu plus de vingt nefs pour couler ses vaisseaux...

Ogier se demanda comment Blainville avait agi envers Clisson. Même faillible aux yeux du roi, un chevalier tel que le Breton méritait certains égards et, à défaut de rémission, la geôle et non la hache. Il soupira. Il se serait désintéressé de cet homme s'il n'avait imaginé sa veuve tapie en quelque lieu proche de Chauvigny, à moins qu'elle ne se trouvât en sécurité dans la cité même.

— La bataille a eu lieu un soir de mars dernier, au large de Guernesey. Jeanne a pu s'enfuir de la nef capitane avec ses gars et deux mariniers. Sept jours de mer dans une coque de noix. Lorsqu'ils ont atteint l'Angleterre, le fils puîné d'Olivier était mort.

— La mort, elle l'a semée. Il est juste qu'elle en souffre à son tour !

D'un clin d'œil Ogier approuva Champartel. En écoutant, enfant, les propos des seigneurs de passage à Gratot, il avait douté que la guerre fût aussi cruelle qu'ils la décrivaient. Il s'était dit que la bonne chère, le vin, le cidre les échauffant, ces bataillards renchérissaient sur les détails effrayants avec d'autant plus d'ardeur qu'ils étaient saufs et loin des champs de mort. Il les avait crus parfois mensongiers comparés à son père, sobre et mesuré dans les récits de cette espèce. Eh bien, tous ces bavards disaient la vérité. La boucherie de l'Écluse et le siège de Rechignac lui avaient fourni un chapelet d'émois et de souvenirs épouvantables.

— La guerre... soupira-t-il, mécontent.

— Putain de guerre ! Et tu n'es pas du bon côté, Ogier. Philippe VI a fait ton malheur.

— Sur les instances de Blainville, que tu peux ou dois connaître... et honorer !

— Ton roi, ces derniers temps, est pris de folie homicide... A femme folle et boiteuse, époux dément et justice clochante... Quand il cesse de s'en prendre aux Bretons, les Normands souffrent à leur tour...

Comme il ne se pardonne pas d'avoir laissé partir Godefroy d'Harcourt, il tue du bas en haut du Cotentin... Venant de Gratot, tu dois le savoir mieux que moi !

— N'étant pas un traître, je ne peux rien savoir mieux que vous.

Ogier reprenait vivement ses distances. Plutôt que de s'irriter, Briatexte devint pensif :

— Philippe a fait occire des hommes que ton père a dû côtoyer : la Roche-Tesson, Bacon, Percy... et Henri de Malestroit, son ancien maître de requêtes[1].

— Mon père les connaissait, confirma Ogier. Il a refusé de m'en parler. Les malheurs de notre duché l'éprouvent... Et j'ajoute ceci, Enguerrand : c'est sans doute Blainville qui fit avertir Godefroy d'Harcourt de s'enfuir quand sa vie fut menacée... Le plus grand des traîtres, c'est lui !

Briatexte fronça les sourcils :

— Le désir de liberté ne saurait être un crime.

1. Y eut-il une psychose de complot réunissant Bretons et Normands ? Les exécutions rapprochées le donnent à penser ainsi que, par exemple, la « variété » des juges devant lesquels comparurent les Normands :

« Le jugement des diz seigneurs de la Roiche, Guillaume Bacon et Richard de Percy fu faiz... presens le roy, le duc de Normandie, le Comte de Blois, le seigneur de Mareul, le seigneur de Matefelon, le seigneur de Hangest, monseigneur Symon de Bucy, monseigneur Guillaume de Villiers, monseigneur Robert de Charny, monseigneur Jehan Hanière, monseigneur Jehan Sirot, monseigneur Hue de Ruylly, monseigneur Odart des Tables, monseigneur (ou maistre) Jacques Le Muisy, maistre Robert de Lorriz, maistre Guillaume le Bescot, maistre Thomas Vanin, qui touz furent d'accort au dit juigement... » (Cité par Léopold Delisle : *Histoire du Château et des Sires de Saint-Sauveur le Vicomte*. Valognes, 1867).

Pour juger ces trois hommes, la Cour du roi s'était réunie au château de Saint-Christophe-en-Halate, le mercredi saint 31 mars 1344. Ils furent mis à mort le 3 avril suivant, veille de Pâques, à Paris, tandis que le diacre Henri de Malestroit obtenait un sursis, l'évêque de Paris le réclamant en qualité de clerc. Philippe VI exigea du Pape sa dégradation, le fit élever sur une échelle et lapider par la foule, cinq mois plus tard.

Moult Normands et Bretons en sont épris et prêts à se battre pour l'obtenir !

Il y eut un silence empli par la toux d'Adelis. La veille, elle avait dû prendre froid.

— Ah ! messires, dit Thierry, trahison ou pas, je crois, moi, que les gens deviennent ce qu'en font les fureurs de la guerre, et vont ainsi contre leur vraie nature : celle à laquelle leur naissance et leur entourage les disposaient... On doit devenir un félon plus aisément qu'un preux !

— Bien dit, acquiesça Briatexte. Sensible aux voix de tes détracteurs, et sans que tu puisses assurer ta défense, ton suzerain décide un jour de confisquer ta demeure et ton fief. Pour exécuteurs de son bon plaisir — plaisir de roi, plaisir divin —, il commet à sa solde les pires malveillants de ton terroir : les envieux, les dévoyés. Lire un arrêt de Cour ? C'est trop peu pour leur goût. Fiers et assurés de leur impunité, ils viennent un jour chez toi, à vingt, pas un de moins, tuent quelques serviteurs... puis forniquent ta femme et tes pucelles jusqu'au trépas... Ils châtrent les garçons, puis ils les décapitent... Ton frère revient des champs ? Ils le violent et le laissent pour mort. Ils se gobergent et cassent tout. Ils rient en piétinant tout ce qui fut ta vie, tes amours, ton ouvrage... A ton retour, car tu étais absent, tu ne trouves plus rien, sinon des morts et des ruines... Tu survis au malheur, mais crois-moi : dès lors, toutes les alliances te sont bonnes. Tu étais bon, loyal ? Tu deviens infernal !

Ogier avait écouté sans mot dire, sentant dans sa conscience même se déverser la haine de cet inconnu. Qui était-il ?

Briatexte eut un sourire méprisant :

— Victime du roi de France par le truchement de Blainville — à ce que tu dis, Argouges-Fenouillet —, voilà que tu lui restes acquis !

— C'est vrai... Je veux qu'il me rende justice... Ensuite, je verrai.

Ogier se reprocha cette restriction : elle révélait trop bien son désarroi. Mais quoi ! il s'énervait. Il voulut s'en expliquer, Adelis l'en empêcha :

— Cessez donc de vous disputer. Nous sommes rendus.

Talonnant sa jument, elle pénétra dans une allée d'ormes et de chênes. La paix de ce sanctuaire végétal au sol d'ombres et de lueurs vernissées d'humidité, ne rendait que plus discordants les cris et les martèlements jaillis au-delà de son abside.

— Voilà des manants que, de loin, on peut croire heureux !

Briatexte s'était exprimé d'une voix égale, témoignant tout à coup d'une espèce de détachement pour les propos qu'il avait formulés. D'un grand mouvement du bras, il parut les jeter par-dessus son épaule.

— Je ne saurais, dit-il, définir le bonheur.

« Moi non plus, songea Ogier. A moins qu'il n'existe que dans la vengeance. »

Sous les voûtes stagnait un froid de cathédrale, et du double alignement des troncs droits et serrés se dégageait une telle solennité qu'il laissa Marchegai réduire son allure. Englouti dans la paix de cette nef verdâtre et regardant fixement Briatexte, il affirma :

— La Clisson est ici.

Il vit se contracter le visage noir, énergique :

— Je ne sais où elle est... Laisse-la en paix.

Homme imprévisible ! Le Breton eût pu demander : « Comment sais-tu cela ? L'as-tu rencontrée ? De qui tiens-tu cette nouvelle ? » Il eût pu rire et nier ; insidieusement, il menaçait. Ogier se garda d'autant plus d'insister que Champartel, rejoignant Adelis, s'exclamait :

— Ils doivent être plus de cent à préparer la lice !

Quittant les colonnes feuillues, ils avancèrent dans la prairie où œuvraient les manants.

De loin en loin des maçons creusaient le sol pour y

440

sceller, au mortier de chaux, les pieux destinés à soutenir la haute et double forclose [1] rectangulaire, munie de
poutres mobiles sur chacune des largeurs. De là s'élan-
ceraient tout d'abord les jouteurs, de part et d'autre de
la barrière médiane que des menuisiers installaient ; de
là également, cette barrière ôtée, fondraient l'un sur
l'autre, dans un galop bourdonnant, les deux essaims
de tournoyeurs.

— C'est grand, hein, messire ! s'écria Champartel.

— Tant mieux pour vous, dit Raymond. Là-dedans,
la mêlée sera moins étouffante.

Ogier observait, mesurait du regard. Sur une des lon-
gueurs du champ, face aux remparts de la cité baignés
par un cours d'eau, des charpentiers érigeaient trois
échafauds, l'ambon central, par ses dimensions et sa
hauteur, étant destiné soit aux dames, soit à la noblesse
et au clergé. D'autres, au bord du ruisseau, aména-
geaient un recet [2] et des couloirs destinés aux allées et
venues de l'assistance, et d'autres préparaient sur un
talus dominant la Vienne les clôtures des écuries. Tout
près de cette enclave s'élevaient une trentaine de tentes ; les couleurs franches des unes — dix ou douze —
tranchaient sur le fond de verdure et de ciel. Leurs
voisines, noires ou grisâtres, révélaient la présence de
petits seigneurs et chevaliers errants, riches de hardiesse, d'ambition et sans écu vaillant. Des palefreniers
se déplaçaient entre les cônes et les cubes de drap,
tirant des destriers par la bride. Des écuyers et des sergents fourbissaient des armures, et quand le soleil touchait une de leurs plates, elle miroitait autant que la
rivière. Des feux flambaient. Aux souffles du vent, les
gonfanons se plissaient, mêlant parfois leurs longues
langues.

1. Barrière.
2. Lieu de refuge : on y était en sûreté, l'adversaire ne pouvant y
venir donner des coups. On pouvait même placer là en réserve, lors
d'un tournoi, des compagnons prêts à se précipiter opportunément dans
la mêlée.

Ogier frémit : ainsi, il y était ! Il se pencha. Le sol herbu semblait plat, régulier, à peine bosselé par quelques taupinières. Aucun danger d'y voir Marchegai trébucher.

— Nous reviendrons ici demain, Thierry... Il faut que nous fassions courir et tourner nos chevaux dans ce pré... Ils nous feront aussi quelques sauts et pennades... Oui, compagnons : demain nous planterons notre pavillon à l'écart des autres, là-bas, près de cette orière [1].

Et comme Raymond semblait vouloir émettre une objection :

— A Morthemer, nous perdrions tous notre temps !

Adelis l'ayant approuvé d'un sourire, Ogier s'imagina en harnois brillant, lance au poing, sur Marchegai, son splendide complément houssé de neuf, fier d'être superbe, et ramassant sa dure et souple musculature pour courir au-devant de leurs rivaux. Il entendit le bruit de la prime rupture, le hennissement du cheval adverse sous le heurt, et il imagina les dames sur leurs bancs, s'exclamant puis chuchotant, troublées sinon admiratives : « *Le beau coup ! Avez-vous vu de quoi ce chevalier a paré son heaume ?*

— *Un poing !... Un poing vengeur ! — Pas même rose chair, mais rouge sang !* » Un poing de bois léger, taillé par Champartel lors des soirées d'hiver, peint et repeint à la poudre de garance.

— Messire, dit l'écuyer, faudrait se mettre en quête des hérauts pour leur présenter nos armes... Nous sommes bien venus pour ça ?

— Tourne-toi : les voilà.

Vêtus de pourpre et d'or, des hommes à cheval apparaissaient : le roi d'armes — un barbu arrogant —, les hérauts et poursuivants d'armes ; un des juges diseurs, sa verge blanche appuyée sur l'épaule, son

___

1. Bord d'un champ entouré de haies.

442

juge de pied, son trompette et son poursuivant[1]. Comme le roi d'armes se tournait vers lui, Ogier vit l'écusson de son pourpoint.

— *De gueules à deux fasces d'or*[2], dit-il. Les armes d'Alix d'Harcourt.

— Tu es bien informé, dit Briatexte, soudain maussade.

— Je n'en ai nul mérite. Mon père connaissait bien les Harcourt... Celui qu'on appelle le Boiteux fréquentait Gratot lorsque j'étais enfant. Quand il l'a su prêt à s'allier aux Anglais pour assouvir ses ambitions, mon père a rompu, sans dénonciation ni querelle... Et je crois bien que le Godefroy lui en garde respect... Mais pourquoi faites-vous cette tête, Enguerrand ? Craindriez-vous que je le rencontre ici, présentement ? Il est en Angleterre et non à Chauvigny...

Les mâchoires du Breton se serrèrent si fort que ses joues se creusèrent. Cependant, il en fallait davantage pour décontenancer un tel homme. Désignant le roi d'armes et sa suite, il trouva une diversion :

— Ils sont allés crier des appels au tournoi... Quant à ceux que tu vois remuer parmi les tentes, leurs cerveaux sont chauffés à blanc... Déjà des défis se sont échangés... Prends garde, Ogier, à ne pas te faire trop d'ennemis : ils pourraient te cerner un bon coup lors du tournoi et te mettre en piteux état... Ah ! là, là, que

---

1. *Le roi d'armes*, chargé d'organiser le tournoi, commandait les *hérauts d'armes*. Il portait la cotte d'armes du seigneur, l'épée du tournoi et la liste des chevaliers et écuyers destinés à fournir les juges choisis par le défendant.
Outre qu'ils signifiaient les déclarations de guerre et portaient les messages, les *hérauts d'armes* vérifiaient les armoiries et secondaient le roi d'armes. Leur personne était sacrée. Les *juges d'armes* étaient des magistrats chargés de résoudre les litiges relatifs aux titres de noblesse et aux armoiries. Le *juge de camp* apportait une solution aux cas douteux. Le *poursuivant d'armes* aidait le héraut d'armes.
2. La fasce est une pièce honorable coupant l'écu horizontalement par le milieu et en occupant le tiers. Rappelons ici que *gueules* signifie rouge.

de monde on attend... Il paraît que les hôtelleries sont pleines jusqu'à Poitiers... Veux-tu que je te mène aux juges ? Je leur ai remis hier mes armes de tournoi...

— On saura les trouver seuls, dit Champartel. Pas vrai, messire ?

Ogier ne répondit rien, regardant le grand champ où s'affronteraient les jouteurs. Combien resteraient en selle après la première course ?

— L'herbe est bien drue, dit-il.

— As-tu déjà jouté, Ogier ?

— Jouté, oui... Tournoyé, non.

Il y eut un silence empli du souffle des cheveux, du clapotement de leurs sabots, du tintement des éperons et des gourmettes. Briatexte toussa et lança sur Adelis un regard étonné — peut-être convoiteux. Il l'avait vue en haillons durant le sac de Saint-Rémy, il avait peine à croire qu'elle fût devenue si digne et désirable. Il dit soudain — et plutôt qu'un conseil, c'était une menace doucereuse :

— Méfie-toi, Ogier... Méfie-toi de tout, sauf de moi... Et pour le cas où tu voudrais t'énamourer, voilà de quoi t'égayer !

Il désignait une procession de bourgeoises et de servantes. Elles riaient et des jouvencelles chantaient. Elles portaient en direction d'une estrade gardée par deux picquenaires, des rouleaux de tentures et de tapisseries.

« Des femmes, songea Ogier. Raymond et Thierry n'ont pas eu ma bonne chance de cette nuit... Mais était-ce une bonne chance ? »

Des manouvriers passèrent et des mains voltigèrent autour des robes et des surcots, provoquant des protestations et des cris brusquement dissipés, car un jouvenceau hurlait :

— En voilà d'autres !

Sur le chemin conduisant au champ clos, une petite brigade de cavaliers apparaissait. Ils chantaient cette chanson bien connue où l'on voyait la Vierge endosser l'armure d'un chevalier en prière pour aller tournoyer à sa place.

> ... ainsi advint
> Que quand le jour du tournoi vint
> Il se hâta de chevaucher
> Bien voulut être en champ premier

Dans le vent, une des bannières des nouveaux venus s'effilait comme une dague. « L'hermine plein, songea Ogier. Ce sont les Bretons. » Sur l'autre, un oiseau à deux têtes semblait prêt à prendre son vol. Fronçant les sourcils et penché en avant, Ogier lut enfin : « *D'argent à l'aigle de sable éployée, béquée et armée de gueules à la bande de gueules brochant sur le tout.* » Un charpentier passa devant Marchegai et s'écria en se déchargeant d'une planche peinte dont le blanc de céruse lui resta sur l'épaule :

— Compères ! Commères ! Voici l'aigle et l'hermine de Bretagne.

Le regard d'Ogier rencontra celui de Briatexte ; une exécration terrible l'animait. Il n'eut pas à l'interroger car près d'eux, un vieux manant confiait à un jeune :

— Je le reconnais, bien que je l'aie vu il y a longtemps, à Rennes. C'est Bertrand Guesclin... Voyez les gars qui l'accompagnent... C'est pas des enfants de chœur !

Ils étaient six. Vêtu d'un pourpoint rouge, élimé, de chausses noires vrillées dans des housseaux boueux, le gonfanonier à l'hermine était petit, le crin roux, la face aussi barbelée qu'une bogue de châtaigne. L'autre qui levait l'aigle aussi haut que possible, était vêtu d'un haubergeon et coiffé d'une cervelière. Ses prunelles furetaient de côté afin qu'il sût les sentiments que le troppelet[1] auquel il appartenait inspirait aux Chauvi-

---

1. Petite troupe.

nois. Conscient de son importance, lui seul s'abstenait de chanter mais son voisin beuglait pour deux :

> *« Sire par la Sainte chair de Dieu »,*
> *Lui a dit son écuyer*
> *« L'heure passe de tournoyer*
> *Et vous que demeurez ici ? »*

— Vous les reconnaissez, messire ? dit Raymond.

— Nos gars de cette nuit, grogna Thierry.

— C'est *lui*, dit Briatexte. C'est l'immonde Bertrand. Au puant royaume des malandrins, il détient la couronne... Voyez comme il est beau !

Une cotte de mailles terne, couverte d'un rochet court, fripé, d'un blanc grisâtre, habillait Guesclin du cou jusqu'aux cuisses. Ses houssettes de chevreau, tout aussi sales que celles de ses voisins, étaient armées d'éperons aux molettes étoilées. De sa ceinture d'armes, large et sans ornement, pendait une épée à quillons droits, gainée dans un fourreau de bois renforcé de viroles et d'une bouterolle de cuivre.

— Il me paraît avoir horreur de la parure.

Ogier approuva Thierry, intéressé par ce gars que Godefroy d'Argouges avait autrefois désheaumé.

« D'où vient sa renommée ? D'une joute, une seule, qu'il n'a même pas remportée ! On l'a blandi[1] parce qu'il refusait d'y affronter son père, ce qui n'est louable en rien : n'importe quel fils eût agi de même ! S'il savait mon nom, il m'en voudrait sans doute davantage que de l'avoir privé d'une captive innocente ! »

— Il est trop occupé à chanter, dit Raymond, pour nous avoir remarqués.

— Il est encore plus répugnant en plein jour, dit Adelis.

— Eh oui, m'amie... les autres aussi puent la truanderie. Mais ce verrat... quelle hure !

1. Loué.

Le Breton semblait plus court et massif que dans la nuit. Quant à sa tête : le cheveu dru, noir, coupé ras ; le front bref et les sourcils touffus, allant presque d'un seul trait d'une tempe à l'autre ; sous les paupières lourdes, des pupilles ténébreuses avec, tout au fond, un éclat de suffisance ou de férocité ; un nez en pied de marmite ; une bouche vorace au-dessus d'un semblant de menton : un dogue énorme vêtu en homme ; les oreilles pointues ajoutaient à la ressemblance. Et comme heureux de sa laideur, il hurlait, superbe, tout en envoyant des baisers aux femmes :

Voulez-vous devenir ermite ?
Allons-en à notre métier
Tournoyer vigoureusement !

Son cheval, un roncin pommelé, essorillé, à queue et crinière incultes, allait au pas, noblement, comme si conscient de la rustauderie de son maître, il tentait d'en atténuer les effets par sa dignité d'animal. Quant aux autres — Ogier reconnut le fossoyeur —, ils exhalaient, Briatexte disait vrai, un grand air de truandaille. A l'arrière, un mulet lourdement bâté portait cinq lances ; des bassines et des chaudrons tintaient dans des sacs de toile accrochés jusqu'à la croupière.

— Vous savez, depuis cette nuit, ce que vaut ce guette-chemin, messire. Défiez-vous-en ! J'ai idée qu'il n'attaque jamais de front.

— A la joute, Raymond, il y sera contraint. Pas vrai, Enguerrand ?

Alors que les Bretons parvenaient devant eux, Ogier se tourna vers son voisin pour obtenir son assentiment. La selle d'Artus était vide : Briatexte, accroupi, feignait de raccourcir une étrivière.

— Guesclin vous salue bien. Mais...

— Nous nous connaissons.

Tandis qu'il immobilisait son cheval, la bouche du

Breton béa dans une expression maussade. Ogier s'attendit à un cri, un outrage ; il n'en fut rien :

— Ah ! Ah ! c'est vous... Beaux garnements que vous êtes ! Jamais, non *jamais* vous n'auriez dû délivrer cette traîtresse !

— Traîtresse ? En avez-vous la preuve ?

— Traîtresse. Méfie-toi de l'apprendre à ton détriment !

Et Guesclin se mit à rire, sans souci de s'enlaidir davantage.

— Je ne sais lequel d'entre vous lance si bien les lames : voyez Kéguiner, qui tient la bride du mulet... L'acier s'est enfoncé d'un pouce entre ses épaules... Et pourtant, il faisait aussi noir que dans le cul d'Édouard... Allons, allons !... J'ai perdu ma proie mais ne vous garde pas rancune... Il en serait allé différemment si j'avais tenu *l'autre* à ma merci !

Puis, avec une moue, et la voix moins grognante :

— Beau pays, selon vous ?

— Nous y arrivons.

Ogier s'efforçait à la sérénité : il sentait l'aversion de ce Breton tellement rêche et déterminée que tout dialogue sensé lui paraissait impossible. Si par bonheur la lice lui était ouverte, il défierait cet outrageux. Il le bouterait hors de selle... « et je suis sûr qu'il trouvera des excuses ! » Réduit à ces conjectures, non seulement il feignit d'oublier l'escarmouche nocturne, mais il déclara d'un ton péniblement affable :

— Quand le soleil luit comme ce matin, le Poitou vaut bien la Normandie et la Bretagne.

Il vit le regard de Guesclin s'assombrir, puis tomber sur ses éperons :

— La Normandie assurément vaut ce Poitou où l'on s'embourbe !... Mais sache-le, *chevalier* : rien ne peut égaler la Bretagne, même celle des Goddons et païens de Montfort !... Et quiconque me contredit sur ce point tâte aussitôt de mon épée.

Puis, souriant :

— Les filles sont-elles belles ?

Il était si proche de Marchegai que celui-ci, l'observant de près, frémit et recula. Ogier sourit :

— Même s'il y a des filles jolies, rieuses et bien atournées comme celles qu'on voit là-bas, elles ne doivent pas valoir, selon toi, les Bretonnes... même celles du parti de Jean de Montfort !

Indifférent à la dérision, Guesclin interpella Champartel :

— Des Juifs ?

— Nous n'en savons rien... Mais pourquoi donc, messire ?

— Hé, hé, l'écuyer !... Mais pour les molester à défaut de les pouvoir occire ! Es-tu vraiment chrétien pour oser pareille question ?

Comme Thierry s'abstenait de répondre, le Breton dégorgea un rire coassant auquel se joignirent ceux de ses compagnons — y compris le gonfanonier à l'aigle.

— Allons, chevalier au grand cœur, je te laisse avec ta femme ou ta concubine et tes compères. Je t'attendrai de pied ferme à la montre des heaumes et des écus !

Sur un signe d'au revoir, le huron s'en alla, devançant ses Bretons hilares.

— Eh bien, vous le connaissez maintenant ! dit Briatexte en remettant le pied à l'étrier. Sachez que ce malebouche a trois ennemis : le Breton de Montfort, le Goddon et le Juif.

Croisant le regard de cet homme irritant, pour une fois assagi, Ogier crut bon de relever :

— Vous semblez le bien connaître. Pourquoi avez-vous rajusté cette étrivière ? Pour éviter de le saluer ?

— J'ai mes raisons.

— Vous avez vu comme il m'a regardée ? dit Adelis, inquiète.

— J'ai vu. Il ne peut rien contre vous.

Négligeant Raymond, Champartel, et même Saladin assis, près de Veillantif, Ogier reporta son attention sur les barrières. L'espace qu'elles délimitaient était bien le plus grand qu'il eût vu :

— Cinquante toises de long, vingt-cinq de large. Les chevaux auront de quoi galoper !

— Vous aurez le temps d'y penser ! Mais regardez, messire : Guesclin couchera sous la tente.

Suivant la direction indiquée par Thierry, Ogier vit les Bretons arrêtés au bord de la Vienne. L'un d'eux débâtait leur mulet.

— Que sont-ils venus faire à Chauvigny ? marmonna Briatexte.

— Tournoyer, dit Ogier. Guesclin est, par ma foi, une laideur vivante. La renommée compense les malfaçons dont sans doute il souffre en silence.

Et il pressa Marchegai.

Ils longèrent, au bord du ruisseau entrevu à leur arrivée, les murailles de la cité.

— Ce flot, c'est le Talbat, annonça Briatexte. Hier, Artus et moi y avons pris un bain.

Enjambant ces douves naturelles, un pont menait à une porte défendue par deux tourelles. Il y avait là, en compagnie des sergents du guet, une douzaine d'indigents et d'impotents dont les mains se tendirent :

— Pitié ! Pitié, messires, au nom de Dieu.

— A votre bon cœur ! Que ce jeudi vous soit propice...

— Jeudi 13. Baillez-nous un treizain [1].

Visages tristes, corps décharnés, penailles. Où qu'on allât, des mal-heureux accouraient, imploraient. Cela se passait-il ainsi dans les duchés d'Édouard ?

— Dieu vous ait en Sa sainte garde !... Entrez, entrez par la porte de l'Aumônerie !

— Dis-moi plutôt où se trouve le demeure d'André de Chauvigny.

L'enfant interpellé, âgé de neuf ou dix ans, se soutenait par des béquilles. Ouvrant son escarcelle, Ogier

1. Monnaie équivalant approximativement à un sou d'argent.

450

lui tendit une piécette qu'il happa dans sa bouche, comme un poisson l'hameçon, puis cracha sur sa paume :

— Tout droit, messire, par cette rue montante. Le premier château que vous verrez sera celui de l'évêque ; le suivant celui que vous cherchez.

Marchegai avança, glissant parfois sur les pavés. Artus s'en approcha, la mâchoire écumante.

— Hé ! protesta Briatexte. J'aurais pu vous y mener... Mais après tout, je préfère aller vider un gobelet à nos retrouvailles...

Qui était-il ? Un Breton de Montfort, il ne s'en cachait plus. Mais de quel nom ? Avait-il rencontré la Clisson avant qu'elle ne partît pour ce village où Guesclin l'avait surprise ? La savait-il en péril ?

— Nous nous retrouverons, Ogier... ne serait-ce qu'aux joutes.

Seul son sourire échappait à l'ombre. Son cheval obéit à une ébrillade[1] sèche et imméritée. Après deux lançades, le couple inquiétant dévala vers les murailles d'enceinte.

Ogier ne put dissimuler son soulagement :

— Depuis longtemps, nous pensions tous qu'il avait usurpé le nom qu'il porte. Bressolles avait raison : lors du repas où il me sauva la vie, face à Panazol, il nous a raconté que son oncle était du Temple. Il nous a dit que les hommes d'armes de Nogaret, lancés à sa recherche, avaient occis toute sa famille, par dépit qu'il ne fût pas auprès d'eux, et que lui, Enguerrand, avait échappé à la tuerie en se cachant dans une écurie... Or, cet homme a trente-cinq ans à peine. Il n'était pas né[2] lors de ces événements... Il ment ! Il ment toujours !... Et il se peut, cependant, que sa vraie famille ait été

---

1. Secousse donnée à la bride, d'un seul côté, pour faire tourner un cheval.
2. Ame damnée de Philippe IV le Bel, Nogaret (vers 1265-1314) se chargea de cette sinistre rafle qui commença le vendredi 13 octobre 1307.

anéantie par des Charlots... et sa haine est terrible. Je la comprends.

Suivant Saladin, ils s'engagèrent entre des maisons aux murs percés de jours étroits, défendus par des barres de fer. Çà et là, des guenilles pendaient. Parfois, une venelle s'amorçait avec tout au fond des cris de femme ou des pleurs d'enfant.

Ils croisèrent un groupe de cavaliers — seigneurs, écuyers et varlets. La jeunesse et les bourgeois s'en étaient écartés prestement tant ils avaient l'allure austère. Des chants sortaient d'une taverne.

— On festoie, dit Ogier. La liesse doit être partout... A quelques lieues, l'Anglais fourbit ses armes en attendant la décision des larrons qui doivent se rejoindre ici !

Redoublant d'attention, il laissa Marchegai avancer parmi ces passants d'entre lesquels surgit une ribaude. Et tandis qu'elle lui promettait les sept félicités, il se demanda si Adelis, naguère, avait abordé ainsi les badauds. « Non !... Mille fois non ! » Thierry l'interpella :

— Messire Ogier !... Je crois que nous serons mieux sous la toile de notre pavillon, dans le grand pré, qu'entre les murs de Morthemer... Un froid malsain en sue... et Raoul Grosses-Mains ne me dit rien qui vaille !

— Tu as raison... Et bien qu'elle m'en ait prié avec insistance, j'atermoie pour porter les couleurs d'Isabelle.

— N'en faites rien si vous hésitez !

— Ton conseil est bon, Thierry. Et le vôtre, Adelis ?

— Oh ! moi, je n'ai rien à dire... Cependant, cette damoiselle me paraît... déraisonnable.

Ogier s'apprêtait à demander pourquoi. Raymond l'en empêcha :

— Cette donzelle, il me semble l'avoir déjà vue.

Thierry s'esclaffa ; Ogier fronça les sourcils :

— Où donc, compère ?

— A Hennebont, un soir, juste après qu'on nous eut annoncé le trépas de Jean de Montfort.

— Impossible !... Je vois que Morthemer te tourneboule aussi... Allons, compagnons : oublions nos soucis et nos peines... Et voyez ! Outre qu'on trouve ici la liesse et la luxure, on voit fleurir quelques amours !

Ogier désignait deux couples si serrés qu'une épée seule eût pu les séparer. Et ces enlacements le rendirent chagrin :

« Je n'ai jusqu'ici connu que des accommodements faciles... Mais que se passe-t-il ? »

Sur une place, un rassemblement s'était formé autour d'un héraut à cheval annonçant une réjouissance :

— *Or oyez ! Oyez ! Oyez !... Six gentilshommes font savoir à tous, nobles hommes ici présents, les choses qui s'ensuivent. C'est que le lendemain de Noël, jour de monseigneur Saint Étienne, lesdits gentilshommes se trouveront de bon matin sur les rangs, armés de toutes pièces en harnois de guerre, gardant une barrière, la lance au poing, pour combattre ceux qui venir voudront à Chalusset, près Limoges. Ils se battront à l'épée à une main, à l'épée à deux mains, au vouge et à la hache. Ils se reposeront le troisième jour, en l'honneur des saints Innocents. Le quatrième jour, ils se retrouveront en armes et jouteront avec la lance de guerre. Ils défendront un bastillon contre tous assaillants...*

Des hurlements — joie et assentiment — étouffèrent un instant la voix du crieur. Ogier examina ceux qui les proféraient. C'étaient, soit à pied, soit à cheval, des seigneurs de haut rang à en juger par leur ostentation, l'éclat des livrées de leurs gens et la beauté de leurs bannières. Certains se concertaient et leurs mouvements faisaient briller les anneaux de leurs colliers, les brocarts de leurs pourpoints et les cuirs des fourreaux de leurs armes. Ogier n'éprouva ni envie ni malveillance à leur égard, bien que l'orgueil de certains lui déplût.

« Nous verrons, bientôt, votre vraie valeur dans la lice ! »

Pensant cela, il aperçut un manant à l'écart, et tressaillit. Un chaperon gris dissimulait son front ; une barbe poivre et sel bien fournie couvrait ses joues et son menton. Il était habillé d'une huque de peau de daim rapiécée et lançait des regards à l'entour comme s'il attendait quelqu'un. Il clopina pour aller s'accoter à un mur, et comme un cavalier passait, il baissa la tête et parut s'absorber dans la contemplation de ses mains.

« Non, je ne vais pas voir des comploteurs aux quatre coins de Chauvigny, et particulièrement *celui-là*, même si cet homme lui ressemble... Si Harcourt est ici, il est muché, sans doute, au château de sa sœur, et il y attend ses complices. »

Thierry mit pied à terre ; Ogier sourcilla :

— Eh ! que t'arrive-t-il ?... Pourquoi me regardes-tu ainsi ?... Par Dieu, on dirait que tu m'en veux !

L'écuyer pinçait les lèvres. Ses yeux brillaient d'une fureur dont il était si peu coutumier qu'Ogier s'inquiéta : « Il a pourtant les nerfs solides. Qu'ai-je commis pour qu'il soit irrité à ce point ? » Il immobilisa Marchegai. Adelis et Raymond retinrent leurs montures.

— Messire, descendez. Nous parlerons ainsi plus à notre aise.

Ogier obtempéra :

— Qu'as-tu à me dire, Thierry, d'aussi pressant ?

— Messire, il ne faut pas que j'élève la voix. Ça sera mieux d'avancer en marchant.

— Bon... descendez, vous autres... Qu'est-ce qui te courrouce ou te soucie ?

Thierry avala sa salive ; et tout en tortillant les rênes de Veillantif dont les naseaux lui frôlaient l'épaule :

— Nous avons eu grand tort de laisser partir Briatexte. Il fallait l'occire sans barguigner dans le champ où nous l'avons trouvé... Vous seul ou tous ensemble... Je sais qu'entre seigneurs et chevaliers, la parole est sacrée ; je sais que rares sont ceux qui contreviennent à leur serment... Mais cet homme-là est dépourvu d'honneur !... C'est un félon de la pire espèce et s'y fier, c'est encourir un péril mortel !

Ogier eut un geste agacé :

— Tu me parles comme ma conscience... Mais imagine que j'aie défié Briatexte lorsque nous l'avons entouré... Il se peut qu'il ait invoqué, à l'appui de son refus, quelque argument recevable dont le meilleur aurait été : « Attendons les joutes et le tournoi. » Et si, au lieu de différer notre affaire, il m'avait dit : « Soit, battons-nous », un de nous deux serait mort à présent... Suppose, Thierry, que ce soit moi.

— Oh !... Vous l'avez déjà dominé !

— Une fois n'est pas coutume. Si j'étais mort, je serais mort en vain, poursuivit Ogier, insensible au reproche lourd d'admiration de l'écuyer. Ma famille resterait embourbée dans une déchéance d'où mon père, tu le sais, est incapable de la sortir.

Il soupira, déçu et agacé d'avoir à exprimer des idées cent fois soupesées.

— Chevaucher jusqu'ici, non seulement pour tenter d'éventer un complot dont nous ne savons rien, ou presque, mais aussi pour acquérir la certitude que l'homme auquel ma famille doit tous ses malheurs est un félon afin de le dénoncer sur preuves, et subir une mort avancée ?... Non ! Je me refuse à commettre une faute !

— Vous l'auriez occis, vous dis-je !

— Rien n'est moins sûr. Il connaît désormais mes coups, mes feintes, mes faiblesses. Il s'ensuit que dans tout combat prématuré contre lui, je sortirais endommagé... Et j'ai besoin de ma pleine vigueur.

— J'en conviens.

— Imagine que nous nous soyons affrontés. Imagine que des gars à lui... ou d'autres comme les Bretons nous aient cernés sans qu'aucun de nous n'y ait pris garde...

— Bien sûr... Bretons ou pas, il semblait d'ailleurs attendre je ne sais qui. Notre arrivée l'a courroucé. Il nous a suivis de mauvais gré, puis s'est résigné. Mais, messire, il n'empêche...

Ogier s'aperçut qu'il pourrait accumuler les arguments les plus sages : Thierry ne cesserait de les contester. Il interrompit l'écuyer :

— Quelle qu'en ait été l'issue, ce combat aurait attiré l'attention sur nous. Or, jusqu'à dimanche, je ne veux rien commettre de voyant et de préjudiciable à ma cause. Et l'Enguerrand doit être dans mon cas !

Tout en parlant, il observait le manant immobile. Vêtements de pauvre, mais allure noble. Était-ce Harcourt ? Comme Champartel semblait résigné à se taire, Ogier acheva de se justifier :

— Imagine, Thierry, que j'aie occis Briatexte et qu'on m'ait vu devant sa dépouille... Eh bien, on aurait pu me désigner aux archers du guet... à quelque échevin... à l'évêque ou au roi d'armes. « Pourquoi, m'aurait-on dit, l'avez-vous estoqué ? »... Belle façon de passer inaperçu !... Or, Dieu m'est témoin que je n'ai pas agi à la légère, mais sagement, pour mon bien et le vôtre !

— Sagement ! Sagement ! Vous pensez noblement, messire, point sagement. Tout ce que vous dites est d'un grand bon sens, j'en conviens, *mais cet homme nous menace*... Votre venue l'étonne : il doit y méditer.

— Aussi malicieux soit-il, il ne peut deviner nos intentions.

Cela dit, Ogier se détourna pour obtenir l'avis d'Adelis. Elle eut une moue dubitative :

— Qui sait ?... Vous ne craignez rien, je crois, à vous appeler Fenouillet.

— Pourquoi ? demanda Thierry.

Sans se soucier de lui répondre, Adelis poursuivit :

— ... mais que Briatexte vous dénonce au roi d'armes en lui disant tout ce qu'il sait sur la déchéance de votre famille, vous serez aussitôt menacé.

— Si cela m'advenait, ce qu'à Dieu ne plaise, je lui retournerais sa dénonciation !

Raymond eut un ricanement :

— Messire ! Même si l'on vous croyait, vous n'en seriez pas quitte pour autant, et ce coquin guerpirait en temps utile... Méfiez-vous : les tricheries aux tournois et aux joutes sont punies aussi durement que les trahisons dans les guerres. Et si ça se trouve, plutôt que de lamper un gobelet de vin ou de cervoise à notre santé, l'Enguerrand, quelque part, est en train de vous trahir à Blainville.

Le regard d'Ogier étincela :

— Non, Raymond : il n'en a pas eu le temps, car venant à l'opposé du Breton, Blainville, le voilà !

Le Normand précédait Alençon et Charles d'Espagne, lequel, apercevant Thierry, eut un geste dolent de sa main écaillée de fer.

— Andouille, grommela l'écuyer, jamais tu ne me foutras, pas plus que je te foutrai !

Ogier, lui, observait son ennemi. Un tabard de satanin pourpre et sinople, aux manches taillées en barbes d'écrevisse[1], couvrait son haubert. Son chaperon rouge, crêté, lui donnait l'air d'un coq. Son cheval roux était énorme. Des torsades d'orfrois illuminaient ses rênes où deux gants vermeils se crispaient.

« Le voilà donc encore en noble compagnie ! »

Six écuyers suivaient ces tout-puissants — deux de chaque mesnie. Le plus âgé portait, reposant sur le faucre de l'étrier, un étendard d'azur semé de fleurs de lis. Devant cet attribut de la royauté, la fureur d'Ogier s'aggrava :

« Blainville prospère à l'ombre des couronnes : le roi, la reine et le duc Jean. Ce jour d'hui, c'est Alen-

---

1. Grands festons inégaux cousus sur la manche et allant en se rétré- cissant du poignet à l'épaule.

çon, le frère de notre suzerain, qui paraît son vassal...
Et nul baron ne semble s'en apercevoir !... Ont-ils tous
des œillères ? »

Jusqu'à cette rencontre, le spectacle des prud'hommes richement atournés, aussi à l'aise dans leurs vêtements que dans leur peau, avait excité sa curiosité sans altérer une sérénité que seul, ouvertement, Champartel désavouait. En réapparaissant, Blainville endommageait cet édifice de confiance et d'espérance patiemment érigé depuis les révélations de Jean de Montfort. En même temps qu'elle le confirmait dans sa médiocrité, la présence de ce maudit insérait entre ses desseins et les réalités de ce matin de foule et de soleil, la confirmation que son entreprise, toute vertueuse et justifiée qu'elle fût, participait d'un rêve déraisonnable. Chevillé à la monarchie sainte et sacrée, déterminé en ses choix, irrévocable en ses sentences, Blainville parvenait au sommet de sa force. Il paraissait et se savait indestructible.

— Rien qu'à le voir, dit Raymond, j'ai le sang qui bout !... Mais messire, faut pas perdre courage !

Sensible à cette compassion, Ogier porta la bride de Marchegai à sa bouche et la serra entre ses dents pour étouffer un juron. Ce crapuleux baron insultait tout ce que le duché de Normandie possédait de sujets honnêtes et loyaux, et par-delà, tous les justes du royaume. « Pire qu'Harcourt qui, au moins, n'a jamais rien dissimulé ! » Il jeta un coup d'œil sur le manant à la huque de daim, s'étonnant qu'il fût toujours là, le front bas pour échapper aux regards. Et, revenant à Blainville : « Est-il seulement Normand ? » Ah ! ce visage dur, verrouillé, eût-on dit, sur la constante jubilation des plaisirs et privilèges accumulés...

— L'effronterie du coq et le cœur de l'aspic !... Il se sent solide, hors de toute suspicion... même apte, en cas d'outrage, à châtier un prince du sang !

— Sa richesse... commença Thierry.

— Sa richesse, pour moi, n'est d'aucun intérêt ! Ce

qu'il y a surtout d'indécent chez cet homme, c'est ce mélange de malice, d'orgueil et de féauté, soutenu et même glorifié par l'impéritie royale ! Un vrai roi doit se passer de marmouset[1]... et il a fallu que Philippe en prenne un de cette espèce !

Dans ce bruyant rassemblement de bataillards et de manants, étaient-ils les seuls, eux, gens de Gratot, à savoir quelle puanteur de scandale enveloppait cet homme ? Sans doute.

— J'enrage, dit Ogier, simplement.

Il détenait contre ce nuisible, en plus de ce qu'il pouvait affirmer à son détriment, la preuve formelle de sa turpitude. Or, cette pièce estimée jusque-là comme un trésor sans prix lui paraissait dérisoire. Il fallait, pour décrier Blainville avant de l'affronter à l'épée, un tel faisceau de bonnes chances !... L'infâme avait ses loups, prêts à sa protection — soudoyers, Navarrais, faux témoins — et surtout son renom de serviteur fidèle.

« Et moi, Argouges, en face ?... Je suis à Chauvigny sous un nom usurpé. Mes compagnons ne sont même pas de ceux dont on ne dit rien ; on pourrait s'ébaudir si l'on connaissait leur lignage : un ancien fèvre me tient lieu d'écuyer ; un sergent aux allures rustiques la seconde... Une ancienne fille follieuse nous suit, et je ne sais trop que faire avec elle, hormis l'amour qu'elle me refuse désormais, ce dont je ne peux m'indigner puisqu'elle m'avait prévenu !... Et moi, enfin, qui suis-je ?... Un rat devant Blainville... Un rat voulant détruire un donjon de granit ! »

Allons, il ne fallait céder ni au découragement ni à la haine. Il devait tout subir, mal sourd, nécessaire. Attendre et espérer.

— Tout de même... murmura-t-il.

— A quoi pensez-vous, mon frère ? demanda doucement Adelis.

1. Favori.

Il évita son regard. Mieux que les deux autres, elle avait perçu en lui ce sentiment d'impuissance et de petitesse pour l'avoir éprouvé naguère, au commencement d'une déchéance plus désespérante encore que la sienne.

« Pourquoi l'ai-je amenée ? Pourquoi, surtout, a-t-elle voulu me suivre ?... M'aime-t-elle ?... Nullement. Si elle avait pour moi plus que de l'amitié, elle se montrerait moins distante ! »

Il s'aperçut qu'il ne lui avait pas répondu.

— Je pensais, m'amie, que mon ennemi me paraît invincible. Je pensais que nous sommes bien seuls tous les quatre... et démunis de tout, sauf d'un soupçon d'espérance...

Son regard chercha le manant au chaperon gris. Il le trouva dans une encoignure. « Il se cache, mais point trop. » Et comme les cavaliers parvenaient devant cet homme, Blainville s'écarta de leur groupe, cédant la place au comte d'Alençon et à Charles d'Espagne. Les écuyers le dépassèrent eux aussi.

Un instant, le Normand fut seul et l'attention d'Ogier s'accrut.

— Ai-je la berlue ? murmura-t-il. Cela s'est fait si vélocement...

— Quoi donc, messire ? s'enquit Raymond.

— Non, je n'ai pas la berlue : il a salué ce... ce boiteux !... Et comme, ensuite, se sentant sans doute épié, il tournait la tête vers nous, il m'a semblé courroucé... Jamais Blainville ne s'abaisserait à saluer quelqu'un du commun !... Avez-vous vu, vous autres ?

— Non, dit Champartel.

Raymond se contenta d'un mouvement de tête.

— J'ai cru voir, dit Adelis, songeuse. Sa main a quitté la bride et s'est écartée en remuant à peine. Si c'était un salut, ce pouvait être aussi un reproche : « *Toi !... Que fais-tu là ? Tu oses te montrer !* » Malgré ses habits, ce barbu a noble apparence. Il n'ose partir, dirait-on.

Le manant baissait la tête.

— Que faire ? demanda Thierry.

Ogier, derechef, prit conscience de tout ce que son entreprise comportait d'énorme et d'aventuré.

— Nous allons avancer. J'ai cru qu'il s'agissait de Godefroy d'Harcourt, mais je dois m'abuser. S'il était ici, le Boiteux se garderait de s'exposer !... Je l'ai vu pour la dernière fois voici six ans.

Ce barbu est grand comme lui ; il marche en clochant comme lui. Dommage que je ne puisse m'en approcher... Holà ! le voilà qui s'en va.

Il fallait décider.

— Adelis, confiez-nous Facebelle. Raymond, prends-en les rênes... Suivez ce manant, m'amie, sans qu'il ne vous remarque. Vous verrez bien où il vous mènera... Ensuite, errez dans Chauvigny : la cité n'est pas grande. Nous n'y connaissons personne hormis Briatexte et ceux qui viennent de passer... Si vous revoyez Blanville, essayez de savoir où il va... De même pour Briatexte... S'il doit y avoir un complot, les conjurés se réuniront un certain jour quelque part... Il nous faut apprendre où et quand.

Adelis acquiesça :

— Tout cela me paraît simple, *mon frère*... Mais où vous retrouverai-je ?

— Isabelle, puis Briatexte nous ont parlé d'une hôtellerie à l'enseigne de l'*Ane d'Or*... Cherchez-la comme nous la chercherons... Nous nous retrouverons devant... Pour ma part, en cheminant dans la cité...

Ogier s'interrompit : un gros presbytérien couvert d'une bure douteuse, passait, les mains crispées sur son crucifix. Non ! Non ! Il n'allait pas se mettre à entrevoir partout des gens de connaissance. Il poursuivit :

— ... je trouverai bien le meilleur moyen d'entamer notre quête... Le moindre signe est plus précieux qu'un denier d'or...

— ... qu'on aurait perdu dans une meule de fourrage !

Adelis allait s'éloigner ; Ogier la retint par le coude et voulut la louanger pour sa robe, son maintien, sa « noblesse » si bien portée. Les yeux doux, attentifs et quelque peu moqueurs, l'en empêchèrent.

— Soyez prudente !

— Je me garderai bien, *mon frère*, n'ayez crainte.

— J'aurais dû la compagner, dit Raymond.

Il paraissait indigné. Nul doute qu'Adelis exerçait sur lui un indicible empire bien qu'il eût pressenti de quelles ténèbres elle s'était délivrée.

— Elle saura se mouvoir dans la foule. Je lui fais confiance... Allons, compère, tu me connais ! Tu sais que je n'oserais l'exposer à n'importe quel danger.

C'était la vérité, toutefois le comportement inattendu de Raymond et son regard hostile venaient de semer dans l'esprit d'Ogier quelques grains de malaisance. Malgré son âge et son entendement, se pouvait-il que ce compagnon si courageux fût sujet à des peurs juvéniles ?

— Rassure-toi.

Pour le moment, dans cet homme immobile, rien ne subsistait de solide. Il avait abandonné sa force droite, fraîche, pétillante. D'indispensable, il s'était rendu encombrant.

— De toute façon... commença-t-il.

Son soudain silence fut souligné par un geste lent, comme alourdi de fatalité.

L'inquiétude qu'il ne cachait pas valait plus de respect, pourtant, que de moquerie. Adelis méritait qu'on s'inquiétât pour elle. Qu'elle eût inspiré au sergent une tendre sollicitude suffisait pour qu'on prît ses craintes au sérieux.

— Tu n'avais qu'à me demander de la suivre.

— Je ne demande rien, messire. J'obéis.

Oui, Raymond avait peur. Cette peur, Ogier la sentit glisser sur lui et le contraindre à penser plus exactement encore à Adelis, à ce corps qu'il avait étreint, à cette ferveur qu'elle lui avait donnée. Une sorte d'amollissement descendit dans ses veines et sous le regard attristé de Raymond, il découvrit qu'il n'avait plus goût à rien.

— Faut pas rester là, dit Thierry. Faut visiter la cité.

C'était sagesse. Ils reverraient bientôt Adelis. Elle leur était devenue indispensable. D'une façon ou d'une autre, elle ne les pouvait quitter.

V

— Voilà le château de l'évêque.

Gris clair sous le soleil, obscur en ses recoins, le colosse semblait dans sa jeunesse prime. Une mitre de tuiles roses exhaussait son donjon crénelé dans les embrasures duquel passaient parfois des lueurs éloquentes.

— Bien haut, bien solide et bien défendu ! Ce prélat doit avoir des idées guerrières.

Pour une fois, Champartel partagea l'opinion de Raymond :

— Et quels serviteurs ! Hommes d'armes et servantes rieuses devant sa haute porte où n'entre pas qui veut.

— Avançons, dit Ogier, indifférent à l'agitation de la gent domestique et aux protestations d'un clerc que deux huissiers refoulaient. J'ai grand-hâte de savoir si nos armes seront acceptées.

— Messire, dit Thierry, baissant la voix, une chose est sûre : Blainville est à Chauvigny, donc Montfort ne vous a pas menti.

— Pour écarter les soupçons, ce démon restera le plus possible en compagnie d'Alençon et d'Espagne. Sans doute sait-il déjà où, quand et comment rejoindre ses complices.

— Et Harcourt ?

— J'ai dû m'engeigner. Le Boiteux n'irait pas s'exposer aux regards d'anciens compagnons de bataille... A moins, si c'est lui, qu'il ne fasse qu'arriver... En ce cas, est-il venu seul ?

« Et ce moine ! songea Ogier. Pas celui que les portiers repoussent sans ménagement. *L'autre :* celui qui est passé tout près de Marchegai... Dans l'état d'anxiété où je me trouve, j'ai cru voir notre ancien chapelain... Frère Isambert a fui Gratot depuis six ans. Que ferait-il en ces lieux ?... Il doit vivre à l'abri de quelque moutier... Pourtant, grossi, bouffi, ce presbytérien lui ressemblait. »

— Messire, dit Thierry, levant la main, voici la demeure que nous cherchons.

Bourrelée de gros contreforts cylindriques, l'enceinte du château de dame Alix d'Harcourt était défendue par des meurtrières en forme de niche voûtée, complétées d'archères coupées de coches transversales. Formant saillie sur l'extérieur, le châtelet d'entrée béait par sa porte ogivale dont une herse, incomplètement remontée, pouvait interdire l'accès.

— Entrons.

A la suite de Saladin, Ogier s'engagea sous la voûte.

Sur la droite, un escalier tournait vers une salle haute dans laquelle s'ouvraient un assommoir et le passage de la herse. De là, on devait gagner le chemin de ronde. La cour, divisée en deux parties par un mur aux anneaux duquel des chevaux étaient à l'attache, bourdonnait des rires et conversations d'une vingtaine de seigneurs et d'écuyers, la plupart vêtus de mailles. Au fond s'élevait un donjon. Coiffé d'ardoise et d'apparence agréable, cet édifice avait été bâti en surplomb sur le versant abrupt de la colline. Au-dessus de son grand portail, dans une niche flamboyante à fond d'azur, un chevalier de bois ou de pierre, peint de sable, de sinople et d'or, brandissait une épée. S'en approchant, Ogier put lire sur son socle la devise des Harcourt :

— *Gesta verbis praeveniant.*

— Que dites-vous, messire ? demanda Champartel.

— Le geste dépasse la parole.

Les quatre archers de garde en cet endroit s'étonnèrent qu'il connût le latin. Il put même surprendre, sur le visage barbu de l'un d'eux, une sorte de déférence.

— Pied à terre.

Raymond, le premier, toucha le sol et s'occupa de Facebelle. Thierry détacha du trousequin de Veillantif le sac contenant les armes de tournoi.

Avant de quitter sa selle, Ogier fut sensible à la curiosité que leur apparition avait provoquée autour d'eux. « Allons, tu ne vas pas t'inquiéter... Nul ne t'a jamais vu... Tous ces visages te sont inconnus. » Et tandis que son écuyer passait la bride de Marchegai dans un anneau, il jeta un nouveau regard sur le donjon bâti en quatre niveaux, à en juger par ses ouvertures.

« Est-ce là-dedans qu'ils se réuniront... si toutefois ils se réunissent ? »

Non ! Non ! Il ne céderait pas au découragement.

— Allons-y, Thierry... Raymond et Saladin, demeurez... Toi, Raymond, ouvre l'œil !

Cette fois, ils s'arrêtèrent devant les archers.

— Les hérauts marquent-ils les épées et les masses ?

— Messire, dit le barbu, sachez qu'en leur absence, les juges le font aussi bien qu'eux. Et jusqu'ici, aucun participant ne s'en est triboulé.

— D'où nous venons, cet usage n'est jamais départi aux juges. De plus, on s'y conforme la veille de la fête d'armes.

— Il se peut. Vous êtes en Poitou... Encore bien beau, par le temps qui court, que ces liesses puissent avoir lieu... Il vous faudra laisser vos armes courtoises en notre armerie. Elles vous seront rendues avant votre entrée en lice... Suivez-moi, à moins que vous ne préfériez revenir demain ou samedi matin.

— Nous te suivons.

466

Le sergent les mena jusqu'au seuil d'un tinel. Comme, côté vallon, l'escalade était impossible, deux baies en plein ceintre, séparées par une colonnette, éclairaient largement cette pièce voûtée en berceau. Sur l'une des banquettes de pierre attenantes, un lévrier dormait. Des bûches et des sarments embrasaient une cheminée dont la hotte reposait sur des culots sculptés. Les lueurs du foyer révélaient, toute proche, l'amorce d'un escalier aménagé dans la muraille. Au centre, attablés devant des liasses de parchemins, des encriers, des plumes et un Livre armorial énorme, trois hommes devisaient, vêtus de robes sombres.

— Holà, s'écria un gros à une extrémité. Encore deux !... Approchez !

Ogier obéit. Thierry demeura en retrait.

— Qui êtes-vous ? aboya le juge proche du pansu, un moustachu coléreux à face rouge.

— Ogier d'Ansignan, messires, mais on m'appelle surtout du nom de mon terroir de Langue d'Oc : Fenouillet... Voici mon écuyer, Thierry Champartel, qui souhaite être admis en lice.

— Bien, dit une voix d'une fadeur extrême.

Ce juge-là était glabre, maigre, étroit d'épaules. Une dague à pommeau d'or pendait à sa ceinture. Le cheveu grisonnant, la bouche exsangue, l'œil éraillé, il semblait épuisé.

— Quelles sont vos armes ? dit-il en se redressant, le dos appuyé contre le roquillard de sa chaire.

— *De sable au canton d'or...* J'ai laissé mon écu à Morthemer...

Le gros juge tressaillit :

— C'est *vous* !... Messire Espagne, qui vous a précédés, nous a demandé d'agréer votre écuyer pour lequel il semble nourrir quelque intérêt.

Ogier adressa un clin d'œil à Thierry — indigné — tandis que le juge maladif consultait l'armorial :

— Ansignan en Fenouillet. Voyons si ces armes ne

sont pas à enquerre[1]... De sable... canton d'or... C'est cela... Si vous y tenez tant, nous vous appellerons Fenouillet !

Ogier fut insensible à ce trait d'ironie. En lui fournissant ces deux noms et en lui conseillant d'adopter ces armoiries, Adelis lui avait frayé la voie. Récusé par ces juges et leur devenant suspect, il eût été contraint de se présenter au dernier moment dans la lice, bassinet clos, comme n'importe quel chevalier aventureux. Admis sans difficulté, qui se soucierait de lui ?

Tandis qu'à grands traits de plume, le juge maladif reproduisait son écu sur un coin de parchemin puis y inscrivait son nom, Ogier déclara que son écuyer, de petite naissance, ne pouvait figurer sur un armorial.

— Il forgeait et gironnait[2] des plates, messires.

C'était un demi-mensonge. Ogier ajouta aussitôt :

— Sa vaillance est sans bornes et son nom Champartel[3].

Le gros homme enjoué ouvrit son Armorial, chercha une page et, l'ayant trouvée, s'adressa à Thierry :

— Nous ne barguignons pas pour les détails. Le grand plaisir de messire André, c'est d'avoir lice pleine... et elle est grande ! Alors, Champartel, afin qu'on te reconnaisse, tu porteras pour deux jours seulement, un martel sur ton écu... Ce meuble est rare. Il y a les Martel de Poitou qui en ont trois ; les La Farge, en Auvergne, qui en ont trois ; les Martel de Normandie, trois ; les Goustimenil de Normandie, trois ; les Basqueville, de Normandie également trois ; les Limbeuf, trois ; les Lalande, trois ; les Hellande, trois ; les Ancienville, trois — ceux-là sont de la Champagne.

1. Se dit des armes présentant une singularité, une irrégularité à éclaircir.
2. *Gironner* un élément d'armure, ou *plate*, c'était l'arrondir, le galber au marteau. Ce travail concernait surtout les épaulières et genouillères.
3. On nommait *champarteur* le possesseur d'un droit de champart — la part sur les gerbes qui revenait à certains seigneurs.

Une seule famille, les Feuquière du Beauvaisis porte : *de gueules au marteau couronné d'or.*

Et tressaillant soudain, le juge enjoué ajouta :

— Vous verrez dans la cité, les bannières de notre évêque. Lui aussi aime les marteaux !

Puis, sérieux :

— Les métaux et les émaux nous importent peu, car tu seras seul, compère, avec cet attribut !

Le juge hâve acquiesça, le moustachu et rougeaud se balança dans sa chaire :

— Ne vous méprenez pas, messires, dit-il d'un ton acerbe. Nous sommes accommodants et sévères. Aux joutes, afin d'empêcher les fraudes, nous fournirons les lances. Pour le tournoi — si vous n'êtes point endommagés pour y prendre part —, montrez-nous vos armes...

Thierry ouvrit le sac et déposa deux masses sur la table.

— Commencez, Arnaud, dit le juge rieur.

Le moustachu s'empara des armes et les examina. Ensuite, après les avoir soupesées, il les poussa vers son voisin.

— Parfaites en tout point, Augustin [1]... N'est-ce pas, Amaury ?

1. La masse était une sorte de gourdin en bois dur, avec une poignée. L'épée, elle, devait être « rebattue », c'est-à-dire sans pointe ni tranchant. Il la fallait large de quatre doigts afin de ne pouvoir la passer par la « vue » du heaume. Ces deux armes devaient être présentées aux juges « *pour être signées d'un fer chaud par lesdits juges, à ce qu'elles ne soient point d'outrageuse pesanteur ni longueur aussi* ». Ceux-ci s'assuraient encore que les tranchants devaient avoir *un doigt* d'épais, si bien que l'épée faisait office de massue. Ces armes étaient attachées au cavalier par une chaîne ou tresse au bras ou à la ceinture : la violence des coups pouvait les faire voler de la main. Les éperons devaient être courts « *à ce qu'on ne lui puisse arracher ou détordre hors les pieds* ». Enfin, précise le Roi René, si expert en tournois qu'il leur consacra un ouvrage célèbre, les chevaux devaient eux aussi être montrés aux juges avant l'épreuve, et « *iceux juges ne doivent point souffrir que nul desdits tournoyeurs soit monté au tournoi sur cheval qui soit d'excessive et outrageuse grandeur ou force que les autres* », à moins, ajoute-t-il (exception caractéristique) « *qu'il ne soit prince* » !

L'un après l'autre, les deux arbitres eurent des hochements de tête approbatifs. Et ce fut le tour des épées. Les juges Arnaud et Augustin s'accordèrent pour leur trouver une longueur, une pesanteur et des tranchants convenables, mais leur compère Amaury décida que l'arme de Thierry avait été insuffisamment émoussée. Il partit en frotter la pointe sur une grosse pierre meulière posée entre deux banquettes :

— Trop affilée encore, écuyer cette allumelle[1] ! Sais-tu qu'il t'en coûterait de vouloir abuser d'autres juges que nous autres ?

« Cette arme était bonne », songea Ogier, tandis que Champartel, la stupeur passée, dissimulait mal sa colère. Et le juge Arnaud crut bon de préciser :

— N'oubliez pas de chausser des éperons courts... et sachez que vous ne pourrez monter des bêtes outrément grosses.

Le juge Augustin se leva péniblement. Il emporta les épées jusqu'à la cheminée, empoigna un long fer à marquer, rouge au sortir des braises, et l'appuya sur chacune des lames, juste sous la garde. Champartel lui apporta les masses. Les pommeaux de leur poignée fumèrent bientôt sous le marquoir. Satisfait, le gros homme se tourna vers Ogier :

— Vous viendrez quérir ces armes lundi, après la messe. Quant à vos chevaux, nous les verrons sur le pré dès dimanche.

Le juge Arnaud agita, au-dessus de sa tête, un carré de parchemin où figurait sans doute un seul nom : *Fenouillet*.

— Emporte tout cela, Robert, à l'armerie.

L'archer se détacha de l'embrasure contre laquelle il s'était appuyé. Après qu'il eut couché son arc sur le pavement, il prit les masses sous un bras, les épées sous l'autre et, le parchemin dans sa dextre, il disparut dans l'escalier.

1. Lame.

Champartel s'approcha d'une des baies et jeta un regard à l'extérieur. Tout se passait au mieux. Le juge Amaury précisa :

— La montre des écus, bannières et heaumes timbrés[1] aura lieu dès sixte[2], samedi, sous les voûtes de l'église Saint-Léger, toute proche du champ clos. Soyez-y au matin pour exposer les vôtres. Sachez que les appelants sont au complet autour d'André de Chauvigny. Vous serez défendants... si vous supportez bien les joutes... Et surtout, gardez-vous d'une déloyauté pour faire valoir vos couleurs ou celles de votre dame ! Par Dieu, vous le paieriez fort cher !

La main se tendit pour un congédiement méprisant. Dans le visage figé de ce juge, seuls les yeux vivaient, intensément gris, résolus et pervers.

— Cette voix... dit Ogier au sortir du donjon.

L'avait-il déjà entendue ? En ce cas, où et quand ? Il devait se méprendre une fois de plus.

Il fut soulagé de retrouver la cour bruyante et animée.

— Nous voici agréés, Champartel. Dieu semble avec nous... Tiens, regarde notre homme !

Devant l'entrée, Blainville descendait de son gros cheval tout en admonestant le piéton qui en tenait la bride :

— Tu n'es qu'un sot, Ramonnet !... Je t'avais demandé d'attendre en bas.

Le cœur d'Ogier battit ; un grognement lui échappa :

— Voilà Ramonnet, Thierry. Tu le regarderas bien. Ce cagou s'est coupé la barbe ; il a grossi... On dirait un bon chapelain, mais ne t'y fie pas... Marchons, je préviendrai Raymond de s'en méfier.

Et comme Blainville les considérait avec un intérêt tout aussi hautain que celui du juge Amaury, Ogier put surprendre, au ras du chaperon vermeil, le froncement

1. Heaumes surmontés de l'emblème de chaque tournoyeur.
2. Midi.

des sourcils sous l'effet d'une sorte d'étonnement, aussitôt suivi d'une inclination de la tête, indice de réflexion.

« Et s'il me reconnaissait ? Certains Coutançais, autrefois, prétendaient que je ressemblais à mon père... Si ce démon avait tout de même croisé Briatexte, et que celui-ci l'ait prévenu ? »

Thierry toussota :

— Messire, le voilà donc encore ! C'est comme si vous vous cherchiez l'un l'autre.

— C'est vrai.

— Il vous sera possible de lui porter quelques coups en champ clos. Toutes courtoises qu'elles sont, vos armes lui fourniront un acompte sur le châtiment que vous lui réservez !

Ogier soupira. Dimanche. Lundi. Durant ce laps de temps, où en serait-il de sa quête ? L'incertitude, le découragement peut-être l'oppresseraient. « Montfort aurait dû m'en dire davantage ! » Il enragea de s'être retenu de secouer le Breton pour qu'il lui livrât tous ses secrets.

Froide, piquante, la sueur mouillait son dos. Il s'aperçut qu'il tremblait non seulement de courroux et d'impuissance, mais de crainte : le regard du Normand l'avait inquiété.

« S'il m'a reconnu ou cru me reconnaître, je suis à sa merci. Ce linfar est au-dessus des lois, moi en dessous. Sans procédure, il peut me faire enchartrer [1]... Et s'il ne me reconnaît pas, je peux l'être par d'autres : soit quelque compagnon de Briatexte — qui m'aurait vu à Rechignac —, soit quelque chevalier du Pierregord... L'un d'entre eux peut croiser mon chemin et s'écrier : "*Argouges !... Que faites-vous en Poitou ?*" devant témoins ! »

Il serra les dents. Comment contourner les difficultés accumulées sur son chemin ? Comment vaincre l'ad-

1. Enfermer, emprisonner.

versité ? A Gratot, l'entreprise paraissait aisée : trouver les comploteurs, surprendre leurs propos. Une fois leurs dispositions établies, captiver l'un d'entre eux pour confirmer ses dires. Trouver le roi ou à défaut son fils. Révéler les noms et les intentions de ces hommes. Proclamer, en dernier lieu, la fourberie de Blainville, et pour forcer l'incrédulité de Philippe VI ou du duc Jean, exhiber devant le félon suffoqué, le parchemin de Montfort lequel, authentiqué, serait d'un poids décisif. Ensuite, exciper de son bon droit d'affronter le traître. A l'épée, jusqu'à la mort...

— Il vient vers nous, messire, dit Thierry.

Rigoureux comme la Justice qu'il incarnait et exerçait si mauvaisement, Blainville s'approchait, grave, dédaigneux. L'attention d'Ogier demeura fixée sur ce visage couperosé dont les yeux à fleur de tête semblaient de glace.

— Ainsi, vous revoilà... Lancelot !... Et toujours ce regard impertinent !

— Messire, sachez que le vôtre me déplaît tout autant !

Le venin qu'Ogier portait en lui, à l'usage exclusif de cet abominable, était d'une virulence telle que sa réponse, qu'il avait voulue plus courtoise sinon plus humble, s'en était trouvée infectée.

Blainville heurta ses mains gantées de rouge.

— Et hardi comme un chien de troupeau !... Par Dieu qui fit la mer, n'oubliez pas dimanche, lance au poing, jusqu'à ce que l'un de nous fléchisse !

Il disparut, laissant dans son sillage un parfum musqué.

— En selle... Debout, Saladin... Allons, Raymond... En avant !

Ogier prit les devants. S'approchant de Ramonnet, il hurla tout en enlevant Marchegai :

— Place, piéton !... Remue-toi, à moins que tu ne sois un étron !

Il vit, sous le chapel de Montauban, la face du sergent blêmir et sa bouche s'ouvrir pour un cri indigné. Il pressa son cheval et franchit le seuil du château tandis que Saladin courait, ivre de soleil.

— Par ma foi, s'écria Champartel après qu'ils eurent mis leurs montures au pas, je suis bien aise de quitter cet endroit !

— Blainville... commença Raymond tout en écourtant la bride de Facebelle. Il vous rencontre trop, maintenant... Hélas ! pour le châtier, messire...

— J'attendrai.

Étaient-ils dupes de cette fermeté ? Raymond et Thierry semblaient soucieux et craintifs.

« Si ce complot existe, c'est un bien gros morceau... Qui sont ces hommes ? Quels visages ? Ils peuvent se grouper ici ou là sans que quiconque n'en sache rien... Et si, plutôt que de les surprendre, ce sont eux qui me surprennent ? Je perdrai la vie incontinent ! »

Perplexe, Ogier laissa Marchegai l'emmener.

VI

Immobile sous un chêne, devant l'hôtellerie de l'*Ane d'Or*, Artus rongeait son frein, sa noble tête enfouie dans la pénombre claire, le reste de son corps exposé au soleil. Parfois, lorsqu'il s'ébrouait, on entendait tinter les plates de l'armure dont Briatexte n'avait pas jugé utile de le soulager.

— Ce maudit Breton nous devance toujours.

— Eh oui, messire Ogier, soupira Raymond. Notre Adelis n'est point arrivée. Jamais, seule, elle n'entrerait dans ce coupe-gorge.

Sise au-delà des murailles et proche d'un petit pont enjambant le Talbat, l'auberge avait un aspect tellement rébarbatif que Saladin se retourna pour demander, d'un regard, s'il devait toujours aller de l'avant.

— Reviens, exigea Ogier. On pourrait te recevoir à coups de fourche !

Pour une fois, le chien obéit de bon gré.

— Et si Adelis nous attend dedans ? supposa Thierry. Faut vérifier qu'elle n'y est pas... Elle n'a pas froid aux yeux et elle a connu des demeures bien pires.

— Non ! s'entêta Raymond. En voyant Briatexte, elle serait ressortie.

L'enceinte, croulante, limitait une cour pavée au fond de laquelle s'élevait un bâtiment massif, coiffé de tuiles et flanqué d'une tourelle dans laquelle devait passer l'escalier accédant aux deux étages et aux combles aménagés en logis. Des lessives coloraient les baies et les lucarnes : pourpoints, chemises, chausses, chaperons défaits, ainsi qu'une housse de velours pourpre. Ces singuliers pavois et le vacarme débordant de ses profondeurs, par ses baies ouvertes, aggravaient, plutôt que de l'atténuer, la tristesse de l'édifice.

— J'entre et reviens, dit Ogier.

— Pas seul, messire ! Briatexte a peut-être rejoint des compères... Tenez : voyez ces bêtes dans le champ.

Au-delà des murs, dans une prairie détrempée, trois chevaux broutaient.

— Ils ont, dit Raymond, conservé sacs et harnois.

— Pourquoi les laisser là quand il y a une écurie ?

Ogier sourit :

— Ce sont des coursiers de pauvres... Regardez-les ! Deux bêtes sont cagneuses, l'autre maigre et rouvieuse : elles appartiennent à des hurons... Méfions-nous, les gars, de flairer des conjurés partout... et craignons aussi de n'en voir aucun !

— On se destourbe bien, dit Raymond. Moi, à votre place, messire, j'affronterais Blainville à la joute avec l'intention de l'occire et non de le bouter hors de selle. Votre haine devrait augmenter votre coup !

— Cette mort-là ne rendrait pas l'honneur à ma famille... Attendez-moi, je vais jeter un coup d'œil. Ensuite, nous irons vider un gobelet.

Ogier s'éloignait ; Thierry le rejoignit :

— Messire, cet endroit me paraît mal famé. Briatexte y a sûrement rejoint quelques compères...

— Où veux-tu en venir ?

— Je vois que vous vous courroucez contre moi, mais je ne m'en soucie point !... Voilà : au cas où l'un de nous sentirait un danger, comment nous en avertir sans éveiller la défiance de ceux qui pourraient nous vouloir du mal ?

Ogier s'apaisa et sourit :

— Ta prudence m'est d'un grand réconfort, Thierry.

Alors, voilà : si l'un de nous devine une menace réelle, il fera ainsi à deux ou trois reprises...

Lâchant les rênes, Ogier claqua et se frotta les mains. Ensuite, courbé pour éviter l'âne de l'enseigne passé récemment à la dorure, il invita ses compagnons à le suivre.

A droite, il y avait une grange à toit de chaume ; à gauche, une écurie pouvant contenir vingt chevaux jouxtait une forge en plein vent. L'aire comprise entre ces dépendances et l'auberge était presque tout entière occupée par un tas de fumier grouillant de volailles. Assise sur un banc près d'un puits à poulie, une aïeule chauffait son visage au soleil. Ogier la salua et atteignit la taverne. Passant devant une fenêtre, il entrevit les lueurs de l'âtre et des ombres en mouvement. Une femme chantait. Lorsqu'elle se tut, des cris et des frappements de mains retentirent : la gaieté n'était pas qu'en ville.

— Attachons nos chevaux près de cet abreuvoir. Adelis les verra.

Comme ils mettaient pied à terre, la porte du bâtiment s'ouvrit ; une demi-douzaine d'hommes en sortirent : chevaliers, écuyers, sergents. Tous se rendirent à l'écurie, soulignant leurs propos de rires violents — à leur semblance. Laissant ses compagnons s'occuper des montures, et suivi de Saladin, Ogier s'approcha d'un vieillard occupé à charrier du fourrage. Il voulait s'enquérir du prix d'un bon repas ; il en fut empêché :

— Si vous venez pour le couvert, messire, vous perdez votre temps. C'est plein au point que deux barons doivent coucher sur le fourrage avec la piétaille...

— J'ai un pavillon de bon drap et...

— Alors, courez le planter près du champ clos ! On y trouve encore place de choix. Mais au cas où vous auriez seulement faim et soif, entrez... Pour quelques sous, vous aurez panse pleine... Et il y a, mes-huy[1] trois bateleurs dont les tours réjouissent les chalands !

_____

1. Aujourd'hui, maintenant.

Laissant le palefrenier à sa tâche, Ogier parvenait devant la porte de l'hôtellerie quand un homme en obstrua le seuil.

— Encore toi !

— Oui, Enguerrand... Je ne m'ébahis point, moi, de vous retrouver : votre Artus est voyant, là-bas, sous le grand chêne... Qu'avez-vous fait de votre prudence ? Ne craignez-vous plus qu'un manant robe ce destrier... ou qu'un seigneur de petit estoc, après avoir guigné votre gros sac et deviné ce qu'il contient, n'en soulage votre cheval ?

— Outre que mon armure est bien attachée, crois-moi : Artus sait envoyer les intrus au diable... Mais pourquoi ces propos, compère ?... Je viens d'entrer, j'ai bu, je ressortais.

— Cherchez-vous quelqu'un ?

La question déplut ; le Breton y trouva une repartie à la mesure de sa déplaisance :

— Curiosité pour curiosité : où est donc l'Adelis ? Sa jument est bien là, or, point de fille... Se vend-elle aux passants pour t'enrichir un peu ?

Ogier se domina. Tandis qu'il caressait le pommeau de sa dague, sa patience s'appesantit :

— Enguerrand ! Modérez vos outrances... Si Face-belle est avec nous, c'est qu'on n'entre pas à cheval dans une église. Or, Adelis a voulu prier Dieu de nous accorder Son soutien dans la lice.

— Elle serait mal venue à supplier la Vierge !

Le visage du Breton se détendit. Il héla le palefrenier, lui dit d'amener son cheval dans la cour et de l'y surveiller. Puis, l'humeur débonnaire :

— Entrez, les amis. Je paierai... Je vous préviens que si le vin est amer, la cervoise a le goût du pissat de génisse. Mais le grenache est bon, je vous en fais serment. A pleins godets, je vous porterai la santé !

Ogier ne souffla mot. Pour la première fois depuis qu'il le connaissait, les façons d'Enguerrand manquaient de naturel.

Il entra. Une bouffée d'air chaud sentant fort la mangeaille lui bondit au visage, et des applaudissements crépitèrent, comme s'ils saluaient son apparition. Il venait de pénétrer dans une salle dont rien ne différait de toutes celles qu'il avait fréquentées jusqu'ici : plafond de solives brunes, poisseuses, fléchissantes ; au fond, la porte de la cuisine ; tout près, sur des tréteaux, une douzaine de barils ; une cheminée flamboyante dans laquelle tournaient trois brochées de volailles ; jambons, aulx, saucissons appendus çà et là. L'escalier accédant au premier supportait les séants d'une douzaine de manants et de sergents hilares, un gobelet ou une chopine à la main.

— Allons nous asseoir devant cette fenêtre.

Les tables du centre avaient été repoussées vers les murs, de façon à dégager un espace de quatre toises carrées. Là, deux ménestrieux donnaient un spectacle. L'un, blond, barbu, en souquenille grenat, coiffé d'un bonnet rouge à cornettes et grelots, jonglait avec des couteaux. L'autre, une chemise verte enfoncée dans ses hauts-de-chausses, avançait sur les mains, portant, posés sur la plante des pieds, deux cruchons d'étain. Une femme brune — de celles qu'on nommait jongleresses — les observait du banc où elle était assise. Vêtue de futaine vermeille, les cheveux longs, haillonneux, elle étreignait un singe blond, de la taille d'un enfant de six ans, et lui caressait la nuque.

— Elle, c'est Hérodiade, expliqua Briatexte, en s'attablant. Et tu as manqué, compère : elle a chanté une chanson d'une effronterie à exciter les carmes de la place Maubert, à Paris... J'ai enfin compris pourquoi saint Bernard a jeté l'anathème sur de tels coquins et coquines.

La femme se leva tandis que le singe, une femelle, prenait sa place. Elle soulagea le bateleur de ses cruchons, et celui-ci se remit d'aplomb par une cabriole. Alors, elle s'assit près d'Ogier, qu'elle salua d'un sou-

479

rire en plaçant les récipients devant lui. Briatexte aussitôt l'entreprit en élevant la voix car on applaudissait :

— La fille, veux-tu chanter pour mes compagnons une de ces pastourelles qui nous ont égayés ?

D'un regard, Thierry et Ogier se consultèrent : le Breton était demeuré dans cette salle plus longtemps qu'il ne l'avait affirmé, et c'était sciemment qu'il les avait amenés devant cette fenêtre : pour guetter les arrivées et prévenir au besoin les menaces. Quant à la bateleuse, elle riait. Elle avait des yeux et des dents de louve.

— Ah ! sacré manant, dit-elle à Briatexte. Tu veux que tes compères vivent les choses de l'amour par ma bouche, si je puis dire, plutôt que de les accomplir de grand cœur ! Eh bien, non, je ne chanterai pas : tes voisins me paraissent trop aimables pour ouïr ces prézies [1] dont ma singesse elle-même se courrouce.

— Cette grenuche me répugne. Elle ressemble à notre reine... Je te parlais de tes chansons à boire.

— Non !... Le damoiseau que tu viens d'amener est bien trop avenant... C'est un rondeau d'amour qu'il me faut lui chanter.

— D'où venez-vous ? demanda Ogier.

— De Bourges... Nos chevaux étaient fourbus. Nous les avons laissés dans le pré d'à côté... Nous demeurerons à Chauvigny le temps des liesses... Nous avons quitté Paris l'an passé, bannis par Guillaume de Gourmont, ce prévôt malveillant et sévère [2]. Depuis, nous errons... et je prie chaque jour pour que ce goguelu souffre et crève !

1. Hérodiade emploie ce mot par dérision. Les *prézies* étaient certaines pièces en vers du genre *sirvente*, d'un caractère oratoire et parénétique, notamment les chansons des Croisades, véritables sermons en vers.
2. En 1345, le prévôt de Paris fit aux trouvères et jongleurs défense de chanter ou de raconter des histoires scandaleuses, sous peine d'amende ou de prison. Alors qu'ils étaient organisés en confrérie depuis 1331, les bateleurs furent « parqués » dans une seule rue : elle prit le nom de *rue des Jongleurs*.

La voix vibrante, hargneuse, devint douce, plaintive :

— Offrez-nous à boire, messeigneurs !... Et nullement une piquette à bochet[1] telle que ces pichets en contiennent mais du vin vrai, lourd et austère : du vin de Montargis !... Vous devez être plus généreux que ces hurons, ces manants, ces sergents affamés, assoiffés... J'ai le gosier sec... Holà ! Jeannette, approche.

Une femme accourut, pâle, la mine inquiète. Ogier lui donna trente-cinq ans. Brune, ses cheveux s'argentaient par place. Elle avait de beaux yeux noirs, un front haut, la bouche épaisse, un peu tremblante. Sa voix chevrota tandis qu'elle demandait :

— Que faut-il vous porter, messires ?

Ogier se sentit épié avec une attention particulière. Il semblait que Briatexte cherchait soudain sur son visage levé vers la servante, un signe, une expression dont il eût dû s'inquiéter. Que craignait-il ? Qu'il cherchât à savoir si elle était fille des hôteliers et, dans la négative, d'où elle venait ?

— Ne la contemple pas tant, Argou... Fenouillet !... Ne vois-tu pas que tu...

Ogier se tourna vers son voisin. Aucun doute : les traits tendus du toujours impassible Enguerrand révélaient, tout à la fois, de l'anxiété, de la colère et de l'impatience.

— Jeannette, dit-il, hâte-toi. Donne-nous du meilleur : du grenache noir.

— Et n'en verse pas, cette fois, se moqua le jongleur en intervertissant la ronde des couteaux... Vous voyez, messires ?... Mes lames passent et repassent... Armes de paix, au contraire des vôtres... Hé oui, messi-

---

1. L'hydromel, qui prit nom de *lorgerafle* ou *bouchet*, était composé d'une partie de miel et de douze parties d'eau, qu'on aromatisait avec des herbes et laissait fermenter de quatre à six semaines. La *piquette à bochet*, pour gens du peuple, était faite avec des gâteaux de cire extraits des ruches, dont on avait exprimé le miel, ou encore avec l'écume du véritable bochet.

res les sergents et vous, les prud'hommes. Elles n'ont jamais troué que le néant... Pas de cris, pas de sang...

Il secoua la tête et ses grelots tintèrent ; puis il s'ébaudit :

— Les édiles de Chauvigny ont-ils fait préparer des cercueils ?... Il va y avoir moult trépas dimanche et lundi... Joutes, tournois, j'ai assisté à vingt amusettes pareilles... *Boum ! Crac !* On voit gésir dans leur fer trois, quatre, parfois dix morts... Et les navrés que l'on compte par dizaines !... Ah ! ma bonne gent, que la vaillance est sotte... Elle ferait mieux de contourner la lice chauvinoise pour courir sus aux Anglais.

— Ce drôle risque le pilori, grommela Briatexte. Parce qu'il dit vrai.

— Hardis buveurs et mangeurs de rôtis, continuait le jongleur, ne croyez-vous pas que tous ces chevaliers feraient bien d'aller prêter main-forte au duc Jean, qui s'enfelonne [1] devant Aiguillon où les Goddons lui font la nique !... Où sont passés les preux qui firent franque Jérusalem ?... Les Goddons nous meshaignent et nous tuent ; les Gascons, les Bretons, les Flamands s'en sont amourés. Plutôt que de s'unir pour les assaillir un bon coup et les vaincre, savez-vous à quoi nos chevaliers occupent leur temps ? Vous allez le savoir avant que de les voir : les combats de champ clos sont leur délectation... Notre royaume est ainsi bien préservé !

Récoltant ses couteaux sur ses paumes, le bateleur haussa le ton :

— Qu'ils continuent d'avoir cette vaillance-là, et croyez-moi : la terre de France aura l'Anglais pour maître avant un an !

Il y eut un silence pendant lequel Ogier songea : « Il dit la vérité », tout en observant Jeannette. Pâle, immobile, la servante semblait prête à s'indigner... Un sourire de mépris plissa légèrement sa bouche. Près d'elle, la hure mécontente, le tenancier s'écria :

1. *Enfelonner* : exaspérer.

482

— Vomis encore quelques sottises pareilles et je te mettrai à la porte avec tes compagnons !... Bon Dieu, si le guet te saisissait, avant ce soir tu serais en geôle et demain, tu te trouverais dans quelque cachot d'Angle-sur-l'Anglin !... On dit que Johan Talebast en prendra le commandement puisque, depuis ce matin, Guillaume d'Allemaigne devient capitaine du château de l'évêque [1]...

Ogier ne put écouter la suite : la guenon s'était installée entre Hérodiade et lui. Tandis que, sous ses paupières clignotantes, ses yeux pétillaient de gaieté, sa longue main velue caressait la prise de Confiance.

— Elle aime ce qui brille, expliqua la jongleuse. Elle aime aussi les beaux damoiseaux... Eh oui, les bêtes peuvent avoir du sentiment... Tenez, voyez votre chien : après qu'elle l'a ébaubi, voilà qu'il se prend d'amitié pour Apolline... C'est son nom... Et le sien, c'est comment ?

— Saladin.

— Seigneur ! Savez-vous que les chiens, d'ordinaire, grognent et veulent la mordre ? Le vôtre a l'air bon...

Élevant la voix, et l'index pointé vers la fille de salle :

— Alors Jeannette, ça vient ?

Puis, dédaigneuse :

— Elle n'a jamais servi, celle-là, j'en suis sûre... La petite, là-bas, Perrine, oui... Mais cette manante ! Regardez bien ses mains quand elle approchera. Elle a des doigts de...

— Paix, ribaude ! exigea Briatexte en abattant son poing sur le plateau souillé de miettes de pain et de peaux de saucisson. Ne sais-tu pas que l'eau de vais-

---

1. Jehan Talebast (Jean de La Thalebastière), homme lige de l'évêque Fort d'Aux et capitaine souverain de Chauvigny, sans être tombé en disgrâce, s'était vu, soudain, devancé par Guillaume Dalemaigne (ou d'Allemagne ou encore d'Alemagne), sire de l'Espinoux, fief de la ville haute.

selle, grasse à souhait, entretient les mains mieux qu'un onguent ?

— C'est la première fois qu'il me faut ouïr cette sorne ! Dis-moi, l'homme : à voir tes vêtements, tu sembles appartenir à la ribaudaille plutôt qu'aux manants de Chauvigny d'où sort cette mâtine... Alors, si tu veux mon avis, ferme ta grande goule !

Le coup porta : Ogier en fut soucieux pour la bateleuse. Il comprit qu'elle saurait se défendre lorsqu'elle ajouta :

— T'en serais pas amouré ?

Sous les poils fournis qui la cernaient, la bouche du Breton se pinça :

— Truande, si j'avais à m'éprendre, ce ne serait pas d'une vacelle[1] !

Ogier observa la servante. Elle avait fui la contreverse à pas précipités. Elle venait de disparaître derrière les tonneaux pour s'y entretenir avec l'hôtelier dont la tête branlait de mécontentement. Dans la salle, un murmure se propageait, prenait une densité menaçante. Le jongleur déposa ses couteaux sur la table, non loin de Briatexte et, s'agenouillant, feignit d'adjurer sa compagne :

— Ma sœur, il te faut apaiser l'assemblée.

S'emparant d'un pichet, il but à la régalade, tandis que l'acrobate insistait :

— Tu leur avais promis la danse des sept voiles. Si tu renonces, ils nous en voudront méchamment.

Vingt ans, échevelés, maigres comme des figures de portail, les deux garçons souriaient tandis que leurs yeux exprimaient une mélancolie sans doute inguérissable.

— Lui, c'est Denis, mon frère ; l'autre, c'est Marcaillou et il vient d'Avignon.

Hérodiade s'interrompit et prit d'autant mieux la rumeur à son compte que son nom parsemait les piéti-

1. Fille d'auberge, de basse-cour.

nements, tintements de gobelets et martèlements de poings sur les tables.

Ogier vit cinq ou six regards fixés sur lui. « Pourquoi ces hurons me regardent-ils ainsi ?... On dirait qu'ils m'en veulent... Et de quoi ? » Briatexte, lui, souriait. Était-il de connivence avec ces hommes ? « Ils sont assis ensemble... Sont-ils des compagnons du Breton ? » Rien ne prouvait qu'ils le fussent, mais rien, également, ne le démentait. C'était la seule tablée paisible de la salle.

— Les sept voiles, Hérodiade ! hurla un jouvenceau en brandissant un hanap de la taille d'un ciboire.

Ogier se sentit troublé pour cette femme. Quarante mâles, au moins, et certains demi-saouls. Tous avides de *voir*. Deux servantes vergogneuses dont une — Jeannette — plus que l'autre. *Hérodiade* [1]... Choisir un nom pareil !... Portait-elle des voiles sous cette ample robe serrée par un cordonnet à la taille ? Oui : son décolleté dépassait les limites ; des étoffes légères se croisaient sur ses seins. Sa cuisse longue enflait la futaine élimée.

Elle sourit, tandis que retentissaient des : « *La danse ! La danse ! La danse !* » Raymond s'associa aux excités ; Thierry resta muet, et même triste. Sans doute pensait-il à Aude. Quant aux six hommes, en face, ils demeuraient chagrins.

« Ils m'observent toujours. Pourquoi ? »

Ogier compta les gobelets devant eux. Sept. Un de trop. Briatexte avait-il bu en leur compagnie ?

— Ah ! Jeannette, s'exclama la jongleuse. Enfin, te revoilà.

La servante arrivait, portant un broc et des godets. Et tandis qu'elle répartissait les récipients, le regard d'Ogier remonta de ses mains fines à son visage blafard. Il y trouva une espèce d'écœurement, peut-être de la méfiance, et crut surprendre une œillade encoura-

---

1. C'était le pseudonyme préféré des jongleresses.

485

geante de Briatexte. La bateleuse la vit-elle aussi ? Elle s'ébaubit encore :

— Dis-moi, Jeanneton, tu n'es pas trop mal faite. Ces mécréants s'en sont-ils aperçus ? Te tâtonnent-ils au passage comme une godinette disponible pour peu qu'ils payent gros, ou bien te comblent-ils d'égards comme une princesse du Sang ?

— Cesse donc ! protesta Briatexte.

Mais la jongleresse avait saisi la servante par un pan de son devantier :

— Holà ! Jeannette. Tu ne me réponds pas ! Eh bien, je t'en préviens : ma danse va les mettre en chaleur. Protège tes tétons, prends garde à ton potron... Tu l'as si replet, sous cette robe noire, que Charles de Blois, le voyant, oublierait tous ses damoiseaux !

La servante partit d'un pas précipité, sous les rires. Ensuite, les buveurs et mangeurs réclamèrent la danse. Indifférente aux huées, menaces, insultes et sifflets, Hérodiade saisit le gobelet d'Ogier, se servit à ras bord et avala d'un trait. Aussitôt, son teint s'aviva. Tournée vers sa guenon, elle la sermonna de l'index :

— N'oublie pas de venir chercher mes penailles [1].

Apolline gémit à petits coups et se mit à battre des mains.

— Allons, m'amie, insista le jongleur. Faut-il que je te pousse ?

— J'y vais... A tes cordes, mon frère ; à ta turlurette, compère !

Clignant de l'œil, elle sourit à Ogier :

— Je m'en vais leur fournir leur content de chair fraîche !

Insensible aux acclamations, la jongleuse se leva. Denis et Marcaillou apprêtèrent leurs instruments : le premier, un luth enrubanné de rouge et de violet ; l'autre une flûte longue comme une épée dont il tira quelques accords d'une suavité qui réjouit Apolline : elle

1. Haillons.

rit en grattant ses longues oreilles tout en lançant à Ogier des œillades si effrontées que Thierry s'écria :

— Elle vous fait des avances !... Êtes-vous enclin à porter ses couleurs ?

— Plus volontiers que celles de qui tu sais !

La rumeur couvrit les premiers tintements du luth mais Denis, placide, continua d'en pincer les cordes. Marcaillou, de son pied, marquait la mesure. Hérodiade parut défier l'assemblée :

— Y a-t-il parmi vous des hommes d'esprit pur et chaste ?... Avez-vous ouï parler de Salomé ?... Vous sûrement, messire...

Ogier, interpellé, acquiesça, tandis que, parvenant au centre de la salle, Hérodiade semblait jouir du silence enroulé autour d'elle :

— Cette Salomé, fille d'Hérode et d'Hérodiade, dansa couverte de sept voiles qu'elle enlevait un à un. Elle séduisit ainsi son oncle, Hérode Antipas, au point que, pour l'allonger sur sa couche, il lui accorda un menu plaisir : la tête de Jean-Baptiste... Oyez, les gars !... Je ne sais si c'est ainsi que s'y prend notre reine, mais elle doit se dénuder souvent, à en juger par tous les prud'hommes qu'elle a fait raccourcir !

Il y eut des murmures : certains blâmaient cette outrageuse, mais d'autres l'approuvaient. D'un regard bref, elle défia son auditoire :

— Salomé, ce sera moi... pour votre félicité.

La voix devint d'une acerbité moqueuse :

— Mais pas avant, les hommes — seigneurs s'il y en a, sergents à l'appétit goulu, et vous manants de Chauvigny, sacs à vin — pas avant que vous n'ayez jeté par-devers moi quelques piécettes.

D'un geste las, elle défit le cordonnet de sa ceinture, qu'elle lança à sa guenon, puis elle attendit, poings aux hanches, torse droit, renflant ainsi une poitrine plantureuse :

— Vous voulez savoir si je suis mieux formée que

vos épouses et vos ribaudes ? Faites tomber vos sous comme grêle au printemps !

Quelques pièces tintèrent sur les dalles. De tout son haut, la femme les considéra :

— Mettez-en plus, sinon, je reviens à ma place.

Tournée vers Ogier, elle eut un sourire dépourvu de cette condescendance dont la clientèle de l'*Ane d'Or* semblait si friande :

— Vrai, faut en faire des choses pour gagner sa pitance, son gîte et sa boisson !

Il lança quatre sous et se tourna vers la fenêtre. Cette dévergondée lui inspirait gêne et pitié. Il regrettait soudain d'être là. Négligeant musique et danseuse, il aperçut, devant la forge, deux hommes trapus, immobiles.

— Que regardes-tu, Ogier ? Contemple donc cette mâtine !

La robe rouge chut ; Apolline s'en saisit et l'offrit à Ogier. On rit, surtout Thierry, Raymond et l'hôtelier bedonnant, au sarrau maculé de sang et de graisse.

— C'est comme si elle n'avait rien enlevé, grogna Briatexte.

Le premier voile était blanc, léger, diaphane. Enrobant une épaule, ce long pan de taffetas contournait un sein, flottait autour des flancs, ruisselait jusqu'au sol. D'en dessous affleuraient des teintes affaiblies. Ainsi, dans les vapeurs des trames ondoyantes, la jongleuse semblait un fantôme enivré.

Elle dansa, provoquant après les railleries, un intérêt serré, lourd et comme anxieux ; elle l'aiguillonnait d'un soubresaut, d'une flexion du buste ou d'un déhanchement ; de l'envol de ses bras cerclés d'anneaux de cuivre. Tout ce qu'il y avait d'obscène en elle s'était dissous. Passant de la grossièreté à la douceur, de la sécheresse à la grâce, elle bondissait, légère, insidieuse, répandant autour d'elle, en longues virevoltes, l'enchantement d'une volupté tangible, disponible. Conquise, assagie, la plèbe ne soufflait mot. Les six suspects eux-mêmes semblaient engourdis de plaisir.

Qui étaient-ils ? Des hurons ? Des manants ? Des truands ? Ils ne se parlaient guère.

« C'est Thierry qu'ils observent maintenant... D'autres regards aussi nous effleurent... *et s'attardent sur Briatexte comme s'ils en attendaient un signe* ! »

Ogier se détourna : « *Ils* restent dans la cour. Attendent-ils quelqu'un ?... L'un d'eux, c'est *Ramonnet* ! » Briatexte regarda en arrière... Il devait en connaître au moins un : leur présence auprès d'Artus, alors que le palefrenier semblait avoir disparu, ne lui donnait nulle inquiétude. Il vida son gobelet et sourit, captivé en apparence par les agissements de la danseuse, mais un pli rapprochait ses sourcils.

Tandis que le luth égrenait ses perles sonores, la flûte modula une plainte aiguë, achevée en roucoulements. Le voile blanc tomba ; le second était jaune.

La musique s'amenuisa en vrilles doucereuses, tandis que les bras de la saltatrice ondulaient mollement, pareils aux algues sous la mer. Elle sourit et, tournée vers ses compagnons, feignit de leur ravir leur mélodie pour s'en oindre à pleines paumes ; ce faisant, elle exprimait un plaisir rare. Tapie derrière les tonneaux, Jeannette elle-même paraissait sensible à la rondeur de ces gestes languissants tout autant qu'aux effluves sonores dont ils s'enveloppaient.

Et dans la cour...

Ramonnet boitillait en direction d'un cavalier.

« Blainville ! »

Cette certitude rendit Ogier d'autant plus fébrile que le Normand exécré montrait du doigt Artus à son sergent. Plus de doute : il connaissait Briatexte.

« Ah ! Dieu, si je pouvais savoir ce qu'ils se racontent. »

Le dépit d'Ogier s'aggrava. Que décider ? Rien pour le moment. Coup de coude : son voisin le dévisageait, et sa bouche riait dans sa barbe :

— Vois donc... Fenouillet ! L'oripeau de la fille est tombé... Sa singesse s'en empare... et t'en pare au

489

grand dam de ce puceau qui boutonne comme une coloquinte.

Sachant qu'il mécontentait le jouvenceau que lui désignait Briatexte, Ogier rendit le voile jaune à la guenon. Une sorte de ricanement plissa les lèvres d'Apolline ; elle claqua ses grandes mains poilues, désigna la danseuse et cria pour la désavouer ; puis, renfrognée, elle se tint coite.

L'autre voile était bleu comme un ciel de printemps, plus fluide que le précédent et la musique s'amplifiait, alerte, trépidante, entraînant Hérodiade dans un tourbillon si farouche qu'il retroussait ses parures à mi-jambe.

Échappant au sortilège, et plus que jamais méfiant, Ogier observa les suspects, côté cuisine. Bras croisés, appuyés au plateau de leur table, les yeux écarquillés ou clignotants, tous conservaient une immobilité pensive. Cette femme plus flexible qu'un arc, et qui s'offrait, se rétractait, oscillait et ployait, tour à tour impétueuse et dolente, dans ses brumes alléchantes, ils s'en délectaient comme d'un entremets digne d'un prince. Elle incarnait l'apogée du plaisir ; elle était l'épousée des rêves inavouables. Lorsque, après une volte lascive, elle s'arrêta au milieu de son aire, les bras tendus, colorés et soyeux, telles des ailes d'archange, les jambes écartées et la bouche entre-close, le tavernier désenchanté cria :

— Continue.

Après cette injonction, et comme les instruments jouaient en sourdine, l'air parut agité d'un énorme soupir. Dégrisés au pinacle de leur contemplation, quarante hommes avouaient, d'un souffle, le désir dont ils étaient hantés : déchirer, arracher les failles importunes et forniquer jusqu'à plus soif. Même les six suspects s'étaient pétrifiés. Ce répit autour d'une nudité en germe fut d'ailleurs si complet qu'Ogier entendit grésiller dans la cheminée les volailles : étourdie, ahurie ou mortifiée par ce silence lourd de sens, Perrine avait lâché les broches.

490

Il se détourna. Blainville quittait la cour au galop. Pourquoi y était-il venu ? Pourquoi laissait-il Ramonnet à l'*Ane d'Or* ? Quel était ce compagnon, assis sur l'enclume de la maréchalerie, à l'ombre ? Regardant derechef côté taverne, le garçon tressaillit : sur sa droite, face à l'entrée, un manant se levait ; son voisin l'imitait ; un troisième quittait le seuil de la cuisine. Les six demeuraient tranquilles, mais ces trois-là, lentement, s'avançaient. Aucun doute : ils allaient converger vers sa table.

« Ils s'arrêtent... regardent Hérodiade... Feinte ?... Nous sommes derrière elle. Ont-ils voulu la voir de plus près, ou bien est-ce à *nous* qu'ils en veulent ? »

La flûte sifflotait, le luth bruissait, et la danseuse avait repris ses gambades. Bien que pétrie de grâce, de souplesse, le visage épuré de sa ribauderie, elle restait luxurieuse, sachant d'un remuement d'épaule, d'un trémoussement du ventre, d'un soubresaut suivi du flux et du reflux des voiles, mettre en valeur chacun des agréments de son corps. A l'harmonie doucereuse des instruments répondait cette suavité d'ondulations, de contrastes, de lignes courbes et charnelles dans la floraison des couleurs entraperçues sous le bleu. Tantôt soyeuse, oppressante, chuchoteuse comme un frissonnement de feuillage, tantôt tremblante, réduite aux gouttelettes et frissons du luth, la musique elle-même était désir et charme. Un nuage abaissant la clarté de la salle, Hérodiade y flamba comme un feu azuré.

— La belle bannière !... N'as-tu pas envie de la mettre à ta hampe ?

Ogier resta muet. Salomé avait dû être ainsi : audacieuse et pâmée, frémissante, impudique, échevelée. Tous les élans, sursauts, flexions de la jongleuse, même les plus innocents, même les plus naturels, étaient marqués du sceau de la lubricité. De ses mains voletantes, elle effleurait parfois d'invisibles entailles où des feux affleuraient.

— Enguerrand, murmura Ogier, regarder cette fille

491

ne m'empêche pas de penser à vous. Blainville est venu dans la cour. Il vient d'en partir après avoir commandé je ne sais quoi à son sergent. Il a montré votre cheval à Ramonnet... J'en déduis qu'il vous connaît et que vous pouvez me vendre... si ce n'est déjà fait... J'en conclus aussi que vous l'attendiez sans doute en cet endroit...

— Avale ton grenache et continue de te merveiller pour cette ribaude plutôt que de me parler de ce maudit Normand !

Réponse dilatoire, sans doute. Thierry, qui s'était lui aussi détourné, se pencha :

— Messire, le gars que Ramonnet semble avoir amené, c'est Raoul Grosses-Mains.

Indifférent à ces propos — du moins en apparence —, Briatexte suivait la danse d'Hérodiade ; et tout en se félicitant d'avoir pu surprendre ces allées et venues auxquelles la présence de Raoul de Leignes ajoutait un bon poids de singularité, Ogier se rembrunit : devant lui, les trois manants s'étaient approchés. Un autre se levait dans le fond de la salle et marchait, insouciant des protestations qu'il soulevait.

« C'est bien ça : ils se préparent à nous cerner. »

— Ils entrent, dit Raymond.

Ramonnet et Leignes apparurent. Sans leur dissimuler sa contrariété, Ogier les vit choisir la table proche de la sienne. Le sergent de Blainville leva sa dextre sur Apolline, pour qu'elle lui cédât son banc. Effrayée, la guenon dissimula sa tête sous ses avant-bras. Ogier se pencha :

— N'y touche pas, l'homme. Vois : il y a quatre escabelles sous ce plateau. Et tu pourrais ôter ton chapel de fer !

— Et s'il me plaît de vouloir ce banc-là et de conserver ma coiffe ?... Nous ne sommes plus au château d'Harcourt, messire... On peut se colleter, céans, tout à son aise.

Voyant s'envenimer ce début de querelle, Briatexte

saisit l'un des couteaux du jongleur et le planta dans la table :

— Paix, vous deux ! Ne venez pas troubler notre contentement.

Soit qu'il eût été préalablement sermonné, soit que le Breton eût sur lui l'autorité d'un chef, le suppôt de Blainville s'apaisa. Leignes grommela et s'assit. Jouant des hanches entre les hommes et les tables, Jeannette accourut. Elle se pencha entre les deux compères. A son affabilité, Ogier fut certain qu'elle connaissait au moins Ramonnet.

« Que viennent faire ici Leignes et ce malandrin ? Se sont-ils connus à Morthemer cette nuit ?... Avant ?... Sont-ils entrés simplement pour potailler ou bien attendent-ils quelqu'un ?... Est-ce Ramonnet que Briatexte attendait *déjà* dans le pré où nous l'avons surpris ?... Ils parlent à mi-voix, sans aucun regard pour la jongleuse... Et pourtant ! »

Devant le tenancier assis près de son âtre, et dont elle semblait faire un Hérode Antipas, la danseuse s'agenouillait, ardente, implorante. L'homme riait, bras croisés, jabot tremblotant.

La fille mit les mains sur les genoux disjoints du gargotier et se courba, plongeant sa face entre les cuisses.

Il y eut une rumeur, une sorte de grondement — ébahissement et désapprobation mêlés —, puis des rires croulèrent, effaçant la musique.

Hérodiade bascula sur le flanc ; elle se roula devant l'homme rouge et confus, suppliante et voluptueuse, ouverte, écartelée, secouée de frémissements pareils aux spasmes de l'amour ; puis elle bondit, agile, féline — enjôleuse. La danse, désormais, se muait en cordace.

Ogier retint un soupir. Ce qu'il voyait, enveloppé des sanglots de la flûte et des psalmodies du luth, devait tenir du prodige : tous les hommes semblaient sous le joug d'Hérodiade. Certains, la face en avant, croisaient les bras comme pour se retenir de les lui tendre ; d'autres crispaient leurs mains sur leur gobelet, leur cuiller ou leur couteau. Des sauces caillaient au fond des écuelles, et sous les feux de la concupiscence, des joues çà et là s'embrasaient.

Il tressaillit. Champartel heurtait et frottait ses mains : d'autres consommateurs rejoignaient les trois manants. Huit suspects maintenant. Les six se concertaient...

« Bon sang !... Vont-ils nous enserrer ?... Thierry, inquiet, s'appuie au mur... Devant lui, de l'autre côté de la table, Raymond n'a d'yeux que pour cette fille !... Je suis adossé à la fenêtre ouverte, de sorte que je m'expose aux coups les plus pervers. »

Le garçon dénombra douze hommes au bord de l'aire où la danse devenait bacchanale. D'un bond, ils pouvaient se ruer sur *eux*, après avoir renversé la jongleuse.

« Ils semblent attendre... Certains rient, mais de qui ? D'autres essaient de toucher Hérodiade... »

Elle tournait sur la pointe de ses pieds nus, réplique vivante des vrilles de la flûte. Chaque parcelle de son corps entrevu sous ses linges aranéeux prenait un tel surcroît d'importance, à présent, que la moitié de l'assemblée se dressait. Et l'autre protestait : « *Assis ! Assis !* » — en vain. Coiffé d'une barbute à calotte pointue, un sergent souleva le broc posé devant lui. Il acheva d'un hoquet bruyant sa lichée puis, le poing menaçant :

— Ôte-nous tout, la fille... hip !... sans plus barguigner.

— Il a raison ! s'écria son voisin, dressé sur la première marche de l'escalier, sans souci de mécontenter ses compagnons auxquels il éclipsait la vue. Tout ça, c'est des façons de noble dame !

— Connart ! protesta près de l'âtre un jeunet. Laissez-la faire !

Le voile bleu tomba ; dessous, l'autre était vert.

Ogier vit que Raoul et Ramonnet chuchotaient avec animation. Il fut distrait par Apolline : en lui prenant la main, la guenon lui montrait sa maîtresse qui, d'un tour de rein et d'un balancement d'épaule, se dégageait du quatrième voile.

— Holà ! dit Thierry. Elle paraît bien pressée... Il est vrai que ces hurons et manants deviennent menaçants !

Même les six, paisibles, quittaient leur table.

Tandis que la flûte exhalait un soupir, Apolline bondit et ramassa le voile.

— Ce tissu-là est gris, commenta Briatexte. C'est de l'yraigne d'Ypres ou de Gand ! Pas plus épais qu'une fumée...

Ogier sentit sous la face barbue du Breton, en deçà d'une admiration réelle, une appétence aiguë, furibonde. Quant à lui, son impatience était d'une autre espèce :

« Ils vont se jeter en avant... Faut-il nous mettre debout ?... Il y a deux sergents, leur épée au côté... Des poignards aux ceintures... Nous aurions dû nous méfier : Briatexte était trop content de nous offrir à boire... Il s'ébaudit de nous sentir à sa merci. Nous aurions dû demeurer auprès d'Adelis. »

Il fut soudain soucieux pour elle. Pourquoi tardait-elle tant à les rejoindre ?

Une main, puis une autre effleurèrent Hérodiade. Un jouvenceau essaya de saisir ses cheveux.

— Hâte-toi donc, ribaude ! hurla-t-il.

Clin d'œil de Thierry. Nul doute : il s'inquiétait. Craignait-il que la sensualité puissante, exacerbée, de tous ces hommes, craquât soudain au détriment de la danseuse. Elle avait allumé un brasier autour d'elle.

— Assis ! hurla un des manants de l'escalier.

Nul ne bougea.

« Ils sont comme des loups autour d'une proie. Le grand brun remue son couteau dans sa gaine... Le brèche-dent aussi... Les six sont côte à côte. Ce sont... des maçons : ils ont des croûtes de mortier sur leur jaque et leurs chausses !... Une main accroche le voile... il s'ouvre par le devant... Et la voilà qui cache sa poitrine... »

— Bas les pattes... hip ! exigea le sergent au hoquet. Tu les montres... hip ! tes tétines... ou faut-y que j'me dérange ?

Une huée unanime condamna la menace incongrue du perturbateur.

Le charme se dissolvait. Ogier vit Ramonnet se joindre au brèche-dent. Le malandrin se mordillait les lèvres tandis qu'un trouble pire qu'un maléfice venait de s'emparer de Raoul de Leignes : accoudé, la tête entre ses paumes, ses yeux, sous la pression de ses mains énormes, semblaient prêts à s'exorbiter.

— On dirait une veuve ! ricana Briatexte en faisant vibrer le couteau, devant lui. Du noir !... Même léger, il fallait y penser...

— Elle a les seins à l'air, et ma foi, ils sont hip !... ben jolis !

Quelques mains, en vain, se tendirent. Un des occupants de l'escalier s'avança, entraînant les autres. Raymond sortit de sa contemplation.

« Ils sont presque tous devant nous... Des loups ? Non : une compagnie prête à l'assaut quand cessera la bacchanale. Thierry frotte à nouveau ses mains. D'inquiétude ou de plaisir ?... Je ne puis dégainer mon épée à cause du mur et de la table ! »

Ogier caressa la prise de Confiance, Briatexte surprit son geste et sourcilla.

Le luth frémit et se tut ; la flûte eut un soupir et le voile tomba. Le dernier était gris : une brume de soie.

— Il l'offusque encore trop, bon Dieu ! Je ne la vois pas toute !

Ogier sourit de la mauvaise foi de Briatexte. La nudité moirait les trames transparentes. Les cuisses, les hanches, les mollets — lumières de chair —, le ventre enténébré jouaient dans les courbures et les ombres des plis.

— Il y a tant d'hommes, devant, dit Thierry, que la singesse n'ose bouger pour s'acquitter de sa tâche !

Silence. Les maçons, manants, hurons sergents et l'hôtelier groupés en demi-cercle demeuraient immobiles, attentifs, certains comme hébétés de plaisir, d'autres frémissants d'impatience. Hérodiade leur fit une révérence, mains aux hanches, puis, le buste rejeté en arrière, ses seins drus et ambrés hardiment exhibés, elle éclata d'un rire dédaigneux :

— Tout beau, les goguelus affamés de luxure... Reculez, gloutons ! Reculez, vous dis-je, et bas les pattes... Faut-il que je vous malmène ?

A grands coups de poing, elle se donna de l'espace. Certains hommes bronchèrent, proférèrent des injures ; d'autres obéirent en riant niaisement. Ramonnet résista aux bourrades ; cependant, sur un signe de Leignes, il retourna s'asseoir.

— Il enrage, marmonna Briatexte. Elle ferait bien de se garder d'un tel frelon : ses piqûres sont venimeuses...

Ogier se montra peu surpris de ces commentaires. Son malaise ne cessait de croître. A sa gauche, et le geste prompt : Briatexte. A sa droite, Leignes et Ramonnet. Ils feignaient de se passionner pour la danseuse, mais comment l'eussent-ils abusé ? Quand l'un des deux cessait de les observer, ses compagnons et lui, d'un regard sournois et oblique, l'autre le suppléait.

Dominant les protestations et les injures, Hérodiade à présent défiait l'assemblée :

— ... vous croyez que je vais vous montrer d'autres trésors que mes tétons sans que vous ayez par avance acquitté vos écots pour la cérémonie ?... Apolline, m'amie, trouve un chaperon et commence la quête... Fais la récolte des gros sous, deniers, agnels d'or s'il s'en trouve !... Fais cracher ces piliers de bordeau !... Un peu de chair crue, trois touffes de poils et les voilà, mort-Dieu, la Floberge en avant !... Attrape donc le chaperon de ton voisin !

La guenon décoiffa Ogier ; il prit le parti d'en rire avec les musiciens. Sa bonne humeur parut déplaire non seulement à Leignes et Ramonnet, mais à tous les voyeurs béats et indécis. L'un d'eux, s'asseyant de guingois sur la table, juste devant Briatexte, sursauta, la fesse piquée.

— Ne viens pas me boucher la vue, grand couillon !

Le Breton replanta le couteau dans la table tandis que le manant s'éloignait. Hérodiade leva les bras, révélant ainsi ses goussets buissonneux :

— Prenez garde, tas de convoiteux : si je n'ai pas le creux de cette coiffe bien rempli, je conserve mon voile... et mieux : je me rhabille... Allons, vas-y, ma fille !

Le chaperon tendu, Apolline s'élança en dandinant ses fesses roses tandis que, se rengorgeant, la danseuse admonestait les avares et les incertains :

— Tu ne donnes pas, l'homme ?... Et toi, sergent, non plus ?... Verrats ! Garnements ! Que le diable vous châtre... Et toi, le borgne ?... Ah ! là, là, tu peux l'arrondir, ton œil ; il ne sera jamais aussi grand que le cul d'Édouard II... Manants de Chauvigny et d'ailleurs, vous bouillonnez de lubricité comme une soupe de raves sur des fagots ardents. Vous en bavez !... Eh oui, toi le morveux, là-bas, tu bavotes dans ton écuelle... Mais tu donnes, c'est bien : Dieu t'en tiendra compte... Et vous, les six, aux faces de presbytériens ! Avec vos prunelles allumées comme des feux de la Saint-Jean, vous êtes plus effrayants qu'une demi-douzaine de Goddons... Mais vous contribuez ; je vous en rends grâces... Et toi, le barbu au hoquet ! Tu me refuses l'aumône ? Ils te plaisent, pourtant, mes tétons ! Pour un écu je t'accorde de les toucher... Tiens, même mon nombril si tu m'en donnes deux. Ce blason soyeux en diable, dis-tu ? Ah ! non : nul d'entre vous n'y foutra son pal... Je veux bien découvrir mes trésors aux passants... Mais point celui-là : je suis pucelle !

Des cris et des protestations, des sifflets et des insultes interrompirent ces propos. Hérodiade y répondit par des pirouettes. Ses seins remuaient. Apolline allait d'homme en homme, sautillant et riant devant les hésitants. Les six maçons se juchaient sur leur table afin d'avoir meilleure vue. Ils étaient donc incapables de nuire. Mais les autres ?

Réprimant un soupir d'impuissance, et renonçant à découvrir quelque visage plus malveillant que d'autres dans la cohue des curieux, Ogier entendit Hérodiade vitupérer quatre sergents avares :

— A vos bourses, ventre-Dieu ! Et pas celles qui pendent entre vos cuisses !

Quand ils eurent obtempéré, Apolline se présenta devant Thierry. L'écuyer tira quatre sous de son escarcelle et les jeta dans le chaperon tendu ; Raymond en fit autant ; une grimace les remercia.

Un banc, devant la table, était inoccupé ; la guenon y sauta.

— Cette singesse pue, grognonna Briatexte.

— Ce n'est qu'une bête, Enguerrand. J'ai connu des humains qui puaient davantage. Tiens, ceux de Robert Knolles, au pillage de Saint-Rémy !... Tu étais parmi eux... Tu ne t'en souviens pas ?

Exaspéré par l'injuste courroux du Breton, Ogier reprenait le tutoiement.

— On peut se souvenir d'une senteur, sais-tu ?... Ce soir-là, tes complices se sont montrés d'une agilité de singes ! Ils empuantissaient bien plus qu'Apolline... Il me semble encore, parfois, respirer leur flaireur de sang gluant et de merdaille...

Il s'éloigna de son voisin.

— Tes vêtements de pauvre, eux, répandent un fumet de crottin !

— Holà ! que t'advient-il ? Pourquoi cette attayne[1] envers moi ? J'ai le droit de détester les singes !

En se reprochant son emportement, Ogier mit un denier dans son chaperon.

— Ogier le généreux !... Voudrais-tu me donner des leçons de largesse ?

— Non, Enguerrand... Je saurai jamais où tu perdis ton cœur et je trouve que c'est dommage... non pour moi, mais pour ta personne.

Tout en faisant tinter son contenu, Apolline présenta la coiffe à Briatexte.

— Hors de ma vue, bestiole ! hurla-t-il, menaçant. Tu n'auras rien. Rien !

Et s'adressant à la bateleuse ahurie :

— Mets-toi à nu, et je paierai si tu me plais.

Nullement étonnée d'une telle exigence, mais indignée par la restriction qu'elle comportait, la danseuse croisa les bras. Aussitôt, les regards convergèrent sur sa poitrine.

— L'homme, tes conditions sont comme planche de latrines : je m'assois dessus...

Elle fit un tour complet sur un talon :

— Eh, vous autres ! Oubliez mes tétons, voyez le malicieux... Vous avez tous donné, sauf lui, à ce qu'il semble... Il en a des façons, ce pingre-là !... Et d'abord qui es-tu ?... Tu veux me voir à poil ?... Va donc te dépoiler pour qu'on voie mieux ta goule !

Toute son aversion pour ces mâles insatisfaits, haletants de concupiscence, Hérodiade la décochait sur cet ingrat, d'autant plus violemment qu'il exécrait Apolline. Bien que visible — et superbe — dans ce voile dont les longs plis se brisaient sur les dalles, elle avait cessé d'être voluptueuse : la colère la défigurait. Elle s'avisa d'Ogier, toujours attentif et perplexe :

— Vu sa face de huron ébrené[2] de sa bouse et de

1. Animosité.
2. Nettoyé.

500

son crottin, il ne peut être ton ami... ni d'ailleurs celui de personne !

Elle frémissait d'un besoin sauvage, effréné, de punir Briatexte. Elle était de ces femmes qui, une fois mortifiées et courroucées comme la Montfort et la Clisson, se révélaient incapables d'indulgence, et pour lesquelles l'humiliation d'un homme devant témoins constituait un délit[1] suprême, une jouissance qui, sans doute, les mouillait par tout le corps.

Seuls Leignes et Ramonnet étaient restés assis, peu enclins à verser leur écot. Les autres, debout, hésitaient à bouger.

Ogier vit les mains de Briatexte entourer le couteau, devant lui, puis s'en éloigner, tandis que la jongleuse s'acharnait :

— Allons, Apolline, sois patiente avec ce culvert. Son esprit est aussi constipé que sa bourse, mais son désir de voir mon potron est un bon purgatif !

— Qu'il paye ! hurla un homme. Et qu'on en finisse... J'ai ma femme qui m'attend.

On rit. Apolline tendit le chaperon. Briatexte, excédé, leva la main sur elle. Aussitôt, preste et riante, la guenon saisit un gobelet et aspergea l'avaricieux d'un reste de grenache.

Simultanément à ce geste, Briatexte avait déplanté son couteau. Suffoqué, incrédule, Ogier dévia le bras projeté en avant. Trop tard.

La lame perça la poitrine velue. Apolline jeta un cri d'effroi et de douleur, un cri d'enfant couvert par le hurlement d'Hérodiade. Thierry contourna la table et fit face au Breton :

— Je te savais insensible, immonde et capable de tout, hormis d'un tel forfait !

Briatexte s'était levé, la frénésie du meurtre au visage :

— T'en veux un coup aussi, Champartel ?

1. Délice.

Sa lame dégouttait, Thierry tira vivement la sienne. Voulant apaiser l'écuyer, Ogier vit des manants bondir. Vers lui ou le Breton ? Dans le soudain tumulte, il entendit : « *Vengeance... sa peau...* » Les reproches et cris haineux devaient concerner Briatexte : il avait privé ces hommes d'un plaisir trop attendu ; mais d'autres se ralliaient à lui. Bouteculé par Ramonnet, Thierry chancela tandis que Leignes disparaissait dans la mêlée. On s'affrontait à coups de bancs et de couteaux. Jouant des poings et des pieds, Raymond corrigeait deux jouvenceaux. Une escabelle vola au-dessus de leurs têtes.

Ogier vit Ramonnet devant lui. Une lame à la main. D'un saut, il évita le coup et dégaina son poignard.

« Il veut se revancher de mon insulte et doit bénir cette échauffourée-là ! »

Il baignait dans sa sueur. Tout se confondait en lui : l'indignation, la stupéfaction et la joie de pouvoir saigner Ramonnet, puisque le sergent lui en fournissait l'occasion.

Il recula, esquiva. Un homme cria : « *Elle vit !* » Un autre : « *Chez Sirvin !* » Il vit deux ombres enjamber une fenêtre : Denis et Marcaillou, sans doute. On se battait partout. Saladin aboyait devant la cheminée où s'effrayait Perrine.

« Face à moi, le plus vicieux des malandrins ! »

— Ramonnet ! Tu me fournis l'occasion de t'envoyer *ad patres* !

— Tu connais mon nom !... Donne-moi le tien !

— Quand tu mourras !

Ogier ne sut s'il parvenait à rire : sa gorge douloureuse avait un goût de fiel. Sa dextre tremblait tant il crispait ses doigts sur son arme : une lame de Gratot, un présent de son père. Son épée lui battait la jambe et le gênait. Devant lui, cette face funèbre ravagée d'une grimace moqueuse. « Il est sûr de me vaincre... Il est habile, mais moi aussi ! » Incroyable qu'un tençon [1] de cette espèce l'eût amené à affronter ce porc !

Autour d'eux, le remuement s'aggravait. N'en rien savoir.

Par deux fois, la lame adverse scintilla ; d'un mouvement d'épaule, puis de hanche, Ogier évita les coups. Reculant, il heurta une table et la contourna ; la renversa, poussant ainsi Ramonnet vers l'escalier.

Près des barils, Jeannette épiait les participants de l'échauffourée. Nullement apeurée : *elle avait vu des mêlées de ce genre.*

Ramonnet, le dos aux marches. Forcé de monter. Une, deux, trois... Ogier faillit être atteint au visage... Quatre... S'il poussait son coup, il atteignait le sergent au genou. Il avait mieux à faire... Six, sept, huit... Ramonnet se hâtait.

Saisissant la rampe, Ogier feignit de reculer. Ramonnet continua son ascension pour lui interdire l'accès du palier. Ce faisant, il heurta un tabouret et trébucha.

Ogier bondit. L'acier adverse étincela dans la pénombre et déchira la manche de son pourpoint.

— Tu ne riras plus longtemps, Ramonnet ! Ce n'est qu'une égratignure.

La paume et les doigts suants, autour du poignard. Qu'il ne glisse pas !

Nouveau scintillement. Parer tant bien que mal.

« Mon épée me gêne et cogne mon genou... Ma hanche heurte les chanceaux qui me protègent du vide... Se dégager... *A mon tour !...* Manqué... Encore ce banc... Il le contourne et me l'envoie dans les jambes... s'adosse à une porte... et le voilà qui plonge ! »

Ogier riposta et atteignit profondément l'épaule.

« Seigneur, menez ma main ! » Bruit floconneux des haleines oppressées. « Comment pourfendre ce mécréant ? »

Il souffrait d'un point douloureux dans son ventre.

---

1. Querelle.

Un carcan sur son cou. Quant à Ramonnet, dans l'ombre de son chapeau de fer, son visage devenait pierreux : lui, si prodigue du sang d'autrui, sentait enfin sur sa peau les coulures du sien.

— Aaaahhh !

D'un coup de pied sur des genoux du sicaire, Ogier arrêta cet assaut et ce hurlement, tout en rétablissant la distance. *Ouf !* Cœur de plomb, souffle effréné. Il avait senti déferler sur lui, en ondes forcenées, une énergie si maléficieuse qu'il en restait éplapourdi.

Ne voir que ce pouce d'acier pointu... mortel...

Fascinés l'un par l'autre, ils demeuraient immobiles, suffocants, l'œil brouillé de haine et le front gluant.

Un spasme avertit Ogier du danger ; il recula, trébucha sur le tabouret. Ramonnet bondit, vainement.

— Tu vas mourir, suppôt de Blainville...

Passer le poignard de la main dextre à la senestre.

— Tu ne pourras fuir ni gauchir[1].

Le couteau adverse étincela, et comme le sergent se trouvait emporté par son élan, l'arme de Gratot, jaillissant de la hanche, décrivit un quart de cercle et atteignit le ventre découvert.

— Je t'ai eu ! J'attendais ce coup-là. Aussi vrai que je m'appelle Ogier !

Ce changement de main, Blanquefort le lui avait enseigné. Astuce merveilleuse. Il avait frappé avec une telle volupté de meurtre qu'il en larmoyait de plaisir.

Ramonnet tituba, l'abdomen ouvert, éparpillant du sang et des matières.

Le cœur. Il bat, il cogne sur les poumons. La gorge en feu ! Acre gaieté d'éliminer un monstre. « Il s'agenouille, sa lame tombe... Et maintenant qu'il sache ! » Du talon, Ogier renversa le sergent. La coiffe de fer heurta les dalles, quitta le crâne et toupina comme un couvercle de marmite.

1. Esquiver.

— Voilà presque six ans, Ramonnet, que j'ai décidé ton trépas !

Le mourant frémissait. Cheveux incultes, front fripé par l'effort de vivre — et de *savoir* — ; des yeux où la mort dissipait la fureur.

— Tu as jadis traîné mes armes dans la fange. Deux lions y figuraient... Souviens-t'en. C'était quelques jours après l'Écluse, dans la cour du château de la Broye... *D'azur à deux lions d'or affrontés*. Et ces lions, tu riais quand Blainville les équeuta... sitôt après avoir vilipendé un homme !

Les paupières cillèrent ; la bouche tremblota :

— Ogier d'Argouges !

Les yeux se révulsèrent ; un hoquet, et le ventre sanglant gargouilla.

— Vous mourrez tous !... Tu es le second. Le premier, c'était ton compère Eudes. Cette donzelle de Blérancourt ! Si tu entrevois déjà Dieu ou le diable, dis-moi : Gerbold qui l'a meurtri aussi vilainement ?

La bouche s'entrouvrit ; un râle en coula, mêlé à une écume rouge. Du pied, Ogier pesa sur la plaie répugnante :

— Qui ?

— Radigo de Lerga... Il est ici... Il... joutera... Il... c'est un... chevalier...

Ogier s'éloigna : cet homme maintenant pouvait mourir en paix.

Il descendit l'escalier en se tenant à la rampe. Il chancelait. On se battait toujours. Sitôt en bas, il se courba pour éviter un pichet lancé dans sa direction.

Derrière les barils, Thierry et Raymond l'appelèrent.

— Holà ! messire...

— Hâtez-vous !

Repoussant des adversaires empoignés, il les rejoignit et s'exclama, béant d'étonnement :

— Briatexte !

Allongé sur le flanc, le Breton grignait de souffrance. Le poignard enfoncé dans son dos était une arme rustique : un manche de bois, large ; la lame avait été poussée jusqu'au talon.

— Un sale coup de traîtrise, dit Raymond.

Jeannette apparut, poussa un cri d'horreur et voulut se précipiter. Thierry la ceintura sans façons :

— Il se peut, beauté, que tu le connaisses, mais tu n'en approcheras pas.

La servante eût pu se défendre ; elle y renonça et gagna la cuisine. Ogier désigna une porte :

— Ouvre-la, Raymond... Qu'y a-t-il derrière ?

— Le cellier.

— Aide-moi à l'emporter... Thierry, siffle Saladin et veillez tous les deux...

Accrochées aux angles d'une étroite fenêtre, des arantèles pendaient, si épaisses et poudreuses qu'Ogier se crut en quelque recoin de Gratot. Le long d'un mur, des futailles, tonneaux et tonnelets montaient à l'assaut du plafond. En face, des dressoirs soutenaient des pots, des amphores. Il y avait suffisance d'espace, au centre, pour y déposer Briatexte. Une fois qu'il fut allongé sur le flanc, Raymond chercha de quoi lui soutenir la tête. Un sac de grains fit l'affaire.

— Laisse-nous seuls, à présent, dit Ogier.

La porte refermée, le blessé ne put réprimer un gémissement :

— N'ôte pas cette lame : elle retient mon sang... Je voulais avoir la mort belle... honorable, et tu vois : je me suis fait percer bêtement !

— *Bêtement*. C'est la revanche d'Apolline. Et moi qui souhaitais t'affronter...

Un muscle tressaillit sur la tempe ruisselante.

— Je n'y tenais pas, Ogier. Ma raison l'exigeait, mon cœur s'y refusait. Oui : mon cœur !... M'en crois-tu dépourvu ?

Un sourire : les poils de la banlèvre [1] se souillèrent d'un sang où les mots se collaient :

1. Le tour de la bouche.

— J'ai été tel que toi... Aidable, généreux... Je me retrouvais en toi sans que tu t'en doutes !

Ogier ébahi se pencha. Du fait qu'il acceptait son trépas de cette façon sereine, comme une délivrance et non un châtiment, Briatexte se transfigurait à ses yeux. Tant de tranquillité donnait à son noir personnage un éclat nouveau, digne de miséricorde.

— Qui étais-tu ?

Déjà, il excluait cet inconnu des vivants. Froideur ? Non : ce guerrier méritait sa pitié, mais il l'eût outragé en parlant autrement.

— Sais-tu pourquoi ta vie m'était précieuse ?

— Non, Enguerrand.

Ogier, de sa paume, effleura un front déjà froid.

— J'ai appris que tu t'étais porté au secours de mon frère... Montfort, sitôt franchie l'enceinte d'Hennebont, s'était confié à l'un des nôtres. Il me l'a rapporté à moi seul... Je suis...

— Si Yvon était ton puîné, tu es Jaquelin de Kergoet.

Le Breton grimaça et gémit ; Ogier lui tapota doucement l'épaule :

— Je suis heureux que tu aies su. Mais que ne l'as-tu dit plus tôt !

— J'attendais le moment. Je suis venu à Chauvigny pour venger Montfort et Yvon par l'occision de Blainville. Au tournoi, nous aurions pu nous allier contre lui sans préjudicier des causes différentes... J'aurais dû t'en parler sans tarder... Aurais-tu cru mes dires ? Te serais-tu fié à moi ?

— Je ne sais, dit Ogier, sincère.

— Tu m'as toujours pris pour un félon... si ce n'est un truand. Sache que j'étais bon... Ils m'ont rendu tel qu'un fauve.

— Qui ?

— Blois, ses grands alliés et leur veautre[1] : Gues-

1. Chien de chasse.

clin... Et toi qui me croyais accointé à Blainville !...
Certes, j'avais à cœur de servir la Bretagne... la vraie...
Mais lui, ce scorpion...

Ogier vit une main se crisper, grattant le sol battu à
s'en arracher les ongles. Le courroux du blessé à
l'égard de Blainville devenait tout à coup trop fort pour
qu'il l'exprimât autrement que par ce geste. Un fauve,
en vérité, donnant avant sa mort un dernier coup de
griffes.

— Pourquoi as-tu choisi le nom de Briatexte ?

Froncement de sourcil ; une larme, peut-être, au coin
de l'œil terni.

— Trop de respect pour le nom... de mes ances-
seurs [1]... Hors du terroir, je prenais celui d'un chevalier
de la Langue d'Oc... près de Lavaur... Cela remonte à
quatre ans... Un pont que je voulais franchir... Il m'en
interdisait l'accès... Je l'ai défié... Mort noyé... Sa
fille... Huguette...

Ogier trouva ces détails inutiles :

— Qui attendais-tu à l'*Ane d'Or* ?

— Personne... J'y étais venu voir... Non : tu ne sauras pas...

Déglutition, puis râle bref. Ne plus perdre de temps :
cet homme allait succomber.

— Jaquelin, sais-tu pourquoi j'ai quitté Gratot ?
Non seulement pour retrouver Blainville...

Se pencher, chuchoter, la bouche proche de ce
visage à demi gelé :

— Jean de Montfort m'avait appris qu'un complot
s'ourdirait ici, en présence de cet infâme, à l'occasion
des joutes et du tournoi...

Un tressaillement du sourcil ; la pomme d'Adam
pointant soudain sous la barbe : émotion, déception et
peut-être colère.

— Ils sont... plus forts que toi : renonce à déjouer
l'issue de cet argu [2] !

1. Ancêtres.
2. Projet.

508

Le souffle du mourant devint rauque ; ses paupières mal closes laissèrent entrevoir un peu de blanc et sa bouche se pinça, donnant à son visage une expression moqueuse, dépourvue cependant, de sa méchanceté coutumière :

— Tu as du cœur, ils n'en ont pas.

— Dis-moi tout !... En l'état où tu te trouves, la vérité s'impose... Elle n'est pas trahison... Dieu nous voit... Rachète tes péchés : aide-moi !

Plainte sourde. Ogier s'aperçut qu'il avait agrippé Kergoet à l'épaule.

— Pardonne-moi... J'implore ton soutien !... Il me faut venger un père dont les jours sont comptés... une mère défunte... maints amis victimes de Blainville et de Ramonnet, que je viens d'occire.

— Tu l'as...

— Il est mort par ma main !... C'est Blainville qu'il me faut châtier, désormais. Il nous a préjudiciés tous les deux... Pense à Yvon !... C'était un preux... Je dois être aussi ton restorier [1] !

Un frisson parcourut le corps du Breton. Sa tête dodelina. Refus ? Acceptation ?

— Tuer Blainville... soit... Les autres... je ne puis les trahir...

— Je n'en veux qu'à Blainville. Il va devoir les rejoindre quelque temps, j'en suis sûr... Où et quand s'assembleront-ils ? Le sais-tu ?... Je sais, moi, qu'ils doivent confronter leurs idées pour un débarquement prévu depuis l'an passé... A Gratot, Montfort m'en avait avisé !

Échouer maintenant ? C'eût été trop de malechance.

Ogier désespérait lorsque les lèvres de Kergoet frémirent. Il eut un gémissement âpre, révélant ainsi une douleur mêlée de rage ; puis le mal s'atténua ; les mots vinrent :

— ... tout près du château d'Harcourt... en montant,

1. Vengeur. Celui qui restaure.

à dextre... face à l'église Saint-Pierre... maisons des dignitaires du chapitre... chanoines de...

— Parle ! Parle !

La peur éperonnait Ogier. *Savoir !* Quelle éprouvante épreuve encore que celle-ci ! Sentir la vérité si proche. A portée de bouche. « Qu'il se hâte ! » Supplier :

— Je t'implore, Jaquelin !... Parle !

Ogier se sentait des larmes plein les yeux. Kergoet fit un effort ; sa voix s'affermit :

— ... maison... du chantre et celle du chévecier[1]... J'y suis allé... les connais... Un conduit... derrière... jambage de la cheminée... pour que l'air... pénètre dans le souterrain, juste au-dessous... Son entrée, sur la colline... près du donjon d'Harcourt... Aucun autre qu'*eux* ne pourra y... accéder... Tu vois : pour savoir, tu n'auras... nul besoin de descendre : leurs voix monteront jusqu'à toi.

— Quand vont-ils s'assembler ?

« La mort l'étreint. Encore quelques mots !... Qu'il se hâte ! »

Le front seul maintenant semblait vivre. La voix de Kergoet se réduisit à un souffle :

— Dimanche à la mi-nuit... et sans doute lundi... sous la maison du chévecier.

— Qui en sera ? Qui, outre Blainville et Harcourt que j'ai cru entrevoir ?

Battements de paupières, la bouche ouverte en grand ; un râle :

— Raoul de Cahors.

— Je ne le connais que de nom.

— Guy de Passac.

L'homme qu'admirait Tancrède, toutefois moins que Blanche, son épouse.

— Qui d'autre ?

---

1. Dignitaire ecclésiastique, le chévecier prenait particulièrement soin du Trésor et du luminaire.

510

Le Breton ferma ses paupières ; sa tête remua comme s'il l'enfouissait dans quelque chose d'immatériel et de soyeux. Puis sa bouche trembla :

— Prends Artus... mon armure... Gloriande... Sache que je...

Bleu paradis ? Ténèbres rougeoyantes ? Peu importait où s'engageait cette âme : Kergoet eut un frémissement, ses bras se détendirent et sa tête pencha sur le sac.

Ogier se signa et se releva :

— Thierry !... Raymond !

La porte s'ouvrit sur une salle moins dévastée qu'il ne le pensait. Quelques bancs renversés, des escabelles rompues, des brocs, pichets, écuelles éparpillés en miettes sur les dalles. Tandis que Perrine balayait, le tenancier tournait les brochées. Jeannette avait disparu ; Leignes également. Sur une table, le luth — entier — voisinait avec la flûte brisée. Dans la cour, certains manants riaient autour de l'abreuvoir où ils rafraîchissaient leurs plaies et gourmades.

— Il se peut que celui qui s'ébaudit le plus ait tué Enguerrand.

— Vous n'allez pas le plaindre, tout de même ! Il était malfaisant...

— Je sais, Raymond... Non : laisse ce couteau dans son dos... Quittons ce cellier...

— Votre bras saigne. Avez-vous mal ?

— A peine... Pauvre chevalier !... Nous héritons de ses armes et d'Artus... C'est sa dernière volonté.

— Comment s'appelait-il ? Vous l'a-t-il dit ?

— Jaquelin de Kergoet.

Et comme, après deux exclamations, Ogier s'attendait à des questions :

— Taisez-vous. Je vous raconterai quand nous serons seuls.

Interpellant l'hôtelier mécontent de n'avoir pu entendre, bien qu'il eût abandonné la cheminée :

— Approche encore, tavernier !... Tu as là-bas, en

haut des marches, un sergent déconfit... Il m'a assailli, je me suis défendu... Quant au barbu que j'abandonne en ton cellier, il a été frappé par traîtrise pendant que je m'occupais du sergent.

Les yeux du gros homme tombèrent sur les éperons dorés. Un sourire contraint révéla des mâchoires dégarnies :

— Je n'ai rien vu... Tout ce que je sais, c'est qu'il faut quérir le guet... Il convient que vous demeuriez céans, messire chevalier, pour dire à Talebast — ou à un autre — comment cette échauffourée s'est passée... De plus, ce sergent que vous avez occis...

— Il m'a menacé... Pour témoins, tous les hommes que je vois dans cette cour suffiront.

Rajustant son épée à sa taille, insensible aux lamentations exagérées du tavernier, Ogier entraîna ses compagnons. Se retournant sur le seuil, il aperçut Jeannette, livide, devant la porte de la cuisine, et si profondément troublée qu'elle ne vit pas Saladin passer, un morceau de lard dans la gueule.

— Cette femme m'en veut... Elle attend que nous soyons partis pour courir au cellier... Elle doit croire que j'ai occis Kergoet...

— Kergoet, je m'en moque !... Il a expié, messire, et c'est tant mieux... Je pense à Adelis... Elle devrait être là et elle tarde !

La sécheresse de Raymond surprit Ogier :

— C'est vrai... Nous ne pouvons rien faire d'autre que de l'attendre. Elle doit nous rejoindre devant l'*Ane d'Or* : elle viendra.

— Elle devrait être parmi nous ! insista Raymond, maussade.

Il y avait un banc devant la forge ; ils s'y assirent. Et le temps passa.

— Nos chevaux et Facebelle sont plus paisibles que nous, dit soudain Thierry en désignant les bêtes immobiles.

Ogier se leva et s'approcha d'Artus. Noble comme

Marchegai et tout aussi redoutable. Çà et là, sur sa robe noire, poudreuse, quelques mouchetures grises ; des muscles épais, vivants, frémissants comme l'eau sous un souffle.

— Tu es beau... Te l'a-t-on déjà dit ?

L'animal l'observait, les oreilles chauvies. Ses naseaux palpitaient, son haleine était lente, puissante, régulière. Un instant, la main d'Ogier demeura en suspens.

— Artus, dit-il, atteignant le garrot. Ne te courrouce pas... Là !... Tu m'appartiens. Jaquelin est mort... Il m'a dit de te prendre... N'aie crainte, ami, tu seras bien traité...

Il parlait à mi-voix, sans orgueil ni faiblesse. Le roncin renifla, sabota la terre molle, faisant cliqueter l'armure, sur sa croupe, et Gloriande contre l'étrier. Ogier toucha son encolure et perçut, sous les chairs vibrantes et vigoureuses, un bref soupir de bien-être. Cette bête accoutumée aux randons et charges frénétiques devait être vaillante, infatigable. Cinq ans, pas plus.

— Grand poitrail, ventre court, cuisse longue : tu es beau ! J'attendrai que nous ayons fait connaissance pour poser le cul sur ta selle... Il te faudra t'accommoder de Marchegai comme il devra accepter ta présence.

Après une caresse à la crinière échevelée, Ogier revint vers ses compagnons en contournant l'abreuvoir abandonné par les batailleurs. Tous s'étaient assagis ; certains, quittant la cour, regagnaient la cité ; d'autres s'en revenaient à la taverne pour célébrer leur réconciliation. Le tenancier et son palefrenier apparurent, soutenant le corps de Ramonnet, qu'ils déposèrent devant le puits.

Tout en flattant la nuque de Saladin, assis à ses pieds, Ogier sourit :

— Quand Blainville verra ce crapuleux anéanti, son courroux sera terrible !

— Il vous en voudra mortellement s'il apprend que c'est vous qui l'avez occis.

— Eh bien, je m'en méfierai davantage... Mais dis-moi, Thierry : qu'est-il advenu de Raoul Grosses-Mains ?

— La presse était confuse, messire. Je l'ai vu s'enfuir dès que Kergoet est tombé... Crois-tu, Raymond, qu'il lui a porté ce coup ?

— Je n'en sais rien et ne m'en soucie point !... Que devient Adelis ?

— Patience ! Elle ne va plus tarder.

Ogier feignait la quiétude. Ni Raymond ni Thierry ne devaient se douter qu'un malaise l'envahissait à propos de cette absence. Adelis avait-elle commis une imprudence ? De quelle espèce ?... Que faisait-elle ? En quel lieu ? Était-elle menacée ?

— Et si elle se débat dans le malheur ?... Je l'aime bien, moi aussi !

Le regard qu'Ogier reçut en plein visage avait un éclat sur la signification duquel il ne pouvait se méprendre : Raymond le jalousait. Depuis quand, sinon depuis le soir où il avait conquis Adelis.

La porte de l'hôtellerie se rouvrit ; le tenancier parut et traversa la cour. Il courait, ventre et fessier tressautants.

— Voyez, dit Thierry, comment cet homme nous regarde ! Je suis sûr qu'il va quérir le guet. Vaudrait peut-être mieux qu'on s'en aille.

— Nous n'avons rien à nous reprocher.

— Je pense, dit Raymond, qu'Adelis tarde trop. Elle aurait mieux fait de demeurer en Normandie. Pas vrai, Champartel ?

Ogier ne sut que répondre. Quelles étaient les raisons de l'attachement d'Adelis à leurs humbles personnes, si tenace qu'il les ébahissait eux aussi ?

— Peut-on savoir où l'on serait le mieux ? dit Thierry. La vie et les malheurs ont poussé Adelis dans notre troppelet [1]. Elle s'y est trouvée à l'aise, et ça lui suffit.

1. Petite troupe.

Ogier approuva l'écuyer. Quoique celui-ci et Raymond se fussent gardés d'y faire allusion, il se pouvait que cette familiarité dans la chasteté, entre elle et lui, leur eût depuis toujours paru absurde, du fait même qu'Adelis n'avait rien d'une pucelle et rien à lui refuser. Il n'était point tenté de se justifier. Que faisait-elle ? Voilà qu'il s'exaspérait de l'avoir abandonnée à la suite d'un boiteux qu'il avait pris pour Godefroy d'Harcourt !

— Kergoet a parlé, dit-il afin d'abréger un silence chargé de l'angoisse et du mécontentement de Raymond.

Baissant la voix, il fournit les détails qu'il connaissait sur le lieu et le jour où Blainville rencontrerait une première fois ses complices.

— Quand nous aurons trouvé la maison du chévecier, il ne nous restera qu'à pouvoir y entrer... Nous y parviendrons !

— C'était bien la peine d'envoyer Adelis je ne sais où !

Raymond encore ! Ogier soupira et fut heureux de découvrir une diversion à son mésaise.

— Tiens, dit-il, voyez donc ces deux-là ! Ils prennent l'*Ane d'Or* pour une moinerie !

Deux clercs traversaient la cour. Il en reconnut un : le plus petit et le plus gros. Il l'avait croisé dans Chauvigny. L'autre était maigre, pâle, morne comme un inquisiteur. Ils allaient côte à côte, à se toucher, boursouflant leur robe à grands coups de jarrets et de genoux, observant soigneusement autour d'eux, tels des larrons au cours d'une action sacrilège.

— J'ai idée, dit Thierry, que ces deux compères vont se rafraîchir le gosier.

— Jadis déjà, il lui en coûtait moins de lever le coude que de faire un signe de croix !

— Qui donc, messire ?

— Le ventru... Voyez : le fumier ne compte pas ; il en patouille le bord et ne voit que les volailles dont ce

pailleux est envahi. Je suis sûr qu'il les imagine rôties,
à portée de son écuelle.

— Vous le connaissez ?

— Je crois le reconnaître et me demande comment
et quand il est venu à Chauvigny. Je pensais que pour
lui un moutier ceint de hauts murs constituerait le plus
sûr refuge... Attendez-moi.

Ogier pressa le pas à la rencontre des clercs. Écartant les bras et leur interdisant le passage, il s'écria,
l'air soulagé :

— Moines, Dieu vous envoie !

Le maigre, au nez crochu, pinça les lèvres, prenant
ainsi l'aspect d'un vautour. L'autre béa, allongeant
ainsi un visage tout en bosses : nez, bouche gloutonne,
menton double, prunelles bleues, encaissées sous
d'épaisses paupières.

— Que voulez-vous ? dit-il, la voix pâteuse.

« Si c'est Isambert, je le saurai sous peu ! »

Ogier entraîna les religieux devant le corps de
Ramonnet :

— C'est à cause de *ça*.

Le gros clerc tressaillit et recula ; ses cernes bouffis
et violacés frémirent. Aucun doute : c'était Isambert,
l'ancien chapelain de Gratot.

— Vous le connaissiez bien, mon père ?

Les yeux chassieux s'étaient clos. Pour dissimuler
quoi ? Le regret, le soulagement ou la peur ?

— Mon père, c'est Ramonnet... Vous ne vous
signez pas ?

Le clerc croisa les bras ; sa moue exprima non seulement le dégoût, mais aussi le refus d'intercéder pour
cette âme :

— Il avait l'esprit noir, mon fils. Malheur à ceux
qu'un mauvais sort jetait entre ses mains.

— J'y suis tombé, mon père, il y a longtemps. Et
s'il est en l'état présent, c'est qu'il m'a agressé... Cette
fois, j'ai pu me défendre.

Le moine hocha la tête ; il n'y comprenait rien.

Comme son compagnon le suppléait pour le signe de croix :

— Pierre de la Garnière, chapelain de...

— Et vous, frère Isambert.

— Vous connaissez mon nom !

— Je vous connais. Vous me connaissez. Nous avons bien changé l'un et l'autre.

La stupeur du clerc devint frayeur. Ses yeux se dilatèrent : « Il me dévisage. Il me sonde... Il cherche ! Il cherche ! » Le clerc renonça :

— Qui êtes-vous, mon fils ?

— Peu importe présentement... Dites-moi... Quelle est à Chauvigny la nature de votre charge ?

— Je... je suis le sacristain de l'église Saint-Pierre.

— Depuis quand ?

— Deux années maintenant. Mais pourquoi ?

Attrapant le moine gémissant par le bras, Ogier l'entraîna hors de la cour, suivi de près par Saladin.

— Laissez votre confrère en compagnie de mes gens, messire sacristain ! Je ne vous retiendrai guère.

Ogier lâcha le biceps aussi mou que le courage de cet homme pour empoigner la croix, sur le ventre rebondi, et la tirer, amenant ainsi le clerc contre lui afin de le dévisager de près.

— Vous avez moult changé. Abus de bonne chère... et du vin qui n'est point de messe !

Cette face grasse et couperosée avait perdu sa gaieté, voire son aptitude à la jubilation. L'inquiétude ou le remords rongeait cet homme, sans doute inexorablement.

— Ne vous effrayez pas, mon révérendissime... Mais jurez-moi sur cette lourde et sainte Croix de conserver pour vous ce que je vais vous dire, et d'accomplir sans broncher, pour la sauvegarde de votre sainte âme, ce que je vais vous demander !

Le clerc rougit et bredouilla. Immobile sur son séant, Saladin l'observait.

— Mon fils, vos façons et votre chien m'indisposent !

— Mon père, vos façons n'ont pas toujours été telles qu'il faille les louanger !

— Impertinent !

« Il se fâche ; ses bajoues frémissent et il sue sous sa bure ! »

— Je viens de Normandie, frère Isambert. Vous connaissez le Pays de Sapience... Vous y avez vécu... Vous en êtes parti en courant...

Il n'y avait plus à hésiter : assener la vérité, c'était acquérir sur ce chapon plus d'autorité qu'il n'en fallait, sans doute, pour l'amener à contribution.

— Vous étiez à Gratot et vous en avez fui, laissant derrière vous le malheur, les larmes, la ruine.

— Comment le savez-vous ?

— Je suis Ogier d'Argouges.

Le moine hoqueta et ferma les yeux comme pour s'enfermer dans ses souvenirs. Sous son front court et suant, des vestiges lointains se reconstituaient ; des scènes assoupies par la béatitude ecclésiastique reprenaient vie, mouvements et couleurs. Flammes, sang, destructions, cris d'horreur et de haine, sanglots de désespoir... Sacristain ! De ce paisible office qui l'avait à la fois bletti et boursouflé, frère Isambert basculait dans la guerre.

— Ogier ?... Je... On m'avait dit...

— Je suis vivant, saint homme. Et chevalier : armé à Rechignac, chez mon oncle Guillaume, où j'étais bachelier... Dites-vous qu'en revenant à Gratot, après l'Écluse, je me serais trouvé en péril de mort. C'est pourquoi mon père fit croire à mon trépas... même à ma mère.

Le moine porta ses mains à son cœur. Une telle présence, devant lui, l'angoissait et l'humiliait d'importance : il se savait jugé sans indulgence et devait se demander si cette rencontre procédait du hasard ou de la volonté divine.

518

— Ah ! là, là, quel coup tu me donnes... C'est vrai que tu ressembles à Godefroy... mais plus encore à Luciane... D'où viens-tu ? De Gratot ?

— De Gratot, où vos anciennes ouailles souffrent la géhenne... A l'inverse de vous, messire moine, mon père, ma sœur, nos gens sont bien piteux et bien maigres... Le bon Gerbold, après votre abandon, leur apporta longtemps le réconfort divin, mais on l'a martyrisé avant de l'occire...

— Qui ?

Ogier opposa son rire à l'indignation du clerc :

— Vous le savez fort bien : les truands de Blainville !... Sachez que ma mère est morte d'affliction et qu'Aude n'en peut mais...

Il perçut un long frisson sous la robe élimée, tachée de cire par endroits. Dardant son regard sur le ventre insolent, il vit les mains molles et blêmes saisir le crucifix : une haute croix de fer supportant un Christ de cuivre et qui tenait à sa corde non pas par un anneau fixé au sommet de la potence, mais par deux boucles de fer rivées aux extrémités de la traverse.

« D'où tient-il cet objet qu'il a saisi comme une arme ? »

Renonçant à cette question, Ogier demanda :

— Qu'avez-vous fait, saint homme, après vous être escampé le matin où les Anquetil furent enterrés sans votre bénédiction ?

Le moine leva la tête ; ses fanons couenneux s'affermirent. Ses lèvres se décollèrent à plusieurs reprises : l'émotion et la peur lui desséchaient la bouche. Soudain, il se décida :

— J'ai couru droit sur Coutances. Je voulais gagner Hambye où frère Peynel m'eût accueilli quelques jours... Or, la malechance me pourchassait : au carrefour du Bellais, je suis tombé sur Ramonnet et deux Navarrais. Ils m'ont amené à Blainville... Il m'a emprisonné... J'ai vécu sept mois de pain et d'eau... Tu peux t'en ébaudir !... Chaque aube, chaque soir, en me privant soit d'eau, soit d'un pain dont ils salaient cruellement la farine, Blainville ou Ramonnet, d'autres aussi, en leur absence, m'adjuraient de devenir leur chapelain !... J'ai tenu bon... Eh oui, tu peux te réjouir encore. Plus de deux cents jours et deux cents nuits de cachot solitaire... Le froid, la faim, la soif, les poux et flaireurs répugnantes ; un peautre si étroit que j'y dormais fort mal... Au début, j'attendis le secours céleste, et j'ai compris que je déméritais de Dieu... J'ai prié, prié, prié...

Les mains grasses serrèrent fermement le crucifix.

— Mes forces ont baissé, mon esprit est devenu moins hardi... *Levius fit patientia. Quidquid corrigere est nefas*... Tu le sais, Ogier...

— Oui, saint homme : *la résignation allège tous les maux auxquels il n'est pas permis de remédier*... Alors, vous vous êtes converti au mal... Converti débonnairement, frère Isambert... Vous aviez tourné le dos à vos ouailles !... Vous avez préféré le démon à...

— Non ! Non ! J'étais malade... au seuil du trépas... Mon estomac ne retenait plus rien. Mes boyaux se vidaient... Je souillais mon cachot... Mes frères en religion sont alors apparus et m'ont, l'un et l'autre, montré la voie de la raison... Huguequin d'Étreham et Adhémar de Brémoy...

— Deux indignes !

— ... sont venus me voir après ces mois de jeûne desséchant...

— Ce sont des suppôts du diable ! Devant la chapelle du château de la Broye, ils ont préparé mon père à subir le bourreau. Ils mourront !

— Non, Ogier. Non : ils sont partis pour l'Espagne.

— Eh bien, j'irai un jour et je les châtierai.

Ogier s'interrompit : il se courrouçait vainement. Frère Isambert passant à Blainville ! Frère Isambert le pieux, le vertueux, l'affable, asservi aux pires ennemis des Argouges ! Frère Isambert transigeant avec ces malfaisants et souillant le Ciel dans leur enfer !... Cet homme-là, funèbre et florissant, soulevait en lui une aversion plus violente encore que celle qu'il éprouvait envers Étreham et Brémoy.

Se sachant condamné sans espérance d'absolution, Isambert plaida tout de même :

— J'ai suivi le destin de Blainville par force, nullement par désir ou nécessité. Je n'ai jamais quitté son manoir pendant deux ans. J'y étais comme emprisonné.

— Geôle pour geôle, vous eussiez mieux fait de rester à Gratot !

Frère Isambert secoua la tête, éparpillant sa sueur sur son froc. Une mouche se posa sur sa tonsure ; il l'écrasa prestement puis, frottant ses doigts à sa bure :

— Je comprends ta sévérité. Sache-le : côtoyer ces malandrins m'était... odieux... Je me suis cantonné aux messes, sacrements... accomplis du bout des mains, du bout des lèvres. J'avais honte. Ramonnet, Blérancourt et les autres me tenaient sous surveillance... Voici deux ans, Blainville m'a prié de le suivre en Poitou, à l'occasion des liesses qu'on donne ici chaque année... J'ai retrouvé frère de la Garnière, que je t'ai présenté. Il connaît Blainville depuis longtemps et semble avoir sur lui un certain pouvoir. Il a obtenu que je vive à Chauvigny, et c'est ainsi que je me suis trouvé délivré d'une sujétion... malheureuse... Et maintenant...

Isambert s'apprêtait à conclure ; il se reprit pour avouer qu'il avait du remords mais que Dieu serait son seul juge.

— Je n'en disconviens pas, dit Ogier. Avez-vous vu ces jours-ci, saint homme, quelques-uns des barons, comtes ou vavasseurs qui, au bon temps de mon père, s'en venaient souvent à Gratot... à commencer par Godefroy d'Harcourt ?

Avant que les paupières épaisses ne se fussent closes, Ogier avait entrevu, mince et prompte, une lueur de gêne dans les prunelles bleues.

— Personne... Qui voudrais-tu que j'aie rencontré...

à part toi ?... Je sais que le Boiteux a trouvé refuge en Angleterre.

Ogier se pencha ; son visage fut si proche de celui du clerc qu'il eût pu en compter les rides :

— Doutez-vous que je suis Ogier d'Argouges ?

Le regard d'Isambert s'amenuisa, sous ses cils poisseux et gris, jusqu'à devenir aussi plat qu'une lame :

— Tu ressembles davantage à Luciane qu'à Godefroy. Je doute que Blainville puisse te reconnaître. Je ne te trahirai pas, tu t'en doutes ! Et sache aussi que je plains ta pauvre mère et vais prier...

— Elle n'a nul besoin de vos oraisons, mais moi, il me faut votre aide.

— Pour quelles intentions ?

La crainte ou le remords du moine agissant, Ogier s'était attendu à un consentement sans ambages : « *Tu l'as* » ou : « *Je te l'accorde.* » Cette question aiguisa sa méfiance. Était-il possible, cependant, qu'Isambert eût été contaminé par la truandaille au point que son appui semblait aventuré ? Il fallait pourtant que ce tonsuré lui permît d'avoir accès à la maison du chévecier !

— Je ne vous dirai pas ce jour d'hui, mon père, pourquoi je requiers votre assistance. Je veux savoir si je peux compter sur vous quelle que soit l'importance du service que je vous demanderai. Aucun danger, je crois, ne vous menacera.

Sur la peau déjà luisante du visage, Ogier vit perler la peur. Frère Isambert eut une expression de fatigue profonde et, les mains jointes sur son crucifix :

— Savais-tu que Blainville serait à Chauvigny ? Es-tu venu pour te revancher ?... Mais comment ?... Je sais que tu m'épargneras. J'ai commis des erreurs. Je m'en repens chaque jour.

Ogier eut un sourire impitoyable :

— Sachez-le, et souvenez-vous-en : j'ai échangé mon nom contre celui d'Ansignan, en Fenouillet. Un seigneur de la Langue d'Oc l'a porté. Mon écu est peint à ses couleurs. Les juges m'ont donné du

Fenouillet. J'ai accepté ce nom patrenomique[1]. Ne l'oubliez pas.

— Mais tu restes Ogier.

— Certes. Vous m'avez baptisé ainsi. Je ne puis renoncer à tout. D'ailleurs, les Ogier se comptent par milliers.

— Que Dieu te garde. Que veux-tu de moi ?

— Mes intentions ne vous concernent aucunement. J'ignorais, en quittant Gratot, que je vous reverrais... Mais s'il vous venait quelques démangeaisons de traîtrise, sachez que votre bure ne me fait pas plus d'effet que les hauberts ou les armures de mes ennemis !

— Qu'exiges-tu de moi ?... Parle ! Finissons-en.

— Je n'exige rien, je demande... Trouvez-vous samedi à votre convenance sous les voûtes de Saint-Léger. Vous le savez : la montre des heaumes et des écus y aura lieu. Je vous y chercherai et vous dirai ce que j'attends de vous.

Et comme, craintif ou furieux, le moine, pour s'apaiser, tortillait sa cordelière, Ogier sourit :

— Ne tremblez pas ainsi dans votre froc !... Que craignez-vous ?... Votre compère nous regarde et s'inquiète ? Dites-lui que je me confessais à vous pour Ramonnet... A Dieu, saint homme !

Frère Isambert, d'un pas chancelant, rejoignit son compagnon et l'entraîna vers la cité. Il parlait précipitamment, levait parfois les bras, en proie à une agitation dont il viendrait à bout non pas en agrippant son crucifix étrange, non pas en lampant un pichet de bon vin mais à genoux devant la Croix.

— Qui était-ce, messire ? demanda Thierry.

— L'ancien chapelain de Gratot. Mon père vous en a quelquefois parlé... Je crois bien qu'il sert Blainville et que son zèle n'a d'égale que sa frayeur pour ce démon !

Raymond, pensif, releva la tête et cracha :

---

1. Orthographe alors en usage.

— Vous avez retrouvé un chapelain couard, moi, j'aimerais retrouver Adelis... Vous parlez de frayeur en vous ébaudissant ; son absence à elle me subvertit [1], et je n'ai pas le cœur à rire.

Il avait raison. Ogier oublia l'insolence du regard et du ton :

— Thierry, tu vas veiller sur nos chevaux. Toi, Raymond, saute sur Marcepin et bats les prés autour de la lice... Je vais chercher à pied dans Chauvigny... Le premier qui la trouvera l'amènera ici... Viens, Saladin, et à bientôt, j'espère.

Rien ! Quinze ou vingt passants abordés au hasard des rues dans lesquelles il marchait, précédé de son chien : commères à l'œil vif, sergents du guet, jouvenceaux dont la grâce d'Adelis eût pu attirer les regards ; aucun d'eux n'avait remarqué la présence d'une dame blonde en robe rouge et safran, bien atournée, et visiblement étrangère à la ville.

— Il vient en Poitou tant de gentes dames, ces jours-ci !

— Il y a tant de mouvement, messire !

Non, toujours non. Ogier se rassurait en pensant que Raymond ou Thierry, ce dernier sans avoir bougé, avait sans doute retrouvé leur compagne.

Accoudé à la muraille du chemin d'accès au château de l'évêque, il regarda les champs qui s'étendaient plus bas. Dans le fourmillement des besogneux, Raymond allait au trot, devant les échafauds. Il arrêtait Marcepin pour questionner un homme. « Rien... Qu'est-elle devenue ? » Peur et déconvenue lui serrèrent le cœur.

— Rejoignons Raymond... Cherche, Saladin... Cherche Adelis !

Le chien agita la queue, remua les oreilles et fut pris d'un halètement prouvant qu'il avait compris. Il renifla

1. Me bouleverse.

le mur, l'arrosa d'un jet et s'élança vers la ville basse en s'assurant parfois qu'il était suivi.

« Où s'en est-elle allée ?... La verrai-je enfin ? »

A mesure que ce désir grossissait, Ogier désespérait de ne pouvoir le satisfaire. Parfois, il entrevoyait une chevelure blonde ; bien vite, il déchantait.

Une ribaude, encore, accrochée à son bras :

— Mon cher ange, viens-tu ?

Devant lui Saladin, toujours flairant, mais avec de plus en plus d'incertitude. Ces gens nombreux mélangeaient trop d'odeurs. Pour eux, la liesse était déjà commencée. Nobles dames lassées de leur oisiveté ; Chauvinoises avenantes ; chevaliers traînant leur épée dans un cliquetis d'éperons ; manants préparant on ne savait quoi... Certains hommes avaient dans les feux de leur regard et les rides de leur bouche, cette lourdeur, cette violence muselée où l'on reconnaissait des truands vagabondant dans l'espérance de couper quelque cordon d'escarcelle, ou des gens d'armes en quête d'un seigneur cossu.

Ogier parvint devant une église — Saint-Léger, peut-être. Il accosta une jouvencelle et lui décrivit Adelis. « *Non, messire.* » Et comme Saladin renonçait à chercher, il le siffla. L'un près de l'autre, ils partirent vers l'*Ane d'Or*.

« Merdaille !... Elle ne peut s'être envolée ! »

Il acceptait difficilement une telle complication le jour où la Providence, enfin, favorisait ses espoirs. Cette absence le privait d'un aplomb et d'une sérénité dont il avait besoin. Il ne pouvait croire qu'Adelis l'eût quitté. Parce que... Eh bien, oui : parce qu'elle l'aimait. En d'autres lieux et circonstances, cette certitude aiguë, lancinante, eût assaisonné d'intentions effrénées son impatience ; il n'éprouvait que le désir de la revoir, et si son cœur battait, ses sens restaient paisibles. Comme un écuyer le croisait, aussi dédaigneux que Renaud d'Augignac auquel il ressemblait, il évoqua le jour où Adelis l'avait soigné, au retour de son combat contre cet infâme. A défaut d'être amants, ils étaient familiers ; ils mangeaient et dormaient côte à côte dans les granges et les dortoirs. Parfois, d'un regard, ils se donnaient courage. Il importait qu'il la retrouvât !

« Dieu tout-puissant, faites que je la voie ! »

Il avait donc fallu cette absence pour qu'il découvrît à quel point Adelis lui était précieuse ! De quel nom baptiser son goût pour cette fille ? Affection ? Amitié ? Simple concupiscence que son esprit rêveur enfleurissait à plaisir ?... Qu'importait ! Adelis lui manquait, et la crainte de la perdre — soit qu'elle s'en fût allée de son plein gré, soit qu'il lui fût arrivé malheur — anéantissait le contentement où l'avait plongé, après le trépas de Ramonnet et l'aide ultime de Kergoet, sa rencontre avec Isambert.

« Raymond, peut-être, l'aime mieux que moi ! »

Justement, il arrivait au galop :

— Rien, messire !... Par le sang de Notre-Seigneur, qu'est-elle devenue ?

Son espoir à lui aussi s'amenuisait, et sa voix dilatée de rage, d'impuissance, révélait un chagrin grandissant.

— J'ai cherché du côté des pavillons. Je me suis même arrêté devant le buron de Guesclin... Ses Bretons m'ont ri au nez quand je leur ai demandé s'ils l'avaient vue.

— Cherche encore. Elle n'est pas en ville. Je vais aller jusqu'à la Vienne.

— Elle est pourtant de taille à se défendre !

— Oui, Raymond... Garde espoir... Viens, Saladin... Cherche ! Cherche !

Ogier repartit. La respiration parfois lui manquait. Au moindre éclat de rouge, de noir, il s'émouvait. En vain. Il se savait un air incertain et blessé. A force de les froncer, ses sourcils lui faisaient mal. Terrible, cette absence ; cette sorte de dénuement. Un seul remède : *la voir*... Mais la voir *où* ? Des manants, des seigneurs à cheval passaient ; il les voyait à peine, les yeux fixés sur Saladin, le museau dans les herbes ou sur la terre molle que parfois un sabot ferré de neuf écorchait.

— Cherche, cherche, beau chien !

Il se retourna. Quatre hommes d'armes entraient à l'*Ane d'Or*.

Que faisait Adelis pendant qu'ils assistaient à la dénudation d'Hérodiade ?... Et n'était-ce pas la jongleuse qui traversait maintenant le champ clos, serrant un fardeau contre sa poitrine ?... Si... Apolline vivait. *Et Adelis ?*... La voir marcher, la voir sourire... Voilà qu'il la restituait, nue, sous l'ondée du ruisseau, avant que Norbert l'eût agressée ! « *Qu'elle se montre !* » Si toutes ses pensées se chargeaient de ferveur, ses nerfs, son cœur s'irritaient ; ses poumons oppressés semblaient se racornir. Depuis longtemps le soleil déclinait... La trouver promptement ! Il fallait qu'ils revinssent à Morthemer avant la nuit, de façon à en partir sitôt l'aube, avec leurs harnois et parures. Il ne pouvait s'attarder à Chauvigny... Et toujours, toujours Adelis ; son regard de complicité tendre lorsqu'il lui avait demandé de suivre le boiteux à la huque déchirée... Qu'elle apparaisse enfin ! Que cette espérance cruelle aboutisse... Tiens, Saladin reniflait avec insistance, levait le cou et humait le vent...

Ogier se retourna. Là-bas, sous le grand chêne, Thierry parlait à des hommes d'armes. Étaient-ils donc déjà sortis de l'*Ane d'Or* ou était-ce une autre compagnie ? Le long de la lice, close à présent, Raymond arrêtait son cheval pour interroger une commère.

Saladin aboya, courut jusqu'à la Vienne, aboya encore et disparut entre deux peupliers chaussés de buissons. Ici s'amorçait un chemin. Il déclinait vers la rivière, étouffé par des roncières, des pruneliers et des vergnes. Ogier s'y engagea, écartant, de son épée dégainée, les branches, les brindilles et les épines gênantes.

« Elle serait venue jusqu'ici ?... Peut-être, après tout pour y satisfaire un besoin. »

Des oiseaux s'envolaient, lacérant d'un éclair brun la verdure encore jeune. Saladin flairait et repartait, la queue battante. Savoir où ce sentier aboutissait. A l'eau certes ; mais ensuite ? Crier « *Adelis* » ? Non... Avancer lentement et sans bruit, ce que d'ailleurs elle avait dû faire si elle était venue en cet endroit. *Mais pourquoi ?* Ou bien : *A la suite de qui ?* Elle aurait dû renoncer...

La pente devint raide, son feuillage touffu, pervers : même fouaillé, aplati par quelques coups de lame, il piquait, accrochait. Dans des brèches luisait la Vienne, en contrebas, parmi les ramilles et les fougères. Adelis était-elle venue jusqu'ici ? On y était passé : des empreintes de pas marquaient la terre spongieuse qui affleurait la rivière. Dans une échancrure hérissée d'herbes molles, un poisson mort : un gardon rigide dans sa cotte de mailles, livré aux assauts des mouches et des cloportes... Clapotis... Quelques clartés cillaient au fond de l'eau. Avancer lentement... Se pouvait-il qu'elle fût passée par là ? Froissements des herbes... Il avançait sans plus voir Saladin, l'oreille pleine de la musique silencieuse du flot ensoleillé, quelquefois troublée par le saut d'un poisson ou la chute d'une feuille. Partout des saules, des frênes, des ormeaux agrippés à la terre matelassée de broussailles d'où sortaient les massues bleutées d'une horde de chardons. Se pouvait-il qu'elle fût venue en ces lieux ?... Un fil safran retenu par la griffe d'une ronce. S'il y avait eu des pas, l'eau les avait absorbés.

— Merdaille !... Elle n'a pas pu s'empêtrer jusqu'ici pour pisser !... Si elle y est venue, c'est qu'on l'a entraînée... Putains de chardons !

A chaque enjambée, il se piquait les cuisses, les mollets. Bleus, jaunes, tordus, recroquevillés, certains par l'âge, d'autres par un coup de bâton, les épiniers revêtaient la berge comme une immense compagnie chargée de sa défense. Il fallait les mutiler.

Ogier à grands taillants agrandit le sentier.

« Si elle est passée par là, contrainte ou non, sa robe la protégeait. »

Des arbres, maintenant, hauts et fiers. Quelques-uns arboraient, pareils à de gros chardons noirs, des nids de pies sur leur cimier.

— Enfin !

Le chemin s'élargissait. Ogier ramassa une branche rompue, gluante, cassée depuis peu. Il y avait des pas sur le sol... Méfiance... Saladin, proche mais invisible, gémissait.

— J'arrive, ami, j'arrive !

Ogier enjamba quelques pierres plates pour franchir un filet d'eau. De l'autre côté aboutissait un sentier moins étroit. Aucun doute : on était venu, on avait glissé, barboté dans la vase ; on s'était battu.

La sueur au front, le garçon vit des branchettes cassées, des feuilles froissées, arrachées, un cordon de lierre joignant des touffes d'aulnes, et toujours des marques de pas indéchiffrables. Saladin revint vers lui et jappa.

Il suivit le chien. Celui-ci s'arrêta bientôt et saisit quelque chose dans sa gueule.

— Donne... Oh ! elle est bien venue...

Ogier tenait dans le creux de sa paume la boucle de la ceinture d'Adelis. Il la reconnaissait d'autant mieux que cet affiquet avait appartenu à sa mère. Il figurait un arc bandé dont la flèche constituait l'ardillon.

— Avançons...

Il avait peur, maintenant. Ses semelles firent gargouiller des cailloux. « Bon Dieu ! Qu'a-t-il bien pu se passer ? » Aucun pêcheur sur cette berge et celle d'en face. Une barque amarrée de l'autre côté. On avait pu... Non, pas de suppositions. Retrouver Adelis. Il se sentait happé par le malheur. Il fallait absolument qu'il... Qu'il *quoi* ? Se pouvait-il qu'Adelis...

Il se hâtait, l'épée levée. Ses mollets entraînaient des tresses importunes, ses genoux se piquetaient de gratterons. Glissant soudain, il mouilla ses chevilles. Des pas sur le sol, les uns vifs, tels des coups de marteau ; les autres traînants : *elle*.

Haletant d'émoi, il déboucha parmi des broussailles plus basses, clairsemées, scruta l'ombre de la pente vide d'arbres en un endroit, et aperçut la bouche en saillie d'une crevasse à mi-chemin entre le sommet et la rivière.

— Une belle cache, en vérité !

Son cœur cognait, ses jambes fléchissaient. Il se pencha au-dessus de son chien et tressaillit : Saladin flairait une mince coulée vermeille.

— Va ! Va !... Je te suis...

Une frayeur éclatait en lui. La terre, plus haut, était éclaboussée de traces ; du sang, çà et là, fleurissait la feuillée.

— Où sont-ils ?

Il gravit la pente aussi vite qu'il le pouvait, glissant sur les éboulis, s'agriffant d'une main à la terre, aux racines et ramières, et serrant Confiance de l'autre.

Il bouillait, excité par un courroux féroce, et refusant de croire que ce sang fût celui d'Adelis.

C'était bien l'entrée d'une caverne ; on s'y était réuni : des morceaux de pain frais, des peaux de saucisson, du gras de bacon révélaient un repas sommaire. Était-ce profond ? Saladin s'étant précipité dans le trou sans méfiance, le garçon s'y engagea.

Ce refuge pouvait contenir trois hommes. Vide. Le chien en reniflait le sol. Rien. Mais alors ?

— Cherche ! Cherche !

Le museau bas, flairant et gémissant, Saladin descendit la pente. Ogier le suivit. Il ne pensait plus, la tête trop échauffée, le cœur secoué. Clapotement de pattes dans l'eau ; et le fracas, étoilé de jaillissements, du chien s'élançant à la nage.

Un bouquet d'ajoncs, et derrière...

— Mon Dieu !

Ogier rengaina son épée. Adelis était là, immobile,

à demi absorbée par le miroir liquide, ses cheveux seuls vivant dans des reflets dorés.

— Mon Dieu !

Elle le fascinait. Morte. *Morte*. Te rends-tu compte ? Morte. Plus rien. *Morte*. Il la regardait, les yeux brûlants et fous, la mâchoire crispée sur un cri impossible. Et il pensait : « Non ! Non ! » Il ne pouvait voir son visage enfoui dans la rivière, mais il voyait le cou béant et rouge, sous l'oreille.

Qui ? Le saurait-il ? Comment ? Pourquoi ? Saladin tirait sur la robe alourdie. « *Ils* l'ont jetée à l'eau pour qu'elle coule ou soit emportée. » Il rejoignit son chien, pataugeant dans la vase caillouteuse, incapable de lier deux pensées. Au froid figé de plus en plus haut dans ses jambes, il s'aperçut qu'il s'embourbait.

Enfin.

Adelis abandonnée dans ses bras, mollie, flétrie, sa tête renversée sur son coude... Cette horribleté vermeille... Ses yeux ternis... Sa bouche ouverte sur un gémissement ; cette bouche qui lui avait souri, là-haut, près du château de l'évêque... Chair misérable... Pourquoi ?... Elle était enfin heureuse, mais après quelle terreur !... Cette lame entamant ce cou gracile... Que faire ?... Pourquoi lui avait-on fait *ça* ? Comment la venger ? Saladin gémissait, lui aussi, ne comprenant rien à ce sang, ce corps inerte, ces bras ballants, lui qui souvent avait eu *ses* caresses.

Atteignant la berge, Ogier fut tenté de partir vers la lice. Il marcha un instant avec précaution comme si, griffée, Adelis eût pu se plaindre ; parfois, pour se décrocher, il avançait à reculons.

— Si j'apprends qui a fait ça !

Et Thierry, Raymond, que diraient-ils ? Tout croulait, basculait dans l'abomination.

Plus il marchait, plus il se sentait meurtri, faible, *coupable*. Il n'avait certes pas voulu *cela*, mais *cela* était survenu par sa faute. Même si Adelis avait manqué de prudence, il était à blâmer d'avoir ainsi disposé de sa vie !

« Il se peut que ce meurtre n'ait rien à voir avec le complot... qu'Adelis ait eu besoin de s'esseuler un moment et qu'un gars de passage... peut-être un pêcheur... Non : ils étaient au moins deux... si ce n'est trois... »

Cela ne changeait rien : il était fautif. De toutes les femmes qu'il avait connues, elle seule avait complètement partagé ses épreuves ; et pour lui, pour sa cause, elle venait de périr !

Il remonta la pente vers la grotte et dut s'agenouiller par deux fois tant il glissait. Il n'osait plus regarder Adelis. Il ne voyait rien d'autre, devant lui, que les lanières des herbes et le ciel, à travers l'entrelacs des branches bourgeonnantes. Il songeait malgré lui à leurs entretiens toujours d'une absolue droiture ; au plaisir de la sentir proche, de croiser son regard... Il eût aimé — ah ! oui, ne fût-ce qu'une seconde et définitive nuit — redevenir son amant. Il n'aurait donc été que son bourreau !

Il tremblait de plus en plus. Ce corps serré contre le sien l'imbibait de sa mortelle froidure. En titubant, il atteignit le seuil de la grotte. Il n'en pouvait plus. Il allait falloir éviter les curieux... retrouver Raymond et l'amener discrètement ici... Enterrer Adelis quelque part...

« J'ai occis Ramonnet ; Briatexte est mort devant moi d'un coup fourni par on ne sait qui... Si l'on me voyait avec elle en cet état, on m'accuserait, c'est sûr ! »

Il étendit la morte sur le sol. Il ne fallait pas qu'on sache... A son affliction s'ajoutait cette peur glacée, tenace comme ce sang caillé sur une de ses manches.

— Elle aurait dû savoir...

Quoi ? Qu'il l'aimait bien ? Des mots ! Du vent ! Il frissonnait à petits spasmes entrecoupés d'accalmies ; parfois, il claquait des dents. Tout se mêlait : son dépit envers lui-même et sa haine, d'autant plus ravageante qu'il la sentait inutile, contre ces meurtriers inconnus.

— Demeure ici, Saladin... Veille !

Bientôt, il émergea dans le grand pré, à dix toises de la cahute de Guesclin. Il aperçut Raymond non loin de là, immobile sur Marcepin.

— Ho ! Viens.

Le sergent galopa sous les regards de deux Bretons immobiles.

— Du nouveau, messire ?

— Oui. Porte-moi en croupe.

Marcepin accusa l'excès de charge en encensant.

— Courons chercher Thierry. Je te dirai là-bas.

Ils galopèrent jusqu'au chêne ; l'écuyer, les voyant venir ainsi, leur cria de loin :

— Vous l'avez retrouvée ?

Pied à terre. Mouvement des bras fatigués :

— Je l'ai trouvée... Morte.

— Morte ! s'exclama Thierry.

Ogier ne vit que Raymond. Son visage lourd, broussailleux, strié de lignes d'âpreté ; ses yeux sombres ; sa bouche retroussée sur ses dents solides. Un veautre prêt à mordre et même à dépecer. Il était resté en selle.

— S'il lui est arrivé pareil malheur...

Le sergent se ravisa, mais Ogier se sentit accusé.

— Malheur à ceux qui ont fait ça !

— Prends tous les chevaux, Thierry. Gagne lentement la berge et attends-nous. Il nous faut trouver un lieu pour l'enterrer... Nous ne pouvons faire autrement.

— La terre est molle, messire, avec toute cette pluie... Mais nous n'avons rien pour creuser...

— Il y a des pelles, dit Raymond. J'en ai vu. Où faut-il vous rejoindre ?

— Tu vois ces deux peupliers, là-bas ? Tu descendras et tourneras à senestre. Toi, Thierry, pendant cc temps-là, tu feras le guet. Ensuite, nous reviendrons à Morthemer.

— Va falloir que je la venge ! grogna Raymond.

— Et comment ? dit Ogier sans fureur ni pitié pour ce chagrin immodéré. On ne sait rien... Tu m'en veux, mais sache que je me déteste !

Il ne savait qu'ajouter. Adelis ne le quittait pas. Ses yeux graves, sa bouche si fraîche au bord de la mer, et dont il méconnaîtrait désormais la saveur ; sa voix rarement enjouée, sauf lorsqu'elle l'appelait « *mon frère* »... Que dirait Bressolles s'il apprenait un jour ?

Une goutte sur la joue de Raymond — sueur ou larme — révéla à Ogier l'ampleur de cette perte pour un autre que lui.

— Elle savait pourtant qu'elle devait se méfier !

L'ombre du chêne s'allongeait ; le bleu du ciel noircissait pour l'habituel répit nocturne. Les murailles de Chauvigny prenaient une teinte ocrée, rayée de vermillon, de vert, d'or, au passage des bannières. Thierry amenait les chevaux. Il s'occuperait particulièrement d'Artus, lequel se cabrait un peu et devait chercher Kergoet.

— Il convient, dit l'écuyer, qu'*elle* soit dignement mise en terre...

— Puisqu'il le faut ! dit Raymond, violemment.

Bien qu'ils ne les eussent pas entendus, ils avaient tous dans l'âme les cris d'Adelis luttant seule contre ses agresseurs et sachant qu'elle succomberait sous leurs coups. Ces cris semblaient les échos, perceptibles à eux seuls, d'un printemps clair, fertile en espérances et soudainement endeuillé par une perte d'autant plus terrible qu'elle était inattendue.

— Comme elle a dû nous haïr ! dit Raymond.

— Non, dit fermement Thierry. Elle en était incapable.

Il talonna Marcepin et, tout en s'éloignant, s'absorba dans une méditation hautaine.

Ogier sauta sur Marchegai.

— Raymond me déteste... Il se peut que je m'en sois fait un ennemi.

— Allons donc ! dit Thierry. Mais jamais j'aurais

pu penser qu'il aimait tellement Adelis... Il souffre...
Venez, messire... Et sang-Dieu ! redressez la tête.

Une pelle seulement. Chacun creusant sa part tandis
que les autres veillaient aux chevaux, la fosse fut hâti-
vement prête. Ogier l'avait voulue profonde afin que
la morte y reposât en paix.

— Te sens-tu, Raymond, le courage de l'ensépulturer ?

Sans un mot, avec maintes précautions, le sergent
prit la défunte à bras-le-corps et la fit glisser dans le
pertuis où elle tomba sur le flanc, les jambes à demi
ployées.

— Dieu ait son âme, dit-il, les mains jointes.

— Dieu l'accueille en son Paradis, murmura Ogier.

Un même émoi agitait leurs cœurs. Sans se parler,
ils échangeaient sur la trépassée des avis qui ne pouvaient être que semblables. Adelis leur avait fourni de
beaux mais différents espoirs. Par amitié, ils l'avaient
transplantée, tant à Rechignac qu'à Gratot, loin de ses
racines, dans un terrain propice à sa fleuraison. Vaines
espérances que de l'installer définitivement dans le
personnage de *dame* qui lui revenait. Le miracle d'un
complet épanouissement n'aurait pas lieu. Jamais plus
ils ne reverraient son regard si plein de franchise et
d'indulgence ; jamais plus ils ne s'émouvraient de son
sourire et de la mélancolie de sa voix.

Ogier n'osait parler. La jeune femme au visage ruisselant d'eau, assise sur un rocher de cascade, la nymphe patouillant dans la mer et d'autres personnages
d'Adelis, à la fois plus brumeux et plus précis, persis-
taient dans sa mémoire. Pas plus que lui, elle ne s'était
doutée de l'amour profond, peut-être désespéré, qu'elle
avait inspiré à Raymond. Morte ! Vision insupportable
que ni ses deux compères ni lui-même ne parviendraient à dissiper. A son remords d'avoir causé sa perte
s'ajoutait le regret de sa dureté à l'égard de celui qui

l'avait chérie en secret. C'était Raymond, l'homme d'armes apparemment insensible jusqu'à ce jour, qui souffrait le plus de ce trépas.

Comme il jetait avec désespérance et frénésie une dernière pelletée sur le tertre de terre caillouteuse, il fut pris de pitié envers son compagnon :

— Nous ne pouvons, Raymond, mettre une croix sur cette sépulture.

— Je sais, Messire. Nous la porterons dans notre cœur.

— Certes... Je prierai pour elle... Si tu veux, nous le ferons ensemble.

— Je préférerais que ce soit chacun pour soi et chacun pour elle.

— Tu es libre.

— Elle a embelli notre reze [1].

— Tu l'as dit !

Ils avaient envie de parler librement comme avant la mort d'Adelis, comme s'ils eussent pu, à force de verbiage, exorciser leur chagrin.

— Allons, vous deux, grommela Thierry. Il vous faut guérir de cette affliction. Adelis elle-même vous l'aurait demandé.

Raymond se tourna, farouche, vers l'écuyer :

— Guérir ! Guérir !... Tu nous la bailles belle. Pour ce deuil, je ne connais aucun remède.

— Ni moi, dit Ogier, humblement.

1. Voyage, expédition.

VII

Émergeant de son nid d'arbres inégalement touchés par les ténèbres, le donjon de Morthemer apparut, dominant de son ombre blanche le clocher de l'église à laquelle un corps de bâtiment le jouxtait. En contrebas, Ogier aperçut quelques toits et les scintillements de la rivière.

— J'ai appris, ce matin, qu'on l'appelle la Dive.

— La Dive, Thierry ?

— Eh oui, messire.

— C'est étrange : il y a des Harcourt en Normandie et des Harcourt en ce terroir. Il y a une Dive là-bas et une ici...

Il se tourna vers Raymond, lequel laissa tomber d'un ton froid et rauque :

— Elle aurait mieux fait de rester à Morthemer.

Haussant les épaules, Ogier considéra devant eux le formidable appareil militaire, et particulièrement le donjon sommé de tuiles brunes. Ce géant dressé sous un firmament moutonneux était bien à l'image de Guy Sénéchal : fort, morne et secret.

Ici, tout était net et comme pacifié. De lui-même Marchegai se mit à l'amble afin d'atteindre au plus tôt l'écurie. Ogier le laissa contourner le mur d'enceinte jusqu'à la porte close dont les pentures et les innombrables clous luisaient un peu. Thierry emboucha sa trompe ; il n'eut pas à sonner car un homme se penchait entre deux merlons.

— Leignes, messire, dit Champartel. Qu'a-t-il bien pu leur raconter sur la mêlée de l'*Ane d'Or* ?

Les robustes battants grincèrent et s'entrouvrirent. Le sergent apparut, coiffé de fer, couvert de ses peaux de bêtes, l'air superbe et maussade.

— Nous ne vous attendions plus. Avez-vous trouvé où gîter ailleurs qu'à Morthemer ?

Ogier fut dispensé de répliquer à cette insolence, puisque Raymond s'en chargeait :

— Si notre venue te chagrine, compère, va donc te plaindre à qui de droit !

Raoul s'écarta ; son crachat manqua de peu Saladin. Ogier vit les mains énormes crispées, l'une sur l'épée, l'autre sur un badelaire sarrasin dont le fourreau gonflait le devant de la ceinture. L'exécration qu'il vouait au malandrin s'accrut encore ; puis il regarda le donjon singulièrement hautain avec ses flancs biseautés et les noires saillies de ses mâchicoulis. Tout près, béant sur une galerie, un bâtiment évoquait un cloître, la vie recluse, quelque chose d'infiniment triste et d'irrémédiable. Une lueur palpita au clocher de l'église. Très vite, elle s'éteignit.

« On nous surveille... Quelqu'un d'autre que Grosses-Mains. »

Qui ? Et pourquoi ?

— Tiens, dit Leignes, votre sœur n'est toujours pas avec vous ? S'est-elle transformée en ce grand cheval noir ?

Du menton, il montrait Artus, que Thierry menait à la bride.

Ogier faillit manquer aux convenances en molestant l'effronté. Il n'eût fait que le réjouir. Mieux valait passer une nuit paisible et partir au petit matin.

Raymond quitta sa selle ; il caressa la crinière de Facebelle tout en lui parlant à mi-voix. Troublé par ces façons inhabituelles, Ogier mit pied à terre :

— Les palefreniers nous ignorent. Les gars, occupez-vous des montures et ne les quittez pas.

Il se réjouit que cette décision eût surpris désagréablement Leignes. Ni Raymond ni Thierry ne bronchèrent : sans doute, comme lui, pressentaient-ils quelque péril. Autour d'eux, Morthemer s'endormait. C'était l'heure où le jour et la nuit se partageaient le ciel, où les hirondelles au vol plané cédaient l'espace aux ratepennades. Leur danse vive, tressautante et feutrée, commençait. Hormis trois guetteurs derrière les créneaux, nul serviteur n'apparaissait dans l'orbe blond et frémissant des pots à feu.

— Je vais saluer le baron... Sachez, Leignes, que je n'ai pas besoin de vous...

Le sergent ricana, sûr de soi. La porte du donjon s'ouvrit et dans l'espèce d'alcôve ainsi créée par la lumière intérieure et l'ombre agglutinée sur le pied du colosse, une femme apparut.

Leignes s'éloigna, prouvant ainsi que, suppléant le seigneur impotent, cette dame régentait le château. Ogier la salua ; elle inclina sa tête couronnée d'une torsade cendrée maintenue par deux peignes d'argent. Elle était vêtue d'un bliaut simple de velours vert, serré à la taille et au buste, et dont une passementerie vermeille rehaussait le corsage entrouvert. Ses manches larges frémissaient au vent. Elle devait avoir trente ans. Elle dit, sans trop de courtoisie :

— Je suis dame Géralde, l'épouse de Guy de Morthemer. Ne vous voyant pas revenir, j'avais... je veux dire *nous avions* grande inquiétude.

Ogier s'inclina une fois encore. Sans émoi, il avait reconnu la voix de sa visiteuse nocturne.

— A son retour de Chauvigny où il avait accompagné le comte d'Alençon et sa suite, Leignes est allé rapporter à mon époux, en présence de ma nièce, des choses déplaisantes à votre égard... Je suis descendue afin de vous en avertir.

— En vérité, dame, c'est un jour funeste.

Ogier fut indifférent à l'œillade qu'elle lui adressa, bien qu'il l'eût trouvée prometteuse ; et comme, retroussant sa jupe, la châtelaine enjambait la première marche de l'escalier, elle dit à mi-voix, sans se retourner :

— Je viendrai cette nuit.

— N'en faites rien.

Ogier vit le dos penché tressaillir, comme cinglé d'un coup de fouet. La robe retomba ; le pied pesa sur la seconde marche, marquant ainsi l'arrondi du fessier.

— Dame, sachez que vos égards m'honorent, mais...

Il allait s'embrelicoquer dans des excuses lorsqu'une ombre tomba sur eux. Du sommet des degrés, Isabelle les observait. Il se pouvait qu'elle les eût entendus.

— Ainsi, vous voilà, messire Fenouillet !

L'accent était criard, méprisant.

— Holà ! protesta Ogier. On dirait une femme accueillant son époux attardé.

La jouvencelle serrait frileusement le col d'un pelisson noir :

— Il paraît que dans une hôtellerie de Chauvigny où s'en vont gargoter manants et truandaille, vous avez provoqué une mêlée afin d'y commettre au couteau une action des plus viles !

Ogier en demeura ébahi :

— Une mêlée, *moi* ?... Une action des plus viles ?

Il songeait : « Ramonnet, mort de ma main, n'est pas en cause. Leignes a dû lui conter la fin de Kergoet à sa façon. Pour me préjudicier, il m'impute ce meurtre... Et elle le croit ! La voilà tout affligée... Par ma foi, cette douleur la rend folle... Pourquoi tant de désespérance ? » Il s'y perdait.

Devançant la dame de Morthemer en l'effleurant au passage, ce dont l'hypocrite parut contrariée, il parvint sur le seuil de la grand-salle éclairé par une torche crépitante. La bouche pincée, l'œil fixe et sauvagement gris, Isabelle s'apprêtait à le vitupérer encore ; la baronne s'interposa :

— Ma nièce, messire, est mauvaisement agitée... Il paraît que vous avez occis un homme en le frappant dans le dos... Elle qui vous croyait si... Ah ! je ne sais que dire... Alors, comprenez sa déconvenue...

Il s'agissait bien de Kergoet, et Leignes avait pu porter ce coup mortel : furieux d'être privé de la nudité d'Hérodiade tant à cause de l'avarice du Breton que de l'esclandre provoqué par le « châtiment » d'Apolline, le sergent s'était revanché perfidement.

« C'est par jalousie à mon égard qu'il a fait accroire à cette écervelée que j'ai donné ce coup de lame. Et elle a avalé pareil mensonge alors qu'elle m'a dit vomir ce malfaisant au point de me demander de l'occire ! »

Bras croisés, Ogier se contint :

— C'est vraiment me déprécier, nobles dames, de penser que j'aie pu meurtrir quelqu'un aussi bassement. Ou votre nièce, baronne, malgré ce que j'ai fait pour elle, a de moi une opinion dont je suis bien contristé, ou la mort de ce chevalier — car c'était un chevalier de Bretagne — lui a troublé l'esprit !

Disant cela, il défiait Isabelle au visage blême, glacé, entre les retombées des cheveux sombres dont les pointes se courbaient comme des hameçons au toucher du pelisson noir... Pourquoi ce vêtement funèbre ? Elle ne pouvait porter le deuil de Kergoet.

— Leignes vous a-t-il fourni le nom de cet homme ?

Nulle réponse. Ogier soupira. Il achoppait sur quelque chose. Cette fille lui paraissait plus secrète encore qu'il ne l'avait imaginée. Ses yeux emperlés, ses sourcils froncés, ses mains demi-fermées amenées devant sa poitrine, non pour la protéger mais pour se regimber en quelques coups de griffes, exprimaient une rancune, une détresse démesurées.

— Damoiselle, je n'ai rien à me reprocher pour ce trépas dont j'éprouve, ne vous déplaise, de la tristesse.

541

L'homme se faisait appeler Enguerrand de Briatexte. Son vrai nom, c'était Jaquelin de Kergoet.

Le visage de la jouvencelle s'abaissa, se soustrayant tout entier aux regards.

— Avant d'expirer, il m'a fait don de son cheval et de ses armes... Hé oui, nous nous connaissions !... Quant à la façon dont il a quitté cette terre, votre Leignes n'a pu vous la raconter tout entière, puisqu'il s'est enfui dès que l'infortuné Breton s'est effondré. Mes compagnons l'ont vu courir comme un coupable. Et pour qu'il vous ait annoncé cette mort sans y avoir assisté — car Kergoet a expiré en ma seule présence —, c'est qu'il savait le coup porté fatal... or donc, qu'il l'avait donné !

Ogier affronta le regard larmoyant soudain tendu vers le sien.

— Je m'en veux à présent d'avoir laissé dans le dos de ce mort la lame avec laquelle il a péri... Vous auriez pu la reconnaître !

Négligeant la baronne attentive, il fit un pas vers Isabelle :

— Votre sergent devait avoir Kergoet en haine. Et si je vous trouve en un tel état d'affliction, c'est que vous le connaissiez, sans quoi, le fait que j'aie occis un homme, même d'une aussi honteuse manière, ne vous aurait guère destourbée... Quant au reproche sur la truandaille, outre que je n'en ai cure, dois-je vous dire que Kergoet la côtoyait volontiers... et que parmi celle de l'*Ane d'Or*, votre Leignes se sentait à l'aise ?... Au reste, cette hôtellerie qui m'a fait l'effet d'un coupe-gorge...

Il s'interrompit : le souvenir d'Adelis flamboyait dans sa mémoire. Aussitôt, la colère le prit :

— Damoiselle, ce dont je suis sûr à présent, c'est que Kergoet comptait dans votre vie !

A nouveau, Isabelle baissa la tête. Sa confusion valait un aveu. Elle avait autrefois fréquenté le Breton. Où et comment ? S'en était-elle éprise ? Après tout, ces sortes d'amours existaient : certaines jeunettes s'éprenaient volontiers d'hommes d'âge mûr qu'elles paraient souventefois de vertus imaginaires. Et Kergoet ? La rumeur le disait amoureux de Jeanne de Montfort...

— Damoiselle, hier, je vous délivrais ; ce soir vous vous êtes engrinée et enflambée à mon égard pour une vilenie dont vous auriez dû accuser celui qui vous l'a rapportée. Je ne vous reconnais plus... Sans trop savoir pourquoi, j'hésitais à porter vos couleurs. Cette fois, fermement, je puis vous dire que j'y renonce.

— Oh ! s'exclama la baronne. Isabelle m'a dit que vous aviez accepté.

— Vraiment ?

— Leignes l'a abusée. Il faut...

Après un geste cassant à la tante, Ogier se tourna vers la nièce suffoquée :

— Si vous êtes élue reine de ces liesses, vous aurez à vos pieds une cour de chevaliers... C'est le bonheur que je vous souhaite !

Pressé, soudain, de saluer le baron, il poussa la porte de la salle.

« Sang-Dieu, Adelis était pleine de bon sens à côté de ces femelles ! »

Adelis... Il se sentit seul, soudain, et le remords le prit, assorti d'une rage stérile : qui avait commis ce forfait ?

Guy II sommeillait près de l'âtre, ses lévriers à ses pieds. Il s'anima entre les accoudoirs de sa cathèdre :

— Ah ! vous voilà, Fenouillet.

Tout comme le visage un instant défripé, la voix exprimait la bienveillance. Ogier s'en trouva soulagé.

— Leignes m'a rapporté qu'on s'était battu à l'*Ane d'Or*... à cause d'une ribaude.

— Une bateleuse, messire... Et votre sergent vous a dit que j'avais percé un homme dans le dos... Il est vrai que j'ai meurtri un malandrin. Il m'avait assailli. C'était Ramonnet.

— Le sergent de Richard de Blainville !... Hier, il était encore parmi nous...

La baronne et sa nièce s'étaient approchées. Statues du recueillement et de l'attente, elles faisaient face au feu.

— Ramonnet m'a contraint à me défendre. C'est pendant que je l'affrontais que *l'autre* est mort d'un coup de traîtrise.

— Leignes m'a dit ignorer son nom. N'est-ce pas, Isabelle ?

Ogier ne se détourna pas. Les yeux fixés sur ce baron impotent dont la curiosité devenait exigeante, il révéla :

— Cet homme était un Breton : Jaquelin de Kergoet.

— Kergoet !

Ogier surprit le regard que Guy II, sous l'ombre du chaperon, reportait promptement sur sa nièce. Leignes, il en fut certain, connaissait Kergoet.

— Je ne l'ai jamais vu. Ce que j'en ai appris pendant la guerre de Bretagne est bien maigre... Quand Montfort est allé quérir le trésor de famille à Limoges, Kergoet l'accompagnait. A son retour, il a trouvé son châtelet en ruine. Tous les siens, sauf son frère puîné, avaient péri sous les épées d'un troupeau de routiers venant de la forêt de Paimpont. Nul n'a jamais su qui a perpétré ces forfaits... De ce jour-là, le bon Kergoet est devenu cruel. Isabelle a dû le rencontrer quelquefois. Il faut vous dire qu'elle est native de Ploërmel et qu'elle vit définitivement à Morthemer depuis six mois... Nous l'avons recueillie à la mort de sa mère, la sœur puînée de mon épouse.

Devançant sa tante non moins agacée qu'elle, Isabelle murmura quelques mots à l'oreille du baron. Sans doute l'invitait-elle à se taire ; puis, affrontant l'ingrat qui dédaignait ses couleurs et sans doute ses avances :

544

— C'est vrai, j'ai parfois rencontré Kergoet. Avec moi, il était avenant... Voilà pourquoi je suis toute desbaretée[1].

Elle semblait paisible — ou résignée. A quoi pensait-elle ? Tout près, la baronne écoutait, épiait ; un sourire amincissait sa bouche. Son époux, accoudé, le torse en arrière, se pencha presque brutalement :

— Que venait-il donc faire en Poitou ?

— Jouter, tournoyer... sous un nom d'emprunt, cela va sans dire !

Isabelle avait répondu vivement ; Ogier regretta de ne pouvoir sonder ses pensées.

— On le disait en Angleterre... Mais on dit tant de jengles et de lobes[2]... C'est vraiment mourir bêtement !... Allons, ma nièce, ne prends pas ce visage éploré !

« Si cette fille aimait quelque peu Kergoet, songea Ogier, sa fureur, à présent, devrait s'exercer contre Leignes... La voilà qui me montre son dos... Pourquoi n'ose-t-elle plus me regarder ? »

Il s'approcha de la cheminée ; Isabelle s'en éloigna et se réfugia dans l'ombre.

— *Il* s'était fait appeler Briatexte.

Ogier s'étonna que la baronne lui eût, tout en parlant, jeté un regard implorant. Guy II serra les poings posés de chant sur ses accoudoirs :

— Les chevaliers déchus, m'amie, n'ont guère d'autre recours que le nom d'emprunt pour vivre la tête haute. Ils doivent en souffrir s'ils sont vertueux... Mais n'aviez-vous point hâte d'aller au lit avant le retour de nos hôtes ? Votre migraine vous tourmente-t-elle encore ?

Cette inquiétude exprimée débonnairement, le baron redevint maussade. Avait-il surpris le coup d'œil de sa femme ? Connaissait-il ses errances nocturnes dès lors

1. Affligée et découragée.
2. Tant de plaisanteries et de tromperies.

qu'il accueillait un visiteur ? Sitôt après ces vaines questions, un second malaise accabla Ogier : « Il ne peut se douter que j'ai changé de nom. Pourtant, il a mis le doigt sur la plaie. » Il s'efforça de soutenir le regard de cet homme diminué mais capable, si on l'y juchait, de demeurer en selle. Et soudain, ce qu'il redoutait le plus se produisit :

— Mais, Fenouillet, reprenait le baron après un sursaut de tout le corps, où est donc votre sœur ?

D'une voix altérée, Ogier rapporta ce qu'il avait convenu avec son écuyer, sans que Raymond leur eût fourni son accord :

— Nous avons rencontré un de mes oncles, de passage à Chauvigny. Comme il s'en revenait en Langue d'Oc, Adelis l'a suivi... Elle trouvait qu'il pleut trop en Poitou.

— Même s'il n'est pas chevalier, votre oncle aurait dû demeurer jusqu'à lundi soir !... Les joutes et le tournoi sont toujours admirables.

Ogier trouva qu'on avait assez parolé. Pour tout. C'était aussi l'avis de la dame de Morthemer. Elle venait de lui lancer une œillade éloquente. Elle pourrait monter, elle trouverait chambre vide. Et tandis qu'Isabelle s'appuyait d'une fesse sur l'accoudoir de la cathèdre où le baron semblait succomber au sommeil, il se dit qu'elle était sans grâce, redoutable, ambitieuse. Kergoet avait traversé sa vie. Comme *quoi* ? Avaient-ils été amants ?

— Avez-vous soupé en chemin ? demanda la baronne.

Ogier mentit en répondant par l'affirmative ; mais quoi : s'il eût pu demeurer jusqu'à l'aube devant l'âtre, en la seule compagnie de Guy de Morthemer, il était incapable de rester plus longtemps à proximité de cette femme dont l'affabilité dissimulait une hardiesse si étrange et impénitente. Son enfant, elle se le ferait faire par un autre ! Quant à l'intérêt qu'Isabelle lui portait, chargé de fiel, de colère et peut-être également de remords, il ne pouvait s'en accommoder.

— Le champ clos vous convient ? demanda le baron.

— Oui, messire. J'essaierai d'y agir au mieux... à la grâce de Dieu. Il en va de ces jeux-là comme des autres : les mérites et l'habileté sont insuffisants sans l'appui de la bonne chance.

Guy de Morthemer laissa tomber ses bras hors des accoudoirs et maugréa :

— Je resterai céans. Je ne puis tout de même aller à Chauvigny en litière ! On s'ébaudirait !... Mais, Fenouillet, je sens que vous ferez de belles appertises... Savez-vous que le mois dernier, l'évêque Fort d'Aux, que j'avais convié à ma table, s'est déterminé à faire en sorte que notre nièce soit la reine de ces journées de liesse... Nous ne savons rien... n'est-ce pas, m'amie ?

— Non, rien, dit la baronne. Si elle est élue, nous le saurons demain... Alix d'Harcourt la trouve avenante... et son époux également... Mais ils ne sont pas seuls à décider du choix...

La dame soupira. Il semblait qu'elle se livrait à un combat héroïque en elle-même, avec alternative de triomphes et de revers. Et ce combat ne concernait point sa nièce. Elle reprit, après une nouvelle insufflation :

— Le comte d'Alençon et surtout messire Blainville nous ont promis leur aide.

Isabelle caressait une levrette assoupie. Elle semblait sourde à ces propos.

— Blainville, reprit le baron, sera un jouteur redoutable !... Et Guesclin... Ma nièce m'a dit qu'il était présent.

« Tiens... » songea Ogier tandis que le baron continuait :

— Il y aura Raoul de Cahors [1].

Ce nom-là, Kergoet l'avait prononcé.

— Qui est-il, messire ?

— Tout ce que j'en sais, c'est qu'il vient de Guérande... Il y aura également — il est arrivé — Godemar du Fay, un prud'homme. Il est chevalier, sire de Bouthion, gouverneur du Tournaisis, capitaine général des villes des marches de Flandre et de Hainaut...

— Il y aura Jourdain de Loubert, sénéchal du Poitou, dit la baronne.

Tandis qu'Ogier se demandait si elle avait rejoint ce chevalier au lit, Guy de Morthemer grommela :

— Celui-là !... Ne pense qu'à son escarcelle. Je l'ai accompagné à Tournai, en 40, quand ça allait fort mal pour nos bannières. Nous étions avec le comte d'Eu... Il n'a jamais pensé qu'à ses indemnités !

— Qui encore, messire ?

— Leignes m'a fourni d'autres noms qu'il tient de Talebast. Je sais qu'on attend Jean IV d'Harcourt... Pourquoi sourcillez-vous ?

---

1. Raoul de Cahors (ou Caours) originaire de Guérande mais pourvu d'ancêtres méridionaux est, selon Siméon Luce (*Histoire de Bertrand du Guesclin*, Paris 1876), « *une des figures de bandits les plus cyniques qu'offre l'histoire du XIVᵉ siècle, si riche, pourtant, en types de brigandages* ». Il changeait de parti au gré de son intérêt, « *déjeunant de l'Anglais ou soupant de la France* », combattant le lendemain ceux qu'il avait servis la veille. Attaché au parti de Montfort, ce chevalier se rallia à Charles de Blois, et Philippe de Valois, inconscient, lui délivra des lettres de rémissions en 1345.

En 1346, Cahors était redevenu « Anglais », et le 17 janvier 1347, il recevait du tuteur de Montfort pleins pouvoirs pour traiter avec les habitants de Nantes. Il est compris nommément dans la trêve du 28 septembre suivant comme partisan de Jeanne de Belleville, épouse de Clisson, et il est même, avec les capitaines du pays, l'un des gardiens de cette trêve en Bretagne pour le roi d'Angleterre (convention affectant la forme d'une donation datée du 4 juillet 1348, confirmée le 9 août). Raoul de Cahors se soumit à Jean le Bon en 1350... en échange des fiefs de Beauvoir-sur-Mer et de Bouin : l'ancien duc de Normandie n'avait pas plus de discernement que son père. On ignore quand Cahors naquit ; quand, où et comment il mourut.

— C'est le frère de dame Alix... Que sait-on du Boiteux, leur puîné ?

— Rien... Il est en Angleterre... Laissez-moi vous dire, Fenouillet, que vous trouverez devant vous des Poitevins moult vaillants et d'une grande apperteté[1].

— Qui dois-je craindre, messire ?

— Gauvain Chenin, notre voisin du bourg de Morthemer. Il est chevalier, seigneur de Lussac... Il y aura Hugues de Fressinet, qui tient Fressinay, un fief relevant de la baronnie d'Harcourt. Il y aura Guillaume d'Allemaigne, capitaine du château de l'évêque et sire de l'Épinoux... Le malheureux Talebast vient d'être supplanté par cet homme dans l'affection de Fort d'Aux... Il devra se contenter de veiller autour de la lice...

Ogier redoutait une présence importune.

— Et messire Arnaud de Cervole ?

— Il n'est jamais venu. Nous en avons ouï parler sans le voir jamais.

Isabelle sourit, moqueuse ou pacifiée :

— Vous en semblez soulagé, messire ? Est-il votre ennemi ? Elle ne le défiait point : Ogier se montra courtois :

— Je n'ai vu qu'une fois celui qu'on nomme l'Archiprêtre... Et tenez, damoiselle, ce jour-là, Kergoet était à mon côté, mais je le connaissais sous le nom de Briatexte... Allons, n'ayez plus cet air contristé. Sauf Blainville, je crois ne connaître aucun des champions que vous verrez en lice... Mais Blainville !

Il s'approcha de la jouvencelle et, baissant la voix :

— J'aimerais le bouter hors de selle et le réduire quelques jours à l'impuissance... en attendant mieux.

Isabelle serra les mâchoires au point que ses joues blêmirent. Ses yeux flambaient. Ce visage durci exprimait la détestation. Mais envers qui ? Lui, Ogier, ou

1. Habileté.

l'homme lige de Philippe VI ? A moins qu'il ne s'agît des deux ensemble.

Le baron bâilla bruyamment :

— Cet homme est un démon ! Il conviendrait qu'il morde la poussière.

— Je m'y emploierai, messire.

Ogier vit apparaître Champartel, soucieux, puis Raymond, toujours outrageusement affligé. Les rejoignant en hâte, il les admonesta :

— Vous deviez rester près des chevaux !

— On a faim. On a cru que vous mangiez. Saladin veille à l'écurie...

— Moi aussi, j'ai faim, Raymond, mais nous mangerons du pain sec en signe de pénitence.

Tourné vers ses hôtes, Ogier les pria de ne se faire aucun souci et leur souhaita la bonne nuit. Sa retraite brusquée les surprit et parut consterner la baronne. Peut-être, dans la chambre d'en haut, se serait-elle montrée ardente...

Parvenu au milieu de la cour, Ogier s'arrêta :

— Isabelle est native de Ploërmel. Elle connaissait Kergoet et ne vit à Morthemer que depuis six mois. Je jurerais qu'elle est du parti de Montfort.

— Alors, dit Thierry, ce que Guesclin racontait sous les arbres... Raymond eut un rire bas, méprisant :

— Je vous avais bien dit que je l'avais vue à Hennebont... Toi, Thierry, tu t'es moqué comme toujours ; vous, messire, vous avez dodiné de la tête... Seule Adelis m'avait cru... La pauvre !

Ogier soutint le regard du sergent : « Ce rioteux[1] m'en veut !... Ne peut-il pas comprendre que ma détresse est grande ?... Plus grande que la sienne ! » Il se remit à marcher et fut heureux de ne voir aucune ombre aux abords de l'écurie. Leignes, s'il avait voulu nuire à leurs chevaux, eût été privé du temps nécessaire. D'ailleurs, Saladin l'en aurait empêché.

1. Faiseur de *riotes* : querelles.

Çà et là, dans les ténèbres, une croupe brillait. La paille, sous la tendre clarté de la lune, prenait des luisances d'argent.

— Les gars, nous dormirons ici... Raymond, sors la miche. Ce soir, c'est le pain sec, mais nous avons du vin. Demain, nous mangerons mieux... Et aussi vrai, Thierry, que je me nomme Ogier, le mauvais sort nous abandonnera !

Cette menterie s'adressait à deux incrédules. Si elle égayait le plus jeune, elle désobligeait l'autre dont le cœur saignait toujours. Mieux valait, en cette nuit de deuil, se résigner au silence et abdiquer toute autorité.

— Mangeons tout de même, les gars... Thierry, fais le signe de croix sur la miche... Je vais dire le *benedicite*.

— Ça sert à rien... grommela Raymond.

Sans doute avait-il raison. Si jamais, depuis Gratot, Dieu les avait pris sous Sa garde, il semblait qu'Il les eût abandonnés en les privant d'Adelis.

— Soit, dit Thierry, résigné, pas de *benedicite*.

Ce renoncement renforça la détermination d'Ogier. Il décida de ne pas se laisser dominer par sa peine et de combattre, au moyen d'une sorte d'indifférence, l'espèce d'ivresse lugubre de Raymond.

« Il semble un veuf qui n'aurait pas encore connu l'amour ! »

Son sergent avait-il espéré qu'un jour, par simple bonté d'âme, Adelis lui appartiendrait ?

« Non ! Il n'est pas ainsi... Et moi, comment suis-je ? Ai-je espéré qu'elle me céderait une fois encore ? »

Eh bien, oui. Il n'avait cessé de souhaiter cette étreinte. Et s'il avait aimé Adelis d'une étrange façon, le sentiment qu'il éprouvait à son égard n'avait cessé d'être noble.

Sa gorge se noua. Il eût voulu être seul et pleurer. Mêler ses larmes à l'amertume de n'avoir point révélé à cette malheureuse jusqu'à quel degré d'affection il avait engagé son désir de la sauver. Jamais Raymond ne saurait combien cette disparition le marquait, combien son cœur saignait, combien des pleurs qu'il n'osait verser montaient du fond ignoré de son être.

« Ressaisis-toi ! Conduis-toi... »

En homme ou en chevalier ?... Comme si les larmes n'étaient pas dévolues à l'un et à l'autre !

— Soyons forts et unis, mes compères. Il nous faut restaurer l'honneur de mon père et le mien. *Elle* nous a quittés ? Ne m'abandonnez pas.

C'était un gémissement. L'exigence et l'humilité s'y mêlaient. Seule la volonté de réussir son entreprise devait diriger ses actions prochaines. Devant le brutal témoignage d'une male chance qui affectait si terriblement Raymond, il ne pouvait renoncer à cet évangile de fraternité dans lequel sa pensée n'avait cessé de se sentir à l'aise et qu'il avait prêché à ses compères avec une foi sans défaillance.

— Il me faut vaincre l'adversité. Sans vous, je n'y parviendrai pas.

Or, quel visage ou quels visages avait-elle ?

— On fera pour le mieux, dit Raymond, car il nous la faut venger *elle aussi*.

Ogier acquiesça volontiers. De quelles épreuves ce vendredi à naître serait-il composé ?

VIII

Il avait suffi d'une nuit et d'un matin pour que les tentes fussent devenues trois ou quatre fois plus nombreuses dans le grand champ de Chauvigny, entre la lice et la Vienne.

— Une centaine de trefs et d'aucubes[1], messire ! De toutes tailles et toutes couleurs. Certaines de ces maisonnelles doivent être en samit tant elles brillent !... Voyez les Bretons : ils semblent des hurons avec leur cahute où, par ma foi, la feuillée l'emporte sur le drap !

— Ne te moque pas trop, Thierry. Notre pavillon ne vaut pas grand-chose. Plantons-le là-bas, à l'écart. Nos chevaux seront toujours à l'ombre de ce boqueteau ; nous pourrons aller les abreuver aisément à la rivière... Pendant que je t'aiderai, Raymond va aller en ville.

— En ville ?

— Oui, l'ami. Tâche de savoir où nous procurer de la cévade[2] et du foin. Trouve également les échoppes où la vitaille est bonne et au moindre prix. Voilà mon escarcelle... Prends une de nos besaces et apporte-nous de quoi manger à midi et ce soir... Adelis, les gars, va nous manquer aussi pour accommoder la pitance !

---

1. Les trefs étaient des tentes coniques, les aucubes des abris à deux pans.
2. Avoine.

— Hé oui, messire !

Raymond semblait apaisé bien que son regard, trop souvent fuyant, ne divulguât point ses pensées. Tourné vers la cité, Champartel considéra les châteaux blancs et fiers en soupirant. Trois plis barraient son front. A quoi pensait-il ? A la joute ? Les innombrables leçons de Gratot suffiraient-elles pour qu'il se maintînt long-temps en selle ? Il ne pourrait affronter les meilleurs que s'il éliminait auparavant le fretin des commençail-les : les novices et les lourdauds. A moins qu'à la mon-tre des heaumes, il ne lui vînt l'envie de défier quelque grand seigneur...

— Vois aussi, Raymond, recommanda l'écuyer, s'il n'y a pas là-haut quelque imagier disponible. Il faut un marteau sur mon écu. Sinon, rapporte un pinceau et des couleurs. Du rouge et du blanc, en guise d'argent, à moins que cette teinte existe. Puisque les juges m'ont laissé le choix, mes armes seront : *de gueules au mar-teau d'argent*.

Sachant les chevaux las, le sergent partit lentement, sans se retourner. Thierry le suivit du regard :

— Il a du chagrin, messire. Il s'était amouré d'Ade-lis, mais ça, ni vous ni moi ne l'avions deviné... et je crois bien qu'elle n'en savait rien.

Ogier refusa d'engager l'entretien. Par lâcheté. Il avait mal dormi sans que la paille de Morthemer en fût cause. Belle et charnelle, Adelis avait hanté son sommeil.

— Allons, Champartel, aide-moi à monter la tente...

Ils assemblèrent et chevillèrent bout à bout les qua-tre tronçons de leur estace [1], qu'ils fichèrent profondé-ment dans le sol. Ensuite, autour du cercle tracé par l'écuyer à partir de ce centre, ils enfoncèrent à coups de maillet les trente paissons [2] d'acier aux anneaux des-quels ils attachèrent les cordes de soutien. Ogier dressé

1. Mât central.
2. Piquets.

à l'intérieur sur la pointe des pieds, l'écuyer agissant au-dehors, ils déplièrent et fixèrent le drap gris et fané. Lorsque la voûte en fut ajustée, après qu'Ogier eut noué la dernière aiguillette, Thierry pénétra dans l'édifice où il demeura le dos courbé par crainte d'en endommager l'équilibre.

— Il y a des trous. Souhaitons qu'il ne pleuve pas !... Je crois bien que lorsque nous aurons mis à l'abri tout ce qui nous appartient, un seul d'entre nous pourra gésir là-dedans !

Après avoir tiré sur quelques cordes pour en éprouver la tension, ils sortirent.

— Quand un de nous dormira, les autres veilleront sur les chevaux. J'ai vu de la truandaille.

— Nous sommes trop peu. Il nous faudrait Bressolles.

— Va donc débâter son genet.

L'écuyer s'en alla ; il revint aussitôt apportant les trois lances. Les sacs, les selles furent déposés peu à peu autour d'elles, de façon à les maintenir debout. Une fois les chevaux soulagés, l'écu d'Ogier fut mis en montre au seuil du pavillon. Thierry semblait soucieux :

— J'ai peur, messire, qu'avec Facebelle parmi eux, et l'odeur de tous ces roncins attachés près d'ici, nos chevaux ne se querellent...

— Mets la jument à l'écart. Sépare Marchegai d'Artus et fais en sorte qu'ils puissent ruer sans s'atteindre. Il ne manque pas d'arbres ! Et avant de t'éloigner, passe-moi la fardelle où Kergoet enfermait son armure...

Cette housse en peau de cerf excitait d'autant plus la curiosité d'Ogier qu'il avait dû en différer l'inventaire. La veille au soir, dans l'écurie de Morthemer, il faisait trop sombre ; quant à ce vendredi, ils avaient quitté le château bien avant le lever du soleil. Ni la baronne ni sa nièce n'étaient donc apparues ; en revanche, flanqué de Leignes et du portier Lucas, Guy II les avait rejoints en vacillant sur ses béquilles : « *Pourquoi partez-vous comme des mécréants ?... Avez-vous trouvé mon hospitalité déplaisante ?* » Il était offensé. A juste raison.

— Tu as vu, Thierry, comment le baron s'est courroucé contre moi !

— Nous ne pouvions user nos forces en chevauchées inutiles... Et nous avons besoin d'être à Chauvigny. Croyez-vous qu'Adelis ait été occise par des gens du complot ?

— Je ne sais... Nous ne saurons jamais sans doute comment et par qui elle fut meurtrie.

— Qui sait ?... Mais ouvrez donc cette fardelle !

Ogier s'assit sur une selle et dénoua les cordons de cuir du grand sac tandis que Thierry, sans bouger, surveillait d'un œil les chevaux.

— Ce doit être l'armure noire qu'il portait au siège de Rechignac.

C'était elle. Ogier tendit à l'écuyer le heaume piriforme dont le mézail, percé d'une vingtaine de trous, avait souffert d'un coup de taille. Il posa ensuite à ses pieds la cuirasse complète et ses tassettes, les canons des bras aux épaulières épaisses, puis les gantelets, les cuissards, genouillères et jambières où çà et là des heurts avaient écaillé la peinture.

— Oh ! messire, s'exclama Thierry en se penchant. Qu'est-ce que vous tenez là ?

Ogier venait de saisir, au fond du sac, un bouclier dont l'étrangeté l'ébahissait autant que l'écuyer.

— Une taloche, Champartel. Seigneur, je n'en avais jamais vu de pareille.

C'était une défense concave, de dix pouces de large et de quinze de long, arrondie sur les bords et constituée d'une plaque de bois solide — du poirier sans doute — revêtue d'un quadrillage en relief d'os et de corne de cerf. Après l'avoir examinée de près, Ogier la tendit à Thierry :

— Crois-moi : cet échiquier singulier doit avoir des

vertus que nous ignorons... mais qu'il me semble deviner.

La targe se fixait au côté senestre de l'armure par deux grosses tresses de cuir, l'une passant sur l'épaule, l'autre en dessous.

— Cet écu m'a l'air bien étroit, messire.

— Certes, mais rien, en protection, ne doit pouvoir égaler cette merveille. Le rochet[1] ennemi ne peut glisser là-dessus comme sur un écu ordinaire. Du fait de cet arrêt brutal, la hampe se rompt tandis que l'homme qui t'a frappé se trouve repoussé de lui-même à fond de selle... Crois-moi : je renonce à mon écu pour les joutes car voilà ce qu'il me fallait. Peu de chevaliers doivent en posséder. Il me faut y peindre mes armes...

Champartel eut une moue dubitative :

— Je préfère l'écu que votre père m'a donné. Au moins, il me protégera de la joue à la hanche.

— Ce que je peux te dire aussi, Thierry, c'est que Kergoet entretenait ses défenses : fers et cuirs y sont gras... Qu'allais-tu ajouter ?

— L'armure...

— Que veux-tu que j'en fasse ? Elle paraît à ta taille : je te l'offre ainsi que sa Gloriande. Tu donneras ton haubert et tes armes à Raymond.

— Vous me voyez comblé de joie... Éperdu de gratitude... Il me reste à devenir chevalier !

A l'inverse du sergent, l'écuyer, au moins, révélait ses pensées.

— Je pourrais te traiter d'outrecuidant, mais je ne doute pas que tu gagnes un jour les éperons.

Revenant aux réalités de ce jour de soleil et de vent aigre, Ogier sourit :

— Tu endosseras plus tard cette armure. Remets-la dans ce sac et viens voir les chevaux avec moi.

---

1. On appelait parfois la lance de joute *roc* ou *rochet*, pour bien signifier qu'elle portait à son extrémité une rondelle mamelonnée dont le fer était émoussé, et qui transformait ainsi l'arme d'hast guerrière en arme courtoise.

Tous étaient tranquilles. Les mouches, rares, les agaçaient à peine. Ils examinèrent les fers de Facebelle, Veillantif, Marchegai, Marcepin et Artus, sans oublier le genet de Bressolles. Ils tenaient bon. De retour devant la tente, l'inspection fut consacrée aux selles. Panneaux, troussequins, étrivières, étriers se révélèrent solides.

— Très bien, Thierry. Tantôt, nous fourbirons mon armure : je la veux étincelante... Ensuite, nous irons nous exercer dans ce grand pré, là-bas, à l'écart des curieux et loin de ce Guesclin !

Devant son buiron couvert de feuillages, poings aux hanches, le Breton semblait les défier.

— Messire, sur son écu figure une aigle à deux têtes. Plumez-la !

Ils rirent ; aussitôt Guesclin agita son poing. Une vigueur épaisse et lugubre émanait de cet homme à la face ranine.

— Il part... Il s'en va, Thierry, vers la Vienne.

— Il va chier ! Bientôt tous les chemins par là seront semés d'étrons ! Le défierez-vous, messire ?

— Je suis sûr que nous avons la même envie de nous meshaigner [1]. En attendant, il va falloir nous consacrer à nos apprêts et faire courir nos chevaux comme il sied qu'ils courent. Nous devons être les meilleurs !

Ogier s'étonna d'avoir parlé si tristement alors que son cœur battait fort. Il comprit la raison de son trouble : il ne cessait de regarder, au-delà de la cahute des Bretons, la berge où Adelis gisait sous quelques pieds de terre.

Reportant son attention droit devant lui, il aperçut un cavalier passant derrière l'échafaud central au fond duquel des commères accrochaient une tapisserie. Reine ou non, il imagina Isabelle assise là, parmi les épouses et les donzelles des prud'hommes poitevins ; et fronçant les sourcils :

1. Maltraiter.

558

— Thierry, voilà Blainville... Où s'en va-t-il ainsi ?

— Pour le savoir, il faudrait le suivre, et ça pourrait nous porter malheur !

L'écuyer ne pouvait oublier Adelis.

— Vivement que nos lances se croisent ! Je l'enverrai...

Ogier ne put achever car Champartel s'écriait :

— Voyez donc ce que Raymond nous amène !

Le sergent revenait en compagnie d'Hérodiade, décemment vêtue d'une robe vermeille, de Marcaillou portant Apolline emmaillotée, et de Denis, tenant les brides des trois chevaux efflanqués qu'ils avaient vus, la veille, dans le champ voisin de l'*Ane d'Or*.

— Voilà, messire Ogier : je les ai trouvés non loin du château de l'évêque. Elle...

Le sergent du menton désignait la bateleuse :

— Elle a voulu vous revoir tous les deux : Thierry, pour le regracier[1] d'avoir affronté le Breton, et vous, pour...

D'une poussée, la jongleuse interrompit Raymond :

— Laisse-moi parler, compère !... Toi, Thierry, tu as bien fait de t'en prendre à ce malandrin.

Le terme parut impropre à Ogier. Il avait détesté Kergoet ; sa mort avait tout effacé.

— Raymond m'a dit que c'était ce gars aux grosses mains qui l'avait occis ?... N'en parlons plus... Foi d'Hérodiade, je ne vais pas pleurer ce trépas... Nul ne doit le pleurer, d'ailleurs !

— Qui sait ? dit Thierry.

— Alors, il faut être fou !

— Ou folle, rectifia Ogier.

Après l'avoir prise pour une pucelle aux abois, puis pour une fille en mal d'amour et de chevalier servant, il devait s'avouer qu'Isabelle était inquiétante. Hérodiade lui tendit l'objet qu'elle tenait serré sous son aisselle. Il reconnut son chaperon.

1. Remercier.

— Hélas ! messire, il est vide. Le tenancier de l'*Ane d'Or* a conservé son contenu pour payer le brisement de ses meubles.

— Nous sommes ruinés, dit Marcaillou en glissant un baiser sur le front d'Apolline.

— Tant pis ! grogna Denis. Je vous avais dit de ne pas entrer dans cette taverne.

— Et savez-vous, messire ? Il manquait quelqu'un, lorsque nous y sommes retournés. La Jeannette... Elle a dû prendre peur !

Hérodiade riait. Sa robe montait jusqu'à son cou ; des manches longues, aux rebras garnis de dentelle un peu jaunie, mais propre, complétaient cette armure de tiretaine. Des socques de bois et de cuir cordouan protégeaient ses pieds. Peut-être, ainsi, vêtue en manante, se sentait-elle moins à l'aise que dans ses voiles bigarrés.

— La singesse va bien ? demanda Thierry.

— Si on veut, dit Denis. En tout cas, le mire qui l'a soignée me paraît plein de clergie [1]... Benoît Sirvin...

— Nous avons déjà ouï ce nom-là.

— Il a apaisé ses souffrances et l'a recousue. Et voyez : elle n'a plus mal ; elle dort... Tout autre que ce médechin nous aurait envoyés au diable... Pensez donc : soigner une bête... Ah ! messire, vous qui allez jouter, si vous attrapez quelque mauvais coup, allez voir ce saint homme : il saura faire en sorte que la navrure soit sans conséquence...

Hérodiade riait, et son rire était frais, jeune ; Ogier l'interrompit :

— Qu'allez-vous faire, maintenant ?

— Nous passions, je vous l'ai dit. Mon frère et Marcaillou iront chanter çà et là ; moi, je les attendrai sagement... Dès la fin de ces liesses, nous partirons pour Avignon.

Adelis aurait eu plaisir à connaître cette fille. Tou-

1. Savoir, science.

jours cette crispation du cœur à l'idée qu'elle n'était plus et qu'elle reposait *là-bas*, sans cercueil ni prière, avec pour linceul une robe de Gratot.

— J'ai besoin de vous trois.

Hérodiade cilla, Marcaillou demanda :

— Pourquoi, messire, avoir recours à des bateleurs de notre espèce ?

Il semblait doux, accommodant ; Denis, hargneux, s'enquit :

— Que nous faudrait-il faire ?

— Veiller sur nos chevaux et nos harnois avec mon chien et Raymond, contre mangeaille et rétribution.

D'un regard, les bateleurs s'interrogèrent ; ils approuvèrent en même temps.

— Pourquoi pas, dit Denis. Et ma sœur, à quoi la destinez-vous ?

Le ton signifiait : « N'espérez pas l'avoir dans votre couche. » Négligeant ce hutin, Ogier interpella Hérodiade, assise sur une selle et occupée à tapoter l'échine de Saladin.

— Il y a un trépied dans notre pavillon, et des patelles, marmites, écuelles : tout ce qu'il faut pour cuisiner. Vous feriez cela mieux que mon sergent.

La jongleuse entra sous la tente ; Ogier l'entendit manier les ustensiles de fer et d'étain ; quand elle ressortit, elle agitait les robes de Gratot :

— Votre dame, votre concubine, votre sœur ou votre meschine [1] vous a quittés ?

— Hélas ! oui, dit Ogier en se refusant à croiser le regard de la bateleuse.

— *Boudious*, pour avoir des vêtements pareils, elle était riche !

— Ces robes sont à vous : je vous les donne.

— Holà ! ce sont des vêtements de noble... Cette femme était princesse ?

Le regard d'Ogier accrocha celui de Raymond, pâle,

1. Fille, domestique.

exaspéré par ce ton de gaieté pourtant sans malice. Il
fut à peine surpris d'entendre le sergent répliquer :

— Princesse, elle aurait pu l'être... Mais n'en parlons plus, s'il vous plaît.

— Qu'est-elle devenue ?

— N'en parlons plus !

— Ben merde, alors ! s'étonna Hérodiade, tournée
vers Ogier. Qui commande céans ? Vous ou ce marmouset ?

Elle lui souriait avec une sorte de tendresse un peu
moqueuse ; il vit que ses yeux pouvaient être doux,
que sa bouche était belle et qu'à nouveau Denis sour-
cillait. Tout proche, un chariot passa, bourré de foin
jusqu'en haut des ridelles ; deux bœufs le tiraient. Marchant devant, une fourche en main, le fenassier hurla :

— Au fourrage ! Qui veut du bon fourrage ?...
Affouragez-vous ! Des cris jaillirent parmi les tentes :

— Moi !

— Approche !

Des palefreniers se précipitèrent :

— Par ici, l'homme !

Il y eut des coups et des insultes.

— Et nous ? demanda Raymond.

— Nous en prendrons un peu pour ce jour d'hui et
demain matin. Ensuite, dès l'après-midi, nous devrons
avoir de l'avoine. Il va falloir en trouver deux ou trois
boisseaux [1]...

— Pourquoi ?

— Parce que en les avoinant la veille et le matin de
la joute, Veillantif et Marchegai auront du sang... les
veines bien gonflées, et qu'ils seront nerveux, prêts à
subir les efforts. Sache-le une fois pour toutes,
Thierry : l'herbe endort.

Hérodiade se recueillit un instant, comme pour s'imprégner du bruit et des cris, autour d'elle ; puis, avec
cette familiarité que son frère désavouait :

1. 26 à 39 litres.

— Bien que n'étant pas maître-queux, je vous ferai à manger.

— Vous aurez de quoi quérir notre nourriture.

Ogier surprit le regard étonné de Thierry, et ce fut son tour d'être mécontent : « Il me fait reproche d'engager ces compagnons alors qu'il se plaignait que nous fussions si peu !... Quant à Raymond... » Le sergent l'observait d'une façon étrange, faite d'inquiétude et de résignation. Sentant qu'ils prenaient la jongleuse pour une incurable pécheresse, et peut-être l'imaginaient dans ses bras, vêtue des seules flammes noires de sa crinière, il rit et précisa :

— Nous sommes dans la pauvreté, mais ne craignez rien : vous toucherez votre dû.

Hérodiade haussa les épaules :

— Ne redoutez-vous pas, vous, messire, qu'en vous encombrant de gens de notre espèce, on ne se mette à vous mésestimer ? Les grands seigneurs ont leurs ménestrels et leurs fous ; on le leur pardonne parce qu'ils sont fortunés. Pas vous... Oh ! certes, vous n'avez pas piteuse apparence, mais...

Elle le pensait, tout de même. Plongeant dans la ramure, un rayon de soleil éclaboussa ses yeux, son front, ses joues. L'expression de son visage devint farouche. Ogier sut que cette femme serait plus qu'aidable : dévouée.

— Je ne me soucie pas de ce qu'on pensera, dit-il. Raymond, que nous as-tu rapporté ?

— Pain, pâté, saucisses et bacon. Quant au vin, tel ce fourrier qui s'éloigne, un vigneron passe avec des tonneaux... Nous n'avons qu'à l'attendre avec nos pichets.

Les chants d'oiseaux pétillaient dans les arbres ; au loin, des chevaux hennissaient, excités par l'odeur du fourrage. Il faisait beau. Malgré ce qu'il nommait pour lui-même son deuil, Ogier sourit :

— Allons, compagnons, je vous invite à manger.

Marcaillou tendit Apolline, toujours endormie, à

Hérodiade. Écartant Denis, soucieux, la jongleuse alla coucher la guenon sous la tente puis, poussant Raymond :

— Tu permets que je m'asseye près de toi ?

Marcaillou dessella les trois chevaux étiques et s'en alla les attacher à proximité des autres. A peine assis auprès de Thierry, il empoigna son luth. Tandis qu'après un signe de croix sur la croûte, Hérodiade rompait le pain, il chantonna, le regard errant au-dessus des bannières :

> *Il me plaît de voir dans les prés*
> *Tentes et pavillons dressés*

— Bertrand de Born[1], dit-il.

— Je sais. J'ai vécu cinq années dans son pays natal. Et songeant aux douces vesprées de Rechignac, Ogier reprit :

> *Et me prend fort grande allégresse*
> *Quand dans le val je vois rangés*
> *Chevaliers et chevaux armés...*

— Holà ! dit la jongleuse, vous chantez bien.

— Je sais tout faire.

Hérodiade baissa la tête, puis avec cette hardiesse joyeuse dont elle avait usé avant et après sa danse :

— Même l'amour ?

Ogier croisa les regards de tous ses compagnons, qu'il trouva exagérément attentifs. Entre ses cils battants, la jongleuse l'épiait, épiée elle aussi par son frère.

— Ce n'est pas, dit-il, à moi d'en juger.

---

1. Né vers 1140 au bourg de Born-en-Salagnac en Périgord, il guerroya contre Henri II Plantagenêt, roi d'Angleterre, et mourut en 1215. Ses écrits, en langue d'oc, furent traduits en langue d'oil.

— Pour la joute, Thierry, tu n'as rien à redouter de Veillantif : ce destrier[1] sait fournir de grands et merveilleux galops. Qu'il soit borgne du côté dextre ne peut te nuire : c'est de l'autre œil qu'il verra la barrière, et Blanquefort l'a bien dressé : quelle qu'en soit l'apparence, il ne craindra pas ceux qui courront devers vous... Dans les joutes du passé, tout comme nous cet hiver à Gratot, les hommes couraient l'un vers l'autre à plein champ. Ils frappaient quelquefois le vide parce que leurs chevaux, prudents, s'écartaient au moment où le heurt aurait dû se produire. Il fallait recommencer de grand randon ; il advenait alors que les destriers, bien tenus en ligne, s'affrontent et tombent avec leur jouteur ; la foule s'ébaudissait, tu penses bien... C'est pourquoi, toute frêle qu'elle paraisse, la barrière est précieuse. Pendant que tu fourbissais mon armure avec Raymond, je suis allé la voir et même la toucher. Elle est longue de cinquante toises et haute comme le poitrail d'un cheval : c'est bien. Serre-le fort comme si tes genoux étaient un étau de forge, et arrête ton homme en le frappant de droit fil... J'ai vu un jour aux joutes de Thiviers...

— ... que vous avez remportées...

— ... Garin de Linars, ce mécréant auquel mon oncle voulait donner Tancrède en mariage, se faire lier sur son destrier, sa lance elle-même attachée à son flanc... Elle remuait au point qu'il ne m'a pas touché. Je l'ai buqué avec sa selle et ses harnois... J'ai vu également des hommes tourner bride, nullement par couardise mais parce qu'ils poignaient insuffisamment leur lance ou sentaient leur cheval mal parti : leur coup aurait manqué de vigueur... Même si l'assemblée hurle son mécontentement, tu dois agir ainsi : il te faut galoper en toute sécurité...

1. La signification du mot *destrier* est fournie en fin de volume ; Annexe II.

Ils s'entretenaient familièrement dans le grand champ où ils venaient d'exercer Veillantif et Marchegai. Devant eux, la cité de toile et de soie élevait ses cônes et ses toits pentus, ses pennons et ses estranières[1] au-dessus desquels cent étendards éployés semblaient frémir d'orgueil. Toutes les brisures de l'arc-en-ciel buissonnaient au sol pour s'épanouir en ces oriflammes mouvantes, hautes sur tige. Celles qu'on avait dressées sur les berges de la Vienne, dédoublées dans la rivière, semblaient voguer jusqu'au pont aux arches courtaudes, elles aussi réfléchies dans l'eau. Fleurs vermeilles, vertes, blanches, azurées, des lessives séchaient sur des cordes ; et ces couleurs se retrouvaient sur les chaperons, pourpoints, écus et taloches[2] des chevaliers et écuyers aux prises dans les prés.

— Vous voilà silencieux. A quoi pensez-vous ?

— Je n'ai pas même un gonfanon. Alors, de voir flotter toutes ces bannières...

Elles attestaient la noblesse et la puissance des seigneurs réunis dans leurs ombres mouvantes ; il s'en trouvait dépourvu. La plus élevée, longue d'au moins six aunes, d'azur semé de fleurs de lis, prouvait que le comte d'Alençon, refusant un abri plaisant et solide, avait souhaité vivre en capitaine, sans doute à l'instigation de Blainville impatient d'avoir ses aises en deçà des murailles. Et tandis que toutes ces enseignes de soie, de toile, de lin à deux, trois ou quatre pointes ondoyaient sous les ventres gris des nuages, de fines aiguillées de fumée montaient entre les mâts. Il y avait quelque trente feux et deux rôtisseries : des odeurs de venaison et de bois grillé flottaient dans l'air, mêlées aux tintements et bourdonnements de cette ville éphémère dont toutes les activités, imprégnées d'allégresse, tendaient vers un même but : la gloire des armes.

Ogier compara cette rumeur à un brasier engourdi.

1. Drapeaux.
2. Petits boucliers.

Bientôt, groupés hors de la lice ou rassemblés en son milieu, les uns observant les autres et ceux-là s'observant aussi, ces brandons humains s'enflammeraient, crépiteraient, gronderaient comme un feu d'enfer entrecoupé de craquements et d'éclairs. Présentement, il éprouvait à ce spectacle un sentiment de beauté, de nécessité. Ces bariolures sur l'infini bleu-vert du pays chauvinois avaient à elles seules force, unité, caractère ; s'en repaissant la vue, il s'en chauffait le sang.

— Nul seigneur de notre entourage, messire, n'a cherché à se rapprocher de nous. Est-ce à cause de notre pauvreté, de nos têtes ou des ménestrieux que vous avez engagés ?

— Peu me chaut ! Nous voyons, on ne nous voit guère. C'est mieux ainsi.

Ogier observait fréquemment ses voisins. Certains, devenus amis, conversaient en riant et se donnaient parfois des claques sur l'épaule ; d'autres se contentaient de salutations brèves, déjà pleines de hautaineté mauvaise. D'aucuns, comme lui, semblaient s'enclore dans un mur de dédain. Avançant vivement ou non d'une démarche de clopins, à cause de leurs jambes arquées depuis leur jeunesse prime, quelques oisifs s'assemblaient pour jouer aux tables, aux échecs, aux dés, aux quilles, trichant parfois avec d'autant moins de vergogne que les litiges se régleraient bientôt le heaume en tête, la lance afusellée [1]. Des enfants, la plupart chauvinois, allaient de-ci de-là, les plus petits criant et courant, pendant que les jouvenceaux croisaient leurs épées de bois avec une forcennerie d'adultes, entourés de fillettes rieuses ou apeurées dans les yeux desquelles, déjà, flambaient des ardeurs.

— Je me suis trouvé sur le passage du chariot qui, du château d'Harcourt sans doute, amenait les lances, dit Ogier en flattant l'encolure de Marchegai. Il paraît

1. Droite, prête à frapper.

qu'il y en aura quatre cents : la besogne d'une année pour un menuisier.

— Quatre cents !

— On court au moins quatre ou cinq lances. Vois ce qu'on peut briser !

— En quoi sont-elles ?

— En sapin, à ce qu'il m'a semblé, car je n'ai pu m'en approcher : dix picquenaires en ont la garde... Sache cela aussi, Thierry : le brisement d'un tel bois ne va pas sans dommage, parfois, car ce qu'il reste au bout du tronçon que l'on tient, c'est vingt ou trente échardes pernicieuses. Si ton rival prend ça dans la vue de son heaume, il est incontinent éborgné.

— Et les rochets ? A quoi ils ressemblent, en Poitou ?

Une fiévreuse impatience fit rouler quelques gouttes sur le front d'Ogier :

— Ah ! les rochets. Ce ne sont pas les rondelles que nous avons vues dans les joutes à l'entour de Rechignac, mais de petits tridents ronds, hauts d'un pouce. Bien qu'ils ne soient ni tranchants ni amoulés[1], des écus et des targes se rompront, tu verras, sous la poussée de ces fleurs d'acier[2].

Dans les pâtis à l'entour, des hommes s'exerçaient ; des cris, des jurons et des rires accompagnaient le martèlement des galops. Certains, malmenés, protestaient : les orgueilleux cherchaient déjà des satisfactions médiocres.

Comme ils approchaient du champ clos, retenant leurs chevaux agacés par les mouches, Ogier leva les yeux sur le château d'Harcourt. Ce serait donc là, dans les profondeurs de la colline où s'enracinait ce donjon pointu, que Blainville, Cahors et d'autres décideraient

---

1. Aiguisés en passant à la meule.
2. En réalité, le rochet qui symbolisait le mieux une fleur fut le *cournall* anglais. Cette tulipe d'acier dont la tige mesurait environ 10 cm était constituée de quatre pétales épanouis, recourbés vers l'extérieur.

du nouveau coup porté au royaume de France... Un peu plus bas, au-dessus d'un écheveau de feuillages pareil à un gorgerin de velours, la citadelle de l'évêque exposait au soleil sa face plate, énorme, ombrée par les sourcils des baies et les bourrelets des merlons. Quand le vent soufflait, une rumeur de joie dévalait des hauteurs, franchissait les murailles et le Talbat miroitant pour se dissiper dans la plaine.

— Les gens continuent d'arriver.

— Ils seront deux ou trois milliers, à ce qu'on dit...

Par petits groupes, des cavaliers, des manants et des hurons à pied convergeaient vers Chauvigny. Ces derniers, déhanchés par quelque fardeau — panier, hotte, besace, couvertures roulées afin de passer la nuit au chaud dans un bosquet ou sur le pré — avaient semblait-il avancé la célébration de Pâques à grandes goulées de vin ou d'hypocras. Et si quelques fesse-pinte s'engageaient sous la porte de l'Aumônerie pour aller vider maints pichets supplémentaires en taverne de connaissance, si d'autres, apercevant l'*Ane d'Or*, obliquaient vers l'hôtellerie, la plupart, suivis de leur épouse et de leurs enfants, s'égaillaient sur les champs disponibles dans l'intention d'établir leur gîte à proximité des barrières afin d'être bien placés dès l'aube du dimanche ; et retentissaient-ils que leurs chants, leurs rires, leurs exclamations dominaient le tumulte de la cité.

— Quel mélange, messire, chez ces pèlerins !... Il y a quelques seigneurs, leur femme ou leur amante sur une mule ou une haquenée...

— Et moult filles follieuses.

Leurs longs cheveux luisaient comme des ostensoirs. Elles étaient outrément décolletées. Pour s'annoncer, elles se mirent à danser en frappant des tambourins, soutenus par les claquements de mains de leurs compagnons de rencontre. Dans l'ombre grise des feuillées, les aciers des armes et des vêtements de mailles prenaient des luisances d'étoiles.

Ogier porta ses regards du côté des échafauds. Des groupes s'y croisaient en processions confuses où l'éclat des velours et des cuirs tranchait sur la matité des humbles vêtements, plus nombreux. Ce va-et-vient de seigneurs et de dames peu ou prou fortunés, d'hommes d'armes et de citadins ne cessait de s'aviver. Chacun semblait pressé de retrouver quelqu'un : les uns marchaient sans s'arrêter ; d'autres s'immobilisaient, questionnaient, s'agitaient. Les femmes ayant pour domicile une litière, un chariot couvert ou un médiocre pavillon de drap, s'éloignaient à pas vifs de la presse, accompagnées parfois d'une servante ; la plupart se plaignaient sans doute de n'avoir pu coucher en ville. Et qu'elles fussent logées en hôtel ou aux champs, toutes s'encoléraient que les ribaudes échevelées qui les bouteculaient en les moquant aient pu quitter leurs bordeaux alors qu'en maintes cités, pour Pâques, on les chassait hors des murs, à moins qu'on ne les enfermât en maladrerie. Toutes également prisaient d'un regard glacé la grâce des jouvencelles. Accroupetonnés sur le seuil de certains pavillons, des tailleurs œuvraient, et lorsque passait quelque oisif de cette communauté suivi d'un apprenti portant ciseaux et aiguiller à la ceinture, deux ou trois rouleaux de tissu sous l'aisselle, il se trouvait toujours quelque dame insuffisamment parée pour requérir leurs services. L'époux souvent approuvait, palpant et caressant comme une jeune peau l'étoffe tentatrice et priant même, parfois, les hommes d'art de lui confectionner un jaque ou un pourpoint de liné, de cariset ou de soierie. Certains couturiers acceptaient, d'autres protestant que deux jours c'était peu pour couper, essayer, coudre et broder, indiquaient une taillerie près de la porte Copin, au pied du château baronnial :

— Dix personnes y œuvrent, messire... Et vous serez satisfait !

On entendait aussi les tintements des forges où, dans l'odeur fumeuse des cornes brûlées, des fèvres ferraient les destriers. Répondant aux heurts francs, espacés, des marteaux, les armuriers établis à certains carrefours faisaient tinter leurs maillets pour gironner les épaulières, genouillères, cuirasses et heaumes déformés lors d'un récent tournoi. Ces hommes-là deviendraient bientôt presque aussi nécessaires que les mires et les rebouteux ; leurs scies, trucquoises[1] et poinçons délivreraient certains malchanceux des pièces faussées dont ils seraient captifs.

Tout ce monde grouillait, hurlait : « *Place ! Place !* », s'invectivait ou se congratulait ; et tandis qu'il contournait cette fourmilière, Ogier se félicita d'avoir laissé Saladin sous sa tente : il eût risqué de prendre un mauvais coup.

— Messire, on se croirait à la foire du Puy-Saint-Front... Quant à moi, pour tout vous dire, je suis heureux d'avoir trouvé en Denis un gars qui sait armorier. Vous avez vu mon écu ? Il y a figuré un gros martel d'argent... Hérodiade m'a dit qu'elle me composerait un beau plumail... mais je ne sais avec quoi !

— J'ai bien fait de requérir leur aide.

— Triste suite que vous avez là, tout de même : trois bateleurs et nous...

Maintenant, ils chevauchaient droit vers leur pavillon.

— Nullement, Thierry ! Je n'envie pas le frère de notre roi et son grand bobant. Il peut avoir un tref outrecuidant — vois : il dépasse les autres comme un clocher des maisonnettes —, cela ne prouve pas qu'il nous dominera lance en main. La pauvreté où je me trouve ne me dessert nullement : je passe inaperçu. Tiens : j'ai croisé Garin de Linars en allant seller Marchegai. Il ne m'a pas vu tant j'ai piteuse allure.

Il en parlait aisément, mais sur le coup, quelle angoisse !

1. Tenailles.

— Moi, messire, j'ai croisé Charles d'Espagne. Il m'a œilladé comme une pute en manque de client !

Ils rirent, cela leur fit du bien ; puis Thierry demanda :

— Et pour le tournoi, quelles sont vos recommandations ?

Ogier redevint soucieux :

— Je te conseille de prendre Artus.

— Lui !

— Oui, *lui*. Tu l'as monté avant de seller Veillantif. Il s'est montré obéissant. Au tournoi, il te faut un cheval qui puisse tout voir. C'est un allié aussi important que la masse et l'épée. Je pense que Kergoet avait dressé Artus à l'égal de lui-même : fort, appert[1], endurant. Je suis sûr qu'il connaît bien la guerre. La presse d'un tournoi y ressemble... Sois assuré qu'il restera insensible aux coups, — car il en recevra comme Marchegai. Il ne se cabrera ni ne bougera quand tu frapperas, et n'ira ni d'amont ni d'aval. Il ne remuera que si tu le féris des éperons, ce que je te déconseille...

Thierry hochait la tête, attentif et peut-être inquiet. Ogier prit soin de remarquer :

— Je n'ai ni l'âge d'enseigner ni celui de te considérer comme un disciple. Je te dis les choses comme elles me viennent. Je n'ai jamais pris part à un tournoi, mais j'en ai vu... J'ai ouvert grands mes yeux quand j'accompagnais mon oncle à Thiviers, Mavaleix, Excideuil, Bergerac... Garde-toi qu'un malveillant ne prenne Artus au frein[2] et tâche aussi que, tombé de selle, on ne t'entraîne hors de la lice : tu serais vaincu et devrais payer rançon à celui qui t'aurait pris. Tu perdrais ainsi ton armure et Artus... Mais rassure-toi : attraper à la fois le cheval et le chevaucheur (Ogier employait sciemment ce mot impropre au détriment de *chevalier* que Thierry n'était pas) est chose malaisée,

1. Expert, habile.
2. Le mors.

572

bien que j'aie vu faire ainsi mon oncle... Il advient que des malicieux approchent des chevaux démontés, les happent au frein, les passent à leurs écuyers ou gens d'armes... Méfie-toi : si tu termines les joutes sans grand dommage et entres lundi en lice avec moi, sache que toutes les mauvaisetés y auront accès. Les tourments de conscience n'y seront pas de mise... A Thiviers, j'ai vu Mainfroid de Saint-Astier s'offrir par fausse bonté de garder un cheval pris par Garin de Linars et rendre le soir, à celui-ci, une bête percluse et redoise[1] comme celle de Marcaillou !... Crois-moi : à l'issue de cette mêlée, la joute nous paraîtra un jeu d'enfants... Je pense t'avoir tout dit...

Thierry se redressa sur sa selle :

— Pourvu que tout se passe bien !

— Fie-toi à tes muscles, à tes armes et à ton cheval... Mais quelle est cette assemblée, devant les échafauds[2] ?

— *Anathème ! Anathème !* criait un homme. *Oyez ! Oyez ! Oyez, par ma voix la sentence et les admonestations de Notre-Seigneur !*

Les passants s'étaient immobilisés cependant que le proscripteur montait les marches d'accès à l'ambon central. Des cris et des sifflets accompagnaient son ascension.

— Un fou, dit Thierry. Allons-nous-en.

Il imposa une ébrillade à Veillantif.

— Non, dit Ogier. Regardons, mais de loin. Je me suis suffisamment montré pour la journée.

Cependant, irrésistiblement, il s'approcha de la foule attentive.

Le prédicateur était un jeune moine barbu, blafard, maigre comme un soliveau. Écumant et pleurant d'impuissante colère, il vitupérait les jouteurs, les tour-

1. Malade.
2. Tribunes.

noyeurs, toute la gent combative en remuant une croix processionnelle.

— Les béhourds tels que ceux de Chauvigny sont interdits par le Très-Haut, mes frères ! Ils sont création du démon et c'est pourquoi la vengeance céleste sera terrible ! Moi, Gyselbert, je vous le dis clairement : les excès qui vont être commis dimanche et lundi dans ce pré, Dieu et les anges les réprouvent !... Craignez leur courroux, gens de peu, quels que soient la frisqueté de vos vêtements, la splendeur de vos armes, l'éclat de vos titres et de vos bannières !

La peau du visage lui collait aux os ; ses dents brillantes et longues semblaient celles d'un lion. Des huées jaillirent, auxquelles il fut insensible, et quand il leva sa grande croix de fer, comme il eût brandi une guisarme ou un vouge, il y eut des reculs parmi les auditeurs.

— Frères impies, Dieu m'a prédit que bientôt vous subirez Sa Justice. La pestilence vous exterminera ! Elle sera de la couleur de vos âmes : noire, noire, noire ! Ses feux embraseront vos entrailles. Vous vous tordrez et souffrirez comme on se tord et souffre en enfer !... Mais il sera trop tard pour pleurer !... Alors, renoncez ! Repartez en vos logis ! Quittez, pécheurs et pécheresses, ce champ de vanité sur lequel vous, femmes, n'auriez jamais dû poser vos pieds... En vérité *et lubrica facta sunt* [1] !

Des dames, se signant, conjuraient la menace. Certaines commères de Chauvigny avaient pâli ; d'autres larmoyaient et frissonnaient sous les regards moqueurs des ribaudes tandis que le vaticinateur les désignait l'une après l'autre d'un index impitoyable. La joie, le mouvement s'étaient figés. Ogier entendit gronder des hommes : chevaliers et manants, tous unis dans une réprobation solide. Il se tourna vers Thierry :

— Viens... Retournons.

Et lorsque leurs chevaux eurent fait quelques pas :

1. Les faits sont dégoûtants.

— Tu vois, l'ami, tout vient à Chauvigny : le Bien et le Mal... Pour combattre avec succès en guerre, il faut s'exercer. Les béhourds nous préparent à des heurts plus sanglants que ceux que ce presbytérien réprouve... Et quelle que soit leur horreur de ces jeux, les moines sont bien aises de voir leur moutier protégé quand le péril menace !... Mais regarde !... Notre prédicateur s'en va... Il prend peur, à ce qu'il semble !

— Il a au moins une bonne raison, messire.

Sortant par la porte de l'Aumônerie, le roi d'armes et ses compagnons galopaient jusqu'aux échafauds à la suite d'un héraut hurlant : « *Place ! Place !* » en agitant une épée. Cessant de huer le témoin de Dieu dont on ne voyait plus que la croix levée au-dessus des têtes, la foule accueillit ces hommes resplendissants comme des archanges accourus pour anéantir un démon. Le poursuivant d'armes se porta en avant. Après que les sonneurs eurent soufflé dans leur busine, il cria : « *Oyez ! Oyez ! Oyez !* » tout en déroulant un parchemin. La foule fit silence, mais les martellements des forgerons et armuriers empêchèrent Ogier de comprendre le début de la proclamation.

Il pressa Marchegai jusqu'au rassemblement qu'il atteignit en même temps que Blainville et Charles d'Espagne. Il feignit de ne pas les voir, bien qu'ils fussent eux aussi à cheval et franchement tournés vers lui. Il fixa son attention sur le nez du crieur, singulièrement rouge et busqué :

— *... et auront droit aux prix : en premier, celui qui fera le plus beau coup de lance de la journée de dimanche ; en second, celui qui rompra le plus de lances, et enfin celui qui demeurera le plus longtemps sur les rangs sans désheaumer* [1]*... En outre, savoir faisons*

1. Ce qui était un supplice : chaque jouteur restant en lice à l'issue de ce qu'on peut appeler les éliminatoires, devait fournir plusieurs courses, et tous attendaient en rang l'instant de jouter, suant et surtout étouffant dans leur heaume clos. L'adresse, l'endurance et la constance étaient donc nécessaires, bien que la force fût en ces jeux un atout décisif.

*que dame Alix et son époux André de Chauvigny, appe-
lant, monseigneur Charles de Valois, comte d'Alençon,
défendant*[1] *et les nobles dames de Chauvigny ont désigné pour reine de notre grandissime pardon d'armes,
Isabelle Dary, nièce de messire Guy de Morthemer...*

— Merde ! dit Champartel, tandis que la foule hurlait de contentement.

Isabelle souveraine de ces jeux !

— Oui, Thierry, merde !... Avec son sourire d'ange,
elle va régner comme une diablesse.

— Ben ça ! reprit l'écuyer en s'éloignant pour
échapper, surtout, aux clins d'œil de Charles d'Espagne. Et puis, messire, j'y pense tout d'un coup : Alençon étant défendant, vous vous trouverez près de lui
contre les hommes d'André de Chauvigny... et peut-
être aux côtés de Blainville !

— Si le désir me prend d'entrer en lice pour ce tournoi, je m'emploierai à être contre ce malandrin pour le
chevir[2] avant que de l'occire sitôt que Dieu y con-
sentira...

— Dieu, dit Thierry, soudain maussade. Il est peut-
être avec ce jeune clerc qui nous abomine... Je ne Le
crains pourtant ni pour vous ni pour moi, tandis que je
redoute Isabelle !

Ogier soupira :

— Dary... Ce nom, je le connais... Mais d'où ?... En
tout cas, elle va être bassement fière quand elle apprendra son... élévation !... Sa tête n'est pas si solide : elle
était un peu folle ; je crains qu'elle ne le devienne complètement !

1. Opposé à André de Chauvigny.
2. « Pour en venir à bout ».

IX

L'aube commençait à poindre. La Vienne se jonchait de parcelles d'argent. Le menton saillant hors de l'onde, Ogier brassait et glissait parmi ces lueurs frémissantes tandis qu'au creux des feuillées vaporeuses, les oiseaux lançaient leurs premiers appels. Parfois, le hennissement d'un cheval s'élevait comme un grand rire. Au loin, des coqs s'égosillaient.

La rivière s'ouvrit sur une combe glacée. Le nageur, immobile, se laissa entraîner jusqu'au fond, frissonnant de sentir ses cuisses, ses hanches, sa poitrine drapées d'un froid vivifiant. Il remonta d'un coup de talon et s'aperçut qu'il se trouvait sur la rive opposée à la sienne. Au ras de l'eau, le gargouillis d'une grenouille ou d'un rat troubla le silence. Il jeta un regard en face. Thierry se rhabillait après des ablutions vigoureuses.

Ogier roula sur le dos ; ses yeux s'emplirent du ciel où les toutes premières clartés atténuaient celles de la lune. Ainsi, comme s'il eût été couché, des souvenirs affluèrent : le moine exaspéré prédisant le pire des fléaux ; Hérodiade et ses façons abruptes ; Isabelle, reine de trois journées de liesses...

« Elle n'a pas dû fermer l'œil de la nuit !... Est-elle en route pour la cité ?... Qui va l'accueillir ?... Qu'en pense son oncle ? »

Telle qu'il la connaissait maintenant, elle devait

s'enorgueillir immodérément de cette suzeraineté aussi fragile qu'une fleur de lis !... Que dirait Guesclin lorsqu'il la verrait, triomphante, comblée d'égards, respectée comme une princesse par la noblesse et le clergé ? *Dary* : ce nom-là sentait le commun, la souche roturière. Bretonne par sa mère, sans doute... A qui devait-elle son élévation ?

« Nous sommes samedi ! »

A vrai dire, au commencement des joutes, ou plus précisément leur inauguration par la montre des heaumes et des écus, et l'échange des défis. Une journée d'attente et d'apprêts.

« Ce soir, en leur château, dame Alix et son époux offrent un régal[1] en l'honneur des nobles bien titrés... Qu'ils se bourrent, tant mieux : ils s'amolliront !... Mais ces favorisés, revenant de là-haut, réveilleront les dédaignés. Il y aura un tel haro d'indignation qu'avant qu'il ne s'apaise nous serons dimanche. »

Quelque accoutumé qu'il fût aux outrances de certains seigneurs, aux odeurs de peaux moites, suifs d'armes et mangeailles, l'agitation et les relents des bataillards groupés à proximité du champ clos ne cessaient de l'incommoder. Davantage encore que leurs beuveries et discussions criardes, il désavouait l'ostentation de ces hommes uniquement soucieux de provoquer des querelles afin de les vider soit aux joutes, soit au tournoi.

Plus aiguë que le désir de fuir ce voisinage avant un réveil bruyant, c'était l'envie de purifier son corps et son esprit de toute espèce de vermine qui l'avait, ce matin, poussé vers la rivière, non loin du lit de terre où dormait Adelis.

Le soleil ébrécha une arche du pont, puis les autres : la Vienne eut comme un saignement. Le brun des rives devint gris et les oiseaux allégèrent leurs chants. Ogier

---

1. Banquet.

brassa vers son compagnon et soudain cessa tout mouvement.

« Nous ne sommes plus seuls. »

Il venait d'apercevoir une ombre du côté de la grotte où Adelis avait été occise. *Hop, hop, hop :* trois autres dévalaient derrière.

Une femme cria. Un cri vite étouffé.

« Ai-je rêvé ? »

Rien que des froissements de feuilles, mais ce pouvait être un lapin ou un faon de passage. Le cri d'une chouette s'éleva ; Ogier la vit s'enfuir à courts battements d'ailes.

Il retenait son souffle. Thierry s'était aussi figé d'incertitude. Des grognements. Mais s'agissait-il de grognements ? Ces ombres avaient-elles seulement existé ? « Oui, j'en ai compté quatre. »

L'eau murmurait, les buissons frémissaient. Rien.

Ogier s'enfonça dans les roseaux de la berge, puis piétina des touffes d'herbe. Thierry demi-nu lui tendit leur serviette :

— Ah ! messire... Oyez... C'est bien ce que j'avais pensé !

Il avait parlé bas ; Ogier eut un geste d'impuissance tandis qu'ils entendaient les sanglots d'une femme et des rires voilés, puis un grand froissement de branches et des voix échangeant quelques mots en breton.

— Saligots ! Ordures !... Attendez que je le dise à mon mari ! Une sorte d'aboiement submergea ces imprécations.

— Allons, la belle ! Outre que ton époux, on s'en moque, je t'ai fait du bien, conviens-en... Les hommes de mon terroir forniquent mieux que les autres, et moi mieux que n'importe lequel d'entre eux. Tu devrais être fière au lieu de larmoyer ! Pas vrai, Orriz ? Pas vrai, Couzic ? Pas vrai, Olivier ? Cesse de pleurer ou ils vont te passer sur le corps... et tâche de tenir ta langue !

Des rires et des mots indistincts suivirent. Puis la voix bien connue retentit :

— Couzic me demande si tu es Juive... L'es-tu ?... Réponds donc !... Parce que si tu l'es... Non, tu n'as pas de rouelle[1]... A moins qu'elle soit gravée sur ton cul... Fais voir !

Il y eut un cri ; un cri que l'on pouvait entendre du camp d'où s'élevaient des voix, des bruits, des toux.

— Lâchez-la... Elle se taira... Il se peut qu'elle en redemande...

— Linfar ! Immonde goujat !

— Allons, femme, va-t'en. Tu m'as coûté moins cher qu'une ribaude, tout en frétillant davantage.

Une forme sombre remonta vers le pré, vers les tentes et la sécurité, accompagnée d'une huée méprisante.

— Messire, dit Thierry, c'est vraiment le pire des malandrins.

— Il porte sa malfaisance sur sa hure. Mais que pouvions-nous faire ? Tu étais demi-nu, moi nu complètement... et sans arme !

— Et si c'était de *ça* qu'Adelis ait pâti avant d'être occise ?

— J'y ai pensé... J'en suis même certain. Allons, vois : ils s'en vont... Hâtons-nous.

Lorsqu'ils abandonnèrent la rivière, le jour s'étalait sur le pays chauvinois, saupoudrant de gelée blanche les champs où les chevaux fumaient des naseaux à la croupe.

— Vous êtes vaillant d'être demeuré dans l'eau si longtemps !

— C'est à cause de ces malandrins !

— Quand on est témoin d'une chose pareille, grommela Thierry, on peut douter de la bonté de Dieu !

Ils passèrent devant la cahute des Bretons d'où s'échappaient de gros rires.

— Oui, Thierry. Mais que faire ? La femme s'est

1. Voir l'annexe I, en fin de volume.

enfuie. Par vergogne, elle ne dira rien. Nous ignorons tout d'elle... Et nous ne savons pas, pour Adelis...

Bien qu'il fût lui aussi désolé d'avoir dû rester passif lors de l'incroyable embûche, Ogier huma en y prenant plaisir l'air sec de ce petit matin dont la froidure picotait ses yeux et brûlait ses narines. Il bâilla. Il avait mal dormi, enroulé dans une couverture, près des chevaux, tandis qu'Hérodiade et Apolline, bêchevetées, se partageaient la tente.

— Tu vois, Thierry, on prétend que Charles de Blois se complaît dans la vermine. Il y a la petite, avec ses bestioles : poux, puces, morpoils. Il y a la grande, celle qui n'irrite pas la chair mais qui la meurtrit et la viole... et ces Bretons en font partie.

Ils parvinrent devant leur pavillon. Un feu craquait et fumait sur lequel, entre deux pierres, Denis faisait chauffer une chaudronnée d'eau.

— Pour la plaie d'Apolline, dit-il. Le mire nous a donné un emplâtre qui doit la guérir en huit jours.

— Elle va déjà mieux, s'écria de loin Hérodiade.

Elle apportait une brassée de branches mortes. Derrière elle, Ogier aperçut Raymond et Marcaillou bouchonnant Marchegai. Soudain, alors que partout l'animation se propageait, gonflant les voix, multipliant les présences, les déplacements et les gestes, une cloche s'éveilla dans la ville haute. Une autre, aussitôt, dodina un son grave, presque lugubre ; une troisième se fraya dans les grondements un grelottant passage, et insista obstinée, quand le *balam balam balam* des autres faiblissait. Une quatrième bourdonna : ses grandes ondes frémissantes fluèrent sur le camp, oscillèrent, moururent et ressuscitèrent, plus lourdes ou plus légères selon l'humeur du vent et la vigueur des sonneurs. Des corbeaux apeurés mêlèrent leurs croassements à l'éruption des frappements et tintements. Des essaims de passereaux, las de subir cette averse, s'essorèrent des buissons, s'unirent en un nuage brun qui s'en alla grêler au-delà de la Vienne. Des chevaux excités hennirent et ruèrent ; et les sonneries retentissaient toujours, les grosses matrones d'airain, lentes, condescendantes, dominant parfois les jouvencelles impertinentes dont les carillons s'interpellaient de clocher en clocher tandis que dans l'azur pâle, ourlé de rose au Levant, les cinq châteaux délivrés des brouillards nocturnes opposaient leur sérénité minérale aux tintamarres dédiés à la résurrection du Christ, sinon à l'imminente fête d'armes.

— Ce grand brouillis a réveillé ma singesse !

Hérodiade hurlait pour dominer le vacarme. Elle se précipita sur le seuil de la tente, souleva sa guenon et la berça, étonnant Saladin qui, dédaigneux, s'éloigna vers les chevaux.

— Allons, cesse de trembler, ma douce !... Tiens, voilà qu'elles sont lasses et les sonneurs aussi !

Apolline était parcourue de frissons ; ses yeux d'ambre cillaient ; sa bouche frémissait. Elle plaqua un baiser sur la joue de la jongleuse tandis que Thierry, en riant, remarquait :

— Je trouve, hélas pour elle, qu'elle ressemble à Guesclin !

Indifférente à ces propos tout autant qu'au silence des cloches, Hérodiade posa son fardeau sur le sol et, les paumes sur les reins, se plia en arrière tout en bâillant longuement. Une gaieté, une simplicité païennes palpitaient dans ce cœur ; quant au corps, elle au moins n'en avait nulle honte. Franche — ouverte eût-on pu dire —, elle devait détester les désirs sournois et serpentins. A ses pieds, tortillant les linges enroulés sur son buste, la guenon épia Denis un moment puis, en deux bonds, regagna sa couche.

— Nous voilà au bord d'une grande journée, dit la bateleuse. Toutes les femmes se feront braves comme un jour de Pâques [1]... Moi, pour commencer, je vais aller me tremper dans la Vienne.

1. Se vêtiront comme pour une grande fête.

— Soignons Apolline. Après, je t'accompagnerai.

Denis semblait toujours d'une humeur exécrable.

— Soyez deux à veiller sur elle. Avez-vous déjà empoigné une épée ?

— Mon compère et moi savons lancer des couteaux. Ça nous suffit.

Et comme après un regard courroucé, Denis pénétrait sous la tente pour en extraire la guenon, Hérodiade s'approcha vivement d'Ogier :

— Il n'est que mon demi-frère... mais j'en doute.

« M'a-t-elle glissé cela pour m'encourager ou me déconseiller toute approche ?

Indécis sur la réponse à fournir, Ogier préféra offrir un sourire à la jongleresse et rejoindre à grands pas Raymond qui, morose, étrillait Veillantif.

— Comment vont les chevaux ?

— Les nôtres, bien ; ceux des bateleurs un peu mieux : je leur ai donné quelques poignées d'avoine en plus de leur fourrage.

Ogier releva l'absence du coutumier *messire* et n'en conçut aucun dépit. Raymond cuvait sa peine comme un ivrogne son vin. Son regard s'était éclairci : il guérirait.

— Marcaillou est allé chercher un seau d'eau.

— Il semble un bon gars.

— C'est vrai... Avez-vous de quoi les payer tous les trois ?

Cette inquiétude procédait d'un désir de tranquillité qu'Ogier approuva :

— J'ai de quoi... Trois jours seulement.

Il s'éloigna. Hérodiade et Denis soignaient la guenon. A l'aide d'un rameau, Champartel balayait devant la tente.

— Rase-moi, Thierry. Ensuite, je te ferai tomber cette barbe de deux jours qui t'enlaidit. Il faut que nous ayons bon visage pour présenter nos écus et nos heaumes sous les voûtes de Saint-Léger.

— Mettrons-nous nos armures ?

— Non. Nous nous adouberons cet après-midi pour nous exercer une dernière fois. Ce matin, nous nous vêtirons en bourgeois... mais nous ceindrons l'épée. Allons, sors le rasoir !... Tu as même un reste d'eau chaude...

Assis à califourchon sur une selle, Ogier fermait les yeux, le visage offert à la tiédeur du soleil lorsqu'une voix le fit tressaillir :

— Holà, messires, va falloir vous éloigner !

Un capitaine s'avançait, précédant six archers aux barbutes emplumées derrière lesquels, titubant dans leurs entraves, marchaient quatre captifs en haire guenilleuse. Le plus grand — très grand — portait sur son épaule une pioche, les trois autres une pelle ; derrière, une mule tirait un chariot empli de planches et de poutres.

— Pourquoi devrions-nous partir ?

— Nous allons planter là les latrines publiques.

— Le champ est grand, messire, dit Champartel. A cent pas, sous cet orme, vous avez de la place et vous éloignerez les odeurs et les mouches.

— Nous creusons ici par coutume. Allons, obéissez et pliez votre toile.

Ogier bondit hors des arçons :

— Nous resterons. Nous sommes là depuis un jour. Je vous ai vus passer hier cinq ou six fois, vous et vos hommes, et vous ne nous avez rien dit... Il y a trois trefs près du mien. Je ne connais pas ceux qui les occupent ; il me paraît probable, cependant, qu'ils refuseront tout comme moi de vous céder la place !

Un des voisins sortit en rampant de sa tente :

— Moins fort ! Moins fort !... Sacredieu ne peut-on reposer ?

Quand il se redressa, Ogier vit que cet homme le dépassait d'une tête. C'était un brun imberbe, vêtu de gris du collet jusqu'au bout des chausses. L'altercation l'avait exaspéré :

— Messire qui, je crois, vous prénommez Ogier,

j'ai bien ouï ce que ce capitaine vous a enjoint, et vous approuve de vouloir demeurer. Quant à moi, si pareille sommation m'est faite de m'escamper pour céder le terrain à ce qui deviendra cent boisseaux de merdaille, je m'offenserai tout comme vous !... Mon nom est Baudouin de Bellebrune[1]... Peu me chaut, pour le moment, si nous nous affronterons... et comment, dans la lice, et qui de nous deux vaincra l'autre. Ce qui importe, c'est que me trouvant toujours du bon côté, je fais votre affaire mienne... Connars !

Le capitaine empoigna son épée :

— Messire, votre offense...

Mais un homme apparut : cheveux blanchoyants, barbiche poivre et sel, yeux noirs et gais, la cinquantaine robuste, fière et même arrogante :

— Tout beau, l'ami... Connars, c'est moi... Connars de Lonchiens[2]... Tu connaîtrais mon nom si tu faisais la guerre... Sache que si mon compère Baudouin se range aux côtés de...

— Ogier de Fenouillet, messire.

— Ogier de Fenouillet, je suis avec eux... Pour commencer, l'homme, montre-nous le rescrit, le bref ou la bulle nous enjoignant de céder la place à vos quatre larrons pour qu'ils creusent la fosse et installent leurs planches.

— Je n'ai aucun parchemin, messire. J'exécute le bon vouloir de notre...

— Et moi, trancha Bellebrune, j'exprime notre désir de demeurer céans.

Les archers jubilaient. Il ne leur déplaisait pas que leur capitaine fût en difficulté. Quant à celui-ci, ses traits s'inscrivaient dans l'esprit d'Ogier : un visage rond au nez camard, des yeux de fouine, une bouche

1. Quelques mois plus tard, Baudouin de Bellebrune allait être un des héroïques défenseurs de Calais assiégé.
2. Un des valeureux combattants du royaume de France. Il s'était particulièrement distingué au siège de Tournai, en 1340.

aux lèvres minces ; sur la joue droite, l'entaille d'un coup de lame. Ce devait être un serviteur obéissant. Mais de qui ? Tandis que Bellebrune et Lonchiens vitupéraient toujours le zèle de cet homme, l'un le traitant de malappris et l'autre de goret, les captifs attendaient, retenant des sourires. Ils étaient pâles, crasseux ; des croûtes sanglantes débordaient des fers rivés à leurs chevilles.

— Qui sont-ils ? demanda Hérodiade à un archer.

— Trois hurons pris à voler des raves dans un des champs de l'évêque. L'autre, le grand qui porte une houète, c'est un Goddon. Demain, nous le menons dans une geôle d'Angle.

L'Anglais pouvait avoir vingt-cinq ans. Roux, les joues creuses, à peine barbues, les yeux bleus, l'air digne et même hautain, il semblait accepter son sort sans la moindre affliction. Des stries sanglantes marquaient sa poitrine et son dos dont le pelage velu faisait songer à celui des renards. Quand il posa un pied hors du fossé où il s'était immobilisé, Ogier vit qu'il était un géant [1].

— Alors, messire, partez-vous ?

Bellebrune empoigna le capitaine par son colletin de fer :

— Ni Fenouillet ni moi ne partirons ! Allez creuser plus loin. Et comme l'autre portait la main à son épée :

— Lâche ça et dis-moi ton nom !

— Talebast, capitaine de l'évêque auquel ce pré appartient.

---

1. Hugh Calveley était d'une taille exceptionnelle. L'un de ses biographes, Joseph C. Bridge (*Two Cheshire soldiers of fortune of the XIV century : sir Hugh Calveley & sir Robert Knolles*, Londres, 1907) écrit qu'il mesurait 2,056 mètres et qu'il mangeait comme quatre, mais d'autres auteurs situent sa taille à 2,26 mètres : c'était celle de son squelette découvert sous son gisant de pierre, le 25 avril 1848, à Bunbury. Contrairement à la légende née en France, il se comporta toujours en chevalier, excepté en Espagne, lors de l'invasion de ce pays par les Grandes Compagnies. Il est vrai qu'il exécutait des ordres de Guesclin.

— Ancien capitaine, intervint Ogier. Je crois qu'un certain d'Allemaigne vous a supplanté dans l'affection de monseigneur Fort d'Aux... Allons, montrez-vous conciliant. Si je tiens à rester en ce lieu, je suis prêt à satisfaire vos autres volontés...

— A condition qu'elles soient honnêtes ! ricana Baudouin de Bellebrune.

Moqué, rabroué devant ses hommes, Talebast brandit ses poings en direction d'Ogier.

— Prenez garde !... On s'est plaint de trois bateleurs et d'un singe... Chansons crues, tresches[1] lascives, propos honteux envers notre roi et son épouse... Sont-ce ces gens que je vois près de vous ?

— Il se peut, mais par ma foi, messire, on vous a bien menti ! Leurs danses sont de saines caroles, leurs chants outranciers des lais et fatrasies... Leur singesse, qui vous regarde, a parfois quelques gestes hardis... mais quand une chienne ou une chatte se... choye, lui fait-on un procès pour outrage aux mœurs ?

Hérodiade étouffa un rire sous ses paumes tandis qu'Ogier trouvait ce Talebast presque aussi déplaisant que Leignes. Il savait qu'il y avait réciprocité dans la détestation ; toutefois, la présence de Bellebrune et Lonchiens contraignait l'importun à la retenue, voire à la reculade :

— Soit, nous allons plus loin... Or, sachez-le, messire Fenouillet ! Vous m'avez desrisé[2]. Je m'en souviendrai.

N'osant user de son poing levé pour affermir sa menace, le capitaine invectiva ses archers et les captifs :

— Allons, bons à rien, tristes-à-pattes, méchants coquins ! Hâtez-vous... Et toi, Goddon, en avant !

Du plat de son épée, Talebast frappa le dos de l'Anglais.

1. Danses.
2. Moqué.

— Il va se soulager de sa fureur sur lui, dit Ogier.

— C'est évident... Mais que ferions-nous à sa place ?

Et tout en s'éloignant, Lonchiens se retourna pour dire :

— Bonne journée à tous. Je vous quitte car je dois fourbir mon haubert et rapetasser la housse de mon roncin... Je suis venu seul, comme un chevalier aventureux.

— Messire, dit Hérodiade, portez-moi cette housse et du fil : je m'en chargerai.

— Ah ! s'exclama Bellebrune, puisqu'il en est ainsi, j'ai une manche de pourpoint à recoudre. Veux-tu t'en charger, la belle ?

— Évidemment, messire ! Voilà des propositions que j'ai plaisir à satisfaire.

Les deux compères s'éloignèrent ; la bateleuse entraîna Champartel sous la tente. Ogier tendit l'oreille ; Denis en fit autant.

— Voilà, Thierry... J'ai apprêté ça cette nuit à la lueur de la chandelle. J'ai sacrifié une vieille camisole vermeille, un peu de mon volet vert et la doublure d'une des robes que messire Ogier m'a données. Cela te pendra dans le dos comme une queue-de-cheval... C'est tout ce que j'ai pu faire... Passe-moi ce heaume... Aide-moi à fourrer ça dans le porte-plumail...

— C'est bien, Hérodiade, et je t'en suis reconnaissant. Je ne pouvais souhaiter d'ornement plus beau, plus digne !... Je m'en merveille — vrai ! — et le porterai fièrement.

L'écuyer sortit, précédant la jongleuse. Ogier siffla d'admiration en voyant le bassinet noir de Kergoet orné d'un tortil [1] aux couleurs de Thierry et d'une longue quenouille d'étoffes bicolores.

---

1. Cercle de tissu bourrelé en torsades aux couleurs du seigneur. Il se fixait au sommet du heaume.

— Eh bien, mon bon, tu honoreras les couleurs d'une dame !

— Messire Ogier, dites pas d'âneries ! protesta la jongleuse.

Se sentant surveillé par Denis, Ogier s'inclina pour une révérence dont Hérodiade fut rejouie plus qu'il ne le souhaitait.

— Mille grâces, ajouta-t-elle. Mon frère trouve la louange outrée, bien sûr, mais ne vous en souciez pas. Il est ombrageux de naissance ; faudra bien que ça lui passe !

Hérodiade souriait, indifférente à la sourde colère de son compagnon. Ogier reprit sa place sur la selle et, frottant ses joues :

— Pose ce bassinet, Thierry, et rase-moi. Il en est grand temps !

— Veillez bien sur nos chevaux !

— Et préparez le manger pour notre retour !

Sur ces recommandations, Ogier et Thierry s'éloignèrent en direction des rôtisseries, boucheries et paneteries installées depuis la veille entre le camp et la cité, et dont la chalandise, composée surtout de femmes — servantes, huronnes et manantes — n'avait cessé d'augmenter dès la fin du concert des cloches.

Leur écu sanglé dans le dos, ils marchaient fièrement, poignant leur épée de la main gauche et serrant leur coiffe de fer au creux du bras droit. Ils contournèrent les échoppes et durent cesser d'avancer : une foule immobile obstruait les chemins d'accès à la porte de l'Aumônerie.

— Une messe en plein vent ! Presque tous les tournoyeurs y sont, messire ; certains avec leur épouse, d'autres avec leur destrier afin qu'il soit béni.

— Les nôtres sont plus à l'aise sous la ramure.

Une estrade montée sur des tonneaux soutenait un autel au milieu duquel une haute croix servait de perchoir aux pigeons. Devant, quatre prêtres célébraient l'office, entourés d'une douzaine de moines en froc de bure. Leurs voix se mêlaient, pesantes ou légères, et se combattaient parfois, telles qu'au lever du jour celles des bourdons, campanes et carillons. Et comme ils entonnaient le *Salve dies dierum gloria* [1], tous les bataillards tirèrent leur épée qu'ils levèrent le plus haut possible. D'un coup de coude, Ogier enjoignit à Thierry de poser son bassinet et de les imiter, tandis qu'un des célébrants hurlait :

— ... Salut, ô jour qui es la gloire des jours ; salut, heureuse victoire du Christ ; salut, jour digne d'être éternellement célébré ; salut, ô le premier des jours. C'est ce jour d'hui que la divine Lumière ouvre les yeux des aveugles, que le Christ dépouille l'enfer, terrasse la mort, réconcilie les hauteurs du ciel avec les abîmes de la terre...

Les armes formaient un buisson d'acier à travers lequel le ciel paraissait plus bleu. Les hommes, les femmes s'étaient agenouillés au premier nom du Christ ; il ne restait debout que les chevaux — une cinquantaine — dont certains, irrespectueusement, crottaient, provoquant des murmures et des reculades. Ogier, derechef, porta son intérêt en direction de l'autel où tous ensemble, les officiants récitaient l'Évangile :

— ... *l'heure étant venue, il se mit à table et les apôtres avec lui. « J'ai désiré vivement manger cette Pâque avec vous avant de souffrir, car je vous le dis, je ne la mangerai plus jusqu'à ce qu'elle soit accomplie dans le royaume de Dieu. » Et, ayant pris une coupe...*

Thierry bâilla : il avait mal dormi ou s'ennuyait. Ogier l'imita et vit approcher deux hommes. Ils restèrent debout, parcourant la foule agenouillée d'un regard lourd de componction. Ils portaient, sur leur

1. Prose de Pâques, d'Adam de Saint-Victor, décédé dans la seconde moitié du XIIe siècle.

tabard blanc, un manteau de lin frappé d'une croix noire.

— Les Teutoniques.

— Que sont-ils venus faire en Poitou ?

— Je ne sais, Thierry... Quel que soit leur dessein, nous n'en avons que faire. Mieux vaut songer à t'écueillir [1] qu'à imaginer ce que font ces hommes à Chauvigny !

— ... *et le leur donna en disant :* « *Ceci est mon corps qui est donné pour vous* »...

Renonçant à leur fixité, les moines allèrent prendre sur l'autel de profondes bassines dont les étains scintillaient. Gravement, par l'unique escalier, ils descendirent sur le pré.

— Frère Isambert est absent...

— Mais son compère, Pierre de la Garnière, est là... Vois : il distribue ses hosties comme des friandises... S'il ne craignait d'être désavoué, il en offrirait aux chevaux.

Le moine vint vers eux. Les avait-il reconnus ? Il leur tendit le pain bénit qu'ils avalèrent comme des affamés. Ensuite, la foule s'éparpillant, ils saisirent leur bassinet à leurs pieds, et reculèrent pour s'engager dans la traverse d'un champ.

— L'Isabelle a dû être prévenue hier soir. En ce moment, elle chevauche en litière avec sa tante... et Grosses-Mains.

Ogier, dont les pensées venaient de s'évader bien au-delà de Chauvigny, s'approcha si près de l'écuyer que leurs coudes se touchèrent :

— Souviens-t'en, Thierry : s'il m'advient de tomber au pouvoir de ces démons, galope jusqu'à Gratot, épouse ma sœur et veille sur mon père et nos gens... Veille aussi sur Marchegai, Saladin et Titus... En aucun cas n'essaie de voir le roi : il s'en remettrait à Blainville et tu perdrais la vie bêtement.

1. Réunir, concentrer ses forces.

591

— Allons, messire !... Voilà bien de la tristesse.

— Il me faut tout prévoir.

Ogier n'eut aucun regret pour cet « épouse ma sœur » à la suite duquel Thierry avait rougi de confusion. Au préalable, cependant, il fallait qu'il fût armé chevalier afin d'aplanir l'obstacle essentiel de cette union : la mésalliance. Or, comment se comporterait-il à la bataille ? Certes, il était hardi...

— Je la rendrai fière de moi.

— Tu essaieras plutôt de la rendre heureuse !

Des chevaliers montés les dépassaient au petit trot, leur targe armoriée sur l'épaule, leur heaume attaché au pommeau ou au troussequin de selle. Sphériques, cylindriques, ces lourdes défenses de tête enjolivées soigneusement excitèrent l'intérêt de Champartel pour lequel commençait vraiment la plongée dans ce monde à la fois tangible et surnaturel des « pardons d'armes », où la rigueur s'alliait à la déraison, où les plus mâles ardeurs s'affirmaient par des frisquetés[1] quasiment féminines pour culminer au sommet d'un couvre-chef étincelant ainsi qu'une grosse fleur sur sa tige.

— La touffe de tissus ornant ton bassinet, Thierry, et le poing vermeil dressé sur le mien au milieu d'un tortil moins beau que le tien — ce dont je n'ai cure —, semblent bien pauvrets comparés à ce que nous voyons.

— Messire, j'en suis ébahi. Tous ces hommes se moquent peut-être des affiquets de leur épouse... et c'est comme une fatrasie que certains arboreront sur leur tête !

— Tout ce que l'imagination peut engendrer en fait de coiffe de fer sera bientôt aligné sous les voûtes où nous allons. Méfie-toi des apparences : les plus beaux monuments que tu vois passer n'appartiennent pas pour autant aux seigneurs les plus redoutables.

Avide de prouesses autant que de renommée, chaque

1. Élégances.

bataillard cheminant vers Saint-Léger avait choisi une fois pour toutes, selon l'usage, dans la vie, l'Histoire sainte ou le bestiaire, une figure capable de retenir l'attention, et surtout de provoquer l'admiration, le trouble ou l'hilarité des dames et damoiselles, d'où la composition de ces timbres immenses, les uns présomptueux et les autres comiques : aigle doré aux ailes refermées, unicorne rouge à l'appendice d'argent, cygne bleu, jambes d'esclave noir tournées en l'air comme s'il tombait dans un puits, loup-cervier rongeant un os, hure verte, dragon mordant sa queue, buste de femme, bras croisés sous ses tétons roses, tête de bélier encorné d'or, mufle de lion, museau d'ours noir, gueule de chat sauvage, étrave d'arche avec Noé debout près d'un tigre ; pommier au tronc enlacé d'un serpent ; d'autres encore. La plupart de ces emblèmes édifiés en pâte de parchemin, plâtre et filasse, bois ou cuir bouilli, tenaient solidement au sommet du heaume, soit par quelques rivures, soit au moyen d'une broche de fer. Juste avant la première joute, leur tortil serait assorti d'une bannerole dont les longs plis ondoieraient au vent du galop... Et le lundi soir, à l'issue de ces Pâques, il n'en resterait rien, tant la fragilité de ces édifices les vouait à la destruction. Cassés, taillés, écrasés, défoncés, arrachés, ils réapparaîtraient à de prochaines liesses. Chaque guerrier présent à Chauvigny était aussi fermement attaché à son cimier qu'à son épée, et c'était pourquoi ceux dont la mort viendrait hors d'un champ de bataille seraient ensevelis avec lui. Les riches, même, l'auraient sculpté à la tête ou au pied de leur gisant de pierre.

— J'aimerais que ce poing m'accompagne dans la tombe, car si les lions appartiennent à mes armes, il exprime mon état d'esprit !

— Ne parlez pas de lions, messire !

Ils avaient été rejoints par de nombreux seigneurs et leurs écuyers à pied. Certains allongèrent le pas pour les devancer. Serpentant entre deux roncières, le chemin fut vite encombré ; des cavaliers hurlèrent pour obtenir le passage ; des protestations, menaces et huées s'élevèrent dont ils n'avaient nul souci. Aux miroitements des vêtements de mailles — hauberts, haubergeons et cottes constellées de bossettes de cuivre, d'or ou d'argent — s'ajoutait la fleuraison des tabards gironnés, écartelés ou échiquetés ; des pourpoints, surcots et flotternels de toutes formes, les uns aux manches bouffant aux épaules, les autres taillées en barbes d'écrevisse ou percées de crevés doublés de soie, et saignant comme des blessures.

Un chevalier vêtu de velours bleu dépassa les deux compagnons. Il marchait entre un écuyer portant son heaume à plat sur un coussin et un sergent présentant sa bannière, si longue et si large qu'il eût pu dormir dedans.

— Place ! Place !

— Par Dieu, messeigneurs, laissez passer Maubue de Mainemares !

— Il n'est pas plus pressé que nous, hé, gonfanonier de mon cul !

— Allons, messire la forte tête, dégagez, je vous prie !

— Place à messire Gauvain Chenin, chevalier, seigneur de Lussac !

— Laissez passer le sire de Quelen !

« Un Breton, se dit Ogier. Est-il l'ami ou l'ennemi de Guesclin ? »

L'écuyer de l'Armoricain hurlait sa devise :

— *En peh amser quelen*[1] ! Place ! Place !

Une marée de voix et de couleurs moirée d'éclairs d'acier bouillonnait en montant vers les murailles où çà et là, entre deux merlons, scintillait le fer d'un vouge ou le dôme d'une barbute. Et des entretiens s'engageaient dans un tutoiement de bonne humeur :

---

1. La devise était le cri de guerre du seigneur. Celle-ci, en bas breton, signifiait : *en toute saison, il fait bon prendre conseil.*

— Pourvu que ce beau temps dure !... Je couche sous la tente. Et toi ?

— Moi aussi, au bord de la Vienne, près de l'enclos aux chevaux.

— D'où viens-tu ?

— De Châtillon, sur l'Indre.

— Ton nom ?

— Bernard de Grésignac.

— Veux-tu fournir des courses contre moi ?

— Ton nom ?

— Tassart de Barsac, en Guyenne. La bonne : celle qui se reconnaît féale de Philippe... Les hommes comme moi sont rares, faut dire.

— Tu portes un cygne noir sur ton heaume. Je le reconnaîtrai.

— Tu portes une unicorne bleue sur le tien. Je m'en souviendrai ! Nous verrons ainsi quel est le meilleur... Et ton nom, à toi, devant ?

— Jean de Morbecque.

Soudain, dressé sur la margelle du pont enjambant le Talbat, le moine Gyselbert brandit sa croix processionnelle. La même fureur que la veille ravageait ses traits enfarinés de poussière :

— Hommes, souvenez-vous !... Vous allez ce meshui au-devant de la joie. Demain, vous irez au-devant de la mort... Plutôt que de vous égayer de joutes en tournois, et de vous enorgueillir des futiles ornements de vos heaumes, que ne regardez-vous les humbles auxquels, en bons chevaliers, vous devriez accorder protection et charité !... Ils souffrent, et vous...

— Ce prêcheur nous vitupère trop ! dit un homme à cheval.

— Les manants de Chauvigny ne souffrent point ! hurla un autre. A preuve qu'on peut proposer des agnels de bon or à leurs filles, elles les refusent... Elles sont trop bien nourries !

— Et Dieu qui vous voit, mes frères ; Dieu le Juste, Dieu le...

Il y eut un *plouf* et des rires : le moine venait de choir dans le ruisseau.

— Va te faire bénir ! dit un écuyer hilare. Y a pas d'indigents à Chauvigny[1].

Ogier se précipita jusqu'au parapet. Il fut soulagé de voir Gyselbert en bon état, pataugeant dans l'eau qui lui montait aux hanches. De nouveau, le moine souleva sa croix :

— La pestilence !... La morille[2] !... Vous baignerez bientôt dans son jus noir !

Ogier entraîna Thierry, livide :

— Ne te soucie pas des menaces de ce clerc. A défaut de pouvoir mortifier notre chair, il veut nous flageller l'esprit !

Il se trouva tout à la fois insolent, injuste et sentencieux.

— Dieu sait que nous avons bon cœur...

— Il sait, Thierry... Merdaille, que cet écu m'encombre !

La targe de Kergoet étant demeurée sous la tente, après que Denis l'eut peinte, Ogier portait son grand bouclier dont la guige lui entamait l'épaule. Hormis cette gêne, il ne lui déplaisait pas d'être vêtu sobrement. Autour de lui, des présomptueux devaient penser : « Voilà un bourgeois anobli. Il se fera bouter dès sa première course ! » Eh bien, ils verraient...

— Tout de même, dit-il, ce moine !

Il frémit à l'idée de retrouver frère Isambert. Il devinerait d'emblée si le presbytérien lui accordait son aide

---

1. Il y en avait, mais le Poitou restait privilégié. Les impôts nombreux (gabelle, maltôte sur toutes les marchandises vendues) harcelaient les humbles et les bourgeois. Plusieurs fois réunis, les États généraux demandaient la suppression des réquisitions, des emprunts forcés, du droit de prise ; le paiement comptant des denrées réquisitionnées, la destitution des fonctionnaires inutiles, la limitation des droits judiciaires des baillis et sénéchaux, et toute une série de réformes dont Philippe VI ne se souciait pas.

2. C'était ainsi qu'on appelait la peste. En 1348, elle fit des centaines de milliers de morts en France. Toute l'Europe fut ravagée.

ou si, malgré ses protestations habiles, il devait s'en méfier. Il faudrait qu'ils s'entretinssent loin de Blainville et de ses sicaires... Il devrait attendre l'instant favorable. Toujours attendre. Et espérer. Thierry, à sa droite, regardait les plumails rares et les hautes figures sur les coiffes de fer. Parvenu à quelques pas des murailles garnies d'écus et de bannières, l'écuyer s'arrêta et sourit :

— Toutes les mêmes ! Voyez, messire !

— *D'argent à trois chevrons brisés, d'or à dextre, de gueules à senestre, accompagnés en chef de deux marteaux et en pointe d'un marteau, ces derniers d'or emmanchés de gueules...*

— Eh bien, messire Ogier, croyez-moi : ce ne sont pas des armoiries, c'est l'enseigne d'une forge !

— Taisez-vous ! dit un manant. Ce sont les armes de l'évêque Fort d'Aux.

Un remous, derrière, accrut la rumeur de cette foule en marche. Une voix aiguë ordonna :

— Place ! Place !... Allons, gentils seigneurs...

Ogier s'écarta, imité par Thierry et leurs voisins.

— Laissez passer monseigneur Charles de Valois, comte d'Alençon, et messire Charles d'Espagne !

Chevauchant des palefrois gris arzels[1] si pareils qu'on eût dit des jumeaux, les deux hommes allaient de front. Le frère du roi portait une cuirie bleu ciel, enrichie de rivets d'argent, et soutenait sous son bras gauche un heaume gris, oblong, sommé d'une fleur de lis énorme. Charles d'Espagne s'était vêtu avec une somptuosité dont son compagnon solennel eût pu prendre ombrage. Son pourpoint de velours vermeil aux épaulières bises garnies de menus grelots, le contraignait autant qu'un casaquin de femme. Ses hauts-dechausses de soie noire, bouffants, ourlés çà et là de galons à pendentifs, scintillaient comme un ciel noc-

1. Chevaux ayant les pieds de derrière blancs, le chanfrein blanc ou étoilé de blanc.

turne. Des heuses de peau de daim que des aiguillettes de fil d'argent serraient sous le genou, lui montaient à mi-cuisse. Quant aux éperons d'or du favori de Jean de Normandie, leurs molettes ouvragées en fleurs de lis semblaient des joyaux plus que les éléments d'un harnois guerrier. Son chaperon brun, crêté, rivalisait avec le heaume de joute qu'il portait accroché à sa selle : le premier s'enjolivait d'un faisceau de plumes de paon, le second d'un cœur énorme surmonté d'une couronne.

— Ami, dit-il à Thierry en retenant son cheval, ma tente est proche de celle du frère de notre bien-aimé roi... Viens donc m'y rejoindre à vêpres afin que nous nous portions la santé !

Il avait parlé les paupières mi-closes, d'une voix chuintante, mais pleine d'autorité. Ogier perçut la fureur de son écuyer ; il en souriait à défaut de s'en inquiéter quand une voix glacée retentit :

— Allons, allons, avancez, messire Charles !... Nous sommes en retard.

Blainville.

Il montait son lourd cheval essorillé : Melkart. Bien droit sur sa selle sarrasine aux arçons d'ivoire incrustés de nacre et de cuivre, il tenait haut les rênes et semblait courroucé.

« Il s'est vêtu presque humblement de velours gris, observa Ogier. Afin, sans doute, de se soustraire le plus possible aux regards... Son roncin, lui, se distingue ! Il est si gros que les juges doivent lui refuser l'entrée en lice. Son heaume, accroché dans son dos, porte un griffon d'argent... Une bête aussi cruelle et répugnante que lui. »

Les ailes parcheminées de l'animal dépassaient de part et d'autre du cou de son propriétaire.

« Ainsi, on dirait qu'il se prend pour un ange !... Un ange venimeux... Ah ! il m'aperçoit... »

Un rire — ou un grincement —, puis :

— Lancelot !... Justement, je pensais à toi... Est-il vrai que tu as occis mon sergent ?

Comment l'avait-il appris ? Par Leignes, sans doute. Prudent, il s'abstenait de citer Kergoet.

— Votre homme m'avait agressé, je me suis défendu.

Ogier sentit sur ses épaules le poids de ce regard qu'aucune misère humaine, jamais, ne pourrait humecter.

— Ramonnet savait se battre. La bonne chance t'a-t-elle aidé ?

Le tutoiement après la moquerie : ce Lancelot dont il avait la bouche pleine. A qui bon se regimber, d'autant plus que cet homme l'avait jadis tutoyé. Mauvais souvenir.

— Pour préserver ma vie, je devais prendre celle de votre écuyer... s'il l'était.

— As-tu quelque remords ?

Ogier retint un sourire : allons, le cœur de ce démon saignait un peu. Quelle perte, ce trépas ! Qui, désormais, accomplirait ses basses œuvres ?

— Comment, messire, pourrais-je avoir du regret, du remords ou de la compassion pour le décès d'un malandrin qui me voulut occire ?

— Alors, je me chargerai de t'en fournir !

Et Blainville rit à nouveau, de ce rire tellement singulier qu'on eût cru qu'il mâchait des graviers. Après un geste de menace et de mépris, il pressa les flancs de son grand cheval houssé de velours safrané.

— A bientôt, Lancelot !

Ogier serra les dents sur une injure.

— Il vous en veut à mort, grommela Champartel.

— Avançons... Je n'ai que faire de ses menaces.

Ils croisèrent des marchands de pain, cervoise et friandises ; puis deux lavandières, leur panier sur la tête. Des éclopés survinrent et les entourèrent, la paume ouverte :

— Pitié ! Pitié, messires, et nous prierons pour vous !

Alors que Thierry refoulait les importuns, une jouvencelle apparut.

Elle courait. Elle était coiffée d'une huve[1] blanche dont le voile assez court flottait sur ses épaules. Elle raccourcit ses pas, contourna les mendiants et s'éloigna en hâte.

Aussi bref qu'eût été ce passage, Ogier en fut troublé. Quel pur visage ! Quelle légèreté !... Afin d'aller plus vite, elle soulevait sa robe... Des chevilles fines annonçant des jambes longues...

Elle franchissait la porte de l'Aumônerie quand un homme vêtu de mailles la saisit à bras-le-corps. Elle cria, essaya de se dégager, repoussant maladroitement cette poitrine rugueuse où s'écrasait la sienne.

— Bon sang, Thierry ! C'est Lerga !... Je ne l'ai vu qu'une fois dans Coutances, mais j'en ai grande remembrance !

— Doucement, messire... Elle se bat bien ; laissez-la faire.

Certes, la pucelle se rebellait, mais sa défense, déjà, faiblissait ; et des hommes passaient, rieurs ou indifférents.

— Je ne peux laisser faire ça !

Ogier tendit son heaume à Champartel, courut jusqu'à l'Espagnol et empoigna les lacets du bassinet qu'il portait dans son dos, et sur lequel s'agrippait un énorme frelon à corselet noir.

— Lâche-la !

Son rugissement lui écorcha la gorge. Il tenait le tourmenteur de Gerbold !

Piètre prise que ces lacets ; il saisit l'homme au colletin, et le secoua. Sa haine avait atteint un tel niveau d'abomination qu'il sentait à peine la morsure du fer.

1. Cette cornette empesée, conique et garnie d'un voile, annonçait le hennin, qui apparut un siècle plus tard.

600

— Par Dieu, lâche-la, te dis-je !

Il voyait enfin cet ennemi de près. Grand, hâlé, ridé par toutes sortes d'excès, ses cheveux tombaient en frange sur son front court. Face ovale, bouche vorace et barbe buissonneuse ; des yeux noirs relevés vers les tempes et que la fureur bouffissait. « Il agresse et c'est lui qui paraît offensé ! » L'écusson rouge cousu aux mailles, à l'emplacement du cœur, portait en son milieu un taureau d'argent encorné et onglé d'azur.

— Bas les pattes, manant ! Qui es-tu pour oser te conduire ainsi ?

— Vous êtes, vous, Radigo de Lerga !

Disant cela, Ogier repoussa l'Espagnol dont il surveilla aussitôt les mains brunes, poilues, griffues. Le toucher de ces serres sur le corps gracieux de la jouvencelle l'avait indigné comme s'il avait, lui aussi, subi leur prise. Ces mains avaient tourmenté Gerbold jusqu'à la mort !

— Tu me connais... Où nous sommes-nous rencontrés ?... Ton visage ne me dit rien.

— Que vous importe qui je suis !

Devant pareil truand, le voussoiement semblait le comble du mépris. Lerga en fut conscient et, désignant la donzelle :

— C'est ta femme ?

Prudent, Ogier ne se détourna pas :

— Est-ce la vôtre ? Sûrement non : je n'ai fait que l'entrevoir ; elle me paraît trop belle et avenante pour vous !

Il se sentait pourpre de rage, et enlaidi, sans doute, ainsi. De plus, il ne pouvait se retenir de trembler. Il vit une ombre — celle de l'inconnue — reculer jusqu'aux curieux que cette altercation avait immobilisés : des manants et des seigneurs s'y côtoyaient.

— Je suis parent de Charles et Louis d'Espagne. Traite-moi avec respect.

— Du respect ! En avez-vous une once à me bailler ?... Vous tombez sur cette damoiselle comme le

gerfaut sur la caille... et vous osez parler de respect ?...
Par la mort-Dieu, si vous en manquez, vous êtes bien
pourvu en fait d'outrecuidance !

— Messire Ogier !

Inutile incitation à la prudence : il avait vu le Navarrais dégainer avec une rapidité prodigieuse. Pas le
temps de tirer Confiance de son fourreau, mais Thierry,
attentif et preste, lui tendait Gloriande.

L'épée du malandrin s'abattit sur la lame du défunt
Kergoet, prête à la recevoir, tandis que des protestations, des appels à la sagesse éclataient de partout, et
qu'au loin, les longues guisarmes des hommes du guet
apparaissaient.

— Holà ! pas maintenant...

— Attendez la joute et le tournoi !

— Il n'est plus temps de se chercher querelle !

Ogier entendait, mais à peine, mordant avec délices
dans un plaisir sans égal : Lerga au bout de son arme !
Désir de tuer, d'avilir, de rendre devant témoins une
sûre justice. Or, les protestations s'enflaient.

— Non ! Attendez demain, dans la lice !

Voix coupante que cette dernière, celle d'un grand
seigneur sans doute.

— Cesse, cria Lerga. Ils ont raison : nous nous
mesurerons demain, et je t'assure...

Il reprit haleine. Il écumait de malerage. Abaissant
son épée, il demanda :

— Comment t'appelles-tu ?

— Ogier de Fenouillet, chevalier.

Les spectateurs se dispersaient aussi rapidement
qu'ils s'étaient assemblés. Ogier les voyait à peine ;
leurs commentaires lui paraissaient vides d'intérêt.

Lerga recula, mit son arme au fourreau et releva la
tête :

— A bientôt, damoiseau !

Dans ses yeux brillaient des lueurs meurtrières
qu'Ogier feignit de prendre en dérision. Et tandis que
l'Espagnol menaçait de ses poings les derniers curieux

en hurlant : « Place ! Place ! », il restitua Gloriande à Thierry.

— Heureusement que je l'avais dégainée, messire, dès le commencement ! Et c'était peu facile avec nos bassinets dans les mains... Une commère les a tenus... Ah ! là là... Vous vous conduisez comme un marmouset... Méfiez-vous de préjudicier votre entreprise... et vous également !

Sans contester leur pertinence, Ogier n'eut que faire de ces reproches : il s'était tourné vers la jouvencelle et demeurait figé, comme ébloui. Il fut près de protester quand Thierry lui restitua son bassinet, puis songea :

« Que va-t-elle penser de ce poing ? »

Elle s'avançait vers lui d'une façon si simple et majestueuse qu'il lui trouva des grâces, un air de Cour. Son pas souple et dansant, son sourire, dont il n'eût su dire s'il était le signe d'une courtoisie naturelle et constante ou l'expression d'une douce reconnaissance à son égard, firent sur son courroux encore inapaisé l'effet d'un baume. Il s'adoucit et sourit à son tour.

— Messire, je vous sais bon gré de votre aide.

Elle était rousse, de ce roux des châtaigniers en novembre. Ses tresses épaisses répandaient leur clarté sur des joues un peu creuses et un cou velouté, cerclé d'une chaînette d'or. Elle avait des mains très blanches, aux ongles roses ; à chacun de ses annulaires, une bague jetait parfois une étincelle, l'une pourpre, l'autre violette.

— Vous avez fourni à ce pernicieux une leçon méritée, messire, mais je crains qu'il ne cherche à se venger d'une façon cauteleuse [1]. Venez... On nous regarde... les francs-archers du guet...

En effet, deux arbalétriers les observaient.

Ogier suivit la jouvencelle jusqu'au renfoncement d'une porte, sans s'étonner d'admirer non seulement sa

1. De cautelle : russe.

beauté, mais aussi ce maintien cérémonieux qu'il eût trouvé désagréable chez toute autre.

— Je suis, gentil sire, damoiselle Blandine Berland.

Touchant son cœur du plat de sa dextre, le garçon s'inclina :

— Ogier de Fenouillet, pour vous servir.

Elle devait lui arriver à l'épaule, cependant, elle paraissait grande tant sa taille était élancée, tout en courbes douces, harmonieuses. Captive d'un corselet de soie turquoise, sa gorge tendait ses deux boutons sous un col garni de bisette de Flandre brodée à petits points d'églantines. Plus bas, sous la ceinture de cuir brun aux fermoirs d'argent champlevé, s'évasait une jupe de velours de Gênes d'un vert sombre, dont la traîne devait mécontenter le chapelain de sa famille. Et sous les cannelures des tissus visibles et dérobés, il devina des jambes pures, des fesses minces et des agréments plus secrets, audace coutumière mais dont, cette fois, il rougit comme d'un larcin commis au détriment de la pucelle.

— Jamais je n'aurais pensé qu'un malandrin m'assaillirait ainsi, devant moult passants et prud'hommes !

— C'est un Navarrais, damoiselle... Il a des alliés près du trône... Il se croit tout permis.

Ogier s'enivrait de cette présence :

« Blandine ! Blandine ! Comme ce nom lui va bien !... Elle n'a nul besoin de fards ni d'onguents. »

Le visage était beau, d'une pâleur céleste. Alors que la plupart des rousses portaient sur les joues et le nez ces blonds semis qui parfois ajoutaient à leur charme, Blandine semblait pétrie de lumière et de neige. « Sage et bonne », songea-t-il tandis que son regard effleurait les sourcils épilés, courbes légères sous lesquelles palpitaient deux prunelles cernées d'ambre roux, caressées par de longs cils. « Divine... Elle est divine ! » Et ce mot à dessein choisi parmi tant d'autres, comme un joyau dans un écrin plein à ras bord, lui parut aussitôt pâle et fade.

— Mon père était loin devant moi, sans quoi jamais ce saligot n'aurait osé !

Elle avait un nez assez petit, retroussé, une bouche où la nacre et la merise composaient un fruit alléchant, des pommettes étroites et hautes. Son menton ovale révélait une volonté paisible, gracieuse, ainsi que son front dégagé d'où les deux écheveaux bien tirés, tressés au-dessus des oreilles, devaient, une fois déployés sur sa nudité de déesse...

— Votre père participera-t-il à ces joutes ?

— Oui, messire... ainsi qu'au tournoi.

— Qui est-il ?

— Herbert III Berland, seigneur des Halles de Poitiers... Nous venons d'acquérir le fief de Tessec, proche de Chauvigny... Nous l'accompagnions, ma mère et moi, à la montre des heaumes, quand les chevaux du comte d'Alençon m'en ont séparée...

S'incliner de nouveau ; enrager d'être soudainement muet, le corps, les sens dolents, et de se dépriser soi-même. Mais comment dominer cet émoi ?

C'était la première fois qu'Ogier se trouvait en présence d'une pucelle incarnant si bellement ses aspirations — une figure aussi parfaite, rayonnante. Presque désespéré de devoir se répondre négativement, il se demanda si cette beauté dont les yeux clignaient en le dévisageant pouvait éprouver quelque attirance pour un être de son espèce. Comme il devait lui paraître rustique avec ses heuses déformées, poudreuses, ses chausses distendues, qu'Hérodiade avait lavées la veille au soir, humides encore de la rosée matinale, son pourpoint de velours élimé ! Insoucieuse de cette gêne, Blandine poursuivait :

— Mon père vient chaque année... L'an dernier, il a chu si mauvaisement à la joute qu'il s'est rompu une jambe... Il dit que sa claudication ne l'empêche pas de monter à cheval et qu'il faut qu'il soit présent dans la lice.

Ogier, frémissant, écoutait cette voix fraîche, un peu

pointue, comme il eût écouté de la musique. Des envies de prouesses assaillaient son esprit. Dans sa vie si grise depuis six ans, plus indécise encore à Chauvigny qu'ailleurs, Blandine scintillait, tout à coup. A lui de briller devant elle. Même s'ils seyaient à son visage, il eût aimé la délivrer de cette huve et de ces voiles afin de perdre son regard dans ses torsades si soyeuses qu'auprès d'elles, désormais, les autres chevelures lui paraîtraient bien rêches. Et tandis qu'il s'imaginait posant sur ce front virginal un diadème de baisers légers, Champartel le secoua sans égards ni mesure :

— Messire, la rue se vide... Ce serait mal d'arriver les derniers.

Il avait raison. Ogier proposa :

— Damoiselle, peut-être pourrions-nous cheminer ensemble.

La violence des sentiments que cette jouvencelle excitait en lui le troublait au point qu'il fut tenté de lui offrir son bras, lorsque, au cri de « *Blandine* », surgi d'un peu plus loin, elle parut effrayée :

— Oh ! voici ma mère, messire... Il me faut vous quitter.

Une torsion de la taille ; elle s'enfuit sans un mot de plus, jouant des hanches pour éviter deux enfants et, plus haut, un groupe de seigneurs sortant d'une taverne, et dont certains sifflèrent sur son passage. Déjà, elle marchait auprès d'une femme maigre, à l'allure capricante, et lui contait, avec de grands gestes nerveux, sa mésaventure.

— Comment la trouves-tu, Thierry ?... Cette joliesse, cette coiffure...

Cette blondeur rousse fascinait Ogier comme un gros écu d'or, sans doute, un miséreux.

— Messire ! Vous n'êtes pas ici pour fleureter !... Venez... Nous ne sommes plus les derniers si j'en juge par cette fournée de chevaliers que je vois venir vers nous.

Coude à coude, ils pénétrèrent dans la cité.

606

Aux maisons des notables on avait « fait fenêtres ». Ornées de tapisseries, elles différaient nettement de celles des manants, feuillées et modestement fleuries, ou maculées de toiles peintes. Les plus pauvres, aux pignons et boiseries vermoulus, arboraient parmi les souillures du temps, quelques cordelettes coloriées, tressées, façonnées en bouffettes ou réunies en maigres faisceaux. Il y avait un joug vermillon accroché au-dessus d'un seuil, et plus loin, un épervier de pêcheur dont les mailles retenaient un poisson, un oiseau, et quelques fleurs pâles découpés dans un parchemin.

— La joie du commun est belle à voir, Thierry...

— Messire, j'en sais là-dessus plus que vous !

Les hôtels aux enseignes enrubannées présentaient les bannières des chevaliers qu'ils hébergeaient, tandis que s'échappaient par leur porte entre-close les odeurs des mangeailles livrées aux broches et fourneaux. De mur en mur, c'était à qui révélerait sa richesse, son rang ou simplement sa piété. Livrées aux lueurs du soleil, les franges de chêne, de tilleul, de joubarbe ; les gerbes de genêts et de glaïeuls déjà dépérissaient tandis que les plus fins tissus, traversés de lumière, semblaient déteindre sur les crépis et les pierres. Des visages se penchaient à toutes les baies, des mains se tendaient pour désigner un passant aux allures de prince ou de preux, son heaume singulier appuyé sur son dos ou posé sur un coussin porté par un écuyer. Et l'on s'interpellait de façade en façade, qu'un fil reliait parfois, sur lequel, comme des linges d'enfants mis à sécher, frémissaient des langues de soie, d'écarlate et de futaine.

Un carrefour apparut, et le reposoir de la procession du lendemain, orné de bouquets champêtres, d'une croix de fer et d'une plantation de chandelles, certaines mouchées par le vent. A partir de là, le pavé scintillait, jonché de paille. Tout au bout, l'église Saint-Léger se découpait dans le ciel, haute et blême, encourtinée comme une nef de haute mer, et présentant de part et d'autre de son porche deux tentures dont Ogier, en s'approchant, vit qu'elles célébraient, l'une l'entrée de Jésus à Jérusalem, l'autre la Pêche miraculeuse. Non loin du parvis, sur une estrade nue mais de bon chêne ouvré, des ménestrieux vêtus de velours bleu jouaient une pastourelle que trouaient, parfois, les aboiements d'un chien.

— N'est-ce pas Saladin, messire ?

— Non. Il est resté près des chevaux.

Ils avaient dû crier, moins à cause de la proximité des luths, psaltérions et violes que pour dominer la rumeur de tous ces hommes rassemblés dans l'attente de l'ouverture du grand vantail au-dessus duquel des pigeons sautillaient et battaient des ailes.

— Eh bien, dit Ogier, faisons comme eux : patientons.

Ivre du plaisir de sa rencontre avec Blandine, cette foule exhalant son bourdonnement lourd, troué d'appels, de cris, de rires et ce remuement aggravé par la variété des couleurs achevaient de l'étourdir. Tous ces hommes agglutinés entre lesquels s'inséraient quelques femmes, toutes ces vêtures d'une disparité violente ; toutes ces forces, ces rigueurs latentes ; tous ces orgueils mêlés mais contradictoires ; tous ces éclats d'acier brusquement avivés ou ternis selon les mouvements, le soleil, les nuages, blessaient où qu'il les portât, ses prunelles. Il y avait là tant de chevaliers et d'écuyers robustes, d'une quiétude si absolue ou d'une gaieté si franche — l'une et l'autre pareilles à celles des vainqueurs — qu'il se demanda s'il n'était pas fou de vouloir en affronter même un seul : Blainville.

Il ne pouvait reconnaître un visage ; il dédaignait ou soutenait les regards tournés vers lui, et les feux des plus hardis ne l'éclairaient en rien sur sa valeur et son endurance présentes. Pourquoi, tout à coup, se sentait-il enclin à se dépriser ? Pourquoi s'angoissait-il ? Et comment apercevoir dans cet entassement de heaumes, chaperons, cornettes, chevelures aussi serrés que les grains d'une grappe — sauf autour des chevaux —, comment apercevoir une huve blanche et deux tresses d'or ?

Il était certain que Blandine était là, peut-être proche de lui... Mais où ? Il y avait des femmes, des jouvencelles et quelques ribaudes, assises sur les marches de l'estrade où les ménestrels jouaient désormais une carole. Et d'autres dames arrivaient, parées, fardées, gracieuses ou hautaines, mais toutes satisfaites de leur robe de cendal, de samit, de mousseline d'Orient ou de soie de Palerme. La fraîcheur de l'air devait les saisir des chevilles à l'encolure de leur corselet d'où leurs seins bombaient sous des liteaux en dentelle. Les plus hardies, qu'elles fussent ou non mariées, prodiguaient leurs sourires, assurées de régner bientôt sur certains turbulents. Pour une œillade d'une de ces mâtines, les plus ambitieux d'amour se jalouseraient, se disputeraient et finiraient par se férir à grands coups de lame, comme à la guerre... Et le vacarme s'épaississait entre l'église et les maisons circonvoisines, toutes parées à outrance ; et noyés dans cette cohue aux agitations différentes de celles des batailles, des destriers s'ébrouaient, émettaient des plaintes brèves ; certains, plutôt que de ruer, cherchaient à se cabrer — vainement.

— C'est folie d'avoir amené là ces bêtes.

— Messire, je me sens aussi excité qu'elles !

Champartel subissait assez favorablement, semblait-il, le voisinage de tant d'hommes de guerre.

— Tous ont l'air de se prendre pour le prochain vainqueur.

— C'est saine ambition, Thierry. Sans espoir, la vie est morne.

A mesure que le temps passait, les imaginations fermentaient. Il n'était pas un baron, pas un écuyer, sur cette place — même le plus faible et le plus emprunté — qui ne se sentît admiré comme un preux par les Chauvinoises et les visiteuses ; et pourtant l'incertitude du lendemain serrait toutes les gorges et malmenait tous les cœurs. Si redoutables qu'ils se crussent et le voulussent paraître en raison, l'un de sa dignité formelle, les deux autres de leur position en Cour, le comte d'Alençon, Blainville et Charles d'Espagne, à cheval, face à tous sur le seuil de l'église — comme s'ils lançaient un défi grandissime — devaient souhaiter, eux aussi, que la porte fût tirée afin d'échapper aux inconvénients de l'attente.

— Tiens, dit Thierry, ils sonnent les cloches à herle[1].

Les pigeons du clocher s'envolèrent, et comme le carillon cessait presque immédiatement, Ogier entendit une musique orageuse. Les stridences des busines y tenaient lieu d'éclairs, et la foudre jaillissait à chaque heurt des nacaires[2].

— C'est messire André ! s'écria un enfant debout à une fenêtre.

Un cortège apparut.

Le baron s'était fait précéder de son étendard, qu'un sergent musculeux, vêtu et coiffé de mailles, maintenant bien haut, de biais, en marchant lentement. Ogier retrouva sur les plis soyeux, ondoyants, les armes qu'il avait aperçues çà et là dans la cité : *d'argent à cinq fusées et deux demies de gueules posées en fasce au lambel de sable à six pendants*. Derrière ce gonfanonier brillant et solennel avançaient, trois par trois, les musiciens : trois tambours, trois buccinateurs, trois cymbaliers. Ils étaient vêtus de rouge et de noir, coiffés d'une chapeline de fer à crête saillante, et devançaient les porteurs d'un dais aux lambrequins violets, brochés d'or et d'argent, sous lequel marchait un personnage gras, mitré, dont la crosse ponctuait chaque enjambée : le révérendissime Fort d'Aux. Même à l'ombre de son toit de velours, sa chasuble damassée, rehaussée de

1. A la volée.
2. Cymbales.

610

pierreries, brillait effrontément. Ogier trouva au saint homme un air de banquier lombard ou florentin auquel il n'eût pas confié quatre deniers. A la suite de ce prélat rougeaud et glabre, trois par trois, les mains enfouies dans leurs manches et la face basse, douze clercs avançaient, parmi lesquels Thierry, le premier, reconnut frère Isambert, la tonsure en friche et le crucifix pendouillant.

— Peut-être, messire, le chévecier se trouve-t-il parmi eux.

— Peut-être... Tiens, voici Alix d'Harcourt.

Juste après les ecclésiastiques, assise sur une sambue dont les crépines de soie cramoisie, garnies de grillettes, tintaient gaiement, et menant une haquenée blanche aux crins ondulés, une femme souriait à l'entour. Elle s'était parée d'une robe de samit rose, serrée à la taille par une ceinture d'orfroi, et couronnée d'un touret [1] d'or et d'argent dont l'usage se répandait chez la gent fortunée. A ses longues tresses piquées de perles et de gouttes d'or, Ogier vit que la baronne était brune. Son visage d'une blancheur d'églantine, avivée par une pointe de rouge à la bouche, ses yeux en lesquels semblaient crépiter les feux du matin ensoleillé, son sourire, ses petits saluts de sa dextre gantée de chevrotin blanc témoignaient d'un heureux caractère. Mais fallait-il se fier à ces façons aimables ? En ce moment même, dans quelque endroit paisible de sa demeure, son frère, Godefroy le Boiteux, pouvait s'entretenir avec certains complices.

Derrière chevauchait l'appelant du tournoi.

Tête nue, André de Chauvigny montait un palefroi houssé de taffetas vermeil qu'un écuyer de corps, à sa droite, menait haut la main. Il s'était adoubé comme s'il devait jouter sans retard et son armure de plates — allemande tant elle semblait épaisse — miroitait jusqu'à en être aveuglante. Il serrait contre lui son heaume

1. Sorte de diadème à bourrelets et rehauts d'orfèvrerie.

de jouteur dont le cimier figurait une tour carrée, blanche, surmontée d'une échauguette à poivrière et, à l'inverse de son épouse, il semblait morne, inquiet. Ses yeux clairs, légèrement battus et bridés, avaient sous leurs sourcils fauves une expression dédaigneuse et, sous sa moustache rousse et drue, sa bouche semblait un trait d'encre noire. Impassible, comme figé en statue dans sa coquille, il paraissait sourd aux louanges et applaudissements qu'il provoquait, mais sur les rênes, les crispations de ses mains emmaillotées de fer démentaient cette indifférence.

— Que vaut-il, messire ? demanda Thierry. Tient-il de la muisteur[1] de Blainville ?

Ogier ne sut que répondre, incapable de pressentir si ce seigneur au caractère assurément bien trempé aimait ou détestait secrètement le roi de France. Quand le baron fut happé par l'ombre de l'église, les ménestrieux, sur leur estrade, firent écho à l'air que jouaient les neuf musiciens.

Derrière cet homme qui semblait solenniser jusqu'au moindre de ses regards, chevauchaient le Roi d'armes et ses gens — une vingtaine — que des acclamations saluèrent ; et puisque cette ovation constituait une incongruité à l'égard d'Alix d'Harcourt, les bouches entonnèrent à la façon d'un chant :

— Vive notre dame !... Vive notre dame !
— Longue vie, longue vie !
— Prouesses et gloire à messire André !
— Vive la comté du Poitou, fidèle au royaume de France[2] !

Le cortège s'arrêta ; l'évêque abandonna son dais. Quittant son cheval, le comte d'Alençon s'élança pour soutenir dame Alix à sa descente de selle. De gros

1. Tempérament froid.
2. Après Alphonse de Poitiers, frère de Louis IX (1241-1271), le Poitou avait été réuni à la couronne de France. Les comtes de Poitou avaient été Philippe V (1311-1316), puis Philippe VI (1328-1350).

remous agitèrent la foule. Ogier vit que les femmes y devenaient nombreuses, « toutes cointes comme des princesses ». Bien qu'il exagérât, un conflit s'ébauchait entre les chaperons aux plis disposés en bouillon, cornette ou coquarde ; les huves et les guimpes à deux pointes ; les bliauts plissés, les corsages de samit à ferrets ou grelots ; les robes en diaspre de Chypre ou de Mossoul[1]. Vêtues de futaine ou de tiretaine, les manantes s'étaient contentées de fleurir leurs tresses tandis que les filles follieuses exhibaient leurs casaques de baudequin, rayées, carrément ouvertes sur leur gorge que certains empaumaient au passage, sans les indigner pour autant.

« Pas de Blandine. »

Las d'être juché sur la pointe de ses heuses, Ogier retomba sur ses talons et s'aperçut que l'évêque terminait une harangue dont il s'était peu soucié. Pour faire bonne mesure, et comme s'ils l'ignoraient, le prélat exhortait les chevaliers, écuyers et seigneurs présents à la droiture :

— ... car Dieu châtiera les mauvais avec plus de sévérité que les juges !... Que les malicieux s'éloignent : ils le peuvent encore ; et que ceux qui subiront et souffriront ne s'en prennent qu'à eux-mêmes : *volenti non fît injuria !*

— Que dit-il, messire ?

— Qu'on ne fait aucun tort à celui qui consent... C'est un homme bien singulier, comparé à frère Gyselbert.

Aidé par son écuyer, André de Chauvigny descendit de cheval. A peine eut-il mis pied à terre qu'une fillette dont Ogier n'entrevit que les cheveux blonds marcha vers lui, soulevant une gerbe de glaïeuls. Le baron disparut un instant : il s'était penché pour baiser l'enfant. Quand il se releva, il dit :

1. Le samit était une étoffe de soie épaisse, serrée ; les diaspres des soies brochées à fleurs, certaines venant de Perse par Alexandrie.

— Entrons, messeigneurs... Roi d'armes, qu'on nous ouvre !

De nouveaux courants agitèrent l'assemblée. Certains chevaux hennirent, regimbèrent ; des bannières et pennons oscillèrent. Ogier chercha la huve blanche autour de lui. Il la reverrait ; il fallait qu'il la revît... Mais où ?

Sur le seuil béant, le Roi d'armes hurla :

— Gentilfames et damoiselles, manants et manantes de Chauvigny !... Les chevaliers, seigneurs et écuyers sont admis à l'intérieur pour disposer leurs heaumes timbrés et leurs écus aux endroits par nous assignés... Également pour se défier. Notre bien-aimée dame Alix, monseigneur Fort d'Aux et les clercs les accompagneront seuls... Vous pourrez, dès none, franchir ce seuil !

Des protestations s'élevèrent auxquelles les ribaudes ajoutèrent leurs « *Hou ! Hou !* ». Ogier retint Thierry :

— Laisse faire ces impatients. Regarde : pour un peu, ils échangeraient des coups afin d'être les tout premiers à entrer !

Souhaitant que le parvis et ses abords fussent dégagés, il attendit, aussi indifférent que son écuyer aux œillades des filles follieuses et de certaines dames ; et, consterné, il dut se rendre à l'évidence : Blandine ne se trouvait ni parmi ces femmes allant et venant au soleil, gloussantes et chuchotantes, ni derrière les chevaux confiés à des palefreniers, ni cachée par deux douzaines de chevaliers assemblés autour de l'un des leurs, gesticulant et hurlant :

— Puisque je vous dis que je les ai vus, salués, et qu'ils viennent d'Aiguillon !

D'autres participants arrivaient par la rue dont la paille ternie voletait au vent aigre. Ogier reconnut Guesclin et deux de ses Bretons ; ensuite, envoyant des baisers à certaines commères penchées à leur fenêtre, Baudouin de Bellebrune et Connars de Lonchiens. Honorant de sèches courbettes et sourires quelques bel-

les, ils traversèrent le parvis à grands pas et s'enfoncèrent sous le porche gardé par quatre picquenaires.

— Viens, Thierry, suivons-les... Oh ! une haie
d'hommes d'armes... Chauvigny ne regarde pas à la
dépense.

Laissant à leur droite la nef grise où se répercutaient
les voix, les deux compagnons atteignirent une sorte
de petit cloître aux piliers de bois, au toit de drap rouge
et noir qui serait démonté à la fin des liesses. Le long
du mur de Saint-Léger et entre les colonnes, sur des
étals revêtus de velours vermillon, s'alignaient les
heaumes et bassinets surmontés de leurs emblèmes.
Au-dessus, suspendus à des lattes enrubannées, les targes, les taloches et les écus armoriés s'offraient mieux
encore aux regards. C'était un foisonnement de couleurs, une immense enluminure.

— C'est si beau, dit Thierry, que j'en tremble.

Les juges et les hérauts procédaient à la pose des
défenses de tête et à l'accrochage des boucliers selon
les instructions du Roi d'armes et sous la surveillance
distraite du seigneur appelant, de son épouse et de
l'évêque. Ogier se demanda où les clercs s'en étaient
allés ; sans doute se recueillaient-ils dans le sanctuaire.

— Sommes-nous plus que l'an passé ? demanda
André de Chauvigny.

— Cent quarante, messire, dit le Roi d'armes. De
sorte que nous allons planter quatre autres barrières.
Ainsi, en béhourdant cinq contre cinq au début, les
joutes seront achevées avant la nuit. Nous ferons ôter
ces barrières quand il ne restera que dix hommes en
lice...

Et le Roi d'armes s'éloigna.

— Ah ! monseigneur, lança André de Chauvigny à
l'intention de l'évêque. On vient de m'annoncer qu'un
moine venu de Tours, du nom de Gyselbert, je crois, a
menacé nos bataillards !

Le prélat eut un sourire indulgent à l'égard de Charles d'Espagne qui, non loin de là, s'entretenait avec

l'écuyer du baron tout en lui caressant l'épaule ; puis, frappant le sol de sa crosse comme s'il voulait l'y enfoncer :

— On vient de me rapporter, à moi, qu'on l'avait tiré du ruisseau... de sorte que cet exemple de piété et... euh d'humidité chrétienne doit son salut... à des pêcheurs. J'ai chargé Talebast de le retrouver pour qu'il soit placé dans une de mes chambres avec, bien sûr, tout ce qui convient à sa quiétude... et ce pour la durée des liesses.

Ogier dévisagea cet homme dont la brève homélie, sur le seuil de l'église, l'avait surpris sans toutefois lui déplaire. Petit et gros, carré d'épaule, la mine attentive sous sa mitre resplendissante, il avait au-dessus du sourire placide d'un saint, des yeux d'une malignité de ribaud. Il poignait son bâton pastoral comme un chasseur son épieu, et quand, cessant d'en considérer les volutes dorées, il s'inclinait vers dame Alix, son regard devenait des plus concupiscents et sa bouche épaisse remuait comme s'il suçait une friandise. Ogier se dit que cet homme si brillant devait avoir une âme blafarde ; il entraîna Champartel vers le Roi d'armes et sa suite.

— Soyez prudent, messire !

— Trop de prudence me nuirait, Thierry. Laisse-moi faire !

Les ayant aperçus, le juge Augustin marcha à leur rencontre. Cramoisi, les yeux scintillants, le sourire béant sur des gencives pâles et des dents en créneaux, il serrait dans sa dextre gantée de basane grise, la verge blanche inséparable de ses attributions. Sa robe rouge à parements noirs, ouverte sur un pourpoint de soie safran, se gonflait sur sa ceinture comme s'il dissimulait une demi-citrouille. Un chaperon noir à plumail de cygne le coiffait de travers. A son côté pendait une bourse de cuir.

— Ah ! vous voilà, vous deux ! dit-il aimablement.

Touchant le poing vermeil sommant le bassinet d'Ogier, il s'étonna :

— Du bois !... Bien, bien... Je vais m'occuper de vous. Patience !

— Patience ! grommela Thierry tandis que le juge disparaissait.

On les regardait, on les heurtait de l'épaule ou du coude ; ils prirent pour refuge une arcade libre par laquelle on accédait à un jardinet. Ogier tendit l'oreille car le Roi d'armes, ébahi et ennuyé, questionnait le juge Amaury :

— Et vous dites qu'ils viennent d'arriver ?

— Oui, messire. Ils sont partis lundi d'Aiguillon et n'attendent que votre consentement pour béhourder.

Le nom d'Aiguillon ne fit qu'accroître la curiosité d'Ogier. Écoutant distraitement Thierry parler du beau temps qui rendait le sol dur aux chutes, il se pencha. Le juge Amaury s'animait :

— Eh oui, d'Aiguillon !... Gauthier de Masny le défend bien. Ses piétons et surtout ses archers sont les plus ruins [1] qu'on puisse trouver en Guyenne et en Angleterre. C'est pourquoi, pour renforcer son ost et vaincre les Goddons, le duc Jean a dépêché auprès de son père le comte de Guînes et le chambellan de Tancarville... Ah ! tenez : les voilà [2] !

Deux hommes s'avançaient, souriants. Leurs tabards étaient propres, leurs mailles luisantes. Ces guerriers, apparemment, avaient peu combattu. André de Chauvigny s'approcha du Roi d'armes :

— Ils sont les bienvenus... Il faut les agréer.

— Messire ! Ils n'ont ni heaumes ni cimiers, leurs chevaux sont hodés [3]...

1. Méchants, redoutables ; d'où ruine.
2. Jean Ier, vicomte de Melun, seigneur de Tancarville, avait été créé Chambellan en 1318, par Philippe le Long. Il mourut en 1347. Raoul de Brienne, comte d'Eu et de Guînes, connétable de France de 1332 à 1344, un « gentil conte », selon Jean le Bel, allait quatre ans plus tard, le 18 novembre 1350, être décapité sur ordre de Jean le Bon, pour ses sympathies envers le roi de Navarre, ennemi du roi de France, et la révérence qu'il vouait à la reine de France.
3. Fourbus.

D'un geste de sa main de fer, le baron repoussa cette objection :

— Nous leur en trouverons... Parlez-moi d'Aiguillon, messires !

Le chambellan était gros, hâlé, barbu, mais chauve. Guînes, roux et sanguin, glabre, avenant, semblait sous la sujétion de son vieux compagnon ; il l'invita d'ailleurs à parler, ce que Tancarville fit avec un plaisir évident :

— Aiguillon se défend bien, messires, à croire que la ville est pleine de diables et diablesses... Nous avons construit un pont sur le Lot pour prendre un des châtelets grâce auquel, ensuite, nous aurions vaincu ces malandrins ; mais ils ont envoyé trois nefs contre nous, coulé nos barques, occis nos garçons[1] ! Le duc Jean a fait amener huit gros engins de Toulouse ; ils n'ont à ce jour servi à rien, bien qu'ils aient craché sans trêve et détruit çà et là des murs... Ces démons de Goddons, en rusant, se sont emparés d'un troupeau et l'ont fait entrer dans l'enceinte !... Les voilà garantis contre la malefaim... Ah ! là là, nous avons grande déconvenue de cette opposition. Des renforts sont venus de Cahors et d'Agen, nos chalands sont partis à l'assaut... En vain !

— Et que fait le duc Jean ? demanda le Roi d'armes.

Les deux messagers se concertèrent. Ogier prit plaisir à les regarder se débattre avec leur conscience, bien qu'elle lui parût d'une petitesse extrême : ils s'accordaient à Chauvigny une halte inadmissible. Guînes, enfin, se décida :

— Notre duc organise des jeux pour passer le temps. Ainsi, nous jetons nos chaperons en l'air et il décoche dessus moult flèches et carreaux. Et nous nous récrions : « *Monseigneur a bien trait !*

---

1. On nommait ainsi les subalternes que les gens d'armes menaient à leur suite, soit pour porter leurs armes, soit pour les seconder en certaines circonstances.

— Sainte Marie, comme il trait roide ! — Ah je ne voudrais pas lui être opposé ! » Imaginez...

Ogier imagina tandis que Guînes baissait la voix pour conclure :

— Or, en vérité, le duc n'atteindrait pas une vache à dix toises [1] ! .

Il y eut des rires. Le plus bruyant fut celui d'André de Chauvigny. Aussitôt, pour cet irrespect manifeste à l'égard du fils du roi, Ogier fut tenté de voir en cet homme un allié de Blainville.

— Ne sachant que faire pour briser les Goddons, continua Tancarville, le duc nous envoie au palais avec six cranequiniers [2]. Comme je connais bien le chemin de Paris, j'ai proposé à mon compère : « Faisons un petit détour par Chauvigny pour être des joutes et du tournoi de Pâques. » Deux jours perdus, c'est peu pour un siège aussi long !

On s'ébaudit. Le juge Augustin réapparut et s'inclina gravement devant Ogier : il désavouait l'impéritie et la gaieté des messagers ; ils étaient d'un rang trop élevé, cependant, pour qu'il osât réprouver leur conduite et récuser, puisqu'ils arrivaient hors des délais, leur présence en champ clos.

— Venez, messire Fenouillet... Approchez, Champartel... Je vais vous montrer vos places...

Marchant en sens inverse, un homme les bouscula.

— Ah ! Godemar, s'écria Tancarville. Heureux de vous voir...

— Moi de même, messire chambellan. Nous allons bien nous égayer !

— Godemar du Fay, dit le juge Augustin à l'oreille d'Ogier. Tous sont heureux...

---

1. Cité dans *Le Livre du Chevalier de la Tour-Landry* (1371). Commentant cet ouvrage, J.-J. Jusserand écrit (Paris, 1901) : « *Mauvais symptôme, bien qu'il s'agît d'un simple ébat. Monseigneur n'était pas destiné à plus de bonheur au jeu de la guerre qu'au jeu de l'arc.* »
2. Arbalétriers à cheval.

— La guerre menace une grosse portion du pays de France et ils s'ébaudissent.

— Moins fort, Fenouillet !

Sinuant parmi les prud'hommes dont certains se provoquaient, ils parvinrent sous une voûte obscure. En ce lieu, les couleurs les plus éclatantes semblaient tristes, ternies.

— Les meilleures places échoient aux seigneurs de renommée... commença le gros juge sur un ton d'excuse.

Deux heaumes avaient été posés sur une planche, l'un surmonté d'une paire de cornes de taurillon, l'autre d'une tête de cygne noir. Au-dessus, deux écus, l'un de sinople frappé d'un taureau d'or, l'autre d'argent, chevronné d'azur.

— Posez vos bassinets à côté. Accrochez vos écus à cette latte.

Le gros homme haussa la voix :

— Amaury !

Le juge maladif agita un bras au-dessus des têtes, puis accourut. Il tenait une liasse de parchemins et précédait un jouvenceau porteur d'une écritoire maintenue sur son ventre à la façon d'un éventaire.

— Qui sont-ils, messire ? demanda-t-il.

— Fenouillet et Champartel, dit Ogier.

Son bâton blanc coincé sous son aisselle, le juge Amaury consulta ses liasses et tendit une feuille au tabellion :

— Ils sont là, cochez-les.

Dans l'ombre, ses yeux de nyctalope cillaient avec une compassion qu'il exprima soudain quand il eut toisé les deux compagnons et tenté, vainement peut-être, d'évaluer leur nature.

— Avez-vous l'intention de challenger quelques chevaliers, messires, ou participerez-vous aux commençailles, desquelles sortiront les meilleurs, qui seront opposés aux champions reconnus, tels que...

— J'ai, interrompit Ogier, deux ou trois adversaires à trouver.

Le juge Augustin sourcilla ; son compère s'inclina :

— En ce cas, messire, nous en prendrons mention.

— Mais, Amaury, objecta le gros juge, notre Roi d'armes, Fontenay...

A ce nom, Ogier tressaillit : « L'un de ceux qui ont détruit mon père s'appelait ainsi ! » Il demanda :

— Michel de Fontenay, messires ?

— Nenni, répondit le juge Augustin. Olivier.

— Pourquoi *Michel* ? s'enquit le juge Amaury, donnant soudain libre cours à sa rudesse foncière.

Ravalant sa déception et sa haine, Ogier parvint à sourire :

— J'ai vu, il y a longtemps, un Michel de Fontenay. Il ne ressemblait guère à votre Roi d'armes...

— Michel est le frère aîné d'Olivier, dit le juge Amaury.

— Ah ! bon, fit Ogier.

Les juges l'examinaient intensément ; ils n'eussent pas mieux considéré une arbalète chargée ou un animal redoutable.

— Michel est à la Cour, précisa le juge Augustin.

« Blainville a dû l'y placer », en déduisit Ogier.

— Allons, dit le juge Amaury, d'humeur tout à coup débonnaire, c'est sûrement à la Cour que vous avez vu Michel. Il y est depuis cinq ans.

A la Cour, oui ! Celle du château de la Broye avec, titubant en son milieu, un preux non seulement victime des Goddons, mais honni, souillé, anéanti par de pompeux malandrins de France en robes, pourpoints et hauberts propres, parmi lesquels, tout proche de Blainville, officiait le frère du Roi d'armes.

— Bien sûr, messires... à la Cour. Je me rends à l'évidence.

Cette réponse embarrassée satisfit les juges. Aimable, le gros Augustin demanda :

— Contre qui voulez-vous courir des lances ? Notre

Roi d'armes est retenu... Vous pensez : ce connétable et ce vicomte venus d'Aiguillon !... Ah ! là, là, ces deux-là mettent à mal nos procédures...

D'un froncement de sourcils, le juge Amaury désapprouva cette observation sans malice, mais se garda du moindre reproche.

— Il me faut visiter toute cette montre, dit Ogier. A Pierregord, d'où je viens, les challenges se font autour de la lice, dès avant les joutes...

— Vous êtes en Poitou, interrompit messire Amaury. Faites au mieux sans barguigner !

La sécheresse de cette injonction aggrava le malaise d'Ogier. Suivi de Champartel, inquiet, et du commis aux écritures, flanqué des juges, il pénétra dans cette cohue d'hommes aux odeurs fortes. Il tremblait. Il devait se méfier : Olivier de Fontenay pouvait, lui aussi, appartenir à Blainville.

« Il suffit qu'Isambert trahisse sa parole pour que je tombe au pouvoir de ces malfaisants... J'aurais dû lui faire prêter serment sur son crucifix ! »

Il était trop tard, désormais, pour entamer différemment une entreprise endeuillée par la mort d'Adelis, avant même qu'elle eût commencé. Demain, il en jurait sa foi, lui, Argouges, pourrait au moins épancher sa fureur dans des conditions licites : la lance au poing.

Il aperçut une targe :

« *De gueules a un taureau d'argent armé, encorné et onglé d'azur*. Il est là ! »

Dessous, surmontant un heaume cylindrique, un gros bourdon aux ailes scintillantes, au corselet ceint de fils dorés, aux pattes énormes... et tout proche, dans ses mailles ombreuses, bras croisés, béat comme un pécheur au sortir de confesse : Lerga.

Trois pas. Ogier fut devant le Navarrais.

— Messire, je n'ai pas quelques poils de pelisse à

vous jeter au visage[1]. Il me paraît inutile de vous demander raison d'un acte tout frais, dans les formes les plus courtoises...

L'émoi lui coupant le souffle, il dut faire une pause et reprit :

— Vous vous souvenez, j'espère, d'avoir agressé une pucelle en venant ici ?

— Ne perds pas ta salive, compère ! Je m'en souviens. Elle était si belle !

— Conduite de truand et non de chevalier.

— Et ton intervention pour m'en séparer, compère ?... Conduite de trou-du-cul !

Repoussant l'outrageux dont la voix, sous la colère, blésait désagréablement, Ogier obtint suffisamment d'espace :

— Tiens, et c'est grand dommage que ce ne soit pas dans ta hure !

Son poing frappa si fort le taureau d'argent du bouclier qu'il en éprouva une douleur brève — et bienfaisante.

— Oh là, là ! ricana le juge Augustin, c'est la vingt-sixième calange à laquelle j'assiste depuis l'ouverture... Inscrivez, Bérenger, afin que nous en gardions souvenance, bien que, telle qu'elle fut accomplie, nous ne puissions l'oublier. Pas vrai ?

Le juge Amaury hocha sa tête pâle. Il semblait las, souffrant. La plume d'oie du scribe au visage maigre gratta le parchemin. Ce petit bruit de souris grignotante révéla aussitôt à Ogier l'épaisseur du silence dont il était entouré. Saisis d'ébahissement, les témoins de cette scène s'étaient tus après quelques murmures. Des curieux s'approchaient, interrogeaient du regard leurs voisins.

---

1. Le jet de trois poils de pelisse — ou davantage — constituait un défi solennel. Le mot *défi* n'existait pas, mais le verbe *défier* avait cours depuis le XIᵉ siècle. On se *calengeait* ou *challengeait*, le défi étant la *calange, chalange, challenge*.

— Messire... murmura Thierry.

« Il veut que je me contienne. Il sait pourtant qu'il me fallait défier ce démon. Surtout à cause de Gerbold... Mais *ça*, Lerga ne peut en avoir connaissance ! »

Dans leur dos, les deux compères devinèrent la male rage du Navarrais qui se félicitait du proche affrontement et regrettait :

— Dommage qu'il y ait un rochet au bout de chaque lance. J'aurais préféré de l'acier bien aigu !

Ogier, brusquement retourné, reçut dans ses yeux le feu des prunelles adverses — un feu noir qu'il feignit d'ignorer :

— A demain, messire. Dieu m'aidant, je vous bouterai hors de selle... et vous n'aurez aucun regret, quand votre cervelle... bourdonnera, que je l'aie buquée avec un rochet !

Il y eut des rires. Les quelque vingt hommes groupés autour de lui échangeaient des mots, des clins d'œil : ils le prenaient pour un niais présomptueux. Aucun d'eux, cependant, ne lui demandait l'emplacement de son écu et de son heaume.

— Est-ce tout, Fenouillet ? demanda le juge Augustin, affriandé par un pareil challenge.

— Marchons, je vous prie, messire.

Ogier s'aperçut que deux hérauts et cinq ou six oisifs lui avaient emboîté le pas.

« Le seul moyen qu'on me laisse en paix, c'est d'être le meilleur... Mon Dieu, Vous le savez : bien qu'ayant un fer émoussé à ma lance, ce sera une noble et licite façon de mettre hors d'état de nuire quelques coquins !... Si je parvenais à meshaigner Blainville, je l'empêcherais de rejoindre ses satellites dans la cave du chévecier ! »

A ce plaisir vivifiant s'ajouterait la satisfaction d'humilier cette crapule.

— Vous vous en donnez à cœur joie, Fenouillet !

624

Le Roi d'armes le considérait avec une curiosité accrue.

— Messire Fontenay, pas plus que vous ne pouvez railler mon impétuosité, vous ne pouvez blâmer ma conduite à l'égard d'un goujat. Je n'ai commis aucune infraction à l'ordonnance des rites : mon coup de poing fut violent, mais si j'en juge aux bruits qui nous viennent aux oreilles, d'autres le sont aussi !

En quête d'un assentiment, Ogier se tourna vers son écuyer. Paisible et circonspect, Thierry le désavouait.

— Venez, dit Olivier de Fontenay.

Ils suivirent le Roi d'armes dans la cohue.

— Messire Fenouillet, voilà par-devers nous Charles d'Espagne... Il m'a demandé où vous aviez placé votre écu.

Ils s'arrêtèrent devant le favori de Jean de Normandie. Charles d'Espagne, dit plus communément « la Cerda », souriait. Il avait cet air superbe et dégagé de ceux qui sont approuvés quoi qu'ils fassent. Il tourmentait la boucle de sa ceinture d'armes, bombait le torse comme une pucelle dont les seins s'arrondissent. Le menton, rasé de près, avait une roseur féminine ; la bouche semblait ointe d'un peu de rose ; les sourcils légers frémissaient au-dessus d'une paire d'yeux brillants au point qu'ils semblaient larmoyer.

« Une donzelle, se dit Ogier. Une pute ! »

Mais d'une force patente.

— Messire...

— Fenouillet, s'empressa le gros juge Augustin.

— Adoncques Fenouillet... Je voulais vous voir.

Ogier s'étonna :

— Pour me challenger, messire ?

— C'est selon...

— Selon quoi, messire ?

Ogier se reprocha de s'être exprimé d'un ton rogue. Un instant, l'Espagnol demeura bouche bée, les mains jointes, à la fois aimable et condescendant :

— Vous avez un écuyer, Fenouillet...

Il évitait de regarder Thierry ; il parlait d'un ton qu'il eût employé pour débattre d'une affaire sur quelque foirail ; il rougit, cependant, lorsqu'il avoua :

— J'aimerais l'avoir parmi mes compagnons.

Cette fois, il regardait Thierry. Comme il eût regardé un étalon superbe, un diamant. Et sa bouche goulue tremblait :

— L'ami, veux-tu être des nôtres ?

A cette question, exprimée doucettement, Champartel demeura sourd, muet, aussi fermé qu'une porte de geôle. Enclin à toutes les patiences, Ogier sentit que sa voix lui échappait, moqueuse, en constatant :

— Nous sommes, messire, fort liés l'un à l'autre. Inséparables en vérité comme Nisus et Euryale, comme l'escargot et sa coquille ou la verrue et la chair... En sus, Champartel doit épouser ma sœur !

Un éclair, expression d'une jalousie féroce, passa dans les prunelles de Charles d'Espagne :

— C'est à lui de répondre, Fenouillet !

Thierry recula, écrasant le pied du juge Amaury, puis s'inclina en une révérence si appuyée que le fourreau de sa Gloriande, soudain levé, s'en alla toucher un genou du juge Augustin, lequel s'en montra contristé.

— Je vous réponds, messire, et c'est non.

Le regard anxieux de la Cerda, posé sur l'écuyer, devint celui d'une bête de proie. Tant de malerage le bouleversait qu'Ogier craignit qu'il ne tirât son épée, mais telle une femme à bout de nerfs, un long sanglot lui sortit de la gorge — et devint feulement :

— Aaaahh ! tu m'en rendras raison.

Vivement, il dénuda sa main gauche. Son gant de canepin gris tomba aux pieds de Champartel. Ogier le prit entre le pouce et l'index ainsi qu'il l'eût fait d'une chose fragile ou malpropre et, le restituant comme s'il avait chu par mégarde :

— Messire, avant de courir des lances contre mon écuyer, il vous faudra vous opposer à moi... car il ne peut rien sans mon assentiment. Si vous me dominez,

626

je vous l'abandonnerai pour un ou deux galops, en souhaitant, bien sûr, qu'il me venge !

Il tremblait. Il n'avait pu éviter cet assaut. Ce serait déplaisant d'affronter ce... cette créature. Il vit la bouche du Roi d'armes se plisser d'ironie. Envers qui ? Et les regards, les murmures autour d'eux, dont l'onctueux la Cerda semblait se délecter, l'incommodaient tout autant que Thierry.

« Pourquoi ce putassier n'est-il pas à Aiguillon avec *son* Jean ? »

Le gros juge Augustin se grattait la poitrine et le juge Amaury, la hanche. Charles d'Espagne consulta Olivier de Fontenay du regard, puis :

— Messire, ce béhourd est-il recevable ?

Avant le Roi d'armes, les deux assesseurs approuvèrent — le juge Augustin si vigoureusement que son chaperon en bougea. Il était comblé. Il n'eut rien à dire au tabellion : déjà celui-ci consignait l'affrontement.

— Moi également, insista Champartel.

Et, le regard dans celui de Charles d'Espagne :

— Je serai donc votre homme, messire, après mon chevalier.

Sans raillerie, sans doute, il avait appuyé sur le possessif, de sorte que la fureur et la déception réapparurent sur le visage de ce dépravé dont tous les seigneurs présents savaient les amours déshonnêtes. Son visage de vieille pucelle devenu soudain gris, mou et ruisselant comme un mortier gorgé d'eau, s'éclaira lorsqu'il aperçut un damoiseau brun et pâle, le buste enveloppé dans un pourpoint mi-parti noir, mi-parti pourpre.

— Deux d'un coup, Robert ! s'écria-t-il. Et vous ?

— Aucun, messire. Je participerai aux commençailles, mais vous le savez, Charles, c'est le tournoi qui me plaît... Messire André vient de me prendre parmi les appelants... Nous serons donc ensemble !

Ogier suspendit son examen, car une ombre apparaissait ; une voix lourde, fière, demandait : « Que se passe-t-il ? » et le Roi d'armes, ployé, servile, répondait :

— Rien, seigneur comte. Fenouillet, ici présent, défiait messire Charles.

— Nullement ! corrigea le juge Augustin. C'est le contraire, Olivier. Le contraire.

Alençon ! Somptueux et fier, tel qu'on décrivait aussi le roi, son frère. Nul ne le défierait, lui. Il apparaîtrait à la joute l'un des derniers, face aux meilleurs restant en lice, et s'il fournissait des courses défectueuses, il alléguerait et obtiendrait des excuses.

— Fenouillet ! insista la Cerda. Tu le reconnais, Charles... Il était à Morthemer... et contrevient aux lois de la Chevalerie : au lieu de soie, son écuyer porte du velours !

Ogier excipa de sa bonne foi :

— Nous sommes pauvres, messire. En selle et fervêtus, nous serons plus à l'aise... Quant à vouloir un des prix de ces joutes, nous y pensons moins par orgueil que pour remédier à ce dénuement que vous trouvez déplaisant. C'est d'ailleurs la raison de notre venue, car vous connaissez le dicton : *A désirer cheval d'or, on obtient toujours la bride.*

Il mentait si péniblement qu'il baignait dans sa sueur. La foule, l'irritation... Que faire ? On chuchotait, on commentait l'apparition du comte ; on s'attendait à ce qu'il dît quelques mots ; le juge Amaury haussait les sourcils ; le juge Augustin souriait ; Olivier de Fontenay — face ronde et aigre, yeux globuleux, bouche lippue — attendait.

— Et avec moi, Fenouillet, aimeriez-vous courir des lances ?

Ogier se sentit acculé au danger : tout autant que le roi son frère, Alençon avait l'expérience, le courage et l'endurance en petite estime : ils lui portaient ombrage. Il sourit à cet homme qui prenait un air dominateur pour lui signifier, sans doute, qu'il n'était qu'un huron :

— Nenni, monseigneur. Vous êtes bien trop grand pour un hobereau de mon espèce !

Content de lui et se méprenant sur cette évidence à l'opposé d'une louange implicite, Alençon passa son bras sous celui de Charles d'Espagne, et sans plus s'attarder, l'entraîna dans sa visite.

— Est-ce tout ? demanda Olivier de Fontenay.

— Messire, j'aimerais bien ; mais quelqu'un m'attend ou me cherche...

Le Roi d'armes, les juges et le tabellion se frayèrent un chemin parmi un groupe de seigneurs au milieu desquels Ogier aperçut deux autres juges et un scribe.

— Messire, murmura Thierry en s'approchant, vous semblez oublier...

— Ne crains rien, Champartel.

Et baissant la voix, Ogier ajouta :

— Il ne nous faudra pas malmener la Cerda... *Elle* est puissante ! Le duc Jean deviendra roi un jour, et si nous vivons encore, il serait mauvais qu'il nous ait en haine... N'abîmons pas le cul de son ami en le jetant par terre !

Avait-il entendu ? Le juge Augustin ricana. Olivier de Fontenay s'impatienta :

— Hâtons-nous, Fenouillet. Il n'y a pas que vous céans !

Ogier aperçut Baudouin de Bellebrune et Connars de Lonchiens ; il leur rendit leurs saluts. Avaient-ils, eux aussi, des seigneurs à défier ?

Il marchait sans ardeur, étourdi par les bruits, les mouvements, les couleurs, la poussière. Jamais il n'avait vu tant de heaumes et tant d'écus ; il cherchait parmi eux le griffon de Blainville et grogna de plaisir en l'apercevant près d'un pilier, à vrai dire bien en vue.

Le félon s'entretenait avec Godemar du Fay, maigre et long, vêtu de mailles de la cervelière jusqu'aux chevilles, comme s'il s'apprêtait à la guerre.

— Mais non, Richard ! s'écriait-il, nous sommes les meilleurs ! Les Goddons ne sont pas près de revenir à l'entour et au-delà de Pierregord : ils n'y ont subi que des défaites !

« Lorsque tu verras, songea Ogier, dix archers seulement de la Compagnie blanche, qui sait si la cacade ne souillera pas tes braies ! »

Négligeant soudain ce grand bêta, Blainville s'ébahit avec une délectation certainement exagérée :

— Ah ! Lancelot... Ne sachant où trouver le plus haut de vos biens[1], je vous attendais.

— J'ai plaisir à voir le vôtre, messire !

En deçà du tortil du heaume dont l'épais bourrelet simulait un nid, le griffon aux serres dorées semblait prêt à l'envol. On eût pu penser, tant elles leur ressemblaient, que ses ailes avaient été prélevées sur une rate-pennade énorme. Les écailles de la crête devaient être en argent et la gueule crochue crachait une langue aussi acérée qu'un fer de sagette. Le regard d'Ogier remonta jusqu'à l'écu suspendu au-dessus du cimier. Ce serait donc ce bouclier carré, prolongé à sa base par un demi-cercle de bois ferré qu'il frapperait de son rochet... Le monstre figurant dessus dépassait en hideur celui du heaume.

« Ce démon, ainsi, semble avoir peint son âme ! »

Il sourit et sentit que ses lèvres tremblaient :

— Eh bien, messire, vous n'aurez pas attendu en vain.

L'abominable désarroi dans lequel il s'empêtrait depuis son entrée à Saint-Léger, se dissipa. Le coup de poing se révélant ici insuffisant, il dégaina Confiance et sans souci des murmures qu'il soulevait, assena un coup de son pommeau sur la bête arrogante dont l'œil vermeil s'écailla. Ainsi éborgné, le griffon pouvait provoquer des rires.

— Voilà, messire Blainville, ce que Lancelot aurait fait !

---

1. C'était ainsi, parfois, qu'on désignait le heaume de joute et de tournoi.

Son geste avait provoqué tout d'abord un silence net ; maintenant, les exclamations se mêlaient à des commentaires dont la teneur lui importait peu. Sans doute comptait-il moins d'admirateurs que de détracteurs.

« Il me faut agir selon mon sang. Si je me montrais prudent, c'est alors que ce démon serait en défiance... Et d'ailleurs, le voilà qui m'approuve. »

Blainville, en effet, souriait :

— J'attendais cela de toi, compère !... J'aime ton vasselage[1] : tant d'autres s'aplatissent devant moi !... Tu me plais... Il me reste à savoir ce que tu vaux le bois au poing, puis à quoi tu es bon à la masse et à l'épée... Ensuite, je te parlerai.

« Le voilà qui me veut parmi ses satellites ! »

Ogier rengaina, non sans difficulté. Par deux fois, la pointe de Confiance dévia du fourreau.

« Je tremble, sangdieu, je tremble, et cela doit se voir ! »

Les murmures grossissaient ; des appréciations s'opposaient, certains jeunes le prenant pour un fou, d'autres, plus âgés, le louant d'avoir conservé le respect des usages. Il n'était pourtant pas seul à requérir ainsi le bon vouloir d'un adversaire : par-delà les commentaires acerbes et grondants, il entendait des heurts d'écus frappés du poing, d'un tronçon de lance ou d'une épée. Et certaines haines s'exprimaient à haute voix. D'ailleurs, le Roi d'armes s'éloignait — suivi du juge Amaury — : quelqu'un le réclamait pour trancher un litige.

— Vous ne doutez de rien, s'étonna le juge Augustin à l'oreille d'Ogier. Cet homme est l'un des meilleurs jouteurs du royaume.

Godemar du Fay souriait ; il posa sa dextre rugueuse sur l'épaule de Blainville :

— Voilà, Richard, un jeunet qui mérite une leçon !

1. Bravoure.

Blainville riait toujours, mais au-dessus de son pour-point, les veines de son cou durcissaient, noires dans la pénombre des voûtes de drap que le soleil n'éclairait plus : bien qu'intacte, sa hautaineté souffrait.

— Tu ne m'aimes guère, Lancelot, dit-il d'une voix presque paternelle. T'ai-je donc nui ? Outragé ? En ce cas, sache-le, c'était sans malveillance volontaire.

« L'oiseau de proie feint d'être une colombe... Mets, Ogier, un peu d'eau dans ton vin. »

— Messire, vous m'avez défié l'autre soir, à Mor-themer, parce que vous me preniez et me prenez tou-jours pour un niais... Après tout, il se peut que j'en sois un... Que vous m'infligiez une leçon demain, votre mérite, je crois, n'en sera pas outrément grandi... Qu'il vous advienne d'en subir une devant moi, alors, oui : je serai digne du surnom de Lancelot que vous m'avez donné, nullement pour me complaire mais pour vous moquer.

Il s'était exprimé lentement, choisissant chacun de ses mots, tout en s'efforçant à la courtoisie. Il fallait que Blainville continuât de le considérer comme un rustique enfiévré de vanité, de sorte que, confiant en son coup de lance, celui qu'en retour il recevrait sur sa targe n'en fût que plus renversant.

— C'est bon, Lancelot !

Se substituant au juge Augustin, le marmouset du roi commanda :

— Tabellion, notez que j'affronterai ce chevalier.

Et Blainville reprit son entretien avec Godemar du Fay, auquel se joignirent le seigneur de Tancarville et le comte de Guînes, tout heureux l'un et l'autre de raconter la tribulation du duc Jean devant les murs d'Aiguillon.

« Les bêtes ! enragea Ogier. Voilà un connétable de France et son compère qui se confient au pire des félons ! »

Le juge Augustin lui tapa sur le bras :

— Est-ce tout ?

— Avançons, messire, voulez-vous ?

De l'autre côté de l'allée où passaient et repassaient des hommes en quête d'adversaire, Ogier entrevit une targe et marqua un arrêt :

— De sable à un gerfaut d'argent.

Il était donc présent, celui qu'admirait Tancrède ! Avait-il amené son épouse avec lui ?

Après avoir brassé moins de deux toises, sans souci des protestations et des coups de coude, il s'immobilisa devant un heaume noir sommé d'un faucon d'argent aux ailes repliées dont le bec retenait un bout d'étoffe rouge :

— A qui ? s'écria-t-il.

Un homme d'environ trente ans s'approcha. Il était vêtu sans recherche : pourpoint de velours gris au col fourré de vair, ceinture large où pendait une dague à manche de corne, chausses grenat... Un chaperon noir, gansé de rouge, repoussé en arrière, dégageait un front haut et lisse. Le visage contredisait cet habillement de manant : le nez droit, mince, et le menton pointu mettaient en valeur une bouche épaisse, sensuelle ; les yeux grands et doux, sous la frange des cils, avaient une magnificence d'améthyste.

— Messire, si les armes que je vois sur cet écu sont vôtres, vous êtes Guy de Passac.

— C'est moi.

La voix était belle : ferme et onctueuse. La bouche souriait, cette bouche qui avait connu, jusqu'au moindre repli, le corps de Tancrède.

— Messire, dans le pays d'où je viens, proche de Pierregord, on prétend qu'avec votre dame et votre mesnie, vous êtes passés aux Anglais.

Passac sembla s'aigrir d'une importunité à laquelle, pourtant, il aurait dû s'attendre. Se hissant sur la pointe des pieds, il parut chercher un allié dans la foule — Blainville ? — et prit, en retombant, un air indifférent.

— Je viens, messire, de Fronsac... et il est vrai

qu'on prétend que je suis un Goddon... d'autant plus que Blanche, mon épouse...

Ogier, de nouveau, évoqua Tancrède. En avait-elle parlé de cette Blanche dont la mère Poitevine était de la suite d'Isabelle — l'épouse d'Édouard II d'Angleterre — et le père Goddon. Était-il vrai que sa beauté fût prodigieuse ? Avait-elle accompagné son mari ? A voir l'accoutrement de celui-ci, cela paraissait improbable.

— Messire, je me demande, au cas où il m'adviendrait de franchir la marche de Guyenne, si les Anglais m'accueilleraient aussi volontiers que les Poitevins le font pour vous ce jour d'hui...

— Oui, si vous vous rendiez chez eux pour béhourder à armes courtoises et si vous étiez muni d'un sauf-conduit... Je rends grâce à votre roi de qui j'en tiens un.

« Notre roi ! » Ogier fut près de s'emporter. « Notre roi !... Je suis sûr qu'il ne te connaît point. Ce consentement, si Philippe te l'a accordé, c'est à l'instigation de Blainville, je ne sais où, quand et comment et ne m'en soucie pas. Ce linfar, pour t'avoir convié à Chauvigny, doit avoir grand besoin de tes services ! »

— ... et ceux qui, sur mon chemin, demandèrent à voir ce document que je porte sur mon cœur et sur lequel votre suzerain — que Dieu bénisse — apposa son petit sceau, ont vu et ne m'ont plus interdit le passage.

« Son sceau ! enragea Ogier. Il ne prouve rien. On sait, par tout le royaume, qu'il advient à la Boiteuse de s'en saisir la nuit, pendant qu'il dort, et qu'elle l'emploie à satisfaire ses bienfaits et ses vengeances... Oui, ce malandrin est bien pourvu d'un sauf-conduit royal, sans quoi, il ne serait pas si hautain ! »

— ... et hier soir, à mon arrivée, continuait Passac sans se départir de cette sorte de grâce à laquelle maintes femmes devaient se laisser prendre, c'est messire Blainville qui m'a mené au Roi d'armes, juges, hérauts et maréchaux de lice, desquels j'ai obtenu l'assentiment que rien ne se passera qui ne me soit préjudiciable... André de Chauvigny et dame Alix m'ont même offert à boire... puisque vous voulez tout savoir !

« Et falourdeur [1] avec ça ! »

Ogier fut sur le point de poser une ultime question ; Passac l'en empêcha : à la suite d'un rire intentionnellement dédaigneux, il annonça :

— Je repartirai mardi dès l'aube avec mon écuyer.

« Tu espères rapporter au captal de Buch [2] ou à je ne sais quel démon d'Aquitaine tout ce que tu auras vu et appris à Chauvigny et tout ce qu'auront décidé tes complices ! »

Ogier sentait sa sérénité craquer. Il suait, grelottait d'aversion. Le sang qui brûlait ses joues rendait celles-ci douloureuses. La figure de Passac restait sereine. Un peu d'ombre lui coulait du nez comme un pus. Il attendait, l'œil brillant et la bouche entre-close sur des dents de craie... Ainsi, naguère, quand elle séjournait au couvent de Lubersac, il avait pu dépuceler Tancrède !... Et Blanche, la merveilleuse Blanche, son épouse ?... Assistait-elle à leurs ébats ? En sujette ou en suzeraine ?

— Messire, sans être Poitevin, je puis vous assurer que vous êtes le bienvenu...

Un moment, Passac dut se méprendre et croire qu'il

1. Orgueilleux, prétentieux.
2. Ou capitaine, l'un des personnages les plus importants de la Guyenne, et le plus sûr allié de l'Angleterre. La maison de Grailly (aujourd'hui Grilly-Ain) avait acquis la vicomté de Benauge. Pierre II de Grailly, vicomte de Benauge (1336) était devenu captal de Buch par son mariage avec Assalide de Bordeaux, captalesse de Buch — le pays de Buch appartenait à l'ancien Bordelais, au sud du bassin d'Arcachon. Ayant subi la disgrâce de Philippe le Bel pour avoir suivi le parti anglais, il se voua complètement aux Goddons. Il se remaria avec Rosamburge de Périgord, fille d'Hélie de Talleyrand, comte de Périgord, et de Brunissende de Foix. Mais le plus célèbre captal de Buch fut son descendant, Jean III de Grailly, connétable d'Aquitaine (1331-1376).

était, *lui aussi*, Fenouillet, un des compères de Blainville.

— ... et je souhaite vivement fournir des courses
contre vous.

— Mais pourquoi ?

Enchanté par le ton plaisant de l'entretien, Passac
n'en attendait aucune conclusion pareille. Cette
volonté gaiement formulée de l'affronter l'ébahissait.
Quelque chose grinçait dans sa quiétude ; il sentait
remuer au fond de lui, sans doute, sous l'effet de la
provocation, des anxiétés auxquelles la possession de
son sauf-conduit n'apportait aucun remède. Une ride,
à présent, griffait sa joue, et ses paupières clignaient
davantage que s'il s'était trouvé en plein soleil, sur le
parvis de Saint-Léger.

— *Pourquoi*, messire ?

Ogier feignit un étonnement énorme.

— N'êtes-vous pas à Chauvigny pour y courir des
lances lors de ces joutes à tous venants... ou plénières,
si vous préférez ?... Ah ! messire, si vous me répondez
par la négative, pourquoi, diable, êtes-vous venu ?

Passac sentait la menace et ne savait comment la
repousser ou s'en guérir. Ogier profita de son
avantage :

— Messire, sachez qu'une dame que je connais
moins parfaitement que vous, à ce qu'il semble, m'a
tellement loué vos mérites... en quoi que ce soit, qu'il
m'est venu l'envie de savoir ce que je valais devant
vous.

Passac avait tressailli. Tancrède ne devait pas être sa
seule conquête. Il cherchait, fouinait dans sa mémoire.
En vain. Allait-il donner sa langue au chat ? Ogier sourit de sa trouvaille et demeura bouche close, observant
Passac éplapourdi, soudain pâle et nerveux, comme il
avait souhaité qu'il le fût.

— Qui est-ce ?... Par Dieu, dites-moi qui !... Et quel
est votre nom ?

Ogier rencontra le regard de Thierry. Ni gai ni soucieux. Las, sans doute, et différant l'instant d'exprimer son désaccord, l'écuyer se contentait d'écouter.

— Messire, il vous faut parler ! insista Passac.

Quelle ire !... mais rentrée, dominée, quasiment invisible : le pernicieux savait se dominer.

— Mon nom est Fenouillet. Ogier de Fenouillet.

— C'est bien peu. Dites-m'en davantage.

Les yeux de Passac scintillaient ; son nez se pinçait, de sorte que sa voix, faussée, ressemblait à celle de Lerga. Sa main, de tout son poids, pesait sur sa dague et tremblait : la belle statue de chevalier s'endommageait.

Ogier se tourna vers le juge Augustin et, désignant l'écu armorié :

— A quoi bon frapper ce faucon... Ne l'effarouchons pas ! Constatez seulement, messire juge, ma volonté de challenger cet homme.

Il eût pu dire : « ce chevalier » ; le sourire de Passac devint grimacier :

— Vous me parliez de Pierregord. Nul ne m'a dominé à dix lieues à la ronde.

— Évidemment, messire : vous recherchiez les petits solas, et là, bien sûr, vous y faisiez merveille... de sorte qu'on vous admirait... jusqu'au fond du couvent de Lubersac.

— Lubersac !... Par la mort-Dieu, dites-m'en plus !

Cette fois, le coquin passait à l'action. Sans brusquerie, Ogier se dégagea des mains crispées sur son pourpoint. « Un nerveux ! Je saurai en tirer profit... » Pensant cela, il entendit le gros juge enjoindre à Passac de se maîtriser, sa condition de jouteur différant de celle de son opposant :

— Ogier de Fenouillet est un féal sujet de notre sire Philippe... Nous sommes, messire, entre seigneurs de grande prud'homie... Si vous avez l'humeur peccante à ce point, il vous fallait demeurer en Guyenne...

Ogier, d'une courbette, exprima sa gratitude au juge et entreprit de rejoindre Thierry. Il ne put accomplir que deux pas : insoucieux d'être heurté par des hommes en quête d'adversaire, Guesclin, poings aux hanches, semblait l'attendre — ou plutôt le guetter.

— Alors, compère ?

Bien qu'il eût les yeux plissés, réduits à deux fentes noires par un véhément effort de curiosité ; bien que sa voix fût bienveillante, Ogier se sentit enfermé dans une détestation large et sans faille. Le Breton passa ses doigts sur son crâne échevelé, tout en souriant de travers. Il soufflait une haleine puissante, pareille à celle d'un taurillon prêt à s'accoupler. Ainsi, plus que jamais, il semblait contemptible.

— Je te cherchais.

— Tu m'as trouvé avant de me trouver encore.

Près d'eux, sa verge blanche sous l'aisselle, le juge Augustin considérait ses parchemins noircis et semblait en concevoir une grande joie ; et le scribe au visage ingrat sous son aumusse bleue, attendait, la plume levée ; et Guesclin bombait sa poitrine couverte d'un hoqueton de cariset blanc sur lequel s'éployaient ses armes quelque peu gâtées par les aspersions des sauces et coulis d'aliments : *d'argent à l'aigle de sable, béquée et armée de gueules à la bande de gueules brochant sur le tout.*

« Un rustique... Un goujat... Un bon-qu'à-tuer-et-violer... Et cette hure de routier pour démentir expressément sa noblesse ! »

Ogier, cependant, s'interdit de tourner cet aventureux-là en dérision. Il se sentait fourbu, d'ailleurs, le cœur épaissi d'émoi, d'ennui et d'attente. Parmi les témoins de cette rencontre, seuls Blainville et Passac s'entretenaient à voix basse.

— Nous avons, compère, un litige en suspens. Il y a de ça quelques nuits tu m'as privé de quelqu'un auquel je tenais. Mais, par la vierge de Plonévez, je ne t'en tiendrai plus rancune si tu acceptes de courir contre moi... Pèse bien ta réponse !

— J'accepte de grand cœur.

— A la fin de notre contention, compère, je gage que tu ne seras guère en état de poursuivre et de faire figure parmi les quatre ou six derniers jouteurs restant en lice, desquels sortira le champion !

Il se pouvait que ce fût possible ; il se pouvait aussi qu'il n'en fût rien.

— Vous me ramposnez[1], messire Bertrand. Je ne suis pas une femme qu'on assaille pour l'occire ou une autre qu'on viole matinalement avec l'aide de deux compères. Par le sel de mon baptême, vous croyez-vous toujours à ces joutes de Rennes, voilà neuf ans, d'où sortit votre renommée ? Mais puisque vous êtes là, devant si noble assistance, ne croyez-vous pas que c'est faussement que la rumeur fit de vous un vainqueur ?... La rumeur s'est méprise, si j'en crois certains témoignages... Votre gloire vient de ce que vous n'avez pas osé affronter votre père, un brillant jouteur...

— Je te...

— Vous avez certes rompu des lances, mais vous vous fîtes désheaumer par un chevalier de Normandie, et ainsi reconnaître à l'assemblée... car il faut dire que lorsqu'on a vu votre tête une fois, on ne peut l'oublier.

Le silence était complet ; Guesclin parut y barboter, leva les poings et devint si menaçant que le Roi d'armes intervint :

— Par Dieu, messire, bas les mains !... Nous ne sommes pas des gens de la piétaille !

Ogier, à nouveau, se sentit envahi par la haine qu'il avait semée. Cette épée que le Breton poignait, peut-être le menacerait-elle un jour. Arme rustique, telle que son possesseur, et dont un quillon avait été faussé, lourde aussi comme la présomption de ce huron.

— Dis-moi où tu as accroché ton signal[2] que je prenne plaisance à le buquer de mon poing, puisqu'il m'est interdit de t'en bourrer la goule !

---

1. *Ramposner* : défier par bravades.
2. L'écu armorié.

— Messire ! protesta le Roi d'armes.

— Suis-moi, dit Ogier.

Le tutoiement s'imposait. Autour d'eux, après l'immobilité, le silence et l'attente, c'était l'animation.

— Avec ça, dit un homme dont la voix semblait celle de Baudouin de Bellebrune, les béhourds ne manqueront pas d'intérêt.

Et déjà, Ogier s'arrêtait devant son heaume et son écu, et disait :

— Voilà mon bassinet et voilà mon signal : frappe-le, Bertrand, c'est ton droit.

Dans sa face blême, les yeux du Breton devinrent ceux d'un oiseau de carnage : fixes, acérés, flamboyants. Son poing fondit sur le bouclier noir avec la violence de l'aigle sur la proie. Tous les écus en montre dans cette partie du cloître se décrochèrent dans un vacarme dont Olivier de Fontenay fut d'autant plus consterné que l'un d'eux, en tombant, aplatit le panache de Thierry lequel, prudent, ne souffla mot.

— Messire, hurla tout à coup le Roi d'armes, qui que vous soyez...

— Je suis Bertrand Guesclin.

Et léchant ses doigts douloureux, le Breton dévisageait Olivier de Fontenay comme s'il eût été un vilain placé dans le sanctuaire pour balayer, le soir venu.

— Qui que vous soyez, je vous invite à montrer plus de respect à l'égard des six hommes dont vous venez de mettre à mal les écus !

— S'ils sont courroucés, qu'ils le disent : je les prends tous un par un ou ensemble !

Guesclin pouffa, heureux, affreux, en regardant son entourage. Ogier se dit : « Voilà certainement le pire des routiers... Nul ne bronche... Les couards ! » Et l'autre, cessant ses rires :

— Comment te nommes-tu déjà ?

— Ogier de Fenouillet, dit le juge Augustin.

Le Breton s'ébaudit en se grattant vigoureusement l'aine :

640

— Voilà un nom de manant !

Ogier, sur un regard de Thierry, fut enclin à s'assagir. Puis il pensa : « Adelis. » Il n'y avait qu'une façon, vraiment, de museler ce punais hargneux :

— Ogier de Fenouillet, compère. Et crois-moi : je te ferai, si Dieu veut, ce que te fit naguère le vrai champion du tournoi de Rennes. Je te désheaumerai comme Godefroy d'Argouges, ta mâchoire et ton nez dussent-ils s'aplatir sous ton carnet[1] !

Ce fut pire qu'un maître coup de taille : Guesclin porta sa main à sa tête, chancela, gargouilla.

— Ben toi, dit-il. D'où tiens-tu que ce maudit Normand s'appelait ainsi ?

Se détournant pour échapper au souffle de ce hutin répugnant de présomption, Ogier vit Blainville comme refroidi par un gel soudain.

— Je sais.

Il croisa le regard attentif du juge Amaury et ce fut à son intention qu'il ajouta :

— J'ai ouï parler de ce Normand un jour. Son nom m'est revenu en mémoire...

L'habileté, maintenant, s'imposait. Ogier, sans mésaise, interpella Blainville :

— Messire Richard, puisqu'il est Normand, connaît sans doute ce chevalier...

— Je l'ai connu, Lancelot. C'était un félon... Ce jour d'hui, je pense qu'il doit être mort.

Ogier s'angoissa : « A-t-il commandé qu'on assaille Gratot en son absence ? » Devant lui, Guesclin s'exclamait :

— Je fournirai trois courses contre toi... et même six pour te voir pâmé !

— Nullement, intervint le Roi d'armes. Vous n'aurez droit qu'à trois courses d'ordonnance[2] comme tous

1. Autre nom de la visière d'un bassinet.
2. Successives.

les jouteurs. Cela nous suffira pour avoir quelque idée de votre savoir-faire.

Il y avait de l'ironie dans ces propos mais, détestant cet homme du fait qu'il était le frère de Michel de Fontenay, Ogier y fut insensible. Le juge Augustin s'adressa au tabellion : « Enregistrez, Bérenger : Fenouillet et Guesclin. » Quittant dame Alix, souriante, l'évêque rejoignit Blainville, Alençon et Charles d'Espagne.

— Ah ! ces joutes... dit-il. Pourquoi tant d'emportement ? Tout est pourtant si simple : *hodie mihi, cras tibi* : ce jourd'hui c'est à moi, demain c'est à toi...

— Viens, Thierry.

Mais le juge Augustin retint Ogier par sa manche et, l'air contrit :

— Holà ! vous me devez huit livres parisis pour l'accrochage de votre écu et huit autres pour celui de Champartel.

Ogier ouvrit son escarcelle ; le juge, la main tendue, continua :

— Il vous faudra également payer demain les hérauts qui vous passeront les lances... Mais vous aurez le droit de les choisir vous-mêmes... Nous n'en sommes pas là...

— Eh bien, grommela Thierry, il vous faut gagner l'un des prix, sans quoi ce sera la misère.

Le juge glissa les pièces dans sa bourse :

— A bientôt, Fenouillet... Dieu vous garde !

Devançant son écuyer, Ogier se fraya un chemin dans la foule et atteignit avec satisfaction le seuil du sanctuaire. Il s'arrêta près d'un archer.

— Il était temps que nous sortions de là ! Je suis tout picoté de sueur.

— Ce n'est pas la sueur, dit Champartel. C'est les puces... En vérité nous sortons d'un pucier !

L'archer se gratta vigoureusement la poitrine et sourit entre les jouées de sa barbute :

— Ah ! là là, messires, faut le dire sans vouloir

vous faire injure : c'est tout ce joli monde qui, chaque année, nous apporte ces bestioles... et des poux blancs... et d'autres, les morpoils qui se fourrent dans certains pelages, si vous voyez ce que je veux dire !... Les gratte-cul qu'on cueille dans les fourrés, c'est des douceurs à côté de ces vermines... Tiens, rien que d'en parler, voilà que la peau me chatouille !

Sitôt sorti, Ogier chercha Blandine dans la foule enfin clairsemée : sans qu'il s'en fût aperçu, la montre des heaumes et des targes devait être en voie d'achèvement. Des chevaliers et leurs dames confabulaient ici et là, des palefreniers retenaient les chevaux d'une dizaine de prud'hommes et quatre fienterons balayaient et amassaient les crottins qu'ils entassaient dans un chariot peint aux couleurs du sire de Chauvigny. Les ménestriers avaient abandonné leur échafaud. Les filles follieuses s'étaient dispersées. Il n'en restait qu'une, accroupetonnée à même le pavé, sans doute pour mettre en évidence deux citrouilles de chair dont nul ne voulait. A l'entrée d'une rue descendant au champ clos, deux dames se disputaient. Des riches, mais d'une richesse sans hautaineté. Elles n'avaient d'ostentatoire que leur jeunesse et leur fureur.

— Ah ! si j'avais une armure de fer, se lamentait la plus âgée, je t'affronterais, Béatrix. Morte, tu serais bien réduite à me rendre mon époux !

— Crois-tu, Mahaut, que je me laisserais mourir afin que tu me le reprennes ?

Thierry sourit :

— Il n'y a point que votre cousine, messire, à se vouloir adouber [1].

1. Revêtir une armure. L'auteur facétieux du *Tournoiement aux dames* décrit l'indignation de quelques femmes qui n'avaient point vu leurs maris tournoyer depuis un an. Et d'endosser leurs armures pour se lancer dans une « *meslée fort dure* ». Méon, *Nouveau Recueil de fabliaux*, Paris, 1823

Tancrède. Ogier n'y songeait guère, ni même, présentement, à Adelis. Il cherchait du regard Blandine.

« Elle aurait dû, si je lui plais, faire en sorte de m'attendre. »

Elle lui manquait. Il essayait de se montrer à l'aise dans le but de rassurer Thierry. Cependant, si l'écuyer à l'esprit tranquille et pondéré n'était point dupe, il se méprenait peut-être sur la raison d'une feinte égalité d'âme : le deuil ou l'espérance ?

— As-tu vu comme cette Poitevine est belle ?

Grâce à cette pucelle et à cette rencontre, Ogier voulait croire que c'en était fini des avanies de toutes sortes. Avait-il découvert d'une façon inattendue toutes les harmonies complémentaires de son esprit ? Après la perte d'Adelis, la providence lui avait-elle offert d'autres sujets d'émotion pour le consoler de son deuil ? Il avait senti couler entre Blandine et lui une source d'affinités qui ne pouvaient qu'embellir son existence.

« Et si c'était Adelis qui me l'avait envoyée ? »

Il n'osa exprimer tout haut cette conjecture par crainte de provoquer des rires. Il demeurait sous le coup d'un ébahissement à vrai dire miraculeux et se sentait, malgré sa nonchalante apparence, d'une aptitude aussi rigoureuse à la vengeance qu'elle était douce pour l'amour.

— Ne dilapidez pas vos sentiments, messire, conseilla fermement Champartel en le regardant au plus profond des yeux. La donzelle ne me semble pas insensible, mais, dans le cas d'une... conquête, est-ce bien celle qu'il vous faut ? Pensez-y moins. Pensez surtout que vous vous êtes grièvement conduit à cette montre. Vos ennemis se sont méchamment multipliés. Pensez à leur courroux plutôt qu'à vos vuiseuses[1] !

Il en avait assez dit. Il allongea le pas sans se soucier d'être suivi.

---

1. Choses futiles, oiseuses, vicieuses.

X

— Ne me rebats pas les oreilles avec ça, Thierry !...
Il me faut accomplir tout ce à quoi je tiens, et ce matin
j'ai fait ce que je devais faire. Nul ne sait qui je suis,
pourquoi je suis venu... La curiosité de tous s'est arrêtée sur un jeune chevalier orgueilleux, nullement dangereux, sans doute, en champ clos. Et crois-moi :
passer pour un niais aux yeux des malfaisants est une
volupté dont tu ne peux imaginer la saveur !

Champartel demeurait soucieux, essayant d'imaginer sans doute la rude journée du lendemain.

— Il se peut que vous disiez vrai, concéda-t-il enfin,
bien que Blainville ait sourcillé un peu trop quand vous
avez nommé votre père... Avez-vous pensé que si
Guesclin ou un autre vous malmène, il vous sera
impossible de vous rendre en ce logis dans lequel le
moine Isambert doit nous introduire, si toutefois nous
le revoyons !

Ils avaient marché le long des murailles ; ils s'étaient
assis longtemps pour jouir de la tiédeur du soleil tout
en regardant le logement des jouteurs, presque désert,
d'où montaient les fumées des forges et des rôtisseries.
Ils s'étaient enquis des maisons appartenant aux dignitaires du chapitre de la collégiale Saint-Pierre : non
seulement elles jouxtaient le château d'Harcourt, mais
celle du chévecier s'enfonçait entre ses contreforts.

Ensuite, ils avaient vidé un gobelet de cervoise dans une taverne. Ils revenaient à Saint-Léger.

— Dieu ne permettra pas que l'on me rompe un membre !... Mais vois, Thierry, comme tout change en peu de temps.

Une foule différente de celle du matin encombrait le parvis de l'église. Quelques rares chevaliers et leurs écuyers erraient parmi les manants, clercs, échevins et marchands d'autant plus débordants de jactance que les femmes les subjuguaient tant par leur nombre que par l'exhibition de leurs atours. Entendant leurs rires pointus ou roucouleurs, Ogier pensa que la curiosité qui les avait rassemblées là et, surtout, leur hâte d'assister aux passes d'armes procédaient d'une dureté, voire d'une aversion secrète, acquise bien souvent sous le joug d'un époux rigoureux, et fortifiée d'outrage en outrage. A défaut d'assister aux guerres, ces avenantes baronnes, ces huronnes et manantes friandes d'apparat et de grands frissons, prisaient ces simulations où non seulement elles étaient admises et honorées, mais auxquelles, surtout, elles participaient de la voix et du geste. Que ce fût l'échec d'un chevalier, son dépit, sa souffrance ou la victoire de son opposant — surtout s'il n'était qu'écuyer —, tous les incidents du champ clos rassasiaient leur malefain d'aventures, enflammaient leur ferveur éteinte ou attiédie, magnifiaient leur personnage et consumaient, jusqu'à la pâmoison, l'ardeur des plus acharnées.

Certaines entraient dans le saint lieu, d'autres en sortaient ; elles échangeaient des saluts, des sourires, s'exclamaient avant que de s'embrasser. Il y avait pourtant de l'âpreté dans l'air : la plupart des châtelaines dédaignaient les jolies bourgeoises ; celles-ci, en retour, se moquaient de leurs affiquets, tandis que les filles follieuses, nullement marries que l'église leur fût interdite, s'élançaient à la conquête des hommes seuls.

— Allons-y, dit Ogier. Il nous faut essayer de revoir Isambert.

Il songeait particulièrement à Blandine. Et à son père. Quel homme était-il ? Quelles étaient ses armes ? Quel emblème surmontait son heaume ?

A l'intérieur, c'étaient toujours le bourdonnement et la moiteur. Mêlée aux arômes dont les visiteuses semblaient avoir mésusé, l'odeur des corps collait aux narines. Ogier rit en voyant Champartel grimacer :

— Allons, il te faut connaître toutes ces choses... et moi aussi !

Il retrouvait avec plaisir, au-dessus des têtes mouvantes, l'éclatant bariolage des boucliers, progressivement assombri à mesure qu'il s'enfonçait sous les voûtes. Rien n'avait apparemment changé. Les allées et venues des seigneurs, du Roi d'armes, des hérauts et des juges restaient les mêmes ; toutefois, leur plaisir d'errer parmi la multitude apparaissait plus évident, puisque à la Chevalerie des hommes s'était substituée celle des dames.

Entraîné dans un remous sans pouvoir s'en dégager, Ogier heurta rudement un jeune gars — un écuyer — et s'étonna : « Il n'a rien senti ! » Le damoiseau s'éloigna, souriant, enivré par le vacarme et la prescience d'un destin fabuleux dont le premier haut fait, sur le champ clos chauvinois, lui entrebâillerait les portes de la Chevalerie.

« Tous vivent dans un songe... un songe étincelant... Et moi ? »

Dans ce pullulement de prud'hommes ambitieux, cinq ou six obtiendraient la considération, deux ou trois atteindraient à la gloire tandis qu'un seul connaîtrait les délices du triomphateur. Quant à lui, Ogier, s'il culbutait Charles d'Espagne, outreperçait Lerga et Passac, préjudiciait la hautaineté maléficieuse d'un Guesclin et la détestable toute-puissance d'un Blainville, il serait récompensé de ses efforts.

Il vit une visiteuse quitter précipitamment ses compagnes et s'approcher d'un chevalier dont le heaume et l'écu touchaient ceux de Thierry. Aussitôt, furieux, l'homme éloigna la femme :

— Non, Berthe ! Les cornes que j'ai décidé d'arborer désormais révèlent à mes amis mon infortune... Vous êtes à blâmer et vous savez pourquoi... Et je porterais honneur à la dernière des huronnes plus volontiers qu'à vous !... Oh ! vous pouvez pleurer, gémir... Nul homme de bon sens ne voudra vous servir ! Tous vous récuseront, et ce sera justice... Si quelque marmouset veut vous prendre en pitié, malheur à lui, car il me trouvera en face !

Ogier s'éloigna de ce mari furibond.

— Allons, viens, Thierry.

Et quelques pas après :

— Qu'elle soit ou non coupable d'adultère, dès le moment que cette femme a reçu publiquement un blâme, elle n'est plus défendable. Tu t'abaisserais à devenir son restorier[1]... Pense à ma sœur et regarde ceux qui peut-être nous approcheront et nous diront quel droit ils ont en notre challenge[2].

D'autres jouteurs, sollicités, pliaient le genou tout en se proclamant esclaves et servants d'amour d'une belle visiteuse, et certaines n'attendaient pas qu'ils fussent en champ clos pour leur offrir leur noblesse[3] : l'une tendait un long voile apporté sous son casaquin, et dans lequel, sans doute, elle s'était vautrée toute nue ; l'autre arrachait la garniture de sa coiffe et l'offrait d'une main tremblante ; quittant son bracelet, sa voisine le dédiait à un seigneur hilare ; une autre ôtait sa ceinture à boucle d'argent ; une autre sa collerette brodée. Les chevaliers ayant accepté ces faveurs les fixaient à leur cimier ou les protégeaient dans leur pourpoint afin qu'elles apparussent au bout de leur lance ou accrochées à leur bras juste avant le premier galop.

1. Vengeur, celui qui restaure.
2. Ou *calange*, *chalange* : défi, réclamation — conservé en anglais.
3. Ces « cadeaux » s'appelaient également *faveurs* ou *enseignes*.

— Demain soir, Thierry, l'herbe du champ clos sera jonchée de ces offrandes foulées par les fers des chevaux. Tu verras : tant que dureront les joutes, ces femmes enverront d'autres présents à leurs champions par l'entremise des sergents et varlets, pour les consoler de leur malechance ou renforcer leur vigueur... Certaines hurleront à se casser la voix.

— Les folles !

— Il y a trois ans, j'étais allé à Montignac. A la fin de la journée, il ne resta plus en lice que mon oncle et Henri de Salignac... l'un et l'autre soutenus par deux veuves en quête d'époux... Eh bien, avant chacune de leur course, l'écuyer de Salignac et moi-même portions un nouveau présent aux deux jouteurs : une manche arrachée, un pan de camisole... de sorte que les deux hommes étant de force égale, les deux capiteuses [1] furent bientôt si dépourvues d'atours que, craignant qu'elles ne se dénudent, un chapelain vint les exhorter à la décence... Regarde-les : elles sont plus acharnées que nous !

Négligeant les écus, les dames examinaient les emblèmes des heaumes ; les plus hardies interrogeaient les seigneurs d'alentour :

— A qui est celui-ci ?... A vous, messire ?... Voulez-vous être mon champion ?

Les prudes s'adressaient à l'un des hérauts ou des juges pour connaître le nom et le pays d'un chevalier apparemment disponible ; d'autres, méditatives, semblaient se graver quelques cimiers dans l'esprit, et les plus incertaines d'entre elles ne fixeraient leur choix que le lendemain. Quoique pleine de grâce et d'affabilité, cette promenade des dames avait un autre motif aux conséquences moins agréables : elle était destinée à ce que les chevaliers dont quelques-unes d'entre elles avaient à se plaindre fussent désignés et abandonnés à la justice de leurs pairs. Ogier ne fut donc pas surpris

1. Obstinées.

de voir dame Berthe passer en compagnie d'Alix d'Harcourt et du gros Augustin et, parvenue devant son époux, supplier la baronne de toucher le bouclier de sinople frappé d'un taureau d'or :

— Par Jésus et sa Sainte Mère, dame, je jure que je n'ai jamais failli aux égards que je dois à cet homme... Mais il m'a repoussée, faussement accusée d'adultère alors que mon logis est plein des bâtards qu'il fait de force à mes meschines [1] !... Il m'a outrément blâmée !... Puisque la reine de ces liesses est je ne sais où, tapez sur cet écu, dame, à sa place !... Par pitié, accordez-moi cet honneur !

Sa plainte et son souhait exprimés, tournant le dos à son époux impassible, dame Berthe regarda autour d'elle :

— Quel bon seigneur présent voudrait bien me défendre ?

Thierry puis Ogier se concertèrent du regard, et renoncèrent, ainsi que Bellebrune et Lonchiens ; d'autres encore, la plupart bras croisés, peu enclins à compatir tant cette femme avait le désespoir bruyant.

— Messire, insista dame Berthe en s'adressant au juge, je recommande mon mari, que voici, à tous les chevaliers présents à Chauvigny !

Si la requête de la plaignante était acceptée, si son époux prenait part au tournoi — *et il devrait y paraître sous peine de se déshonorer* —, le sort de cet homme serait des moins enviables : il cesserait d'être protégé par la loi interdisant à plusieurs de s'acharner sur un seul. Par respect des usages, à tort ou à raison, il serait assailli de toutes parts et battu jusqu'à ce qu'il demandât merci aux dames et pardon à la sienne, très fort, afin qu'on l'entendît... s'il ne se pâmait pas.

— Qui êtes-vous, messire ? demanda la baronne au chevalier « recommandé ».

— Bouchard de Noyant, dame, dit-il sortant d'une

1. Servantes.

650

sérénité presque outrageuse. Je suis parti seul avec mon écuyer... *Elle* nous a rejoints avant-hier...

— C'est donc qu'elle tient à vous en dépit de ses dires !

L'homme s'esclaffa, sans crainte de déplaire :

— Après ce qu'elle vient de requérir contre moi ?... Dame, pardonnez-moi, mais c'est derverie[1] de penser ainsi !... Pas vrai, vous autres ?

La plupart des chevaliers présents approuvèrent.

— Elle m'a rejoint avec son amant, continua Bouchard de Noyant. Je suis allé défier Collart de Preuilly avec lequel elle couche en un hôtel sis hors de la ville : l'*Ane d'Or*.

Sanglotant plus fort, l'épouse protesta de son innocence, affirma qu'elle dormait seule et baisant la petite croix qu'elle portait au cou, jura d'être, en dépit de tout, demeurée fidèle à cet homme sans cœur. Elle ajouta :

— Je le recommande à vous tous, messires, et pour lundi, dès le commencement du tournoi !

Ogier pensa que ce Bouchard de Noyant avec ses gros sourcils, ses yeux noirs, insolents, et sa barbe inculte devait avoir un méchant caractère. Quant à son épouse, le fait qu'elle l'eût désigné à la colère des chevaliers pouvait être une façon de le faire licitement occire, si elle ou son Collart comptait quelques amis dans la mêlée.

— Holà ! s'écria le juge Augustin, vous savez, dame, que pour qu'il y ait punition, l'ire que vous avez contre votre époux doit être reconnue légitime... Séchez vos pleurs et marchons. Dites-moi tout et nous irons en référer à messire Fontenay, notre Roi d'armes... Votre époux n'est-il pas gentil homme dans toutes ses lignes ?

Il employait un ton de confesseur, entraînant dame

---

1. Folie.

Berthe éplorée, tandis qu'Alix d'Harcourt, riant, demandait à Bellebrune et à Lonchiens :

— Alors, messires, allez-vous défendre cette pauvrette ?

Thierry saisit le bras d'Ogier, et de bouche à oreille :

— Voilà ce qui vous pend au nez, messire !... Vous pensez bien que l'Isabelle se revanchera... Elle dira que vous vous réjouissiez d'être son chevalier, puis que vous y avez renoncé : elle peut vous accuser d'être faux et menteur de promesse. Étant reine, nul ne mettra sa parole en doute et tous s'empresseront à la servir... Si j'étais vous, je me contenterais de jouter... Je m'abstiendrais de prendre part au tournoi.

Ogier ne put qu'approuver l'écuyer.

Si les joutes, à un contre un, offraient une grande garantie de loyauté — encore qu'il s'y commît certaines tricheries —, les tournois, tout en demeurant l'affrontement de deux escadres de batailleurs, pouvaient devenir, par le fait des sentences prononcées contre les chevaliers indignes figurant dans leurs rangs, de rudes châtiments où s'expiaient diverses fautes. Un homme était-il brusquement dénoncé par une dame approuvée par la reine, à la justice des tournoyeurs ? Les deux compagnies opposées, aussitôt réconciliées, se ruaient sur le coupable dès que l'écuyer d'honneur assistant la « suzeraine » le désignait à leur attention. On accablait à coups de masse et d'épée l'usurier prêtant à intérêt manifeste ou celui qui s'était rabaissé par le mariage en épousant une roturière. Ces péchés-là étaient tenus pour véniels : une fois le fautif copieusement puni et son cheval capturé, on s'entre-bataillait de nouveau tandis qu'on emportait le malheureux hors du champ clos... Le parjure ou le criminel était frappé avec un acharnement sans limites jusqu'à ce qu'il ait chu dans l'herbe. Ensuite, comme lors d'une dégradation, on l'asseyait à califourchon sur la haute barre de la lice ; on l'y maintenait pendant que ses armes courtoises, rompues et jetées sous les fers des chevaux, connaissaient un sort indigne. Exposé aux regards et insultes, le condamné continuait de recevoir des coups, au passage des tournoyeurs, jusqu'à ce qu'on le laissât tomber, pâmé ou mort. On statuait plus tard sur son cas. Une atténuation de peine était d'ailleurs possible si quelques dames intervenaient auprès de la reine et, s'humiliant, plaidaient en faveur du maltraité.

— Même si vous avez eu raison de renoncer à porter l'emprise d'Isabelle, elle omettra de dire pourquoi !

— Je sais, Thierry. J'aviserai lundi matin.

— Moi, à votre place...

L'écuyer s'interrompit pour reprendre d'un ton neutre :

— Tenez-vous bien : la voilà !

Ogier se détourna croyant voir paraître Blandine. Or, c'était Isabelle, habillée de samit blanc, sa main posée sur l'avant-bras d'André de Chauvigny.

Elle fronça le sourcil à la vue d'un écu dont le Roi d'armes, à sa demande, lui présenta le propriétaire. Elle sourit. Ses cheveux massés au-dessus de sa tête supportaient une couronne d'or aux pointes tréflées.

— Elle doit se croire, messire, au palais royal !

Tout ce blanc fluide, lumineux, mettait en valeur la souplesse d'Isabelle, la minceur de sa taille, l'aisance de sa démarche, la roseur de son corps exprimée par sa main posée devant sa poitrine comme pour amoindrir l'effet d'un décolleté téméraire tendu sur des rondeurs à demi révélées.

— Méfiez-vous-en comme d'une sorcière !

— J'en ai bien l'intention, dit Ogier sur un ton qu'il voulait rassurant.

Peu lui importait de qui cette jouvencelle ambitieuse tenait sa « royauté », bien qu'il crût, sans trop savoir pourquoi, que c'était de Blainville. Et s'il ne s'abusait pas, il devait y avoir une raison solide à cette investiture : ce coquin dépourvu de complaisance et de sollicitude ne pouvait s'entremettre qu'en cas de nécessité absolue ou impure.

« Et la voilà qui s'arrête devant nous ! Incline-toi, Ogier, mais point trop. »

— Vous êtes belle, dit-il simplement.

C'était un compliment de bonne foi dans lequel, cependant, ne palpitait aucun trouble. Déjà, il avait envie d'être loin d'elle, loin de ce Fontenay qu'il trouvait hautain et soupçonneux, loin de ce baron dont l'armure, tel un grand miroir brisé, reflétait la robe blanche à longue traîne et qui, lui aussi, le dévisageait attentivement.

— Mille grâces, messire Ogier.

Isabelle rosit sous ses fards légers.

— Je suis bien aise de vous revoir... N'êtes-vous pas ébaubi ?

— De vous trouver ainsi ? Nullement, damoiselle. Je vous sais capable de tout.

Dans leur silence passa un singulier courant dont chacun sut qu'il était perçu par l'autre ; et c'était un courant de suspicion et de dédain. Ogier ne put s'empêcher de penser : « Sa chance est imméritée... Dans ces liesses, il faut une reine douce et pleine d'équité... *Ils* ont choisi tout le contraire, car elle n'a ni cœur ni mesure... ni mémoire. » Elle semblait avoir oublié qu'elle lui devait sa liberté, sûrement, et sa vie peut-être, tandis qu'au fond de ses prunelles fixes et comme sèches, c'était la nuit. Voyant, ensuite, le sourire teinté d'une fausse indulgence, il s'encoléra : « Tu peux vouloir paraître et de sucre et de miel, tu n'es que sel et vinaigre ! » Il se surprit alors à reculer, comme si la donzelle pouvait le griffer ou lui cracher au visage.

— Je viens juste d'arriver de Morthemer avec ma tante et quelques hommes d'armes. Mon oncle vous en veut d'être tous partis en si grand-hâte... comme si vous aviez quelque vilenie à vous reprocher !

Elle rit ; Ogier pataugeait dans l'ennui. Que savait-il de cette fille ? Rien, à vrai dire, sinon qu'elle lui portait sur les nerfs... Inquiétante ? Ah ! certes oui ; mais il se pouvait que l'offense qu'il lui avait délibérément infligée en refusant d'être son chevalier se fût dissoute dans sa joie d'être reine, et qu'elle l'eût grâcié sans remords, la magnanimité ou plutôt, dans son cas, l'indifférence grandissime, étant vertu royale !

— Et vous ? M'en voulez-vous toujours, Isabelle ?

Elle pâlit ; ses traits prirent une densité singulière, majestueuse et despotique :

— Je viens de croiser Bertrand Guesclin. Je dois vous dire que son courroux est aussi grand que son étonnement.

« Elle ne me répond pas, donc elle m'en veut ! »

Olivier de Fontenay se manifesta :

— Continuons, damoiselle... Continuons, messire André...

Ogier fut soulagé par cette intervention. Isabelle lança une œillade au baron lequel, comme le Roi d'armes, n'avait rien compris à cet échange de propos doux-amers.

— Je vous suis... Je vous suis, messires.

Le garçon ne vit bientôt plus, dans la cohue, que le blanchoiement d'une robe exquise dont une fillette, en blanc également, soulevait la traîne.

— Venez, dit Champartel, marchons vers ce jardinet.

— D'autant plus volontiers, Thierry, que la voilà !

Quand bien même il ne l'eût jamais rencontrée avant ce moment béni entre tous, Ogier eût compris, la voyant apparaître sous les voûtes illuminées par le soleil revenu, que Blandine était une jouvencelle de qualité. Heurtant Thierry du coude, il chuchota :

— S'il y a une pierre de touche, pour une fille, c'est la grâce davantage que la beauté, souvent inséparable de l'orgueil...

— Et alors, messire ?

— Elle détient les deux : elle est belle, avenante.

Elle était accompagnée de sa mère, vêtue de gris, les

tresses roulées en templières ; quant à son père, en retrait, il était petit, replet, austère. Sans s'émouvoir — du moins en apparence — elle subissait la convoitise des hommes, les regards transperçants des gentilfames, les murmures aigrelets des roturières. Tant d'hommages eussent pu l'étourdir ; elle demeurait délicieuse et modeste.

— Par ma foi, messire, elle devrait faire la nique à Isabelle !

Ogier approuva son écuyer. Dans ces lieux encombrés, bruissants de cliquetis et d'appels, Blandine incarnait la décence et la dignité souveraines.

— Ah ! père, dit-elle, voilà le chevalier qui m'a délivrée de cet outrecuidant que vous venez de défier !

Ces mots formulés d'une petite voix vibrante démentaient la réserve de sa personne. Il semblait qu'elle n'eût jamais tant parlé. Ogier la sentit plonger en lui des racines que rien, désormais, ne pourrait extirper.

— J'ai eu grand-peur car aucun des seigneurs qui se trouvaient là n'a fait ce que vous avez fait, messire... à croire qu'ils étaient heureux de ma déconvenue.

Ogier l'enfermait dans son regard. Telles des bannières au vent, des idées se déployaient et flottaient en lui : « Belle... Un rêve d'or et de chair. » Et pour fortifier son plaisir, il l'imaginait recluse en sa chambre, tissant la toile, filant la laine, jouant du luth et rêvant d'amours heureuses.

— Je vous sais bon gré, messire, d'avoir sorti ma fille des mains de ce goujat auquel j'ai demandé raison de sa conduite. Je suis Herbert III Berland, seigneur des Halles de Poitiers.

Rond de corps et de visage, il claudiquait mais en était fier : navrure de joute, tout aussi estimable qu'une blessure de guerre. Il s'était vêtu en bourgeois et seul son pourpoint frappé d'un écusson à ses armes révélait sa noblesse : *d'azur à deux merlans d'argent, le champ semé d'étoiles d'or*. Son épouse, inquiète, avoua :

— Cet Espagnol me fait peur.

— Un Navarrais, dame... Je l'ai requis de m'affronter.

— Je sais, dit Herbert Berland. J'étais présent quand vous le fîtes. Je dois dire que la hardiesse est pour moi la qualité la plus précieuse d'un homme... Je vous souhaite de faire merveille devant ce Lerga mais vous adjure de m'en laisser un peu !

Messire Berland riait ; Ogier en fit autant puis se rembrunit : la reine passait.

— Nous la connaissons bien, dit la mère de Blandine. Guy de Morthemer est un des bons amis d'Herbert. Nous avons appris — par Isabelle — qu'il doit demeurer en son château... Savez-vous quel chevalier s'est proposé de la servir ?... Elle l'a d'ailleurs éconduit...

— Raoul de Cahors, dit Herbert Berland. Il me fait l'effet d'un routier... Il a quitté Saint-Léger, mais voici près de nous son écu et son heaume.

Ogier ne vit que la jube [1] du heaume : une tête de loup aux yeux de verre ; trois pouces de langue rouge jaillissaient d'entre les crocs. Les oreilles pointues et la collerette avaient été prélevées sur un fauve.

— Cet homme au cœur de loup a l'amitié du roi et du duc Jean... Oh ! j'aperçois Jean IV d'Harcourt, le frère de dame Alix et son fils aîné, le comte d'Aumale, dont je doutais fort qu'ils viennent...

Herbert III Berland s'éloigna, boitillant mais allègre, entraînant par la main son épouse tandis que Blandine, ravie d'être délaissée, demeurait immobile :

— Messire Ogier, méfiez-vous de ce Lerga... Il me fait...

Elle fut interrompue.

— Oh ! Blandine, m'amie... Vous connaissez Ogier. Isabelle encore ! Isabelle usant de cet *Ogier* comme

---

1. Cimier.

d'un fléau d'armes. Sous ce coup perfide et brutal, Blandine avait pâli.

— Savez-vous, m'amie, qu'il m'avait proposé d'être mon chevalier ?... J'ai dû refuser... Je suis sûre qu'il en a du dépit !

— Nullement, dit Ogier, paisible en apparence. Damoiselle ! Avec cette couronne, souhaiteriez-vous pour invisible attribut le sceptre du mensonge ?... Soyez droite : nous nous connaissons à peine et je ne vous ai rien promis...

Il soutint le regard d'Isabelle, assez content d'y voir refluer cette malignité désagréable contre laquelle, sans doute, il n'existait aucun remède. Un tel mésaise l'envahit, cependant, à l'idée que Blandine pût en souffrir, que, s'insinuant entre les deux jouvencelles, il se plaça devant sa préférée, signifiant ainsi à la Bretonne furieuse qu'il s'instituait son protecteur.

— Eh bien, Blandine, nous verrons bientôt notre Ogier à l'œuvre.

— J'en connais dont la félicité serait de me voir bouté hors de ma selle ou transpercé d'un tronçon de lance !

Ogier se tourna vers Blandine :

— Mais je tiendrai bon, vous verrez !

— Il n'y a pas que la joute. Songez-vous au tournoi de lundi ?

Isabelle souriait ; sa voix s'était adoucie jusqu'à devenir veloutée, tandis que, d'un geste sans doute allusif, elle affermissait sa couronne. Cette fois, Ogier sentit sous la suave tiédeur des mots l'ébauche de cette vengeance que Thierry — immobile — craignait.

— Je songe à ce tournoi. J'en connais les lois et les excès... Et je sais que le mal attire le mal.

— Nous verrons !

Sur cette conclusion formulée sans grâce, bien qu'au pluriel de majesté, Isabelle s'éloigna, tirant avec tant de violence la jeunette qui soutenait sa traîne que celle-ci en trébucha.

Soulagé, Ogier sourit à Blandine :

— Damoiselle, on dirait que vous avez peur !

Sous les sourcils légèrement froncés, l'ambre scintillant s'obscurcit :

— On dit que cette fille n'a pas toute sa raison.

— Mon écuyer et moi nous en sommes aperçus !

Comme la jouvencelle l'épiait entre ses cils tremblants, Ogier crut qu'elle fixait son intérêt sur la cicatrice du coup de fouet que Didier de Saint-Rémy lui avait autrefois porté. Jusqu'à ce jour, il n'en avait eu nul souci ; maintenant, elle le brûlait : il craignit que Blandine, éprise en tout de belles choses, ne le trouvât laid et rustique.

— Damoiselle, pourrais-je vous revoir demain ?... Où logez-vous ?

— Non loin d'ici, en montant. Mon père vient d'acquérir une maison proche de celle d'un mire du nom de Benoît Sirvin.

— J'en ai ouï parler. Nous reverrons-nous ?

Il caressait sa joue, cachant ainsi le sillon mince, un peu rose, où la barbe ne poussait plus. « Laid !... Elle doit me trouver laid ! Il me faut donc avoir plus d'audace. » Il insista :

— Nous revoir, damoiselle !

Elle sourit ; le garçon sentit son cœur bondir tandis que Champartel toussait, réprobateur.

— En fin de journée, mes parents sont reçus par monseigneur Fort d'Aux... Je ne puis les accompagner...

— J'irai dans votre rue... Je vous y attendrai.

— Oui, messire... Oh ! Je vous laisse car les voici qui reviennent...

Elle fit demi-tour ; Ogier fut privé du plaisir de la regarder s'éloigner car on le bousculait ; une voix lui enjoignait : « Suis-moi » d'une façon presque indistincte. C'était frère Isambert.

Le moine marchait la tête basse, les mains dans ses

manches, le guichart[1] haut levé, le crucifix branlant. Il n'éprouvait aucun souci de se heurter aux hommes et surtout aux femmes. Passant dans la pénombre d'une voûte, il dit précipitamment :

— Par ici... Soyons prudents !

Dehors, les ménestrieux jouaient une carole. Quelques chevaliers et leur dame dansaient sous les regards des manants. Frère Isambert les contourna et se mit à gravir une voie étroite.

— Prudence, mon fils, prudence !

Ogier marchait sur les talons du moine, laissant à Champartel, distant de quelques toises, le soin de se retourner pour s'assurer que nul suspect ne les suivait. La rue s'enfonçait entre deux rangs de maisons pavoisées, apparemment vides. Elle aboutissait au château de Gouzon. Frère Isambert se jeta dans l'ombre du donjon. Ogier l'imita. Ils atteignirent ainsi l'église Saint-Pierre pareille, bien qu'elle fût quatre ou cinq fois moins spacieuse, à celle du Puy-Saint-Front. Le clerc en contourna le chevet bourrelé de trois petites absides rayonnantes couronnées de parapets en forme de dômes.

« Où me conduit-il ? »

— Hâte-toi !

A peine eut-il levé les yeux sur la tourelle du clocher, coiffée d'un cône d'écailles, que le clerc intima :

— Viens, mon fils. Entrons.

Dans le saint lieu, Ogier fut moins saisi par la fraîcheur captive des colonnes que par les ornements de leurs chapiteaux : hommes-singes, femmes damnées, lions ailés à la queue terminée par une main et frappant de grimaçants martyrs ; sphinx, danseur à quatre jambes dévoré par des chiens, oiseaux-sirènes ; Satan glorieux au seuil de l'enfer, et enfin deux dragons ailés à tête unique dévorant un homme nu, tout cela baignant dans une lumière pâle et paisible.

1. Petite bande d'étoffe qui retient sur un côté la robe d'un religieux.

— Les desservants de cette église doivent avoir des sommeils déplaisants !... Et vous peut-être aussi, mon père... Sans oublier les fidèles !

Frère Isambert haussa les épaules et désigna l'autel :

— Allons derrière... Tu vois, nous sommes seuls, mais fais vélocement !

Ogier se détourna : Thierry venait d'apparaître.

— Veille à la porte.

— Il y en a deux, messire, dit l'écuyer. La grande, par où nous venons d'entrer, et l'autre, là-bas...

Frère Isambert courut pousser le verrou du petit huis, puis il avança vers le chœur, s'agenouilla devant la Croix et contourna la Sainte Table. Il s'assit à même les dalles, invita l'importun à l'imiter, puis s'enquit :

— Que veux-tu ?

Ogier se passa de circonlocutions :

— Entrer demain, vers la mi-nuit, dans le logis du chévecier. Je le connais du dehors. Il faut que j'y sois seul avec mon compagnon.

Un soupir gonfla la coule d'Isambert ; son nez tout enflammé parut s'allonger :

— J'ai de plus en plus peur pour toi, mon fils. Tu vas de l'avant comme un taureau furieux... Et que veux-tu que je te dise ? *Trahit sua quemque voluptas* [1]...

Savait-il que sous cette maison se tiendrait un étrange conclave ? Un *conciliabulum* pour parler son langage ?

— Il le faut, mon père... La sauvegarde du royaume l'exige.

— Est-ce tout ce que tu peux me dire ?

Il ne savait donc rien.

— Hélas ! oui... Parlez-moi des dignitaires de ce chapitre.

Le regard perdu dans les ramures d'un vitrail dont les lueurs d'azur et de cinabre ruisselaient sur un mur

1. Chacun a son penchant qui l'entraîne.

661

et les dalles, frère Isambert joignit les mains autour de son crucifix, non pour prier mais pour en dominer le tremblement :

— Ils ne sont que six, et deux vivent dans la maison dont tu me parles... Et encore, le chantre et quatre autres frères sont allés faire une neuvaine à Saint-Savin. Guillaume Herbert, le chévecier, est donc seul pour ces Pâques. Il n'est pas souvent là dans le jour : il va et vient ; il tient les hébergements des fiefs d'Artige et de Charraud-de-Mons, de la baronnie de Chauvigny... Mais il dort dans son lit, tu peux me croire !

— Demain, il n'y doit pas dormir... et peut-être aussi après-demain.

— Pourquoi ? Pourquoi, mon fils ?

Ogier n'eut que faire des gros yeux fixés dans les siens ; et tandis que le moine, d'une main câline, essuyait des miettes de pain accrochées à sa bure, il sourit :

— Vous vous doutez bien, mon père, que je suis prêt à tout pour entrer et demeurer sous ce toit, en la seule présence de mon écuyer. Nous ne toucherons à rien... Il y aura, la nuit venue, un bal près du champ clos. On mangera et boira... Mangez, lichez avec ce Guillaume Herbert... Passez la nuit en sa compagnie, si je puis dire...

Allait-il gagner sans avoir à combattre ? Le moine méditait, ses doigts amollis et douteux étalés sur son ventre, de part et d'autre de son étrange croix.

— Je sais, dit-il, où mon frère met la clé lorsqu'il sort : il y a un creux dans la marche du seuil.

Ogier se sentit étreint par le sombre besoin de dominer ce clerc. Il l'avait respecté, autrefois, et sans doute le gros presbytérien se méprenait-il sur la façon dont il l'interrogeait : une voix unie, d'une sérénité... céleste. Isambert, jadis, avait été de ces prêtres qui ne montraient aucune indulgence pour toutes sortes de péchés sauf ceux qu'ils commettaient en conscience. Il s'était émancipé de sa rigueur et peut-être de sa foi dans le commerce des malfaisants à la solde de Blainville.

— Vous connaissez ce Guillaume Herbert ?

— Il m'advient de le visiter.

— Il a bien un défaut. La boisson ? La mangeaille ? Sinon, imaginez que quelqu'un le réclame à Artige ou ailleurs... Sachez que si vous ne faites rien et que s'il est présent, vous aurez son trépas sur le cœur.

— Comme tu as changé !

— Vous pensez bien que s'il voit ma tête, je ne pourrai le laisser en vie. Allons, je n'insiste pas : faites en sorte qu'il quitte les lieux.

Un maussade plissement des lèvres : le clerc acceptait. Ogier fit tinter son épée sur les dalles, puis la releva et, considérant la bouterolle arrondie du fourreau :

— En cas d'embûche, nous saurions nous défendre... et vous retrouver. Ni votre croix singulière, ni votre froc, ni vos prières ne sauraient alors vous protéger.

Il se leva, et sans se soucier du clerc traversa d'un pas léger le sanctuaire comme s'il craignait d'en réveiller tous les démons. Un moment, son regard s'arrêta sur un griffon avalant un homme.

« Non, jamais Blainville ne me dévorera ! »

Champartel s'approcha :

— A-t-il consenti ?

Derrière lui, Ogier imagina le tonsuré agenouillé, priant pour le salut de son âme.

— J'ai exigé que la maison soit vide. Elle le sera.

— On peut dire que notre sort est entre les mains de Dieu !

Ogier désigna un chapiteau, juste au-dessus d'eux. Il représentait Satan tenant une pierre d'autel au-dessus de la gueule de l'enfer. De chaque côté de cette créature hideuse, un démon tout aussi horrible empoignait un homme épouvanté.

— Non, Thierry, pas de Dieu mais du diable.

ANNEXES

ANNEXE I

LA BRETAGNE, LA FRANCE ET LES JUIFS

I. — Les Juifs vivaient en paix dans les états de Bretagne lorsque Jean Iᵉʳ les en fit chasser. Ce chrétien plein de zèle, fondateur avec sa femme, Blanche de Champagne, de plusieurs abbayes, avait été armé chevalier par Saint Louis. Quant aux Juifs du royaume de France, depuis le concile de Latran (1106), ils étaient contraints de porter sur leur poitrine un insigne spécial : une roue (*rota*) pour les différencier du reste de la population. Selon les provinces, les garçons devaient l'arborer entre sept et quatorze ans et les filles entre sept et douze ans.

Cette roue (ou *rouelle*) fut tout d'abord verte. En succédant à son père, Philippe VI, Jean le Bon décida qu'elle serait mi-partie de blanc et de rouge. Toutefois, afin qu'on les distinguât mieux encore, les femmes juives devaient porter un voile appelé *orale* ou *cornale* et les hommes un chapeau pointu ou une aumusse jaune terminée par une sorte de pointe. Les roues devaient être toujours pleines. Les Juifs qui voyageaient étaient dispensés de les porter.

ANNEXE II

DE LA SIGNIFICATION DU MOT « DESTRIER »

L'étymologie du mot *destrier* a laissé bien des chercheurs perplexes. Le Robert précise que le destrier était conduit de la main dextre quand le chevalier ne le montait pas. La note qui lui est consacrée ajoute : « *Cheval de bataille au Moyen Age, opposé à palefroi, cheval de cérémonie.* » D'autres dictionnaires se contentent d'un « *cheval de bataille* », ce qui est vraiment peu.

Des « connaisseurs » avancent trois solutions qui, selon le grand spécialiste Gilles Raab[1], *relèvent de la plus haute fantaisie et sont même carrément absurdes pour tout cavalier ayant quelque pratique des chevaux.*

Les voici :

1. — Les chevaliers menaient leur cheval de bataille de la main droite, d'où le nom de *destrier*. Cette explication est aisément « démontable » par une simple observation des milliers de chevaliers représentés dans l'iconographie : miniatures, fresques, dessins à la plume, etc., la statuaire et surtout la sigillographie, sans oublier la tapisserie de Bayeux. Tous les combattants médiévaux maniaient leurs armes (épée, lance, masse, etc.) de la main droite et conduisaient leurs montures de la main gauche : le côté de l'écu.

2. — Les écuyers à pied amenaient le cheval de bataille à leur seigneur de la main dextre, celle-ci étant la plus noble et la plus vigoureuse... Mais d'autres estiment que la main

---

1. Créateur et directeur de l'excellente troupe médiévale : « Spectacle et Chevalerie ».

senestre était la plus noble, puisque côté cœur, elle arborait les armes du seigneur peintes sur son écu et ne pouvait servir aux fonctions « viles ».

Or, le destrier étant un cheval particulièrement chaud, puisque mâle entier, on le tenait à deux mains : la dextre à 15 cm environ de l'anneau du licol, maintenant la longe en boucle autour des naseaux, et la senestre, en sécurité, tenant l'autre extrémité du licol (croquis n° 1). Au Haras du Pin, deux écuyers tiennent les étalons de chaque côté (croquis n° 1).

En revanche, s'il s'agit d'un cheval froid, la main « vigoureuse » n'a guère d'importance : on en tiendra même aisément deux, un dans chaque main, qu'il s'agisse de destriers, de palefrois, roncins ou sommiers.

3. — Une explication plus incorrecte existe. Certains hippologues prétendent que le mot destrier vient du fait qu'on faisait galoper le cheval de bataille (ou de tournoi ou de joute) sur le pied droit. Or, c'est très exactement le contraire. A partir du XIVe siècle en particulier, quand on jouta « à la toile » pour mieux protéger les chevaux, les jouteurs se croisèrent systématiquement sur leur gauche, côté écu, en s'efforçant de galoper sur le pied gauche de leur monture afin d'assurer — les demi-voltes autour de la toile ou barrière se faisant à gauche — un meilleur équilibre à leur cheval qui tournait autour du pivot de son antérieur gauche. Les voltes à gauche avec galop sur le pied droit peuvent provoquer des déséquilibres et chutes de cheval. Naturellement 90 % des chevaux galopent sur le pied droit ; il suffit de les observer lorsqu'ils courent en liberté, au pré. Cela tiendrait à leur position fœtale. Ils sont plus souples d'un côté. Ce n'est que par le travail que l'on obtient le galop « à gauche ».

Voici maintenant l'explication de Gilles Raab : elle lui fut donnée par la définition du verbe médiéval *fauconner : se mettre en selle au pied droit (à la façon des fauconniers qui montaient à cheval en portant l'oiseau sur leur poing droit).*

— *D'après le Greimas*[1], *le mot* destrier *remonte au XIe siècle. Il est utilisé dans la version d'Oxford de* la Chanson de Roland *(1080).*

Il n'existait pas encore, comme aujourd'hui, de tradition

---

1. Éditions Larousse 1969 : Dictionnaire d'ancien français.

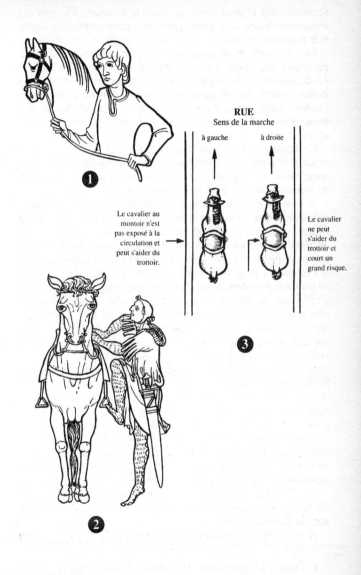

RUE
Sens de la marche

à gauche   à droite

Le cavalier au montoir n'est pas exposé à la circulation et peut s'aider du trottoir.

Le cavalier ne peut s'aider du trottoir et court un grand risque.

de « côté du montoir ». Sauf pour le destrier. En effet, ce cheval de bataille coûteux, précieux et entraîné soigneusement, n'était monté que pour les combats ou les tournois, donc par un cavalier armé de la longue épée franque le long de la cuisse gauche. Or, la façon dont elle était suspendue verticalement à la ceinture-baudrier aux XIᵉ et XIIᵉ siècles eût considérablement gêné si l'on avait voulu enfourcher ce cheval de guerre par l'autre côté. Le destrier est donc forcément le cheval qu'on enfourche par son côté gauche, mais en lui présentant son côté droit (du cavalier s'entend). D'où destrier (reproduction nᵒ 2).

Ce problème ne s'est évidemment jamais posé dans l'Antiquité où le glaive court, suspendu au baudrier en sautoir, ne gênait pas, ni par exemple en Orient. Les Japonais enfourchent « à l'envers » parce que leur sabre est attaché très haut sous l'aisselle et parallèlement à la ceinture. Ce port de l'épée à l'occidentale explique aussi pourquoi les Anglais, gens de tradition, roulent à gauche, car ainsi, on peut s'aider du trottoir (ou montoir) et ne pas risquer d'être renversé (reproduction nᵒ 3).

BERTRAND DU GUESCLIN

> On peut assurer, sans scrupule, que les vies
> que nous avons de Bertrand du Guesclin
> tiennent beaucoup plus du roman que de
> l'Histoire.
>
> Dom Vaissette.
> cité par Siméon Luce en exergue de son
> ouvrage : *Histoire de Bertrand du Guesclin
> et de son époque.*

On ne sait quel contemporain bien ou mal avisé offrit à
Guesclin cette particule qui introduisit un soupçon de
noblesse dans un nom somme toute commun. Froissart le
nomme successivement *Claiquin, Claikin, Claiakin* nullement par familiarité mais parce qu'il en était ainsi. Le chroniqueur de l'*Histoire des Quatre Premiers Valois* a choisi
Bertrand de Clacquin. Le patronyme change dans *Les Grandes Chroniques.* Cette variété d'orthographes concernait
aussi les noms usuels : les copistes faisaient de leur mieux.

La rusticité du Breton ne pouvait guère effarer son entourage : les mœurs, alors, n'étaient guère policées. Il entra de
plain-pied à la Cour et s'il dut éprouver un soupçon de gêne
devant le roi, il se sentit immédiatement à l'aise parmi les
rudes prud'hommes perturbés par leurs échecs militaires. On
l'accepta tant bien que mal parce qu'on avait besoin de ses
services.

Une observation liminaire s'impose. Elle a pour objet le
contexte dans lequel le futur connétable évolua : la France,
voire l'Europe du XIVᵉ siècle.

Au lieu d'être caractérisée par une passion générale, une
pensée idéaliste (la nation plutôt que le patrimoine), une religiosité susceptible de transcender les esprits et les cœurs,

cette période particulièrement agitée apparaît à l'analyse comme une époque de doutes, de trahisons permanentes, de turpitudes et de violences abjectes. « *Tout y est prosaïque comme aux âges où la foi manque et où les élans généreux de l'âme sont continuellement contrariés et déçus*[1]. » Cuvelier, le chantre de Guesclin, n'a point cherché à faire de son *modèle* un paladin des Anciens Temps. Son héros ne ressemble ni à un pair de Charlemagne ni à un chevalier de la Table Ronde ; c'est un meneur de malandrins qui fut inflexiblement attaché à Charles V parce qu'il y trouvait son compte alors que maints seigneurs changeaient d'appartenance, certains, rares, par conviction, la plupart par intérêt particulier.

Pourquoi, s'agissant de Guesclin, ne pas remarquer, ici, une sinistre singularité : les deux affreuses expéditions qu'il mena en Espagne, les crimes qu'il y commit *lui-même* et commanda aux autres ont, plutôt que de le salir, nettoyé et empesé son personnage, et fait que sa gloire usurpée[2] incite encore des écrivains superficiels à le ceindre de lauriers !

Comme Hay du Chastelet (1666), l'abbé Le Ragois, dans son *Instruction sur l'Histoire de France par demandes et par réponses* (1684) fit de cet Attila un parangon de vertus. Il fut suivi par Guyard de Berville et J.-G. Masselin (1822), par Émile de Bonnechose, Eugène Deprez, etc. Et des modernes à courte vue s'y sont mis également.

Contre cette marée de louanges, Siméon Luce apparaît comme assez objectif[3]. Édouard Perroy (*La Guerre de Cent Ans*, Gallimard, 1977) fut magnifiquement seul à juger froidement ce routier sans scrupules.

Il convient ici de l'affirmer : Guesclin ne fut jamais sensible et généreux, mais terriblement opportuniste, obséquieux devant les représentants de la royauté et rigoureux avec ses victimes. Comme la plupart de ses compagnons, il s'est

---

1. *La Vie Bertrand du Guesclin, d'après la chanson de geste du trouvère Cuvelier*. Texte de Mlle E. Dufaux de la Jonchère avec une introduction et des notes de Louis Moland (Éditions Garnier, Paris, 1885).
2. Lire, de Philippe Contamine : *Bertrand du Guesclin, la gloire usurpée ?* N° 20 de *L'Histoire*, février 1980.
3. Siméon Luce : *Histoire de Bertrand du Guesclin*, Hachette, 1876. Cette histoire prend fin en 1364.

caractérisé par un mépris absolu, irrémédiable et voluptueux de la vie humaine. En France et en Espagne, le verbe *bretonner* eut une signification terrible.

LE FLOU HISTORIQUE

Il est patent que, dans l'affaire de succession bretonne, le patriotisme est personnifié par Jean de Montfort. Guesclin, lui, lorsqu'il émergea des ténèbres, choisit l'occupant et le servit avec le zèle d'un collabo... et même d'un milicien de la dernière guerre.

Breton, il eût pu opter pour la Bretagne. Cela requérait trop de cœur et de désintéressement. Pour peu qu'on étudie son existence, on constate, ahuri, qu'elle ne correspond en rien à l'espèce de légende que la postérité lui a composée. En effet, tout est flou sinon faux pour ce qui constitue le premier tiers de sa vie, et le poème de 22 790 vers que Cuvelier — qui ne le connut pas — lui a consacré après sa mort, et d'où ses admirateurs tirent leurs références, n'est qu'un roman fleuve rimé à la gloire du connétable, parsemé de quelques événements précis et contrôlables, sans aucune datation exacte. Et puisqu'il est ici question de la jeunesse de Guesclin, il faut avec son meilleur et impartial biographe, Siméon Luce, noter que le fameux « tournoi » de Rennes où, dit-on, il fit merveille et s'attira les compliments de son père et les ovations de l'assistance, n'a peut-être jamais existé tel qu'on nous l'a vingt ou trente fois décrit. Était-ce en 1337 pour les noces de Charles de Blois et de Jeanne de Penthièvre ? Rien n'est moins sûr. Cuvelier lui-même dit que c'était un mardi, qu'il y avait eu une « criée de joutes »... et c'est tout. Bertrand l'incomparable y brilla-t-il ? Non, puisque à la seizième course un chevalier normand le désheauma, ce qui prouve une adresse et un coup magnifiques. Donc, pour Bertrand, point de prouesse !

Ensuite, que fit-il ? Cinq ans plus tard, il apparaît au siège de Rennes. Froissart signale un assaut comme il le fait pour des milliers d'autres dans ses *Chroniques*. Il note qu'il y avait parmi les assaillants « *de bons chevaliers et écuyers de Bretagne, le baron d'Ancenis, le baron du Pont, messire Jean de Malestroit, Yvain Charruel et Bertrand Guesclin, écuyer* ». C'est tout. Encore faut-il, avec Siméon Luce, méditer sur cet épisode du siège de Rennes relaté par Froissart. « *En effet*, note le biographe intègre de Guesclin, *la rédaction des premiers livres des* Chroniques *où l'on trouve cette mention* (sans grande importance auprès de tant d'autres, élogieuses, concernant les Bretons des deux camps) *a été composée en 1369* (donc en un temps où Bertrand s'imposait et où on l'imposait dans l'opinion publique). *Dans une rédaction postérieure, qui date des dernières années du règne de Charles V, c'est-à-dire une époque où Guesclin, devenu connétable de France, est arrivé au faîte des honneurs et de la gloire, le chroniqueur de Valenciennes, reprenant le récit de ce même siège, a soin d'ajouter ici qu'il était "très jeune et de grande emprise".* »

Déjà, au XIVᵉ siècle, on falsifiait l'Histoire pour complaire aux « grosses têtes ».

Ensuite, que fit Guesclin ? Mystère complet alors que l'on possède, bien entendu, les noms des villes et personnes, et les dates de tout ce qui constitue la guerre de Bretagne. Et Siméon Luce est bien obligé de constater : « *Aucun document authentique ne permet de dire ce que fit du Guesclin pendant les treize premières années de la guerre... Nous l'avons complètement perdu de vue... C'est une lacune regrettable.* » Et d'ajouter plus loin (page 116) : « *Nous ne savons si Bertrand participa aux combats* (dont l'auteur vient de parler) *mais il est certain que les montres* [1] *assez nombreuses que l'on a conservées des gens d'armes français enrôlés pour une expédition ne mentionnent pas son nom.* » Ce qui signifie qu'à ce moment-là notre « héros » menait pour son propre compte, avec des truands à sa dévotion, l'existence à laquelle le vouait son tempérament cruel, avide et bataillard : c'était un routier.

A cette époque où la loyauté chevaleresque avait encore un sens, où l'honneur était encore une vertu, où l'on se battait toujours après s'être présenté de front à l'adversaire lorsque l'on était seul à seul, ou *haié* (disposé en haie, ce qui revient au même) lorsque l'on s'était ordonné en « bataille », Guesclin fut le champion des agressions dans le dos, des embuscades, des combines pernicieuses, tuant même les

---

1. Présentation des hommes d'armes aux seigneurs qui les commanderaient, consignées sur parchemin, souvent avec le montant de la solde et l'armement.

chevaux pour mieux occire les cavaliers, ce qui pour tout homme d'armes était le comble de l'infamie.

Plus que les truands eux-mêmes, il jouissait de verser le sang. *Ce fut un anti-chevalier.* Ses singuliers mérites séduisirent les Valois qu'il servit sans jamais émettre une objection sur les besognes qu'ils le chargeaient d'accomplir.

Certes, on peut penser que la cruauté faisait partie des mœurs et que nos ancêtres s'y étaient résignés avec un fatalisme (de surface) qui étonne notre conscience parce que — hormis les politiciens — nous sommes devenus extrêmement sensibles aux hémorragies de toutes sortes. Or, à ce compte-là, pourquoi occulter les crimes de Guesclin, particulièrement ceux qu'il commit en Espagne de sa propre (!) initiative, et sanctifier cette brute épaisse ?

Que fit-il après le siège de Rennes ? Ses biographes sont bien embarrassés. L'un des tout premiers, Masselin (1822) brode ou se tait. Siméon Luce, lui, ne manque jamais de s'étonner sans vouloir pourtant admettre qu'il était un soudard. Plus proche de nous, l'un des derniers, dans une biographie parsemée d'erreurs, constate[1] :

« *Toutes les hypothèses sont permises quant aux faits et gestes de Bertrand au cours des années qui séparent le siège de Rennes en 1342 de la prise de Fougeray en 1350. Pas une seule fois son nom n'apparaît sur les documents contemporains et aucun chroniqueur ne signale sa présence dans les batailles de la guerre d'indépendance bretonne.* »

Et d'ajouter malicieusement :

« *Toutefois, dans une lettre écrite le 11 novembre 1343, un certain John de Hartskill, lieutenant du roi d'Angleterre en Bretagne, demande au chancelier du roi "l'arrestation d'un homme qui commande la rébellion en Bretagne". Pourquoi ne s'agirait-il pas de Bertrand du Guesclin ?* »

Le reste de l'ouvrage est émaillé de : « *Si Bertrand séjournait à..., il avait sans doute...* » — « *Ce fut peut-être en écoutant le récit de Crécy que Bertrand du Guesclin...* » — « *Ce fut probablement...* » — « *Sans doute était-il...* » —

---

1. *Du Guesclin*, par Micheline Dupuy, Librairie Académique Perrin, 1977. Il est tout aussi superflu de commenter les ouvrages de Roger Vercel et de M. Rudel (*Tiphaine ou l'Amour au temps de du Guesclin*) qui participent au roman, que de mentionner certaines hagiographies nouvelles dépourvues d'intérêt.

« *D'après une tradition locale, Bertrand aurait été...* » — « *On peut se figurer que...* » etc. Comment, d'ailleurs, prendre au sérieux un auteur qui situe la naissance de Hue de Calveley en 1341, ce qui fait qu'il aurait eu dix ans lorsqu'il participa au combat des Trente ? Or, l'Anglais avait entre vingt et un et vingt-six ans quand il fut de cette bataille.

En fait, « l'intrépide Breton », après son éclipse, réapparaît — le fait est d'ailleurs incertain — comme... organisateur de joutes de Pontorson avec Baudouin de Lens, sire d'Annequin, en 1353 [1], très haut fait de guerre, on le voit, avant de figurer dans un... festin donné par le sire d'Audrehem à Montmuran, chez Jeanne de Dol, dame de Combourg, veuve de Jean, sire de Tinténiac, le jeudi saint 10 avril 1354. Et Siméon Luce, qui rapporte l'événement, de noter, navré, que Bertrand d'Argentré qui, le premier, a raconté le *fait de guerre*, paraît avoir emprunté la matière de son récit à une tradition locale... Car après ce repas, Bertrand serait allé à la rencontre de Hue de Calveley et...

Eh bien, non, ce n'est pas Bertrand qui fit prisonnier le capitaine anglais, c'est Enguerrand de Hesdin.

Alors, est-il vrai qu'après ce coup de main Bertrand fut fait chevalier par Elâtre des Marais, châtelain de Caen, subjugué par la bravoure du Breton ? Siméon Luce constate, navré : « *Cette chronique ne nomme pas notre héros dans les quelques lignes qu'elle consacre à l'affaire de Montmuran. Cependant, comme il n'est aucune des circonstances du récit de d'Argentré qui ne soit en parfait accord avec ce que nous savons par les actes, l'historien peut et même doit l'admettre... du moins jusqu'à nouvel ordre.* » Regrettant l'absence de preuve — après tout, Bertrand pouvait avaler son dessert pendant que les autres se battaient — l'auteur constate que son héros « *est qualifié de chevalier dans un acte du dauphin Charles en date du 13 décembre 1357* » ; il avoue :

« *Si nous nous sommes tant efforcé de donner quelque consistance historique à la* légende [2] *du combat de Montmuran, c'est que la promotion de notre héros dans l'ordre de la Chevalerie fut le point de départ indispensable de ses hautes destinées.* »

1. Bibliothèque Nationale, dépôt des manuscrits, fonds français, n° 4987 f° 55 ; cité par Siméon Luce.
2. *Note de l'Éditeur* : c'est l'auteur, Pierre Naudin qui souligne.

En fait, s'il n'y eut pas Guesclin au combat de Montmuran et s'il chaussa les éperons d'or, peut-être s'agissait-il de ceux de son père, un fier combattant, qui venait de trépasser, et qu'il s'appropria.

UNE ROBE QUI CACHE TOUT

Siméon Luce, après avoir traité son héros de maraudeur — doux euphémisme — soupire en constatant que la robe blanche du chevalier « *acheva de recouvrir ce que ses contemporains auraient pu trouver de trop humble ou même de risqué dans l'aventureuse pauvreté de ses débuts.* »

Donc, tout ce qu'on sait sur la jeunesse du « grand homme » repose sur... du vent. Était-il à Crécy ? Non. Que fit-il pendant l'invasion de la Normandie par Édouard III et ses hommes ? Rien... et pourtant il dut en être informé. Le voit-on dans les rangs des Français à Poitiers ? Non. Participe-t-il au fameux combat des Trente, sur la lande de Ploërmel, dans *sa* Bretagne ? Non. *Jamais là quand il faut faire face à l'ennemi !* On dit, mais on n'en est pas si certain, qu'il servit sous les ordres de Pierre de Villiers, capitaine de Pontorson, au second siège de Rennes, en janvier 1357. Voire... bien qu'on lui attribue des prouesses invérifiables.

Il donna la mesure de ses affreux talents en Espagne, à la tête des Grandes Compagnies. Là, au moins, parmi la sentine des armées, il était à son aise et à son affaire. Soutenant Henri de Trastamare contre Pierre, dit à juste raison le Cruel — sous le règne duquel, cependant, Espagnols, Juifs et Maures vivaient en symbiose et bonne intelligence —, ses exploits ont des noms de villes martyres : Magalon, Borja et Briviesca où les hommes d'armes de Bertrand crièrent au pied des murailles : « *Espagnols forcenés, rendez-nous les Juifs ou vous le paierez !* » et où, la cité conquise, Bertrand lui-même, apprenant que les Juifs s'étaient réfugiés dans une tour, ordonna à ses sergents : « *Apportez-moi des graisses et oignez de tous côtés la porte de cette tour.* » Il les embrasa lui-même, participa à leur mise à mort « *dans de grands tourments* » avant que de piétiner les cadavres lorsqu'il eut accès au crématoire.

Dans chaque ville où il passa, il eut cet unique souci : qu'on lui livrât la juiverie afin qu'il la fît périr. A tel point qu'on peut se demander si, à Paris, il n'avait pas reçu de cet hypocrite bigot de Charles V, ce commandement-là juste après celui d'asseoir le Trastamare sur un trône immérité[1].

Trois fois prisonnier, perdant la plupart des grandes batailles — comme à Najera —, vaniteux à l'excès, d'une férocité à la mesure de sa hideur, traître aux siens, vendu à la Couronne de France, cet homme de son ombre impudente dissimule les vrais patriotes bretons, les Montfort, en particulier, et Jeanne de Clisson qui à la mort de son mari se fit corsaire... Que l'on cherche leurs noms sur les dictionnaires et l'on est bien déçu : ils en ont été exclus !... Le seul Clisson qui y figure est le fils de Jeanne, dévoué, tout comme Guesclin, aux Valois et qui, après Bertrand, devint leur connétable. En revanche, que de fleurs pour Guesclin ! Guesclin qui, vers la fin de sa vie, en 1378, s'en alla rétablir l'ordre en Bretagne — on devine comment — et s'y fit détester. Elle-même effrayée par les prémices d'une annexion sanglante, Jeanne de Penthièvre avait changé de camp !

Inconditionnel suppôt de l'oppresseur — Valois ou Trastamare —, féroce maladivement, ennemi des Sarrasins — mais fier de penser qu'il avait en son sang quelques gouttes du leur au point que, croyant descendre d'un calife de Bougie, il pensa, lorsqu'il se trouva au fin fond de l'Espagne, débarquer en Barbarie (il est de ces coïncidences !) pour aller revendiquer son héritage — ; massacreur de Juifs, vaniteux, servile[2], parlant de paix et d'amour dans des lettres qu'il dictait et où il n'apposait que sa « signature », mais répandant la querelle et la haine, tel fut Guesclin. On peut s'étonner que les Hitlériens, aux temps noirs, n'aient pas songé à nous donner en exemple cet ancêtre et parangon des SS.

---

1. Lire le *Cycle de Tristan de Castelreng* et particulièrement les tomes 4 et 5 : *Les Fontaines de sang* et *Les Fils de Bélial*, du même auteur chez le même éditeur.
2. Il n'avait de cesse d'offrir des présents à Charles V.

CYCLE D'OGIER D'ARGOUGES

*Une fantastique épopée
enracinée dans l'histoire
de la guerre de Cent Ans au nom de l'honneur perdu.*

LES LIONS DIFFAMÉS

La guerre faire rage entre Philippe VI, roi de France et Édouard III d'Angleterre. L'armada de l'Anglais mouille au large de la Bretagne. Le 24 juin au matin, la bataille navale de l'Écluse s'engage. La flotte française est anéantie. Un carré de chevaliers restés fidèles à Philippe soupçonnent l'un d'entre eux de trahison. Le chevalier normand Godefroy d'Argouges, faussement accusé, est dégradé et les glorieux lions d'or de son blason sont diffamés. Devant la puissance du félon, favori de Philippe, Godefroy doit se résigner. Destitué de son rang, le chevalier n'aura dès lors d'autre souci que de protéger le seul témoin du complot : Ogier d'Argouges, son jeune fils. Ogier devra fuir en Périgord, sur les terres du baron Guillaume de Rechignac, son oncle. Il y apprendra les lois de la chevalerie qui lui permettront, un jour futur, de restaurer l'honneur des Argouges.

LE GRANIT ET LE FEU

Cinq ans ont passé. Ogier est devenu un écuyer solide. Il songe moins à devenir chevalier qu'à restaurer son honneur. Hélas ! ses desseins subissent un contretemps terrible. Au cœur de l'été 1345, les Anglais se répandent en Périgord. La forteresse de Rechignac a excité la convoitise d'un capitaine d'aventure : Robert Knolles. Il somme Guillaume de lui livrer son château. Le vieux guerrier refuse. Ogier, son oncle et Blanquefort, son sénéchal, s'emploient à stimuler le courage des défenseurs. Les assauts des « routiers » se multiplient. Le fier château sera-t-il envahi ?

Jeudi 13 avril 1346. En fin de matinée, Ogier d'Argouges et ses compagnons contournent le champ clos de Chauvigny où des joutes vont rassembler, le dimanche suivant, les meilleurs chevaliers du Poitou et quelques personnages fameux du royaume. Ogier sait que des émissaires du roi d'Angleterre doivent y rencontrer secrètement des nobles français traîtres à la couronne. Parmi eux, Richard de Blainville, le favori du roi Philippe VI, l'homme qui a injustement dégradé son père et diffamé les lions de ses armes. Pourra-t-il, tout en sauvant l'honneur menacé de son suzerain, assouvir enfin sa vengeance ?

LA FÊTE ÉCARLATE

Dimanche 16 avril 1346. En ce jour de Pâques, la population de Chauvigny et des environs se presse autour du champ clos. Le hasard favorise Ogier dans son entreprise : il rencontre l'ancien chapelain de Gratot, frère Isambert, que sa couardise a conduit à servir Blainville. Il apprend que les conjurés vont se réunir dans un souterrain sous la maison du chévecier de l'église Saint-Pierre. Ces hommes décideront de la date à laquelle les armées anglaises débarqueront en Normandie afin de conquérir Paris et installer sur le trône des Valois le légitime successeur de Philippe le Bel : Édouard III.

LES NOCES DE FER

Mardi 3 octobre 1346. Ce jour-là, dans la matinée, Henry de Lancastre, comte de Derby, qui vient de conquérir les grandes cités de la Saintonge et d'en ruiner les édifices religieux, commande à son armée de se déployer autour de Poitiers. Ogier d'Argouges, qui a survécu au massacre de Crécy, cinq semaines auparavant, a quitté Gratot, le château familial, pour se rendre en Poitou et demander au seigneur des Halles de Poitiers, Herbert III Berland, la main de sa fille Blandine. Chemin faisant, il doute que sa démarche aboutisse.

LE JOUR DES REINES

Blessé devant Calais assiégé, Ogier d'Argouges, prisonnier, est emmené en Angleterre. Le roi Édouard III et sa noblesse, glorifiés par les manants du royaume, célèbrent leurs victoires par des fêtes grandioses : les joutes d'Ashby. Mêlé à des aventures guerrières et amoureuses où apparaissent Catherine de Salisbury et Jeanne de Kent, surnommée la plus belle fille d'Angleterre, Ogier est bien déterminé à refuser sa condition d'otage.

L'Épervier de feu décrit d'hallucinante façon l'hécatombe que la peste noire provoqua en 1348 en Normandie. Non seulement l'irrésistible fléau y détruisit les manants, le paysans, les prud'hommes et leurs familles, mais il ouvrit ce malheureux duché à des hordes aussi épouvantables que la gigantesque épidémie.

ÉGALEMENT CHEZ POCKET
LITTÉRATURE « GÉNÉRALE »

BURON NICOLE DE
Chéri, tu m'écoutes ?

BUZZATI DINO
Le désert des Tartares
Le K
Nouvelles (Bilingue)
Un amour

CARR CALEB
L'aliéniste
L'ange des ténèbres

CARRIÈRE JEAN
L'épervier de Maheux
Achigan

CARRIÈRE JEAN-CLAUDE
La controverse de Valladolid
Le Mahabharata
La paix des braves
Simon le mage
Le cercle des menteurs

CESBRON GILBERT
Il est minuit, docteur Schweitzer

CHANDERNAGOR FRANÇOISE
L'allée du roi

CHANG JUNG
Les cygnes sauvages

CHATEAUREYNAUD G.-O.
Le congrès de fantomologie
Le château de verre
La faculté des songes

CHIMO
J'ai peur
Lila dit ça

CHOLODENKO MARC
Le roi des fées

CLAVEL BERNARD
Le carcajou
Les colonnes du ciel
   1. La saison des loups
   2. La lumière du lac
   3. La femme de guerre
   4. Marie Bon Pain
   5. Compagnons du Nouveau
     Monde

La grande patience
   1. La maison des autres
   2. Celui qui voulait voir la mer
   3. Le cœur des vivants
   4. Les fruits de l'hiver
Jésus, le fils du charpentier
Malataverne
Lettre à un képi blanc
Le soleil des morts
Le seigneur du fleuve

COLLET ANNE
Danse avec les baleines

COMTE-SPONVILLE ANDRÉ
FERRY LUC
La sagesse des Modernes

COURRIÈRE YVES
Joseph Kessel

COUSTEAU JACQUES-YVES
L'homme, la pieuvre et
  l'orchidée

DAUTIN JEANNE
Un ami d'autrefois

DAVID-NÉEL ALEXANDRA
Au pays des brigands gentils-
  hommes
Le bouddhisme du Bouddha
Immortalité et réincarnation
L'Inde où j'ai vécu
Journal (2 tomes)
Le Lama aux cinq sagesses
Magie d'amour et magie noire
Mystiques et magiciens du Tibet
La puissance du néant
Le sortilège du mystère
Sous une nuée d'orages
Voyage d'une Parisienne à Lhassa
La lampe de sagesse
La vie surhumaine de Guésar de
  Ling

DECAUX ALAIN
Abdication (l')
C'était le XXᵉ siècle
  tome 1
  tome 2
  tome 3

VILLERS CLAUDE
Les grands aventuriers
Les grands voyageurs
Les stars du cinéma
Les voyageurs du rêve

WALLACE LEWIS
Ben-Hur

WALTARI MIKA
Les amants de Byzance
Jean le Pérégrin

WICKHAM MADELEINE
Un week-end entre amis

XÉNAKIS FRANÇOISE
« Désolée, mais ça ne se fait pas »

IMPRIMÉ EN FRANCE PAR BRODARD ET TAUPIN
1873 – La Flèche (Sarthe), le 10-04-2000
Dépôt légal : avril 2000

POCKET – 12, avenue d'Italie - 75627 Paris cedex 13
Tél. : 01.44.16.05.00